MARC LINDNER

FLUCHT AUS DEM MORGENGRAUEN

Roman

Epubli

Covergestaltung: Marc Lindner
Druck und Verlag: epubli GmbH, Berlin, www.epubli.de
ISBN: 978-3-8442-1344-7

wortzeichner.blog.de

FLUCHT AUS DEM MORGENGRAUEN

Mein Dank gilt den Testlesern für ihre Hilfe beim Korrigieren und für ihre Kritik, die den Roman zu dem haben werden lassen, der er nun ist.

– 1 – Das letzte Rennen

In mir herrschte Chaos. Obwohl, eigentlich nicht, ich war völlig ruhig. Nur in meinem Kopf, da spukte es. Unzählige Formeln geisterten dort umher und rankten sich um meine Aufmerksamkeit. Sie schwebten so leicht, so elegant und makellos um meinen Verstand. Zogen immer enger ihre Kreise. Sie waren mir eine Last und dennoch fürchtete ich mich davor, nachher ohne sie allein zu sein. Eine länger als die andere, drangen sie auf mich ein. Anmaßend waren sie. Gaben vor alles zu erklären und alles zu regeln. Das störte mich, denn diese Gedanken hinderten mich am Vorankommen. Nicht hier auf der Straße, meine Füße ließen sich nicht beirren. Aber die Reise mit den Formeln war beschwerlich. Es schmeckte wie brackiges Wasser, doch ich musste es trinken, ich wollte es. Ich wollte den Grund sehen, doch der See war groß. Und lauwarm, einlullend, einschläfernd. Gemütlich, ja, aber einnehmend, mein Körper wurde gar taub, ließ sich treiben, willenlos, ich tauchte ab, sah die Stadt um mich nicht mehr, sie verschwamm. Trübes Licht, mehr drang nicht durch den Umhang aus Formeln. Die sollten die Welt erklären, doch ich sah sie nicht mehr.

Die Luftfeuchtigkeit stieg unaufhörlich, und es war warm. Ein schwacher Wind lebte auf, das bedeutete Regen, sagten mir meine Formeln, auch die schweren Wolken am sich verfinsternden Himmel. Als wollten sie mich bis zum Ende begleiten. Nein, das war es nicht, heute war erst der Anfang, ich hatte Schlussexamen, dann erst ging es los. Meine Füße beschleunigten, doch ich bremste sie gleich wieder. Die nahmen sich zu viel Freiheit, den Weg konnten sie ruhig wählen, aber das Tempo bestimmte ich. Um zehn Uhr sollte ich da sein. Es war jetzt kurz nach neun, also noch reichlich Zeit. Und ich wollte noch entspannen, frische Luft tanken. Von der Stadt bekam ich nicht viel mit. Wie eine Leinwand hob sie sich vor mir hoch und mein Blick blieb nicht hängen. Meine Augen bekamen nicht viel zu greifen, sie waren müde, war eine lange Nacht gewesen. Eine Sommernacht, eine von diesen warmen, in denen man nicht einschlafen konnte. Und dann noch diese Unruhe, nicht körperlich, tiefer, viel tiefer. Eine, die man nicht abschotten, nicht einmal erklären konnte. Eigentlich war ich gut vorbereitet, die Formeln waren ja da. Und verfolgten mich. Ich lachte. Sollten sie nur tun, was sie wollten, bald waren sie Geschichte. Eine von diesen trockenen, eine die man schnell vergisst. Ich wollte mich auch nicht an sie erinnern, zu anmaßend waren sie, einengend. Freiheit, sie lag in den Wolken über mir, wild und ungeordnet. Fast wie meine Gedanken, stellte ich fest. Doch ich griff nicht danach, nur die Prüfung wollte ich hinter mich bringen. Dann mal schauen, was noch kam. Irgendetwas würde sich finden. Ich war keiner der gerne suchte, ich fand lieber. Dann war die Überraschung größer. Und vor allem gab es keine Enttäuschung. Aber jetzt fand ich nichts. Ich sah nichts, wollte nichts sehen. Nur den Weg, und den wählten meine Füße, mein Kopf war beschäftigt. Überfüllt, wie eine große Deponie. Anmaßende Formeln, die mir ihre Hilfe anboten, und ich konnte sie nicht mehr sehen. Immer dieses Rechnen, und dabei kannte der Professor jedes Resultat. Das machte keinen Sinn, nur Beschäftigung. Und ich langweilte mich, wollte mehr, wollte was Neues, doch das gab es nicht. Einfach mit dem Strom schwimmen, und ich merkte, wie ich allmählich ertrank. Die anderen überholten mich.

Ich konnte nicht so schnell, wollte es nicht. Einfach stehen bleiben und Luft holen. Freiheit, doch dafür war keine Zeit. Ich musste weiter schwimmen, die anderen taten es schließlich auch. Und ich wurde mit denen gemessen. Wie ein Fisch auf dem Wochenmarkt. Gewogen und für zu leicht empfunden. Meine Gedanken waren es auch, deshalb entglitten sie mir immer. Ich konnte sie nicht halten, zumal wenn ich lernte. An sich machte ich es gerne, fand es faszinierend, deshalb hatte ich studiert. Idealismus war es gewesen. Und die Spannung war immer noch da. Bis ich es verstand, dann war sie weg und es langweilte mich. Ich wollte mehr, wollte die Welt sehen, sie verstehen, mehr als das, was mir diese Formeln weismachen wollten. Ich glaubte es nicht, da gab es mehr und ich sehnte mich danach. Ich schwamm zu schnell, konnte nicht einmal mit mir selbst mithalten. Doch das wollte ich nicht mehr. Es musste sich etwas ändern, und das würde es auch. Noch dieses Examen, dann konnte es losgehen. Das hatte ich mir vorgenommen. Abenteuer, mehr als nur in Gedanken. Sie reisten schon, und ich bald hinterher. Immer weiter, ohne den Strom. Gegen ihn musste nicht sein, es war so schon schwer genug. Doch noch ließ ich mich treiben, und ertrank, in meinen Formeln. Sie waren überall. Meine Füße zogen mich durch die Straßen. Die Gebäude flankierten mich, damit ich nicht ausbrach. Ich erkannte sie nicht, sie blieben stehen, wie Zuschauer bei einem Straßenrennen, und ich der Läufer. Endspurt, die Menge jubelte, doch ich konnte sie nicht hören. Nur aus der Ferne, wie ein auflebender Wind. Tausend Stimmen, und noch mehr Gefühle. Und alle drangen sie auf mich ein. Ich konnte die Zielgerade sehen. Und dann wurde ich auch noch eingeholt.

Er klopfte mir freundschaftlich auf die Schulter und passte seinen Schritt dem meinem an.

«Wusste doch, dass ich dich heute sehen würde», grüßte mich Sebastian. Er war in meiner Vertiefungsrichtung, wir hatten vor fünf Jahren zusammen angefangen. Wirklich gut kannten wir uns nicht. Während den Semestern sahen wir uns nur zufällig. Das heute war nur auf den ersten Blick Zufall, denn wir hatten Matrikelnummern, die nicht weit auseinanderlagen, sodass wir bei fast allen Examen nebeneinander gesessen hatten. Und so hatten wir uns kennengelernt. Natürlich reichte das nicht aus um sich richtig anzufreunden, wir waren beide etwas nervös und versuchten dies mit belanglosem Reden zu vertreiben. Und aufgrund der herrschenden Atmosphäre bekam jeweils der andere nicht viel mit, oder vergaß es rasch. Doch wir waren uns sympathisch und so hatten wir oft den Schlussspurt gemeinsam in Angriff genommen. Und nach den Examen, trennten sich unsere Wege. Unsere Zusammenkunft hatte immer einen unangenehmen Beigeschmack, vielleicht war das der Grund, warum nie mehr aus dieser Freundschaft geworden war.

«Immer wieder ein Vergnügen», erwiderte ich leicht ironisch.

Sebastian lachte und klopfte mir abermals auf die Schulter, um mir zu zeigen, dass er mich richtig verstanden hatte.

Über dieses Geplänkel kamen wir nie hinaus, es war einfach die falsche Zeit, und der falsche Ort. Zu viele Gedanken beherrschten uns und wir wollten nur abschalten. Da kamen wir uns gerade recht. Uns beiden war das bewusst und so nahmen wir unser Verhalten nie als unfreundliches Distanzieren auf. Wir waren Leidensgenossen. Immer zur rechten Zeit da, wie ein Schatten, der den Klausuren anhaftete.

Am Hauptgebäude angelangt stellten wir fest, dass wir die Ersten waren. Das, weil wir die Ruhe in uns wahren wollten, bloß nicht zu spät kommen, nicht durch schnelles Herbeieilen unser Blut in Wallung bringen. Ein letztes Mal in Ruhe Luft holen. Es hatte etwas Angenehmes an sich, als Erste hier zu sein, denn so sah man jene, die noch kamen. Man sah, wie sie aufgeregt umher blickten, als wären sie zu spät. Ich wusste nicht wieso, aber irgendwie beruhigte es mich immer, die anderen zu beobachten. Es lenkte mich von mir ab, wenn ich sah, was andere durchmachten, wie sie damit umgingen, getestet zu werden. Mit dieser, meiner Eigenart, hatte ich es immer geschafft ruhigen Blutes die Klausuren zu beginnen. Nur in dem Moment, da wir rein gerufen wurden, machte sich in mir ein seltsames Prickeln im Bauch breit.

Von den Momenten, oder besser von den Stunden, die dann folgten, bekam ich nie viel mit. Nachdem die Klausuren ausgeteilt waren, funktionierte ich. Wie ein Uhrwerk und ich tauchte ein, in die Welt der Formeln. Sie überfluteten mich und ich ertrank. Heute ein letztes Mal, danach konnte ich endlich leben. Frei sein, von all diesen anmaßenden Formeln. Endlich die Welt verstehen, so wie sie wirklich war und nicht nur, wie sie auf dem Papier erschien.

Drei ein halb Stunden, solange dauerte es diesmal, doch die Zeit bedeutete mir nichts. Kaum war ich eingetreten, gab ich das Papier auch schon wieder ab, wenigsten kam es mir so vor.

Leicht betäubt von diesem vielen Denken und müde vom Schreiben verließ ich den Hörsaal. Die Klausur hatte ich bereits vergessen. Sie lag hinter mir und ich wollte mich nicht wieder umdrehen. Nur noch nach vorne jetzt.

Nicht einmal stehen bleiben konnte ich. Die anderen würden Fragen stellen, Erinnerungen wachrufen. Doch die wollte ich nicht mehr.

Als ich draußen ankam, empfing mich eine andere Stadt, wohl noch dieselbe, aber nicht die gleiche, nicht für mich. Langsam ging ich Richtung Altstadt und ich sah die Häuser. Sie standen nicht mehr da und jubelten. Kein Rennen mehr. Und ich schlenderte gemütlich drauf los. Wie ein Trunkener, nur meine Schritte waren fest und sicher. Ich sah, wie die Leute an mir vorbei liefen, alle in Eile. Sie konnten mir nur noch ein müdes, mitleidiges Lächeln abverlangen. Doch ich betrachtete sie weiter. Ganz in Ruhe, während ich weiter ging. Sie waren blind, und suchten, es war merkwürdig und mir noch nie so richtig aufgefallen, aber jetzt sah ich es. Ein Mann kam mir entgegen. Sein offener Mantel fing den Wind und er telefonierte aufgeregt mit seinem Handy. Mit finsterer Miene wich er den Passanten aus. Das musste ich nicht, ich ließ mich treiben, vorbei an den Schaufenstern der Einkaufsstraße. Doch mein Blick drang nicht durch, er blieb draußen und fiel auf einen Eisverkäufer unter dem dunkel bewölkten Himmel. Der hatte Mut, dachte ich. An ihm vorbei lief eine Frau mit Kinderwagen. Sie wirkte angespannt, während sie versuchte ein Tuch, das im Wind tanzte, oberhalb ihres Neugeborenen fest zu spannen. Neben ihr zupfte ein kleiner Junge, der kaum gehen konnte, an ihrem Hosenbein, und weinte. Er wollte wohl ein Eis, doch die Mutter hatte kein Verständnis dafür, nur der Eisverkäufer lächelte ihm freundlich zu.

Das alles war für mich Leben. Keine Regeln, keine die man sehen und vor allem keine, die man aufschreiben konnte. Freiheit, ich sah sie, oben am Himmel in den dicken und doch schwebenden Wolken. Irgendwie hatte ich das Gefühl als könnte ich nun nach ihnen greifen. Doch ich tat es nicht. Allein das Wissen über diese Möglichkeit reichte mir. Wo flogen sie wohl hin, diese Wolken? Frei sein, einfach nur fliegen, das musste doch schön sein.

Die meisten hier waren Frauen, fiel mir auf. Mit ihrem Blick für alles. Ständig blickten sie von einer Straßenseite zur anderen. Manche mit Einkaufstüten, manche ohne, aber alle trugen sie eine Handtasche mit sich, auch wenn sie diese sichtlich störte. Dann musste ich immer lachen. Freiheit, was das wohl war? Ich dachte nach, und sah mir die Leute an. Wohl der Entschluss, sie sich nehmen zu dürfen. Deshalb rannten sie alle so. Hatten keine Zeit, keine Ruhe. Freiheit. Über mir, die Wolken hatten auch nicht mehr lange Zeit, bald würde es Regen geben.

Und ich freute mich, alles würde sich ändern, endlich Neuanfang.

Doch ich wurde auf einmal müde und senkte meinen Blick. Unter mir schlichen sich langsam Pflastersteine hinweg. Mit jedem Schritt entspannte sich mein Körper mehr und ich konnte mich wieder treiben lassen. Die Altstadt war richtig bequem zum Rumschlendern, keine großen Flächen, die einen gefangen hielten, nur kleine, die einen immer weiter reichten. Man reiste viel schneller so, immer weiter und es gab kein Halten, keine Pausen. Nur eintauchen in diese berührungslose Ruhe. Ich blickte mich nicht mehr um und schob den Moment, in dem ich aufschauen wollte, vor mir her.

Ein Mann eilte an mir vorbei und lief mich fast über den Haufen. Groß und stämmig war er, und ich bekam die Wucht zu spüren, als unsere Schultern aneinander prallten. Völlig überrascht drehte ich mich um, doch ich sah nur noch den breiten Rücken des Fremden, gehüllt in einen langen schwarzen Regenmantel. Merkwürdige Gestalt war das. Und so schnell. Sie hatte nicht einmal die

Zeit gehabt, sich umzudrehen. Und als ich ihm noch einige Blicke schenkte, bevor er in der Masse unterging, glaubte ich nicht, dass er mich überhaupt wahrgenommen hatte, so eilig hatte er es. Ich war ihm nicht böse, erwartete nicht einmal eine Entschuldigung, denn wir hatten wohl beide nicht achtgegeben. Er hatte zu wenig Zeit und ich zu viel. Wir lebten in zwei Welten, da konnte man schon mal eine Begegnung versäumen. Ich lächelte ihm hinterher, wollte mich irgendwie von ihm verabschieden, auch wenn er es nicht sehen konnte.

So viel passierte in der Stadt und bald hatte ich ihn vergessen, genauso wie die Schaufenster, die an mir vorbei huschten, sie waren für mich leer. Dunkel erschienen sie, nichts was ich sehen wollte, da waren mir die Menschen lieber. Wie ein riesiger Schirm schwebte die Regenfront über mir. Dankbar kleidete ich mich in den Mantel, den die Menschen mir darboten. Herrlich warm war er, leicht windig ab und an, aber das nahm ich gerne in Kauf. Ich behielt nur die angenehmen Empfindungen für mich, die anderen überließ ich der Stadt und der Verdammnis des Vergessens.

Wieder sah ich denen zu, die mir entgegen kamen. So viele Geschichten und ich konnte nicht genug von ihnen bekommen. Jetzt hatte ich die Schule hinter mir und las nur noch, was mir gefiel. Jene Bücher enthielten keine Formeln mehr, davon hatte ich genug. Nur die Geschichten, die das Leben schreibt, wollte ich lesen, geschrieben in den Gesichtern der Passanten. Alles Kurzromane, aber reich an Beschreibungen, voller Gefühle. Da konnte man richtig eintauchen und mitfühlen, nicht nur denken, und vor allem keine Regeln. Sicherlich waren einige Gesichter leer, aber dann blätterte ich weiter. Meine Bibliothek hatte keine Grenzen mehr. Ich war frei, wie ein Vogel, oder besser noch, wie Wolken, denn die wurden nicht müde.

Mein Blick schweifte in die Ferne, die Gasse entlang. Da kam Unruhe in die Masse, irgendetwas störte den Strom. Die Menschen flossen nicht mehr ineinander, wurden fast aufgewirbelt. Sie drängten sich immer mehr auf die Seite, auf der ich mich näherte. Vorsichtig ließ ich mich gen Mitte treiben, denn ich wollte mich nicht durch diese Menge drängen. Wieder stürzte eine Frau von der anderen Seite her und tauchte nickend neinsagend in der Masse unter. Es sah irgendwie gestört aus, so als hätte sie vor etwas Angst gehabt. Ich fragte mich, was das nur sein konnte. Etwas, das eine solche Macht ausüben konnte, dass es die Ströme der Menschen gar zu lenken vermochte. Ich konnte meinen Blick nicht abwenden, zu gespannt war ich auf die Geschichte, die ich dort würde lesen können. Wie bezaubert ließ ich mich weiter nach rechts treiben. Ich hatte keine Angst, nicht wie die Menschen vor mir. Und dann sah ich es. Auf dieser Seite kam mir niemand entgegen, alle hatten sie sich bereits auf die andere, nun überfüllte Seite zusammengerottet.

Dort stand eine Frau mit geschmeidigem langem Haar. Oder besser sie irrte umher, ständig im Kreis, und versuchte sich einen der Passanten zu angeln, doch diese strömenden Fische wichen ihr unentwegt aus. Manche geschickt und unauffällig, andere mit heftig rudernden Armbewegungen, und wieder andere zögerlich und den Kopf nach unten senkend. Und ich las voller Genuss, so viele einzelne Geschichten, die sich zu einem Roman zusammenfügten. Nur eine Person konnte ich ausmachen, nur diese eine Frau, wie sie dort tanzte. Einzig ihr Gesicht konnte ich in der sich lichtenden Masse erkennen. Ansonsten waren es nur namenlose Rücken, die wie Statisten ihre Rolle ausfüllten. Die vielen dahin fließenden Menschen drohten ihre zierliche Gestalt zu verbergen, doch so wie bei einem Feuerwerk in der Nacht, strahlte die Frau mit ihrem gewinnenden Lächeln dazwischen. Die Geschichte reizte mich immer mehr, denn obwohl sie so anziehend wirkte, flohen die Leute, wie vor einem Feuer. An sich mochte ich Feuer, wie es so aufbegehrend seinen Platz beanspruchte. Vielleicht war es, weil es solch einen Gegensatz zu meinem Wesen darstellte. Ich war eher wie friedlich fließendes Wasser, ein stiller See. Wir beide wollten unsere Freiheit, doch so, wie es sich das Feuer stets an der Oberfläche suchte, so tauchte ich in die Tiefe.

Immer weiter ging ich, wie durch einen Wald und immer besser konnte ich das Feuer erkennen, das dort tobte. Die Frau wirkte nicht aggressiv und doch schien sie niemanden vorbei lassen zu wollen. In ihrer Hand hielt sie einen schwarzen Stab, doch noch konnte ich nicht erkennen, was es war.

Von ihr in die Flucht geschlagen, stoben die Passanten auseinander und so ließen die Schatten, die sich mir in dieser Geschichte präsentieren wollten, meinen Blick frei und ich erkannte noch einen Mann, der stets hinter der Frau herlief. Auf seiner Schulter trug er eine schwere Kamera, die er den Passanten ins Gesicht drückte. Jetzt verstand ich die Leute, jene, die davon liefen.

Die wollten hautnah dabei sein, diese Medien, da wurde einem schnell kalt, wenn die einem seine Geheimnisse stahlen und einen nackt zurück ließen, ausgebeutet, wie ein Schlachttier.

Doch ich ließ mich nicht jagen. Mich versteckend, senkte den Blick, fast wie ein Strauß, dachte ich und musste für mich lachen. Um mich herum wurde es schnell leer, doch ich wollte nicht einlenken, nicht nachgeben, diesem Druck, den die Anderen mit ihrer Angst auf mich ausübten. Ich blieb mir und meiner Linie treu. Ich wollte ein neues Leben, da konnte man nicht jeden an einem zerren lassen, wo käme ich dann hin? So schlich ich weiter und glaubte mich an dieser Inbrunst vorbei, als eine zierliche und doch erschreckend kräftige Hand sich fast freundschaftlich auf meine Schulter legte. Da meine Füße bisher den Weg bestimmt hatten, konnte ich es nicht ändern, als diese beschlossen stehen zu bleiben. Noch ehe ich mich umdrehen konnte, begann die Frau damit ihren Text herunter zu spulen. Es kam bei mir zu einem Ohr rein und ohne, dass es sich die Mühe gemacht hätte, den Umweg über mein Kurzzeitgedächtnis zu bestreiten, empfahl es sich gleich, und schlich, auf der anderen Seite des Kopfes, am Trommelfell vorbei, ohne eine Visitenkarte zurückgelassen zu haben. Langsam, beinahe schwerfällig drehte ich mich um und mich traf fast der Schlag, als ich mich einer jungen, ausgesprochen hübschen Frau gegenübersah. Mit einem abenteuerlustigen Lachen auf den blutroten Lippen und einem feurigen Glanz in ihren tief braunen Augen strahlte sie mich an. Mein Herz schlug mir gegen die Kehle, da ich nicht wusste, was mich erwartete. Mit meinem dürftigen Wissen über solche Überfallkommandos vermutete ich, dass sie sich und den Sender eben vorgestellt haben musste. Mit einem Blick auf die Kamera im Hintergrund, die nun auf mich gerichtet war, gewann ich die Kenntnis über den Namen des Senders. Doch selbst ein weiterer Blick oberhalb ihrer wenig bedeckten Brüste ließ mich kein Namensschild entdecken, das mich über ihre Identität hätte aufklären können. So entschloss ich mich zu einem passiven Gespräch und beabsichtigte es nicht, sie anzureden.

Doch noch wartete sie und ihre Lippen vollführten merkwürdig verwirrende Bewegungen, während sie mich mit interessierten Blicken durchleuchtete. Sie wartete auf etwas, doch ich beließ es bei einem etwas neugierigen Blick, den ich ihr und ihrem Kameramann schenkte. Ich wusste genug über diese Medienvertreter, um mir sicher zu sein, dass sie bald wieder reden würde. Die hatten einfach keine Geduld, ich aber schon. Sie wollten alles wissen, und am besten sofort. Doch diesen Dienst war ich nicht in der Lage ihr zu gewähren. Und so lächelte sie mich nochmals an, und ich glaubte, dass sie der Meinung war, mich mit diesem Benehmen an sich binden zu können. Von ihrem Selbstvertrauen beeindruckt, dachte ich nicht einmal daran hier weg zu wollen und gab mich sogleich daran, in ihrem bepinselten Gesicht zu lesen. Es war wie eine übereilte Zusammenfassung von vielen Büchern und ich konnte mich nicht entsinnen, einmal eine Geschichte gelesen zu haben, die sich mit einer solch beeindruckenden Anzahl von Fragezeichen hatte schmücken können. Ihre Augen hatten keine Ruhe, ständig waren sie am Suchen und ihr Mundwerk, außerordentlich geschwungen, war es nicht gewohnt, in einer Position zu verharren. Allmählich drang die Wärme ihrer Hand durch meinen dünnen Pullover, da sie diese noch immer auf meiner Schulter ruhen hatte. Fast wie eine Umarmung, nur dass sich die Kamera noch dazwischen zu drängen versuchte.

«Würden Sie für eine Million Euro zu Fuß um die Welt gehen?», wiederholte sie endlich und strahlte mich dabei an, doch ich merkte, dass es mehr der Kamera galt als mir.

«Ja», antwortete ich spontan. Doch sie ließ sich nicht beirren.

«Bedenke doch, wie viel du dir dafür leisten könntest», wollte sie mich weiter überreden. Mir gefiel die Show und so ließ ich sie weiter laufen und erwiderte ihr ein Lächeln, ohne mich daran zu stören, dass wir nun bei einem fast brüderlichen «Du» waren.

«Und wie schön das wäre, das alles zu sehen, wie ein richtiger Abenteurer. Willst du es dir nicht doch überlegen», fragte sie abermals und zeigte der Kamera die volle Pracht ihrer Zähne.

«Ja, ich mach es!» Zu meinem Erschrecken stellte ich fest, wie gefasst ich blieb.

«Und die schöne Wüste, tiefe Wälder ...», wollte sie weiterfahren, als aber ein korpulenter Herr neben sie trat und sie fast gebieterisch zur Seite stieß.

«Er hat doch ja gesagt», fuhr er sie an.

«Konrad Hartmann, mein Name, von der Intexacon AG», stellte er sich mir vor und musterte mich von oben bis unten, und die lange Zigarre, die er immer nur kurz aus seinem Mund nahm, hüllte mich gleich in dicke Rauchschwaden. Er brauchte nicht viel zu sagen, damit ich ihn kennenlernte. Sein breites Gesicht war wie ein offenes Buch. Und ich las gerne, und erkannte, wie gerne er mit mir spielte. Und ich wollte ihn nicht enttäuschen.

«Also für die Tante hier zum Mitschreiben: Du willst allen Ernstes für eine Million die Welt umrunden? Weißt du eigentlich, wie weit das ist?», fragte er mich, da er zwar seinen Ohren, nicht aber mir glaubte.

«40 000 km längs dem Äquator. Und ja, für eine Million würde ich es tun», grinste ich ihn an und erntete als Reaktion viel zum Lesen.

«Aber du wirst gut zwei Jahre unterwegs sein», meldete sich die Moderatorin zu Wort.

«Das macht 500 000 pro Jahr, das ist doch nicht schlecht», hielt ich ihr völlig gelassen entgegen.

«Hast du ein Glück, dass wir nur testen wollten, ob sich einer kaufen lassen würde, sonst müsstest du jetzt wirklich gehen», lachte sie hörbar verunsichert.

Darauf zuckte ich mit den Schultern und setzte ein enttäuschtes Gesicht auf.

«Schade», sagte ich und drehte mich um. Doch ich kam nicht weit, da spürte ich wieder eine Hand auf meiner Schulter.

«Warte», sagte der Dicke.

Das Spiel gefiel mir, und ich wusste, dass die Regeln noch nicht geschrieben waren. Fast gelangweilt drehte ich mich wieder um, ohne die Kamera noch zu beachten.

«Du bist dir also sicher?», empfing mich eine weitere Dunstschwade und brachte mich fast zum Husten.

«Klar, sonst würde ich es nicht sagen», beeindruckte ich den Mann, der sich anmaßte mit seinem Geld alle nach seiner Pfeife tanzen lassen zu können. Die braunhaarige Frau wurde nervös, sie kannte die neuen Regeln noch nicht, sie hielt alles nur für eine Show. Das würde noch ein böses Erwachen geben. Und ich hielt den Eimer mit dem kalten Wasser in Händen.

«Du bist verrückt», wollte sie mich zur Vernunft bringen.

Doch ihr bescheidener Versuch zeigte bei mir keinerlei Wirkung. Ich hatte mein Diplom so gut wie in Händen, nun wollte ich reisen. Und die Fahrkarte stand vor mir, nur sie wusste es noch nicht. Dennoch wollte diese mich gefangen nehmen, mich um die Welt zerren. So geblendet war der Dicke von seiner

Macht. Dieser Multimillionär, mein Schaffner. Sollte er sich nur aufblähen, dann hatte ich mehr Wind für meine Segel.

Und was die Frau anging, so bekam diese nun Angst vor ihren eigenen Worten. Eigentlich müsste es genau noch ihrem Sinn sein. Ein Mann, der seinen Illusionen erlegen war und ein Träumer. Es versprach eben jene Spannung, nach der sie suchte. Grundlage für eine ihrer oberflächigen Shows. Vielleicht gefiel ihr nur nicht, dass es nicht nach ihrem Drehbuch verlief. Aber für mich war es mehr, denn diesmal würde ich die Geschichte mitschreiben und nicht nur in den Gesichtern der Anderen lesen. Spannung bis zum Schluss.

«Selbstverständlich», entgegnete ich ihr und lächelte sie fast schelmisch an «oder habt ihr etwa gedacht ein normaler Mensch würde euer Angebot annehmen?» Ein leises Lachen konnte ich mir nicht ganz verwehren. Diese Frau war einfach zu lustig. Dazu dieser Gesichtsausdruck. Sie hatte wohl mit vielem gerechnet, aber nicht damit.

«Aber das war doch nur ein Test», kam sie ins Stottern. Ich zuckte abermals mit den Schultern, doch mehr brauchte ich nicht mehr zu tun, der Dicke hatte angebissen.

«Sei doch still, das regele ich mit dem Produzenten. Er geht! Und wenn ich mich auf den Kopf stellen muss!» Erregt rötete sich sein Gesicht

Journalistin von Beruf, brachte die Frau es nicht fertig ihren Mund geschlossen zu halten, doch sagen konnte sie nichts mehr, und so hing ihre Kinnlade bewegungslos nach unten. Damit war das alte Drehbuch Geschichte.

«Also in zwei Wochen will ich dich in Wanderschuhen sehen», befahl mir der Dicke.

«Zwei Wochen?», entgegnete ich mit verständnislosem Gesicht.

«Zwei Wochen, sonst gibt's Ärger!» Sein Bossgetue war mächtiger als er.

«Wieso? Brauchen Sie so lange, um mir den Vertrag vorzulegen?»

Er war gerade dabei gewesen an seiner Zigarre zu ziehen und verschluckte sich fast. Ihm waren die Spielregeln auch noch nicht bewusst.

«Bis Morgen dann. 8 Uhr Marktplatz», lächelte ich die Beiden völlig entspannt an, drehte mich um und verschwand in der Menge. Nochmals blickte ich mich nicht um, auch wenn ich allzu gern ihre Gesichter gesehen hätte. Doch das Drehbuch verlangte mir diese Dramatik ab. Harter Schnitt. Und das Spiel hatte begonnen.

– 2 – Nacht des Abschieds

Eigentlich hatte ich nicht vorgehabt, so früh in meine Wohnung zurückzukehren. Doch diese besondere Situation erforderte es. Nicht, dass ich meine Worte bereute, aber hatte ich doch noch einiges vorzubereiten. Ich hatte mir mein neues Leben anders vorgestellt, doch ich machte eh nur aus einem Grund

Pläne, und zwar aus dem, dass ich sie so gerne verwarf. Ich wollte mir dadurch zeigen, dass ich spontan sein konnte. Normalerweise war ich es nicht, heute hatte ich mich selbst überrascht. Doch ich war bereit für dieses Abenteuer. Es gelang mir den Rest des Tages nicht mehr ein fast krankhaftes Lachen aus meinem Gesicht los zu werden. Termine hatte ich keine mehr, Verpflichtungen auch nicht. Die Jobangebote oder Ablehnungen lagen noch ungeöffnet auf meinem Schreibtisch. Ich hatte schließlich erst einmal die Klausur bestehen müssen. Da sah man, dass ich gerne plante, es war alles vorbereitet gewesen. Doch ich öffnete sie nicht mehr, würde wohl keiner mir eine halbe Million im Jahr zahlen. Und die dachten ich sei verrückt, diese Fernsehleute. Und das Lachen in meinem Gesicht wurde noch breiter.

Turn- und Wanderschuhe packte ich in einen Rucksack, dazu einige T-Shirts, Hosen und Kopfbedeckungen, dann noch all den Kleinkram, den man so brauchte, und stellte das Ganze dann in die Ecke. Wo die Reise losging wusste ich nicht, also machte ich mir über besondere Kleidung keine Gedanken.

Wenn es etwas gab, vor dem mir mehr bange war, als um die Welt zu marschieren, dann war es der Anruf, den ich noch tätigen musste. Ich beabsichtigte es nur meinen Eltern zu sagen. Die Zeit drängte und meine Freunde sahen genug fern, um es gewahr zu werden.

Der Hörer fiel mir fast aus der Hand, so sehr wurde die Hörmuschel überreizt, von der Datenflut, der sie ausgesetzt wurde. Und es erwies sich als sehr schwierig meiner Mutter verständlich zu machen, dass ich freiwillig um die Welt gehen sollte. Aber alles Gerede und Bitten half nichts, mein Entschluss stand fest. Ich wollte reisen und ich würde es auch. Nur noch eine Unterschrift und das neue Leben konnte beginnen.

Wie in Trance verabschiedete ich mich von meinen Eltern. Ich hatte sie so sehr damit überrollt, dass ich glücklicherweise keine Träne rollen hörte. Wenn es etwas gab, was ich am Reisen nicht mochte, dann waren es Abschiede. Über Telefon hatte ich es noch nie gemacht, und stellte nun erfreut fest, dass diese Form durchaus ihre Vorzüge hatte. Es gab nicht diesen, von mir so gefürchteten, letzten Blick. Kein Umdrehen, keine Ecke, um die man bog. Einfach geradeaus, und weg. Mein Vater gewann als Erster die Fassung zurück und versprach mir, sich um die Wohnung und alles Weitere zu kümmern, auch das, was ich in der Eile wohl noch vergessen würde. Mit dem Versprechen aus jedem Land eine Postkarte zu schicken verabschiedete ich mich und legte auf. Und dann gab es ihn doch, diesen unangenehmen Augenblick des Abschiedes. Als der Hörer die Halterung berührte, spürte ich es und es war ein elend langer Moment, bis ich das Telefon loslassen konnte.

Schlimmer gar wurde die nun folgende Nacht. Kein Auge bekam ich zu, unablässig sah ich diesen dicken Mann und neben ihm die fassungslose Frau. Du musst verrückt sein. Ich musste in mein dunkles, nur von der Straßenbeleuchtung erhelltes Zimmer lachen, während ich auf dem Bett lag. Die Arme hinter meinem Kopf verschränkt lag ich da. Und auf einmal konnte ich sie verstehen. Ich war verrückt. Und so glücklich wie noch nie zuvor in meinem Leben. Die letzte Nacht, dann war es da, das neue Leben.

Es störte mich wie die Menschen mir immer auswichen. Wie ein Fisch, den man aus dem Strom zerrte. Mehr waren sie nicht, nur weiter wollten sie, geradeaus. Und dann noch diese Werte, in die sie mich zwängen zu müssen glaubten, da passte ich schon lange nicht mehr rein, und füllte sie nicht aus, je nachdem, um welche es sich handelte. Es reichte mir, jetzt wollte ich einmal weglaufen. Und ich war schnell. Einmal um die Welt, das sollte reichen. Einholen würden sie mich nicht können. Und ich sie auch nicht, denn ich lief in die andere Richtung. Ein Fisch auf Abwegen, deshalb interessierten sich die Medien dafür. Die wollten nicht wissen, was falsch war, nur was anders war, begeisterte sie. Schlimmer als Kommunisten waren die. Immer auf die zeigen, die anders waren, wie mich das störte. Standgericht, denn verteidigen konnte man sich nicht, weil keiner es verstehen würde.

Die Nacht selbst war eine Reise, weit kam ich nicht, ich drehte mich immer nur von einer Seite auf die andere. Nur meine Gedanken irrten umher. Viele von ihnen nahm der dicke Mann in Anspruch, und wenn er mal Platz machte, tauchte die Frau auf, mit ihrem erstarrten Gesicht. Und sie machten mir Angst, Angst vor mir selbst. Keiner der mich kannte hätte mir zugetraut eine solche Entscheidung zu fällen, nicht einmal ich. Und noch nie war ich mir bei etwas so sicher gewesen, wie bei diesem Entschluss. Weltreise, und ich hatte getan als würde ich eine Fahrkarte für den Bus in die Stadt kaufen. Deshalb hatte die Frau mich wohl nicht verstanden. Ich war völlig ruhig geblieben, das war einfach nicht ihre Art. Und sie schloss von sich auf Andere. So taten die Menschen das. Hatte ich auch gemacht, früher, aber hatte zu oft merken müssen, dass es nicht klappte, mit diesen Rückschlüssen. Sie waren einfach zu anders, diese Fische. Deshalb sagten sie mir auch immer, ich würde zu viel reden. Und ich war stumm geworden, vereinsamt, inmitten einer Stadt. Hatte mich wie ein Fisch in der Masse versteckt. Doch jetzt war Schluss damit, ich würde einsteigen, beim Schaffner stehen bleiben, einmal um die Welt bitte, und dann ging es los. Ich wollte raus, raus aus dem System, raus aus der Masse, sie zerdrückte mich. Endlich wieder allein sein, dann würde das schnell aufhören, mit diesem Einsam sein. Keiner der versuchte mich zu zensieren, keine Abstriche, nur noch ich sein. Endlich diese Schuppen loswerden, die ließen meine Seele vertrocknen, zu schwer waren sie. Ich musste raus aus diesem Rennen. Du bist verrückt, erinnerte ich mich wieder an die Frau. Ich lachte, nein ich war normal, nur keiner konnte das sehen.

Wie ich die Nacht und den dann anbrechenden Morgen verbrachte, war mir nicht bewusst geworden.

Kleinigkeiten in meinen Augen, Nichtigkeiten hatte ich noch eilends erledigt. Für den Rest konnte ich die Aufbruchsstunde kaum noch erwarten. Und der

Dicke hatte wirklich gewollt, dass ich zwei Wochen hätte warten sollen. Mehr als ein amüsiertes Lachen konnte mir dieser Gedanke nicht abverlangen.

Es war noch nicht lange her, dass ich den Mann das letzte Mal gesehen hatte und doch wollte mir meine Erinnerung ihn mir nicht mehr originalgetreu abbilden. Vielleicht war es um die Zeit zu überbrücken, auf jeden Fall malte ich mir eine Karikatur des Mannes, die nun in meinem Geist herumspuke. Und ich sah ihn nicht bloß einmal, denn für jede Geschichte, die ich in seinem Gesicht gelesen hatte, fertigte ich eine neue Gestalt an, die ihm versuchte gerecht zu werden. Ich malte mir aus, wie er in seiner Firma umherstolzierte, wie er die Anderen befehligte, wie ein Feldherr sah er für mich aus. Groß, imposant und dick. Auf eine gewisse Weise lächerlich bei dem Versuch sich seine eigene Macht vorzuspielen, wie eine tobende Seifenblase, die allen Angst machen wollte, damit keiner sich an sie heranwagte.

In mir war ich immer noch ein Kind geblieben, nicht weil ich nicht die Reife gehabt hätte, erwachsen zu sein, sondern weil ich es nicht wollte. Ich wollte nicht zu jenen Fischen gehören, die mich mit ihren fragwürdigen Werten abzumessen gedachten. Gewogen, und für zu leicht empfunden. Darüber konnte ich nur lachen. Ich merkte, wie die anderen zu mir herab sahen. Mit ihren großen, blinden Augen. Und ich sah zu ihnen herauf, wie bei einem Hochhaus. Ich wusste, ich wollte nie dorthin, ich hatte schon als kleines Kind immer Höhenangst gehabt. Und die Luft war mir da oben zu dünn. Zu wenig Freiheit, da konnte man nicht laufen. Und das wollte ich aber, das brauchte ich. Und jetzt, einmal um die Welt.

Seltsames Gefühl war es dann doch, als ich, ohne mich umzudrehen, aus der Wohnung gegangen war, und nun durch die Straßen der Stadt ging. Wie ein Fremder kam ich mir auf einmal vor, irgendwie hatte ich das Gefühl als müsste jeder merken, dass mit mir was nicht stimmte. Doch es blieb keiner stehen, keiner drehte sich um. Und immer noch liefen sie. Gehetzt sahen sie aus. Mir fiel es auf einmal noch mehr auf als sonst, viel schneller kam es mir vor, wie sie an mir vorbei liefen. Alle waren sie auf der Flucht, es war wirklich an der Zeit, dass ich hier mal wegkam. Alle durchgedreht. Ich wollte ihnen noch weiter zusehen, doch ich konnte es nicht. Sie störten mich auf einmal, mit ihren gesenkten Blicken, mit ihren vollen Tüten und ausdruckslosen, leeren und starren Augen, die sie vor jedem zu verstecken suchten. Die schweren Wolken hatten sich über Nacht verzogen und es erhellte eine aufsteigende Sonne mir den Weg.

Aus weiter Ferne konnte ich den Marktplatz erkennen. Unzählige kleine Straßen und Gassen liefen dort zusammen und es gab keinen Strom in dem die Menschen untergehen konnten.

Den Dicken und die Leute vom Fernsehen konnte ich aber noch nicht ausmachen. Die würden sich wohl irgendwo in der Mitte tummeln. Auffällig, fast störend postiert. Doch dieses Mal mussten sie warten, nicht wie zuvor die

Leute erschrecken, kein Aufdrängen mehr. Sicher eine ganz neue Erfahrung für die junge, attraktive Frau. Ein Bild, auf das ich mich freute. So viel gab es nun, worauf ich gespannt war, dass ich es kaum noch erwarten konnte. Das Drehbuch und die Spielregeln hatte ich vergessen, doch ich wusste, dass es auch so eine spannende Geschichte werden würde. Einfach nur treiben lassen, aber aufpassen vor dem Mahlstrom, diesem schier unausweichlichen Strom der Menschen, die das Ganze dann auch noch Leben nannten.

Dann betrat ich den Marktplatz und mit jedem Schritt wurde mein Blick freier, da keine Gebäude ihn mehr einengten. Während ich auf die Mitte zuhielt, ließ die Menschenmasse nach und es gab keinen mehr der mir entgegen kam. Langsam lichtete sich der Schleier der Passanten und da sah ich sie.

Sie beanspruchten viel Platz für sich, oder vielleicht war es wieder die Masse, die sich aus Angst nicht dorthin wagen wollte. Ich aber hielt geradewegs auf sie zu. Den Dicken bemerkte ich diesmal als Ersten.

Unruhig blickte er um sich, als würde er selbst dieses Abenteuer bestreiten. Die Frau wirkte eher genervt als angespannt. Ihr Boss hatte ihr sicher eingeheizt, denn sie sah nicht aus, als glaubte sie, dass ich kommen würde. Und bei meiner Reaktion hatte ich ihr keinen Grund gegeben, es zu tun. Zu gelassen war meine Reaktion gewesen, als dass ich mir ernsthaft Gedanken darüber gemacht haben könnte. Sie hatte nicht in meinem Gesicht gelesen, sonst wüsste sie es. Sie kannte mich nicht und hatte mich mit den Werten gemessen, die sie kannte. Und da reagierte man anders.

Obwohl der Dicke sich unentwegt umdrehte und umher stierte, war es die Frau, die mich als Erste bemerkte. Ihre Kinnlade drohte herab zu stürzen, doch mit ihrer Erfahrung und ihrer schwatzhaften Art gewann sie ihre Beherrschung schnell zurück. Ohne Konrad zu beachten, ging sie an ihm vorbei und ließ ihn nichts ahnend stehen. Wieder mit einem gewinnenden Lachen im Gesicht kam sie auf mich zu. Diesmal war sie gleich von drei Kameras umringt, wobei sich eine auf mich stürzte, eine sich ganz ihr widmete und die dritte sich etwas entfernt postierte.

«Wie fühlst du dich?», fragte sie mich, während sie sich mir annäherte, als wären wir Altbekannte.

Die typische Journalistenfrage, wie ich die hasste. So machten die das immer. Stand ein Mann vor seinem abgebrannten Haus. Und wie fühlen sie sich? Einfach kein Feingefühl, diese Sensationsreiter.

«Gut», gab ich mich wortkarg und erwiderte ihr Lächeln.

«Wo hast du denn dein ganzes Gepäck gelassen?», kam eine frauenspezifische Frage gleich hinterher. Und in eben dem Augenblick wusste ich, dass mir dieses Spiel Spaß machen würde. Es war ganz nach meinem Geschmack.

«Oh, das ist alles. Ich reise nur mit leichtem Gepäck», erklärte ich ihr und nahm den Rucksack von der Schulter, damit die Kamera ihn auch gut einfangen konnte.

«Ich hatte schon befürchtet du kämst nicht», vernahm ich eine bebende Stimme, während eine breite Pranke meinen nun freien Rücken mit voller Wucht traf.

«Nicht doch, wo es ein Abenteuer gibt, da bin ich zu Hause.» Die Antwort galt der Kamera, die scheinbar den Weg in meine Nase suchte.

«Und du bist bereit loszugehen?» Die Frau blieb skeptisch.

«Sobald der Vertrag unterschrieben ist», klärte ich sie über meine einzige Bedingung auf.

«Hör mal, ich bin ein Ehrenmann», klopfte mir der gestandene Mann abermals auf den Rücken und ich drohte fast vorn überzukippen.

«Es ist nicht persönlich gemeint, das sicher nicht, aber wie stünde ich da, wenn ich noch bevor ich das Diplom in Hände halte, alles vergessen würde, was ich gelernt habe», wollte ich ihm mein Benehmen verständlich machen.

«Recht hast du, Kleiner», lobte er mich. «Du wirst es noch weit bringen.»

«Ja, hoffentlich einmal um die Welt», meinte ich lachend.

Mit seiner rauen, dröhnenden Stimme fiel er in mein Lachen ein. Dieser unmögliche Mensch wurde mir richtig sympathisch. Wir verstanden uns gut. Nur die Frau vom Fernsehen wirkte leicht gekränkt.

Die Einstiegsszene war keineswegs nach ihrem Geschmack verlaufen. Das sah man sogar ihren Kameraleuten an, die sich fragten, was sie eigentlich hier sollten. Drei Mann, und ich lieferte kein Material. So einen hatten sie wirklich nicht erwartet. Doch sie mussten es nun versuchen. Die Frau wusste ihren Chef im Nacken. Und ihre Furcht vor ihm war größer als ihr Missfallen an meinem faden Benehmen.

«Wieso hast du eigentlich so schnell dich überreden lassen?», klammerte sie sich an mich. Sie hatte mir den Weg zu einem wartenden Auto gezeigt und mich gleich von dem Dicken weg gezerrt. Den mochte sie noch weniger als mich. Und dieser konnte unserem schnellen Tempo nur schwer folgen und war bereits nach wenigen Schritten schnaufend abgeschlagen.

«Ich brauchte eine Veränderung in meinem Leben. Einfach mal einen sauberen Schnitt», gestand ich ihr, und die Kamera war hautnah dabei. Ich fühlte gleich an ihrem Griff, dass sie auflebte und hellhörig wurde.

Sie roch es bereits, die Sensation. Ich war für sie wie ein Gefrierschrank. So musste ich wohl jetzt auf sie wirken, denn ihr Griff wurde fester und sinnlicher, als wollte sie mich auftauen. Ich spürte und genoss es. Sie gierte danach, dass ich zusammenbrach. Gefühls- und Tränen überlaufend. Auch wenn sie es nicht geschafft hatte in meinem Gesicht zu lesen, so waren ihre Sinne doch geschärft genug, um zu merken, dass tief in mir etwas lungerte. Eine Unruhe, vielleicht auch Wut und Trauer, die sie für die Welt an die Oberfläche bringen und ihren Zuschauern in spannenden Folgen präsentieren wollte.

Ich musste mich nur in acht nehmen, dass ich nicht alle Spielregeln aus der Hand verlor, und dann schließlich nach ihrem Drehbuch tanzen müsste. Das war wiederum mir zu oberflächlich und abgegriffen. Ich wollte etwas Neues, sonst wäre diese Reise für mich sinnlos. Ich hatte nicht den Platz in meinem Rucksack auch noch die Werte und Vorstellungen der Zivilisation mit mir rum zu schleppen. Die waren mir zu schwer und erdrückten mich. Ich wollte sie nicht, und doch war mir dieses Spiel, dieses gespielt warmherzige Benehmen der Frau nicht unangenehm. Etwas aufzutauen würde ich noch hinnehmen können, aber sicher nicht zu schmelzen und vor ihr zu zerfließen.

Die wenigen Schritte reichten zum Glück nicht dazu, und ich konnte mich wieder sammeln, als wir ins Auto gestiegen waren und auf Konrad warteten.

Es war eine geräumige Limousine, die mich mit geöffneten Türen erwartete, im absoluten Halteverbot. Dieser Konrad verstand es zu reisen. Und ich war belustigt von dem Gedanken, dass sie sich nun Mühe gaben mir die Vorzüge eines reichen Daseins zu zeigen, um mich dann zu Fuß durch die Wüste zu schicken.

Auch als Herr Hartmann – um ihm die Ehre einer gepflegten Anrede zu erweisen, – sich zu uns gesellte und mich noch näher an die Journalistin drückte, merkte ich nur noch deutlicher, dass ich aus dieser Welt fliehen musste. Zwar zeigte ich mich höflicherweise beeindruckt und es war auch in der Tat beeindruckend, wie angenehm sich das Leder anfühlte, doch schaffte dieses es dennoch nicht, mich zu berühren. Das Fernsehen hatte mich bereits abgestumpft und alle Superlative ließen mich kalt. Sie wollten mir alles zeigen, doch ich merkte, wie ich erblindete.

Selbst den Vertrag, den ich unterzeichnete, nachdem der Fahrer weich angefahren war und Konrad ihn schwerfällig aus seinem Aktenkoffer hervor geholt hatte, rief keinerlei Empfinden bei mir aus. Die Kamera, die samt dem Bediener vorne Platz gefunden hatte, hätte genau so gut ausgeschaltet bleiben können. So wenig gab es in meinem Gesicht zu sehen. Das merkte ich dem Kameramann deutlich an und ich fand, es wäre interessanter gewesen, hätte er seine eigene Enttäuschung für die bildüberreizten Zuschauer festgehalten.

Ich las mir den Vertrag in Ruhe durch, während ich auf der einen Seite gequältes Einatmen hörte und auf der anderen spürte, dass ich geröntgt wurde.

Die bisweilen ulkigen Formulierungen bereiteten mir richtig Freude. Auch die Hintertüren, die sich mir auf Schritt und Tritt zeigten, erheiterten mein Gemüt. Die Gewinnsumme war übertrieben hervor gehoben. So groß gar, dass sie den Zuschauern nicht entgehen konnte. Doch die Zeile überflog ich, auch sie hatte für mich keine Bedeutung. Ich wollte weg. Das Wissen aber, dass sie nachher auf mich warten würde, war dann doch ein beruhigendes Gefühl.

«Möge das Abenteuer beginnen», sagte ich feierlich und schenkte der Kamera dann doch noch etwas Begeisterung.

Kaum war die Szene im Kasten, als der Mann sein Gerät abschaltete und vorne aus dem Fenster sah. Er kannte mich wohl gut genug, um zu wissen, dass meine Sendezeit nun zu Ende war. Und recht hatte er. Ich war anders, und ich wusste er hätte die ganze Wahrheit jetzt noch nicht ertragen können.

Die Fahrt zum Flughafen war wie eine Schlafwanderung. Durch die getönten Fenster hätte man die Landschaft zwar erkennen können, doch ich ließ sie unbeachtet an mir vorbei rauschen. Die Frau hatte den Versuch sich an mich zu drängen aufgegeben und sich nun uns gegenüber Platz genommen. Es wirkte fast hypnotisch, wie sie mich schweigend im Auge behielt. Als müsste sie mich erst einmal studieren, mich analysieren, meine Schwächen aufdecken. Dabei verfinsterte sich ihr Blick keineswegs, sondern blieb freundlich und offen.

Nur der Dicke gefiel mir nicht. Er war genauso stumm, wie auch ich, doch wirkte es bei ihm eher bedrückt. Sein Gemüt wirkte so schwer, wie eine der Geschichten, die ich hinter seiner Fassade gelesen hatte. Es aber nun zu spüren, betrübte mich leicht und Mitleid stieg in mir auf. Die Limousine konnte daran nicht das Mindeste ändern. Sie war bedeutungslos, nur eine dieser Fassaden, die die Welt, die Zuschauer so gerne sahen. Doch es war nicht die Wahrheit, denn die konnte man nur im Menschen finden. Und was ich dort sah, machte mir Angst. Ein aufgeblähter Luftballon, und ich sah, wie er nach einem Ventil suchte. Er drohte zu platzen, und doch war er irgendwie leer.

Sein Gesicht war gegen das Fenster gelehnt und er gab vor nach draußen zu schauen, doch seine Pupille – die, die ich sehen konnte – bewegte sich nicht. Seine Gedanken waren weit weg. Ich vermutete, dass seine Augen nichts finden konnten, was einen Blick rechtfertigen würde, und sein Geist war auf der Suche danach.

Deshalb wollte er mit mir spielen, er brauchte es für sich, diesen Beweis, dieses Abenteuer, das er nicht mehr finden, nicht mehr empfinden konnte. Und während wir dahin fuhren, schwor ich mir, dieses Spiel bis zum Ende zu spielen. Nicht nur um meinet Willen, sondern auch wegen dem Millionär, es war sein Spiel, auch wenn ich die Regeln dazu nicht einhalten wollte. Genauso wie das Drehbuch der Frau, deren Namen ich peinlicherweise noch immer nicht wusste. Wie stumm sie doch war, wenn keine Kamera auf sie zeigte, beinahe menschlich wirkte sie dann. Doch dies konnte nicht von langer Weile sein.

Und so war es auch. Die Limousine fuhr am Flughafen vor und schon klingelte es zwischen dem Millionär und mir. Leicht zuckend tauchte der Geist des Dicken wieder neben mir auf und sein Körper griff energielos unter dem mittleren Sitz, wo er einen, noch altmodisch verkabelten Hörer zum Vorschein brachte. Und ohne, dass Konrad den Anrufer ausreden ließ, war es um die Ruhe geschehen. Wir standen vor einem verschlossenen Gitter. Aufgeregt sprach der Fahrer mit seinem Chef, wollte diesem erklären, was vorgefallen war, doch dieser war nicht mehr als Zuhörer zu gewinnen. Den herrenlosen Hörer verstauend, stieg ich aus dem Gefährt. Nun konnte ich meinen Mitspieler einmal richtig in Aktion sehen. Nicht mehr der schwerfällige dicke

Mann, nur noch mächtig und dominant war er. Die Kamera wenige Schritte entfernt, die hektische Frau gleich daneben.

«Was soll das jetzt, macht doch auf», brummte Konrad zwei Wachleute vor dem Gitter an.

«Tut uns leid, Herr, aber wir dürfen niemanden hier reinlassen», kam ein kräftig gebauter Sicherheitsmann auf ihn zu. Jetzt konnte ich den Millionär richtig in Fahrt sehen und fand wieder andere Geschichten aus seinem Gesicht bestätigt. In der vorigen Nacht hatte mir mein Verstand doch keine Streiche gespielt. Er war die vielen Gedanken wert gewesen, so viele dieser von mir erstellten Figuren füllte er aus. Ein wandelndes Kabarett und dazu noch eine Journalistin, die nicht wusste, wie sie sich postieren sollte. Auch sie wollte ihren Senf dazugeben, aber neben dem Millionär verblasste sie. Sie konnte – und dieser Umstand beanspruchte meine Bewunderung – sich nicht in Pose setzen. Die Wachmänner nahmen sie nicht wahr. Nicht einmal ihre eigenen Leute, die nun gierig umherliefen, um die besten Bilder unseres Ausflugs festhalten zu können, schenkten ihr Beachtung.

Da war mehr als nur ihre ständige Suche nach Sensationen, das konnte man, wenigstens ich, der sie wahrnahm, deutlich erkennen. Sie sehnte sich nach Anerkennung, doch die gab es nicht, dafür war sie zu fordernd, zu ungeduldig. Und nun gar, als sie so aufgedreht umher tanzte, wirkte sie zerbrechlich, wie ein Kreisel, der unruhig hin und her sprang aus Angst, dass er dem unausweichlichen Ende erliegen würde. Ich wusste, dass es nicht ewig so weiter gehen konnte. Nur noch ein paar Kreise und die Erkenntnis würde sie ereilen, bloß konnte niemand sagen wie viele es noch waren. Sie kämpfte tapfer weiter und mit ihrem feurigen Temperament drehte sie selbst auf, als würde es nur dieses eine fragwürdige, trunkene Glück geben, als könnte sie nur für diesen Rausch der Geschwindigkeit leben.

Trotz der dröhnenden Stimme des Millionärs konnte er keinen Meter der Startbahn für sich gewinnen. Die Sicherheitskräfte, die eilends Kollegen angefordert hatten, blieben eisern.

Wie ein Löwe, mit seiner kräftigen, glänzenden Mähne, der von einer Horde Hyänen in die Flucht geschlagen wurde, erschien mir der Millionär, als er schließlich einlenkte und sich, nicht ohne seine Beschwerden über Handy los zu werden, wieder in die Limousine begab. Lautstark brüllte er in sein Telefon, sodass es mir unangenehm wurde und die Person auf der anderen Seite der drahtlosen Verbindung mein Mitleid gewann. Ich konnte nicht begreifen, was so schlimm daran sein konnte, dass wir nun den Weg durch den Flughafen bestreiten mussten. Wie langweilig musste doch ein Leben sein, wenn man es dadurch schmücken musste, sich wegen solcher Lappalien aufzuregen. Was es mir noch mehr erschwerte diese Reaktion nachzuvollziehen, war der Umstand, dass wir uns aufmachten, zu einer Reise rund um die Welt. Wer konnte sich bei diesen Ausmaßen noch an Hundert Metern stören? Die Macht des Millionärs verhallte wie Rauch, sie war doch nur Illusion gewesen. Wo war dieser beeindruckende Geschäftsmann, als den er sich präsentierte, wenn der dicke Mann neben mir nun schon über einen Kieselstein stolperte. Dabei hatte er doch sicherlich die ganze Welt bereist. So wie ich mit dem Finger über einen Globus einst, doch ich glaubte nun, es bestünde dabei kein Unterschied. Er hatte nichts gesehen, oder zumindest nichts von dem bescheidenen Reichtum errungen, den man sich nicht einfach umhängen konnte. Ja, er war ein Millionär, einer aus dem Bilderbuch, aus einer Anzeige, sichtbar und doch nur eine Erfindung des Marketings. Er war die lebendig gewordene Lüge der Menschen. Und neben ihr saß ich nun, gegenüber der Frau, die diese ständig in die Welt posaunte, mit beeindruckenden, prunkvollen Bildern. Mehr war es nicht, nur die Kulisse auf der riesigen Bühne, die die Menschen errichtet hatten und sie war gepflastert mit deren Werten. Klein und kariert, wie jene in der Stadtmitte, den Einkaufsmeilen, die die Produkte verkauften, die angepriesen wurden. Nicht aber von mir, denn die Fensterläden waren für mich leer und dunkel. Deshalb wohl erntete ich das Mitleid der Menschen, ich war schwach und blind und zu müde, um an ihren Rennen teilzunehmen. Wie ein alter Greis floh ich nun, und die Welt schenkte mir einige letzte Gefährten. Für meine letzte Reise, in die Wüste, da war genug Platz für mich, und dort war ich ihrem Mitleid nicht mehr ausgesetzt. In der Wüste musste man nicht sehen können, dort gab es nichts, nur Sand, aber in den konnte man nicht ungewollt einrennen, über den konnte man nicht stolpern. Deshalb freute ich mich für den Millionär und hoffte, dass er sich endlich von seinen vielen Kämpfen erholen und von seinen Verwundungen genesen konnte.

Kaum hatte der Chauffeur uns bis vor den Haupteingang gefahren, da ging das Schauspiel weiter. Wieder war der Millionär zu aufgebracht, um darauf warten zu können, dass ihm die Tür geöffnet wurde.

Mit einem übertriebenen Einsatz seiner Kraft und einem Angst einflößenden Gestöhne, stürzte er selbstmännisch aus dem Auto. Die weitaus flinkere Journalistin hüpfte gleich hinter ihm in den Flughafen rein.

Ich war keiner der gerne auffiel und so schlenderte ich in einigem Abstand gemütlich hinterher. Trotz der einen Kamera, die es nicht lassen konnte mich zu verewigen, erregte ich keinerlei Aufsehen. Dieses erntete in vollem Umfang der Millionär mit seiner wachsenden Gefolgschaft. Neben den zwei Kameraleuten, die uns gefolgt waren, und nun nur ihn anvisierten, war auch die ihn nicht mögende und doch anhängliche Medienvertreterin immer an seiner Seite.

Bald waren aber zudem sämtliche Zuständigkeitsbereiche damit beschäftigt, die tobende Lawine aufzuhalten. Doch diese baute sich immer weiter auf, und je mehr Leute auf Konrad einredeten, er möge doch Frieden geben, umso mehr brüllte er. Wer Wind sät, wird Sturm ernten. Dabei bezweifelte ich stark, dass ich dann dabei sein wollte.

Doch ich hatte keine Wahl, oder besser, ich ließ mir keine. Da war ein Ziel, und diesmal wollte ich es erreichen, es war nicht mehr länger nur ein Traum. Auch wenn ich mir bei diesem Anblick beinahe wünschte aufzuwachen.

Den Sicherheitskräften schenkte der Dicke keinerlei Beachtung. Er wollte den Chef sprechen, wie man aus seinem, nicht ganz freundlichen Geschreie, vermuten konnte.

Eine zierliche, junge Dame aus dem Informationsstand stöckelte der Truppe entgegen, in dem mitleiderregenden Versuch, die Situation zu schlichten. Doch es schien mir, als wolle sich Konrad keineswegs beruhigen. Mich beschlich das Gefühl, als bräuchte dieser einen solchen Trubel um sich, und als ob er es gut verstünde sich selbst in Rage zu reden.

Auch wenn ich davon ausgehen musste, dass das einzige Problem, das er sah, die Tatsache der Einlassverweigerung an einem ´Zutritt verboten` Tor war, so war dies nicht länger aus den Beschuldigungen, die er den Flughafenmitarbeitern an den Kopf warf, zu erahnen.

«Was ist das denn für eine Behandlung?»... «Wo versteckt sich denn der Chef, was für ein Saftladen?!», und weniger beherrschte Ausdrücke warf er, nicht unbedingt sparsam, um sich. Auch wenn die Schar um ihn deutlich überfordert war, blieb sie fest an ihm kleben, und da Konrad nicht zu bremsen war, bewegte sie sich immer weiter. Selbst an Absperrungen innerhalb des Flughafens kamen wir nun mühelos vorbei, da sich eine solche in Bewegung gesetzte Masse nicht mehr aufhalten ließ.

Auch ich, der ohne die Meute auskommen musste, und zudem auch wollte, schaffte es ebenfalls an den verblüfften Wachleuten und Kontrolleuren vorbei. Bei mir war es weniger die überrollende Wirkung meines Auftretens, als vielmehr die Kamera, die unermüdlich meinen fast teilnahmslosen, unbeeindruckten Gesichtsausdruck einfing. Mit einem fassungslosen Blick auf die abziehende Meute, und einem desorientierten auf mich, den glanzlosen Star vor der Kamera, glaubten sie sich im falschen Film und ließen mich unbehelligt passieren. Dabei konnte ich es ihnen nicht einmal verdenken. Allein der in der Masse untergehende und doch nicht klein zu kriegende Konrad war ein eigenartiger Anblick, aber dann noch ich, der ich völlig nüchtern hinterher trabte und dem Film die nötige farblose Leinwand bot, ließen die Dramatik der Show einfach überwältigend erscheinen.

Doch dann geschah das Unvermeidliche, die Lawine hatte die Talsohle erreicht und blieb abrupt vor einer Treppe stehen. Konrad gelang es nicht diese zu erklimmen, da er, inmitten der Meute, sich keine sicheren Schritte erringen konnte.

Unglücklicherweise bemerkte ich den Stillstand zu spät und prallte ungewollt mit der Schar zusammen und wurde dank der Autorität, die mir die Kamera verlieh, auch gleich aufgenommen und bis zu Konrad durch gelassen.

Dieser schien den Überblick vollends verloren zu haben und wusste nicht, auf wen er seinen selbst gezündeten Zorn nun richten sollte.

Ich wusste nicht wieso und es war mir nicht nur unangenehm peinlich, sondern gar unheimlich, doch kaum fand ich Beachtung inmitten der sich wichtig fühlenden Menschenmasse, als diese auch schon verstummte.

Diese Kamera, die fortwährend meine Nase begutachtete, machte mein unauffälliges Wesen zunichte. Sie zwängte mich in eine Rolle, in die ich nicht passte. Wie mit diesen anmaßenden, beschränkenden Werten, in die ich mich nicht zwängen wollte.

«Konrad, gibt es ein Problem?», fragte ich, da mir die Stille nicht schmeckte. Völlig ruhig blieb ich nach außen und hoffte, dass sich dieser Trubel bald wieder legen würde. Zu viele Augen, die mich ansahen, die mich auszogen. Und dann noch diese richtenden Kameras.

Der Dicke empfand diese enttäuschte Frage als entwürdigend. Und ich merkte wie sein Kampf mich zu beeindrucken an dieser Stelle eine Wendung erfuhr.

«Diese Leute hier wollen uns nicht zum Flugzeug lassen», erklärte er mir, nun wie beiläufig, als handele es sich um eine Nichtigkeit, um die ich mich nicht zu sorgen brauchte.

«Ein Service ist das», lachte ich in dem Versuch die angespannte Stimmung zu lösen.

«Wieso wollt ihr uns nicht zum Flugzeug lassen?», fragte ich den erstbesten Sicherheitsmann, der mir vor mein Mundwerk kam.

Völlig verwirrt, aber freundlich und mit einem lächerlich verwunderten Blick löste er diesen von Konrad und erweckte den Eindruck als wolle er nur noch mit mir reden.

«Zu welchem Flug möchtet ihr denn?», stotterte er taumelnd, weil die Wand fehlte, gegen die er Sturm gelaufen war.

Der Dicke ließ seine kräftige, dröhnende Stimme erschallen und die Flugnummer drang an mir vorbei, bis in das Ohr eines jeden, der sich um uns geschart hatte.

«Natürlich», stammelte der junge Sicherheitsmann verlegen, als hätte er es wissen müssen.

Auch auf die anderen schien diese einfache Nummer durchaus Eindruck zu machen, denn es dauerte nicht lange, bis sich die Traube aufgelöst hatte.

«Ihr müsst nur kurz durch den Scann und schon könnt ihr rein», sagte er, als wäre die besondere Behandlung eine Selbstverständlichkeit.

Ich, der noch nicht geflogen war, vermutete, dass es sich dabei um ein besonderes Training für Stressvermeidung unter den Gästen handeln musste. Einfach den Anstrengenden, Lautstarken jeden Wind aus den Segeln nehmen und ihnen das Gefühl geben nach deren Pfeife zu tanzen. So musste das nun hier sein, denn ich hatte noch nie erlebt, dass Unruhestifter so unbehelligt davon kamen. Den Trick musste ich mir merken, einfach nur brüllen und wie ein Affe herumtanzen, doch ich wusste, dass ich das nie tun würde. Ich tauchte lieber ab, unauffällig erreichte ich auch meine Ziele. Auch jetzt, ich hatte nur einmal fragen müssen. Schon verwirrend das Ganze. Ich wusste nicht recht, wo ich nun dran war, mit dem Dicken und mir.

Eilends drehte sich der junge Mann um und erwartete von uns, dass wir ihm folgten. Er schien Konrads Rache zu fürchten, denn er schlug ein Tempo an, dem ich kaum zu folgen vermochte, geschweige denn die lebende Lawine hinter mir, die sich nur langsam und in kleinerer Ausführung als vorhin in Bewegung setzte.

Von den Superlativen meines Begleiters stimuliert erwartete ich ein überwältigendes Flugzeug, vielleicht sogar, dass er die Hälfte der Sitzplätze für uns gebucht hatte. Zumindest ließ der Service, des sich ständig besorgt umblickenden Sicherheitsmannes dies vermuten. So viel Aufhebens konnte man wegen einem Gast nicht machen, vielleicht, und der Gedanke bereitete mir Angst, hatte er gleich den ganzen Flug gechartert. Zutrauen würde ich es ihm, und das meinte ich an dieser Stelle keineswegs als Kompliment.

Ich hatte mir den Spaß erlaubt den Sicherheitsmann einzuholen und nun großen Schrittes neben diesem her zu eilen.

Der eine Kameramann, der mich wohl als das ruhigste und einfachste Ziel erachtet hatte, musste seinen Irrtum nun mit vielen Schweißperlen sühnen.

Auch wenn ich, aus mir unverständlichem Grund, der Kamera keinerlei Beachtung mehr schenkte, so konnte ich mich doch einiger belustigter Blicke dem Träger gegenüber nicht erwehren. Selbst für eine solch belanglose Szene ging er an seine Grenzen, weil die Kunden Vollständigkeit verlangten. Sie wollten hautnah dabei sein. Jedes Detail wollten sie haben, nicht des Interesses wegen, das sicher nicht, nur aus Prinzip. So was brauchten die Menschen. Prinzipien, die von anderen respektiert und erfüllt wurden.

Selbst meine Freundin vom Fernsehen konnte die Lücke nicht mehr schließen. Das war doch mehr Sport, als ich gedacht hatte, dieses Reisen.

Auch der Dicke hatte es sich offensichtlich anders vorgestellt. Deshalb drehte ich mich nicht mehr zu ihm um. Das war Teil des Spiels, er musste mir zeigen, wie mächtig er war, und deshalb musste ich nun wegsehen. Dabei wollte ich ohnehin nicht zurück blicken, zu viele Altlasten.

Ich wollte weg, und der Mann neben mir scheinbar auch. Er raste an den Gängen nur so vorbei, die Sicherheitsabsperrungen hatten wir hinter uns, die Fluggäste, die lärmend durcheinander stürmten, berührten uns nicht mehr.

«So, da sind wir!» Abrupt blieb er stehen. Er war außerordentlich zufrieden mit seiner Geschwindigkeit, denn als er mich ansah, hatte er etwas im Blick, das mich um Bestätigung oder gar Lob bat, dafür, dass er uns so schnell hergebracht hatte.

Ich musste kurz für mich schmunzeln und versuchte, mit hochgehobener Hand, als wolle ich mich an der Nase kratzen, es zu verbergen. Außer uns beiden und dem erschöpften Kameramann war noch keiner zu gegen.

So von meiner Begleitung isoliert, wusste ich nicht, was ich tun sollte. Vor mir stand abermals ein Trupp Wachpersonal und diesmal war mir keine Lawine vorausgeeilt, die mir den Weg freigeräumt hatte.

Mit einem hilflosen Blick an meinen übereifrigen Wegweiser, bat ich ihn wortlos mir die ihm vorschwebende Prozedur zu erläutern, was er in seinem erwachten Tatendrang gleich tat.

«Ihr müsst jetzt nur noch durch die Kontrolle, und dann kann es los gehen», sagte er und verwies auf die bereits wartenden Angestellten des Flughafens.

In meiner unbeholfenen Unwissenheit, gab ich mich dem Ablauf so hin, wie sie es von mir verlangten.

Es war ein seltsames Gefühl so abgetastet zu werden, bisher hatte ich es bloß aus dem Fernsehen gekannt. Irgendwie kam man sich dabei wichtig vor. Erklären konnte ich es mir aber nicht. Vielleicht lag es aber daran, dass es vor laufender Kamera geschah. Alles wurde dokumentiert. Jeder Schritt, fast wie der eine, der Wichtige, als täte ich das hier für die Menschheit, solch ein Aufheben machte der Kastenträger. Mit seinem Gerät brachte er ständig den Metalldetektor zum Piepsen, beim Versuch mich aus jeglicher Perspektive einzufangen.

Doch dann musste er ablegen, Sicherheit ging vor, und es beruhigte mich, dass er sie wohl nicht mit an Bord würde nehmen dürfen.

Als ich nun auf die andere Seite der Absperrung blickte und die Gesellschaft herannahen sah, bedauerte ich es fast, dass die Kamera nun blind war, denn dieser Anblick wäre es wert gewesen, festgehalten zu werden.

Der Dicke und die überdrehte Frau lieferten sich einen stummen Kampf. Beide wollten sie dominant sein, und doch so gelassen wie nur möglich erscheinen, um zu zeigen, dass dies alles für sie alltäglich war.

Dem Dicken schmeckte es nicht, dass ich bereits ohne den geringsten Aufwand alles Nötige hinter mir hatte, und seine Hilfe nicht in Anspruch nehmen musste.

Er sah sich gerne in der Rolle desjenigen, der alles regelte, der die Fäden in Händen hielt, doch diesmal war er zu spät gekommen. Es zerriss ihn, dieses tatenlos hinnehmen zu müssen. Er konnte nicht schneller gehen, sonst hätte er an anderer Stelle Hüllen fallen lassen müssen und wäre dann keuchend hier eingetroffen.

Kleider machen Leute, und er hatte sich zu groß präsentiert, als dass ihn die Seinen nun noch fassen konnten. Wieder fiel mir der Vergleich des Luftballons ein, und ich merkte, wie seine Hülle immer dünner wurde und diese verkraftete keine Risse. Ich musste achtgeben, dieses Spiel war sein Ventil, und ich stand an der Drossel, gab ich zu viel nach, so würden wir wegfliegen, öffnete ich nicht genug, so würde er platzen.

Das würde eine spannende Reise werden, und das Abenteuer reiste mit, als blinder Passagier sozusagen.

Und blind war er wirklich, dieser Millionär, es hätte nicht viel gefehlt und er wäre abermals über einen Kieselstein gestürzt. Dabei machten die Angestellten nur ihre Arbeit, Konrad jedoch schien seine Probleme damit zu haben. Wenigstens versuchte er diesmal ruhig zu bleiben, vielleicht, weil er sah, dass ich ihn fast flehend ansah, dass er kein weiteres Aufsehen erregen sollte. Er fühlte wohl, dass er sich über die Dinge stellen musste, damit ich noch zu ihm aufblicken konnte. Mich überzeugte man nicht mit einem brachialen Auftreten, sondern mit Souveränität. Und in dem Moment, als der Dicke den Kloß herunter schluckte, der ihn fast wieder zum Schreien gebracht hätte, wusste ich, dass die erste Runde beendet war.

– 3 – Arztbesuch

Es gab ihn dann doch noch, diesen Kleinkrieg, doch wurde er diesmal sehr manierlich, und nur in Form von einer Papierschlacht ausgefochten.

Doch dieses Gemetzel interessierte mich nicht, und so zog ich mich abseits an eine kleine, dafür aber sehr hohe Fensterfront.

Von dieser Seite aus konnte man einen riesigen Parkplatz überblicken, von der Startbahn bekam man nichts zu Gesicht, nur die starken Vibrationen spürte ich, wenn Flugzeuge vorbei kamen. Dass die schallisolierten Fenster den Großteil des Lärms schluckten, ließ das Ganze wie einen Traum wirken. So nah, und doch so fern, so als wäre man selbst gar nicht hier. Ich liebte solche Momente, dann konnten einem die Gedanken so leicht entgleiten.

Hinten gegen eine graue, unverputzte Betonwand gelehnt, ließ ich meinen Blick draußen über die Dächer der Autos wandern. Da waren sie wieder, die unzähligen Romane, und alle warteten sie darauf gelesen zu werden, doch ich konnte es nicht, die Bände waren alle geschlossen, keine Gesichter, die sie mir erzählen wollten.

Deshalb versuchte ich in mein eigenes Abenteuer zu versinken, doch es fühlte sich noch zu fremd an, und so durchlebte ich einen dieser Augenblicke, in dem die Gedanken auf Reisen gingen, und man, sobald sie wiederkehrten, nicht wusste, wo sie eigentlich gewesen waren.

«Na, wird es dir mulmig?», hörte ich eine warme, angenehme Frauenstimme in meinem Ohr und spürte, wie eine Hand sich wieder freundschaftlich auf meine Schulter legte.

Ich war zu müde, um jetzt noch zu spielen, und wagte es nicht mich umzudrehen.

Auch wollte ich keine Freundlichkeit für eine dieser dunklen und kalten Kameras aufbringen, obwohl ich mir eingestehen musste, dass die Journalistin den richtigen Ton getroffen hatte. Beinahe hätte ich sie nicht einmal erkannt gehabt, wäre da nicht ihre Hand gewesen.

«Bist du eigentlich schon einmal geflogen?», fragte sie weiter und schien sich an meinem Schweigen nicht weiter zu stören.

Langsam, fast resignierend senkte ich den Blick, bevor ich diesen hereinrief.

«Nein, das ist mein erster Flug», sagte ich mit etwas übertrieben lauter und deutlicher Stimme. Doch da fehlte etwas. Wir waren allein. Allein, ohne diese Million Zuschauer auf der Schulter eines einzelnen Mannes, und selbst dieser fehlte.

Verwundert sah ich zu den anderen, die immer noch fleißig Papiere austauschten und unterzeichneten, die drei Mitarbeiter der Frau ungefährlich weit von mir weg und es schien fast als wollte keiner ein Auge für uns beide haben.

Um mir gleich noch mehr Rätsel zu bereiten, trafen sich unsere Blicke nicht, als ich die Frau direkt ansah. Der ihrige ging an mir vorbei nach draußen und ich sah an den Pupillen, die in ihren tiefbraunen Irissen gebettet waren, dass ihre Blicke keinen Halt fanden.

Wie vertraut und doch geheimnisvoll sie mir auf einmal vorkam. Ihre Berührung war fast zu einer Umarmung geworden, als ich mich umgedreht hatte. Und obwohl ich von der Frau wusste wie fordernd, neugierig und überdreht sie war, fühlte es sich angenehm an. Auch wenn es sich dabei um eine Illusion handeln musste, so gönnte ich mir es doch sie zu genießen.

Ich wusste nicht, wie lange wir so dastanden, aber wohl lange genug, als dass in dieser Zeit Kriege entschieden werden konnten.

«Hey, ihr beiden, ausgeträumt, es geht weiter», riss eine kräftige, belustigte Stimme aus weiter Ferne an uns, und ich spürte, wie die Frau kurz zusammenzuckte, bevor sie wieder verhärtete.

«Du wirst es sicherlich mögen», umgarnte sie mich wieder mit ihrem gewinnenden Lächeln, bevor sie zum Millionär davon huschte. Ihre Stimme aber hatte sich nicht so schnell ändern können und so war noch ein letzter Hauch ihrer Wärme mitgeschwungen, bevor diese, mitsamt der auf meiner Schulter, sich in der großen Halle verflüchtigen konnte.

Wieder wollte ich langsam hinter her schlendern, doch nachdem Konrad einige zugeflüsterte Worte mit ihr ausgetauscht hatte, schien dieser etwas gegen mein Vorhaben einzuwenden zu haben und wartete auf mich.

Als ich mich dann doch noch beeilt hatte und zu ihm gestoßen war, hatte sich die übrige Crew bereits aus meinem Gesichtsfeld entfernt.

«Du musst jetzt nur noch zum Arzt, ein paar Routineuntersuchungen und Impfungen, und schon kann deine Weltreise beginnen», meinte Konrad und war mit allem, und vor allem mit sich selbst zufrieden zu sein.

Doch bei diesem Stichwort fiel mir doch gleich etwas ein, was ich geklärt haben wollte.

«Aber muss man die Impfungen nicht eine gewisse Zeit im Voraus haben?», wollte ich mein bescheidenes Wissen ergänzt wissen.

«Mach dir da mal keinen Kopf», sagte er leichtfertig, «das ist alles geregelt», endete er und damit war dieses Thema für mich abgehakt.

Seltsam nur fand ich, dass keine Kamera zugegen war. Irgendwie bereitete dies mir nun Unbehagen, denn der Gedanke sie wollten meine Privatsphäre ungestört lassen, war mir bei denen eher unverständlich.

Vielleicht lag das seltsame Gefühl daran, dass ich Ärzte lieber gehen als kommen sah, und mit meiner Begeisterung für Spritzen war es nicht weit her.

Aber da musste ich nun durch, wie jedes Spiel, so hatte auch dieses seine Tücken.

Das Ärztezimmer lag am Ende eines langen, schmalen Korridors, und nachdem ich die Weite der großen Hallen des Flughafens gewohnt war, fühlte ich mich recht beengt, als ich nun hindurchgehen musste.

Konrad wich nicht von meiner Seite und hatte seine große Hand auf meinen Rücken gelegt, als habe er Angst, ich würde ihm davon laufen.

Irgendwie war ich ihm für seine Hilfe sogar dankbar, denn ohne die Alternative eines Fluchtweges, ging es sich viel leichter.

An der Tür angelangt war es der Millionär, der anklopfte. Verwundert stellte ich fest, dass seine Handknöchel viermal die Tür berührten.

Nun konnte ich auch wieder über mich lachen. Was einem doch alles durch den Kopf geht, wenn man etwas Unangenehmes vor sich hat. Und ich war froh, dass ich es wohl bald hinter mir hatte.

Es dauerte eine Weile, bis sich die Tür öffnete und uns ein kleinwüchsiger, gesetzter Mann mit einem leicht verwirrten Gesichtsausdruck entgegen trat. Mit einem etwas verspannten Blick sah er an uns vorbei in den Korridor, bevor er uns hereinbat.

Mich begrüßte er mit einem für Ärzte typischen äußerst schwachen Händedruck. Eine Berufseigenschaft, die noch nie viel Vertrauen bei mir erweckt hatte. Doch diesen Kerl mochte ich auf Anhieb gut leiden. Er hatte ein helles, aufgeschlossenes Gesicht und schien sich die Motivation an der Arbeit bewahrt zu haben.

Er machte sich gleich daran, mich auf jede Verdachtsmomente hin zu untersuchen. Doch als sportlicher Student, der auch noch auf seine Ernährung geachtet hatte, war an mir und meiner Gesundheit nichts zu beanstanden. Während meines Studiums war ich nicht einmal einer dieser allgemein bekannten und hinterhältigen Fünfminutenprüfungskrankheit zum Opfer gefallen.

«Du hast die Kondition und Konstitution zum Abenteurer», schloss er seine Examination, bevor er mir fröhlich pfeifend, einen regelrechten Cocktail an Spritzen abwechselnd in Arme und Hintern jagte.

«Es kann sein, dass dir nachher ein wenig flau wird. Ich gebe dir lieber ein paar Beruhigungstabletten mit, damit du im Flugzeug ein wenig Schlaf findest», sprach er die Warnung erst aus, als die letzte Ampulle ihren Inhalt in meine Blutgefäße ergoss.

«Nein danke», lehnte ich freundlich lächelnd ab. «Ich möchte nicht mehr Chemie als nötig in meinem Körper haben.»

«Richtige Einstellung, mein Kleiner», lobte er mich und war erleichtert, dass ich seine Befürchtungen so leicht nahm.

Da Flugzeuge bekanntlich nicht lange auf jemanden warteten, ging alles recht schnell von der Bühne, schnell genug, damit ich mir keine Gedanken darüber machen musste. Doch dann wartete noch die, in der heutigen Welt, längste Aufgabe auf uns – die Bürokratie.

Es galt noch eine Unzahl von Berichten, Formularen und Bestätigungen auszufüllen. Vieles war vorgefertigt gewesen und brauchte nur ergänzt zu werden.

Zum Zeitvertreib erlaubte ich mir die ausgefüllten Zettel durch meine Hände gehen zu lassen, bevor ich sie Konrad, der die ganze Zeit am Pult gesessen hatte, überreichte.

Nur wenig interessiert flog ich über die Berichte, von denen ich nur wenig, und nichts Wichtiges verstehen konnte.

Nur die Stempel interessierten mich, und die Länder, für welche ich diese Dokumente benötigte.

Als ich einige durchgereicht hatte, wurde ich auf einmal stutzig. Ohne mir etwas anmerken zu lassen, überprüfte ich meine Vermutung. Die Daten, zu denen diese Formulare ausgefüllt worden waren, schwankten erheblich. Den ältesten Stempel, den ich in meine Hände bekam, war auf vor drei Monaten datiert, und dabei hatte ich dem Arzt eben dabei zugesehen, wie er diesen draufgesetzt hatte.

Nun begriff ich endlich, wieso keine Kamera zugegen war. Diese Tür, die hinter mir war, musste verschlossen bleiben, und Tageslicht war nicht erwünscht.

Auch wenn der Arzt seinen weißen Kittel würdevoll trug und er eine angenehme Persönlichkeit besaß, war mir nun bewusst, dass der Unterseite seines Schreibtisches der Anblick von Geld durchaus vertraut sein musste.

Obschon die Bürokratie in diese Praxis Einlass gefunden hatte, so hatte sie dennoch keinen Sieg davon tragen können. Die beiden Herren hatten ihre eigenen Regeln und sie verstanden es zu spielen.

Hätte ich nicht eine angeborene Schwäche für Zahlen gehabt, so wäre es mir nie aufgefallen. Abgesehen von den anfänglichen bedächtigen Blicken, war keiner der Männer irgendwann ein Unbehagen anzumerken gewesen.

Ich musste lachen über die Vorstellung von der Welt, wie wir sie hatten lernen müssen. Nun begann es erst, das Leben, das wahre. Und mein Flug war gebucht, und ich gesund, beziehungsweise so krank, wie die Menschheit mich nun gemacht hatte, mit all ihren Regeln. Diesmal hatte ich das Gift direkt eingespritzt bekommen, was nicht bedeutete, dass ich es sonst nie bekam, vorher war es nur immer langsamer gewesen, und ohne Einstichstellen. Es waren die Werte, die Erwartungen, die ich nach und nach hatte inhalieren müssen, als wäre ich sonst nur ein Wrack gewesen, ohne diese Kur, die das Leben einem verschrieb.

Der Korridor war nicht mehr der gleiche, als ich wieder raustrat. Der Arzt hatte mich freundlich verabschiedet und mir viel Glück gewünscht. Ich kannte den Menschen nicht, und doch hatte es etwas von einem Abschied an sich haften, in dem Moment, da ich seinen Raum verließ und sich die Tür hinter mir schloss.

Den Dicken hinter mir, sah ich in den Gang, wie in einen langen Tunnel. Zurück konnte ich nicht mehr, da war nur dieses eine Zimmer, mit dem einen, seltsamen Arzt.

Und vor mir lag die Welt, wie in diesem einen, unzählige Male geträumten Traum. Ich hatte nie lange genug schlafen können, um das Licht zu erreichen, aber diesmal würde ich nicht aufwachen.

Bisher hatte ich alles leicht genommen, für mich war es nur ein Spiel, und ich hatte geglaubt, ich, ein untersetzter Knabe, könnte die Regeln bestimmen.

Doch nun musste ich feststellen, dass ich das Spiel nicht einmal mehr beenden konnte.

Es war ein befremdlicher Marsch den Korridor entlang.

An einer großen Fensterfront führte mich der Korridor in einen Flur, der mich an den hohen Fenstern vorbei leitete.

Der Dicke ging immer noch hinter mir und sein erregtes Atmen trieb mich weiter. Er, der alles gesehen hatte, hoffte endlich etwas zu finden, was ihn wieder erfreuen konnte, und ich, der noch nichts gesehen hatte, freute mich auf die Suche.

Nun waren diese Geier vom Fernsehen wieder da, aber nur noch einer der Kastenträger hatte sein Ungetüm ausgepackt.

Als letztes Mittel seiner Verzerrungskunst hatte er sich weit hinten im Flur platziert, um mich nun wie eine Heldenfigur bei ihrem Aufbruch einzufangen.

Nun half mir auch der Dicke dabei, den Flur und das Bild auszufüllen. Um mir nicht nachher Sabotage nachsagen lassen zu müssen, gab ich mir alle Mühe um einen möglichst ausdrucksstarken Gesichtsausdruck. Da mir der Verlauf der Reise noch recht ungewiss vorkam, und ich mir nicht die Mühe gemacht hatte, mich dem Ausmalen möglicher Szenarien hinzugeben, wählte ich eine skeptische Miene, die mir mit reichlich übertriebener Brauenverzerrung wohl auch überzeugend gelang.

Recht versöhnlich lächelte der Kameramann mir zu und ich zeigte meinen guten Willen und gab ihm eine Zugabe.

Langsam hob ich meine Hände und fuhr mir genüsslich durch mein Gesicht, wobei ich mich durch die Präsenz einer Brille nicht stören ließ. Nachdem ich die Spannung der Miene aus meiner Haut gezerrt hatte, faltete ich die Finger ineinander und ließ die Handflächen mit auseinander gespreizten Armen fest gegen meine Stirn gedrückt ruhen, bevor ich mit den Händen über meinen Kopf, durch mein dichtes Haar fuhr, um dann mit einem genussvollen kräftigen Atemzug meine Arme neben meinem Körper auszuschütteln.

«Jetzt bin ich doch ein bisschen aufgeregt», trat ich an die Journalistin heran.

Mich beschlich die Befürchtung, dass wenn ich nicht bald zu reden anfing, ich nachher beim Schnitt sehr schlecht davon kommen könnte. Mir machte der Gedanke Angst, dass ich vielleicht als dummer umhertänzelnder Affe in die Wohnzimmer der verstrahlten Zuschauer gesendet würde.

Erfreut darüber, dass ich doch noch auftaute, zog die Frau mich gleich wieder in ihre Arme. Sie hatte die Hoffnung nicht aufgegeben und glaubte nun, dass sie ihre Erwartung in die Reaktion eines normalen Menschen bald erfüllt sehen würde.

Wie sehr sie sich da irrte, denn als sie mich nun zu sich heranzog, fehlte die Wärme. Es war, als wäre sie wieder die Frau, die ich kennengelernt hatte. Die andere, die, die mich zuvor umarmt hatte, war kaum mehr als eine verblassende Spiegelung in einem großen Fenster, von dem man sich eben abwendete und wusste, dass man nicht wieder zurückkommen würde.

Dieser Schock, dieses erbarmungslose Verschwinden der Illusion ließ mich schlagartig erfrieren. Weder ihre hingebungsvollen Versuche mich zum Reden zu bewegen, noch die erwachte Hoffnung in den Augen des Kameramannes konnten daran etwas ändern.

Fast erdrückte sie mich mit ihrem verkrampften Bemühen, mich an sie zu binden. Doch je fester sie ihren Arm um mich schlang, desto weiter entfernte ich mich wieder aus ihrer Welt. Mein schüchternes Wesen duldete keine Aufforderung, sich zu zeigen.

«Sabrina, jetzt lass den Jungen doch endlich los», befreite mich Konrad aus ihrem hilflosen Griff, lange nachdem der Kameramann resigniert hatte.

Sabrina, dachte ich, erfreut, dass ich ihren Namen nun endlich wusste. Nur Sabrina kannte ich noch nicht, sie war mir, seit ich sie kennengelernt hatte immer fremder geworden. Das Spiel, auf das ich mich eingelassen hatte, war mir längst entglitten, ich war nun nur noch ein Spieler. Regeln und Drehbuch hatte inzwischen jeder aufgeben müssen. Dies sollte ein Abenteuer werden, so hatte sich Konrad es vorgestellt, und ich es mir gewünscht, und gemeinsam mussten wir merken, dass man ein solches nicht planen konnte. So traten wir nach draußen und die erste frische Brise, die unsere Nase umspülte, ließ uns diese nur oberflächlich wahrgenommene Erkenntnis rasch wieder vergessen.

Nirgends gab es eine Absperrung und niemand schien uns aufhalten zu wollen. Nur ein einzelner Angestellter des Flughafens war zu uns gestoßen und führte uns nach einer knappen Begrüßung wortlos auf die Rollbahn hinaus.

Dort stand ein wahres Schlachtross an Flugzeug. Allein die Größe schlug mich fast zu Boden. Nur am Himmel und im Fernsehen hatte ich sie bisher winzig klein gesehen. Selbst aus dieser, noch beachtlichen Entfernung, lehrte mich dieses Ungetüm Ehrfurcht.

Bei den riesigen Rädern angefangen, wusste ich nicht, wo mein Staunen aufhören sollte.

Mein Blick klebte förmlich am Flugzeug, und so fiel mir nicht auf, dass ich meinen Kopf immer weiter hatte drehen müssen, und wir allesamt am Flugzeug vorbei gegangen waren.

Erst als mein Hals zu schmerzen anfing, riss es mich aus meiner Bewunderung und ich blickte vorwurfsvoll den Flughafenangestellten an, der in einem unverschämten Tempo mir dieses ehrfurchterregende Monstrum wieder kleiner werden ließ.

Ich hatte kein Verständnis für diese Missachtung dieser atemberaubender Größe gegenüber. Wiederholt drehte ich mich, fast wie ein kleines Kind, zu diesem Flugzeug um, hin und her gerissen zwischen Staunen und Enttäuschung.

Völlig fassungslos nahm ich die nüchterne Teilnahmslosigkeit der Anderen wahr. Sie hatten es nicht einmal bemerkt und ihm sicher nicht die Bewunderung entgegen gebracht die dieser enormen Erscheinung angemessen war.

Es war ein befremdlicher, beeindruckender Weg über die ebenmäßige Startbahn hinweg. Alles wirkte so gehetzt, und doch hatte man die Ruhe zu gehen, eigentlich gar zu spazieren. Wenn man den Dicken betrachtete, so hatte man das Gefühl, als ging er durch einen Wald hindurch, so entspannt, so gelöst schritt er voran.

Nichts erinnerte an den Herrschsüchtigen, alles kontrollieren wollenden Manager, vielleicht bloß noch sein Blick, aber den konnte ich, hinterher schreitend, nicht erkennen.

Kurz nachdem die Truppe hinter einem Tankwagen verschwunden war, konnte ich abermals ein Flugzeug erblicken. Dieses aber konnte mich nun nicht mehr mitreißen. Klein und unauffällig, wenn es nicht so spitz und schnittig frech einen angestarrt hätte, rollte es eben aus einem der zahlreichen kleineren Hangars hervor.

Konrad, Sabrina und die Anderen blieben wartend stehen, und als ich sie eingeholt hatte, konnte ich einen neuen Glanz in Konrads Augen sehen.

«Jetzt zeig ich dir, wie man richtig reist», meinte Konrad scherzhaft, doch ich spürte, dass er es ernster meinte, als er es aussprach, während er mich das erste Mal mit einem fühlbar emotionalen Anhauch – wenn man seine Wutausbrüche nicht mitzählte – mit einem seiner kräftigen Arme an sich drückte und durchschüttelte.

«Damit du auch etwas hast, wovon du träumen kannst», fuhr er lachend fort und nickte zu dem kleinen Spielzeug, das dort auf uns zugerollt kam.

Ich begleitete ihn kurz in seinem Lachen, auch wenn ich kein wirkliches Verständnis für seinen Humor hatte. Ich wusste, dass ich ihm mit seinem Privatflugzeug Unrecht tat, aber für mich war dieses große von vorhin mehr gewesen, auch wenn wir dann mit mehreren Hundert darin gesessen hätten, es ging mir um das Gefühl, um die Erfahrung und nicht, so wie bei Konrad, um den Besitz selbst.

Sabrina, die neben uns stand, konnte ich nicht sehen, nur ihre fiebrige Erregung konnte ich spüren. Eingefangen wurde es von einer Kamera, die sich in einiger Entfernung postiert hatte. «Was für ein Heldenauftritt», frohlockte ich mir ein amüsiertes filmreifes Lächeln ins Gesicht.

«Wenn schon, dann richtig, nicht wahr Konrad?», meinte Sabrina.

Mir entging ihr dezent ironischer Unterton dabei nicht. Sie wollte sich die Show nicht stehlen lassen. Noch zu jung war ihre Karriere, als dass sie sich diese Chance entgehen lassen durfte.

Konrad verschränkte seine Arme vor seiner geschwollenen Brust, und tat als würde er sein Werk bewundern, und war wieder einmal mit sich selbst zufrieden zu sein.

Es war dann doch eine merkwürdige erregende Empfindung die Stufen in dieses Flugzeug zu betreten. Irgendwie hatte ich gleich das Gefühl, als würden meine Füße den festen Untergrund verlieren. Ob es sich dabei nur um eine vom Verstand vorgetäuschte Illusion, oder um mir weich werdende Knie handelte, konnte ich nicht sagen, und um ehrlich zu sein, wollte ich mit keinem Gedanken diesen Moment beschweren.

Höchstens noch die Vorstellung, wie es wohl sein würde in die wirklich große Maschine zu steigen, doch selbst diese gedachte Stimulation verflog, als ich die Treppe verlassen und den Innenraum betreten hatte.

Überwältigend war nicht die Größe, denn die Superlative glaubte ich bereits gesehen zu haben, aber es war der Platz, den man hatte, der mich mehr als nur irritierte. Es hatte so rein gar nichts mit dem zu tun, was ich mir unter Flugzeug allgemein vorgestellt hatte.

Anstelle von Sitzplätzen, wie sie mir aus Zügen bekannt waren, gab es Sessel und schöne hölzerne Tische.

Geblendet von dem hellen, und doch warmen Licht und dem vielen weißen Leder, musste ich mich an der Innenwand stützen, so trunken wurde mir.

Kaum hatte ich die Wand berührt, wurde es unter meiner Hand gleich angenehm warm. Verwundert fuhr ich mit den Fingerspitzen weiter über die Oberfläche und fühlte, wie seltsam weich es war, fast wie Wolle, nur unendlich feiner. Doch mein Tastsinn wollte mir das gestellte Rätsel nicht lösen, und so nahm ich meinen Blick zu Hilfe, der sich aber nur ungern vom Innenraum löste.

Es war wirklich Tierhaar, aber sicherlich keine Wolle, musste ich mich rügen, das war Kaschmir, wie ich mich mit meinem fachmännischen, ungebildeten Blick belehren konnte.

Wolle, musste ich für mich lachen, allein an dem Gedanken merkte man, wie wenig Wissen und Ahnung ich von und über die Upperclass hatte. Fernsehen bildet, aber ich war immer recht faul gewesen, zumal beim Fernsehen. Ruhig sitzen zu bleiben war nicht meine Stärke, außer vor dem Computer, aber wenn ich da spielte, zuckte ich immer wild umher. Und außerdem rede ich mit meinem PC, eine Verbindung, die ich nie zum Fernseher hatte aufbauen können.

Und jetzt strahlte es mich wieder an, oder besser, es saugte mich auf, für die Zuschauer. Erfreut über meine zärtliche Streicheleinlage kauerte ein Kameramann auf seinen Knien und filmte fleißig über die Lehne eines Sessels hinweg.

Abermals hatte ich ihn beim Versuch ertappt, alles möglichst dramatisch wirken zu lassen. Ich freute mich auf die Musik, die ich bei dieser Eintrittsszene hören würde. Es war einfach zu lächerlich.

Die Perspektive, die er nun nach allen Mitteln der Kunst zu verzerren versuchte, ließ viel befürchten.

Der Dicke ließ sich gleich mit einem herzhaften, entspannenden Seufzen in einem der Sessel niederfallen. Etwas verlegen blieb ich, mich befremdlich fühlend, stehen. Nicht aber Sabrina, die sich gleich wie zu Hause fühlte, es aber nicht daran mangeln ließ, Konrad für seine Einrichtung Komplimente auszusprechen.

Sie war wieder in ihrem Element. Fast mehr noch, sie drehte wieder auf, wie ein energiegeladener Kreisel. Nicht wissend, was sie als erstes betrachten, kommentieren oder gar anfassen sollte, zuckte ihr Kopf ständig hin und her. Nicht einmal ihr Redeschwall ließ sich durch ihre, auf mich gestört wirkenden, hektischen Bewegungen beirren. Sie redete als wäre es ihr Leben, und als ginge es nicht um weniger als eben dieses.

Neben dieser Kulisse da konnte ich nur verblassen, ein Umstand, der mir sehr gelegen kam, da es mir ein wenig Ruhe vor Sabrina verschaffte, denn in diesem Zustand wollte ich nicht ihre Aufmerksamkeit erhaschen.

Da war es mir um einiges lieber sie nun beobachten zu können, besser als Fernsehen war das, man spürte mehr, und vor allem könnte man mit ihr sprechen.

Aber das brauchte ich nicht, sie unterhielt sich, und uns mehr als ausreichend. Nicht einmal Konrad wagte den Versuch sie zu bremsen, oder schlimmer noch, sie zu übertönen. Ich traute Konrad wirklich viel zu, aber ein solcher Versuch wäre zum Scheitern verurteilt. Ich kannte keinen Menschen, mich eingeschlossen, der einen wenigstens ebenbürtigen Atem hatte wie Sabrina. Und dann noch ihre Zunge, die war so gewand wie ein Turner, Sätze mit drei Fragezeichen zu versehen, war für sie die leichteste Übung. Beinahe jeder Satz wäre als Schlagzeile gebrauchbar gewesen. Subtil, und doch bissig. Nur unvorbereiteter Text, keine Probe, kein Schnitt, so sollte Fernsehen sein.

Insgeheim hoffte ich, dass der Kameramann reichlich gute Bilder mit verwertbarem Material fand, und er weniger auf mich angewiesen war, denn bei mir war nun Funkstille. Feierabend, abschalten und zuhören, oder so ähnlich.

– 4 – Der Start

Es dauerte eine Weile bis der Pilot die Triebwerke aufgeheizt hatte, doch dann schloss sich die Tür, und Augenblicke später spürte ich, wie wir uns fortbewegten. Langsam, sehr langsam und doch war es ein aufregendes Gefühl.

Dieses schwerfällige Manövrieren zur Startbahn und dieses leichte, scheinbar kraftlose Vorankommen irritierten und faszinierten mich gleichermaßen.

Hätte ich zugehört, so hätte ich hören können, was Konrad mir alles zu berichten wusste, doch ich konnte es nicht. Das, was draußen, hinter den kleinen Fenstern geschah, war weitaus aufregender. Auch kannte ich den Millionär inzwischen gut genug, um zu wissen, dass er es mir nicht übel nehmen würde, wenn ich mich erst später an seine Lippen hängen würde. Es war zwar nicht seine Art, und ein Anderer hätte sich dies bei ihm niemals erlauben dürfen, aber dies hier war unser Spiel, und nun musste er sich in Geduld üben. Wir hatten die Welt noch vor uns, also noch reichlich Zeit.

Sabrina hatte die ungeschriebenen Regeln noch nicht begriffen, und sie war nicht die Frau, die sich an solche halten würde, und so griff sie das Gespräch auf, das ich ungeachtet fallen gelassen hatte.

«Blockier kurz deinen Sessel Junge», hörte ich es wie aus den Wolken rufen.

Als ich dann verständnislos zu Konrad blickte, zeigte dieser mir, was er meinte. Es waren alles Drehsessel, auf denen wir saßen, und ich stellte mir nun lebhaft vor, wie wir beim Start hin und her schaukeln würden. Doch mit einem einfachen Griff unter den Sessel war dieses Vergnügen nicht mehr zu erwarten.

Jetzt konnte ich mich, aufgrund des lästigen Sicherheitsgurtes, der mich in das weiche Leder zerrte, nicht mehr so nah zum Fenster lehnen, und die Freiheit, die mir dieser Luxus bringen sollte, wurde zu meinem Gefängnis.

Als wir immer noch gemächlich rollten, und ein Start in Kürze noch nicht zu erwarten war, nahm ich mir die einzige Lektüre, die ich zur Hand hatte. Und in wem ich sie finden konnte, war kein geringerer als Konrad selbst, mit seinem breiten Gesicht und dem ausdrucksstarken, unversteckten Text, den ich, über seine Augen hinaus, lesen konnte.

Als Kind hatte ich immer viele Bücher gelesen, vor allem Fantasy, bevor die zahllosen Formeln mich ausgetrocknet hatten und ich keine Zeit mehr dazu fand. Doch damit sollte jetzt Schluss sein, ab jetzt wollte ich für alles Zeit haben, vor allem für mich, ich würde keine Rennen mehr laufen die mich nicht weiter bringen würden. Auch wenn ich nun das größte Rennen meines Lebens bestreiten, und doch nur im Kreis laufen würde. Aber daran störte ich mich nicht, das war es auch nicht, nur für die Wertbesessenen. Zu viele Rennen, zu viele Löcher, alles überfüllt und leer.

Nicht aber das Gesicht des Millionärs, den ich neben mir sitzen hatte. Er sah aus wie einer dieser Könige, die mir in meinen Büchern begegneten. Alt und müde, sitzend in ihrem Thron, der sie umschlang. Er hatte sie, die Macht, das Königreich, das er selbst errichtet hatte. Wie ein Hirte, der es geschafft hatte sich einen Wolf zu züchten. Er wurde dafür bewundert, doch begann es an ihm zu fressen, ihn bis auf die Knochen abzunagen.

Konrad sah immer noch wohl genährt aus, sogar mehr als das, aber ich sah die Narben. Tief waren sie, sehr tief, gefangen in dem Stolz, der wie ein aufbegehrendes Feuer in seinen Augen glühte. Doch als ich weiter las, merkte ich, dass es keines war zum Wärmen, sondern dafür gedacht, die Menschen zu blenden, genau wie dieses Leder, auf dem ich so bequem saß. Ich musste mir eingestehen, dass es angenehmer war, als das, was ich lesen konnte, doch ich suchte das Abenteuer, und las weiter.

Als er meine Blicke spürte, sah er davon ab Sabrina mit den seinen zu fixieren, und lächelte mir mit einem freundlichen Gesichtsausdruck zu, als wolle er mir Mut machen und versichern, dass ich das Richtige getan hatte. Er wollte dieses Abenteuer, die letzte Chance und mit dieser Geste machte er mir deutlich, dass er mich bis zum Ende begleiten würde.

Er konnte dieses Spiel nicht mehr aufhalten, die schliessende Tür war der letzte Trailer gewesen, ab jetzt war es ein Jump- and Runspiel, und bei denen konnte man sich nicht mehr umdrehen.

Auch sein Lächeln war der Versuch zu fliehen, weder vor mir, noch vor dem Spiel, doch er fürchtete meinen Blick, dass ich bemerken würde, dass er noch einen Krieg gegen Sabrina austragen müsste. Doch dazu war es zu spät, ich war einige Kapitel weiter, und wusste, dass ich ihn das nie merken lassen dürfte, das war alles Teil des Spieles.

Sabrina war genauso ein Buch, wenn auch schwerere Kost, zu viele Fragezeichen, und zu viele ausschweifend lange Sätze. Und zudem stand bei ihr allzu viel nur zwischen den Zeilen, das wollte ich mir vor der Reise nicht mehr zumuten. Aufgeregt war ich genug, und ich wusste nicht wie viel mein Magen vertragen würde.

Leicht vibrierte dieser, während das Flugzeug immer weiter auf die Startbahn zuhielt. Wieder wirkte es für mich unwirklich, ich verband die Bilder, die mir aus dem Fernsehen vertraut waren, mit dem was ich durch die dicken Gläser erkennen konnte. Doch es wollte nicht recht übereinstimmen, wie so oft. Diese

Lügen hatte ich satt. Ich wollte die Welt sehen, nicht nur aus der Ferne, und bei dieser Rollbahn fing es an.

Sabrina konnte das nicht, dieses Anfangen, sie fuhr einfach weiter.

«Und hast du es dir so vorgestellt?», wandte sie sich vom Sitz vor mir an mich.

Sie hatte den Sicherheitsgurt noch nicht zugeschnallt, um sich noch zu mir umdrehen zu können. Sie kannte keine Hindernisse, nur Kompromisse, und die ging sie nicht ein.

«Nein», antwortete ich in Gedanken versunken und fast nur hauchend. Ihr Gesicht starrte, an die Lehne ihres Sessels gepresst, mich mit forschenden Blicken an.

«Hast du Angst?», fragte sie. Als ich ihren beinahe mütterlichen Blick sah, musste ich innerlich lachen.

Sie war wirklich mit allen Wassern gewaschen, doch ich ließ mich nicht nach Belieben auftauen. Schon gar nicht bei dem Ausschnitt, mit dem sie ihre vertrauenerweckende Rolle zu spielen versuchte.

Sie war nicht an Gefühlen interessiert, nur an Sensationen und so sah mein Drehbuch nicht aus. Wie dieses letztendlich aussehen würde, wusste ich nicht, nur so viel war mir klar, dass es nicht ihren Vorstellungen entsprechen würde.

So leid es mir für sie tat, aber sie lief mit mir in eine Sackgasse, und diese war nicht lang genug, um einmal um die Welt zu reichen.

«Nein, es ist nur ein komisches Gefühl», lächelte ich ihr zurück.

Eine letzte Drehung, und das Flugzeug blieb stehen. Dieses Warten löste ein leichtes Kribbeln in meinem Magen aus, nicht stark, nur so, dass ich es noch als angenehm empfinden konnte. Wie Vorfreude, die ich eben am Genießen war.

Selbst Sabrina, nachdem eine Stewardess, oder wie auch immer ich Konrads Angestellte betiteln sollte, sie darauf hingewiesen hatte, gurtete sich nun fest und musste ihren Angriff auf meinen abkapselnden Panzer unterbrechen.

Aufbegehrende Triebwerke brummten einige Male neben uns auf. Als diese lärmenden Störungen ein Ende fanden, ging es nach einer weiteren kurzen Pause endlich los.

Es war nicht mehr zu vergleichen mit dem langsamen Rollen auf der Startbahn von vorhin.

Viel kräftiger, und trotzdem gleichmäßig, drückte es mich viel tiefer in den Sessel.

Das Kribbeln im Bauch wurde stärker und ich schloss kurz die Augen. Es gefiel mir, nur noch zu spüren und meine Umwelt zu vergessen. Eintauchen, abtauchen und weg. Einfach herrlich, dieses Reisen.

Doch mein Körper kam wieder zum Vorschein und die Nase des Flugzeugs senkte sich allmählich ab. Noch bevor ich meine Augen geöffnet hatte, konnte ich vor mir ein Klicken hören, gefolgt von einem kurzen dumpfen Schlag.

Als ich dann langsam die Augen öffnen wollte, riss ein kurzer Schreck sie mir gleich auf und Sabrinas Gesicht presste sich abermals an die Seitenlehne ihres Sessels.

Wie sie das so schnell geschafft hatte, blieb mir ein Rätsel, und ich ordnete es gleich zu den anderen ungelösten Fragen, die ich mit ihr in Verbindung brachte, ohne in diesem Moment noch einen Gedanken darauf zu verwenden.

«Und wie fühlst du dich?», schoss sie wieder mit ihrer Journalistenfrage um sich.

«Gleich noch mal», lachte ich sie begeistert an.

Wo die Kamera sich diesmal versteckte wusste ich nicht, es war mir egal, man konnte eh nicht das ganze, noch ungeschriebene Drehbuch veröffentlichen.

Sie funkelte mir zurück als nehme sie mir diese Reaktion nicht ab. Wohl, weil meine schauspielerischen Künste noch recht ungeschliffen und meine Reaktionen zu aufgesetzt wirkten.

Ich nahm ihre Kritik dankbar entgegen und freute mich, dass sie doch nicht so oberflächlich war, wie ihr Auftreten es befürchten ließ.

Um mich ihrem bohrenden Blick zu entwinden, tauchte ich ab, löste die Sperre vom Sessel und wandte mich dem Fenster zu.

Wieder eines dieser verwirrenden Bilder, die ich so oft im Fernsehen gesehen hatte. Merkwürdig daran war, wie bedeutungslos sie mir erschienen, es war ein einzigartiger Ausblick, und doch behielt ich meinen Atem, es war wie eine kalte Bewunderung, als betrachte man die Welt durch eine dicke Glasscheibe. Bei diesem Gedanken musste ich lachen, denn schließlich war es nichts anderes.

«Man muss die Welt im Ganzen sehen, bevor man sie Stück für Stück erkunden kann», dröhnte Konrad, da ich mich abgewandt hatte hinter meinem Rücken feierlich hervor.

Verwundert über diesen philosophischen Anmut seines Ausrufes schlug ich ein neues Kapitel in seinem Roman auf, ohne diesmal gelesen zu haben und ohne zu wissen, was mich noch erwarten würde.

«Willst du die Welt bereisen, musst du erst dich finden, die Vorstellungen der Menschen in den Schrank stecken, und deine Neugier in deinen Koffer», sagte ich wie zu mir selbst, während ich immer noch zum Fenster raus schaute und die Wolken, die an uns herab fielen, meine Blicke kitzelten.

«Es spricht sich leicht, wenn man von allem so weit weg ist», kommentierte Sabrina unseren Geistesausflug.

Ohne mich umzudrehen, hörte ich wie der Kameramann verzweifelt seinen Platz aufgab. Die Anspannung, diese Szene nicht in Frontperspektive zu haben, konnte man fast greifen. Doch auch daran störte ich mich nicht. Mit einem lächelnden Blick nach hinten hieß ich ihn herzlich in unserem Spiel willkommen, und damit, dass ich mich gleich wieder abwendete, hatte ich ihm das Regelwerk mitgeliefert.

Jetzt würde er lernen was es heißt eine Livesendung – und nicht bloß eine so genannte, die nach Drehbuch verlief – einzufangen.

Als sich immer mehr Wolken über die Welt stülpten und sie in weiß gehüllt unter mir lag, und sich jedem meiner Blicke entzog, drehte ich mich endlich um und wusste, dass der erste Schritt meiner Flucht, meiner Reise, getan war.

Als meine Gedanken wieder drinnen angelangt waren, hielt ich es für angemessen, dass ich unseren vierten Spieler kennenlernte.

«Wie heißt du, wenn ich fragen darf?», stellte ich ihm unvermittelt die Frage.

Er sah erst mich, dann Sabrina verwundert an.

Ich wollte, dass wir uns Du'sten, bei Konrad war das natürlich etwas anderes, aber ansonsten nahm ich keinen mit auf eine Reise, zumal bei einer Solchen, da ging es um Vertrauen und Wohlfühlen, da dürfte keine förmliche Distanz mehr sein.

«Tobias», antwortete er mir und das erste Mal nahm er ohne einen enttäuschten Gesichtsausdruck seine Kamera von der Schulter.

Nachdem ich sah, dass er aufstand, löste ich meinen Sicherheitsgurt und trat ihm meine Hand darbietend entgegen.

Nun sah ich, dass die beiden anderen Kastenträger hinten Platz gefunden hatten und einer eben dabei gewesen war, nach seinem Gerät zu greifen.

Doch noch bevor dieser seinen Plan ausführen konnte, war ich auf ihn zugegangen und hielt beiden entwaffnend meine Hand entgegen.

Durchaus erfreut nahmen sie diese entgegen.

«Max», «Sam», stellten sie sich mit einem feierlichen und auffälligen Lächeln vor, während sie mir Mut zusprachen und mich aufbauend auf die Schulter klopften.

Als ich mich von ihnen löste, merkte ich, dass der Erste im Bunde seine Bewaffnung bereits auf mich richtete.

Die waren wirklich auf Draht, die Drei, das würde ein spannendes Spiel werden.

Doch jetzt gönnte ich mir erst mal wieder eine Pause und nahm im gemütlichen Sessel Platz, um mich wieder im weichen Leder versinken zu lassen.

Der Flug konnte nicht die Erwartungen erfüllen, die ich in ihn gelegt hatte und doch brachte er mich zum Schwelgen, wie bei einer Massage, wo man jegliche Berührung vergaß, träumte und abschaltete. Und so fühlte es sich an, unglaublich leicht, und ich glaubte gar, meinen Körper zu vergessen.

Diesmal wäre die Journalistenfrage durchaus angebracht gewesen, doch ich wusste ich hätte meine Gefühle nicht mit Worten gerecht werden können. Zu leicht und zu flüchtig waren sie, als dass man sie in Worte hatte zwängen können. Es hätte ihnen eine Gewalt angetan, die sie nicht überlebt hätten, wie Nebel, den man in ein Glas stopfte. Er wäre immer noch da, aber ein Anderer würde ihm nicht mehr sehen können.

Aber genau deshalb glaubte Sabrina, dass ich leer war, und aus diesem Grund versuchte sie mir einzuheizen, ohne zu wissen, dass umso mehr sie sich bemühte, der Nebel sich immer weiter auflösen würde.

Zu fremd war ich ihr, als dass sie das gar merken konnte. Ich war einfach nur schüchtern, lebte versteckt, und so wollte sie sich auf die Suche begeben. Ihr schnelles Leben hatte sie blind gemacht für die Gefahren, die in dem Unbekannten stecken. Sie sah sie nicht, vermutete das Vertraute im Verborgenen und wollte es für sich und für ihre Zuschauer bergen. Wie ein Wrack, musste ich lachen, dem man eine Kur verschrieben hatte.

War ich wirklich so schwach? Hatte sie vielleicht recht? Hatten sie alle recht? War ich es, der sie einfach nicht verstehen konnte? War ich es, der wie ein kranker Stummer durch die Welt lief? Dabei fühlte ich mich doch wohl, mehr noch, richtig frei fühlte ich mich seit den letzten zwei Tagen. Trotzdem behandelte mich Sabrina wie einen Kranken, den sie wieder in die Welt holen musste.

Auch wenn sie nun schwieg, ihre Blicke blieben bei mir, und wohl auch ihre Gedanken. Sie studierte mich, so krank war ich wohl. Sie wusste nicht, nach welcher Krankheit sie suchen musste. Sie glaubte mich zu kennen, nur nicht das Virus, das mich angesteckt hatte. Sie isolierte mich mit ihrem Schweigen und wusste nicht, wie ich es genoss, wie ich die Jagd genoss, die Sabrina auf meine Krankheit machte. Wie ein Zuschauer sah ich ihr dabei zu und wusste, dass sie eigentlich mich jagte. Auf den Moment, da sie dies heraus fand, war ich gespannt. Wenn sie dann vor mir stand, mit dem Messer in der Hand, und sah, dass sie nach mir stach. Ich zuckte kurz zusammen. Konnte für einen Augenblick den Schmerz fühlen. Was würde ich machen, wenn sie es nicht merkte? Wenn sie einfach nur zustach. Ich wusste es nicht, hoffte aber, dass ich dieses Spiel ausreichend beherrschen würde. Es gab keine Regeln, keine Grenzen. Ich musste ihr Zeit lassen. Wir spielten gegeneinander, miteinander. Wenn sie verlieren würde, würde ich es auch, würde zugrunde gehen, wie ein krankes Wrack, das man für kurze Zeit an die Oberfläche gehievt hatte.

Den Blick ließ ich durch das Flugzeug gleiten, um mich zu vergewissern, dass sie noch alle da waren. Die Erde, die so weit unten lag, die Wolken, die sich wie dichter Nebel oder gar als dicke Decke darüber legte, ließen mich alles wie in einem Traum wahrnehmen. So unendlich weit weg, so leicht und langsam war alles, dass ich nicht glauben konnte, dass dies die Wirklichkeit sein sollte. Wo war der Lärm, die Regeln, das hin und her Eilen? Alles war weg, doch ich fühlte mich nicht leer, nicht einmal fremd. Und das, obwohl ich nichts und keinen hier kannte und keiner etwas sagte. Es war aber ein angenehmes, kein angespanntes Schweigen. Abermals waren sie da, diese Rätsel. Oder nein, diesmal nicht, es waren Geheimnisse, jene die allem erst einen Sinn, ein Empfinden, eine Tiefe verliehen.

Im Gesicht des Dicken hinterließen zahllose Gedanken ihre Spuren, auch er war von allem weit weg.

Nicht einmal Sabrina schien etwas gegen das allgemeine Schweigen einzuwenden zu haben. Sie ging gelegentlich auf meine Blicke ein, doch lag in ihren Zuwendungen keine Schärfe mehr, die einen hätte verletzen können. Ihr Körper war immer entspannter und tiefer in den Sessel gerutscht, während sie ihren Kopf nach hinten sinken gelassen hatte. Ihre Bewegungen waren ruhiger geworden. Als sehnte ihr Körper sich danach, sich von ihrem Kopf abzuklinken und nicht mehr durch die Gegend gehetzt zu werden.

Ich hatte noch nie jemanden so verletzlich liegen gesehen wie eben diese Frau. Dabei bezweifelte ich, dass es daran lag, dass ich ihren langen dünnen Hals erblickte. Ständig musste sie schlucken, als wollte sie die vielen Wörter verdauen, die ihre Zunge ständig belasteten. Dazu noch ihr nicht hörbares, aber kräftiges Atmen. Ihre Brüste hoben sich, sie hielt ihren Atem an, bevor sie ihre Lungen erleichtert entleerte.

Ich kannte das von mir. Oft nach diesen Rennen, den Klausuren, die meinen Weg förmlich zu pflastern schienen, sehnte sich mein Körper auch nach Schlaf, aber mein Kopf ließ ihn nicht. In diesem Atem lag der Wunsch, sich sinken zu lassen und in einen traumlosen Schlaf zu gleiten.

Was auch immer die junge Frau beschäftigte, es war ein unerbitterliches Rennen, denn sie fand keine Ruhe. Ihre sich blähenden Lungen flehten sie an, doch sie war zu gefangen, um sich ihrer Erschöpfung zu ergeben.

Auch das kannte ich allzu gut. Nur noch dieses eine Rennen, und dann noch eins. Immer weiter. Es würde kein Ende geben. Man kam da nicht wieder raus. Opfer des eigenen Erfolges. Und es gibt immer einen hinter dir, du kannst nicht stehen bleiben, nicht einmal Luft holen.

Und du siehst sie immer vor dir, die Zielgerade, wie eine Fata Morgana, und du kommst nie an.

Deshalb hatte ich ein neues Leben gewollt, und der Zufall war mir behilflich gewesen, allein kommt man da nicht raus. Nur noch dieses Rennen, ich musste lachen, ja, das letzte Rennen. Vielleicht hatte ich es diesmal geschafft.

Lange flogen wir und es machte mir nichts aus. Ruhig blieb ich im Sessel sitzen, ohne das Bedürfnis nach Abwechslung zu haben. Es war nicht einmal ein Warten darauf, dass wir landen würden. Mein Blick lief verspielt zwischen den Wolken hindurch. Da die Welt so weit entfernt schien, erlaubten sich meine Gedanken sich zu empfehlen und ich fühlte mich unendlich leicht. Nichts mehr was mich festhielt, kein Wiegen mehr, denn der Versuch wäre daran gescheitert, dass eine Waage nichts hätte anzeigen können, ich entzog mich allem, jedem Denken, jedem Urteilen. Es war wie ein tiefer Traum, eine Trance, aus der man nicht aufwachen konnte, weil man nicht schlief. Als wollte mein Verstand sortieren, was ihn überreizt hatte. Da ich kein Bett, keine Decke hatte, hüllte ich meinen Blick in die unter mir schwebenden Wolken. Die irrsinnige Geschwindigkeit mit der wir, laut den schwärmerischen Schilderungen Konrads, den Himmel durchpflügen sollten, konnte ich nicht spüren. Nichts ließ mich dieses Rennen wahrnehmen. Keine Zielgerade, keine jubelnde Menge. Nur unendliche Weite um mich und das unwirkliche Gefühl zu fliegen. Nicht einmal ein fassungsloses Staunen beschwerte mein Gemüt. Obwohl ich mich so darauf gefreut hatte, es fast nicht hatte erwarten können, war es nun keine fiebrige Faszination, die mich zwang es gierig aufzusaugen. Ich tauchte einfach nur ein in dieses schwerelose Gefühl und genoss es, so wie man nur Träume genießen kann. Immer wieder denselben Moment und doch jedes Mal schöner und reicher an Empfindungen, die sich immer weiter aufbauten, wie ein Bildnis der Gefühle, welches man Tropfen für Tropfen in sich aufnehmen musste. Jede Eile, jedes Gefühl für Zeit würde es zunichtemachen und so verabschiedete ich mich von dem Denken, welches mich nur im Kreis laufen lassen könnte. Ich befreite mich von der Zwangsjacke, die die Formeln um mich gelegt hatte, und wurde gar Teil der Wolken, und ich freute mich darauf die Welt zu umrunden, auch wenn ich in den Stunden und doch nur Augenblicken mich nicht damit abgab mir auszumalen was mich erwarten würde. Es war als würde ich, noch müde von der Nacht, die Haustür verlassen und in die letzte Wärme des Bettes gehüllt, mich auf die Straße begeben und einfach zu laufen anfangen. Ziellos und ohne das Gefühl aufzubrechen. Ohne Erwartung mich auf eine Suche begeben, ohne zu wissen, was ich suchen sollte. Wie die Ritter früher, die sich auf die Suche nach dem Heiligen Gral begeben hatten, mit dem einzigen Unterschied, dass ich nicht mit etwas in Händen zurückkehren wollte. Es war nichts was die Menschen hätten sehen können und nichts wofür ich Bewunderung oder gar Ruhm ernten konnte und doch war es mir weitaus mehr wert. Diesen Reichtum, sollte ich ihn finden, könnte man nicht aufwiegen. Und wieder, war es für einen Moment da, dieses Gefühl gemessen zu werden. Doch als ich mich unter den mitleidigen Blicken der Anderen sah, musste ich nur kurz schmunzeln, bevor ich mich leicht im Sessel bewegte, um meinen Blick gleich wieder in die Wolken zu hüllen. Unangenehm war mir der kalte Schauer nicht, den mir die Gesellschaft den Rücken runter laufen ließ. Es war wie eine kühle Brise am Morgen, die es nicht schaffte, einen ganz aufzuwecken und man sich wieder umdreht und einschläft.

Dennoch war ich auf einmal hellwach. Als sich die Wolken zusammenzogen und ein undurchdringliches Grau sich mir aufdrängen wollte, kehrten meine Gedanken zurück und rieten mir davon ab noch weiter draußen zu träumen. Als ich dann noch merken musste, dass meine Beine eingeschlafen waren und sich mein Körper unangenehm verspannt anfühlte, nahm ich mir die Freiheit diesen zu bewegen. Mit einem herzhaften Gähnen stand ich mit einem befreienden Ruck auf und streckte mich, soweit es die etwas niedrige Decke zuließ.

Kaum hatte mein Kopf sich bis auf meine Körperlänge erhoben, als eine Glut denselben durchfuhr. Konrads Gesicht verschwamm vor meinen Augen und alles begann sich seltsam zu drehen. Das weiße Licht zog sich zu einem winzigen Punkt zusammen. Das Letzte was ich noch hörte war ein dumpfer Aufschlag.

Das Nächste, was ich wieder hören konnte waren Schritte und eine Frau, die aufgeregt meinen Namen rief. Ich wollte antworten, doch ich konnte nicht. Ich war unendlich müde und mir fehlte die Kraft für die geringste Bewegung. Als ich sanfte Schläge gegen meine Wangen wahrnahm, vermochte ich nicht einmal die Augen zu öffnen. Nur schlafen wollte ich, alles andere war mir egal. Zu schwer fühlte ich mich, und mein Verstand ließ mich alles wie durch einen dicken Vorhang wahrnehmen. Ich hörte es irgendwie und doch schaffte nichts es, bis zu mir vorzudringen.

«Was ist mit ihm los, macht doch was!» Eine besorgte Stimme dröhnte durch den Vorhang und ein Röcheln verriet mir, dass Konrad zu schnell aufgesprungen war.

«Wach auf», hörte ich Sabrina erregt mich anschreien, während sie meine Wange weiter mit ihren Händen bearbeitete.

Sie taten mir leid. All meine Kraft zusammen nehmend, öffnete ich langsam ein Augenlid.

«Ich bin müde», hauchte ich, während das Licht mich blendete. Ich schaffte es nicht länger etwas zu sehen und schloss mein Auge gleich wieder.

«Wie fühlst du dich?», wollte Sabrina wieder wissen. Ihre Stimme gab mir wieder Kraft und ihre Frage entlockte mir ein gestöhntes leises und brüchiges Lachen.

«Gut», antwortete ich schweratmig. «Lasst mich einfach liegen», stöhnte ich. «Ich muss nur ein wenig schlafen», stotterte ich weiter, während mein immer schwerer werdende Atem mich ständig unterbrach.

Die Stimmen, die mir antwortenden, entfernten sich so weit, dass ich sie nur mehr als Rauschen wahrnahm. Mein Kopf wurde schwer und fiel zur Seite weg.

Als Nächstes spürte ich Schläge gegen mein Gesicht und bemerkte, wie eine leicht zittrige Hand versuchte, meinen Kopf aufrecht zu halten. Wieder konnte ich Sabrina besorgt meinen Namen rufen hören, was die Anderen sprachen, konnte ich nicht verstehen. Als ich dann langsam und immer noch mit dem Bedürfnis zu schlafen meine Augen öffnete, sah ich nur ihr besorgtes Gesicht, das tief über mich gebeugt war und mir die Sicht auf alles andere versperrte. Ich spürte und ich sah ihre Aufregung, konnte sie aber selbst nicht empfinden. Im Gegensatz zu meinem Körper fühlte sich mein Geist ganz leicht und teilnahmslos an, als ginge ihn die ganze Angelegenheit nichts an. Ich lag einfach nur da und wollte schlafen, einfach nur schlafen und ich wusste nicht wieso.

Kaum hatte ich die Augen geöffnet, da richtete Sabrina meinen Oberkörper auf. Es machte ihr wohl Angst mich so daliegen zu sehen. Sie hob mich an und versuchte den Anschein zu geben, ich käme wieder zu mir. Doch dem war nicht so. Als mein Kopf wieder an Höhe gewann, machte sich ein schwindeliges Gefühl in diesem breit und die Welt verfinstere sich von Neuem. Wie lange der Ohnmachtsanfall gedauert hatte, konnte ich nicht sagen. Als ich wieder zu mir kam, fand ich mein Gesicht weich an ihr anliegend wieder. Angenehme Wärme umhüllte mich und machte mich von Neuem schläfrig. Unkontrolliert war ich in Sabrinas Arme gefallen und nun schlang sie dieselben um mich und wiegte mich leicht hin und her. Ich spürte ihre Angst und eigenartigerweise eine liebevolle Wärme, die mir genau so fremd, wie angenehm war. In dieses geborgene Gefühl eingetaucht fühlte ich mich sicher und versuchte mich nicht länger dem Schlaf zu widersetzten.

In diesem trunkenen Zustand hob sie mich an und zerrte mich mit all ihrer Kraft in den Sessel zurück. Ohne die Augen zu öffnen, ließ ich alles willenlos mit mir geschehen.

Kaum hatte sie es geschafft mich in den Sessel zu hieven, da drohte mein Kopf sich wieder dem Fußboden anzunähern. Der zittrige Versuch der jungen Frau meinen Kopf hochzuhalten, konnte mein schwindliges Gefühl nicht im Geringsten mindern.

In ihrer Unruhe konnte sie sich nicht entschließen, wie sie sich hinstellen sollte und so tanzte sie ständig um mich herum. Fortwährend darum besorgt mich aufrecht zu halten. Sie war redlich bemüht den Schein zu wahren, es bereitete ihr Angst zu sehen, wie ich meine Rolle nicht mehr ausfüllen konnte. Und so kämpfte ich für sie mit, aus Angst dieses trunkene Gefühl, das sie mit ihrem Benehmen bei mir auslöste, nicht mehr loszuwerden.

Ich hatte meinen Kopf nach hinten in den Sessel fallen lassen und musste meine Augen nun nur halb öffnen, um sie in ihrer Gänze zu erblicken. Sie hielt für eine Weile inne und betrachtete mich, während sie sich unablässig auf ihre blutroten Lippen biss. Auch Konrad konnte ich neben ihr sehen, der so sehr außer Atem war, dass er nicht einmal mehr brüllen konnte. Nur seine Arme ruderten hilflos umher, in dem Versuch mir Beistand zu beschaffen. Doch es war keiner da, der Rat wusste und keiner, der mir hätte helfen können.

Ich zwang mich zu einem schwachen Lächeln um meinen trocken gewordenen Mund. Doch die Beiden wollten mir nicht glauben.

«Konrad was hat er nur?», wollte Sabrina wissen, ohne es aber zu wagen sich von mir abzuwenden. «Er war doch eben erst beim Arzt», wollte sie sich selbst beruhigen. «Es ist doch alles in Ordnung mit ihm?», verlangte sie Aufklärung.

«Dieser Kurpfuscher, wenn ich den in die Finger bekomme», presste Konrad zwischen seinen Zähnen hindurch.

«Was meinst du damit?», wollte die Journalistin nun wissen und ich spürte, wie ihre Neugier sie ruhiger werden ließ. Immer offen für Sensationen und Enthüllungen.

«Ich hab die Impfung wohl nicht ganz vertragen», hustete ich ihr entgegen, bevor Konrad die Gelegenheit hatte zu antworten. Ich hatte bewusst nur den Singular für meinen Zwischenruf bemüht, weil ich Konrad nicht in den Rücken fallen wollte. Konrad reagierte äußerst verlegen auf meine Äußerung und trat von einem Fuß auf den anderen. Ich spürte, dass er wirklich um mich besorgt war, eine Ehre, die ich mir noch nicht zugeschrieben hätte und Konrad brachte mich ohne sein Wissen dazu, ein weiteres Kapitel in seiner Geschichte aufzuschlagen. Trunken, wie ich war, verschwommen die Beiden und ich bereute es, mich ihnen nicht hingeben zu können und so wurde die Figur, die ich in meinem schwindeligen Übermut gleich anfertigen wollte, zu einer lückenhaften Skizze, die ich vorerst zur Seite legen musste.

«Kann ich dir etwas helfen», wirkte der Dicke immer noch hilflos und suchte nach einer Aufgabe, die ihm dieses Gefühl nehmen würde.

«Ein Glas Wasser, bitte», schickte ich ihn stöhnend weg, damit er meinen Anblick nicht länger ertragen musste. Auch wenn es mir schwerfiel, so gönnte mir das Spiel keine Pause. Auch dieser Gedanke verlieh mir die nötige Kraft und brachte mich innerlich zum Lachen, weil mir die Schwäche meines Körpers und dieses dennoch scharfe Wahrnehmen meines Verstandes und das fast unausstehliche Verlangen mich wieder frei bewegen zu können, in groteskem Widerspruch zueinanderstanden. Wie ein Besoffener, der darüber lacht, dass er nicht mehr gerade gehen kann, so fühlte ich mich, nur, dass mein Kopf – bis auf dieses Schwindelgefühl – klar denken konnte und mehr mitbekam, als mein Körper ertragen konnte. Mir blieb nichts anderes übrig als tatenlos zuzusehen und alles mit mir geschehen zu lassen. Wie ein Fisch der inmitten seines Schwarmes gefangen war, mit dem einzigen Unterschied, dass dieser Schwarm bei mir nun mein regloser Körper war.

«Du bist ja ganz blass», sprach Sabrina in dem verzweifelten Bemühen mich wach zu halten. Immer noch ermattet, konnte ich nicht antworten, nur meine Augen versuchte ich offen zu halten, nur fielen sie mir unweigerlich zu.

Wohl müde von ihrem ständigen hin und her, setzte sich Sabrina zu mir auf die Lehne und fuhr mir besorgt mit der Hand über die Stirn.

«Er hat Fieber, seine Stirn ist klitschnass und sie glüht», wandte sie sich an Konrad, der in eben diesem Moment antanzte und nicht wusste, wie er mir mein Glas geben sollte. Er stand, wie ich zwischen zwei Lidschlägen erkennen konnte, wie bestellt und nicht abgeholt mit eben diesem Glas in der Hand neben Sabrina.

«Mir ist kalt», hielt ich Konrad auf Trab und merkte jetzt erst, dass meine Zähne bereits klapperten. Sabrina nahm das Glas aus Konrads regloser Hand, führte es vorsichtig zu meinem Mund und flößte mir behutsam das kühle Wasser in meinen verklebten Mund. Es erfrischte meine brennende Kehle, wenn ich auch nun noch mehr fror, so war ich doch dankbar für jeden Tropfen.

Mein Körper war mir völlig fremd, eine solche Schwäche war ich nicht von ihm gewohnt. Ich wusste selbst nicht, wie ich reagieren sollte, und entschied mich es herunter zu spielen. Nicht nur für Konrad, sondern vor allem für mich, denn ich hatte genauso viel Angst davor mir eingestehen zu müssen, dass es ernst war. Ich wüsste nicht, wie ich damit umgehen sollte und so überspielte ich das mit der Leichtfertigkeit der Jugend.

Als Konrad mit einer angenehm weichen Decke zurückkehrte und Sabrina sie mit festem Griff um mich hüllte, wurde mir gleich warm. Während sie noch den kalten Schweiß von meiner Stirn wischte, schlief ich ein. Es war ein langsames Einschlafen, nicht so schlagartig wie zuvor, als ich in Ohnmacht gefallen war. Auch Sabrina musste das aufgefallen sein, denn ich spürte keine Schläge gegen meine Wange und sie ließ mich schlafen.

Als ein traumloser Schlaf mich aus seiner Umarmung entließ, saß Sabrina im Sessel mir gegenüber und ihr Blick war fest auf mich gerichtet. Ein Zucken durchfuhr meinen Körper. Reichlich Zeit war ihr geblieben mich zu studieren und ich wusste, dass die Gelegenheit nicht ungenutzt verstreichen war. Dafür war sie zu sehr Profi. Etwas war in ihrem Blick zu erkennen, etwas was ich zuvor leichtfertig als besorgt abgetan hatte. Nur für den Bruchteil einer Sekunde leuchtete es auf, doch das reichte mir. Es war Angst um mich gewesen, das gestand ich mir ein, sie fürchtete, dass mich das Fieber verzehren würde und deshalb auch die umsorgende Behandlung. Aber nur weil sie es sein wollte, die mir einheizen würde, sie wollte mich zum Auftauen bringen und mir die Sensationen, die Gefühlsausbrüche abringen, nach denen sie sich sehnte, die sie für sich, für ihre Karriere so sehr brauchte. Ich war ihr Versuchsobjekt, nichts weiter als ein Spielball. Wie ein verirrtes Kind musste ich ihr vorkommen und sie wollte mich in ihre Welt zurückführen. Dabei ahnte sie nicht, dass ich von dort kam und nicht zurück wollte. Mein in ihren Augen seltsames Verhalten machte mich für sie nur noch interessanter.

Ich ließ mir nichts anmerken und lächelte sie an, um ihr verstehen zu geben, dass es mir wieder besser ging. Dabei fühlte ich mich wirklich wieder besser, doch sie war Journalistin und somit verpflichtet, sich selbst zu überzeugen. Und gewissenhaft war sie, machten meine Gedanken ihr ein Kompliment.

Sie flößte mir abermals langsam Wasser ein und fuhr mir, als wäre sie in Gedanken woanders, über die Stirn. Während sie dies tat, spürte ich, dass diese nun trocken war, das Glühen hatte nachgelassen und ich fror nicht mehr.

Nur mein Körper fühlte sich noch leicht taub an, von all den Anstrengungen, die ich ihm nicht hätte zumuten dürfen. In der geborgenen Wärme der weichen Decke und unter den fürsorglichen Blicken der Frau war ich gerne bereit ihr die Abhängigkeit zu bieten, die sie sich von mir wünschte, und genoss es von ihr umsorgt zu werden.

Doch auch wenn ich sie mit meinen noch schwerfälligen Blicken abtastete, wollte es mir nicht gelingen, schlau aus ihr zu werden. Ihr Gesicht war immer noch makellos bepinselt und die Fragezeichen und die übereilt zusammengefassten und zusammengefügten Romanfetzen wollten nicht zusammenpassen. Ich sah sie und doch war es, als würde ich tausend Andere sehen, nicht aber sie. Nicht die Frau, die hinter dieser Maske aus Schminke die Fäden zog und mich mit ihren Mimiken einzulullen versuchte.

«Und wie geht es unserem Patient?», trat Konrad an mich heran und trotz seiner selbstsicheren Haltung konnte ich die Unsicherheit in seiner Stimme heraushören. Er wollte mir genau so wie Sabrina etwas vorspielen, doch mit ihren schauspielerischen Fähigkeiten konnte er bei Weitem nicht mithalten.

Mit meinem hellsten Lächeln, das ich hervor kramen konnte, betrat ich nun ebenfalls die Bühne, auf der die Beiden bereits standen.

«Ich glaube es ist besser, wenn wir den Aufbruch noch ein paar Tage verschieben», erbittete sich Konrad Sabrinas Meinung, da er meiner Vorführung keinen Glauben schenken wollte.

Gekränkt, da ich nicht richtig spielen konnte, sprang ich gleich auf, um ihm meine neu erlangte Belastbarkeit vorzuführen. Ich wollte nicht mehr warten. Endlich weg wollte ich, das Abenteuer, die Einsamkeit und mein Gral warteten auf mich. Was die Menschheit mit mir anrichtete, hatte ich eben erst wieder an meinem eigenen Körper erleiden müssen. Die machten mich krank, mit all ihren Regeln. Schützen wollten sie mich, behaupteten mich vor Übeln zu bewahren, doch mir wurde schlecht bei ihrem Versuch, der mich doch nur einengte. Gefangen war ich in der einen Welt, die sich selbst davon lief, mit all ihren Rennen, der Eile, die mich stolpern ließ. Und nun roch ich die Freiheit und wollte der Welt entfliehen. Nun durfte ich nicht zulassen, dass mich Konrads Fürsorge davon abhalten würde. Es war keine Zeit mehr für Rücksicht. Ich nahm sie nicht einmal auf mich selbst, denn ich wusste die Welt noch in meinem Rücken, noch war sie zu nah, als dass ich es mir erlauben konnte, stehen zu bleiben. Und damit hatte ich, nun da ich so schnell aufgestanden war, auch meine Probleme. Mein Kopf wollte wieder versagen und meinen Körper unkontrolliert fallen lassen. Doch ein unerbittlich, gegen mich geführter Kampf hielt mich gerade und ich ging, scheinbar leichten Schrittes auf die nahe Theke zu, schütte mir einen Orangensaft aus und trank ihn mit sichtbarem Genuss, während ich meine Augen geschlossen hielt und mich krampfhaft mit einer Hand an der Theke festhielt, da ich ansonsten fallen würde. Doch es gelang mir diese Geste so zu verbergen, dass als ich mich wieder zu meinem Sessel begab, sie mich mit erleichterten Gesichtern empfingen.

Begeistert von meinem Erfolg, schaute ich aus dem Fenster. So weit das Auge reichte war nichts weiter als eine riesige blaue Fläche zwischen den Wolken zu erkennen. Dennoch ließ ich meinen leicht trunkenen Blick draußen, während ich darauf wartete, dass die Welt sich nicht länger um mich zu drehen schien, sondern sich damit begnügen würde, um sich selbst zu drehen.

Die diversen Unterhaltungsprogramme, die mir Konrad mit einer unnachahmlichen Begeisterung anbot, lehnte ich dankend ab. So blieb der große schwarze Kasten hinter dem Cockpit und die kleineren in den Rückenlehnen der Sessel schwarz. Meine Augen waren noch nicht so weit, dass sie dem ständigen Flimmern Folge leisten konnten.

Obwohl sich Konrad fortwährend neue Unterhaltungsmöglichkeiten einfallen ließ, konnte ich mich zu kaum mehr als einigen wortkargen Gesprächen verleiten lassen.

Sabrina indes verhielt sich für den Rest des Fluges auf ihre Art recht schweigsam. Ob sie sich wirklich nur mit ihren Kameraleuten auszusprechen gedachte, oder ihr doch nicht entgangen war, dass ich noch Ruhe bedurfte, wusste ich nicht. Auf jeden Fall hielt sie sich größtenteils im hinteren Teil des Flugzeuges auf. Dort hockte sie umringt von mehreren Laptops mit ihrer Mannschaft, während unablässig Geflüster und unterbrochene Musikfetzen bis zu mir vordrangen.

Neben Konrads zahlreichen Schilderungen und Anekdoten waren die Geräuschhäppchen das reinste Vergnügen. Ohne, dass ich die Bilder sehen konnte, zu denen sie geschnitten werden sollten, konnte ich es erahnen. Den Schnitt, den ich mir ausmalte, erfüllte meine Befürchtungen erschreckend genau.

Sie ließen keinen Trumpf aus, den ihnen ihre Ton und Musikbibliothek darbot. Zu langweilig war wohl meine Darstellung gewesen, als dass man allein daraus eine annehmbare Sendung machen konnte.

Die Zeit zerrann, ohne dass ich es bemerkte, und nicht einmal von dem Wechsel der Außenkulisse bekam ich etwas mit. Obwohl mein Blick immer noch lange Zeit draußen weilte, fiel mir erst auf, dass wir uns wieder über festen Boden befanden, als sich das Flugzeug bereits im Sinkflug befand.

Die Landung selbst fand von mir nur wenig Beachtung. Für den Moment genoss ich das unwirkliche Gefühl, das mich überkam, als die Räder den Asphalt berührten und der Rückschub der Turbinen uns kraftvoll abzubremsen begann. Wieder war es die absolute Gleichmäßigkeit in der nun umgekehrt gerichteten Beschleunigung, die meine Bewunderung verlangte.

Übertroffen aber wurden diese starken und doch flüchtigen Empfindungen von dem Glück, das mich ergriff, als ich mit zögerlichen Schritten feststellen durfte, dass ich mein Schwindelgefühl über den Wolken zurückgelassen hatte. Mein Körper war wieder bereit mir zu Dienste zu stehen und ließ sich gleich von einer für mich ungewöhnlichen Unruhe anstecken, dass wir, dass ich aufbrechen sollte.

Vorsichtshalber am Geländer festhaltend betrat ich die Treppe und nicht einmal der heiße, trockene Wind, der mich empfing als ich, konnte mich aufhalten. Schon der erste atemberaubende Luftschwall trug meine Gedanken hinfort, weit in die mir noch unbekannte Wüste hinein. Es Brise zu benennen, hätte zu sehr an Wind erinnert, als dass ich es mit der erdrückenden Hitze in Verbindung hätte setzen dürfen. Es verwunderte mich keineswegs, denn noch waren zu viele Menschen um mich. Noch hatte meine Reise nicht wirklich begonnen. Erst noch müsste sich meine Begleitung empfehlen.

Dabei konnte ich es bereits schmecken, dieses sandige, trockene Erlebnis, das mich jenseits der Stadtmauern, die nur im übertragenen Sinne existierten, erwarten würde.

«Jetzt ist es so weit», empfing mich Sabrina feierlich unten an der Treppe, als würde ich abermals einen jener für die Menschheit so wichtigen Schritte machen.

Erstaunlicherweise fühlte es sich für mich auch so an, als ich den festen Boden betrat. Das erste Mal in Ägypten, das erste Mal überhaupt in Afrika, konnte man das verstehen. Und doch war ich mir sicher, dass es das nicht war. Es war der erste Schritt um die Welt, hier sollte der Kreis beginnen, in dem ich meine Flucht, mein Rennen zu mir selbst starten sollte. Aufbruchfieber ergriff mich und löste die Trunkenheit fast nahtlos ab.

«Ja», antwortete ich und blieb bereits nach dem ersten Schritt stehen. Irgendwie von dem Moment ergriffen ließ ich meinen Blick über die eigenartige Kulisse schweifen. Ich hatte noch nicht viele Flughäfen gesehen, in natura eigentlich nur einen, und doch kam es mir vor, als wäre dieser einfach anders.

Welche Besonderheit er haben sollte, konnte ich nicht ausmachen. Vielleicht war es einfach das Gefühl, das er mir vermittelte, welches völlig anders war von dem, was mir vertraut war. Dieser Versuch zum Staunen zu bringen fehlte gänzlich. Keine hohen Fensterfronten, nicht einmal viele Gebäude überwucherten mein Blickfeld. Nur eine, grob gesagt, hölzerne Baracke erwartete uns und ein weitläufig gespannter Zaun grenzte den Flughafen von einer unbebauten Fläche ab.

Dies konnte unmöglich der Hauptflughafen einer Großstadt, oder gar einer Hauptstadt sein, so viel war selbst mir unbereistem Menschen klar.

Es war mir recht, denn ich wollte mich nicht noch durch eine Menschenmenge drücken. Ich war nicht mehr bereit mich einfach treiben zu lassen. Zu weit war ich gereist, um einen solchen Rückschlag noch verkraften zu können. Noch zu stark hatte ich die Klammer, die die Menschen meinem Körper auferlegt hatten, in Erinnerung. Ich wusste ich tat ihnen unrecht, aber allein der Gedanke an den Geruch dieser schwimmenden Fische reichte aus, damit es mir übel zu werden drohte. Deshalb floh ich mit meinem Blick jenseits des Gitters in die sandige, trockene Fläche, die mir die neue Welt endlich zu eröffnen versprach. Eine völlig frei von Rennen, von jubelnden Mengen, die mich messen, aber nicht kennen wollten.

«Konrad, wo steht deine Limousine?», wollte Sabrina ernsthaft wissen und durchpflügte die Umgebung mit ihren suchenden Blicken.

Ich sah Konrad völlig entgeistert an. Auf einen solchen Tiefschlag war ich nicht vorbereitet gewesen. Doch zu meiner Erleichterung wirkte selbst Konrad überrascht. Seltsamerweise sah er zu mir herüber, als wollte er meine Meinung dazu wissen. Schulterzuckend gab ich ihm diese gleich kund und sah zu Sabrina, um eine weitere Aktion von ihr abzuwarten.

«Ich hatte eigentlich gedacht wir würden den Hubschrauber nehmen und gleich in die Wüste fliegen», war es jedoch Konrad, der seine Fassung wieder gewonnen hatte und antwortete.

Mein Mund klappte ungläubig auf, ohne dass ich einer Regung fähig war. Zu meinem Glück waren sie zu sehr mit sich beschäftigt, um mein erneutes Scheitern in unserem Spiel bemerken zu können. Auf jeden Fall war ich nicht bereit gewesen, solch derbe Schläge einzustecken.

Beide von ihnen verstanden es wohl sich fortzubewegen, aber von Reisen hatten sie nicht die geringste Ahnung.

«Er muss doch noch seine Ausrüstung beschaffen», meinte Sabrina, die meinem Rucksack keinerle Bedeutung anmessen wollte.

«Aber das könnt ihr mir nachbringen. Etappe für Etappe.» Ich versuchte dem Lärm der Stadt zu entgehen. «Ich kann eh nicht alles was ich für die zwei Jahre brauche mitschleppen.» Noch wollte ich meinen Traum nicht aufgeben und versuchte mit sachlichen Argumenten meine subjektiven Empfindungen zu kaschieren.

«Der Junge hat recht.» Unbewusst unterstützte mich Konrad in meinem Bemühen zu fliehen.

«Der Bursche kommt mit, und basta», zeigte Sabrina ihre Zähne und wir gaben klein bei.

Was Konrad betraf, konnte ich seine Reaktion nicht begreifen. Wo war der Kämpfer, den ich am Flughafen kennengelernt hatte? Wo war die Lawine, die sich von keiner Menschenmenge aufhalten ließ?

Aber irgendetwas brütete er noch aus, ein flüchtiges Zucken um seine Mundwinkel verriet es mir. Es war sein Spiel und er wusste, was er wollte, sonst wäre er wohl nicht dorthin gekommen, wo er jetzt stand. Und sein Blick zeigte mir, dass er uns nicht als seine Lakaien betrachtete, sondern als seine Widersacher, nicht wirklich ernst zu nehmen, aber doch so stark, dass er sich ein Spielchen mit uns erlauben durfte und uns nicht einfach aus dem Weg brüllte.

So viele Figuren schenkte mir der dicke Mann, dass ich mit Anfertigen kaum noch hinterher kam. Denn ich musste immer weiter lesen, es gab kein Ende, keine Pausen. Der Roman schrieb sich von selbst, ohne sich zu speichern, es gab die Kapitel nur für den einzelnen Moment, einen Augenblick später waren sie Geschichte. Und ich wollte nicht riskieren, sie zu verlieren.

Mit einem enttäuschten, aber gefassten Gesichtsausdruck, tat er was er am liebsten tat und konnte – regeln. Er brauchte nicht lange und neben uns stand ein Taxi. Der Fahrer wurde nur kurz instruiert und fuhr uns zur Halle.

Als ich dann, immer noch geschockt von Sabrinas Forderung, ihr zum Wagen folgte, führte mich der Weg an der Nase des Flugzeuges vorbei.

Entmutigt, da meine Reise unterbrochen werden sollte, hob ich nur langsam meinen Blick. Ich suchte in der Wüste, in der ich mich glaubte, eine Abwechslung, die mich erfüllen und von meinen enttäuschten Gedanken würde ablenken können.

Doch wieder traf mich ein Schlag. Während der an sich ungefährlichen Kopfbewegung, wurde ich in eine andere Welt gerissen. Es enthob sich jeder Vorstellungskraft, was meine Augen mich zu erleben zwangen. Es brauchte nur einen Lidschlag und die Wüste war verschwunden und mit ihr all diese Versprechungen nach Ruhe, die ich mir selbst gegeben hatte.

Ich glaubte mich leicht überwältigt von dem Flughafen, von dem meine Reise begonnen hatte, als ich ihn noch im selben Atemzug vergaß. Glas und Stahl und was sich sonst noch an glänzendem Gestein auffinden ließ, vereinte sich zu einem gewaltigen Mahnmal gegen die Leere der Wüste. Als wollte dieses eine Gebäude alleine sich gegen alles auflehnen, was die endlosen Sandflächen darstellten. Tiefe Ruhe ergriff meinen Körper. Staunen verführte meine Kinnlade, meine Brust zu besuchen. Bewunderung brachte gar meine ansonsten recht lebhaften Gedanken zum Schweigen.

Es war fortgeschrittener Abend und die rötliche Sonne stand noch erstaunlich hoch im Westen und tauchte die spiegelnden Flächen in ihr rotes Licht. Wieder spürte ich die Hitze und doch glaubte ich, dass sich dazu noch eine Wärme im Innern meines Körpers ausbreitete.

Vergessen waren die Gedanken an die sandige Freiheit der Wüste, wie weggeblasen, nicht von einem erfrischenden Wind, sondern von der überwältigenden Schönheit dieser steinernen Königin.

Ich wusste ich hätte in diesem Augenblick einen lächerlichen Anblick abgegeben, aber meine ausschweifenden Gedanken waren auf Reisen. Sie umflogen die Einzelheiten des – es fiel mir schwer es mit solch banalem Wort zu beschimpfen – Flughafens und tauchten in die rot glühende Harmonie des Ganzen. Es hatte nichts mit Funktionalität zu tun, was mich dort empfing. Wer auch immer das gebaut hatte, der wollte, dass man den Atem bei diesem Anblick verlor. Obwohl mir dieser fremde Bauherr unbekannt war, entsprach ich seinem Wunsch und musste beeindruckt schlucken, bevor ich eines weiteren Schrittes fähig war.

Irgendwie verwunderte es mich nicht, als ich merkte, dass meine beiden Begleiter keinen Blick für eine solche Ansehnlichkeit hatten und bereits ungeduldig meiner warteten, als ich ins Taxi dazu stieg.

Sabrina äußerst zufrieden mit ihrem kleinen Erfolg, brachte es ausnahmsweise über sich zu schweigen. Konrad dagegen nicht. Er hatte wieder Boden gut zu machen in seiner Schlacht, die ich nicht recht begreifen konnte, aber dennoch interessiert verfolgte. Ich hatte schließlich das Fernsehen bei mir, da sollte man sich die Show wohl nicht entgehen lassen.

Aufgeregt sprach er mit seinem Handy und der für mich unverständlichen Stimme. Diese klang, als wäre sie nur wenig erfreut, doch wagte sie es nicht, zu widersprechen. Ohne dass diese, mir unbekannte Person, die Chance gewehrt wurde auszusprechen, hatte Konrad aufgelegt und sah mit einem zufriedenen Grinsen zum Fenster hinaus, abermals ohne etwas zu betrachten – wie mir auffiel. Diesmal jedoch wirkte er nicht gehetzt oder bedrückt. Und es ließ mir ein kalten Schauer den Rücken runter laufen, als ich mir eingestehen musste, dass ich seine Miene das erste Mal nicht richtig zu deuten vermochte.

Die Fahrt mit dem Taxi dauerte nicht lange, kaum mehr als einen Kilometer maß die Strecke, die wir so zusammengedrückt hinter uns brachten. Recht lächerlich kam ich mir dabei vor und ich spürte, wie sich mein fiebriger Zustand zurückmelden wollte.

Als ich dann leicht ungeduldig hinter dem Dicken ausgestiegen war – Sabrina stand bereits draußen, doch mir war es, als müsste ich auf Konrads Seite stehen – blickte ich erwartungsvoll an der Halle empor. Doch ich wurde enttäuscht. Außer der immer noch unangenehmen Hitze war nichts mehr da, was mir den Atem stahl.

Nur Glas und Stahl und ein wenig Beton, der nur noch mehr Wärme abstrahlte. Die rot glühende Pracht der Sonne konnte mich vor dem Gebäude nicht mehr blenden und ich sah wieder die Leere, die ich in jedem Gebäude zu sehen bekam. Ich sah es mir trotzdem an, doch es waren nur Gedanken, die mich ergriffen. Und diese Gedanken sagten mir, dass ich staunen sollte, wegen solch verwegener Schönheit. Ein Juwel in der Wüste, das sie hier errichtet hatten. Welch Frevel von meinen Gedanken sich darüber so lustig zu machen.

Als Sabrina mich mit ihrem prüfenden Blick röntgte, drehte ich mich leicht nach rechts zu ihr um und tat als würde die Sonne, die hinter ihr stand, mich blenden. Es galt stark zu bleiben, zu viele Regeln hatte sie bestimmt, und es war heiß, da drohte man schnell zu schmelzen, wenn man nicht achtgab.

Und just in dem Moment, da ich mich mit einem nüchternen Blick endgültig von der makellos verarbeiteten Fassade abwenden wollte, begann der Dicke zu schwärmen. Mit angehobener Stimme erzählte er mir von den Finessen dieses Flughafens, erklärte mir das Zusammenspiel von Glas und poliertem Gestein, welches er mir drinnen zu finden versprach. Seine Stimme war so kräftig und so stolz, als habe er alles eigenhändig errichtet.

Es beeindruckte mich, über welches Wissen der Dicke verfügte, doch ich hörte nicht wirklich zu, immer diese Zahlen, sie verfolgten mich, selbst hier, am Rande der Wüste, war ich vor ihnen nicht sicher.

Kaum waren wir eingetreten, als meine Augen, ohne meine Erlaubnis abzuwarten, gleich auf Wanderschaft gingen. Mit vielem hatte ich gerechnet, aber nicht mit solch räumlicher Freiheit, wie die Halle sie mir darbot. Und dennoch zerdrückte es mich und es kam mir vor als würde ich immer kleiner werden.

Der Marmor zu meinen Füßen, die säuberlich glänzenden Flächen überall und die großzügig überdimensionierte Klimaanlage ließen mir ein Frösteln über meinen leicht verschwitzten Rücken laufen.

Ich wusste nicht, ob es nur daran lag, dass mein Körper noch von der langen Reise und der erbarmungslosen Behandlung des Arztes, geschwächt war, aber irgendwie wurde es mir schwindlig. Mich ergriff nicht die Art von Schwindelgefühl, die den Körper zum Stürzen bringen konnte, aber dennoch fanden meine Augen keinen Halt. Eigentlich war es mir – allein die Vorstellung belustigte mich – als würden sie überlaufen. Ich konnte nicht erfassen, was mir meine Sinne alles darbieten wollten. Vielleicht war es gerade das, was mir dieses Gebäude so leer vorkommen ließ. Und so schottete sich mein Geist von meinem überreizten Körper ab und ließ diesen orientierungslos hinter Konrad herlaufen.

Selbst Staunen war mir in diesem Moment nicht mehr möglich, alles wirkte wie ein Film und ich war die Kamera, eine schwarze hohle Kiste.

Sabrina, immer noch zufrieden lächelnd, überließ es Konrad nun alles in die Wege zu leiten – in die Wege, die sie ausgewählt hatte. Dennoch ließ sich der Dicke diesen Triumph nicht nehmen und führte uns, ohne zu zögern am Zollamt vorbei, veranlasste, dass uns die für ihn nötigen Annehmlichkeiten bereit stehen würden. Mit einem Wort: Er war der große Manager, den ich in ihm gesehen hatte und nicht mehr eine tobende Lawine. Diese schien er in unserem Heimatland zurückgelassen zu haben. Oder – der Gedanke zwängte sich mir auf – es lag an der Hitze dieses Landes, die ihm diese Art der Energieaufwendung verbot. Doch die Vorstellung gefiel mir nicht, und so verbuchte ich ihm das vorbildliche Benehmen als seine neue Errungenschaft.

– 5 – Der Inder

Die Menschenmassen, anfänglich von mir übersehen, strömten nun überall hin und her. Leute, die warteten, andere liefen und alle schienen zu rennen. Selbst die, die standen. Unruhige Blicke um sich werfend, aufgeregt, erregt oder einfach nur gespannt. Wieder andere wirkten schlicht müde und verspannt, von dem dauernden Rennen. Auch ich ließ mir keine Zeit, schlenderte einfach hinter Konrad her, ohne weiter in den Gesichtern zu lesen. So viel wäre da gewesen, um die Leere des Gebäudes zu füllen, doch ich ließ dieses Loch in mir ungestopft. Ich genoss einfach die Ruhe, der Lärm störte mich dabei keineswegs, er drang nicht einmal zu mir durch, denn das Fieber hatte noch immer eine Schutzglocke über mich gestülpt. Wie in einem U-Boot saß ich, und der Druck der Strömung konnte mir nichts anhaben. Wie durch dickes Glas betrachtete ich die Fische, die an mir vorbei schwammen, genoss ihre zahlreichen Farben, ihre zahllosen verspielt, hektischen Bewegungen. Wie in Trance erfüllte mich das Schauspiel, ohne irgendwo einen Abdruck in meinem Geist zu hinterlassen.

Die breite Gestalt vor mir glitt widerstandslos durch den Strom und mein Körper wurde im Sog mitgerissen.

Mit einem letzten begehrenden Schwall der Klimaanlage im Rücken, schlug mir die Hitze des Wüstenlandes entgegen. Ich spürte den Druck auf meiner Brust und erregt atmete ich schneller, da ich mich fühlte, als hätte ich nicht genügend Luft. Immer diese Vergleiche – ich musste für mich lachen – keine Luft, und das in der Wüste, wo es außer Luft und Sand nichts gab.

Doch es reichte ein Blick, um zu wissen, dass es so nicht war. Meine studierte Fähigkeit zu zählen wurde bei dem Anblick der Unmenge an Autos, Taxis und Bussen bei Weitem überfordert. Von überall her konnte man irgendjemand schreien hören. Verstehen konnte ich nicht viel, nur ein paar Brocken Englisch schlugen mir gegen die Ohren, doch ich wehrte sie genauso unbewusst, wie auch erfolgreich ab.

«Sir, Sir. Ich habe gefunden», drängte sich eine aufgeregte Stimme durch all den Lärm. Die Männerstimme bediente sich einem sehr brüchigen, aber nicht minder leidenschaftlichen Akzent meiner Muttersprache.

Mit einem Glanz in den Augen, wie ich ihn noch nie zuvor bei einem Menschen gesehen hatte, stürzte er an mir vorbei und blieb leicht unbeholfen vor dem Dicken stehen. Der etwas kleinwüchsige Mann hatte eine bräunliche Haut, schwarze Haare und Brauen von einer Dunkelheit, die es mit jeder Finsternis aufnehmen könnte.

Als wäre ich eben in diesem Moment aus einem langen Traum erwacht, betrachtete ich den Mann voller Begeisterung. Anfänglich hielt ich ihn für einen Ägypter, doch bereits mein zweiter Blick lehrte mich eines anderen. Es war ein Inder, unverwechselbar seine dunklen Augen, seine dürre Gestalt. Meine Faszination für den Mann wuchs schneller als meine Blicke sie stillen konnte.

Seine Kleidung war scheinbar eine Mischung aus allem, vor allem aber an Widersprüchen. Er machte den Eindruck als versuchte er elegant zu wirken, doch wirklich gelingen wollte es ihm nicht. Seine traditionelle indische Kleidung vermengte sich mehr oder minder gut mit einer Art westlicher Geschäftskleidung. Ein weißes Hemd samt Krawatte drängte sich zwischen seinem weitaus bunteren Oberteil hervor und der offene lange Umhang, den er trug, endete an seinen schwarzen Lackschuhen. Interessante Persönlichkeit, dachte ich, auch wenn ich seinen Geschmack nicht wirklich gut heißen konnte. Aber sein breites Lächeln ließ es mich ihm verzeihen.

Ohne noch weitere Worte zu verlieren, ging der Inder vor dem Dicken her, wobei er sich umblickte, um sich zu vergewissern, dass dieser ihm folgte.

Nun wieder wach, eilte ich neben Konrad und sah ihn rätselnd an.

«Ich habe gefunden?», fragte ich überrascht.

Der Dicke lachte herzhaft, bevor er mich mit leuchtenden Augen ansah.

«Seine Manieren sind wirklich noch nicht die besten», meinte Konrad vergnügt. «Aber dafür weiß man, dass seine Freude stets ehrlich ist», erklärte Konrad und glaubte offensichtlich sich verständlich ausgedrückt zu haben. Immer noch in Unwissenheit, ließ ich es dabei bewenden und langweilte ihn nicht mit Fragen, deren Antworten ich vielleicht selbst noch finden konnte. Ich wusste immer noch nicht, was ich von diesem seltsamen Mann halten sollte. Mein Blick aber blieb auf ihm haften und erfreute sich an dem lebhaften Benehmen des strahlenden Inders.

Ich musste beinahe lachen, mit einem entflohenen Blick zur Seite merkte ich, dass selbst Sabrina dem Neuen in unserer Mitte ein nicht unbeachtliches Maß an Interesse entgegen brachte. Doch nachdem die erste Verwunderung verflogen war, erinnerte ich mich daran, dass das ihr Beruf so mit sich brachte.

Der dunkelhäutige, aber hell strahlende Inder führte uns zu einer weißen Limousine mit dunkel getönten Fenstern.

Mit einer tiefen, übertriebenen, aber respektvollen Verneigung öffnete er Konrad die Tür. Ein anschwellendes, unfreundliches Hupen erklang, als die Taxifahrer den Chauffeur erblickten, der sie zugeparkt hatte. Doch der Inder ließ sich nicht aus der Ruhe bringen, selbst nicht, als die Taxifahrer sich abmühten, ihre zahllosen Flüche in ein eigensinniges Englisch zu übersetzen.

Als der Inder erkannte, dass Sabrina und ich zu Konrads Gefolgschaft zählten, verneigte er sich freudig strahlend vor uns, und seine Ehrerbietung uns gegenüber, brachte sein Gesicht nicht weniger nah an den staubigen Boden, als zuvor bei Konrad. Dann eilte er mit einer fiebrigen Genugtuung zur anderen Seite des wohl gerade eben gewaschenen Gefährts und öffnete uns die Tür.

Die Limousine nahm ich diesmal schlicht nur zur Kenntnis. Der Innenraum war anders, aber vergleichbar und fand von mir sonst nur wenig Beachtung. Auch der Kameramann hatte wieder vorne Platz gefunden. Als ich ihn sah, bekam ich fast einen Schlag. Nicht weil er da war, oder wegen des schwarzen Gerätes, mit dem er so bedrohlich auf mich zielte. Nein, was mir Angst bereitete, war seine Erscheinung schlechthin.

Sein Gesicht glänzte, über und über mit Schweiss benässt, und zeugte von einer atemlosen Erschöpfung, von seinen Strapazen am Flughafen, die ich nicht einmal mit bekommen hatte. In irrsinnigem Tempo muss er hin und her gerannt sein, bemüht um die besten Perspektiven zu ergattern. Zumindest ließ sein mitleiderregender Zustand dies erahnen. Ich fühlte mich an das Rennen von Igel und Hase erinnert. Der Igel blieb nur stehen und der Hase mühte sich ab, einzig um ein Rennen zu gewinnen, das er nicht gewinnen konnte, weil die Frau des Igels, als ihr Gemahl verkleidet, stets auf den Hasen wartete. Ich musste lachen, und hatte doch irgendwie Schuldgefühle, dass ich dem Hasen so übel mitspielte. Aber es war seine Gier, die ihn trieb, er wollte Bilder, die ich nicht liefern konnte. Er wollte zeigen, wie gut er war, nun, dann musste er laufen. Aber das war nicht mein Rennen. Ich schaute bloß zu und genoss die

Show – trotz meines schlechten Gewissens – denn es zeigte mir, dass die Zeit des Laufens hinter mir lag.

Ich wusste nicht wieso, aber auch wenn wir nicht dorthin fuhren, wohin ich zu gelangen wünschte, so war ich doch auf einmal zufrieden. Vielleicht lag es daran, dass ich es immer noch nicht glauben konnte. Wie sollte ich es auch, mit dem Rest an Fieber in meinem Körper und der seltsamen Reise, die ich wie einen dunstigen Traum wahrgenommen hatte. Es wirkte völlig belanglos, als beträfe es mich gar nicht, so als könnte ich einfach auf einen Knopf drücken und dieser Film würde aufhören. Doch irgendwie mochte ich das Programm und so ließ ich es weiter laufen. Blieb liegen auf meiner gemütlichen Couch und glotze mit einer wohligen Schläfrigkeit aus dem Fenster. Es musste ein Film sein, dachte ich, und strahlte über das ganze Gesicht. Ja, das war mal ein richtiger Film, auch wenn es einem noch an Nähe fehlte, denn ich war in einem Wüstenstaat und alles, was ich fühlte, war die kühle Umarmung einer Klimaanlage. Ich musste erneut für mich lachen, diese Filmleute hatten aber auch keine Ahnung. Doch mich musste es nicht sorgen, ich war Endverbraucher, einfach nur in die Röhre starren, meine Gedanken wurden gelenkt. Man musste zugeben, der Dienst war ausgezeichnet.

Zu meiner Überraschung war des Inders Fahrstiel ein ganz anderer, als seine aufgeweckte Erscheinung es erwarten lassen könnte. Deshalb auch wurde ich nicht aus meinem schlummrigen Zustand gerissen.

Die Fahrt war recht ereignislos, geachtet nach dem was die Fernsehleute Bedeutung anmessen würden. Für mich war das natürlich anders, ich genoss den Traum, oder den Film – ich wusste selbst nicht, wie ich es nennen sollte. Zu reich an Gefühlen, als dass es ein Film sein könnte, und zu greifbar um sich mit der konturlosen Freiheit eines Traumes messen zu können. Auch wenn ich das Leder auf dem ich so weich saß nicht recht spürte. Und von der dunkel getönten Fensterscheibe hielt ich mich bedächtig fern.

Mein Kopf blieb gerade auf meinem Hals, leicht hin und her gewiegt von dem abenteuerlichen Rhythmus der Straße, die der Inder mit seinem, wie ich fand, unpassenden Gefährt, bezwang.

Doch daran konnte man nichts ändern, einen solchen Streit würde ich mit Konrad nicht anfangen. Erst recht nicht nun, da er sich wieder von seiner Auseinandersetzung mit Sabrina beruhigt hatte und sich offensichtlich wieder zufrieden der Reise hingab. Ein fast unsichtbares, verwegenes Lächeln umspielte seinen breiten Mund und hüllte mich in Vorahnungen, die mich auf die Reise freuen ließ. Unter dem Umhang der noch leichten Betäubung und dem sanften Hauch der Klimaanlage war ich gewillt der Stadt einen Besuch abzustatten, es machte mir keine Angst mehr. Die anspruchsvolle Lektüre, von der ich mich umgeben wusste, machte mir Appetit auf mehr. Eine gewisse Genugtuung mischte sich unter meine Zufriedenheit, dass ich mich in diese riesige Bibliothek wagte.

Nachdem ich mich wiederholt dabei erwischt hatte, wie ich mit einer gespannten Vorfreude in Konrads Gesicht gelesen hatte, kam mir der Vergleich zu meinen so gern gelesenen Phantasiebüchern. Seine Ausdrucksweise wirkte leicht und füllte Bände, ohne dass ich fürchten musste, dass es mir langweilig werden könnte.

Sabrina dagegen bedurfte weitaus mehr Konzentration, man konnte nicht einfach entspannen, so wie es mir bei Konrad möglich war. Es hatte immer etwas Schweres an sich haften, einen Nachgeschmack, den man nicht so leicht einordnen konnte. Aber auch ihre verborgenen Züge hatten ihren Charme, auch wenn ich mit jedem Blick riskierte, dass sie mich auftaute.

Jedes Mal wenn sich unsere Blicke trafen, war es als würden wir beide ein Buch lesen, und beim Umblättern ein flüchtiges Lächeln austauschen. Dabei wirkte ihres immer beschwichtigend, so als wollte sie mir zeigen, dass es nichts zu befürchten gab.

Aber es war nicht so, dass ich Angst hatte, ich war eher gebannt, wie bei einem Buch, dessen Ende man kaum erwarten kann, so zog sie ständig meinen Blick an sich. Aber man konnte es nicht schnell lesen, nur ein kurzer Blick. Dann zuklappen und darüber nachdenken, was zwischen den Zeilen stand.

Und der kühle Schauer, der mir den Rücken runter lief, wenn ich sie dabei erwischte, wie sie mich mit ihren Blicken abtastete, rührte von der Art, wie sie zu lesen schien. Sie las nicht um des Genusses willen, sie wollte den Büchern ihr Wissen entreißen und sie dann, wie leere Hüllen wegwerfen. Mit dieser Art der Lektüre konnte ich nur wenig anfangen. Genauso wie diese Literaten, die den Wert eines Textes erst dann erkannten, wenn sie ihn in seine Einzelteile verstümmelt hatten. Mir als Ingenieur graute vor dieser Vorstellung, denn ich suchte als solcher stets zerstörungsfreie Prüfmethoden. Alles andere war einfach unsachgemäß. Genauso wie diese Weinkenner. Kaum benässte dieser Trank ihren Gaumen, spuckten sie ihn aus. Sollten sie doch Wasser trinken, wenn sie keine Ahnung hatten, was Genuss bedeutet. Ich spürte, wie meine innere Wärme gegen die Klimaanlage ankämpfte. Und ich genoss, wie mein Körper gegen die unsachgemäße Darstellung der Wüste protestierte, und meine fiebrigen Gedanken schürten das Feuer.

Rasch wandelte sich meine Wut wieder in Mitleid, als ich abermals bemerkte, mit welchen verzweifelten, rätselnden Blicken die Journalistin mir meine Geheimnisse entreißen wollte. Keineswegs aufdringlich sah sie mich an und mich durchfloss plötzlich der Drang zu reden.

Ich öffnete bereits leicht meinen Mund, doch dann bemerkte ich, dass ich nicht wusste, was ich sagen sollte und mich verließ der Mut. Mit einem erschöpften, kraftvollen Ausatmen schloss ich meine Lippen und wandte mich dem Fenster zu. Was draußen geschah, sah ich dennoch nicht. Nur eine bräunliche Landschaft schwamm an meinen Augen vorbei. Selbst der Himmel wirkte seltsam dunkel und da fiel mir wieder die getönte Scheibe ein und ich beschäftigte meinen Verstand damit, diese nun in Betracht zu nehmen.

«Warst du schon in Kairo?» Sabrina konnte der Verführung nicht widerstehen. Sie musste bemerkt haben, dass ich etwas sagen wollte, und wollte die Gelegenheit nicht ungenutzt lassen.

«Nein», lachte ich, nachdem ich einen Moment verstreichen ließ, so als habe sie mich gerade aus meinen Gedanken gerissen. Ich bemühte mich um ein möglichst offenes Gesicht. Sie musste endlich etwas zu lesen haben, das war mir klar. Anders würde sie verhungern, und schließlich sorgte sie sich gut um mich. Ihre liebevollen Blicke, ihr unvergleichliches Lächeln, das sie mir pausenlos schenkte. Und nicht zu vergessen, die Lektüre – der reinste Genuss. Für denjenigen, der darauf Wert legte, und das tat ich. Nun war es also an der Zeit, zu geben.

«Ich war eigentlich noch nie wirklich im Ausland», zeigte ich meine ehrliche Begeisterung für diese Reise. «Kaum mehr als einen Steinwurf über die Grenze ab und zu, aber das war es dann auch schon», lächelte ich ihr zu und zeigte ihr deutlich, wie aufregend dies alles war.

«Du hast mir eigentlich noch nicht gesagt, wieso du dich so schnell dazu entschlossen hattest», nahm sie fleißig die Gelegenheit beim Schopf.

Ich merkte, wie meine Augen zu strahlen begannen. Kurz senkte ich mein Haupt und lachte hörbar verlegen, bevor ich tief Luft holte. Als mein Gesicht sich dem ihren zuwandte, sah ich, wie sie ihren Atem angehalten hatte.

«Eigentlich», begann ich und ließ mir reichlich Zeit, während ich nun die Decke der Limousine nachdenklich anstarrte. «Eigentlich hab ich es mir nicht überlegt», tat ich als würde ich nun erst begreifen, was ich getan hatte. Doch um ehrlich zu sein, ich hatte es immer noch nicht begriffen. Wie sonst könnte mir alles wie ein Traum vorkommen. Ich wusste, dass es echt war, dass es wirklich passierte. Aber nur mein Verstand wusste es. Nicht mein Empfinden, und dieses war es dem ich meinen Glauben schenkte. «Es war spontan. Es war so», ich musste wieder die Decke anstarren, um das passende Wort zu finden «verwegen», endete ich und lächelte sie mit einer hochgehobenen Braue an.

Ich spürte, dass ich mir zu viel erlaubte. Ich spielte mich auf, als säße ich mit ihr auf gleicher Höhe, welch leichtsinniger Fehler. Sie durfte mir nicht anmerken, dass ich mit ihr spielte. Sie spielte mit mir, wie konnte ich das nur vergessen.

Verlegen senkte ich meinen Blick und kratzte mich am Hinterkopf und fuhr dann mit der Hand in den Nacken, als wäre ich noch ganz verspannt. Und während ich mich leicht dehnte, spürte ich, dass es angenehm war.

Sabrina hatte sich selbst aus dem Gespräch gebracht und sah nun nachdenklich aus dem Fenster.

Konrad dagegen war von den gefallenen Worten aus seinen Gedanken aufgewacht. Ihm war entgangen, was sich zwischen Sabrina und mir abgespielt hatte, nur dass ich ein Greenhorn war, was das Reisen betraf, hatte er aufgeschnappt und ließ es sich nicht nehmen mich nun zu belehren. Wie ein Vater erzählte er mir von seinen Abenteuern. Es war völlig unmöglich ihm zu folgen. Er wechselte schneller die Länder als Sabrina einen Satz beenden konnte. Und darin war sie gut. Ich lachte innerlich, als ich merkte, dass meine Gedanken abschweiften.

Ich bemühte mich Konrads Worten zu lauschen. Wenn ich mir Eines verinnerlichte, so war es, dass er viel, schon sehr viel gesehen hatte. Trotzdem hörte man bei seiner Redeweise deutlich seine Ungeduld heraus.

«Und als ich in Singapur war, hab ich Peter getroffen. Den hatte ich eigentlich in Venezuela kennengelernt.» Und schon war er in einem anderen Land. «Aber das ist eine andere Geschichte, interessant war eigentlich die in …», wechselte er von Land zu Land, wie ein Kind zwischen Sendern, wenn es das erste Mal dabei war, die Funktionsweise einer Fernbedienung zu studieren.

Von den Worten angelockt, tauchte Sabrina auch bald wieder im Gespräch auf. Beide übertrumpften sich mit ihren Abenteuern, als wollten sie mich mit ihren Erfahrungen begeistern. Doch mir war klar, dass ich in diesem Moment nur zum Spielball zwischen den beiden Rivalen ausartete. Ärgern tat es mich aber nicht. Es berauschte mich eher, wie sie sich abmühten mich immer höher zu werfen, und während ich mich dem Himmel näherte, erweiterte sich mein Horizont. Von Mal zu Mal holten sie weiter aus, um mit ihren Schlägen mich staunend um meinen gleichmäßigen Atem zu bringen.

Bald wurde mir schwindlig von dem Ganzen hin und her und ich ließ mich auf den Wogen ihrer Worte treiben. Als ich mir sicher sein konnte, dass ich nicht in dieses Gespräch mit einbezogen wurde, gab ich mich erneut daran zu lesen. Wieso sollte ich ihren Abenteuern nun lauschen, wenn mein eigenes doch bereits auf mich wartete. Einzig zur Steigerung meiner Vorfreude nahm ich ihre ausschweifenden Erzählungen entgegen. Dass vieles davon im Eifer des Gefechts wohl mehr der Fantasie als der Realität entsprang, störte mich herzlich wenig. So was gehörte dazu, wenn man sich müde von der Reise gemütlich an einem knisternden Lagerfeuer einrichtete und den Geschichten lauschte. Nur leider hatten wir hier nur eine Klimaanlage, das störte mich dann schon eher. Zu großen Geschichten gehörte nun mal die Stimmung von Abenteuer. Eine sternenklare Nacht, ein aufbegehrendes Lagerfeuer und unzählige wild flackernde Schatten. Vielleicht war es gerade dieser Mangel, der mir einen Teil der Begeisterung vorenthielt, aber ich konnte es nicht ändern. Alles, was sie erzählten wurde von der Größe des Wagens und der geregelten Atmosphäre zunichtegemacht.

Sie störten sich daran aber nur wenig. Vielleicht lag es ja auch an mir. Vielleicht verlangte ich zu viel, aber Reden an sich genügten mir nicht. Sie waren falsch, gelogen, wie die Illusion in die mich dieser Luxus ertrank.

«Aber was rede ich, du wirst das alles bald selbst erleben!» Konrad klopfte mir freundschaftlich auf die Schulter. Ich fragte mich, ob er bemerkt hatte, dass ich ihm nicht die Ehrerbietung geschenkt hatte, die er sich vielleicht erhofft hatte.

Doch als ich ihn mir ansah und sein Gesicht voll von einer gehetzt wirkenden Vorfreude entstellt war, merkte ich, dass seine Flut an Worten, mit denen er den größten Teil der Fahrt nun wohl ausgefüllt hatte, ihn mehr Kraft gekostet hatte, als ich es für möglich gehalten hatte. Vielleicht wollte er sich bloß zurückhalten, um nicht alles an einem Tag ins Feuer zu werfen. Die Reise würde lang werden, und ich glaubte zu ahnen, dass ihm das langsam bewusst wurde. Was für ihn noch schlimmer war, das Tempo gab nur ich vor. Ich, der Schulknabe den der Millionär in die Wüste schickte. Mir gefiel der Gedanke, auch wenn es Konrad unbehaglich wurde. Ich hatte nicht vor ihn hängen zu lassen.

– 6 – In Kairo

Draußen zeigte sich mir immer noch ein bräunlich roter Ton, gehüllt in die befremdliche Farbe der dunklen Fensterscheiben. Nur war es kein Sand mehr der leicht verspielt im Wind tanzte, sondern es schien als habe er sich zu Bauwerken erhoben und verfestigt. Auch wenn der Himmel nun ständig unterbrochen wurde, so hatte sich die farbliche Kulisse doch nur wenig verändert. Einzig die Fahrt war bei Weitem nicht mehr so gleichmäßig und entspannend.

Immer wieder fand sich ein Hindernis, das sich der Limousine in den Weg stellen wollte. Der Inder mühte sich redlich ab, es uns nicht spüren zu lassen. Dabei war ich überrascht, wie gut es ihm gelang. Wäre draußen nicht dieses verräterische Muster der anwachsenden Wohnungen gewesen, so wäre es mir nicht einmal aufgefallen. Wie ein träges Flaggschiff glitten wir über die Straße. Unter uns wiegte uns der holprige Belag, wie die Wellen des Meeres bei leichtem Seegang. Die Schwere der Limousine filterte beschützend die harten Schläge raus. Wieder ein Umstand, der mir alles so unwirklich vorkommen ließ. Als stünde man im Regen und würde nicht nass. Während ich aus dem Fenster blickte, sah ich, wie sich ein vieldeutiges Grinsen auf meinem Gesicht breitmachte. Wie ich nun gerade auf Regen kam, das amüsierte mich.

Vielleicht lag es an dem vielen Staub, der mich umgab, und dieser braune Schleier der getönten Scheiben wollte mir noch alles verbergen. Ich wollte endlich raus. Atmen. Den Wind spüren, und nicht bloß diese unwirkliche Klimaanlage. Ich spürte, wie ich ungeduldig wurde. Auch die Aussicht mich bald in Menschenmassen tummeln zu müssen gefiel mir nicht mehr. Die Häuser, die nun mein Blickfeld kreuzten, erinnerten mich daran, warum ich in die Wüste wollte. In die Wüste müsste es nicht unbedingt sein. Aber weg, vor allem raus aus diesem Wagen. Ich wollte nicht mehr einlullend hin und her gewiegt werden. Etwas rührte sich in mir, etwas was ich lange unterdrückt hatte – viel zu lange, wie ich nun feststellen musste. Es war bereits richtig in mir herangewachsen – ohne, dass ich es wahrgenommen hatte. Oder wahr habe nehmen wollen. Und nun war es da, groß und mächtig und ich konnte es nicht mehr zurückhalten, wollte es auch gar nicht mehr. Die Reise hatte begonnen, ich wollte nicht stehen bleiben, doch meine Gefährten zwangen mich nun umzukehren – ein letztes Mal, wie ich hoffte.

Immer mehr Leute drängten sich zwischen die Häuser, die den durch das Fenster bräunlich scheinenden Himmel in Stücke zu reißen versuchten.

Die Autos zwängten sich näher zusammen, während ein unrhythmisches Hupkonzert störend die staubige Luft – so kam sie mir zumindest vor – in Wallungen brachte.

Todesmutige Fußgänger schlängelten sich mit einer Gleichgültigkeit zwischen den fahrenden Wagen hindurch, dass es mich zwischen Bewunderung und Groll hin und her riss. Nicht am Steuer dieses Gefährtes sitzend konnte ich mich ganz der Hingabe widmen, die meine angeborene Neugier für gute Bücher, von mir verlangte.

Wahllos versuchte ich mir die Menschen anzusehen, in ihre Gesichter zu blicken. Doch es wollte mir nicht gelingen. Obwohl wir es bereits eine Weile hatte aufgeben müssen, uns schneller als Schritttempo fortzubewegen, eilten die Gesichter an mir vorbei.

Es war ernüchternd, wie wenig ich in den so ausdrucksstarken Gesichtern lesen konnte. Und doch konnte ich nicht umhin zu bemerken, dass meine Faszination keine Grenzen mehr zu kennen schien. Noch nie hatte ich eine solche Pracht an Geheimnissen erlebt. Offensichtlich und doch so versteckt, dass ich sie nicht erkennen konnte. Nicht mehr länger diese Klatschkolumnen, die ich sonst zu lesen pflegte. Die festen Züge im Gesicht, die dunklen Augen, und vor allem wirkte keiner der Blicke leer. Obwohl nicht ein Einziger der Eingeborenen stehen blieb, oder auch nur gemächlich ging, war es keine Hektik, die ich in ihren Zügen erkennen konnte. Manche liefen, todesmutig – wenn nötig, und doch wirkte keiner gehetzt. Abenteurer waren sie alle. Nicht diese glitschigen Fische, wie ich sie kannte.

Mein Gesicht blieb fast an der Scheibe kleben. Es war so unglaublich. Und dann noch in der Kühle der Limousine sitzend – draußen die leicht schwitzenden Gesichter – konnte ich nicht glauben, was ich sah.

Ich schämte mich fast sie so unverfroren – leicht unterkühlt von der Klimaanlage – alle anzugaffen. Aber ich bewunderte sie. Ihre Art war so anders. So erfüllt und kräftig. Sie ließen sich nicht treiben. Nicht einmal eine Zweitonnenlimousine konnte sie von ihrem Weg abdrängen.

Über diesen Umstand schien sich der Chauffeur zu ärgern, denn über eine Sprechanlage entschuldigte er sich für die Unannehmlichkeiten. Den Sinn seiner Worte wollte ich nicht begreifen und ich hörte nicht einmal hin.

«Ist es noch weit bis zum Markt?», erkundigte sich Sabrina und bediente voller Tatendrang einige Knöpfe, die sie eben erst unter einer Armlehne entdeckt hatte.

«Eigentlich ist die Straße zu Ende, aber es ist noch eine halbe Meile bis zum Markt, meine Herrin», ertönte die Stimme des Fahrers über die Lautsprecher. Sabrina war sichtbar angetan von der ehrenvollen Anrede und bedankte sich mit einem nur vortäuschlich unterdrückten Kichern.

Jetzt leuchtete mir ein, warum sich die Massen um das Gefährt drängten. Das war eine Art Fußgängerzone – sofern es so etwas in diesem Land überhaupt gab. Auf jeden Fall konnte ich nirgends ein anderes Auto erkennen. Nur einige Motorräder kämpften sich geduldig mit turmhohem Gepäck durch das Gewühl aus hell gekleideten Menschen.

«Den Rest schaffen wir wohl bequem zu Fuß», meinte Sabrina ungeduldig. «Meinen Sie nicht, Herr Konrad?» Damit traf sie den klimatisationsbedürftigen Mann an seinem wunden Punkt. Nun konnte er den Vorschlag nicht ablehnen. Sein Kampfgeist – vor allem aber sein Ego – verlangte nun von ihm Haltung. Keine Schwäche durfte er zeigen, nicht in der Nähe Sabrinas, seiner Spielgefährten, und noch weniger in der Gegenwart meiner, dem unerfahrenen Greenhorn, dem er die Welt zeigen wollte.

Er ließ verlegen ein Räuspern ertönen und suchte vergebens nach einem Ausweg. Es gab nur keinen. Dieses Spiel hatte seine eigenen Gesetze und nicht einmal er konnte sie übergehen.

Dann suchte er unter seiner Armlehne, leicht ungestüm, nach dem passenden Knopf.

«Harry, hier steigen wir aus», sprach Konrad mit gepresster Stimme und jedes Wort wollte nur widerwillig aus ihm heraus.

«Wie Sie wünschen», ertönte die Sprechanlage. Ohne einmal den Anschein zu geben nach einer Haltestelle zu suchen, blieb der Fahrer mitten in diesem Menschenstrom stehen.

«Harry?», fragte ich überrascht, während Konrad die letzten Augenblicke in der Limousine auskostete. Auch Sabrina leistete mir in meiner Verblüffung beistand.

Der Inder hatte inzwischen das Auto verlassen und öffnete uns die Tür.

Konrad lachte vergnügt. «Eigentlich heißt er Hars...» Er hielt inne und blickte zu seinem Fahrer. «Wie heißt du schonmehr, Harry?»

«Harshad, mein Herr», antwortete der Inder tonlos.

«Ach ja, aber das ist mir zu kompliziert. Und Harry gefällt mir eh besser und passt doch gut zu nem Chauffeur», erklärte er uns und erwartete Beifall für sein Meisterwerk an Namensgebungskunst.

Sabrina und ich unterstützten uns verlegen in dem Versuch Bewunderung zu zeigen.

«Ich lern doch nicht noch Indisch, wenn ich jemanden einstelle», lachte Konrad, während sein Fahrer ihm die Tür aufhielt.

Als wir unserem geschätzten Konrad in die Hitze folgten, kam Sabrinas Gesicht mir überraschend nah und wir tauschten ein kurzes, aber vielsagendes

Lächeln aus. Wer war diese Frau? Sie wirkte so gierig, so übereilend und fordernd. Im nächsten Augenblick aber war sie warmherzig und anziehend. Keine Sekunde währte diese seltsame, bereichernde Verbindung und doch mussten wir uns zusammenreißen, es nicht zu einem herzhaften Lachen ausarten zu lassen.

Neben der Hitze empfing mich ein weiteres unwohles Gefühl. Die Limousine stand so augenfällig und störend inmitten des fleißigen Treibens der Passanten, dass es mir unangenehm war. Konrad störte sich an diesem Umstand nicht sonderlich. Genüsslich streckte er seinen Körper und gab seinem Fahrer in einem völlig entspannten Ton letzte Anweisungen.

Mir aber bereitete es Unbehagen. Nicht dass ich mich vor einer Strafe fürchtete, nein, das sicher nicht, denn mit Konrad an der Seite wusste ich mich um solche Ungereimtheiten erhaben. Es war mehr der Umstand, dass wir so auffielen, der mir nicht munden wollte. Ich mochte nicht im Mittelpunkt stehen, und schon gar nicht so störend auffallend. Es machte meine schlichte Erscheinung zunichte. Mein friedvolles ruhiges Wesen. Und die Kamera, die mich nun wieder umgab, machte das Ganze nicht besser.

So grob Konrad auch vorhin über seinen Fahrer gesprochen hatte, so schien es mir doch, dass der Millionär diesen nicht einfach als einen seiner Angestellten betrachtete. Er verließ sich auf ihn und vertraute ihm, so wie man es bei einem Freund tut, auch wenn nichts auf eine tiefere Freundschaft der Beiden hinwies. Harry – wie Konrad ihn nannte – spielte seine Rolle als hingebungsvoller Diener und ließ es an keiner unterwürfigen Haltung mangeln. Mehr als seine Untergebenheit, war es sein Respekt oder gar Bewunderung für seinen Herrn zu sein, die ihm dieses unbeirrbare Lächeln ins Gesicht malte.

Noch lange nachdem wir ausgestiegen waren, blieb uns der Makel anhaften so eindringend in den Alltag der Menschen einzugreifen. Nicht, dass uns einer einen Vorwurf machte, oder wir – wie es in unserem Heimatland der Fall gewesen wäre – angegafft wurden. Aber obwohl keiner von uns eine Notiz nehmen wollte, konnte ich dennoch die Blicke spüren. Die nicht ausgesprochenen Anschuldigungen schienen mir mehr als gerechtfertigt. Leicht schwitzend ließ ich meinen Blick zum Boden wandern, so als würde ich mich entschuldigen. Ich wusste es war kindisch, und doch konnte ich keinem in die Augen sehen. Denn noch zu waren mir diese schwer zu deutenden festen Blick in Erinnerung.

Sabrina hingegen teilte meine Bedenken nicht. Völlig in ihrem Element, tanzte sie umher, instruierte den noch orientierungslosen Kameramann, wollte vorauseilen, blickte sich um und sah dass Konrad ihr nicht gehörig hinterher eilte.

Endlich schien sich Konrad seinem Schicksal zu ergeben und entließ seinen Fahrer für diesen Nachmittag. Mit seiner unbändigen Freude verneigte dieser sich rasch und hüpfte – für eine Limousine völlig unpassend – wieder in das mit laufendem Motor wartende Gefährt.

Als das Gehupe des Inders verklungen war und dieser den Weg aus der Fahrverbotszone gefunden hatte, wurden wir gleich von der Menge geschluckt.

Noch nie hatte mich ein solcher Umstand so befreit ausatmen lassen. Aber das Geschreie und Eilen der Menge verlor seinen anklagenden Unterton.

Doch der Friede währte nicht lange. Nach wenigen Schritten zupfte Sabrinas Ungeduld an mir, und bevor ich mich besinnen konnte, fand ich meine Hand in der ihren und eilte ihr wie ein verloren gegangenes Kind hinterher. Mit verblüffter Miene wollte ich mich zu Konrad umdrehen, doch dieser war nach wenigen Schritten in der Meute nicht mehr zu erblicken und so blieb mein stummer Protest ungeachtet.

Die flimmernde Hitze ließ mich abermals alles wie in Trance wahrnehmen. Auch wenn es diesmal kein Fieber war, das mich ergriff, so konnte ich dennoch spüren, wie meine Hände schwitzten und einzelne Perlen mir die Stirn herunter rannen. Doch immer noch ließ Sabrina mich nicht los. Das Fieber nahm von ihr Besitz. Ihr umherzuckender Kopf war reichlich überfordert zu sein und ihre Augen noch nicht das zu finden, was sie suchte.

«Ich war noch nie auf einem solchen Markt.» Staunend leistete ich ihrem Zerren Widerstand, als die ersten Stände die Menschenmassen zu leiten begannen.

Sabrina überging zuerst meine Worte. Erst als sie merkte, dass der Zug an ihrer Hand größer geworden war, drehte sie sich zu mir um.

«Oh, verzeih mir. Du willst dich sattsehen.» Mit ihrem einfühlsamen Lächeln kam ich mir noch mehr wie ein kleines Kind vor.

Ich brachte nur ein wortloses Nicken zustande. Der Lärm, die Hitze, die Masse, die Gerüche; einfach umwerfend. Nicht dass es Gestank war – ich wunderte mich gar, wie wenig diese schwitzende Masse mit Ausdünstungen die Luft beschwerte. Als angenehm empfand ich, was sich in meine Nase drängte. Umwerfend, aber doch nicht störend. Kräftige Gewürze legten sich wie ein Teppich über alles. Aber ohne die Atmosphäre zu ersticken. Es war eine Komposition aus für mich unerkennbaren Düften, die sich an jede noch so schwache Brise klammerte.

«Mich hat wohl der Einkaufstrieb geritten», meinte Sabrina mit reichlich Belustigung in ihrer Stimme. «Gibt es was Besonderes, was du sehen möchtest?» Deutlich war die Freude in ihren Augen zu erkennen, die ihr meine weit geöffneten Augen bereiteten. Eigentlich wollte ich antworten, sah sie lächelnd an und öffnete gar meinen Mund, doch mir wollten keine Worte einfallen. Wie sollte ich ihr beschreiben können, was ich wollte. Sie könnte es nicht verstehen und so ließ ich meinen Blick in die vorbei laufende Menge gleiten. Immer noch hielt sie meine Hand. Normalerweise wäre mir das unangenehm gewesen, doch in diesem Moment war alles anders. Ich fühlte mich beinah wirklich wie ein kleines Kind, verloren in der großen Welt, ganz so, als würde ich sie heute zum ersten Mal betreten. Ein unwissendes, staunendes Kind, das an der Hand der Mutter abenteuerlustig die Welt erkundet.

«Ah da seid ihr ja. Hatte geglaubt euch verloren zu haben.» Es war Konrad, der eben war uns einzuholen. Irgendwo war ihm einen Safarihut in die Hand gefallen und Konrad entledigte somit in weitem Umkreis alle Einheimischen von dem Zweifel, ob wir Touristen wären. Doch irgendwie gefiel er mir – nicht der Hut selbst – aber er passte zu Konrad. Es raubte ihm den Manager aus dem Gesicht und so fand ich, sah er viel freundlicher aus.

«Steht dir, der Hut.» Mit dem Kompliment auf den Lippen, nickte ihm anerkennend zu.

«Das ist aber auch eine Hitze hier.» Lachend zupfte er seinen Hut zurecht, damit er ihm möglichst viel Schatten spendete.

«Der Junge meinte er wolle sich den Markt in Ruhe ansehen!» Sabrina ließ endlich meine Hand los. «Vielleicht lass ich euch erst mal alleine und besorge seine Ausrüstung.» Ihre Stimme klang auf einmal wie die einer Kauffrau und jeder Anflug von Sinnlichkeit – sollte es diesen überhaupt gegeben haben – war verflogen.

«Ausgezeichnete Idee, Sabrina. So machen wir es!» Konrad und Sabrina waren sich einig. Auch wenn nichts dergleichen meiner Aussage entsprach, gefiel mir diese Aussicht deutlich besser als die, von Sabrina von einem Verkäufer zum anderen gescheucht zu werden.

Auch Konrad wirkte erleichtert als Sabrina uns den Rücken zukehrte und er nicht befürchten musste uns abermals keuchend hinterher laufen zu müssen.

«Uff!» Konrad atmete auf. «Ich mag Sabrina. Wirklich. Aber manchmal hat sie es einfach zu eilig.» Er klopfte mir gedankenvertieft auf den Rücken, ohne auf eine Antwort zu warten.

Ob die Beiden sich schon länger kannten? Oder vielleicht war es einfach seine Art. Auf jeden Fall freute es mich, dass die beiden nicht im Twist waren, auch wenn ihre Machtkämpfe manchmal den Eindruck erwecken wollten.

Dieser oberflächliche Eindruck, den ich in Sabrinas Schlepptau gewonnen hatte, wurde in den Schatten gestellt, als ich den Markt in Ruhe in Augenschein nehmen konnte.

Kein Stand glich dem anderen und ein jeder von ihnen war mit Kleinigkeiten überfüllt. Bei vielem davon konnte ich gar nach eingehender Prüfung nicht erkennen, was es sein sollte. Ob wertvoll oder nicht schien bei manchem dem Betrachter überlassen. Und nachdem es mir erst mal aufgefallen war, bemerkte ich es überall – die Preise, sie fehlten einfach. Freie Marktwirtschaft, dachte ich und musste lachen, als ich mich an meinen Professor erinnert fühlte.

Konrad, Manager eines Weltkonzerns, sah sich in der Pflicht mich aufzuklären. Anfangs ließ er mich gewähren und schaute mir mit gutmütiger Miene über die Schulter. Doch beim zweiten oder dritten Stand, bei dem ich stehen geblieben war, erreichte seine Geduld ihr bescheidenes Ende.

Er war in einiger Entfernung stehen geblieben und trat nun zu mir heran. «Sieh zu. Jetzt zeig ich dir, wie man das hier machen muss.» Er klopfte mir kurz auf den Rücken und stellte sich dann in voller Größe vor den Stand. Der Verkäufer beachtete ihn jedoch nicht wirklich. Gemütlich blieb dieser in seinem Stuhl und tat als blickte er in weite Ferne. Für mich gab es hier nichts Interessantes und so trat ich einige Schritte zurück, da Konrad fast den ganzen Stand für sich beanspruchte.

Scheinbar unentschlossen ließ Konrad einen Stoff nach dem anderen durch seine Hände gleiten. Das meiste davon waren Tücher oder Schale, so genau konnte ich das nicht sagen. Nur kostbar schien ein jeder zu sein.

Der etwas dunkelhäutigere Verkäufer ließ Konrad auch noch gewähren, als sich sein Warentisch allmählich in ein Gewühl aus hauchdünnem Stoff zu wandeln schien. Leicht verlegen und doch staunend sah ich Konrad dabei zu, wie er seine Wahl zu verbergen versuchte. Doch selbst mir viel auf, dass besonders ein Halstuch erstaunlich oft den Weg in seine prüfende Hände fand.

Nach einer Weile gab ich es auf seinem Spiel folge zu leisen und ließ meinen Blick auf dem Stoff seiner Begierde ruhen. Etwas abenteuerlich Freches haftete an diesem. Schick und doch irgendwie fordernd und entschlossen – sofern man das von einem Schal behaupten konnte. Schwierig vorzustellen, welche Frau einen solchen tragen würde. Vielleicht war es gerade das, was mich so an diesem Hauch an Gewebe so faszinierte. Gab es eigentlich eine Frau an Konrads Seite? Und wenn ja, würde sie diesen Schal tragen? Das konnte ich mir nicht recht vorstellen. Eine solche Frau passte einfach nicht zu Konrad. Der Kopf, der von dem Hals getragen wurde, den dieser Schal einmal zieren mochte, wäre zu eigensinnig, um mit Konrad vermählt zu sein.

Und doch war Konrad auf diesen einen luftigen Stoff fixiert. Davon schien selbst der Verkäufer überzeugt und zeigte Konrad seine hellweißen Zähne.

«Ihr scheint mir ein geschultes Auge zu haben, mein Herr.» Der Verkäufer sprach in einem gekonnten Englisch, auch wenn seine Aussprache nicht im Entferntesten an die der Inseleuropäer erinnerte.

«Und eure Ware ist von verführerischer Qualität!» Konrad gab sich weiterhin unentschlossen. Er lächelte dem Ägypter zu, um seinen Worten Nachdruck zu verleihen und sich für das erhaltene Kompliment zu bedanken.

Dann griff er etwas tiefer in den Haufen, der durch sein Suchen aufgetürmt worden ist, und zog einen grünlichen Schal hervor. Den ließ er behutsam über seine Haut gleiten, sah sich das ineinanderfließende zarte Muster an und hielt es dann in Richtung Verkäufer, damit dieser es genau sehen konnte.

«Was ist dieser seltene Schatz wert?» Konrads Stimme klang als gebe es nichts Höheres auf Erden.

«3000 Pfund, mein Herr», antwortete der Gefragte mit ineinander gefalteten Händen und dachte nicht im Geringsten daran den Schal entgegen zu nehmen und zum Mitnehmen einzupacken.

Das Lustige an dem Englischen des Verkäufers war, dass er jeden Satz mit «My Lord» zu enden pflegte und mit keinem Blick verriet er, was er von Konrads Auftritt dachte.

«Ein fairer Preis für solch ausgezeichnetes Tuch.» Konrad nickte abermals anerkennend.

Dieses Spiel wiederholte sich noch mehrmals und jedes Mal musste ich mich mehr zusammenreißen, nicht loszulachen. Es war einfach zu vergnüglich dem Millionär dabei zu zusehen. Und dabei war ich mir eigentlich sicher, dass der Ägypter ihn längst durchblickt hatte.

Unablässig griff Konrad, scheinbar von einer neuen Entdeckung begeistert, in den Haufen und zog einen Schal hervor, prüfte diesen sorgfältig, bevor er nach dem Preis des Schmuckstückes fragte. Der Verkäufer wurde nicht müde einen Preis zu nennen. Zwischen 1000 und 4000 Pfund schwankten die Antworten des geduldigen Verkäufers ohne die geringste Enttäuschung zu zeigen, wenn Konrad das Tuch dennoch niederlegte.

Endlich zog Konrad den blass bläulichen Schal hervor. Der Ton der Färbung war genau so ein Hauch wie der Stoff selbst aus dem er gewebt war und glich dem weißlich blauen Himmel an einem strahlenden Sommernachmittag. Wäre dies alles gewesen, so wäre es ein Halstuch, wie es so viele noch gab. Doch je länger man darauf sah, je weniger konnte man sich seinem Zauber erwehren. Tausend Augen sahen einen an. Alle mit scharfen Konturen und einem Blick, einem Glanz, der einem durch Mark und Bein ging. Verführerisch, sinnlich, unbeugsam und alle wirkten sie als würden sie nur einen selbst betrachten.

Ich konnte Konrad gut verstehen. Das Tuch, die Färbung, dieses Temperament war einfach einzigartig. Mehr als ein auf Tuch verewigtes Bildnis, es lebte, und tanzte mit den Sinnen des Betrachters.

Der Millionär legte es wieder zur Seite, so als habe er sich doch anders besonnen. Fragte dann aber, wie beiläufig, mit einem Fingerzeig auf das nieder gelegte Tuch, nach dessen Wert.

Diesmal ließ sich der Verkäufer etwas Zeit, legte seinen Kopf kurz schräg, als lege ihm dieses Stück besonders am Herzen.

«Das ist mein Schatz. Wirklich selten, solch Kunst», begann er und sein Blick galt einzig dem Tuch. «8000 Pfund, mein Herr», meinte er schließlich und verzog sein Gesicht als würde es ihn schmerzen einen solch niedrigen Preis für jene Kostbarkeit zu verlangen.

Der Dicke, selbst noch unter dem Safarihut schwitzend, tat als habe er den Schal bereits vergessen und gab sich wieder dem Suchen hin.

Der Verkäufer aber war langsam aufgestanden und tat als lege er die durcheinander geworfenen Schals wieder zusammen.

«Aber es findet sich sicher noch ein anderes Schmuckstück», bekräftigte er Konrad in seinem Bemühen weiter zu suchen.

Als dieser unbeirrt im Haufen Stoff sich weiter durchkämpfte, schien es mir als wäre ein kurzes Lächeln über das ansonsten nicht zu deutende Gesicht des Ägypters gehuscht.

«Wie viel meinten sie würde es kosten?», hakte Konrad nach, obwohl wir alle drei genau wussten, dass es ihm nicht entgangen war.

«8000», wiederholte der Ägypter immer noch freundlich.

«Mhh. Das ist dann doch eine Kleinigkeit.» Mein Begleiter tat als würde er sich den Handel noch überlegen.

«Es ist auch etwas Besonderes», hielt der Verkäufer fest und ließ ein erfreutes Lächeln sein Gesicht schmücken.

«Sicher, sicher. Daran besteht kein Zweifel, aber auch die anderen sind nicht zu verschmähen», versuchte Konrad den Preis herunter zu komplimentieren.

«Ach, sagen wir siebentausend. Aber nur um einem Kenner wie ihnen ein Gefallen zu tun», antwortete der Verkäufer und ließ es ebenfalls an Komplimenten nicht mangeln.

«Das Angebot weiß ich wahrlich zu schätzen. Wäre der Schal für mich, ich würde ihn auf der Stelle nehmen. Aber ich weiß nicht, ob er auch ihr gefallen wird.»

Es war für mich ein Augenschmaus den Beiden beim Feilschen zuzusehen. Einfach großartig. Ihre Gesichter, große Bücher, auch wenn der Händler seines in einer Sprache schrieb, der ich nicht ganz gewachsen war. Aber das machte das Ganze noch spannender. Wieweit würde der Einheimische gehen? Und wie weit vertraute er seiner Menschenkenntnis? Hatte er Konrad durchschaut? Oder liebte er bloß das Spiel? Ich wusste noch so wenig von der Welt, von den Beiden. Und ich brannte darauf zu erfahren, wer von den Beiden der wahre Meister war. Dabei war ich keineswegs davon überzeugt, dass es der millionenschwere Manager war. Der Ägypter faszinierte mich. Sein beobachtender Blick, seine Ruhe, und doch hatte er etwas Ausdrucksstarkes in seinem Erscheinen. Genau wie die todesmutigen Passanten, die vor der Limousine vorbei gelaufen waren. Es schien mir als bestände dieses ganze Land nur aus Abenteurern. Und doch war ich erst so kurz hier und hatte eigentlich noch nichts gesehen. Aber so war das nun mal mit dem ersten Eindruck – der ergriff einen sofort. Und er gefiel mir, von Minute zu Minute gar noch mehr.

«Stellen Sie sich nur die Dame vor, die einen solchen Schal ziert», pries der Händler seine Ware.

«Ein wahrlich köstlicher Gedanke. Doch ich wähle doch lieber einen anderen aus», meinte Konrad und machte ein schmerzverzerrtes Gesicht, als bereue er es, der Verführung zu widerstehen.

«Wenn ihr die Dame so leidenschaftlich auswählt, wie dieses Tuch, so wird sie es wert sein, dieses Geschenk zu schmücken. Sagen wir sechstausend. Mir liegt viel daran, dieses Juwel in würdigen Händen zu wissen.» Der Verkäufer blieb immer noch ruhig, nur wurde sein Gesicht zusehends strahlender.

«Euer Entgegenkommen ehrt mich. Aber es ist nicht der Preis, der mich hindert. Er scheint mir doch ein wenig gewagt.» Immer noch hielt Konrad einen anderen Schal in der Hand und fuhr behutsam über den Stoff und tat als überlege er ernsthaft, dieses zu nehmen.

«Es schmerzt mich mit anzusehen, wie ihr euch unnötig quält. Sagen wir fünftausend, damit euch die Entscheidung leichter fällt.» Mir fiel auf, dass ein leichtes Flackern ein Auge des Ägypters ergriff. Doch noch bevor ich mich recht entsinnen konnte, war seine Miene wieder fest und sein Lächeln so strahlend wie zuvor.

«Ihr seid ein wahrer Menschenfreund. Ich hoffe die Beschenkte wird das Schmuckstück zu schätzen wissen.»

Beeindruckt davon, dass beide glücklich waren, sah ich nun zu, wie das Geschäft abgeschlossen und Geld und Schal ihren Besitzer wechselten.

«Es war mir eine Ehre», deutete Konrad einen Hauch einer Verneigung an.

«Die Ehre war ganz meinerseits, mein Herr», verabschiedete uns der Händler. Konrad schritt sogleich weiter und nahm nochmals das Tuch hervor um sich an dessen Anblick zu erfreuen. Von dem raschen Ende noch leicht verblüfft, drehte ich mich ein letztes Mal um, und als der lächelnde Blick des Ägypters den meinen begegnete, zwinkerte er mir kurz zu, bevor ich in die Menge untertauchte und den Stand aus den Augen verlor.

– 7 – Der schlafende Händler

Wir waren eine Weile schweigend über die Marktstraße geschritten. Konrad, mit einem zufriedenen Strahlen auf dem Gesicht, war damit beschäftigt, den Schal so sorgfältig wie möglich zusammenzulegen. Eine Aufgabe, die sich in dieser wild umherlaufenden Menschenmenge als sehr schwierig erwies. Ständig wurde er gestoßen, sodass der hauchdünne Stoff durch seine Hände glitt. Er schien es wirklich ernst zu nehmen, diesen Schal formvollendet überreichen zu können, denn er vergaß gar jedes Mal sich zu ärgern, wenn er wiederholt gerempelt wurde.

Ich für meinen Teil genoss es, so ziellos mich umhertreiben zu lassen. Keine Hektik, keine Suche und keine störenden Fragen. Immer noch fasziniert konnte ich meinen Blick nicht festhalten. Überall gab es etwas zu bestaunen. Gesichter mit ihren endlosen Romanen, die so einzigartig waren, dass nur das Leben selbst sie schreiben konnte.

Die Sonne drückte mit unwiderstehlicher Kraft herunter und nur die leicht verschlissenen und von der Sonne ausgeblichenen stoffenen Überhänge der Stände verschafften mir kurze Verschnaufpausen.

«Nun hast du ja gesehen, wie man das hier macht. Nur nicht schüchtern sein. Die erwarten das förmlich von einem, tut man es nicht, fühlen sie sich beleidigt.» Konrad war es endlich gelungen das Präsent gebührend zu verstauen und widmete sich meinem in seinen Augen wohl schier grenzenlosen Unwissen. «Fast 40 Prozent hab ich ihm abgenommen», meinte er tüchtig und schlug mir freundschaftlich auf den Rücken. «Mach dir aber keine Sorgen, wenn das bei dir nicht gleich klappt. Das verlangt Fingerspitzengefühl.» Konrad lachte leise in die Nachmittagshitze. Er schien wahrlich losgelöst. Ganz anders als in der Limousine. Eigentlich auch anders als am Flughafen. Wenn ich so darüber nachdachte, war er noch immer anders gewesen. Dabei musste ich unweigerlich an die vielen Figuren denken, die ich inzwischen angefertigt hatte. Und wie viele mochten da noch kommen? Bewundernd lächelte ich ihm zu, doch meine Anerkennung galt nicht seinem Geschäftssinn, wie er diese Geste nun sicher verstand. Auf jeden Fall freute ich mich, dass ich ihn kennengelernt hatte.

Erneut lud die sengende Sonne mich ein, unter einem Stand Schatten zu suchen. Konrad, der ungewöhnlich still geworden war, schlenderte gemütlich neben mir her und fand reichlich gefallen an meinem umhergleitenden Blicken. Seiner im Schatten des Safarihutes geborgene Miene wohnte etwas Zufriedenes inne, was ich so an ihm noch nicht kannte. Jetzt war er nicht mehr der Planer, der Manager, oder als was er mir sonst noch so vorgekommen war. Er brütete dennoch etwas aus, denn ein gewisses, leicht unheimliches Lächeln wollte nicht mehr verschwinden. Seine Entspanntheit, seine langsamen Bewegungen konnten genau so gut nur ein Opfer an die unnachgiebige Hitze sein. Auf jeden Fall glaubte ich nun, ein wenig meine Ruhe genießen und mich gebührend als Tourist von der Stadt verabschieden zu können. Denn die Wüste rief. Trotz all der verlockenden Gesichter konnte ich mich dieses Gedankens, dieser Vorfreude nicht mehr erwehren.

Damit mir der Schatten des über mir gespannten grün zerschlissenen Tuches reichlich lange treu blieb, gab ich mich dem Betrachten der ausgelegten Waren hin. Selbst Konrad schien an diesem Stand seine Freude zu finden und machte mich ab und an auf eine seiner Entdeckungen aufmerksam.

Eine seltsame Zusammenstellung teils selbst ungewöhnlicher Objekte beanspruchte, scheinbar willkürlich verteilt, seinen Platz auf dem völlig überfüllten Tisch. Auch der Verkäufer, der unter seinem übers Gesicht gezogenen Hut ein Mittagsschläfchen hielt, schien mir weniger sympathisch als jener von zuvor. Seine Kleidung reichlich abgetragen hing teilweise in Streifen an ihm herab, während ein schlecht rasierter Bart unter seinem Kopftuch, das er unter seinem Hut trug, zum Vorschein kam.

Eben zeigte mir Konrad eine leicht angerostete Taschenuhr, als mir auffiel, dass ein Griff seinen Weg in meine Hand gefunden hatte und von dieser prüfend betastet wurde.

«Ein schönes Messer hast du da!» Konrad tat als würde er auch davon etwas verstehen.

«Nur werde ich es wohl kaum brauchen», meinte ich lachend und stellte, während ich es rasch niederlegte, fest, dass meine Stimme leicht verlegen klang.

«Ein solches Messer braucht man auch nicht, das trägt man», meinte mein Begleiter und sein Gesicht leuchtete auf, als wolle er sagen ich solle es nehmen. Doch ich winkte ab, ohne überhaupt daran zu denken.

«Ein Mann ohne Messer, ist kein Mann», ertönte es auf Englisch. Der Verkäufer versteckte weiterhin sein Gesicht unter dem Hut und erweckte einen friedlich schlafenden Eindruck.

Überrascht blickte ich mich um. Aber es war kein anderer da, der gesprochen haben könnte.

Als ich erneut den Schlafenden betrachtete, hob dieser endlich sein Haupt und zeigte mir ein freches, aber freundliches Lächeln.

«Wie viel kostet es denn?», fragte Konrad sogleich. Es war als hätte ich es geahnt. Dieses Strahlen konnte einfach nichts Gutes heißen – nicht bei Konrad.

«900 Pfund», strahlte der Verkäufer uns abwechselnd an.

«Na was meinst du», fragte mich Konrad mit weit geöffneten Augen.

«Eher nicht», meinte ich und wollte den Händler nicht kränken, da er sich nun die Mühe gemacht hatte aufzustehen. Nun da er wach war – dabei war ich mir nicht mehr sicher, ob er überhaupt geschlafen hatte – übte der Ägypter doch noch einen angenehmen Eindruck auf mich aus. Ihm fehlte das etwas verschlagene Gesicht des anderen Händlers und auch seine Art schien eine andere zu sein. Er machte sich nicht viel aus Abwarten.

«Komm schon, als Erinnerung an den ersten Tag dieser Reise», gab sich der Dicke reichlich Mühe mich zu überzeugen. Vielleicht hatte ihn auch nur die Lust aufs Feilschen gepackt und wollte mir nochmals seine Kunstfertigkeit unter Beweis stellen. Doch mir war nur wenig daran gelegen und so schüttelte ich leicht den Kopf und zog meine Brauen zu einer skeptischen Miene zusammen, alles in der unbegründeten Hoffnung er möge wenig Aufsehens daraus machen.

«800», funkte der Verkäufer schlagfertig dazwischen und deutete meine Reaktion völlig falsch. Aber in Konrad fand er sogleich einen Partner, um mich zu bearbeiten.

Ich wusste nicht, wie viel der Ägypter von unserem Gespräch verstehen konnte, auf jeden Fall reichte meine Miene aus, den Preis stürzen zu lassen.

Konrad ließ sich immer neue Einwände einfallen, wieso man ein solches Messer benötigte. Auch begann der Händler seinerseits mit schwärmerischen Schilderungen. Von einer im Mondlicht gehärteten Klinge war bald die Rede.

Und in dem zweisprachigen Singsang der Beiden verlor ich den Überblick. Fast wie in einem undurchsichtigen Traum wiegte ich meinen Kopf hin und her. Und da ich ihren hoffnungsvollen Blicken nicht ständig ausgesetzt sein wollte, nahm ich, ohne dass es wirklich eine Entscheidung war, wieder das Messer an mich. Es war richtig leicht und lag gut in der Hand. Die Schneide länglich und doch in der Mitte dick für genügend Belastbarkeit. Nach unten hin gebogen, glich es mehr einem Dolch als einem Messer. Der Griff war eine zierliche Handbreit, sodass meine Hand richtig Halt fand.

«Der Knabe versteht etwas davon. Seht, wie sicher er es in der Hand führt», versuchte der Verkäufer mir zu schmeicheln. Ich lächelte ihm mehr belustigt als geschmeichelt zurück. «600 Pfund. Aber nur für euch», meinte er daraufhin und sein Lächeln wurde noch breiter. Aber immer noch nicht dachte ich daran, es mitzunehmen. Ich hatte zudem nicht einmal Geld dabei, dachte ich und musste darüber lachen, wie unnütz all sein Bemühen war. Aber leidenschaftlich, das war es. Ich musste meinen ersten Eindruck revidieren. Er war doch freundlicher als ich zunächst dachte. Sein Gesicht war – für ägyptische Verhältnisse, sofern ich das jetzt sagen konnte – sehr offen.

Die Leidenschaft Konrads und die erwachte Freude des Händlers hinderten mich daran mich zu empfehlen, auch wenn es mir langsam unangenehm wurde, mit welcher Hingabe mich beide zu überreden versuchten. Als wir dann bei 400 Pfund waren, wurde es mir dann doch zu unheimlich und ich wollte mich zum Gehen umdrehen, bevor sich der Händler noch um den Verstand redete.

Meine wortlose Ablehnung jedoch schien ihm noch mehr einzuheizen. «Warte. Warte!» Seine Stimme war zu einem fesselnden Flüstern geworden. Auf einmal doch neugierig geworden, blieb ich stehen und drehte mich gebannt um.

Sein Gesicht war von reinster Freude erhellt. Mit weit geöffneten Augen sah er mich an. Während sich mein Blick in dem Weiß seiner Augen verlor, griff dieser mit langsamen, tastenden Bewegungen unter den Tisch. Mit dem Gesuchten fest zwischen seinen Fingern, führte er seine Hand gar noch langsamer nach oben und ließ staunend die Luft aus seinen Lungen.

«Sieh», sprach er und ließ mich nicht einen Moment aus den Augen. Es schien gar, als bräuchte er nicht einmal mehr zu blinzeln.

«Oh», ertönte ein langes staunendes Geräusch an meiner Seite. Ich musste gestehen, dass ich nicht wenig fasziniert von der Gürtelschnalle war, die der Ägypter mir mit vollem Stolz präsentierte.

«Ich will nicht Schuld tragen, wenn du ohne Zeichen deiner Männlichkeit weiter die Welt bereist», hauchte der Händler mir entgegen und huldigte nun selbst der kunstvoll verzierten Schnalle mit zahlreichen Blicken. «400, und ich will verflucht sein, wenn du keinen Gefallen daran findest.» Die Stimme des Verkäufers war anders geworden und ich zweifelte nicht einen Atemzug lang daran, dass er seine Worte ernst meinte. Aber er machte mir irgendwie Angst. Hatte er sich in den Fieberwahn geredet? Er war zu weit gegangen, als dass man es auch nur im Entferntesten mit Verhandeln beschreiben könnte. Eher wie ein Schenker trat er vor mich, gierig auf den Augenblick, da ich voller Freude zugriff.

Ein schlechtes Gewissen riss an mir. Ich konnte einfach nicht mehr ablehnen. Fast konnte ich spüren wie gespannt er auf meine Reaktion wartete. Zulange hatte ich ihn gewähren lassen, längstens hätte ich weiter gehen müssen. Es wurde mir weich um die Knie. Mein Mund öffnete sich, doch keine Worte kamen hervor. Wie sollte ich ihm nun sagen, dass ich doch eigentlich kein Geld mit mir führte?

«350» Seine Augen bettelten förmlich. Er machte mir Angst.

«So schlag doch endlich zu, Kleiner. Du treibst den armen Mann noch in den Ruin», frohlockte der Millionär. Deutlich konnte ich die Rinnsale erkennen, die seine Stirn zierten.

«Konrad es ist ein Missverständnis. Ich hab nicht einmal Geld bei mir. Jedenfalls keines, das er nehmen würde», erklärte ich ihm mit verlegener Miene und deutlichen Schuldgefühlen in der Stimme.

«Ach, wenn das all deine Sorge ist. Ich wollte es dir ohnehin schenken», lachte Konrad vergnügt. «Und deshalb peinigst du den alten Mann so.» Seine Freude kannte keine Grenzen mehr. Sogleich zückte er seine Börse und befreite den Mann von seinem Bemühen. Doch noch schien die Freude des Händlers nicht ihren Höhepunkt erreicht zu haben. Eiligen Schrittes kämpfte er sich hinter seinem Stand hervor und ließ es sich nicht nehmen mir den Gürtel höchstpersönlich anzulegen. Als ich an mir herabsah und meine völlig unpassende kurze Hose erblickte, wusste ich nicht, ob ich mich schämen oder einfach nur lachen sollte. Der Mann jedoch störte sich daran nur wenig. Als er sich dann aber umdrehte, um den Dolch zu übergeben, konnte er es sich doch nicht verkneifen.

«Vielleicht solltest du dir passende Kleidung zulegen. Du wirkst nicht wie ein Tourist, also sollte dich keiner für einen solchen halten.» Am liebsten hätte ich den Mann gedrückt. Kein Tourist, ich lachte innerlich. Ein größeres Bleichgesicht als mich gab es nicht und doch war er bereit mich als seinesgleichen zu betrachten.

Ich bedankte mich fleißig, wenn auch ohne viel Worte, denn die fehlten mir in diesem Augenblick. Doch immer noch wirkte der Ägypter unruhig, hastig drehte er sich um und griff abermals unter den arg in Mitleidenschaft gezogenen Tisch.

Als er sich wieder mir zuwandte, hielt er eine kleine hölzerne Schatulle in der Hand. «Damit es immer scharf bleibt», strahlte mich der um etwa einen Kopf kleinere Mann an. Wieder bedankte ich mich und war tief berührt. Weil mir die Worte weiterhin verwehrt blieben, sah ich Hilfe suchend zu Konrad herüber. Doch dieser war gerade damit beschäftigt etwas an der Taschenuhr zu basteln, die er mir zuvor gezeigt hatte.

Der braun gebrannte ältere Mann lächelte mir nochmals zu und entschwand wieder hinter seinem Stand. Reglos blieb ich stehen und versuchte aus ihm schlau zu werden. Doch die Seiten, die in seinem Gesicht geschrieben standen, waren so voll, so voller Leben, dass mir ihr Geheimnis noch verwehrt bleiben sollte. Eines wusste ich auf jeden Fall, ich hatte ihm unrecht getan, sein Lächeln strafte meinen ersten Eindruck lügen. Es waren nicht die Kleider, die diesen Mann machten. Es war nicht seine schlechte Rasur, die ihn zu einem ungepflegten Genossen machten. Selbst sein Schlaf war nicht von Blindheit geschlagen. Er hatte mich viel gelehrt und dafür war ich ihm dankbar.

«Es war mir eine Ehre», meinte Konrad, als er sich verabschiedete.

«Die Ehre und das Vergnügen war ganz meinerseits», antwortete der Einheimische erwartungsgemäß.

«Es schlägt jedem die Stunde, da er den Lohn seiner Arbeit bekommt», sprach Konrad feierlich, legte mir die Hand auf den Rücken und entfernte sich von dem Stand und dem Verkäufer, der uns rätselnd hinterher blickte.

Der Gürtel fühlte sich ungewohnt an. Zumal das Gewicht des Messers erinnerte mich unablässig an den Kauf. Als ob es mir möglich gewesen wäre es zu vergessen. Das Gesicht des Mannes hatte sich mir tief eingebrannt. Und ich wusste, dass mir diese Erinnerung noch viel Freude bereiten würde. Ein mehr als würdiger Beginn der Reise die vor mir lag.

Zumal das Ende ließ mich nicht mehr los. Zu erfüllt war es. Wie ein Buch, das ich geschenkt bekam. Und ich freute mich auf die Stunden in völliger Einsamkeit in denen ich es endlich lesen würde können.

Aber da waren noch die Worte Konrads gewesen. Nicht nur der Händler war verblüfft gewesen. Auch ich war überrascht, doch als ich Konrad nach einer Weile ins Gesicht sah, glaubte ich es endlich verstanden zu haben.

«Die Uhr», sagte ich schließlich in Gedanken und blickte erneut zu Konrad herüber.

«Wie bitte?» Er war in seine eigenen Gedanken versunken.

«Die Uhr! Wenn er sie öffnet, wird ihm seine Stunde schlagen», meinte ich und sprach meine Gedanken aus. «Danke!»

Konrad schwieg eine Weile und vermied es mich anzusehen.

«Wieso bedankst du dich dafür und nicht für den Dolch?» Sein Ton war keineswegs verärgert. Seine Verblüffung jedoch war unüberhörbar.

«Den Dolch könnte mir jeder kaufen. Das was du aber getan hast, hätten nur die wenigsten getan. Und deshalb werde ich dein Geschenk mit Stolz tragen.» Ich spürte, wie Konrad mich mit seinem Blick abtastete und als ich ihn direkt ansah, blickte er wieder nach vorne, wobei ein Schmunzeln über seine Lippen fuhr.

Wieder traten wir eine Weile schweigend nebeneinander her und der Markt schien völlig vergessen.

«Ich muss zugeben du hast schnell gelernt. Dein Verhandlungsgeschick lässt sich nicht mehr in Prozent ausdrücken!» Konrad lachte auf einmal herzhaft. «Den Verkäufer hättest du fast bis aufs letzte Hemd ausgezogen.»

«Wir haben das zusammen angestellt. Alleine wäre mir das nie gelungen», spielte ich das Kompliment zurück. Ihm zu sagen, dass ich es überhaupt nicht gewollt hatte, brachte ich in dem Augenblick nicht fertig und ich war mir sicher, dass es auch mein Geheimnis bleiben sollte.

«Recht hast du, mein Junge. War brillante Teamarbeit», frohlockte der Dicke. Nachdem sein Lachen verklungen war, erzählte er mir fleißig weitere Geschichten seiner unzähligen Abenteuer. Und während der späte Nachmittag so dahin flog, schien es, als wäre er wieder der Alte, nur mit dem Unterschied, dass meine Sammlung um eine Person reicher war.

Auch fanden wir oftmals den Weg in kleine, verschlungene Gässchen, in denen sich die Kühle der Schatten mit der gestauten Hitze des Tages zankte. Wie wir den Weg immer dorthin fanden, und vor allem auch wieder raus, war mir nicht ganz klar. Wir schritten einfach umher, während Konrad unablässig seine Anekdoten erzählte. Ab und an blieben wir dann vor einem verborgenen Bistro stehen, ohne dass ich wirklich mitbekam, was er mir eigentlich sagen wollte. Durchaus interessant erschienen mir die Erzählungen – wenn ich mich dann mal zusammenriss und seinen Worten lauschte und ihn mit belanglosen Fragen bejubelte. Aber es war an der Zeit für meine eigenen Abenteuer. Und mit jeder Minute, die in dieser braun gebackenen Stadt verstrich, wurde mir umso deutlicher bewusst, wie mir der frische Wind fehlte. Der Wind der Freiheit, für Körper und Geist. So dröhnend Konrad auch sprach, so fasziniert, wie er mir jedes Detail schilderte, so war der Ruf der Wüste doch lauter und vor allem teilte sie nicht die Schwäche außer Atem zu kommen.

Abermals spuckte uns eine kleine Gasse aus und von der Menschenmenge überrascht, wollte ich gleich untertauchen, als ich merkte, dass Konrad stehen geblieben war. Auch sein Redeschwall war verstummt. Einige Schritte hinter mir stand er, seinen Hut in der Hand, um sich den Schweiß von der Stirn zu wischen.

Um ihm die Pein zu ersparen, mir gleich wieder hinterher eilen zu müssen, ging ich zu ihm zurück.

«Die Leute hier sind ganz anders», stellte ich fest, und ließ ihm Gelegenheit unbeobachtet sich mit seiner Kopfbedeckung Luft zu zufächeln.

«Die sind es überall», meinte Konrad heiter und entleerte, unter der Hitze leidend, seine Lungen. «Warte erst mal, bis du die Welt gesehen hast, mein Junge», erklärte er mit einer tiefen, freudigen Ungeduld in seiner etwas heiser gewordenen Stimme.

Nicht nur seine Stimme schien erschöpft, auch er selbst war dankbar für jeden Moment, da wir hier stehen blieben.

Am Rande der etwas breiteren Hauptstraße, wo der suchende Strom nicht so gierig nach einem griff, verweilten wir schweigend. Auch ich war auf einmal dankbar für diese Rast. Nicht nur mein Körper, der eine aufregende Reise hinter sich wusste, auch meine leicht überreizten Sinne sehnten sich nach etwas Ruhe.

Für meinen ersten Tag, frisch von der Uni entlaufen, hatte sich bereits viel ereignet. Unzählige Eindrücke, die erst einmal verdaut sein wollten. In so vielen Büchern hatte ich gelesen, wie ein Trunkener war ich in die größte und reichste Bibliothek eingetaucht, gierig und voll im Rausch hatte ich meine Grenzen überschritten. Mein Körper hätte der Ruhe bedurft, doch mein suchender, flüchtender Geist war erbarmungslos und trieb ihn weiter. Und nun wankte mein Körper im unruhigen Rhythmus der vorbei eilenden Massen hin und her und die beruhigende Trance ergriff mich wieder. Die Gesichter der Menschen verschmolzen wie die Seiten eines Buches, wenn man es durch die Finger zerrinnen lässt. Nur ab und zu erhaschte ich einen Blick, wie ein flüchtendes Wort, an dem ich meine Gedanken festmachte.

Die Touristen ignorierte ich völlig, wegen denen brauchte man nicht so weit zu reisen. Nur den dunkel gebrannten Einheimischen mit ihren dunklen Augen und festen, ruhigen Blicken, schenkte ich meine Aufmerksamkeit. Sie verstanden es schnellen Schrittes zu gehen, ohne zu eilen, ohne diese panische Angst zu spät zu kommen oder etwas zu versäumen.

Inzwischen hatte ich es völlig aufgegeben mich nach Konrad umzudrehen, denn sein Schweigen sagte bereits mehr als genug. Die Hitze, und wohl auch seine innere Unruhe forderten ihren Tribut.

In solchem Tempo durfte man nicht zu einem Lauf um die Welt ansetzen, das verrieten mir seine kräftiger gewordenen Atemstöße. Zu viele seiner Geschichten wollte er mir erzählen, zu leidenschaftlich versuchte er mich in seinen Bann zu reißen. Doch das konnte er mit Worten nicht erreichen. Und doch war es ihm gelungen, trotz, oder vielleicht auch wegen seinen unermüdlichen, scheiternden Versuchen. Er war es, der mich faszinierte, er selbst, Konrad, nicht der Millionär, nicht der Beschreiter als dieser ungezählten Abenteuer, denen ich doch nur halbherzig lauschte. Nicht weil sie mich nicht interessierten, sie berührten mich nur nicht, sie erreichten mich nicht, weil ich weiter war. Weg von Konrad, weg von der Welt, weg von den Lügen, die das Leben so laut schreit. Ich hörte nicht mehr hin. Nun war es an der Zeit für meine eigenen Abenteuer, meine eigenen Geschichten und ich war irgendwie froh, dass es gerade Konrad war, der mich begleiten würde. Vielleicht, nein sicher, nicht durch die Wüste, nicht an meiner Seite, aber doch mit mir.

Tief in mir freute ich mich unbändig. Darauf, dass er mir die Welt zeigen würde und vielleicht, so hoffte ich zumindest, könnte ich ihm die Augen öffnen. Und dann wäre er vielleicht endlich frei, so wie auch ich es sein wollte. Dann müsste er nicht mehr so viel schwatzen, ohne etwas zu sagen, nicht mehr so viel schreien und seine Abenteuer unaufhörlich um sich werfen, nur damit er wusste, dass er sie erlebt hatte, dass er wusste, dass er lebte und wer er war.

Das alles dachte ich, während ich so dastand. Hier mit meinen ungelesenen Büchern, am Rande des mitreißenden Stromes der Menschen. Und doch dachte ich auch nicht. Stierte in die Masse und fing einige bemitleidende, einige belustigte und auch fragende Blicke auf. War ich denn so falsch, mit meiner kurzen Hose und dem Dolch an meiner Hüfte? Nun da ich darüber nachdachte, gönnte ich mir einen belustigten Blick an mir herab und konnte sie auf einmal gar verstehen. Meine Reise hatte begonnen und es war nach außen hin gar sichtbar geworden.

Es gab kein zurück, erfreute und beruhigte mich ein Gedanke. Nur leider ging es auch nicht weiter. Hier stand ich nun. Lauernd auf der Startlinie und der erste Schweiß lief an mir herab. Doch es wollte nicht beginnen. Konrad, obwohl schweigend und erschöpft, ließ mich noch nicht los. Zu sehr klammerte er an sein altes Leben, das er mir unbedingt zeigen wollte. Geduldig musste ich warten und widerwillig horchte ich der Predigt von seinem übereilten Leben, denn schließlich verdankte ich alles was vor mir lag seiner Leere, dem Drang sich seine eigene Macht zu beweisen.

– 8 – Die Wirtin

«Ah da seid ihr ja endlich!», erklang Sabrinas Stimme durch die Menge als wären wir verabredet und zu spät gewesen.

Noch bevor einer von uns sich umdrehen, oder gar antworten konnte, legten sich zwei warme Hände über meine Augen und ließen die Menge vor mir in völliger Schwärze ertrinken.

«Na, was hab ich?» Mit feixender und bestimmender Stimme, drückte sie mich beherrschend an ihre Brust.

Einen Haufen Kleider, dachte und lachte ich für mich, doch ich verkniff es mir. «Etwas Kühles zu trinken?», gab ich stattdessen zurück, und während meine Zunge die Worte formte, vernahm mein Geist diese zum ersten Mal, so als wäre er an ihnen völlig unschuldig gewesen.

Mit einem vorwurfsvollen Ruck stieß sie mich verärgert von sich, so als hätte sie eben enttäuscht festgestellt, dass ich als ihr Spielgefährte nicht würdig war.

«Kindskopf», tadelte sie meinen jugendlichen Verstand, der sich doch nur nach ein wenig Erfrischung gesehnt hatte.

Als ich, von ihren verdeckenden Händen befreit, mich umdrehte, empfing mich ein überlegenes Lächeln, das mich für meinen unreifen Verstand rügen wollte. Erfreut ihre rücksichtslose Beobachtungskunst wieder bei mir zu wissen, schenkte ich ihr ein beschämtes Lächeln.

«Der Knabe hat recht», lachte Konrad, mich verteidigend. «Etwas Kühles würde sich gut tun in unseren Sand getrockneten Kehlen.» Mit seiner erholten Stimme, ließ die Menge sich nach uns umdrehen.

«Ja, sicher», meinte Sabrina geringschätzig und ärgerte sich über die wenig gezeigte Begeisterung.

Als ich die ausgebeulten Taschen zu ihren Füßen erblickte, wusste ich, dass sie große, verwunderte, erfreute Blicke sich erhofft hatte. Aber Konrad und ich hatten in unserer Unwissenheit ihrem Auftritt und ihren verborgenen Mitbringseln nicht genügend gehuldigt. Einen Mangel, den ich alsbald zu beseitigen gedachte.

Doch zu meiner Erleichterung kam mir der wieder erwachte Konrad zuvor.

«Na, was hast du uns da Schönes mitgebracht, Sabrina?», fragte er mit großen Augen und einem freudig überraschten Blick. Doch sein Bemühen, so ehrlich es sein mochte, kam zu spät und so strafte sie ihn mit einem scharfem Schmunzeln, der einer Warnung gleichkamen.

«Seine Ausrüstung, wie gewünscht», meinte Sabrina leicht verletzt.

Als ich flüchtig zu Konrad rüber sah, konnte ich noch knapp ein an mich gesandtes Augenzwinkern auffangen. Mit Sabrina mussten wir wirklich sachter umgehen. Aber was hatten ein Millionär und ein Knabe wie ich da eine Ahnung von – zumindest wollte Konrads Blick mir das sagen.

«Darf man es denn sehen?», erkundigte ich mich vorsichtig, ohne sie zu sehr mit meinen beschwichtigenden Versuchen erneut reizen zu wollen.

«Später», meinte sie abwehrend. «Was habt ihr denn so erbeutet?», spielte sie uns das Wort zu.

Erwartungsvoll sah ich zu Konrad, da ich auf seine Reaktion gespannt war.

«Ach nur eine Kleinigkeit», frohlockte Konrad herabspielend und erneut konnte ich einen freudigen Schatten über sein Gesicht huschen sehen. «Aber der Knabe hat einen meisterlichen Dolch erstanden!» Mir stieg gleich unangenehme Röte ins Gesicht stieg.

Sabrina lachte hell auf. «Typisch Jungs, außer Messer nichts im Kopf.»

Mich ungerecht behandelt fühlend, zog ich es vor zu schweigen. Nun zu sagen, dass ich es eigentlich nicht gewollt hätte, würde eh nichts ändern und brächte mir zudem reichlich Missfallen bei Konrad. Ich musste schlucken, bevor ich ein verschmitztes Lächeln aufsetzte konnte und völlig unbegründet hoffte, dass meine Röte so weniger auffallen würde.

«Also gut», meinte Sabrina schließlich und wollte wohl das Kriegsbeil begraben. «Der Abend bricht allmählich herein, eine kleine Pause dürfte uns allen gut tun.» Ihre Stimme klang beschwichtigend und sollte uns verdeutlichen, dass sie es gnädig mit uns meinte.

Konrad stimmte freudig erleichtert zu, doch es war immer noch die Journalistin, die sprach. «Aber wir brauchen noch ein Hotel für die Nacht.» Sie sah sich gern als Hauptverantwortliche.

Doch Konrad grinste sie mit anschwellender Brust an. «Harry erledigt das alles bereits.» Er sah wie in Gedanken auf seine golden glänzende Armbanduhr, als bedürfe diese einer genauen Überprüfung. «In einer knappen Stunde dürfte er wohl hier sein.» Deutlich war Konrads Genugtuung zu erkennen. «Ich schlage vor, dass wir uns erst kurz im Hotel frisch machen und dann was essen.» Er tat als organisiere er ein Staatsbesuch.

«Sehr schön», entgegnete Sabrina selbstsicher. Doch ich konnte spüren, dass Konrad ihr zu eigenmächtig handelte. «Also dann, auf in ein Lokal», meinte sie als wäre es ihre Entscheidung gewesen.

«Ich weiß auch wo!» Konrad riss das Ruder gleich wieder an sich. Bevor Sabrina irgendwelche Einwände kundtun konnte – und die Befürchtung war durchaus nicht unbegründet – drehte sich der Millionär voller Elan um, und schritt selbstbewusst voraus.

Sabrina versuchte ihn sogleich einzuholen. Ein Unterfangen, das in dieser strömenden Menschenmasse nur wenig Erfolg versprach. So musste sie sich damit abfinden hinter Konrads Rücken herzu schreiten, denn die entgegeneilende Flut schmiegte sich eng an Konrads massige Schultern.

In meiner Lieblingsrolle als unauffälliger Nachzügler, schlenderte ich in sicherer Entfernung hinterher. So konnte ich nur ihre Rücken sehen, Sabrinas zügiges, aber stockendes Voranschreiten und wie sie ständig gegen das Hindernis brandete, das Konrad darstellte. Sie ärgerte sich darüber hinter ihm her schreiten zu müssen, wollte nicht in seinem Schatten und nicht in dem Sog sein, der hinter ihm entstand, während er sich so mühelos durch die Menge kämpfte. Und Sabrina kämpfte mit, leidenschaftlich, verkrampft und bissig. Und ich betrachtete ihren zierlichen Rücken, fast zerbrechlich hätte dieser sich spielend hinter dem Konrads verstecken können. Doch das wollte sie nicht, sie fürchtete sich davor. Angst davor geschluckt, vergessen zu werden. Und so kämpfte sie ungeduldig hinter Konrad her, immer auf der Suche nach einer Lücke um doch noch neben ihn zu gelangen.

Trotz der Hitze lief mir ein Schauer den Rücken runter. Wollte ich nicht vor der Welt flüchten, vor diesen sinnlosen, erschöpfenden Rennen? Und nun reiste Sabrina mit mir. Ich mochte sie, genau wie Konrad – das waren seine Worte – aber manchmal hatte sie es einfach zu eilig. Ihr rastloses, unbegründetes Suchen machte mir Angst, stimmte mich gar traurig. Und – es kostete mich einiges an Überwindungskraft es mir einzugestehen – ich vermisste die Sabrina, die ich in einigen, wenigen Momenten kennenlernen durfte. Fast sehnte ich mich nach ihrer Zärtlichkeit, und gleichzeitig fürchtete ich mich vor ihrer Kälte, dass sie mich einfach auszog – nicht die Kleider, sondern mich. Dass ich zerschmolz, geködert von ihrer Wärme. Ich hörte sie rufen, nein, schreien, Sensationen, sie wollte sie, sie jagte sie, rannte rastlos, immer auf der Suche nach ihnen. Wie konnte man nur so ungeduldig sein? Ich konnte es nicht verstehen, wollte es ehrlich gesagt auch nicht. Und doch konnte ich den Blick nicht von ihr wenden.

Langsam ließ der Druck um uns nach und Sabrina fand eine Lücke und hüpfte freudig neben Konrad, um mit ihm auf gleicher Höhe dem Ziel entgegen zu eilen, während ich allmählich zu ihnen aufschloss. Eine schmalere Gasse war es, in die Konrad uns voraus geschritten war, was den nachlassenden Menschenstrom erklärte.

Ohne viele Gedanken darauf zu vergeuden mich in dieser Stadt wieder zu finden, glaubte ich diesem Ort doch etwas Vertrautes abgewinnen zu können. Was mir bisher am meisten gefallen hatte, war, dass keine Gasse der anderen wirklich glich und so wuchs in mir das Gefühl, dass, ich heute hier gewesen war. Genau erinnern konnte ich mich freilich nicht, dafür hatte Konrad zu viel geredet, und war ich zu sehr in und mit meinen Gedanken geflohen.

«So, da wären wir!» Feierlich drehte Konrad sich zu mir um. Er präsentierte uns ein kleines Bistro mit auseinandergerissenen Armen, als wollte er es umarmen. Unauffällig lag der Eingang zwischen zwei Souvenirgeschäften, und wäre Konrad nicht so zielsicher stehen geblieben, wäre ich wohl daran vorbei gelaufen.

«Hier hab ich mich oft mit wichtigen Leuten getroffen, wenn uns der Trubel zu viel wurde und uns der Sinn nach etwas Ruhe stand», meinte Konrad erklärend. «Der Knabe wird dir es sicher noch erzählen können. Nicht wahr Kleiner.» Dabei klopfte er mir zuzwinkernd auf die Schulter und trat gleich darauf in den Schatten, der uns so unaufdringlich Erfrischung versprach.

Jetzt erst konnte ich mich wieder daran erinnern, dass ich zuvor mit Konrad genau vor diesem Eingang gestanden hatte, nur an seine Rede – wie er es meinte – fehlte mir jegliche Erinnerung.

Sabrina beäugte mich prüfend und ich lächelte ihr zu und war erleichtert, als sie mich mit ihrer Hand in meinem Rücken aufforderte rein zu gehen und ihr heiteres Lächeln mich beruhigend davon befreite, ihr alles zu erzählen. Während ich an ihr vorbei trat, empfing ich von ihr ein Augenzwinkern, das meine Meinung bezüglich der wortreichen Schilderungen Konrads teilte.

Seltsam war es, wie gut wir uns verstanden. Wie viel wir doch gemeinsam hatten, obwohl wir doch so verschieden waren. Ich spürte, wie sie nach mir griff, mit jedem Blick tat sie es, wollte mir meine Geheimnisse stehlen und ich hüllte mich in ihre Umarmungen. Sehnte mich nach der Wärme, die mich doch nur vor ihr zerschmelzen lassen sollte. Dennoch wagte ich mich in ihre Nähe, suchte ihren Blick und las verbotenerweise in ihrem bepinselten Gesicht und doch vermochte ich nicht zu sagen, was ich dort sehen konnte. Diesmal jedoch fand ich die Aufforderung ihr vorauszugehen. Freundlich, wie immer, und doch konnten ihre Züge nicht anders, als fordernd zu wirken.

Uneingeschüchtert entsprach ich ihrem Willen, auch wenn ich meine tiefe, verborgene Sorge um ihr Eilen nicht mehr zum Schweigen bringen konnte. Unsere dritte Gefährtin war sie, mächtig, schön und willensstark, und doch nur ein Spieler – genau, wie ich einer war. Und Knabe nannten sie mich, dabei war Sabrina kaum älter als ich, auch wenn ich mir es nicht erlaubte ihr Alter zu schätzen. Dieses Geheimnis wollte ich ihr lassen, denn die ungezählten Romanfetzen in ihrem blendenden Gesicht verlangten meine ganze Aufmerksamkeit.

Konrad hatte bereits an einem Tisch in diesem Halbdunkel, das den ganzen Raum erfüllte, Platz genommen und wartete mit einem Ausdruck gemütlicher Heiterkeit, dass wir uns dazu setzten.

Der Boden, auf dem ich, mich umschauend, zu Konrad schritt, war seltsam weich und dämpfte meine Schritte zu fast völliger Geräuschlosigkeit. Wohl eine Eigenschaft der ebenmäßigen Decke aus Staub und hauchfeinem Wüstensand, auf dem zahlreiche Fußabdrücke noch von früheren Besuchern kündeten. Denn außer Konrad, der seinen Stuhl gebührend ausfüllte, konnte ich keine Seele erblicken.

«Scheint mir einer von den geheimeren Geheimtipps zu sein, dieser Ort hier.» Obwohl Sabrina lachte, fand ihr belustigter Blick dennoch Gefallen an der authentischen Einrichtung.

Tische und Stühle waren robust gebaut und ihre rissige Oberfläche kündete von reichlich lebhafteren Tagen. Doch nun war es gänzlich still. Nicht einmal der Lärm der Stadt drang durch die schmale Tür in den weiten Innenraum, den man von draußen nicht vermutet hätte. Und dennoch hatte dieser Ort etwas Behagliches an sich haften. Zu Hause hätte ich wohl gesagt, es fühle sich an, wie im Winter vor einem leise knisternden Kaminfeuer, nur, dass es Winter und Kamin hier nicht gab. Und doch fühlte ich mich irgendwie heimisch, obwohl es an sich nichts gab, was mir vertraut vorkam. Aber das brauchte es auch nicht, vielleicht war es einfach die Ruhe, die mich so wohl fühlen ließ.

Konrad lachte vergnügt über die beißende, aber durchaus treffende Bemerkung Sabrinas. «Ein Geheimtipp war es mal. Aber das ist Jahre her. Du hättest damals hier sein müssen. Herzhafte Geschichten und Gegröle. Und das jeden Abend, bis tief in die Nacht.» Konrad begann wieder in Erinnerung zu schwelgen und versorgte uns abermals mehr als reichlich mit Geschichten.

Das Gegröle konnte ich mir herzlich lebhaft vorstellen. Fast war es, als könnte ich Konrads Stimme heraushören. Kräftig und raumfüllend, und er hatte sicher dafür gesorgt, dass die Geschichten niemals ausgingen. Genau so wie jetzt. Sabrina und ich brauchten nicht ein Wort zu sagen. Und dafür war ich dankbar. Träumend ließ ich meinem Blick durch das Lokal gleiten, während Sabrina mich und Konrad mit ihren Blicken abtastete. Doch davon ließ ich mich nicht weiter stören, genoss die Vorfreude auf den morgigen Tag, auf die einsame Reise durch die Wüste. Nur der Himmel, Sand und ich. Herrlich die Ruhe, die ich mir ausmalte, nur der Wind, der mir sein unermüdliches Lied sang.

Aber noch saßen wir hier und warteten auf Bedienung, während Konrad uns eine seiner Geschichten nach der anderen verzählte.

Nun wieder vereint, und vor allem nicht mehr von all den Menschen umgeben, merkte ich auch wieder die Anwesenheit des Kameramannes, der mich wohl nie ganz verlassen hatte. Es war Sam, der mit seinem Gerät den Innenraum erkundete und von Zeit zu Zeit ein paar Mal um uns herum tanzte. Doch seine Begeisterung hielt sich in Grenzen und so entfernte er sich mit stummem Nicken zu Sabrina. Aber irgendwie war ich mir sicher – und es beruhigte mich keineswegs – würde diese Ruhe nicht von langer Dauer sein.

Kurz nachdem Sabrina sich sichtlich zu langweilen drohte – einen Zustand, den ich zum ersten Mal erleben durfte – erschien endlich die Kellnerin. Ein leises Rascheln der hölzernen Ketten, die in einer Öffnung hinter der Theke hingen, ließ Sabrina und mich aufhorchen und die bequem gebaute Frau erblicken. In einem Ausdruck freudiger Überraschung winkte sie uns zu, um uns zu versichern, dass sie sich unseren dürstenden Kehlen bald annehmen würde.

Konrad, noch voll in seinem Redeschwall, hatte nichts bemerkt und fuhr munter damit fort sein Treffen mit dem hiesigen Außenminister zu schildern. Reichlich an Worten und voll von ausschweifenden Beschreibungen, vermochte er uns doch nicht zu erfrischen und so wanderten unsere Blicke noch einige Male hinüber zur Bedienung, bevor diese, mit einem leidenschaftlichen Strahlen im Gesicht, vor uns stand.

«Na die Stimme habe ich lange nicht mehr gehört. Konrad, alter Freund. Lass dich anschauen.» Sie machte eine kurze Pause und ließ ihren Blick an dem angesprochenen und nun schweigenden Konrad hinuntergleiten. «Gut siehst du aus», endete die Frau kurz darauf in einer stark sonderbar klingenden Variante unserer Muttersprache. Aber doch erstaunlich richtig klang es, wenn man die Aussprache nicht beachtete.

Konrad hatte prompt aufgehört zu erzählen und war, nachdem sich seine Miene merklich aufgehellt hatte, – und dabei war er schon vorher ausgesprochen gut gelaunt gewesen – gleich aufgestanden um die Frau in seine massigen Arme zu wuchten.

«Satis», brach es freudig aus ihm heraus, ohne dass dem – wie sonst üblich – weitere Worte folgten. Es dauerte eine ganze Weile, bis er die Frau losließ und auch als sie sich daraufhin erneut ansahen, waren es bloß ihre Augen, die sprachen.

«Es freut mich dich zu sehen», erklärte Satis, während Konrad sich bedächtig auf seinen Stuhl niederließ, ohne aber seinen Blick von der durchaus ansehnlichen Frau reiferen Alters zu lösen. «Was darf ich meinen Gästen denn bringen?», fragte sie in ihrer seltsamen, wenn auch liebenswürdigen Aussprache.

Immer noch brachte Konrad kein Wort hervor, ein Umstand, der meine volle Aufmerksamkeit bedurfte. Und so war es Sabrina, die mit ihrer selbstsicheren Art, ihre Bestellung kund tat. Während ich mich in ihren funkelnden, rätselnden und suchenden Augen verlor, wachte Konrad aus seinem besorgniserregend langen Schweigen auf und nahm sich gar meiner Bestellung an, bevor ich die Chance hatte den Mund ansatzweise zu öffnen.

«Ist eine Spezialität des Hauses», meinte er augenzwinkernd und lächelte die Kellnerin an, wobei ich nunmehr doch stark zweifelte, dass es sich bei der Frau einfach nur um eine gewöhnliche Bedienstete handelte.

«Sehr gern», nahm Satis unsere Wünsche entgegen und schenkte Sabrina und mir nur flüchtige, wenn auch freundliche Blicke. «Vielleicht wird es wieder ein langer Abend. Solche wie einst, gab es zu lange nicht mehr. Wir haben uns sicher viel zu erzählen», strahlte sie in Konrads Richtung. «Ich freu mich wirklich.»

«Nichts würde ich lieber tun», antwortete Konrad mit einer mir unbekannten Sorgenfalte auf der Stirn. «Aber dem jungen Herr steht eine lange Reise bevor.» Konrad ließ kurz Stille einkehren, um seinen Worten mehr Gewicht zu verleihen. «Eine Weltreise!»

«Oh, ein Abenteurer ist er also!» Satis schenkte mir ein heiteres Schmunzeln, auch wenn ihre Augen ihre Enttäuschung nicht ganz verbergen konnte.

Obwohl erfreut, dass ich als junger Herr vorgestellt, und nicht wie zuvor als Knabe dargestellt wurde, konnte sich mir das Gefühl als kleiner Schuljunge vorgeführt zu werden nicht ganz untreu werden.

«Und wie kommt ein so junger Mann auf einen solch verrückten Gedanken?», erkundigte sich die Frau bei mir.

Mir lagen einige Worte auf die Zunge, doch ich kam nicht in den Genuss sie los zu werden, denn Konrad nahm sich meiner Antwort gleich an und gab mir noch mehr das Gefühl bevormundet zu sein.

«Der Gewinn selbstverständlich. Ein Million, wenn er es schafft», gab er seine Wahrheit kund und wartete auf mein frommes Nicken um seine Worte zu bestätigen. Eine Million?, dachte ich, dafür würde ich doch nicht um die Welt laufen, lachte ich stumm und musste an Sabrinas Worte denken – ich war doch nicht verrückt.

Dass mir Konrad so selbstgefällig über den Mund fuhr, konnte ich ihm in dieser aufschwellenden Heiterkeit nicht einmal übel nehmen und stellte mich lächelnd dem prüfenden, leicht skeptischen Blick der Wirtin.

«Schau aber, dass er unterwegs reichlich zu essen bekommt. Sieht mir recht mager aus», frohlockte Satis mit herzlicher Stimme, sodass ihre Worte mir eine verlegene Miene aufsetzten, ohne mich aber zu verletzen. Die Frau hatte etwas Gewinnendes in ihrer leichten und doch ergreifenden Art, dass sie mir gleich sympathisch war.

«Nun gut, jetzt will ich mich aber beeilen, damit ihr eure Erfrischung bekommt. Ist doch recht heiß da draußen», meinte sie mit einem fürsorglichen Ton und einem besorgten Blick auf mich blassen Mitteleuropäer.

Kaum ausgesprochen, ließ sie uns schweigend zurück und nahm, ohne dass es ihr auffiel, unsere Blicke mit.

Seltsame, schweigende Minuten war gelegentliches Klirren von Gläsern zu hören. Mit der scheinbar ortsüblichen Ruhe füllte sie unsere Gläser, um sie mit einem freundlichen und freudigen Gesichtsausdruck an den Tisch zu bringen, wo wir, immer noch schweigend, ihr Kommen erwarteten.

«Der Saft wird euren trockenen Kehlen gut tun», meinte Satis, während sie uns die Getränke auf die raue Tischplatte setzte.

«Allein die Erinnerung an deine Mixturen, Satis, könnte meinen Durst stillen», sprach Konrad ein großes Lob aus und zeigte uns einen genussvollen Gesichtsausdruck, während er nach seinem Glas griff.

«Habt ihr was gegessen?» Ihre dunklen Augen strahlten erwartungsvoll.

«Möchtest du dich nicht zu uns setzen?» Konrad wollte sich nicht mit dem Gedanken anfreunden, dass sie uns gleich wieder verließ.

«Ach, gönn mir doch die Freude. Und habt ihr?»

«Eigentlich nicht», meinte Konrad leicht bedrückt. «Aber wir wollten frühzeitig aufbrechen. Ist eine verdammt lange Reise, so eine Weltreise», lachte Konrad auf und versuchte seinen enttäuschten Ton zu überspielen. «Komm setz dich zu uns», forderte er seine alte Bekanntschaft auf und zog den Stuhl neben sich sogleich nach hinten.

«Ach nur ein paar Happen. Geht ganz schnell. Und der Junge sieht aus, als könne er sie ganz gut vertragen», wurde ich abermals zur Zielscheibe ihres Mitgefühls.

Dankbar für die Worte, lächelte ich ihr zustimmend zu und nickte kurz als Konrad mich fragend ansah.

Auch wenn mein kränklicher Körper während der Reise keine Nahrung gewollt hätte, so hatte mein Magen seine sorglose Behandlung dennoch nicht vergessen und freute sich über jede Aufmerksamkeit.

Sabrinas Neugier, so groß, dass diese sie gar zu aufmerksamen Schweigen veranlasst hatte, formte nun wieder ihre Worte zu Fragen.

«Wer ist sie?», ertönte ihre Stimme in ehrlichem Interesse.

Konrad, noch leicht in Gedanken und mit dem Blick an der Stelle, wo Satis verschwunden war, reagierte nicht gleich. «Eine herzensgute Frau», sagte er schließlich.

«Sie spricht ungewöhnlich gut unsere Sprache?!»

«Ja, das muss man ihr lassen. Sie hatte die Sprache wirklich schnell gelernt.» Konrad war voll von Bewunderung für diese Frau.

«Wie das denn?», ließ Sabrinas Quell an Fragen die Stille ertrinken.

«Ihr Mann war ein Landsmann von uns», meinte Konrad mit leicht gereizter Stimme. «Und während ihre Tochter bei uns studiert hat, lebte Satis dort für eine Weile», sprach er nach einer kurzen Pause mit einem milderen Ton weiter.

«War?», fragte Sabrina und konnte es nicht lassen, obwohl ich deutlich spürte, dass Konrad auf das Thema nicht gut zu sprechen sein würde.

Doch dieser sah nicht zu uns herüber und bekam die Frage nicht mit.

«Führte Satis das Lokal immer alleine?» Sabrina konnte ihrem Wissensdrang einfach nicht widerstehen.

«Wie bitte?» Konrad sah nun doch zu Sabrina und sein Gesicht war verblüffend stark gezeichnet von weit entfernt geführten Gedanken. «Nein! Erst seid ihr Mann sie allein gelassen hat», antwortete er dann doch, als wäre die Frage verspätet zu ihm durchgedrungen. Seine Stimme war ganz ruhig, wenn auch der Klang leicht bitter war.

«Ist er denn tot?» Sabrina wollte über alle Zweifel erhaben sein.

Erneut schwieg Konrad und starrte auf die Öffnung durch der Satis verschwunden war. «Ja, irgendwie schon», meinte er mit einem kräftigen Atemstoß und selbst Sabrina ließ das Thema ruhen und so schenkten wir endlich unseren Getränken die Aufmerksamkeit, die sie an diesem heißem Tag verdienten.

In Gedanken von der farbenfrohen Erfrischung umspült, fuhr meine Zunge über die trockenen Lippen, bis ich endlich das Glas ergriff und der erste Schluck dasselbe um einiges erleichterte. Die Flüssigkeit legte sich weich auf den Gaumen und badete meine Zunge in eine Vielfalt an Geschmäckern, bevor sie die strapazierte Kehle herunter rann und mich munter aufgeweckt, von dem Erlebnis verführt, schlucken ließ.

«Und hab ich dir zu viel versprochen?», sah mich Konrad erwartungsvoll an, nachdem er sich selbst einen kräftigen Schluck genehmigt hatte.

Nein, das hatte er wahrlich nicht, die Fruchtsäfte erlaubten sich noch einen erquickenden Tanz auf meinem Gaumen, lange nachdem das erfrischende Gefühl sich meinem Magen näherte. Meine Sprachlosigkeit und mein genussvolles Schlucken gaben ihm die Antwort, die Worte nicht zu formen vermochten.

Sabrina, die ihre europäische Wahl bereute, sah mich forschend an und klammerte ihren stets suchenden Blick an meine befeuchteten Lippen.

«Dürfte ich vielleicht auch mal? Nur einen kleinen Schluck?», fragte sie bevor ich abermals das Glas anheben wollte.

In der Bewegung kurz innehaltend, bot ich es ihr lächelnd an und selbst Konrad sah ihr freudig dabei zu, als sich Sabrina ihrerseits an dem Getränk labte. Diesmal gar konnte sich Konrad die Frage schenken, denn Sabrina konnte man ihre Reaktion deutlich ansehen. Langsam stellte sie das Glas vor sich, drehte es leicht im Genuss schwelgend in ihren zierlichen Händen und fuhr sich sinnlich mit der Zungenspitze über ihre Lippen, um den Geschmack so lange wie möglich auskosten zu können. Und dann, als ich bei ihrem erfrischten Ausdruck zu schlucken begann, erhob sie erneut das Glas und setzte es langsam an ihre roten Lippen und trank mit hingebungsvollen Schlücken und geschlossenen Lidern. Es schien fast, hätte man uns zugesehen, als müssten Konrad und ich sie beim Schlucken unterstützen, so hafteten wir an ihrem erquickenden Anblick und ließen unsere Kehlköpfe im Rhythmus ihrer Schlücke auf und ab tanzen.

Obwohl das Glas an sich groß war, kündeten nur noch wenige Tropfen von dem einstigen Inhalt, als Sabrina endlich das Glas abstellte und sie mir mit reuelosen, aber beschämten Blick zulächelte und sich wortlos entschuldigte. Doch ich hatte vollstes Verständnis, denn ich hatte dieses dürstende Erlebnis empfunden, das nach mehr verlangte und konnte allzu gut verstehen, wie leicht man bei solch erquickender Verführung schwach werden konnte. Immer noch haftete der Geschmack der Früchte an ihren Lippen, und während sie den letzten Hauch noch auskostete, blickte ich tief in ihre, leicht schelmisch strahlenden Augen und trank von dem leuchtenden Genuss, das mich umgarnte, süßlich wie die Früchte, nur aus einer Quelle die nicht leer getrunken werden konnte.

Eine Zeit lang war nur das gedämpfte, geschäftige Treiben der Wirtin zu hören. Selbst Konrad verspürte keine große Lust auf eine seiner langen Geschichten. Und so ließen wir, das erste Mal rastend, die Zeit verstreichen und den unvermeidlichen Schweiß an unseren sich erholenden Körpern trocknen.

«Kennst du die Frau schon lange?» Sabrina konnte das Reden dann doch nicht ganz sein lassen. Ich glaubte sie konnte einfach nicht anders. Dieses Abschalten, dieses sich Entspannen fehlte ihr.

«Viele Jahre schon», meinte Konrad, ohne seine Gedanken von dort zurückzurufen, wo diese gerade weilten.

«Hast du sie in Kairo kennengelernt. Oder noch drüben?», ließ Sabrina nach einigen schweigenden Momenten eine weitere Frage los. Ihr Blick hing an den helleren Fenstern mit den bunten, stark eingefärbten und milchigen Gläsern, durch die das lichte Treiben der kleineren Gasse wie ein tanzender Schatten wirkte.

«Ihr Mann war ein Bekannter von mir.» Er war nicht an einem Gespräch interessiert. «Aber das sind alte Geschichten», kam er dann Sabrinas weiteren Fragen zuvor.

Meine Kehle noch leicht trocken, da mir der Genuss meines ganzen Glases verwehrt worden war, wechselte ich von Zeit zu Zeit meinen Blick von Sabrina zu Konrad.

Der Dicke hatte eine mir unvertraut nachdenkliche Miene aufgesetzt und es kam mir vor – ich schalt mich selbst für den Gedanken – als wirkte er – mir fehlte das richtige Wort – menschlicher. Auch er hatte Geheimnisse, das wusste ich nun. Dabei beruhigte es mich genauso viel, wie es mir Sorgen bereitete.

So wenige an Zahl seine letzten Worte auch waren, sie blieben fest in meinem Gedächtnis haften, hallten wider und beanspruchten mehr Platz als all seine Geschichten, die er mir so überschwänglich erzählte.

Ein Bekannter, hatte er gesagt. Ein Wort, das in seinem Wortgebrauch noch nicht aufgetaucht war. Ob Staatssekretär oder Bankdirektor, sie alle waren seine Freunde gewesen, selbst wenn er ihnen nur einmal begegnet war. Dieser eine aber nun war ein Bekannter und das ließ nichts Gutes ahnen. Zumal er Satis doch so gut kannte.

Auch Sabrina schien sich diese Fragen zu stellen, denn sie beobachte ihn mit leicht verengten Augen. Doch sie entschloss sich zu schweigen und sah den fliehenden Schatten vor dem Fenster zu. Sie war, ohne darauf gefasst zu sein, auf eine Goldader gestoßen. Konrad, der so leichtfertig alles ausplauderte, was er erlebt hatte, war ihr uninteressant vorgekommen, aber nun gab es einen Schatz, den es zu bergen galt. Für sich und ihre Zuschauer. Vielleicht brütete sie darüber gerade nach. Wissen konnte ich es nicht, aber der Gedanke machte mir Angst.

Fast wie in einem Traum kam ich mir vor. Die angenehme Kühle und das dämmrige Licht sorgten dafür, dass meine Augen schwerer wurden und meine Gedanken sich so mühelos verflüchtigten, wie das matte Licht der Straße. Nur untermalt war die Stille von einem gelegentlich arbeitenden Messer im Raum hinter der unbesetzten Theke. Dort, wo Konrads Gedanken wohl weilen mochten, ohne, dass sein Blick jedoch dorthin gelangen konnte.

Eine Weile war vergangen, in der das gelegentlich ertönende Messer verstummt war, und kurz nachdem die Stille ihren Höhepunkt erreichte, verkündete das Rascheln des Vorhangs Satis Wiederkehr aus ihrem verborgenen Reich.

In beiden Händen hielt sie je eine runde, silbrig schimmernde Platte. Diesmal musste sie uns nicht zuwinken, denn Sabrinas und der meinige leisteten dem Blick Konrads sogleich Gesellschaft.

Satis stellte die Platten geschickt ab und lächelte uns auffordernd zu, uns daran gütlich zu tun. Obwohl mein Magen bereits große Augen machte, wollte mein Blick zunächst doch noch auf Konrad und Satis gerichtet bleiben. Dennoch konnte ich nicht umhin zu bemerken, dass die Vorfreude meines arg strapazierten Magens nicht enttäuscht werden würde. Wie von Satis versprochen, waren es lediglich Häppchen. Aber was für welche. Einer verlockender als der andere. Bisweilen seltsam unvertraute und unbekannte Mischungen versprachen mir bald meinen Hunger zu stillen. Mit bereits leicht wässrigem Mund konnte ich mir nicht recht vorstellen, dass dies traditionell ägyptische Küche sein sollte – aber was wusste ich schon – auf jeden Fall versprach es zu schmecken. Teig umhüllte Fleischbällchen. Spieße mit Obstummantlung. In knusprig gebackenen Brot eingelassenes Gemüse.

«Du hättest dir doch wirklich nicht so viel Mühe machen sollen», meinte Konrad von seiner anfänglichen Meinung nicht mehr ganz so überzeugt, da auch ihm die reichlich beladenen Platten zusagten.

«Du weißt doch, wie gern ich das mache», entgegnete Satis mit noch heller strahlendem Gesicht.

«Und wie gut du es machst, hab ich nicht vergessen!» Lachend strich sich Konrad ungeniert über seinen herrschaftlichen Bauch, der ihn ein ganzes Stückchen vom Tisch mit den darauf befindlichen Platten entfernt hielt.

«Ich fürchte an ihm trägst du eine gewisse Mitschuld», meinte Konrad scherzhaft.

«Wenn es dir wenigstens geschmeckt hat, so lade ich diese Schuld gerne auf mich», fiel Satis herzhaft, wenn auch nicht annähernd so lautstark in Konrads Lachen mit ein.

«Das hat es. Und ich will nicht einen Abend von denen missen», sagte Konrad, nachdem sein Lachen verklungen war, nun ebenfalls mit strahlenden Augen.

Satis blieb eine Weile reglos stehen und blickte in den matten Schein der Fenster.

«Komm setz dich», sagte Konrad leicht aufgeregt und deutete auf den noch vorgezogenen Stuhl neben ihm, als habe er Angst sie könnte abermals davon laufen.

Seine Sorge war nicht unbegründet. Denn kaum waren seine Worte ausgesprochen, als ihn Satis beschwichtigend anlächelte.

«Lass mich nur rasch eure Gläser füllen. Scheint mir, als hättet ihr eine lange Reise hinter euch», meinte sie und schenkte mir ein Augenzwinkern.

Obwohl mir ein volles Glas reichlich Erfrischung versprach – wenn Sabrina es mir nicht erneut leer trank – so musste ich doch zugeben, dass Konrads Anblick ebenfalls der reinste Genuss war. Wie ein ungeduldiges Kind versuchte er sich seinem Schicksal zu fügen. Er wusste, er würde sie nicht von ihrem Vorhaben abbringen können.

Und so verschwand Satis abermals von dem ihr angebotenen Stuhl und nahm unsere Blicke mit in Richtung Theke. Ohne dass ich wirklich auf Sabrina achtete, konnte ich doch deutlich hören, wie sie hinter mir schluckte.

«Für mich diesmal das Gleiche. Bitte», schickte sie der Wirtin ihren Wunsch hinterher. Satis antwortete mit einem kurzen Nicken, als hätte sie nichts anderes vorgehabt.

Als ich zu Sabrina herüber sah, konnte ich gerade noch erkennen, wie ihre Zunge von ihren nach innen gezogenen Lippen wich. Vor ihr stand immer noch das Glas, das sie bestellt hatte, ohne aber den Anschein zu erwecken, angerührt worden zu sein.

Das kam davon, wenn man zu schnell war, und zu fordernd, dachte ich. Man sieht einfach mehr von der Welt ohne dieses Rennen. Konrad hatte für mich gewählt und mir somit diese Entdeckung gewährt. Wobei, wenn ich es mir recht überlegte, war mir doch nur einen Schluck vergönnt gewesen, denn schließlich hatte Sabrina mein Glas geleert. Verwirrend, all diese Gedanken. Und diese Frau erst recht.

Als wären nur Augenblicke vergangen, stand Satis wieder bei uns am Tisch. Diesmal trug sie nebst vier frischen Gläsern einen großen randvoll gefüllten Krug bei sich.

«Ich dachte mir, bei euch Abenteurern ist dies wohl das Sicherste.» Als ihr Lächeln mich abermals streifte, war ich für ihre Fürsorglichkeit dankbar und freute mich auf den Rest des Abends.

Diesmal brauchte Konrad sie nicht einmal aufzufordern, sich hinzuzusetzen. Sie nahm wortlos neben Konrad Platz und lud uns mit strahlendem Gesicht ein, uns an den Platten gütlich zu tun, während sie den großen Krug anhob und uns ausschenkte.

«Dann erzähl mal, wie ihr auf diese wahnwitzige Idee gekommen seid», eröffnete sie mit erwartungsvollem Blick auf Konrad das Tischgespräch. Dieser ließ sich nicht lange bitten und berichtete ihr alles haarklein. Einiges wohl ausschweifender als selbst ich mich erinnern konnte, aber davon wollte ich mich nicht stören lassen.

Es war einfach herrlich. Der ganze Abend. Köstliches Essen, ein erfrischendes Getränk, wie ich es noch nie erlebt hatte. Ich wusste nicht einmal, welche Früchte da drin waren, und war fest davon überzeugt, dass ich einige von ihnen nicht einmal kennen würde.

Und dazu noch Konrads Erzählungen. Nur ab und an unterbrochen von Satis vergnügtem, warmen Lachen. Auf ihre Art war sie wunderschön. Und wie sie Konrad dabei ansah, wie er, sich aufplusternd, alles erzählte, das war seltsam. Wie alte Freunde wirkten die beiden. Oder war da mehr? Ich konnte es nicht sagen. Es gab aber etwas, was die beiden verband, ein Geheimnis, darüber war ich mir sicher. Ob Sabrina dieses zu ergründen versuchte, wusste ich nicht. Nur seltsam schweigsam war sie – für die Sabrina, die ich kannte. Oder war sie nur müde? War schließlich ein ereignisreicher Tag gewesen, auch wenn sie so tat, als wäre dies für sie alltäglich. Bei Konrad mochte das sogar stimmen, aber nicht bei der ehrgeizigen Journalistin – und da konnte sie mich so oft Knabe nennen, wie sie wollte.

Es war erstaunlich, wie viel Konrad aus diesen knapp zwei Tagen herausholte. Eigentlich faszinierend. Stellenweise fragte ich mich gar, ob ich das wirklich erlebt hatte. Zumal bei meiner Unpässlichkeit im Flugzeug schien mir einiges recht unbekannt, doch ich nahm die besorgten Blicke Satis schweigsam und mit gebührend beschämt gesenkten Haupt entgegen.

Auf Sabrinas gelegentliche Fragen, wie sich die beiden kennengelernt hatten, oder was Satis so alles erlebt oder gemacht hatte – bei einigen Fragen schenkte ich Sabrina, von keinem beachtete, finstere Blicke – wichen die beiden aus. Sabrinas Neugier war noch nicht ansatzweise gestillt, als sich der Krug vollends mit Luft gefüllt hatte und die Fenster dunkler wurden, da sich die Sonne hinter den Häusern der engen Gasse zu verstecken begann.

«So, ich glaube wir sollten jetzt besser mal aufbrechen», meinte Sabrina mit einer kaum merklichen Enttäuschung in ihrer Stimme.

Satis legte rasch ihre Hand auf Konrads breite Pranke, die vor einer geleerten Platte auf dem Tisch ruhte, und sah diesen mit hoffnungsvollen Augen an, als erwarte sie von ihm einen Protest dagegen. Doch dem war nicht so. Er schloss lediglich Satis Hand in die seinen und bedankte sich herzlich und versprach nach unserer Reise wieder zu kommen.

Mit einem kurzen Blick in Sabrinas Richtung, sprach ich ebenfalls einige Worte des Dankes und beeilte mich dann, die ins abendliche Licht getauchte Gasse zu betreten. Sabrina musste mein Verhalten wohl richtig gedeutet haben, denn wenige Augenblicke später, tauchte sie neben mir auf.

«Hätte nicht gedacht, dass man hier einen solch netten Abend verbringen kann», nutzte sie die Gelegenheit wieder mehr zu sprechen.

«Es sind nicht die Orte, die Momente zu was Besonderem machen», entgegnete ich und betrachtete die Gasse, die mir genau so vertraut, wie fremdartig vorkam. Irgendwie konnte ich nicht recht fassen, dass ich hier war.

Sabrina sah mich eine Weile mit ihrem lieblichen, forschenden Blick an.

«Du hast mir noch nicht gesagt, warum du diese Reise mitmachen wolltest.»

Ich wusste nicht, wie ich eine Antwort in Worte fassen sollte und zuckte nur kurz mit den Schultern.

«Wie fühlst du dich eigentlich?», gab sie ihren Versuch noch nicht auf.

«Ich weiß nicht.» Ich schaute mich erneut um, als suchte ich irgendwo eine Antwort. «Irgendwie seltsam.»

Sabrina ließ erneut ihren suchenden Blick über mich hernieder.

«Du redest wohl nicht gern?», sagte sie leicht feixend und legte ihren Arm über meine Schultern, als wollte sie verhindern, dass ich dieselben wieder mit einem Zucken antworten ließ.

Doch auch so schwieg ich und blickte ihr kurz, aber direkt in ihre tiefbraunen Augen. Ein schaurig schönes Funkeln, dachte ich.

Obwohl die Sonne nicht mehr in die Gasse hinein blickte, war es immer noch ergreifend warm. Es war mir, als wäre es noch wärmer als zuvor. Vielleicht lag es daran, dass wir gerade eben erst aus der Kühle des Lokals kamen, oder daran, dass Sabrinas Arm mich innig umschlang.

«Na wie steht ihr denn hier rum. Scheint wohl als würdet ihr frieren», höhnte Konrad in seiner überschwänglichen Art, als er hinter uns heraustrat.

Langsam rutschte Sabrinas Arm herunter, fast als habe sie ihn völlig vergessen und drehte sich zu dem Ankömmling um.

«Und wohin gehen wir? Du sagtest dein Fahrer würde uns in einer Stunde abholen, die dürfte wohl vorbei sein.»

Ich erkannte Sabrina fast nicht wieder. Wie schaffte sie das bloß so schnell? Ihr Ton war zwar immer noch freundlich, aber doch bissig.

Konrads ausgesprochen guter Laune konnte das nichts anhaben.

«Harry wird wohl irgendwo in der Nähe auf uns warten. Lasst uns zurück zum Markt gehen.»

Sabrina wollte eben ihre Einkaufstüten ergreifen, die sie vor sich abgestellt hatte, als ich mich diesen annahm. Ich wollte diese Verstimmung aus ihrem Ton weghaben. Irgendwie tat es mir weh, sie so zu hören. Als wollte ich nicht sehen, wer sie wirklich war. Die andere Sabrina war mir lieber, die, die mich in den Arm nahm. Auch wenn es niemals etwas wie Liebe sein konnte. Denn dazu waren wir zu verschieden. Und außerdem liefen wir in unterschiedliche Richtungen. Einmal um die Welt, aber wir suchten was anderes, also würden wir nicht gemeinsam irgendwo ankommen. Auch wenn ich nun, mit ihren Einkaufstüten beladen, neben ihr schritt. Nicht einmal ihr kurzes Lächeln, das sie mir schenkte, konnte daran etwas ändern. Dafür war die Distanz zu groß, die ihr bitterer Ton zwischen uns schuf. Und da war noch ihr Rennen, dieser Kreisel, der unermüdlich drehte. Auch jetzt rannte sie gleich los, und Konrad bekam Schwierigkeiten uns zu folgen.

– 9 – Sabrinas Vorstellungen

Obwohl Sabrina nicht wusste, wohin wir gehen sollten, lief sie, sie rannte – natürlich nicht wörtlich, aber von der Anspannung her war es das Gleiche, sogar noch schlimmer. Ihre unstillbare Suche war ihre Fessel und trieb sie unermüdlich voran. Jetzt einmal um die Welt. Und die sagte ich sei verrückt, lachte ich für mich. Als ich ihr nachblickte, wie sie sich durch die anschwellende Masse kämpfte, bewunderte ich sie für ihre Kraft, aber da war noch ein anderes Gefühl, ein trauriges, das ich nicht einordnen konnte.

Konrad dagegen, dem die entgegen strömende Masse weit weniger ausmachte, schloss rasch zu uns auf und steckte eben in dem Moment da er mich einholte sein Handy weg.

«Was die aber wieder rennt», lachte Konrad. Sein Gesicht strahlte voller Freude. Der Besuch bei Satis muss ihm mehr bedeutet haben, als ich es mir selbst jetzt vorstellen konnte.

Er nahm Sabrinas völlig ziellosen Machtkampf leichtfertig zur Kenntnis und versuchte nicht wie zuvor ihr diesen Rang streitig zu machen.

So viel glaubte ich in ihren Gesichtern lesen zu können und doch war es ständig als lernte ich sie eben erst kennen. Lag wohl daran, dass ich wirklich der Knabe war, den sie nicht ernst zu nehmen brauchten. Doch ich fühlte mich wohl in dieser Rolle. Ohne Verantwortung, ohne Druck, einfach nur treiben lassen und genießen. Und das tat ich, in vollen Atemzügen, jeden Augenblick, auch wenn die Luft noch immer schwer auf meinen Lungen lastete. Auch der Markt schien enger geworden zu sein. Weit mehr Menschen drängten sich zwischen den Ständen hindurch. Nun noch mehr Touristen, als am frühen Nachmittag. Wohl jene, die sich zuvor vor der Sonne und der Mittagshitze versteckt hatten, nun aber schwatzend und in ihrer auffällig störenden Kleidung umher stoben.

Belustigt schenkte ich ihnen nur flüchtige Blicke, auch wenn ich keinen Deut besser aussah, mit meiner kurzen Hose und dem schweren Gürtel samt Dolch. Somit galt mein leichtes Schmunzeln, das ich bereits eine Weile mit mir trug, ein wenig mir selbst, dem Knaben, den man bald in die Wüste schickte.

«Dass sie auch immer so rennen muss», frohlockte er leise kichernd. Zu meiner Freude bemerkte ich, dass er seinen Machtkampf mit Sabrina zumindest für den Moment vergessen hatte.

«Sabrina», rief er nun etwas lauter. Doch nur einige verunsicherte Touristen blickten sich um. «Sabrina», hob er seine Stimme abermals an, ohne dass diese ihren belustigten Ton verlor. Schließlich drehte sie sich um, und blieb etwas steif stehen.

Konrad ließ sich von ihrem groben Auftritt nicht beeindrucken.

«Harry wartet dort, wo er uns raus gelassen hat», meinte Konrad und ignorierte Sabrinas angespannte Laune.

«Gut, dann werden wir ihn ja wohl finden», entgegnete die Journalistin leicht feixend und ließ ein Lachen ihre Züge wieder sanfter wirken.

Mir war nicht aufgefallen, wie groß der Markt eigentlich war. Zuvor waren wir von Stand zu Stand weiter gezogen. Nun aber, da wir in der Mitte, zwischen den stärker besuchten Tuch überspannten Tischen der zahlreichen Händler, durch die Menge wateten, merkte, oder vielmehr spürte ich, dass ich seine Ausmaße unterschätzt hatte. So groß war er, dass ich die beiden Händler von zuvor nicht mehr wieder fand. Und das obwohl ich sie gern noch einmal erblickt hätte. Nur so aus Vergnügen, um zu sehen, ob sie wirklich so waren, wie ich sie in meiner flüchtigen, traumartigen Erinnerung mit mir führte.

Bereits nach kurzer Zeit übernahm Konrad die Führung. Er musste sich nicht, wie Sabrina, durch ein Labyrinth voller Menschen schlängeln, sondern dort wo er hin schritt, bildete sich sogleich ein Weg, auf dem wir ihm bequem folgen konnten.

Die übereifrige Journalistin unternahm keine Versuche, um an Konrad vorbei zu hüpfen, sondern begnügte sich damit gleichens neben mir her zu schreiten.

Als die Stände allmählich verschwanden und die Menschenmassen sich in den Rest der Stadt zu verlieren begannen, ließen auch die hin und her eilenden Köpfe nach, die unser Blickfeld beengten. Stattdessen tauchte eine vertraute Limousine inmitten der Menschen auf.

Zwei Männer standen davor und unterhielten sich aufgeregt, zumindest der eine, der uns den Rücken zuwandte, ließ seine Arme gebärdenreich durch die Luft schwirren. Der andere, dunkelhäutigere, musste Harshad sein. Noch konnte ich ihn nicht erkennen, da sie zu weit entfernt waren. Aber seine Kleidung war unverwechselbar die des sonderbaren Fahrers.

Während wir näher kamen, glaubte ich in dem Zweiten einen Polizisten zu erkennen. Zumindest sah es stark nach Uniform aus, auch wenn Harshad zu gelassen blieb, dafür, dass der andere eine aufgebrachte Autoritätsperson sein sollte.

Gespannt wollte ich das ungleich geführte Gespräch verfolgen, doch schienen einige Passanten etwas dagegen zu haben und versperrten mir den Blick auf Konrads Fahrer.

Als ich die Limousine wieder erspähen konnte, war Harshad alleine und schien geduldig auf jemanden – wohl uns – zu warten.

Nur wenige Augenblicke später konnte ich die Uniform wieder erblicken. Es war tatsächlich ein Polizist gewesen. Und dieser schlenderte in unsere Richtung auf den Markt zu. So verärgert er zuvor gewirkt hatte, so seelenruhig schritt er nun über den belebten Platz und trug eine Miene heiterer Genugtuung in seinem Gesicht.

Sabrina, die die Angelegenheit ebenso verfolgt hatte, sah mich mit rätselnd zusammengezogenen Augenbrauen an. Doch wieder war es nur ein Schulterzucken, mit dem ich antworten konnte. Der Sinn ihrer Frage war mir nicht entgangen, doch war die Antwort mir genau so ein Rätsel wie ihr.

Ein neuer Glanz in Sabrinas Augen aber sagte mir, dass sie willig war, dieses Geheimnis zu lüften.

«Ah, da bist du ja Harry», fiel Konrad aus dem Menschenstrom und kam direkt vor Harshad zum Stehen, um ihm lobend auf die Schulter zu klopfen. Dass der schmächtige Inder unter diesen Schlägen fast zusammenbrach, entging Konrad völlig. Selbst den Fahrer störte es kaum, denn sein Grinsen war so breit wie immer. «Wie der Herr gewünscht hat», erlaubte er sich eine rasche Verbeugung, bevor er seinem Herrn die Tür aufzuhalten gedachte.

«Hattest du Schwierigkeiten?», platzte Sabrina gleich los, ohne sich für eine Begrüßung Zeit zu nehmen.

Der Inder, der, als er uns beide erblickte, sich sogleich für eine erneute Verneigung den Rücken verrenkte, hielt verwirrt inne und starrte Sabrina mit verdutzter Miene an, ohne sich aufzurichten. Eine ungemein schmerzhafte Stellung musste das sein, da er sich nicht einmal erlaubt hatte die Tür hinter sich loszulassen.

«Probleme?», fragte er, als verstünde er das Wort nicht. «Nein Fräulein, Harry hatte keine Probleme.» Harshad wirkt enttäuscht, als würde er das als Beleidigung aufnehmen.

Konrad hielt in seiner Bewegung inne.

«Probleme?», fragte dieser überrascht. Der Polizist war ihm nicht aufgefallen.

«Nein Sir. Fräulein muss sich irren.» Seine Stimme wechselte ins Belustigte, als habe er nun erst die Komik verstanden.

«Sabrina da musst du dich wirklich täuschen.» Konrad lachte vergnügt. «Harry kennt das Wort nicht einmal.» Der Dicke lachte weiter und stützte seinen massigen Leib an der Wagentür ab.

«Dem sagst du, was du haben möchtest und er besorgt es.»

Harshads Grinsen wurde noch breiter – sofern das überhaupt möglich war – und bei so viel Lob, musste er sich aufrichten, damit sein modischer, aber unpassender Anzug auch richtig zur Geltung kam. Ich wusste nicht warum, aber ich hatte diesen Kerl bereits ins Herz geschlossen.

«Aber da war eben ein Polizist», beharrte Sabrina auf dem, was sie gesehen hatte.

Konrad dachte nicht einmal daran mit seinem Lachen aufzuhören, und sein Fahrer fiel in dieses mit ein.

«Ja, da war Polizist. Aber kein Problem», versuchte Harshad Sabrina zu beruhigen.

Doch dies wollte die Journalistin scheinbar nicht. «Aber was wollte er denn»?

«Er sagte man dürfte hier eigentlich nicht parken.» Der Fahrer versuchte sein Lachen zu unterdrücken, um Sabrina nicht zu verletzen.

«Und?», beharrte sie weiter.

«Nichts und. Kein Problem», versuchte er es ihr zu erklären.

«Wie?» Sabrina gingen die Fragen aus und irgendein fassungsloser Schock, den sie wegen Harshads Benehmen erlitten hatte, ließ ihre Sprache noch bruchstückartiger werden als die des Inders.

Dieser zuckte kurz die Schultern. «Ich habe ihm erklärt.» Er hielt kurz inne. «Was – eigentlich – bedeutet.» Ich versuchte mir den energischen Inder bei seinem Sprachunterricht vorzustellen.

Harshad grinste weiter und war mit sich äußerst zufrieden. Genau wie Konrad, dachte ich.

Doch Sabrina genügte dies nicht. Auch der Fahrer musste das bemerkt haben. «Er hat verstanden. Sprach die Sprache, die jeder spricht.»

Und damit durfte er wohl kaum Englisch gemeint haben, dachte ich und erinnerte mich an das heitere Gesicht des Polizisten.

«Na kommt. Steigt ein», meinte Konrad immer noch belustigt, glaubte aber wohl, dass die Unterhaltung langsam ihren Reiz verlor.

Da Sabrina nun der Wind aus den Segeln genommen war, blieb sie unentschlossen stehen. Damit ich aber die Journalistin nicht erneut mit einem Schulterzucken enttäuschen musste, reichte ich Harshad die Einkaufstüten und sah ihm dabei zu, wie er sich auf den langen Weg zu dem Kofferraum begab. Dann ging ich zur anderen Seite des Wagens und hielt Sabrina die Tür offen. Sie war mir in ihrer schweigenden Trance gefolgt und sprach kein Wort, sie bedankte sich nur mit einem flüchtigen Lächeln, das mir überdeutlich zeigte, dass sie sich noch mit etwas Anderem beschäftigte.

Harshad, den ich um einen Teil seiner leidenschaftlich ausgeführten Arbeit beraubt hatte, kehrte von seiner Reise zurück und zwinkerte mir fröhlich strahlend zu, während er sich an mir vorbei zur Fahrertür schlich. Seltsam, dachte ich, aber auch wirklich jeder zwinkerte mir zu. Ich musste lachen. So war das nun mal, wenn man ein Knabe war.

Im Innenraum erwarteten mich zwei der Kameraleute. Sam, der vorne bei Harshad saß, konnte ich nur schemenhaft durch eine dunkel getönte Scheibe erkennen. Max jedoch saß mir gegenüber, sein Monstrum auf der Schulter, schwenkte er langsam von einer Seite zur anderen.

Der Schweiß tropfte nur so an ihm herab. Der Arme war wohl den ganzen Nachmittag umhergerannt. Ständig auf der Jagd. Nach Bildern, und nach mir. Dabei hatte ich keinen der Drei auf dem Markt wahrgenommen.

Obwohl Sabrina ihr neu errungenes Schweigen beibehielt, wirkte sie weit weniger mürrisch als zuvor.

Dem Nicken des Kameramannes, als wir eingestiegen waren, durfte man entnehmen, dass sie mit dem Tag zufrieden sein konnte. Die Enttäuschung wegen all der unbeantworteten Fragen drückte nicht mehr so schwer auf ihre Laune.

Sie fragte nicht einmal, wohin wir fuhren und Konrad hielt es für unwichtig. Oder für selbstverständlich. Bei ihm konnte man sich da nie ganz sicher sein. Auf jeden Fall wurde es eine schweigsame Fahrt, und das nicht nur weil wir müde waren – ausgenommen von Max natürlich.

Die Selbstverständlichkeit, die ich befürchtet hatte, war eingetroffen. Blendend hell war die Fassade des Hotels gewesen, doch gesehen hatte ich nicht viel. Nun da ich darüber nachdachte, glaubte ich sogar, dass ich zu staunen vergessen hatte. Sabrina freilich war hell auf begeistert gewesen.

Wir teilten uns zu dritt ein Zimmer. Oder nein, so durfte man das glaube ich nicht nennen. Es war die Präsidentensuite, die wir nun unser Quartier nannten.

Sabrina kam gerade aus ihrem eigenen Schlafraum heraus, lachte und summte leise, aber äußerst vergnügt vor sich hin. Sie war über Konrads Wahl mehr als zufrieden.

Ich hatte mein Zimmer noch nicht betreten. Harshad hatte sich die Freude nicht nehmen lassen und meinen Rücksack ausgepackt und die drei T-Shirts ordentlich gefaltet – sie waren doch recht zerknittert gewesen – in den Schrank gelegt. Und nun war er dabei, uns an der Bar etwas zusammen zu mixen.

«Komm setz dich doch Junge!» Konrad zeigte sich vergnügt über meine Unsicherheit.

Seit wir vor fünf Minuten eingetreten waren, war ich noch keine drei Meter von der Tür gewichen. Selbst jetzt, da mich Konrad dazu aufforderte, rührte ich mich nur widerwillig. Der marmorne Fußboden des Raumes – es Hotelzimmer zu nennen erschien mir zu abwegig – war fast nahtlos mit kostbaren Teppichen belegt. Die Möbel, alle aus einem sonderbar dunklen Holz gefertigt, waren allesamt mit goldenen Griffen angefertigt und trugen Vasen aus feinster Keramik mit hauchfeinen Mustern versehen. Selbst die Wände trugen Teppiche und zeigten Abbilder abenteuerlicher Gegenden und prächtiger Tiere, die so lebensecht wirkten, dass man fürchten musste, sie könnten jeden Augenblick aus der Wand springen.

Konrad beachtete das alles nicht. Ich spürte nur, wie sein Blick dem meinem folgte und sich ein zufriedenes Grinsen auf seinem Gesicht ausbreitete.

«Gefällt dir, wie?», lachte Konrad. «Und da soll einer sagen der Alte verstünde nichts vom Reisen.»

Sagen musste ich nicht wirklich etwas. Der Dicke war auch so mit sich zufrieden zu sein. Nachdem mein Blick die staunende Runde durch den Raum beendet hatte, sah ich zu Konrad und schenkte ihm ein geistesabwesendes Nicken. Beeindruckend war es wohl, aber es berührte mich nicht wirklich. Es fehlte mir immer noch das Gefühl, frei atmen zu können. Der Raum war groß, eigentlich gar riesig, aber frei fühlte ich mich nicht. Eher beengt, von all den Lügen, die die Journalisten so bunt und laut in die Welt schrien. Ich glaubte sie nicht mehr und war auf der Flucht. Doch ich kam nicht weg. Nicht hier, nicht jetzt. Eigentlich war ich in diesen Illusionen mehr gefangen als je zuvor.

Es war an der Zeit, dass ich endlich verschwand. Aber konnte ich Konrad das antun? Zu viel Freude machte er sich daraus mir alles zu zeigen, doch mir bedeutete es nichts. Es hielt mich nur auf.

Sabrina, die eben zurückkam, brachte Leben in die Stube und fand zu fast allem einen Kommentar. Dies hier, da war ich mir sicher, hatte selbst Sabrina noch nie erlebt. Konrad kostete diesen Triumph sichtlich aus und schenkte seine Aufmerksamkeit der aufgedreht hin und her eilenden Journalistin.

So unbeachtet setzte ich mich endlich in einen Sessel, direkt neben Konrad. Breite Armlehnen legten sich unter meine zierlichen Arme und gaben mir noch mehr das Gefühl ein kleines Kind zu sein.

Sabrinas Schweigen, sofern es das je wirklich gegeben hatte, war völlig verschwunden, genau so wie jedes Zeichen von Müdigkeit, das ich zu erkennen geglaubt hatte.

Jetzt wusste ich, warum Konrad sie so sehr mochte. Sie genoss die Dinge, die er ihr darbot, so wie er es haben wollte. Leidenschaftlich und impulsiv. Wir beide sahen Sabrina, in den Sesseln sitzend, dabei zu, wie sie umher tanzte. Aufgedreht, wie ein trunkener Kreisel, ständig auf der Suche.

Ich saß immer noch etwas steif im Sessel als Harshad mir ein gefülltes Glas reichte. Es fühlte sich alles so fremd an, ich wagte kaum zu atmen. Alles stank nach dieser Illusion der Medien. Das war nicht meine Welt, und erst recht nicht die, in die ich flüchten wollte. Hier war man nur gehetzt. Sabrina war da das beste Beispiel. Und Konrad jagte sie. Sitzend und schweigend und doch war es ein Kampf. Der Drang sie zu beeindrucken, sie zu belügen. Sabrina glaubte es nicht nur, sie schrie gar mit. Was war bloß aus meinen Gefährten geworden? Diese beiden konnte ich unmöglich mitnehmen. Nicht die Sabrina und den Konrad, die ich nun sah. Ich mochte sie, alle beide, aber sie waren mir fremd. Und so fern wie kein anderer.

Durst hatte ich kaum, doch ich klammerte mich an das Glas und trank. Einen tiefen Schluck und hoffte, dass ich was anderes sehen würde, wenn ich damit aufhörte. Doch als das Glas leer vor meinen Augen tanzte, war der Raum nur ein wenig verzerrt. Das Glas senkend, tanzte Sabrina vor mir, gejagt von Konrads beglücktem Blick. Er labte sich an diesem Beweis seiner Macht, das spürte ich. Und sah es, diesen gierigen, unersättlichen Blick alle beherrschen zu können. Er spielte mit uns, mehr war das für ihn nicht. Nur ein Spiel. Andere gingen auf Safari. Er jagte uns. Trieb mich einmal um die Welt. Alles nur um sich seine Macht zu beweisen. Ich hatte keine Angst, nur tiefe Trauer fühlte ich. Hatte er Satis bereits vergessen? Vergessen, wie glücklich er gewesen war. Nicht so berauscht wie jetzt, aber zufrieden, ohne jagen zu müssen. Ich wusste nicht, ob er so was überhaupt verstehen konnte. Ich mochte den Dicken, und sorgte mich um ihn, um den, der mich Knabe nannte.

Der Sessel unter mir erlaubte mir nicht mich zu entspannen, oder vielleicht wollte ich es mir nicht erlauben, denn ein unwohles Gefühl legte sich wie ein hartes Kissen unter mich. Es stank nach Geld, nach etwas, was man bewundern konnte, aber nicht worauf man sich setzen sollte. Das war nicht meine Welt, und dieser Sessel zeigte mir, wie wenig ich in diese passte. Wie ein verlorenes Kind verschwand ich zwischen den breiten Armlehnen. Meine Haltung war so verkrampft, dass mir der Rücken schmerzte. Alles aus Angst ich könnte dem Sessel was anhaben, dem feinst gewebten Stoff, der das dunkle Holz umspannte. So pompös er auch daher kam, ich hätte ihn wohl mit jeder Holzbank getauscht. Nur um meine Ruhe zu haben, einfach hinlegen und entspannen. Ich sah mir Konrad an, der in dem seinen herrschaftlich saß. Die Armlehnen von seiner Masse in die Schranken gewiesen. Doch mich überfluteten sie, nahmen mich zwischen sich gefangen. Hinzu kam, dass meine schweißgebadeten Kleider, nunmehr trocken, mich doch wie einen Verbrecher vorkommen ließen. Vielleicht wenn ich eine Dusche nahm, würde das sich ändern. Einfach all die Lasten von mir spülen, und dann würde ich einen Platz in dieser Welt finden.

Da das bedrängende, beklemmende Gefühl nicht von mir wich, wandelte ich meinen Plan in die Tat um und empfahl mich mit einer dünnen Bemerkung und einem flüchtenden Blick.

Konrad hielt mich nicht auf und brummte etwas von wegen er wolle auch den Staub der Stadt loswerden.

Dass jedes Zimmer sein eigenes Badezimmer samt Dusche hatte, nahm ich schlichtweg zur Kenntnis, genauso wie die goldenen Armaturen, die im hell beleuchteten mit ziervollen Fliesen ausstaffiertem Raum funkelten.

Nur ein breiter Goldstreifen, der sich um das ganze Bad schlang, ließ mir ein befremdliches Schaudern über den Rücken laufen. Nicht weil es mich beeindruckte, es war, weil es schrie. Diese Lügen, so laut, so glänzend, und dabei glaubte ich sie nicht. Es fühlte sich wie Frevel an, als würde ich mich selbst verraten. Wie ein Gefängnis, ein Käfig in das man mich steckte, weil man mich bei meinem Fluchtversuch gestellt hatte.

Ich versuchte dieses Gefühl abzuschütteln und fixierte die blendend hellen Fliesen, während ich, ohne die Wasserhähne eines weiteren Blickes zu würdigen, die Dusche aufdrehte. Und das Wasser kam. Ich erwartete einen kalten Schwall, sehnte mich nach dem Schreck, der mich aus diesem Traum reißen sollte. Doch er blieb aus. Vom ersten Tropfen war das Wasser angenehm warm. Kein Schlag ins Gesicht, kein Aufwachen. Mit einem ungläubigen Blick sah ich nach oben und sah wie das Wasser Tropfen für Tropfen, wie aus dem Himmel fiel. Keine Duschbrause bündelte die Wasserflut, die hernieder kam. Wie warmer Regen, fiel er herab. Sanft und doch einlullend warm. Ich wartete geduldig, bis das Wasser den an mir klebenden Sandfilm von mir spülte. Wartete, dass ich wieder etwas fühlen sollte. Doch das geschah nicht. Der Traum blieb, genau so wie der bittere Geschmack einer gescheiterten Flucht. Von der Traufe in den Regen, verhöhnten mich meine Gedanken. Und da stand ich – nackt, wie ich war – und wartete, dass das Wasser mich befreien sollte. So hilflos war ich, in meinem Gefängnis. Schreiend umgaben mich die Lügen, glänzend und lauwarm. Angenehm auf der Haut prasselte das Wasser hernieder, endlos, wie in einem Schlaf aus dem man nie wieder aufwachen würde.

Als schließlich meine Haut wellig wurde, gab ich den Versuch auf, diese befremdliche Welt von mir runter zu spülen und schlüpfte in ein frisches T-Shirt und eine kurze Hose, die in Konrads Reich mir vorkam, wie ein spöttischer und doch zum Scheitern verurteilter Aufstand.

Mit dieser Vorstellung trat ich mit hängenden Schultern in den Hauptraum, wo Konrad, in seidendünne Kleidung gehüllt, mich bereits im Sessel sitzend erwartete.

«Hey Bursche! Fühlst du dich nicht gut?», fing Konrad meinen nachdenklichen Blick auf. Sogleich schenkte ich ihm mein hellstes Lächeln.

«Doch. Doch.» Ich glaubte zu wissen, was ihn an meinem Verhalten störte. «Ich bin nur ein etwas schweigsamer Genießer.» Mein Blick verfing sich kurz in dem Sabrinas. Als wäre es Magie gewesen, kam sie abrupt zum Stehen.

«Da fällt mir ein, ich hab ja noch was für dich.» Sie lachte vergnügt. «Wo hab ich bloß meine Gedanken.» Die Magie war verschwunden, genau so wie Sabrina selbst.

Doch wenige Augenblicke später tanzte sie wieder, mit den Einkaufstüten beladen, aus ihrem Schlafzimmer herbei.

«Jetzt wäre doch fast das Wichtigste vergessen worden.» Sogleich begann sie die Tüten zu durchforsten. «Deine Ausrüstung!» Wie das schon klang! Alles, dass sie es nicht Kostüm nannte. Passen würde es, denn für sie war das alles eine einzige Show.

Ihre Hände griffen noch leicht unentschlossen von einer Tüte in die andere, bis sie endlich ein langes weißes Tuch herauszog.

«So, dann komm mal her.» Ihre Stimme war erfüllt von freudiger Erregung. «Na los los. Bewegung!» Sie hielt kurz in ihren hektischen Bewegungen inne, um mich zum Aufstehen zu bewegen. Doch obwohl mir der Sessel noch immer wie ein störender Fremdkörper vorkam, fand ich nun, dass ich doch gut gesessen hatte, und begab mich, mit reichlich Unbehagen, in Sabrinas Reichweite.

«Komm schon, probier es an.» Ihre Augen funkelten vor lauter Freude. Nun erst erkannte ich, dass es ein Gewand war, wie ich es an diesem Tag unzählige Male auf dem Markt gesehen hatte.

Landestracht, in ihrer schlichtesten Form. Zögernd sah ich an mir herab und der Anblick meiner kurzen Hosen brachte mich abermals zum Schmunzeln.

Sabrina trat zu mir heran. Deutlich ungeduldig machte sie sich an meinem Gürtel zu schaffen. Zu überrascht, war ich jeglicher Regung unfähig. Wenige Augenblicke später fiel die Last des Dolches von mir herab. Bevor ich mich recht entsinnen konnte, zogen zwei zierliche Hände meine Hose in Richtung meiner beschuhten Füße. So stand ich dann vor ihr. In T-Shirt und Unterhose.

«Danke. Aber ich glaub das schaff ich noch», sagte ich zu ihr und brauchte ein bisschen, bis ich wieder zu mir kam. Reichlich zufrieden, stellte ich fest, dass eine leichte Röte in ihr Gesicht stieg. Ihre Ungeduld sorgte aber dafür, dass ihre Verlegenheit rasch verschwand.

«Bin gespannt, ob es dir passt.» Sabrinas Blick fuhr prüfend über meinen teils entblößten Körper. Das Gewand hielt sie vor mich und war zufrieden, als es meinen Maßen entsprach.

Bevor Sabrina einem erneuten Anflug ihrer Ungeduld erliegen konnte, bückte ich mich und öffnete, mit etwas verlegen gesenktem Haupt, meine Schuhe und entledigte mich kurze Zeit später meiner bereits heruntergestülpten Hose.

Konrad saß im Sessel und schaute uns vergnüglich zu. Nachdem ich das Gewand über den Kopf gezogen hatte, reichte mir Sabrina mit reichlich Faszination für ihre Auswahl noch weitere Eroberungen ihrer Einkaufstour. Nebst Kopfbedeckung mit einem angenähten Tuch, das mir bis weit unterhalb meiner Schultern reichte, hatte sie gar an einen weiten Schal gedacht, der mir in zu erwartenden Sandstürmen seine Dienste erweisen sollte. So verwandelte Sabrina mich allmählich immer mehr in einen Einheimischen. Obwohl ich nun mehr als bloß eine kurze Hose um meine Beine trug, merkte ich, dass es nicht so unangenehm heiß war, wie ich befürchtet hatte. Ein seltsames Gefühl war es dann doch, in einem Gewand da zu stehen. Daran mochten die Blicke meiner Gefährten nicht ganz unschuldig sein.

«Herrlich siehst du aus, Junge.» Sabrina wirkte äußerst zufrieden. «Ah, warte da fehlt ja noch was!» Sie griff nach dem Gürtel, den sie zuvor auf einem Sessel niedergelegt hatte, und schlang ihre Arme um meinen Leib um ihn mir anzulegen. «Ausgezeichnet. Der passt dazu!»

Als ich, von Sabrinas Strahlen geblendet, mich umdrehte, sah ich, dass Konrad aus seinem Sessel aufgestanden war. Mit einigen plumpen Schritten, wobei er ein paar Einkaufstüten umstürzen ließ, trat er mit ausgebreiteten Armen auf mich zu.

«Lass dich mal ansehen, Kleiner.» Er packte mich fest an den Schultern und drehte mich vor seinen kritischen Augen hin und her. «Ja, so geziemt sich das für einen Abenteurer.» Er lachte vergnügt und Sabrina dankte ihm für das Kompliment, das sie mit einem strahlenden Lächeln für sich verbuchte. «Siehst richtig wie ein Mann aus.» Konrad betrachtete jedes Detail meiner Kleidung. Dann ließ er mich los und schritt hinter mich, um die Gesamtheit aus der Ferne zu begutachten. Wieder ließ er ein vergnügtes Lachen ertönen. «Und dazu dieser Gurt. Einfach herrlich. Als hätte der Händler das geahnt.»

Wieder wollte Konrad die Perspektive wechseln und stieß dabei fast Harshad um. Doch der aufmerksame Diener war rechtzeitig stehen geblieben.

«Oder nicht? Was sagst du dazu Harry?», fragte Konrad, dem der Beinaheunfall völlig entgangen war.

Harshad nahm die Frage ernst und nahm sich einige Augenblicke, um mich prüfend zu betrachten.

«Einfach blendend, wenn ich mir das erlauben darf. Der Knabe sieht aus wie ein weiser Karawanenführer.» Nachdem Konrad und Sabrina sich in herzhaftes Lachen ergaben, fuhr Harshad mit seiner Arbeit, die er sich scheinbar selbstständig suchte, fort, ohne annähernd wegen des belustigten Verhaltens beleidigt zu sein.

Ich für meinen Teil bezweifelte stark, dass er wirklich weise gemeint hatte. Bei seiner Aussprache könnte man es genau so gut für «weißer» durchgehen lassen. Denn schließlich bestand meine ganze Aufmachung aus blendend weißem Stoff. Was an einem Karawanenführer weise sein sollte, blieb mir genauso ein Rätsel.

Des Inders dauerhafte Grinsen hatte nichts von seiner erschreckenden Breite eingebüßt. Auch ich war recht erheitert, wenn auch einige der Komplimente äußerst fragwürdig waren. Den Titel eines Knaben würde ich wohl nie loswerden. Mich dieser Gewissheit fügend, lachte ich mit meinen Gefährten. Als ich mich in dem großen Spiegel betrachtete, der Gold umrahmt an der Wand hing, fragte ich mich, ob ich das wirklich war. Sie hatten recht, meinem Aussehen haftete nun wirklich etwas Mannhaftes an. Seltsam, und dabei fühlte ich mich nicht verändert, war immer noch derjenige, den sie Knabe nannten. Ich starrte eine Weile mein Spiegelbild an. Es war nicht, dass ich, wie die beiden es taten, mein Gewand begutachtete, sondern ich fragte mich, wen ich da sah? Wer ich war?

Aber diese Antwort musste warten, denn gerade in diesem Augenblick, riss mich Konrad aus meinen Gedanken.

«So, genug gelacht!» Ein letztes Kichern konnte sich Konrad nicht verkneifen. «Ich bekomme langsam Hunger!»

Sabrina und ich sahen unseren Gefährten entgeistert an.

«Hunger? Aber der Tisch bei Satis war doch nicht schlecht gedeckt», entgegnete Sabrina leicht in Gedanken und zupfte nachbessernd an meiner Kleidung rum, bis jede Falte so lag, wie sie es sich vorstellte.

«Wir hatten doch kein Mittag!» Konrad zeigte sich von diesem Einwand unbeeindrucken. «Und außerdem hatte ich an nichts großes gedacht, aber die fünf Sterne Küche hier ist ausgezeichnet.» Man konnte seiner Stimme förmlich anhören, dass er den Geschmack in Gedanken auf seiner Zunge auskostete.

Allein der Klang der fünf Sterne schien bei Sabrina einen Meinungswechsel hervorgerufen zu haben und sie war ganz Feuer und Flamme.

«Ich vereitele euren Plan ja nur ungern, aber ich glaube mit dieser Karawanenkleidung kann ich wohl kaum dort auftauchen», versuchte ich mich davon frei zu reden. Der Gedanke von so vielen Menschen umlagert zu sein, ließ meinen bereits größtenteils gestillten Hunger vergehen. Nicht noch einen Rückschlag wollte ich einstecken. Ich wollte endlich weiter, einmal um die Welt. Nun war ich schon so weit, doch ständig zwangen mich die beiden zurück.

Dort im Restaurant würde ich die Schlimmsten von allen begegnen. Diesen Krawattenträgern, mit ihrem vielen Geld und der unstillbaren Gier nach mehr. Nein, das wollte ich mir wirklich nicht antun. Nicht jetzt, da ich so kurz davor war, aus dieser Scheinwelt zu fliehen.

Doch Sabrina schien von der Vorstellung mich mit dieser Verkleidung im Restaurant zu sehen sehr angetan. Sie roch wohl die Schlagzeile, wie es ihre Berufskrankheit mit sich zog.

«Wie denn, hast du keinen Anzug dabei?», fragte Konrad ernstlich überrascht.

Die Journalistin brach in herzhaftes Gelächter aus. «Wie denn, in dem Rucksack, den er dabei hatte?» Sabrina musste sich an den Bauch fassen, so lachte sie.

Konrad hatte eine seltsame Vorstellung von dem, was in so einen Rucksack ging. Damit war für mir auch klar, dass er lange nicht mehr für eine seiner viel geschilderten Reisen eingepackt hatte.

«Nein», antwortete ich ihm mit verständnislosem Kopfschütteln. «Ich hatte eigentlich für die Reise durch die Wüste gepackt. Einmal um die Welt. Das war mein, unser Ziel.» Erleichtert, dass es nun gesagt war, wartete ich auf Konrads Zuspruch. Doch darauf wartete ich vergebens, denn er schien meine Andeutung nicht notiert zu haben.

«Na, dann gehen wir dir schnell einen Anzug kaufen», lachte Konrad tatenfreudig und reagierte ganz anders, als ich gehofft hatte, aber so, wie ich es eigentlich von ihm hätte vermuten müssen.

Als Sabrina die Möglichkeit einer erneuten Einkaufstour vernahm, war sie sogleich hell auf begeistert.

«Dafür lohnt all die Mühe doch nicht. Nach so einem langen Tag meine ich» Ich versuchte mich mit meiner gerechtfertigten Müdigkeit zu verteidigen. Doch ich musste feststellen, dass mein Plan nur wenig Wirkung zeigte. Ein harter Gegner, dieser Dicke. Von Sabrina durfte ich wohl keine Hilfe erwarten.

«Und außerdem dürften alle Geschäfte geschlossen haben», kam mir plötzlich der rettende Gedanke und ich konnte mir ein listiges Grinsen nur schwer verkneifen.

Doch der Dicke ließ sich von solchen Nebensächlichkeiten nur ungern aufhalten. «Harry?»

Der Inder eilte geschwind aus einem der Nebenzimmer herbei.

«Mein Herr?» Nachdem er abrupt zum Stehen gekommen war, verneigte er sich.

«Wir bräuchten einen Anzug. Der Knabe meint das dürfte Probleme bereiten.»

Harshad ließ ein breites Lächeln uns seine weißen Zähne zeigen. «Problem. Nichts Problem», übereiferte er sich noch bevor er recht wusste, um was es ging, und hatte keine Zeit für ganze Sätze. «Für wen soll er denn sein? Für den jungen Herrn?» Harshad nahm abermals von mir Augenmaß.

«So ist es Harry», sprach Konrad voller Geduld, da er sich sicher war, dass Harshad eine Lösung fand.

Als Reaktion darauf wurde Harshads Strahlen, als Zeichen seines geistigen Einfalls, nur noch heller. «Er kann einen von meinen haben», meinte er mit begeisterter Freude. «Wenn es dem jungen Herrn nichts ausmacht, natürlich.» Harshad neigte seinen Oberkörper zu einer huldvollen Verbeugung, als würde er sich für seine Anmaßung schämen.

Mir entfuhr ein vergnügliches Lachen. Auch wenn mir nun ein Smoking drohte, konnte ich es dem Inder nicht übel nehmen. Dieser sah mich von unten herauf leicht verwirrt an.

«Das ist kein Problem», antwortete ich, seinem Motto entsprechend. «Es wäre mir eine Ehre.» Dabei erwiderte ich seine Verbeugung.

Harshads verdutzt grinsende Miene, wich einer Freude, als hätte ich ihn eben königlich beschenkt.

«Harry meinst du wirklich, dass das eine gute Idee ist?» Sabrina schluckte kräftig, da sie den beglückten Inder nicht beleidigen oder gar verletzen wollte. «Nichts gegen deine Kleidung, aber ich glaube nicht, dass es ihm stehen könnte.»

Das war mir nicht in den Sinn gekommen, aber Sabrina hatte recht, dieses bedrohlich bunte Sammelsurium, das Harshad an seinem Körper trug, machte nur wenig Hoffnung auf für mich passende Kleidung.

«Harry wird das Richtige finden für den jungen Herrn.» Das Wort Problem war ihm weiterhin unbekannt. Und jetzt, nachdem er meine Zustimmung erhalten hatte, wollte er sich durch nichts von seiner Idee abbringen lassen. Mit tanzend leichten und doch raschen Schritten eilte er davon und verschwand für einen Augenblick im Nebenraum.

Wir drei warteten schweigend, während gelegentliches Klappern von Schranktüren ertönte. Sabrina wirkte immer noch skeptisch, während Konrad voller Zuversicht und mit für ihn ungewöhnlicher Geduld auf seinen Diener wartete. Das Problem, wie ich es genannt hatte, betrachtete er als gelöst und so schienen seine Gedanken bereits mehr auf das Restaurant fixiert, als darauf, Sabrinas Sorgen ernst zu nehmen. Diese kleinen Fragen wie oder warum kannte er nicht, einzig das Wann interessierte ihn.

Als Harshad zurückkam, erweckte er eher den Eindruck eines überfüllten Kleiderständers, als den des breit grinsenden Inders, den wir lediglich stellenweise erspähen konnten. «Harry hat eine kleine Auswahl für jungen Herr zusammengestellt», konnte man seine fröhlich, aufgeregte Stimme unter einer sorgsam gebügelten Sammlung von Hemden heraushören.

Konrad lobte seinen Diener mit herzhaftem Lachen, worüber dieser sich überdeutlich freute. Er versuchte sogar eine leichte Verbeugung, was die über ihm hängenden Jacketts aber nicht erlauben wollten.

Selbst Sabrina musste ihre Zweifel fallen lassen. Die Auswahl, die an dem zerbrechlich wirkenden Inder hing, war so unüberschaubar, als hätten wir soeben ein dafür geeignetes Geschäft betreten. Selbst die stechende Farbenpracht, die wir befürchtet hatten, war ausgeblieben. Er musste wohl seine Sammlungen umsortiert haben, sodass die Bruchstücke westlicher Kleidungskultur wieder zueinander gefunden hatten.

Sabrina riss völlig überwältigt ihre Hände über ihren vor Staunen weit geöffneten Mund und sah beeindruckt zu, wie der Kleiderhaufen sich auf uns zu bewegte.

Dann, nachdem sie ihre Fassung wieder gewonnen hatte, begann sie den überladenen Inder von seiner Last zu befreien. Doch sie ließ sich Zeit, überprüfte jedes Stück aufs Genauste, bis sie diese schließlich auf einem der nahen Sessel ablegte. Es ging ihr wohl weniger darum, den Inder aus seiner Hülle heraus zu schälen, als vielmehr um die Kleider selbst, die es zu begutachten galt. Der Inder blieb geduldig stehen, ohne ein Wort oder auch nur ein Geräusch der Klage vernehmen zu lassen.

Bei dem Anblick, der mir deutlich bewusst machte, was mir gleich drohte, musste ich schlucken und brachte nichts anderes fertig, als tatenlos zu zusehen, wie sich nach und nach die Kleider über den Tisch und die Schränke auszubreiten begannen.

Kein Problem hatte der Inder gesagt und Sabrina mochte dies nun auch glauben, doch ich sah der größten Herausforderung meines Lebens entgegen. Doch wenigstens musste ich mir keine Gedanken machen, oder gar eine Wahl treffen, denn Sabrinas vergnügtem Lachen konnte ich entnehmen, dass sie diese Pflicht gerne auf sich nahm. So fügte ich mich, wie es sich für einen Knaben gehörte, als sie damit anfing die zusammengefügten Smokings vor meinen im weißen Gewand steckenden Körper zu halten, um zu entscheiden, welcher mir am besten zu Gesichte stand.

Meine vornehme Blässe gewann leicht an Farbe, als ich von Neuem vor Konrads und Sabrinas Augen mich umzuziehen begann. Selbst Harshad hielt es nunmehr nicht mehr für nötig einer selbst erlegten Arbeit nach zu gehen und wollte sich lieber zur Verfügung halten und sah dem Schauspiel mit inniger Freude zu. Jetzt wusste ich, was Konrad damit gemeint hatte, dass man bei Harshad stets wusste, dass seine Freude ehrlich war. Solch strahlende Augen konnten einfach nicht lügen, genau so wenig seine etwas zappeligen Bewegungen, die seinen stehenden Körper tanzen ließen, während er mir dabei zusah, wie ich – oder vielmehr Sabrina – mir seine Kleidung anlegte. Dass Harshad augenscheinlich etwas kleiner war als ich, störte dabei nur wenig. Eigentlich, wenn man mich so ansah, könnte man glatt glauben, sie wären alle auf mich geschneidert worden. Die paar Zentimeter, die der Inder kürzer geraten war als ich, machte seine Liebe zu Überlänge wieder wett.

Und so kam es, dass ich, wenn man Sabrinas Meinung Glauben schenken durfte, einen recht passablen Eindruck erweckte, als ich schließlich in dem Smoking steckte, den sie mir ausgesucht hatte. Die passende Krawatte war rasch gefunden – wenn man es so nennen wollte – denn es waren nur knapp zwanzig, die ihrem prüfenden Auge nicht genügen wollten.

«So, dann leg die noch schnell an und dann können wir gehen», sagte sie voller Stolz, da sie schließlich die Hauptleistung vollbracht hatte.

Ein verlegenes Räuspern quälte sich meine Kehle hoch. «Ich fürchte das kann ich nicht. Hab noch nie eine selbst gebunden.» Mit einem unschuldigen Lächeln, versuchte ich mich zu entschuldigen. Doch Sabrina beruhigte mich mit einem hellen Lächeln und legte mir sogleich die Krawatte um den Hals. Sie wunderte sich nicht einmal, denn schließlich war ich ja noch ein Knabe. Dieser Gedanke brachte mich innerlich zum Lachen. Ihre zierlichen Hände waren stark und jede Bewegung wirkte so sicher, als würde sie das jeden Tag tun. Und obwohl ihr Gesicht dem meinen sehr nahe war, sah sie mich nicht an. Ihr Gesicht starr, hatte ich das Gefühl ihr so fern und fremd zu sein, wie ich es noch nicht erlebt hatte. War es, weil ich mir mehr von dieser Umarmung erhoffte? Oder war es der würgende Anzug, der mir diese Illusion aufzwang? Ich wusste es nicht, und als ich in ihrem Gesicht eine Antwort suchte, war es bloß die aufgetragene Farbe, die ich sehen konnte. Die Maske, die sie versteckte, oder nein, sie war nicht auf der Flucht. Es war eine Tarnung, für ihre Jagd. Und ich war ihr Ziel. Die Sensationen wollte sie aus mir saugen. Ihre Hände um meinen Hals ließen mir einen befremdlichen Schauer den Rücken runter laufen.

«Na bitte, geht doch», strahlte Sabrina mich zufrieden an. «Und Konrad, was hältst du von unserem Knaben.» Die Journalistin wollte nun das Lob für ihre modische Leistung haben, und so versuchte ich, als das Objekt ihrer künstlerischen Gestaltungsfreiheit, eine möglichst passende Miene dazu aufzusetzen, auch wenn die Krawatte mich unsanft erwürgte.

«Ja ja Sabrina. Wenn du so weiter machst, wird aus dem Burschen noch ein richtiger Mann», meinte der Dicke anerkennend. Die beiden machten sich herzlich wenig aus dem Umstand, dass ich anwesend war. Doch das, was ich unter ihrer rauen Schale entdeckt hatte – oder vielmehr vermutete – ließ mich darüber hinweg sehen, dass sie mir keine eigenen Gefühle eingestehen wollten. Ich war gar noch weniger als ein Knabe. Ich war ein Objekt, ein Spielball ihrer Macht.

«Na dann mal los Sabrina. Jetzt sollten wir uns beeilen.» Konrad, der mit dem Verlauf des Abends durchaus zufrieden war, zog sich in sein Gemach zurück und Sabrina kündigte an, sich ebenfalls frisch zu machen.

Ein unwohles Gefühl überkam mich und ich wusste nicht, ob es an dem Smoking lag, der mich so fesselte. Es war eher meine tief sitzende Unruhe, die sich in mir zu regen begann. Ich wollte endlich weg. In die Wüste, einmal um die Welt. Doch die beiden ließen mich nicht. Es musste sich etwas ändern. Nur wie, das wusste ich nicht genau.

«Mein Herr?», unterbrach Harshad meine ungeordneten Gedanken. Er verneigte sich langsam und ich erlaubte ihm mit einem kurzen Nicken zu sprechen. Wieso ich das tat, war mir unbegreiflich, aber ich hatte es nicht verhindern können. Es musste wohl an der Kleidung liegen, dass mir solcher Unfug in den Sinn kam. Ich wollte mich bereits über mich ärgern, als ich aber Harshads heiteres Gesicht erblickte, beruhigte ich mich wieder.

«Der Anzug steht Euch ausgezeichnet, mein Herr.» Mir unerklärlich hörte ich deutlich Stolz aus seiner Stimme sprechen.

«Danke Harshad», antwortete ich leicht verlegen.

Der Inder grinste mich eine Weile an und Spuren umhereilender Gedanken verliehen seinem Gesicht geheimnisvolle Züge.

«Bitte Sir, Ihr könnt mich Harry nennen. Ist viel kürzer mein Herr.»

«Harshad ist ein schöner Name. Es wäre mir eine Freude dich so nennen zu dürfen.»

Der Inder tanzte von einem Fuß auf den anderen und ich wusste nicht, ob es Verlegenheit oder Freude war, die die Musik dazu schrieb.

«Es war eigentlich meine Absicht Euch den Anzug zu schenken. Nun aber seid ihr es, der mich beschenkt, mein großzügiger Herr.» Der Diener verbeugte sich so tief, dass mir der Rücken schmerzte. Mein Mund öffnete sich, doch den stotternden Bewegungen meiner Lippen fehlten die Töne, um etwas Hörbares vernehmen zu lassen.

«Wollt ihr dennoch mein bescheidenes Geschenk annehmen?», fragte Harshad nachdem er respektvoll meine Wortlosigkeit abgewartet hatte.

«Ja Harshad, das will ich. Und jedes Mal wenn ich ihn trage, werde ich an dich denken.» Was genau ich mit dem Anzug anfangen sollte, war mir ein Rätsel, aber es war mir ein tiefes Bedürfnis ihm diese Freude zu bereiten. Und bei einem war ich mir absolut sicher, es gab keinen Menschen, bei dem es so einfach war, ihn zu beglücken.

«So soll es sein mein Herr», sprach Harshad langsam und so feierlich als wäre es eine heilige Zeremonie.

Geduldiges und zufriedenes Schweigen erfüllte den Raum, während ich wie eine Statue stehen blieb. So fühlte ich mich auch ein wenig, stocksteif und zur Schau gestellt. Harshad suchte sich unterdessen sporadisch Beschäftigungen, die meist von kurzer Dauer waren. Er trug selbst viele Gedanken mit sich und wirkte nicht ganz bei der Sache bei dem, was er tat, als er ziellos durch den Raum schlenderte, um nach Arbeit zu suchen. Doch der Inder hatte, gründlich wie er war, saubere Arbeit geleistet und alles stand so, wie es zu stehen hatte.

Als Konrad schließlich mit seiner Rückkehr der herrschenden Stille ein Ende bereitete, trug er einen weißen Smoking, der ihm eine Ausstrahlung verlieh, die selbst meine Vorstellung, die ich von ihm als wütenden Manager hatte, verblassen ließ.

Es war eine ruhige und dennoch kräftige Macht, die von ihm ausging. Eine, die es nicht nötig hatte, sich zu beweisen. Wie hatte ich mir nur einbilden können diesem Spiel meine Regeln aufsetzen zu können. Der Dicke war der uneingeschränkte Meister dieses Spiels. Er hatte es erschaffen und er bewegte die Figuren auf dem Spielbrett. Deshalb wohl kam ich nicht weg. Nicht solange er mich nicht losließ. Er spielte mit uns, daran bestand kein Zweifel mehr.

Trotz des gewaltigen Eindrucks, den er auf mich ausübte, beließ er es dabei, sich abermals im Sessel niederzulassen und mir mit seiner Geduld Respekt einzuflößen, während er gelassen ein Glas annahm, das Harshad ihm soeben reichte.

Konrad sah mich verwundert an. Mehr brauchte er nicht, damit ich mich schweigend im Sessel neben ihm niederließ.

Seiner zufriedenen Ausstrahlung konnte man etwas Abwartendes innewohnen sehen. Obwohl er ruhig im Sessel saß, wirkte er beschäftigt. Nicht, dass er in Gedanken weit entfernt schien, es hatte vielmehr etwas von freudiger Erwartung und geduldigem Ausharren. Genau dieser Widerspruch bannte mich. Es ließ mich fast mein beklemmendes Gefühl wegen des Sessels vergessen.

«Wenn sie gleich raus kommt, würdest du mir einen kleinen Gefallen tun?», durchbrach er ohne Vorwarnung die Stille und sprach als müsste ich wissen, worüber seine Gedanken gekündet hatten.

«Sicherlich», antwortete ich überrascht und offenbar wirkte mein Gesichtsausdruck dem entsprechend verwundert, denn Konrad musste erheitert lachen.

«Du siehst mich an, als wäre ich ein Geist», höhnte er, ließ dann aber Ruhe einkehren und sah ziellos in den Raum.

«Wie kann ich dir denn helfen?», fragte ich, reichlich neugierig geworden.

«Ach es ist bloß eine Kleinigkeit.» Konrad machte es ungewohnt spannend. «Ich dachte nur Sabrina würde an einer kleinen Aufmerksamkeit ihre Freude haben.»

Konrads Gesichtsausdruck war auf nicht zu deuten. Ein Strahlen erhellte sein Gesicht und doch hatte sein Blick etwas Unruhiges an sich haften.

Ich spürte, wie mich Konrad auf einmal mit seinem Blick abtastete, als ob er etwas suchte, dessen Antwort er nur in mir finden zu können glaubte. Es war das erste Mal, dass er so etwas tat, dass er sich dafür Zeit nahm. Er merkte, dass ich rätselte, was es sein könnte und so ließ er abermals ein leises Lachen ertönen.

«Geh doch mal zu dem Schrank dort», forderte er mich auf und ein kurzes Funkeln erhellte seine Augen, als ich aufstand und in die Richtung seines ausgestreckten Armes schritt. Harshad, der nicht neugierig erscheinen wollte, zog sich unter Vortäuschung einer Arbeit zurück. Konrad natürlich, fiel dies nicht auf. Viel zu konzentriert war er auf jede meiner Bewegungen, nicht wie bei dem, was es sonst tat. Wo war dieser Konrad, der wegen hundert Meter Umweg auf die Barrikaden ging? War es wirklich, weil er mit mir spielte und nicht als Widersacher betrachtete. Ich konnte es nicht glauben, wollte es ehrlich gesagt auch gar nicht. So zufrieden sah er aus, friedlich und doch mächtig, in seinem weißen Smoking. Auf einmal hörte ich all die Geschichten, die er mir hatte erzählen wollen. Ohne Worte, ohne diese nichtssagenden Details, mit denen er alles aufzublähen versuchte. Ich sah bloß die Abenteuer, die lange Reise eines Mannes, der alles gesehen hatte. Und aus dieser Gewissheit schien seine Ruhe nun zu gründen. Gebannt und doch gelangweilt. Es verwirrte mich unter seinem Blick die richtige Schublade zu finden.

Doch wirklich versteckt war es nicht. In der obersten Schublade wurde ich fündig und erkannte es sogleich wieder. Tausend funkelnde Augen strahlten mich auf hauchzartem Himmelblau an. Dies also war das Geschenk. Ich hätte es wissen müssen, schon zuvor auf dem Markt. Es gab nur eine Person, die einen solchen Schal würde tragen können. Tausend suchende Augen, zu keinem würde dies besser passen als zu Sabrina. Kein Wunder, dass Konrad von dem Schal angetan gewesen war. Er musste an unsere Journalistin gedacht haben.

Ein zartes Schmunzeln ergriff meine Lippen und wollte diese nicht mehr loslassen. Nicht länger auf Konrad achtend, griff ich in die Schublade und holte den Schal hervor. Gleich spürte ich, wie er durch meine Finger glitt und Konrads Mühe, diesen sorgfältig zu falten, zunichtemachte. Aber ich vernahm zu meiner Erleichterung keinen Protest.

«Und meinst du, es wird ihr gefallen?» Konrads Stimme war fest, und doch steckte tief verborgen ein Hauch Unsicherheit in seiner Frage.

«Es ist», suchte ich nach der passenden Antwort «etwas Besonderes. Genau wie sie. Ich bin mir sicher er wird ihr gefallen.» Ich erwiderte Konrads Strahlen. «Und zudem gut stehen.»

Konrad wirkte beruhigt, wollte es sich aber nicht anmerken lassen. «Na gut, dann steck ihn wieder weg.»

Ich versuchte den Schal erneut in Form zu bringen, gab es aber rasch auf und legte ihn einfach glatt in den Schrank. Es war mir, als hätte ich Geräusche aus Sabrinas Zimmer vernommen und ich wollte nicht riskieren, die Überraschung zu verderben.

Leicht aufgeregt schloss ich die Schublade. Konrads Vorfreude hatte mich ergriffen und sie schüttelte mich stärker als ihn, den Millionär, sitzend in seinem Sessel.

Er hatte aufgehört mich anzusehen und sich tief in die weiche Polsterung sinken lassen. Seine massigen Arme auf den Lehnen ruhend und sein Kopf nach hinten gelehnt, wirkte es als schliefe er.

Bevor ich wieder verloren im Raum rum zu stehen drohte, setzte ich mich hin, auch wenn mich der Sessel unbequem meinen Rücken verkrampfen ließ.

Ich spürte, wie der bereits fortgeschrittene Abend mich schwer werden ließ. Die lange Reise glitt wie in einem Traum an mir vorbei. Und genau wie in einem Traum, konnte ich nicht glauben, dass es wirklich geschehen war. Ich sah die kunstvoll gefertigten Schränke mit ihren goldenen Schlössern, sah die wilden Abenteuer, die gewebt die Wand verzierten, erkannte jedes Detail und doch fühlte ich nichts. So war das mit all diesen Lügen, so laut wurden sie geschrien, dass ich taub geworden war.

Ich erinnerte mich an die bemitleidenden Blicke vorbei treibender Fische und dabei hätten die meisten meinen Platz gerne mit mir getauscht. Und ich hätte ihn freigegeben, denn ich wollte endlich weg. Doch Konrad ließ mich nicht. Er musste nicht einmal was sagen. Seine Macht allein reichte und ich kam nicht dagegen an. Nicht einmal in meinen Gedanken, redete mir ein, ich müsste einfach nur warten.

Da saß ich nun, gefangen und bewacht, von dem, in dessen Gesicht ich so gerne gelesen hatte. Doch der Fantasieroman, als den ich sein Gesicht empfunden hatte, hatte sich weiter entwickelt. Je mehr Figuren ich von ihm anfertigte, umso mehr merkte ich, wie sehr verbunden sie alle waren. Jede einzelne schaffte es mich zu überraschen und doch waren sie alle zusammen nur eine Person – Konrad.

Es dauerte eine Weile bis Sabrina den Weg zu uns fand, denn als sie eintrat, war es, als erwachte ich aus einem leicht dösigen Zustand und konnte mich nicht einmal entsinnen, was meine letzten Gedanken gewesen waren. Der Traum hatte sich so rückstandslos aufgelöst, wie der morgendliche Nebel in der Mittagssonne. Nur dieses unwirkliche Gefühl wollte nicht weichen.

Konrad ließ der Journalistin ein wenig Zeit sich auszubreiten und den Raum mit ihrer ureigenen Unruhe zu erfüllen.

Von Konrads Vorfreude ergriffen, sah ich ihr zu, wie sie vor uns hin und her tanzte, bis Harshad ihr ein gefülltes Glas reichte und sie ungeduldig stehen blieb. Harshad machte mir langsam Sorgen. Er konnte nicht innehalten und seine Erfüllung, die er für sich selbst beanspruchte, erinnerte mich stark an jenes kreiselartige Treiben Sabrinas. Immer auf der Suche und doch voll Angst davor anzukommen. Doch Sabrina zog zu sehr meine Aufmerksamkeit auf sich, als dass ich an diesem beängstigenden Eindruck festhalten konnte. Ihr Kleid, von dem ich nicht wusste, welcher Zauber es zusammenhielt, hüllte ihren sonnenverwöhnten Körper. Ich spürte, wie ihre unbegründete Unruhe langsam nachließ, während sie sich unserer Aufmerksamkeit sicher war.

«So, dann können wir speisen!» Nun verstand ich endlich ihr unruhiges Erscheinen. Ihr war es gelungen sich selbst aufzudrehen, während sie sich fertiggemacht hatte, und somit allein gewesen war. Wieder war er da, dieser Kreisel. Auch sie wollte weg, das wusste ich. Vielleicht würde sie mir helfen zu entfliehen. Für einen Moment versank ich in ihren Augen und suchte nach einer Antwort. Aber wohin würde das führen? Denn schließlich wollte sie woanders hin als ich, dorthin, wo die Lügen noch lauter waren, sicherlich aber nicht in die Wüste.

«Ich fürchte das wird noch nicht gehen», erklang Konrads kräftige Stimme und ein vergnügtes Lachen schlich sich zwischen seine Worte.

Sabrinas Blick verfinsterte sich und eine bedrohlich Miene huschte über ihr Gesicht. Doch etwas in der Art wie Konrad gesprochen hatte, hielt sie von eine voreilige Antwort ab.

«Ich glaube dir fehlt noch eine Kleinigkeit», sprach Konrad gelassen strahlend, während er unbeweglich im Sessel sitzen blieb.

Sabrinas Miene blieb skeptisch, hellte sich zu meiner Erleichterung jedoch ein wenig auf.

Wieder schwieg Konrad und steigerte die Spannung mehr als es Sabrinas Ungeduld mochte. Gespannt, wann er es ihr sagte, blickte ich zu ihm herüber, konnte aber nur sehen, wie er mir kurz zunickte.

Ich versuchte mir ein Beispiel an seiner Ruhe zu nehmen und stand bedächtig auf. Mit dem Wunsch die Spannung nicht abrupt zu zerstören, schlich ich scheinbar ziellos an Sabrina vorbei, bis ich endlich zwischen ihr und dem Schrank zum Stehen kam.

Endlich erhob Konrad seine Stimme. «Auch hier können die Nächte sehr kühl werden», begann er, als wollte er eine seiner Abenteuergeschichten erzählen. «Und es wäre doch schade, wenn die Kälte der sternenklaren Nächte dir den Glanz verwehren würde.»

Ich konnte deutlich erkennen, wie sich Sabrinas Schultern verspannten. Sie mochte es nicht überrascht zu werden, nicht wegen dem was sie erwartete, sondern wegen des Gefühls der Unwissenheit, bis es soweit war. Innerlich begann sie sich zu rüsten und die Anspannung konnte ich, hinter ihr stehend – wo ich nicht von ihrem gewinnenden Lächeln geblendet war – deutlich erkennen.

Konrad lachte fröhlich und spannte Sabrinas magere Geduld auf die Folter. Obwohl ich Sabrinas Unbehagen deutlich spürte, hatte ich vollstes Verständnis für Konrads Verhalten. Schließlich sollte man die Freude jemandem etwas zu schenken gänzlich auskosten.

«Schließ die Augen», bat Konrad in einem für ihn ungewohnt sanften Ton.

«Was soll das denn?» Sabrina gab ein verlegenes Lachen von sich, mit dem sie über ihre Verunsicherung hinweg täuschen wollte.

«Vertrau mir», meinte Konrad und freute sich über Sabrinas auftauchende Unsicherheit. Er wurde noch geduldiger, selbst sein leises Lachen war verstummt, nur seine Augen strahlten noch, während er darauf wartete, dass Sabrina seinem Wunsch nachkam.

Diese sah keinen Ausweg, ohne eine Schwäche zeigen zu müssen, atmete übertrieben ein und hörbar missmutig aus. «Wenn es denn sein muss.»

«Oh, das muss es», kicherte Konrad kurz, während Sabrina aber bereits die Augen schloss.

Ein erneutes Nicken des Millionärs ließ mich in Aktion treten. Es war nicht leicht die schwere Schublade geräuschlos zu öffnen. Nur einen spaltbreit zog ich sie auf, bis ich den Schal knitterfrei herausnehmen konnte.

Mit fast triumphalem Blick sah ich zu Konrad herüber, der mich mit einem zufriedenen Nicken ermutigte weiter zu machen.

Es war ein seltsam prickelndes Gefühl mich Sabrina auf diese Art zu nähern. Überrascht stellte ich fest, dass meine Hände leicht zitterten. Immer noch war es ihr verkrampfter Rücken, der ihr Haltung verlieh.

So aufgedreht, wie sie war, wusste ich nicht, wie sie auf die plötzliche Berührung reagieren würde, und sorgte mich, sie zu sehr zu erschrecken. Dabei wusste ich ganz genau, dass wenn es umgekehrt gewesen wäre, sie keinerlei Bedenken zeigen würde, mir den Schal umzulegen.

Unwillkürlich hielt ich den Atem an, als ich dicht hinter ihr stand. Einen genauen Plan, wie ich ihr den Schal umlegen sollte, hatte ich nicht, aber leicht erschrocken über mein eigenes Handeln, sah ich, wie meine Hände bereits um ihr Haupt tanzten. Langsam ließ ich den federleichten Stoff auf ihren Nacken gleiten und wollte eben die beiden Enden über ihre Schultern zurückwerfen, als diese, wohl von der plötzlichen Kühle erschreckt, zuckten, und Sabrina sich rasch umdrehte.

Von ihrer eigenen Energie fast umgeworfen, trat sie den letzten, kleinen Schritt zu mir heran, bis einer ihrer Füße halb auf dem meinem zum Halten kam. Ihre Bewegung war so schnell und unerwartet gewesen, dass mir keine Zeit geblieben war, meine Arme zurückzuziehen. So umschlang ich sie, in einer dieser seltsam vertrauten Umarmungen und sah ihr überrascht lächelndes Gesicht keine zehn Zentimeter vor meiner Nase.

Es dauerte eine Weile, bis sich unsere, von einem Auge zum anderen eilenden Blicke trennen konnten. Ich spürte leichte Röte in mein Gesicht steigen und sah wie Sabrinas Lippen sich zum Sprechen bereits aufwärmten, doch es kamen keine Worte.

Ein erheitertes Lachen ertönte und befreite uns aus dem Bann. Verlegen ließ ich meine Arme sinken, doch irgendwie blieben sie weiter auf ihren Schultern ruhen.

Sabrina sah an sich herunter und betastete leicht verloren die unzähligen Augen, die sie umgaben. Weitere Sekunden vergingen, während Konrads Stimme ein zufriedenes Kichern ertönen ließ.

Dann spürte ich, wie sich Sabrinas Schultern erneut strafften, und als sie aufsah, blendete mich ihr strahlendes Lächeln. «Ich glaub du kannst mich loslassen.» Sie gab sich belustigt, schaffte es aber nicht meinen Blick lange zu erwidern und drehte sich zu Konrad um.

«Danke», hauchte sie immer noch etwas sprachlos und ihre Stimme klang genauso dünn wie der Schal, den sie trug.

«Bitte gern», gab Konrad selbstsicher zurück und war inzwischen aufgestanden.

Die junge Frau stand leicht unbehaglich vor Konrad und wusste nicht recht, was sie tun sollte.

«So kommt, lasst uns jetzt mal speisen. Sonst kommen wir nie mehr dorthin.» Für Konrad war die Angelegenheit damit beendet.

Ohne zu zögern, trat er an Sabrina vorbei und schritt in Richtung Tür. Mehr als nur ein wenig verwundert blickte ich ihm hinterher. Doch dann musste ich schlucken, als mir ein Gedanke kam. Es war nur ein Spiel, sein Spiel.

«Ja, es wird Zeit!» Sabrina schritt munter hinter dem Millionär hinaus.

– 10 – Der Nachtausflug

Der Abend verging schneller als befürchtet. Der Smoking zwang mich dazu aufrecht zu sitzen und half mir somit mich über meinen Unmut hinweg zu setzen. Das Restaurant war großzügig und hell gestaltet. Trotz der späten Stunde war der Saal prächtig gefüllt mit ebenso gewürgten Menschen wie Konrad und mich – nun, vielleicht eher wie Konrad. Genauso laut und darum bemüht, die eigenen Lügen zu glauben.

Ich befürchtete keinen Bissen herunter zu bekommen, doch erwies es sich, dass die Teller meist nur von Zierde leicht beladen den Tisch besuchten, um kurze Zeit später, von dem Nächsten abgelöst, in der Küche zu verschwinden.

Obwohl ich mich unwohl in meiner Haut, und vor allem in meinem Anzug fühlte, schaffte es Konrad mich abzulenken. Er war wieder der Alte. Sein Drang uns Geschichten zu erzählen war erwacht und füllte die Zeit zwischen den ungezählten Gängen. Nicht, dass ich diesmal zuhörte, aber seine Wortflut war so gleichmäßig, dass ich darin abtauchte. Einfach mich treiben ließ und so vergaß, dass ich doch nur ein Gefangener war. Gefangen in einer Welt aus Glanz und Schein.

Zumindest Sabrina genoss es. Auch ihre Aufmerksamkeit galt nur oberflächlich Konrads Abenteuern, aber doch hörte sie ihm zu. Sie liebte wohl dieses Spiel der Macht, von dem sie hier überall umgeben war. So tauchte auch sie ein, auf ihre Art.

Der Abend verging, während sich unsere verwöhnten Gaumen der Folter hingaben, nach jedem Bissen warten zu müssen, bis die nächste Geschmackskomposition auf einem Teller hereingebracht wurde. Je mehr sich mein Magen füllte, umso schwerer wurden meine Lider. Die Müdigkeit, die zunächst nur meinen umherirrenden Geist befallen hatte, griff allmählich auf meinen ganzen Körper über, bis jede Faser von mir nach Schlaf schrie. Doch Konrads Redefluss währte lange und mit jedem Wort schien es, als würde er noch munterer.

Ich wusste ich könnte nicht mehr an diesem Tag aufbrechen und mit dieser Erkenntnis fügte ich mich dem Unvermeidlichem und versuchte meine Haltung zu wahren. Doch die lange Reise, und wohl auch das Fieber, lasteten schwer auf mir. Und so war ich glücklich als Sabrina, mit einem leicht sorgenvollen Blick auf mich, den zauberhaften Abend – wie sie sagte – ausklingen zu lassen gedachte. Zu meiner Erleichterung willigte Konrad ein, auch wenn seine Miene ein wenig widerwillig lächelte. Doch – so glaubte ich – wusste Konrad, dass er noch genug Gelegenheit finden würde, uns zu beeindrucken.

Obwohl der Schlaf meinen erschöpften Körper in das Reich der Träume locken wollte, schaffte mein aufgewühlter Geist es nicht, ihn los zu lassen. Deshalb lag ich noch lange wach und zerknitterte mit meinen hin und her wälzenden Bewegungen den dünnen Stoff, der sich meine Decke nannte. So zerstreut, so ziellos waren meine Gedanken, dass selbst Minuten sich zu Ewigkeiten hinzogen.

Irgendwie siegte die Müdigkeit dann doch und ich sank in einen tiefen, traumlosen Schlaf. Von was hätte ich auch träumen sollen, war für mich die Wirklichkeit selbst wie ein Traum. War es nicht das, was ich mir gewünscht hatte – Veränderung, kühner gar, als ich es mir hätte erhoffen können? Doch genau wie in Träumen, konnte ich mich auch hier nicht frei bewegen. Es war als liefen meine Beine, und doch bewegte sich mein Körper keinen Zentimeter von der Stelle. Treibgut meiner eigenen Fantasie. Umher geschubst von der Willkür des Millionärs.

Plötzlich schreckte ich auf und fand mich aufrecht sitzend in einem fremden, breiten Bett wieder. Orientierungslos blickte ich mich im dunklen Raum um und genauso überrascht, wie auch auf eigenartige Art erfreut, erkannte ich, vom Schlaf noch leicht unbeweglich, wo ich mich befand. Wie aus der Ferne drang einen Schrei zu mir durch. Wortlos und ohne wirklich mein Gehör zu berühren. Verwundert war ich darüber, dass der Traum mich so unsanft in diese Welt gerissen hatte, die sich mir als die Wirklichkeit aufdrängen wollte. Doch mit meinen noch etwas widerwillig geöffneten Lidern erkannte ich einen hellen Fleck, der sich in das an sich dunkle Zimmer drängte und die Silhouette einer freudig aufgeregten Person umspielte. Sabrina war wohl der Störenfried gewesen und so ließ ich mich etwas beruhigt zurück ins Bett sinken, ohne mir noch weitere Gedanken zu machen.

Aber ihren sich nähernden Schritten vernahm ich, dass sie etwas dagegen einzuwenden hatte. Davon unbeeindruckt, dass sie auf mich zukam, übte sich mein schwerfälliger Körper in stummem Protest. Mit schläfrigem Geist blieb ich willenlos und doch felsenfest liegen.

Sabrina hielt es nicht für nötig sich diplomatisch der Verwendung von Worten hinzugeben, sondern riss in einem Schwall ihres unstillbaren Tatendrangs mir die dünne und doch gemütliche Decke vom Leib. Mein kampfloser Widerwillen entlud sich mit einem dumpfen Stöhnen aus meiner Kehle.

Als ich meine Augen abermals öffnete, und ich Sabrinas Körper von hinten beleuchtet dicht über mir erblickte, wusste ich, dass jegliche Gegenwehr vergeblich war.

«Was ist denn los?», fragte ich mehr verbittert als wirklich überrascht. Sabrina strahlte hell und ließ mir einen kalten Schauer durch den Leib fahren. So viel Entschlossenheit konnte nichts Gutes bedeuten – nicht bei Sabrina.

«Komm schon, wir wollen aufbrechen», meinte sie fröhlich, verzichtete aber auf jegliche Erklärung.

Wieder entfuhr mir ein schläfriges Grollen. «Aber es ist doch mitten in der Nacht.» Ich blickte verwirrt auf die vorhanglosen, dunklen Fenster.

«Es ist ein langer Weg, den wir vor uns haben», meinte sie knapp. Und ein Funkeln in ihren Augen ließ mich meine nächste Frage vergessen. Mein Geist, ohnehin überfordert, überreizte Konrad meine Augen, als er urplötzlich das Licht anschaltete und geräuschvoll herein stolperte. Gleich dahinter stürzte Sam herein und jagte mich mit seiner gierig aufsaugenden Kamera aus dem Bett. Mein Verstand wachte allmählich auf, während sich mein erstaunlich schnell belebter Körper in Kleidung stürzte. Lediglich Sabrinas weißes Gewand war aufzufinden und ich war überrascht, wie schnell ich mich darin befand. Diese Kamera rief Hochleistungen in mir wach, obwohl mein Bewusstsein vom viel zu kurzen und abrupt beendeten Schlaf trunken war. Sabrina und Konrad jedoch schienen meine Probleme nicht zu haben und wandten sich wortlos um, und machten sich zum Aufbruch fertig.

Dass sie wünschten, dass ich ihnen folgte, war unmissverständlich, wohin unser nächtlicher Spaziergang führen sollte, wusste ich aber nicht. Viele Gedanken konnte ich mir auch nicht machen. Zu sehr war ich noch damit beschäftigt mir den Schlaf aus den Augen zu reiben und so trottete ich ihnen mit leicht unsicheren Schritten hinterher. Getrieben von der Kamera, die mich jagte. Auch deshalb unterdrückte ich jeglichen Protest und hoffte so wenig Bilder wie möglich für das gierige Raubtier in meinem Schlafzimmer zu liefern.

Draußen erwartete mich Konrads Diener. Ich schüttelte den Kopf, als versuchte ich einen bösen Traum los zu werden. Ich war eindeutig im falschen Film. Jeder war über alles in Kenntnis gesetzt worden, nur ich tappte ahnungslos wie ein bevormundeter Knabe umher.

«Haben Herr gut geschlafen?», grüßte Harshad mit unverschämt guter Laune. Ein hämisches Grinsen verzerrte mein Gesicht, während meine Lider sich sehnsüchtig zu schließen versuchten. «Zu kurz», gab ich leicht murmelnd zurück.

«Ich habe mir erlaubt ihr Gepäck vorzubereiten», grinste der Inder ungemindert fröhlich. «Es hat leider nicht alles hineingepasst», meinte er bedauernd und versuchte sich mit einer bedrückten Miene dafür zu entschuldigen. Er hielt mir meinen Rucksack entgegen und schenkte mir die erste Verneigung für diesen viel zu früh begonnenen Tag.

Irgendwo aus einer finsteren Windung meines aufwachenden Geistes, erhellte ein Blitz meinen Verstand, und mir wurde bewusst, was er meinte. «Den Smoking werde ich auf meiner Reise wohl nicht in Gebrauch nehmen können», versuchte ich ihn zu beruhigen. «Würdest du ihn für mich aufbewahren, bis ich zurück bin?»

Sein Lächeln wurde so hell, dass die Nacht einen derben Rückschlag einstecken musste. Er strapazierte seinen Rücken erneut. «Das werde ich, Sir. Ich werde auf ihn achtgeben, als wäre es mein Eigener.»

Erneut erfüllte mich ein verblüffende Gefühl, ihm eine Freude bereitet zu haben und konnte nicht anders als vergnügt zu lächeln und war überrascht wie schnell mein wacher werdende Geist sich in meinen Körper kleidete.

Immer noch in finsterer Unkenntnis gelassen, eilte ich meinen beiden Gefährten hinterher. Danach bemüht der Kamera möglichst weit zu entfliehen. Im langen Flur des Hotels holte ich endlich auf.

Konrad rollte erneut dahin wie eine Lawine, die sich nicht aufhalten lassen wollte. Ungehindert und voller Energie, als ging es darum, einen lang gehegten Plan auszuführen. Sabrina, gleich daneben, nicht weniger erregt, tanzte ihr Schal hinter ihren Schultern hin und her. Tausend Augen sahen mich fixierend an, als forderten sie mich auf, mich zu beeilen. Mit einem kühlen Schauer im Rücken, beschleunigte ich meinen Schritt und folgte der duftig süßen Spur von Sabrinas Parfum.

Auch wenn mein Verstand erwacht war, so blieb mein Körper kraftlos und leicht verspannt, als ich mich vor der Kamera versteckend in den bereits wartenden Fahrstuhl begab und mit fragendem Gesichtsausdruck die beiden sichtlich gut gelaunten Gefährten musterte. Doch bis auf ein helles Lächeln bekam ich keine Antwort.

Irgendetwas hatten die Beiden ausgeheckt und ihr Schweigen ließ nichts Gutes verheißen. Doch was konnte das sein – mitten in der Nacht?

Mit etwas aufgeregtem Geist und teilnahmslosem Körper betrachtete ich, mit aus der Müdigkeit geborener Geduld, wie sich langsam die Türen des Fahrstuhls schlossen und mich, mit dem Kameramann vereint, gefangen nahmen. Mehr als nur ein wenig überrascht war ich, als ich spürte, wie der Käfig uns nach oben zog. Und dabei war unsere Suite auf dem Dach der Stadt gelegen. Ein Grund mehr, der mich an die Vorstellung eines Traumes glauben ließ. Verwundert, wie realistisch sich mir dieser Traum zeigte und wie lebendig er sich anfühlte, wartete ich verwirrt, was passieren würde.

Den Gedanken Fragen zu stellen verwarf ich gänzlich, denn – so viel wusste ich von Träumen – ich würde keine Antwort bekommen. Auch würde ich nichts ändern können. Einfach nur treiben lassen – mehr brauchte ich nicht, mehr konnte ich nicht.

Eine nächtlich kühle Brise zog sanft an meinem Gewand und schenkte mir die Illusion, ich stünde auf dem Dach des Hotels. Hinter mir drückte mich Konrad mit sanfter Gewalt in die Nacht hinaus. Die Journalistin schlang sich in ihrer Ungeduld an mir vorbei und drehte sich strahlend um, als sie vor einer hohen Plattform stehen blieb.

«So, jetzt wird deine Reise beginnen, Junge», meinte Konrad feierlich, während der Kameramann sich um mich drehte. Dass die mich auch in meine Träume verfolgten, – langsam müsste ich mir wirklich Sorgen machte.

Nun also sollte es losgehen, dachte ich. Aber wohin sollte man auf einem Dach aufbrechen?

Obwohl die beiden einmal sichtlich einer Meinung waren, hielten sie es nicht für nötig, mir aus meiner Unwissenheit heraus zu helfen. Deutlich neugierig geworden, wohin mich dieser Traum führen würde, stieg ich gleich hinter Sabrina die breite Eisentreppe hoch und gelangte schließlich auf die gut zwei Meter hohe Plattform hinauf.

Diese erstreckte sich über eine Länge von fast dreißig Metern, doch was mir den Atem stahl, war ein Hubschrauber, der in der Mitte auf uns wartete. Die langen, nach unten durchgebogenen trägen Rotoren, waren in der nächtlichen Finsternis kaum zu erkennen. Nur der Rumpf und der Weg bis dorthin waren mit kleinen, in der Plattform des Hotels integrieren Leuchten erhellt. Diese von der Erde aufsteigenden Lichtfetzen verzerrten das Geschehen. Verunsichert blickte ich zu Konrad, der sich eben erst die Treppe hoch quälte.

Als er leicht außer Atem oben ankam, klopfte er mir beruhigend auf die Schulter, als habe mein ratloser Blick Bände gesprochen. Dennoch dauerte es eine Weile, bis ich zu mir fand. «Fliegen wir nun in die Wüste?», fragte ich verwirrt. Konrad lachte vergnügt und geheimnisvoll.

«In der Tat, so könnte man es sagen.» Seine Stimme schallte durch die Nacht und versetzte mich in einen Rausch voller Aufbruchstimmung. Mein Herz begann zu rasen – es war doch kein Traum. Staunend drehte ich mich im Kreis und sah das schlafende Kairo unter mir, sich in das von abertausenden Lichtern durchlöcherte Grau einer städtischen Nacht hüllend.

Sabrina sprang leichtfüßig in den Hubschrauber und winkte mich herbei, wobei sie nicht ganz vermeiden konnte, zu zeigen, dass auch sie aufgeregt war. So viel musste man Konrad lassen – er verstand es zu spielen. Wie es sich für einen solch gewaltigen Herrn gehörte, schritt er gemächlich auf uns zu, und benutzte als Einziger die kleine Treppe, die bereitgestellt worden war. Nicht nur die beiden verbleibenden Kameraleute, sondern zu meiner Freude auch der breit grinsende Inder begleiteten uns, nun da ich endlich aufbrechen sollte – wie von Konrad versprochen.

Während der Dicke mit stöhnenden Bewegungen versuchte eine möglichst bequeme Sitzposition zu finden, brummte der leistungsstarke Motor auf. Vibrationen durchfuhren meinen Körper und auch wenn ich wusste, dass dies nun doch kein Traum war, half es nur wenig, mir bewusst werden zu lassen, dass dies wirklich passierte. Sabrina, an deren warme Schulter ich mich vor Konrads beängstigenden Bewegungen geflüchtet hatte, wirkte angespannt, auch wenn ihr Gesicht mir trotzig etwas anderes sagen wollte. In diesem Moment war sie genauso viel ein kleines Mädchen, wie ich ein Knabe.

Über Funk bat uns der Pilot, die über uns hängenden Helme aufzusetzen. Meiner Bewegungsfreiheit ein wenig beraubt, glich es einem Kunststück, bis ich den meinen in Händen hielt und aufsetzen konnte. Neben mir sträubte sich Sabrina wortlos dagegen, da sie ihre Frisur nicht gefährden wollte. Als der Kopfschutz meine Ohren überdeckte, ertönte in meinem Kopf Konrads schweratmiger Versuch seine übergroße Schädeldecke zu schützen.

Die im Helm integrierten Mikrofone waren wohl der Grund, der Sabrinas Entscheidung leichter machte, ihre Frisur zu riskieren.

Die Rotoren bekamen allmählich Schwung, während ich dem Aufbruch entgegen fieberte. So aufgeregt war ich, dass ich keiner Gedanken fähig, mich weiterhin an Sabrinas Schulter schmiegte und durch das verformte Fenster in die Nacht blickte. Mir war nicht klar warum, aber ich fühlte mich erleichtert, als ich merkte, dass Sabrina nicht vor meiner Berührung flüchtete. Vielleicht war es, weil wir nicht das Gefühl haben wollten, allein zu sein. Immer noch war es mir, als könnte ich meinen Augen nicht recht glauben und die sanfte und doch spürbare warme Berührung half dabei, dies als die Wirklichkeit wahrzunehmen und nicht fürchten zu müssen, jeden Augenblick aus einem Traum aufzuwachen. Es sollte endlich losgehen und nun, da es soweit war, konnte ich es nicht fassen. Sah nur die Finsternis der Nacht und dazu Konrads kräftiges Atmen in meinen Ohren.

Sam, der als Letzter eingestiegen war, hatte seine große Schulterkamera verstaut und eine kleinere aus seinem Arsenal angelegt. Ihm konnte ich als Einzigem seine Müdigkeit anmerken und war darüber leicht beruhigt, auch wenn er mich mit seiner etwas handlicheren Gerätschaft bedrohte.

Den ersten Schlag erhielt ich, als sich Sabrinas Schulter verhärtete und sie der Kamera ein morgendliches Strahlen schenkte. Gleich darauf ertönte ihre helle Stimme und verkündete den Zuschauern, die ich nirgends erblicken konnte, was diese zu wissen wünschten – einen Haufen unwichtigen Zeugs, der mich nicht interessierte und ich mich deshalb aus diesem Hubschrauber hinaus in die auf mich wartende Wüste träumte.

Der Lärm schwoll über uns an, bis dass die Vibrationen nachließen und der Hubschrauber uns in den Nachthimmel emporhob. Es war ein völlig anderes Gefühl und nur wenig vergleichbar mit dem im Flugzeug. Abenteuerlustig und dynamisch durchschnitt der Hubschrauber die graue Finsternis. Obwohl mir mein Wissen sagte, dass Flugzeuge schneller waren, fühlte sich dieser Flug um einiges rasanter an. Immer noch wollte mir keiner recht sagen, wohin wir flogen, und so klammerte ich mich an das Versprechen, dass es endlich losging, was Konrad mit einem mir merkwürdig nachklingenden Lachen so leichtfertig gesagt hatte.

Während wir in atemberaubender Geschwindigkeit durch die Nacht jagten und die Lichter der Stadt in einem matten Fleck verschmolzen und sich gemeinsam dem Glanz der Sterne entgegensetzten, sanken meine Lider herunter und ich glitt in einen Zustand völliger Gleichgültigkeit. Doch es war kein Traum, der mich entführte, denn das dunkle Brummen des Hubschraubers wachte in mir und sorgte dafür, dass mir jegliche Gedanken fern blieben.

Die Zeit verrann so ungreifbar, wie die Kilometer sich unter uns in der Dunkelheit ertränkten. Meine Kindheit hinter mir liegend, fühlte ich mich an diese erinnert. Im Auto meines Vaters hatte ich hinten auch immer geschlafen, während das Gefährt sich gemütlich durch die Kurven zog. Hin und her gewiegt, hatte wusste ich nicht gewusst wohin wir fuhren, und es war mir auch gleichgültig gewesen. Dieses träge, geborgene Gefühl hatte ich immer genossen. Fast wünschte ich niemals anzukommen, einfach weiter zu fahren, bis ans Ende einer jeden Nacht. Und wenn wir dann doch angekommen waren, hatte ich immer getan als schliefe ich tief und fest. Manchmal war ich dann ins Haus getragen worden – direkt ins Bett. So einfach war damals noch das Leben gewesen. Völlig sorglos. Nur vertrauen und treiben lassen. Doch ich war gewachsen, viel zu schnell, wie ich nun befand.

Und jetzt schlummerte ich hier, seltsam geborgen und gedankenlos, zwischen Konrad und Sabrinas harten und doch wärmenden Schulter.

Das Nächste was ich mitbekam war, wie sich meine Gedärme leicht anhoben und der Hubschrauber zu sinken begann. Zunächst nur langsam, dann fast senkrecht, während er sich einmal um seine Höhenachse drehte.

Am Himmel war immer noch kein heller Streifen zu erkennen. Nur die Sterne wirkten heller und das Schwarz des Himmels verriet die Distanz zu der nächstgelegenen Stadt. Endlich in der Wüste, dachte ich und gähnte kräftig und riskierte einen suchenden Blick durch die beiden Fenster. Erkennen konnte ich nicht wirklich etwas, doch leicht enttäuscht musste ich feststellen, dass sich einige kleine Lichter unter uns tummelten.

«Na, ist unser Junge jetzt ausgeschlafen», strahlte mich Sabrina an und entzog mir sanft, aber entschlossen ihre Schulter.

Zu aufgeregt war ich, um zu antworten. Und selbst Sabrina hielt es für angebracht ihre Neugier mit nach draußen gerichteten Blicken zu stillen. Nur Konrad war immer noch damit beschäftigt seinen zu eng bemessenen Platz mit unbeholfenen Bewegungen auszuweiten. Das nicht sichtbare Geschehen, das uns im Freien erwarten würde, interessierte ihn herzlich wenig. Aber was erwartete ich denn? Es war sein Spiel. Für ihn gab es keine Überraschungen.

Endlich setzten die Kufen auf. Etwas härter als beim Flugzeug. Vielleicht lag es daran, dass es so unerwartet kam, da mir der Boden verborgen geblieben war. Oder daran, dass ich Sand erwartet hatte. Doch es war hartes Gestein, auf dem der Hubschrauber Halt gefunden hatte.

Der Motor heulte noch einmal kurz auf, bevor der Pilot ihn abschaltete und die Rotoren wieder langsamer werden ließ, bis sie wie Schatten vor den funkelnden Sternen dahin glitten. Der Landeplatz war spärlich beleuchtet, doch es waren einige Gestalten in der Nähe, die mit Taschenlampen ausgerüstet auf uns zu eilten. Auch beleuchteten einige schirmlose Glühbirnen einen aus Licht geborenen Pfad.

Mit fiebrigen Bewegungen befreite Sabrina sich von ihrem Gurtzeug und hängte ihren Helm hastig an den Haken, als die Tür geöffnet wurde und sie sogleich raus sprang. Mit orientierungslosem Blick eilte ich hinterher und stolperte in die Nacht hinaus. Konrads träge Bewegungen schafften es nicht ihn so schnell zu befreien, und so waren die drei Kameraleute bereits ausgeschwärmt, bis dass er neben uns stand.

«Und hier soll ich also losgehen?», fragte ich etwas verunsichert und konnte meinen eigenen Gedanken kaum glauben. Immer noch wollte der sommerliche Morgen sich nicht zeigen. Nicht einmal ein weißes Band am Himmel wollte dessen Besuch ankündigen, während mein Körper nach Schlaf schrie.

«Lass dich mal überraschen», meinte Konrad lachend.

«Das wird einfach herrlich werden», ließ Sabrina mich ahnungslos, wobei sie es dennoch schaffte, mich noch weiter zu verwirren. Was hatten die nur vor?

In dem unwirklichen Rausch endlich aufzubrechen, hatte ich mir meinen Rucksack geschnappt und bereitete meine Füße auf einen langen Marsch vor.

Wüste ich komme! Ich konnte es kaum fassen, dass ich Konrad nun doch entkommen sollte. Ihm, der Welt und all den Lügen, die wie Gift in meinem Körper hatten mitreisen dürfen. In Gedanken lachend erinnerte ich mich an die Spritzen des Arztes und an das Fieber. Nun endlich würde ich genesen, Körper und Geist.

Doch der aufmerksame Inder vereitelte meinen Plan. Eine Flucht war doch nicht möglich. Konrad hatte mich nicht einmal ansehen müssen, nicht ein Wort sagen und doch kam Harshad auf mich zu und erleichterte mich um meinen Rucksack. Sein Grinsen war freundlich und doch machte es mir Angst. War ihm aufgefallen, dass ich meine Beine leicht gedehnt hatte? Und was hatte er vor? Was hatten sie alle vor? Und wann sollte ich endlich mit entscheiden können? Oder wollten sie mich nur treiben. Hetzjagd, und dazu brüllten sie all diese Lügen. Geduld, redete ich mir ein und lachte über meine kindischen Gedanken. Mir fehlte nur Schlaf. Das musste die wirren und ängstlichen Gedanken erklären.

Schließlich wollten sie mir nichts Böses. Beide lächelten mir freundlich zu, während mein schläfriger Blick die ihrige traf. Sie waren doch meine Gefährten, ich konnte, ich musste ihnen vertrauen. Und ohne sie wäre ich nie soweit gekommen. Selbst wenn das Gefühl nicht nachließ, noch keinen Schritt getan zu haben.

«Dann lasst uns aufbrechen», meinte Konrad vergnügt. «Die Sonne wird nicht auf uns warten.» Sein Lachen hatte etwas Abenteuerliches in sich aufgenommen und seine Worte berauschten mich mit fiebriger Spannung, die meine verwirrten Gedanken in die ferne Finsternis vertrieb.

Harshad sprang vor und geleitete in seiner freudig erregten Art uns den hellen Pfad entlang. Immer mehr beschäftigte Menschen kreuzten unseren Weg und nahmen nur am Rand von uns Notiz. Um ihre Gesichter erkennen zu können, war es noch viel zu dunkel und so schwammen sie an mir vorbei, ohne dass ich sie in Erinnerungen festhalten konnte. Zu schläfrig und zu überreizt von gedankenlosen Empfindungen lief ich neben meinen beiden Gefährten her. Trunken von einer Mischung aus Enttäuschung und einer gebannten Aufregung, die ich mir nicht erklären konnte.

Plötzlich war es mir, als hörte ich fremde Geräusche. Dumpf und doch nah, versteckte sich etwas im Dunkeln. Auch ein kräftiger Geruch stieg mir in die Nase. Zunächst leicht betörend, entwickelte es sich rasch zu einem stark moschushaften Gestank.

Auf einmal durchbrach ein Röcheln die nächtliche Stille. Unmenschlich laut, zog es meine volle Aufmerksamkeit auf sich und ich hätte beinahe Konrad umgerannt, doch ich prallte an seinem massigen Körper einfach nur ab und fand mich sogleich neben ihm wieder.

«Du scheinst mir etwas schreckhaft zu sein, mein Knabe», grölte Konrad und schritt selbstsicher auf die nun erkennbaren Kamele zu. Wie zur Begrüßung, gab das Kamel erneut einen tiefen Ton von sich, als Konrad ihm kräftig gegen den pelzigen Hals klopfte.

Meinen Plan in die Wüste zu eilen vergessend, schritt ich fasziniert zu ihm heran. Hier waren Fackeln in die Erde gerammt worden und das flackernde Licht verzog alles wie in einem Traum. Meine Augen drohten über zu laufen, ohne dass ich fassen konnte, wo ich war.

Etwa zehn Kamele warteten geduldig auf ihren Einsatz und schenkten meiner deutlichen Erregung keinerlei Beachtung. Auch wenn ich mir bewusst war, dass ich meiner Rolle als Knabe und als Tourist gleichermaßen gerecht wurde, konnte ich mich eines strahlenden Gesichtes nicht erwehren. Die leicht blendende Leuchte auf der um mich schwebenden Kamera war mir dabei so gleichgültig wie Sabrinas Kichern, mit dem sie meine Freude kommentierte.

Doch ihre wortlose Stimme wurde leiser, während sie sich mir und den liegenden Kamelen näherte. Als sie neben mir stand und genau wie ich das weiche Fell streichelte, spürte ich wie ihr Gesicht genauso strahlte, wie das meine. So oft wie wir diese Bilder auch im Fernseher aufgedrängt bekommen hatten, so war es dennoch nicht im Mindesten vergleichbar. Allein der kräftige, ausdünstende Duft der Tiere, ihre unglaubliche Geduld, das alles fehlte in dem schreienden Kasten. Vielleicht war es das, was mich alles wie betäubt und träumend wahrnehmen ließ – es war einfach nicht so, wie es sein sollte, glaubte man denn den Medien. Und obwohl ich denen nie hatte glauben wollen, musste ich merken, wie sehr ich es doch getan hatte. Obwohl ich schwieg, und auch keine Worte hätte finden können, spürte ich, dass das Fernsehen mir einen Teil des Staunens, der Erregung, die ich hätte fühlen müssen, gestohlen hatte. Opfer der lügenden Welt war ich. Kein Wunder, dass die Menschen mir ständig ihre bedauernden Blicke schenkten.

Gedankenvertieft starrte ich auf das leicht verknotete Fell des Kamels, während Sabrina und ich es streichelten. Doch Sabrina weilte mit ihren Gedanken nicht nur bei dem warmen Vierbeiner vor uns. Ohne dass ich sie ansah, merkte ich wie ihr Blick mich fixierte und sie in meinem Gesicht forschte. Mehr als eine Suche, war es eine Passion, eine Sucht. Ungeduldig versuchte sie mich zu durchleuchten und ich versteckte mich hinter meiner nun hell strahlenden Freude. Ich hatte nicht vergessen, nach was sie suchte – die Sensationen. Auftauen wollte sie mich, mir meine Geheimnisse stehlen und diese den Zuschauern Stück für Stück in die Wohnzimmer schreien. Doch ich fürchtete mich nicht, nicht davor. Auch wenn die Kamera mit ihrem Scheinwerfer ihr dabei helfen wollte. Die Reise hatte ihre eigenen Gesetze und ganz war der Knabe nicht bereit, nach ihren Regeln zu spielen.

Einer der im Schatten umherhuschenden Gestalten griff sich Sabrina und führte sie in die Nacht. Sabrina war zu überrascht um sich in Protest üben zu können und ließ sich rückwärts schreitend davon ziehen. Pflichtbewusst nahm der Kameramann diese Abschiedsszene auf und verschwand alsbald in der Finsternis auf einem der ausgetretenen Pfade. Innerlich lachend blickte ich den Dreien hinterher und streichelte immer noch das geduldig vor mir liegende Kamel, als ich eine kräftige Hand an meiner Schulter spürte. Eine weitere dieser Schattengestalten war aufgetaucht und wollte mich zum Aufstehen bewegen. Träumend gehorchte ich und fand, bevor ich recht zu mir kam, mich auf dem Rücken des Kamels wieder und vollführte etwas unsicher die Bewegungen, die mir der Mann geduldig erklärte. Sein Englisch war ausgezeichnet und eine flüchtige, aber angenehme Spur eines Akzentes war zu vernehmen. Dennoch bediente er sich nur kurzer, abgehackter Sätze und ich konnte seine Belustigung über mich – den Touristen – deutlich heraushören.

Plötzlich hörte ich, wie der Mann ein seltsames Geräusch von sich gab. Lauter als vorher. Deswegen sah ich den Einheimischen verwundert an, bis mir bewusst wurde, dass er nicht mich gemeint hatte.

Unter mir ertönte die wortlose Antwort. Ohne Vorwarnung wurde ich ihm Sattel nach vorne gerissen, während das Kamel sich erhob und mich sogleich wieder nach hinten warf, bis es endlich stand. Aus dieser ungewohnten Höhe kam mir der Fremdenführer plötzlich viel kleiner vor. Er schenkte mir ein schiefes Grinsen, während ich merkte, dass sich meine Hände krampfhaft an einer Art Sattel festhielten.

Unglaublich fühlte es sich an. Doch was bedeutete das noch. Nur ein Wort. Konrad und seine Reise höhnten jedem Vergleich, von einem Abenteuer jagte, hetzte er mich ins nächste.

So leicht war mir alles vorgekommen. Einfach fliehen, einmal um die Welt. Doch sie holte mich ein. Je schneller ich lief, umso schneller trieb ich zurück. Wurde überrannt, überfordert. Kein Wunder, dass ich nicht daran glauben konnte, dass es wahr war. Schlimmer eigentlich noch als dieser nicht aufzuhören wollender Traum ähnlicher Zustand war, dass ich begann, Gefallen daran zu finden.

Schließlich saß ich auf einem Kamel. Ich musste es mir selbst vorsagen, damit ich es fassen konnte.

Mehr als das Kamel war nicht in meinem Sichtfeld übrig. Dass die mich umhüllende Nacht dafür allein verantwortlich war, bezweifelte ich stark. So unbedeutend erschien mir alles andere, dass ich selbst den Kameltreiber völlig vergaß und nach einer Weile verwundert feststellte, dass er wohl die ganze Zeit mit mir gesprochen hatte. Erschrocken erwischte ich mich dabei, dass ich ihm gar antwortete, ohne zu wissen, um was es ging.

Obwohl mir der Einheimische ununterbrochen Ratschläge mitgeben wollte, fühlte ich mich augenblicklich wohl. Fast war es, als hätte ich in meinem Leben nie etwas anderes gemacht, auch wenn mein Herz aufgeregt pumpte und meine Augen mir nicht gehorchen wollten und auf das Tier gerichtet blieben, welches geduldig dastand und meine Streicheleinheiten über seinen festen Hals tonlos über sich ergehen ließ.

Plötzlich vernahm ich hinter mir Lärm, der es nun erst schaffte, zu mir vorzudringen. Die Quelle war mir ganz nah, und als ich eine Stimme heraushörte, brauchte ich mich nicht einmal umzudrehen.

Es war Konrad, der sich abmühte, sein Kamel neben mir zum Stehen zu bringen. Doch genau wie Konrad schien auch sein Vierbeiner seinen eigenen Kopf zu haben und hielt erst an, als beide vor mir waren und Konrad mich mit einem hellen Lachen täuschen wollte, dass es doch seinem Willen entsprach.

«Wenn diese Gäule erst einmal am Laufen sind, wollen sie gar nicht mehr stehen bleiben.» Seine Stimme war fest und lauter als es nötig gewesen wäre. Auch wenn ich den Sattel als gemütlich empfand, schien der Dicke einen nicht laufenden Sessel zu bevorzugen.

Ich verkniff mir eine Antwort und senkte meinen Blick, als hätte ich selbst noch größte Schwierigkeiten.

«Keine Sorge, du wirst dich noch dran gewöhnen», sprach er mir Mut zu. «Warte bis heute Abend und du kannst dir nichts anderes mehr vorstellen, um zu reisen.» Sein Kamel wollte weiter und blieb nur widerwillig stehen.

«Wohin reiten wir?», versuchte ich das Thema zu wechseln.

«Lass dich überraschen», meinte Konrad und behielt sein eigensinniges Reittier vorsichtshalber im Auge. Wie um Konrad zu ärgern, entließ es Rufe in die Finsternis der Nacht .

Sabrina tauchte neben mir auf und belächelte Konrads Versuch sein Kamel unter Kontrolle zu bringen.

Sie selbst saß erhaben im Sattel. Sie schaffte es mich zu beeindrucken, denn sie hielt sich so gerade, dass es mich schmerzte.

«Du wirkst als hättest du das öfter gemacht», spielte ich ihr ein Kompliment zu und erntete ein helles Strahlen als Belohnung.

Aus Konrads Richtung war ein Schnaufen zu hören, bei dem ich nicht recht wusste, ob es von ihm oder seinem Kamel stammte.

«Ich hab mal eine mehrwöchige Reportage über ein Gestüt gedreht», meinte Sabrina mit einer eigenartigen Betonung. «Und da hat man es mir beigebracht – die Herrin vom Gestüt selbst.»

Konrads Kamel gab widerwillige Töne von sich und zwang unsere Reittiere dazu einige Schritte zurückzuweichen.

Gleich drei Fremdenführer eilten auf Konrad zu und hatten größte Mühe das Kamel wieder zu beruhigen.

«Scheint mir ein Dickschädel zu sein», lachte Konrad und versteckte seine Besorgnis. «Passt zu mir», frohlockte er und wollte alles überspielen, bevor wir allesamt in eine Reihe geführt wurden und unsere Unterhaltung ein Ende fand.

– 11 – Die Karawane

Der harte Fels unter den Hufen der Kamele wechselte sich mit sandigen Flächen ab. Doch einzig die sich ändernden Geräusche, die in der Nacht verhallten, verrieten die Art des Untergrundes. So weich der Sand auch sein mochte, jeder einzelne Schritt wiegte mich so gleichmäßig wie der andere. Auch wenn mir das Schaukeln zunächst kräftig vorkam, und mein Sattel sogar seitliche Bewegungen andeutete, gewöhnte ich mich rasch an diese einlullenden Schwingungen.

Die Nacht machte keine Anstalten sich zu verabschieden und auch meine Augenlider blieben schwer. Ich erwischte mich dabei, wie ich eingenickt war, doch ein Ruck und ich war wieder bei mir. Doch mit jeder Aufwärtsbewegung meines Sattels stürzten meine Lider schwer nach unten und ich konnte sie nur schwer öffnen.

Es war kein Einheimischer mehr bei mir. Die Kamele liefen in einer Reihe, die so lang war, dass ich den Anfang nicht erkennen konnte. Nur die hellen Flammen der Fackeln, die in der Luft zu schweben schienen, verrieten mir die Länge der Karawane.

Mir bewusst, dass mich keiner sehen konnte, gab ich meiner Müdigkeit nach und ließ meine Augen eine Weile geschlossen. Es war wahrlich betörend. Nicht zu sehen, während einen die kräftigen und doch gleichmäßigen Schritte einen wiegten. Dazu kam noch der schwere Duft der Kamele in der Nase. So unvertraut mich dieser Geruch erfüllte, war es doch das Einzige, das mir bewies, dass es kein Traum war.

Wenn die uns umgebende Nacht an sich still war, so lagen doch zahlreiche Stimmen in der Luft. Wie ein störender Truck zogen wir durch die Nacht. Beleidigten mit unserem Licht die Sterne und verhöhnten die friedliche Stille mit sinnlosen Zurufen. Es waren wiederholt die Einheimischen, die sich wohl teils über uns lustig machten, und sich teils über unsere Unerfahrenheit ärgerten. Verstehen konnte ich nichts, ich hörte nicht einmal hin, wenn die Stimmen wie Fetzen sich in die Nacht erhoben. Die meisten Worte fielen in ihrer eigenen Sprache, nur wenn sie sich über Konrad ärgerten, bemühten sie ihr Englisch, das die meisten recht flüssig beherrschten.

Immer noch war es sein Kamel, das sich scheinbar nicht seinem Willen unterordnen wollte. Meines dagegen trappte fast gleichgültig hinterher. Wohl dankbar, dass ihm eine so leichte Last auferlegt war. Vielleicht war es, dass Konrad sich nicht unterordnen konnte, denn schließlich hatte ich noch nicht einmal versucht, dem Kamel einen Wunsch aufzuzwängen. Ich wusste es kannte den Weg, oder zumindest seine Aufgabe für diese Nacht. Und nur manchmal, wenn Konrad mit seinem Tier aus der Reihe tanzte, gab mein treuer Vierbeiner ein tiefes Röcheln zu hören, als wollte es fragen, wem es nun folgen sollte.

Nachdem Konrad die Karawane mehrfach so hatte aufreißen lassen, gesellte sich ein Karawanenführer neben ihn und ließ ihn nicht mehr aus den Augen.

Ein seltsamer Anblick war es, meinen dicken Gefährten so bewacht zu sehen, während man mich unbehelligt hinterher reiten ließ. Während ich ihm so gedankenvertieft zusah, wurde mir bewusst, dass Sabrina hinter mir das Gleiche tun konnte. Als ich mich darauf hin schwerfällig umdrehte, trafen sich unsere Blicke und ein im Dunkeln kaum erkennbares Lächeln flog mir entgegen. Irgendetwas ging ihr durch den Kopf, das spürte ich gleich, und da ich nicht wusste, wohin mich unsere Reise führen sollte, wurde mir recht unbehaglich zumute.

Obwohl wir eine ganze Weile durch diese felsige Landschaft ritten und sich diese unter den Füßen der Tiere stetig anhob, war von einem Sonnenaufgang keine Spur zu erahnen. Eine Uhr zählte nicht zu meiner spärlichen Ausrüstung und so begann ich mich zu fragen, wie tief in der Nacht meine Gefährten mich aus dem Bett entführt hatten – meine nicht nachlassende Müdigkeit ließ jedenfalls nichts Gutes erahnen.

Vor allem aber, was mochte es sein, das eine solche Nachtwanderung rechtfertigte? Wenn sie mir die Landschaft zeigen wollten, so wäre der Tag geeigneter gewesen, auch hätte mich der Anblick der zahlreichen Kamele wohl mehr ergriffen, da ich so die Karawane nur schemenhaft erkennen konnte. Und sollte es der klare Sternenhimmel sein, den sie mir präsentieren wollten, nun, dann dürften die Fackeln nicht so störend hell aufleuchten und mir den Zauber verwehren. Doch je länger ich darüber nachdachte, umso weniger konnte ich mir vorstellen, dass Konrad etwas Ähnliches im Sinn schwebte. Mir wurde fast schwindlig bei der Vorstellung des betäubenden Lärmes, der Konrad dazu bringen würde, solche Mühen auf sich zu nehmen.

Vor uns ragten Berge hervor und während ich mich, vom Fackelschein geblendet, umblickte, erkannte ich noch mehr tiefschwarze Schatten, die sich vor die Sterne schoben. Was für eine Wüste konnte das sein, wenn solch mächtige Gebirge sie durchzogen?

Langsam begann ich zu begreifen, dass meine Reise abermals aufgeschoben wurde. Auch waren zu viele Begleiter dabei, als dass es die einsame Weltumwanderung werden konnte, die ich mir von diesem Abenteuer versprochen hatte.

Doch im besänftigenden Schaukeln des Kamels verstummte mein Protest zu einer gebannt abwartenden Unruhe. So genoss und verfluchte ich diese Reise, wie ein Gefangener, dessen Schicksal ihm gleichgültig geworden war. Dabei war ich mir nicht sicher, ob es der Zauber der Nacht, oder lediglich meine Müdigkeit war, die mich betäubte.

Da zu Konrads eigener Sicherheit – oder seiner Bewachung – die strickte Reihe aufgegeben worden war, glaubte Sabrina ebenfalls aus der Reihe tanzen zu dürfen.

Obwohl das Tier nur widerwillig aus der Karawane ausbrechen wollte, schaffte sie es, mit ein wenig gut zureden, ihr Kamel neben mich zu führen. Das Zaumzeug, das unsere Kamele trugen, war nicht wirklich zum Reiten gedacht, da wir, oder besser, die Kamele jeweils dem Vordermann folgen sollten.

Wirklich erstaunt war ich dennoch nicht, als Sabrina ihren Willen durchgesetzt bekam. Auch mein sanftmütiges Tier blickte lediglich kurz verwundert zur Seite, gab zur Begrüßung ein tiefes Röhren von sich und trabte gleichmütig weiter.

«Und hast du dir das so vorgestellt?», empfing mich Sabrinas Strahlen. Die Frage war genauso sinnlos, wie verwirrend.

«Wie kann man sich etwas vorstellen, von dem man nicht weiß, dass es passieren soll?», gab ich rätselnd zurück.

Sabrina lachte hell auf, offensichtlich vergnügt. «Recht hast du, mein Junge.»

Ein freches Grinsen stieg mir ins Gesicht und ich konnte mir ein ‚Ja Mami' nur mit Mühe verkneifen. Was bildete sich diese Frau eigentlich ein? Ich war fasziniert. Sie war höchstens zwei Jahre älter als ich, und selbst das konnte bloß eine Täuschung der ganzen Schminke sein.

Es war eigenartig, aber meine Müdigkeit ließ mich selbstsicherer werden, und auf mir unbekannter Weise lebhafter.

«Wohin reiten wir denn?», versuchte ich ihre gute Laune auszunutzen.

Sabrina lachte und hielt ihren sinnlichen Mund für dieses Geheimnis verschlossen. Die Nacht aber hatte die Frage bis hin zu Konrad getragen. Er versuchte sich umzudrehen, doch der Sattel hielt ihn fest, als säße er in einer viel zu engen Schale. Sein Tier wurde, unter den heftigen Schwankungen leidend, abermals unruhig. Doch selbst als Konrads Kamel leicht missbilligende Töne von sich gab, hielt der Dicke an seinem Vorhaben fest. So war es die unausweichliche Konsequenz, dass Konrads Kamel die Spur verlor. Diesmal war der Dicke mit dieser Wendung aber recht zufrieden und ließ seinen massigen Leib nach links hängen, bis er neben mir angelangte.

Er hob kurz den Arm, als wolle er mir fröhlich auf den Rücken klopfen, besann sich dann doch eines anderen. Wohl schien es ihm sicherer seine Hände fest am Sattel zu halten – seinem Kamel war schließlich nicht zu trauen.

Konrads Geleitschutz missbilligte diesen erneuten Ausbruch, doch außer den düsteren Blicken, die in der Finsternis kaum auszumachen waren, und an denen sich Konrad selbst bei Tageslicht nicht wirklich stören würde, versuchte der Einheimische sich zu beherrschen. Mit einem verdrießlichen Schnauben des Reiters, entlockte dieser seinem Kamel ein kräftiges Röcheln und versuchte die durch die Unruhe entstandene Lücke zu schließen.

«Hab gehört hier hätte einer seine Neugier nicht unter Kontrolle», frohlockte Konrad und zwinkerte mir verständnisvoll zu.

«Es scheint mir, dass ich der Einzige bin, der von nichts eine Ahnung hat», versuchte ich mich zu verteidigen und hoffte gleichzeitig, dass Konrad nicht so unnachgiebig und ausweichend reagieren würde wie Sabrina.

«Nun gut», begann Konrad nach einer Pause und atmete tief ein. «Eine Weltreise hab ich dir versprochen.»

Er übte sich damit, seine Pause spannungssteigernd einzusetzen. «Und die sollst du auch haben!»

Mein schneller pochendes Herz beruhigte sich. Er wollte doch nichts verraten.

Obwohl Konrad kein Geheimnis lüften wollte, hörte er trotzdem nicht auf zu erzählen. Seine Worte erfüllten die Nacht, manchmal unterbrochen von einem tiefen Brummen der Kamele. Von Pyramiden schwärmte er mir vor. Klöster und Tempel wurden erwähnt, doch ich hörte nicht hin. Eine stumme und gleichermaßen hilflose Wut wuchs in mir heran. Wie konnte ich nur so oft, und so leicht scheitern. War ich denn verflucht, nicht voranzukommen? Sollte diese ganze Reise nichts anderes werden, als im Kreis zu laufen. Einmal um die Welt! Das sagte genug, aber ich wollte es nicht begreifen. Auch jetzt noch klammerte ich mich an den rettenden Gedanken einer einsamen Wüste. Ich träumte mich weg, in den Schlaf gewogen von dem Rhythmus des Kamels und Konrads Stimme, die wie ein fernes Summen im Ohr schallte.

Unermüdlich schritten die Kamele voran. Die Kolonne nur von Sabrina und Konrad in ihrer Gleichmäßigkeit gestört, zogen wir den Bergen entgegen, und die Berge um uns herum begleiteten uns, genauso wie die Dunkelheit uns treu blieb.

Prüfend begutachtete ich meinen Sattel und fragte mich, ob ich herausfallen könnte, wenn ich ein Schläfchen wagen würde. Meine schweren Augen wären dankbar, doch als ich sie schloss, spürte ich, dass ich doch zu erregt war, um den Schlaf finden zu können. Zwar war das Schaukeln angenehm, doch der fremdartige Geruch der Tiere hielt mich in dieser so unwirklichen Wirklichkeit fest.

Konrad indes verspürte keine Müdigkeit.

«Also werd ich dir erst mal die Gegend zeigen», meinte der Dicke schließlich, als ich einen Gesprächsfetzen aufschnappte.

Innerlich lachte ich auf. Bei jemandem für den die Welt ein Dorf war, war der Begriff in der Gegend, recht bedeutungslos. Es konnte so gut wie alles heißen. Und genau das bereitete mir Sorgen. Sollte das ewig so weiter gehen? Wieder spürte ich hilflosen und stummen Groll aufsteigen. Musste ich denn ewig dieser Knabe sein, der alles wie betäubt mit sich machen ließ? Schließlich hatte ich mich doch auf dieses Spiel eingelassen. Musste ich da nicht auch mitspielen?

Doch Konrad war es, der all seine Figuren in Position rückte. Wie ein Wächter zog die Karawane weiter und hielt mich fest. Ahnungslos und in der Nacht blind, musste ich mich fügen. Aber ich schmiedete meine Pläne, auch wenn ich noch nicht wusste wie, doch es musste sich etwas ändern.

Selbst Sabrinas Schweigen war ein Zeichen. Ihr missfiel auch Einiges, doch sie kooperierte, oder besser, sie wartete ab. Deutlich konnte ich spüren, dass sie etliches vorhatte. Schließlich verfügte auch sie über eigene Mitspieler. Drei Mann, schwer bewaffnet mit schwarzen Kameras.

Konrad störte sich nicht einmal an unserem Schweigen. Er erwartete nicht, dass ich antwortete. So sehr wirkte er von seinen Redekünsten überzeugt, dass er die Stille unserem Staunen zuschrieb. Wie ein gutmütiger, alter Mann kam er mir vor. Wie einer vor dem Kamin in einem weichen Sessel sitzend, der seinen Enkeln von seinen Abenteuern erzählte. Eine Gutenacht-Geschichte hatte es werden sollen, doch er war ins Schwärmen geraten – Nostalgie – und er badete darin, in diesen Erinnerungen, und bemerkte nicht, dass die Enkel bereits friedlich schliefen. Der alte Mann erzählte weiter. Mit leiser werdender Stimme wohl, ganz so als spräche er zu sich selbst.

Genauso sprach Konrad weiter, unermüdlich, und unbeachtet. Erst eine plötzliche Unruhe ließ ihn innehalten. Vor uns war ein mächtiges Gebäude aufgetaucht. Fast unsichtbar lag es in der Nacht, schlafend zu den Füßen der umgebenden Berge. Viele hohe Gemäuer schoben sich den Sternen entgegen, die die Steine in silbriges Licht tauchten. Nur aus wenigen Fenstern drang schwaches, flackerndes Licht. Die Stille wirkte fast erdrückend über der offensichtlich alten Errichtung. Selbst aus dieser Entfernung konnte man erkennen, dass jene Wände dick und massiv waren.

Als würde ich aufwachen, erschrak ich, als wir unerwartet stehen blieben. Selbst Konrad war überrascht, denn seine Erzählungen hatten ihn weit weggetragen. Doch er war rasch Herr der Lage. Und schließlich wusste er, wo wir waren. Nicht aber ich, und so schaute ich in die Nacht hinein.

«Was ist das?», fragte ich nach einer Weile. Meine Stimme war ein Flüstern, da ich es aus einem mir unerklärlichen Grund nicht wagte, die Stille zu stören. Natürlich war das töricht, denn die Kameltreiber verursachten einen Lärm, der noch in einem Kilometer Entfernung deutlich vernehmbar gewesen wäre.

Konrad genoss es sichtlich und sah mich grinsend an. «Das, mein Junge, ist ein altes Kloster.» Er blickte bedeutungsvoll auf das entlegene Gemäuer. «Ein christliches», ergänzte er und immittierte meinen Flüsterton.

Rätselnd, was wir hier sollten, schwieg ich, da mir keine passende Frage einfallen wollte.

«Aber das ist nicht unser Ziel», meinte Konrad. «Nicht jetzt. Wir werden hier rasten, bevor der Anstieg beginnt.»

Ich sah Konrad fragend an. Der Anstieg? Wir waren doch die ganze Zeit bergan geritten. Mein umnachteter Verstand wollte mir keine nützlichen

Dienste leisten. Doch den Gedanken konnte ich nicht zu Ende bringen. Einer der Kameltreiber war zu uns herangetreten und brachte mein Tier dazu sich hinzulegen. Abzusteigen war ganz leicht, doch als meine Füße festen Grund unter sich spürten, wollten meine Knie nachgeben. Es dauerte eine Weile, bis ich mich sicher fühlte. Zeit genug, damit Konrad sich aus seinem Sattel quälen konnte. Sein heftiges Atmen verriet die Mühe, die es ihn gekostet haben musste, als er neben mich trat.

Zu meiner Erleichterung stellte ich fest, dass der Dicke zu erschöpft wirkte, um noch lange zu erzählen, und so genoss ich die wortlose Hektik, die das Lager ergriff. Überall eilte jemand hin und her. Beschäftigt mit Arbeiten, die ich nicht erkennen konnte. Ich versuchte abzuzählen, wie viele wir waren, doch das ständige Gewusel, ließ mich jedes Mal auf eine andere Zahl kommen. Etwa zwanzig waren wir. Und dann knapp dreißig Kamele, die allesamt gelassener Ruhe auf dem felsigen Boden lagen. Manchen waren Eimer umgehangen worden, in denen sie zufrieden ihre Mäuler versteckten.

Einer der Einheimischen schritt auf uns zu. In Händen drei Tassen, die er uns wortlos aber mit einer angedeuteten Verbeugung überreichte. Heißer Tee war es. Der kräftige Geruch stieg mir gleich in die Nase. Eine willkommene Abwechslung in der kühlen Nacht und vielleicht würde er meine Müdigkeit verdrängen.

Es dauerte nicht lange und Konrad hatte jemanden gefunden mit dem er etwas besprechen wollte und eilte rasch zu ihm hin. Sabrina wurde kurz von einem ihrer Kameraleute in Beschlag genommen und so ergriff ich die seltene Gelegenheit und schlenderte langsam, aber zielsicher aus dem Schein der vereinzelt in den Boden gerammten Fackeln.

Hinter mir wurden die Geräusche leiser, bis sie zu einem unbestimmten Ton verschmolzen. Der Himmel über mir zeigte immer mehr seiner hellen Sterne. Er war weit dunkler als ich diesen jemals gesehen hatte. Der angestaute Groll verschwand nach wenigen Atemzügen. Übrig blieb allein ein müder Körper, der träumend durch die Nacht schritt. Weit entfernte ich mich nicht vom Lager, und doch war es fast wie eine andere Welt. Keine Stimmen, keine Befehle, keiner der mich mit seiner Ungeduld bedrängte, mit seinen Anforderungen einengte. Nur der weite Himmel und die friedlich schlafenden Berge, die ihn trugen. Wie gern hätte ich mich gleich danebengelegt und geschlafen. Aber das würde wohl nicht gehen.

Dennoch setzte ich mich auf einen herausragenden Felsen. Hart war er, und doch kam es mir angenehm vor, fast entspannend. Mein Körper war mir zu einer Last geworden. Schwer wie Blei von all der Müdigkeit und dem Verlangen endlich weg zu kommen.

Der Blick nach oben aber war leicht. Funkelnd erwarteten mich die Sterne und ließen meine Gedanken entschweben. Auch wenn die Stimmen der Nacht nicht leiser wurden, so nahm ich sie doch kaum noch wahr. Viel zu fern und unbedeutend kamen sie mir auf einmal vor. Nicht aber die Sterne, in deren Licht ich eintauchte.

So geduldig wirkte es mir, wie sie am Himmel verharrten. Reglos und still verzauberten sie die Nacht. So einfach erschien mir alles, so klein, so nichtig meine Gedanken. Meine Ängste wie weg geweht, meine Ungeduld nur noch ein Staubkorn, welches es nicht schaffte, das Schauspiel zu trüben.

War der Himmel hier ein anderer? Ich wusste es nicht. Nur so erlebt hatte ich ihn noch nie. Die Zeit hatte ich mir eigentlich noch nie genommen. Einfach nur dazu sitzen, zu schauen, zu genießen und zu träumen. So oft hatte ich gesagt, dass ich den Nachthimmel mochte, doch nun erst wusste ich es. Endlich allein, nur noch die Sterne und ich, tanzten wir bewegungslos im stummen Lied der Nacht. Wie nackt badete ich im schwachen Glanz, wie befreit von einem Druck, von dem ich nicht wusste, woher er stammte.

Himmlisch das Licht, himmlisch das Gefühl, das ich nicht festmachen konnte, es auch nicht wollte, es einfach genoss.

Der Tee wärmte meine Finger und noch leicht dampfend stieg mir der würzige Duft in die Nase. Träumend nahm ich einen Schluck, ohne meinen Blick in diese Welt zurückzurufen.

«Und?» Die Stimme weich, durchschnitt sie die Stille und ließ ein Zucken meinen Körper ergreifen, bevor ich mich überrascht umdrehte. Sabrina lehnte lässig an einer nahen Felswand, nur wenige Schritte hinter mir. Sie hatte offensichtlich länger dort gestanden, dabei hatte ich sie nicht kommen gehört. «Was denkst du gerade?» Sabrinas Stimme klang süßlich, nicht fordernd, eher nachdenklich, als müssten ihre Gedanken von wo anders zurück kehren. Ihr Gesicht konnte ich im Dunkeln nicht ausmachen und so wandte ich meinen Blick zu den Sternen.

Kurz hob ich die Schultern. «Nichts», antwortete ich und merkte selbst, wie dünn meine Stimme war. Nur ein Flüstern, klang es als hätte ich vergessen, wie man spricht. Sabrina kam langsam auf mich zu. Die Schritte fast unhörbar, spürte ich ihren Blick. Befremdlich geduldig setzte sie sich zu mir.

Immer noch spürte ich ihren Blick im Nacken und wagte es nicht ihn zu erwidern und betrachtete weiterhin die Sterne, ohne sie noch länger zu sehen.

«Nichts?» Sie war dicht bei mir, ihre Stimme nur ein Hauchen.

Meine Schultern hoben sich als wüsste ich keine Worte für eine Antwort. «Und alles!» Auch ich flüsterte weiter, als befürchtete ich, einen Schatten in der Finsternis zu wecken.

Eine Hand legte sich mir auf die Schulter. Ein kalter Schauer lief mir den Rücken runter. Doch gleich darauf spürte ich ihre Wärme. Sie schwieg. Langsam ließ ich meinen Kopf sinken, wagte es nicht sie anzusehen. Ihren Blick in meinem nun entblößten Nacken, fühlte ich mich dennoch wohl. Befremdlich. Zumal dieses Schweigen. Auch ich sagte kein Wort, und sie wartete nicht darauf. Sie saß einfach nur da, die Hand sanft auf meiner Schulter ruhend. Ich merkte, wie ich die Wärme genoss, wie ich ihr erlaubte, mich zu durchleuchten. Ich taute auf, schwamm im Glanz der Sterne, losgelöst. Ich hatte ihr die Wahrheit gesagt. Ich dachte an alles, und an nichts. Es gab nichts, an das ich hätte denken können. Nur diesen einen Moment gab es. Diesen einen, in dem nichts geschah, und doch alles anders war.

Ein schriller Pfiff zerriss die Nacht. Dann war es wieder still, nur ein paar Kamele ließen ihren tiefen Kehllaut ertönen.

«Konrad!» Es war das erste Wort, das nach einer langen Zeit gefallen war. Den Ton in Sabrinas Stimme konnte ich nicht deuten. Wie eine bedeutungslose Feststellung sprach sie es aus, und doch rührte sie sich nicht. Erst als der störende Pfiff erneut unsere Aufmerksamkeit verlangte, gab Sabrina den Platz neben mir auf. Als wäre sie aus einem tiefen Schlaf erwacht, zuckte ihre Hand und gab meine Schulter der Kälte der Nacht preis.

Ihre Schritte waren fest. Zügig eilte sie auf das Lager zu, in einigem Abstand folgte ich. Nochmals ertönte der Pfiff, bis Konrad uns in der Dunkelheit endlich ausmachen konnte. «Kommt», empfing er uns gut gelaunt, aber doch ein wenig ungeduldig. «Wir wollen aufbrechen!»

Sabrina beeilte sich. Mir blieben nur der Anblick ihres geraden Rückens und das sanfte Flattern ihres Schals. Die Augen stachen deutlich aus der Nacht hervor, und auch wenn Sabrina mich nicht sehen konnte, verfolgten tausend Augen jede meiner Bewegungen.

«Wo wart ihr denn?», wunderte sich der Dicke über unser merkwürdiges Benehmen.

«Die Sterne beobachten», antworte Sabrina sogleich. Ihre Stimme fest und selbstsicher, wirkte sie belustigt über Konrads Verwunderung.

«Aber die sieht man doch auch hier», meinte Konrad kopfschüttelnd.

Sabrina lachte vergnügt. «Unser Kleiner scheint ein Romantiker zu sein.»

Mein Magen verkrampfte. Obwohl sie sich umdrehte und mir zulächelte, fühlte ich mich verraten. Wieso genau, wusste ich nicht, aber es war eine unangenehme Schwere, die sich auf mich legte. Und kalt war mir auf einmal, so als wäre mir eine Decke umgelegt worden, um sie mir dann zu entreißen.

Irgendetwas an der Antwort gefiel dem Dicken, denn seine Miene hellte sich auf und die ungelösten Rätsel interessierten ihn nicht länger. «Dann wird ihm gefallen, wo wir hingehen!» Konrad rieb sich freudig die Hände.

Verblüfft blickte ich zu ihm hin, ging aber gleich zu den Kamelen weiter, als ich lediglich ein vielsagendes Lächeln in seinem Gesicht erkennen konnte. Mehr sagen wollte er nicht und ich war nicht bereit ihn mit Fragen zu bedrängen. Für mich gab es noch einiges zu klären. Alles was ich brauchte war ein wenig Ruhe, da kam mir sein Schweigen gerade gelegen.

– 12 – Der Aufstieg

Keine zehn Minuten später zog die Karawane weiter. Schön einer hinter dem anderen. Mit meinen Gedanken bei der Begegnung mit Sabrina, kam mir das Aufsitzen so selbstverständlich vor, als wäre es ein tägliches Ritual. Das betäubende Schaukeln war angenehm vertraut und ich gab mich den rhythmischen Bewegungen hin. Meine Müdigkeit war zu einer dämmrigen Erscheinung meines Geistes geworden, nicht aber die Nacht, die uns fest im Griff ihrer Finsternis hielt.

Das schwache Licht aus dem fernen Gebäude verblasste rasch und war bald nichts mehr als eine bloße Ahnung, die mehr der Einbildung als dem Sehvermögen anzudichten war. Wir hatten das Kloster – wie Konrad mir berichtete – auf der Seite liegen lassen und begaben uns wirklich auf einen langen Anstieg. Viel konnte Konrad mir nicht sagen, da sein Kamel vor mir her ritt und es selbst ihn störte, ständig schreien zu müssen. Den Umstand, dass der oft schmale Pfad uns zum hintereinander her reiten zwang, kam mir gelegen. So wurden meine verwirrten und umherirrenden Gedanken wenigstens nicht ständig gestört. Mehr als ein Wissen, war es ein undeutliches Gefühl, das mir verriet, dass ich einen Plan ausarbeitete. Eine Flucht, doch ich wusste weder wie noch wann. Und ob, das war mir eigentlich auch nicht sicher. Es war eher noch ein Wunsch oder ein Verlangen, gestärkt durch die Erinnerung an das Gefühl, das ich empfunden hatte, als ich zuvor die Sterne beobachtet hatte. Ich spürte, wie ich nicht loslassen konnte, mich danach sehnte zurückzulaufen und mich wieder dort hin zu setzen. Doch ein solches Vorhaben wäre zum Scheitern verurteilt, das war selbst mir klar. Konrad würde mich nicht gehen lassen, und Sabrina mich nicht alleine. Doch was wollte sie? Sie verwirrte mich. Ihr Schweigen mehr noch als ihre zahllosen Fragen.

«Eigentlich ist das ein Pilgerweg», meinte Konrad, der es doch nicht aushielt, sein Wissen zurück zu halten.

Ich hörte zu, sagte selbst aber nichts, ahnte nur, dass er viele Anekdoten in die Nacht freisetzen würde. Fast wartete ich drauf, dass er meine Vermutung bestätigte, doch seine üblichen Geschichten blieben aus. Vielleicht war er müde. Oder das Schreien lag ihm wirklich nicht. Jedenfalls kamen sie so einzeln wie gelegentliche Windfetzen in einer friedlichen Sommernacht. Er selbst kam nicht in seiner Erzählung vor, geschweige denn die üblichen wichtigen Geschäftsleute, Könige und dergleichen.

Von den ersten Pilgern sprach er, fast andächtig, mit langen Pausen. Eine Treppe erwähnte er, zweitausend Stufen lang. Sagte gar, wir befänden uns auf ihr, doch die Dunkelheit und die Müdigkeit meiner Augen verbarg sie mir vollständig.

Auf einmal störte ihn mein Schweigen, zumal er meine Aufmerksamkeit nicht prüfen konnte. Unruhig wurde er in seinem Sattel, gefangen wie ein dicker

Fisch in einem zu engen Netz, hilflos. Sein Kamel begann Böses zu ahnen und wurde nervös, ließ gar vermehrt ein Röcheln vernehmen, als einziges in der ganzen Karawane. Konrads alter Wächter wurde auf ihn aufmerksam, und obwohl ich in dessen Miene aufsteigenden Unmut erkennen konnte, schaffte er es nicht Konrad zu erreichen, bevor dieser erneut aus der Karawane ausbrach. Der Pfad war breiter geworden und der Dicke schaukelte sein Kamel zu mir heran. Dem Wächter winkte er beruhigend zu, als dieser, für ihn überraschend, aus der Nacht auftauchte.

Der Ägypter sagte nichts. Man sah deutlich wie er versuchte seine Wut hinunter zu schlucken. So trabte er von Neuem vor uns her, blickte sich aber mit wachsamem und besorgtem Blicken um. Fast musste ich lachen, als mir klar wurde, dass es keineswegs der Dicke war, um den er sich sorgte. Einzig seinem Kamel galt seine Aufmerksamkeit. Wohl war der Pfad nicht überall gangbar, denn sein Blick blieb fest auf die steinige Erde gerichtet.

Jedenfalls hatte Konrad das was er wollte, brauchte allerdings einige Zeit zum Verschnaufen, bevor er seine Erzählung fortsetzen konnte.

«Heute kommen auch viele Touristen hier hin», begann er von neuem.

Mich wunderte es nicht, denn schließlich führte mich Konrad hier her. Das musste also etwas dergleichen sein, was die Massen nur so anzog. Stumm ärgerte ich mich. Würde ich denn nie hier weg kommen? Sollte ich um die Erde laufen und dabei ständig auf der Stelle treten? Warum konnte Konrad das nicht verstehen? Nur leider fand ich keine Worte es ihm begreiflich zu machen. Es war ein Gefühl nach dem ich mich sehnte, und ein solches konnte man nicht erklären.

«Die letzten siebenhundert Stufen gehen die meisten zu Fuß», erzählte Konrad weiter und störte sich nicht länger an meinem Schweigen, nun da er mich im Auge behalten konnte und sicher war, dass ich ihn hörte. Der Dicke lachte. «Aber zum Glück haben wir die Kamele.»

Ich sah ihn direkt an. Und obwohl ich schwieg, verstummte er und erwiderte fragend meinen Blick. «Was hast du Kleiner? Du wirkst so...», er hielt seinen Kopf leicht schräg und betrachtete mich prüfend, «nachdenklich», endete er und sprach das Wort aus, als handelte es sich um einen bösen Zauber.

Immer noch gab ich keinen Ton von mir, aber ein langsam wachsendes Grinsen auf meinem Gesicht, verriet den Gedanken, den mein Geist aus einer unergründlichen Windung meines Verstandes ausgegraben hatte.

Konrad schüttelte den Kopf, als könnte er damit den seltsamen Eindruck von mir loswerden und wandte seinen Blick nach vorne.

«Ein Kamel zu haben, bedeutet nicht, dass man auch reiten muss», sprach ich dann endlich, hielt meinen Blick aber auch nach vorne gerichtet. Als hätte ich den Dicken geschlagen, drehte er sich zu mir um. Das Strahlen meiner Augen musste zu etwas Furcht erregendem geworden sein, denn Konrad schluckte fest. Dann aber lachte er gleich und klopfte mir auf die Schulter.

«Bist ein Schlingel du.» Wieder lachte er. «Ein wirklicher Knabe.»

«Nein, ich meine es ernst», sagte ich und verzichtete darauf seine verblüffte Miene zu genießen.

«Du wirst doch nicht zu Fuß da rauf wollen», sprach er meine Gedanken aus.

«Genau das ist meine Absicht», erwiderte ich und ließ ein vergnügliches Kichern ertönen.

Wieder schüttelte er seinen Kopf.

«Du kannst ja mein Kamel am Zügel nehmen», sagte ich und gab ihm die Ausrede nach der er suchte.

«Das werd ich tun, mein Kleiner. Recht hast du, du musst dich etwas austoben, ist schließlich dein Abenteuer.» Ich hörte wie Konrad kräftig ausatmete.

Auf Englisch rief ich Konrads Wächter zu, und fragte ihn höflich um den Gefallen, mich aus diesem schaukelnden Sattel zu befreien. Zunächst verärgert wurde er rasch freundlicher, als ich mehrmals erwähnte wie wenig ich von den Künsten des Reitens verstand. Er wurde gar redseliger und meinte, dass es jahrelange Übung verlange ein Karawanenmeister zu werden.

«Dafür, dass du erst zwei Stunden den Sattel unter dir hast, hältst du dich gut. Und das Kamel schätzt dein ruhiges Gemüt», meinte er lächelnd. Bei seiner letzten Bemerkung schielte er rüber zu Konrad und ich war mir sicher, dass es mehr dem Dicken als Beleidigung galt, als um mir zu schmeicheln. Bedanken tat ich mich trotzdem höflich, während sich mein Kamel sichtbar verwundert und zunächst widerstrebend niederließ. Die Karawane vor uns zog nichts ahnend weiter.

Meine Füße berührten kaum festem Grund, da stand Sabrina neben mir. Obwohl sie wohl kaum meine Worte hatte hören können, war ihr Geist wach genug, um mein Vorhaben zu durchschauen.

Konrads Miene verfinsterte sich. Ihn störte der Gedanke uns alleine ziehen zu lassen, doch er wollte auch nicht den Berg zu Fuß erklimmen. Wieder war es, dass er keine Schwäche zeigen wollte. Genau wie am Flughafen, musste er auch hier nachgeben und im Hintergrund bleiben. So blieb er in seinem engen Sattel sitzen, während Sabrina und ich versuchten die entstandene Lücke zu schließen.

Rasch wurde uns warm und wir waren dankbar für die Kühle der Nacht. Mein Gewand wehte leicht um meine Beine und schenkte mir ein unvertrautes Gefühl von Luftigkeit.

Je höher wir kamen, desto ausgeprägter stachen die Stufen aus dem Fels empor. Oftmals wählte die Karawane einen anderen Weg, da die Kamele die näher aneinander rückenden Stufen nicht länger erklimmen konnten.

Wieder glaubte ich mich mit Sabrina allein. Doch ich hatte mich geirrt. Zwar verschwanden die Kamele nach und nach in der Nacht, einzig verraten von den mitreisenden Fackeln und ihrem gelegentlichen Rufen. Aber auch wir hatten noch Gesellschaft.

Harshad eilte uns leichtfüßig hinterher. Unaufdringlich hielt er einigen Abstand, und eigentlich hätten wir ihn gar nicht bemerkt, wäre nicht noch ein anderer uns gefolgt. Eine schwer atmende Gestalt mühte sich keuchend ab mit uns Schritt zu halten.

Als wir sie bemerkten, blieben Sabrina und ich wie auf Kommando gleichzeitig stehen.

Sam nutzte die Gelegenheit und lief an uns vorbei und bestieg einen Felsvorsprung um uns und die nächtliche Aussicht in seinem schwarzen Gerät einzufangen.

Harshad wirkte bedrückt, offensichtlich beschämt uns gestört zu haben. Sein Ehrgefühl als Diener war verletzt, da wir ihn bemerkt hatten.

«Harshad, komm doch zu uns», meinte ich. Mir war es unangenehm ihn verlegen da stehen zu sehen, als hätte er etwas verbrochen.

«Verzeiht, mein Herr, ich hätte euch nicht stören dürfen», meinte der Inder mit einer Verbeugung, die als morgendliche Gymnastik hätte dienen können.

«Komm her», meinte Sabrina lächelnd. Sie konnte das seltsame Benehmen des Dieners nicht verstehen. Was Aufdringlichkeit bedeuten könnte, war ihr mit Sicherheit fremd.

Etwas widerwillig trat er zu uns heran, da er wohl der Meinung war, uns so weniger zu stören, da wir ohnehin auf ihn warten würden – und das hätten wir auch getan. Zumindest für mich war er kein Diener. Wie Sabrina das sah, wusste ich nicht, aber auf jeden Fall war sie in gewisser Weise von ihm fasziniert, bereits bei unserer ersten Begegnung, war das deutlich geworden.

«Was hat dich denn von dem Kamel getrieben», fragte Sabrina, die einfach nicht anders konnte.

«Es schien mir nicht angebracht zu reiten, während mein Herr und Herrin ihre Füße benutzen.» Harshad sprach in vollen Ernst.

Sabrina schüttelte den Kopf. «Du meine Güte.» Ihre Betonung deutete mehr auf Überraschung als an Belustigung.

«Aber dein Herr ist doch Konrad», meinte ich, da es mir unangenehm war, von ihm als Herr bezeichnet zu werden, auch wenn ich zugeben musste, dass es eine sympathische Abwechslung zur üblichen Anrede als Knabe war.

Der Inder schüttelte energisch den Kopf. «Harshad ist guter Diener, kann mehr als einen Herr haben.» Er grinste breit und schien sich über das selbst erteilte Kompliment zu freuen. «Und ihr seid Freunde Konrads und somit bin ich auch euch verpflichtet. Mein Herr würde es nicht anders wollen.»

Damit musste ich mich abfinden. Sabrina störte es jedenfalls wenig.

«Gut, aber bitte gehe dann mit uns, Freund. Du brauchst dich nicht verstecken.»

«Zu gütig, mein Herr.» Wieder wollte er sich verneigen, doch als er meine Miene betrachtete, überlegte er es sich kurzerhand anders und senkte lediglich sein Haupt.

Die anstrengender gewordene Reise, verlief recht schweigsam. Jedem war anzumerken, dass die Treppe sich scheinbar endlos nach oben zog. Auch die dünner werdende Bergluft trug wohl eine gewisse Mitschuld an der Atemlosigkeit, die uns alle ergriff. Zumal Sam litt besonders schwer. Aber er wollte nicht aufgeben, sich nicht einmal beschweren, doch trotz all seines Bemühens, konnte er sein Keuchen nicht länger verbergen.

Ein gräulich blasser Schimmer zog gierig am matter werdenden Glanz der Sterne, die sich zu nah an den Horizont gewagt hatten. Mir kam es vor als wären wir seit Stunden unterwegs, das dämmrige Licht erschien mir dabei wie ein Versprechen. Wofür es stand wusste ich nicht, doch ich klammerte mich an diese Hoffnung. Mein Blick wanderte nach Osten, als befürchtete ich, die Sonne könnte es sich an diesem Tag anderes überlegen. Was würde mich oben erwarten? Was würde Konrad sich als nächstes einfallen lassen? Nun, da der Weg sich direkt unter meinen Füßen befand, wollte ich es nicht mehr aufgeben. Für mich hatte die Reise begonnen. Nun endlich, und ich würde nicht zulassen, dass Konrad mich zurück zerrte. Mit dieser Sonne sollte mein neues Leben anfangen.

Plötzlich kam mir ein Gedanke. Herrlich süß war er, beinahe wie Rache. Doch es war mehr eine innere Genugtuung, eine Gewissheit, dass es losging. Der Plan, von den verborgenen Windungen meines Hirns geschmiedet ohne mein Bewusstsein damit zu belasten, zeigte sich mir mit aller Deutlichkeit.

Ein zufriedenes Lächeln stahl sich auf mein Gesicht. Mein Blick wanderte zur Seite und fand Sabrina, die ahnungslos den Gipfel erstürmte. Ja, diesmal würde ich entkommen. Aber ich musste dafür sorgen, dass sie ihre Show hatte, ich durfte sie nicht einfach verraten. Das war ich dem Spiel schuldig.

Sam war stehen geblieben und fing die Szene ein, als wir an ihm vorbei eilten. Unauffällig ließ ich mich zurück fallen. Harshad wollte eben etwas sagen, doch ich bedeutete ihm zu schweigen. Nur keine Fehler mehr machen, es stand zu viel auf dem Spiel.

Der Kameramann wunderte sich als ich auf ihn wartete, doch er war zu erschöpft um seinem Erstaunen Worte zu verleihen. Nur mit großen Augen betrachtete er mich, als wollte er dadurch eine Erklärung entdecken.

«Sam mein Freund», redete ich ihn leise an und machte ihm sichtlich Angst. Vor Schreck blieb er gar stehen, da er die Welt nicht mehr zu verstehen glaubte. Doch ich ließ mich nicht beirren.

«Wir wäre es, wenn ich dir etwas geben würde, was sich zu filmen lohnen würde.» Ratlosigkeit schrieb sich in seine erschöpfte Miene und teilte sich den Platz mit einer noch ungewissen Vorfreude. Immer noch fehlte ihm der Atem um zu reden.

Damit unser Fehlen nicht zu sehr auffiel forderte ich ihn auf langsam hinauf zu klettern. Unterwegs erklärte ich mein Vorhaben und sein Lächeln wuchs mit jedem Schritt den wir taten.

Den Plan schmiedeten wir gemeinsam aus. Offensichtlich begeistert versprach er mir Sabrina nicht einzuweihen. Zu verlockend war ihm der Gedanke etwas Brauchbares in seinen Kasten zu bekommen. Zudem würde er so davon befreit werden den Berg noch weiter zu erklimmen und seine Last hinauf zu tragen.

Neue Lebensgeister erfüllten ihn, als wir uns trennten. Noch bevor Sabrina mein Verschwinden bemerkt hatte, trennten mich nur wenige Schritte von ihr und dem Inder. Harshad war es, der mein Kommen bemerkte. Wieder wollte er mir Fragen entgegen bringen, doch erneut gebot ich ihm zu schweigen. Er tat es, ließ mich aber nicht mehr unbeobachtet. Mit einem etwas frechen Grinsen, wollte ich seine sorgenvollen Gedanken zerstreuen. Aber auch ihn brauchte ich für meine Flucht. Nun würde sich zeigen, ob ich auf seine Loyalität vertrauen konnte. Mit etwas Unbehagen versuchte ich ihn für mein Vorhaben zu gewinnen. Würde er es als Verrat an Konrad sehen? Zumindest war mir klar, dass ihm die Wahl nicht leicht fallen würde und ihn um diesen großen Gefallen zu bitten fiel mir schwer. Er hatte das nicht verdient, das war mir klar, denn für ihn gab es keine größere Pein als seinen Herr zu hintergehen.

Doch zu meiner Überraschung sah er es ganz anders. Für ihn war es ein Abenteuer, und er wusste, dass Konrad ein solches gut heißen würde.

«Aber wirst du keinen Ärger bekommen?», fragte ich besorgt.

«Mit Sicherheit», gab er grinsend zurück. «Mein Herr wird außer sich sein, wenn er dein Verschwinden bemerkt.»

Ich konnte mir das nur allzu lebhaft ausmalen, aber Harshad machte sich deswegen nicht die geringsten Sorgen.

Harshads Begeisterung ließ selbst die von Sam verblassen. Nicht nur, dass er das Unbehagen missen ließ, das ich bei ihm vermutet hatte, so begann er sogleich meinen Plan noch auszuarbeiten. Seine Gedanken reichten weiter als die meinen. Wasser, Proviant, alles versprach er, würde bereit sein, wenn ich es war. Das Abenteuer, es würde beginnen.

Unter einem fadenscheinigen Vorwand verabschiedete sich der grinsende Inder von Sabrina und mir. Sie schenkte dem Vorfall keine größere Bedeutung, schließlich hatte Harshad sich bisher immer eigenständig seine Arbeit gesucht. Aber diesmal würde er nicht Konrad dienen, so wie die Journalistin es leichtfertig glaubte. Es war recht vergnüglich neben ihr her zu schreiten. Meine gute Laune kannte keine Grenzen mehr. Mein Körper war so erregt, dass kein Platz mehr blieb für Müdigkeit.

Der Himmel verlor immer mehr seiner schwarzen Tinte, welche die Schatten schärfer auszumalen begann und die Berge sich wie Pfeilspitzen in das Firmament bohrten.

Das gleichmäßige Traben der Kamele kam näher und bald vereinten sich unsere Pfade von neuem. Auch trafen wir vermehrt auf andere Pilger, die mit seltsam bunten Rucksäcken ausgestattet einen großen Teil der Treppe für sich beanspruchten. Die meisten von ihnen waren recht wortkarg. Sabrina hatte sich einen Spaß daraus gemacht kleinere Interviews zu führen. Manche der Touristen reagierten so erschrocken, als handelte es sich um ein Verhör. Andere gaben bereitwillig Auskunft. Über ihre Gründe, warum sie herkamen, über ihre Reise, die hinter ihnen lag. Sabrina schöpfte immer neue Fragen aus einer unstillbaren Neugier.

Den meisten aber waren die Strapazen anzumerken, und so dauerte keine der Unterhaltungen länger als es brauchte um sie zu überholen. Dabei fiel mir auf wie schnell wir gingen. Und Sabrina war keineswegs erschöpfter als ich. Selbst um den Atem, den sie so leichtfertig zum Reden aufbrachte, hätte so mancher sie beneidet. Auch ich konnte nicht anders als sie für ihre Ausdauer zu bewundern.

Selbst Konrad hielt sich zurück, als er neben uns her ritt. Zwar saß er imposant im Sattel, doch wusste er wohl, dass ihn deshalb keiner bewundern würde. Die Ehre gebührte hier dem einfachen Fußvolk. Und erstaunlich viele waren es, die den Weg hier rauf gefunden hatten.

An sich hätte mich dieser Umstand wieder zu ärgern vermocht. Was für ein Teufelswerk sollte uns oben erwarten? Doch es konnte mir gleich sein, ich hatte meine Flucht geplant, und bald würde ich sie ausführen. Dies sollte das letzte Mal sein, dass meine Gefährten mich zurück riefen.

Obwohl die meisten Pilger sich recht ruhig verhielten, und nur wenige sich unterhielten, machte die Masse das Geflüster, die Fußtritte, selbst das Atmen zu einem störenden Lärm, der die friedliche Atmosphäre zu etwas schwerem werden ließ. Wie freute ich mich darauf, allein zu sein. Und bald war es so weit. Sehr bald.

Auf einmal kam Max uns entgegen. Er war mit der Karawane geritten, doch nun war ihm für sich und sein Kamel ein anderer Weg in den Sinn gekommen.

«Wohin willst du?», fragte Sabrina verblüfft.

«Wir brauchen noch etwas Material. Von der Landschaft, sie ist wirklich atemberaubend, und wir sollten den Sonnenaufgang so gut einfangen wie möglich.» Seine Miene war kaum zu deuten. Etwas Starres lag in ihr, als glaubte er seinen eigenen Worte nicht. Sabrina schüttelte verwirrt den Kopf.

«Gut. Wenn du der Meinung bist.» Länger wollte sie sich nicht mit der Angelegenheit beschäftigen und schritt weiter voran.

Auch Max nahm die Zügel enger und ließ sein Kamel den Weg nach unten antreten. Als er an mir vorbei ritt, war es mir als hätte er einmal kurz gezwinkert. Doch kaum war er aus meinem Blickfeld verschwunden, schüttelte ich mir den Gedanken aus dem Kopf und war mir nicht mehr sicher. Wusste er Bescheid? Hatte Sam ihn eingeweiht? War das ein Komplott? Ein heimliches Grinsen ergriff mich. Dem Dicken und Sabrina liefen die Diener weg. Diesmal musste es einfach gelingen.

Allmählich lief der Anstieg zu einer Ebene aus. Eine große Fläche war es, karg wie das ganze Gebirge. Zu meinem Unmut hatten sich viele Menschen eingefunden. Überfüllt war es, zumindest für meinen Geschmack, auch wenn wir uns nicht drängen mussten. Dabei hatte ich mich auf den Sonnenaufgang gefreut, aber alles Romantische war verflogen.

Konrad ließ sich aus seinem Sattel befreien und schritt sichtlich erleichtert auf uns zu.

«Und hab ich dir zu viel versprochen, Kleiner?» Der Dicke störte die Stille der Nacht.

Ein stummes Nicken musste ihm als Antwort gereichen. Eigentlich hatte er mir ja nichts gesagt, und auf vieles war ich vorbereitet gewesen. Ein großes Bauwerk hatte ich erwartet. Doch der Gipfel war fast gänzlich leer. Und dass ein Sonnenaufgang das Ziel hätte sein sollen, hätte ich nicht einmal geglaubt, wenn er es mir gesagt hätte. Es passte einfach nicht zu dem alles übereilenden Millionär.

Doch es zog die Massen an, deshalb wohl auch den Dicken, der mir nun lärmend die Stille zeigen wollte. Was für ein Gemetzel – Romantik zum Einpacken.

Der Himmel befreite langsam die Farben, die die Welt an diesem Tag ausmalen sollten. Es war nichts Gemächliches, nicht wie es hätte sein sollen. Eher ruckartig ging es von statten. Wohl hielt sich die Sonne noch an ihren gleichmäßigen Lauf, doch wurden wir ständig abgelenkt. Gestört von verirrten Seelen, die auf einer unerklärlichen Suche nach etwas waren.

Ein Schwarm zitternder Ankömmlinge hatte es gar geschafft ein Lagerfeuer auf dem Plateau anzuzünden. Begierig züngelten die Flammen über das wenige, trockene Holz das die Pilger gefunden hatten. Mit ihrem Tee in der Hand, standen sie davor und stierten in die Glut des mageren Holzes. Es war fast unmöglich daran vorbei zu gehen und dem Drang zu widerstehen hinein zu starren. Die Geblendeten taumelten dann orientierungslos weiter und rammten andere Umherirrende. Der reinste Wahnsinn. Verloren kam ich mir vor, als wäre ich der einzige der bemerkte, dass hier alles falsch war. Keiner störte sich daran, ganz so als wären sie alle blind. Meine Augen aber schmerzte es, und nur mein gefasster Plan half mir nicht los schreien zu müssen.

Auch liefen Einheimische, manche von ihnen Mönche, mit wärmenden Decken durch die wartende Meute. Konrad ließ uns fürsorglich mit solchen versorgen. Man kam nicht zur Ruhe. Atmete noch vom Anstieg erschöpft aus, bis man eine Stelle fand, an der man einigermaßen ungestört verweilen konnte.

Fast widerwillig sah ich dem Schauspiel zu. Eigentlich wartete ich nur auf den richtigen Moment. Sabrina und Konrad mussten abgelenkt sein, sich auf irgendetwas konzentrieren. Doch das war schwierig. Ständig kamen sie auf neue Ideen. Wechselten die Stellen auf der wir standen, da sie befürchteten die Aussicht könnte durch irgendetwas gestört werden. Dabei merkten sie nicht, dass sie am meisten störten. Ich wollte den Sonnenaufgang gar nicht mehr genießen. Es war eigenartig – irgendwie falsch.

Dann kamen sie zu mir. Etwas abseits war ich geflüchtet und wollte mit ihrer ständigen Suche nichts mehr zu tun haben.

Sabrina stellte sich hinter mich. Unsere Decken in der Hand, und wickelte mich in die meine. Es hatte etwas Einnehmendes an sich. Eng blieb sie hinter mir stehen und selbst durch die Decke hindurch konnte ich ihre warmen Brüste spüren. Wie eine Mutter hüllte sie mich eng in die Decke, doch es fühlte sich anders an. Aber ich wusste nicht wie. Ich dachte an ihren Versuch mich aufzutauen. Ihr Griff war fest. Ihre Wärme etwas Berauschendes. Auch Konrad gesellte sich schließlich hinzu. Er hatte uns warmen Tee mitgebracht. Wie Sabrina blieb er hinter mir stehen, ganz so als wüssten sie von meiner Flucht und wollten sie im Keim ersticken.

Die ersten gelblichen Strahlen mischten sich unter das morgendliche Glühen. Sie waren aber noch zu schwach um zu wärmen und so seltsam es klang – sie berührten mich nicht.

Meine Gedanken eilten den Hang hinunter, während alles was ich spürte, die Nähe meiner Gefährten war.

Der Dicke hielt es gar für nötig mir seine breite Pranke auf die Schulter zu legen. Sollte ich doch nicht fortkommen? Ahnten sie es, oder hatte mich einer ihrer Diener verraten?

Immer noch der Knabe war ich, behütet, bewacht. Der Griff von Konrad war nicht fest, und doch fand ich keinen Weg hier weg. Die Decke umschlang mich, trennte mich von der Welt, und hielt mich doch in ihr gefangen. Die Sonnenstrahlen konnten mich nicht berühren. Und doch stand ich da, sollte ihn genießen, den einen Moment, gaffend, wie all die anderen.

Den Tee in der Hand, trank ich rasch, obwohl er zu heiß war. In meinem Kopf irrten die Gedanken umher, suchten nach einer Ausrede zu verschwinden.

Erst als ich eine Weile in die leere Tasse stierte – den Sonnenaufgang völlig vergessend – sah ich plötzlich einen Ausweg.

Mehr als ein Schimmer war es nicht, es lohnte nicht mir Hoffnung zu machen, und dennoch musste ich es nun wagen. So unrealistisch die Gelegenheit auch war, konnte ich es nicht riskieren, sie verstreichen zu lassen.

Langsam drehte ich mich um, bis Konrad endlich seine Hand von mir ließ. Bedächtig senkte ich mein Haupt und blickte ungläubig in meine leere Tasse.

«Ich geh mir noch rasch einen Tee holen», sagte ich endlich. «Soll ich euch einen mitbringen?», vervollständigte ich meine Ansprache um ihre Gedanken zu zerstreuen, wohl wissend, dass ihre Tassen über reichlich Inhalt verfügten.

«Nein danke», entgegnete Sabrina lächelnd. Ich war überrascht wie schnell sie geantwortet hatte. Unmöglich konnte sie im Sonnenaufgang versunken gewesen sein. Aber was hatte ich erwartet, sie war Journalistin. Hatte sie ihn eigentlich betrachtet, oder hatte sie mich beobachtet?

«Warte, ich ruf dir Harry, der holt ihn dir», meinte Konrad mit teilnahmsloser Stimme.

«Der soll auch mal eine Pause haben», hielt ich reichlich beunruhigt entgegen.

Konrad lachte. «Pause, das Wort kennt der nicht.» Der Millionär holte tief Atem und setzte an seinen Diener zu rufen.

Rasch hob ich meine Hand und ließ den Dicken mit offenem Mund verharren.

«Lasst, es ist ja nicht weit», versuchte ich krampfhaft meinen Plan zu verteidigen.

«Harry wird beleidigt sein, wenn er davon erfährt», meinte Konrad mit ernstem Ton, aber lächelndem Gesicht.

«Nun, dann darf er es nicht erfahren», versuchte ich mich an einem sorglosen Lachen.

«Scheint mir fast als wolltest du unbedingt hier weg.» Er fiel in mein Lachen ein und übertönte mich gar. Nun war es geschehen. Meine Flucht gescheitert noch bevor ich den ersten Schritt getan hatte. Wie hatte ich, ein Knabe, mir einbilden können dem mächtigen Millionär entlaufen zu können.

«Ja, ich versuche zu fliehen.» Meine Stimme klang mir fremd in den Ohren, als wäre es ein anderer der spräche. Ich lachte. Galgenhumor.

Konrads Laune blieb ungebrochen heiter. Sein Lachen wurde zu einem vergnüglichen Kichern. Nur Sabrina sah mich scharf an, doch als Konrad ihr einen Klaps gab, schmunzelte sie, bevor sich beide umdrehten.

Unkontrolliert stolperte ich weiter, fast wäre ich über meine eigenen Füße gefallen. Ich konnte es nicht glauben, ich hatte es geschafft, beide ahnungslos, betrachteten sie den roten Schimmer am Himmel. Mein Atem ging unregelmäßig, mein Herz raste ungewohnt schnell.

Schlagartig blieb es stehen. Kaum hatte ich meine Gefährten aus dem Blickfeld verloren, da zielte eine Kamera auf mich. Schwarz und bedrohlich. Tobias stand da und regte sich nicht. Fest entschlossen mich nicht unbeobachtet zu lassen, fing er jedes Bild von mir auf. Abrupt blieb ich stehen, aus Angst er könnte mich verraten.

Doch das war nicht seine Absicht. Er glaubte mich zu behindern, und so ging er einige Schritte rückwärts. Recht gefährlich sah es aus, mit seiner schweren Last auf der Schulter. Ein Zwinkern zeigte mir, dass er Bescheid wusste und verlieh mir neuen Mut. So schritt ich weiter, der Verrat war perfekt. Totale Meuterei.

Keine fünf Schritt später, erwartete mich Harshad, meinen prall gefüllten Rücksack in Händen. Ein breites Grinsen erhellte sein Gesicht, und die ersten Morgenstrahlen funkelten in seinen Augen.

– 13 – Die Flucht

Wie in Trance taumelte ich den Berg hinunter. Eine Mischung aus Laufen und wenig kontrolliertem Stürzen, führte mich in den Schatten des Berges.

Nachdem Harshad mir viel Glück gewünscht hatte, war ich los gestürmt und dachte nicht daran mich umzudrehen.

Es gab kein Zurück mehr. Fremde Gesichter kamen mir entgegen, die mich entgeistert ansahen. Nachzügler waren es, jene, die es noch nicht auf den Gipfel geschafft hatten. Offensichtlich bereitete es ihnen Unbehagen mich so in den Abgrund stürzen zu sehen, glaubten wohl ich täte es aus Angst vor etwas, das am Gipfel vorgefallen war – und irgendwie stimmte es auch. Nicht wenige blieben ratlos stehen und erweckten einen recht hilflosen Eindruck.

Doch ich beachtete sie nicht weiter. Es waren alles Fische, auf der Suche nach etwas, was sie wohl nie finden würden.

Ich jedoch hatte es gefunden – eine Lücke – und ich stürmte darauf los. Meine Beine rasten die Treppen fast schneller hinab, als ich ihnen folgen konnte. Mein Körper stürzte einfach hinterher. Es war zu spät zum Anhalten, ich war viel zu schnell, und doch wäre ich schneller gelaufen, wenn es mir nur möglich gewesen wäre.

Oben wusste ich meine Gefährten und ich durfte nicht zulassen, dass sie mich einholten. Wie viele Minuten blieben mir? Würden sie es gleich merken? Und wie würden sie handeln? Würden sie einsehen, dass es besser war, mich ziehen zu lassen? Und wichtiger – würden sie mich aus ihrem Machtspiel so leicht entkommen lassen?

Es gab darauf keine wirklichen Antworten, nur eine Möglichkeit blieb mir – ich musste laufen. Versuchen so viel Distanz zwischen uns zu bringen, zwischen die beiden Welten, der einen mit den lärmenden Lügen und jener mit der Stille der Wüste.

Der Strom der entgegen kommenden Touristen nahm allmählich ab. Jene, die mir nun begegneten, waren zu erschöpft, um mich zu bemerken. Ihr Keuchen drang wie ein vorbei huschender Windstoß an mein Ohr. Krampfhaft versuchten sie den Gipfel zu bezwingen, selbst jene, die sichtlich zu schwach dafür waren. Sie gaben nicht auf. Sie verloren ihr Ziel nicht aus den Augen, das Ziel das von der Menschheit, oder vielmehr der Medien, ihnen auferlegt worden war. Schließlich würden sie die Romantik dort oben finden, verkauft von den Menschen, samt Tee und Decke.

Die Sonne konnte ich nicht einmal andeutungsweise erkennen. Massiver Fels und bröckelndes Gestein versteckten sie, und verbargen mich in ihrem Schatten. Das Morgengrauen hatte ich hinter mir gelassen und mich in den friedlichen Mantel der Nacht gehüllt.

Ob die Sterne wieder zu sehen waren, wusste ich nicht, mein Blick blieb fest auf der unregelmäßigen Treppe haften. Nur ein undeutlicher Schimmer verriet mir die hervorstehenden Stufen und jedes Mal, wenn einer meiner Füße den festen Grund verließ, konnte ich nur hoffen rechtzeitig die Stelle zu finden, wo ich ihn sicher aufsetzen konnte. Es war eine richtige Flucht, gejagt von meiner eigenen Geschwindigkeit und dem Wissen, dass meine Gefährten mich nicht so einfach entkommen lassen würden.

Plötzlich zerstäubte ein Röcheln meine Gedanken. Überrascht blickte ich auf. Vor mir ragte ein Felsvorsprung hervor auf dem ein einzelnes Kamel stand, offenbar von meinem Heraneilen erschreckt.

Meine Füße, an den unsteten Rhythmus der Treppe gewöhnt, führten mich weiter hinunter, obwohl mein Blick am Kamel haften blieb.

Max war es, der dort Stellung bezogen hatte und meine Flucht mit freudigem Gesicht einfing. Alles war finster, bedrohlich die leere Schwärze der Kamera, nur eine rote Kontrollleuchte strahlte in die Nacht und tauchte die Züge des Reiters in ein geheimnisvolles Licht, das seinem Grinsen beängstigende Schatten verlieh und seine Augen zu finsteren Höhlen werden ließ.

Ein Stein rutschte unter meinem Fuß weg und ich wäre fast gestolpert. Sofort riss ich meinen Blick von dem rötlich leuchtenden, leidenschaftlichen Schauspiel meines Verbündeten. Unter vollem Einsatz meiner kräftig rudernden Arme schaffte ich es einigermaßen Gleichgewicht zu erlangen und stürzte mich weiter in die Tiefe.

Gleich darauf war ich an dem jungen Mann vorbei. Nur das saugende Gefühl seiner Kamera blieb mir wie ein anhaftender Schatten im Nacken. Obwohl sich rasch einige enge Kurven zwischen uns legten, blieb mir diese Einbildung dennoch treu, als wollte es mir deutlich machen, mit welch mächtigen Jägern ich mich da eingelassen hatte. Meine Verbündete nannte ich sie, doch wie lange würde das noch anhalten? Was, wenn ich ihnen nicht mehr liefern konnte, was sie verlangten?

Fast war es mir, als hörte ich Hufschläge auf hartem Gestein, doch wenn es nicht einfach eine trügerische Illusion der Nacht war, so wurde es schnell leiser. Falls Max den Versuch unternommen hatte, mir zu folgen, so hatte er ihn aufgegeben. Einem Kamel war es nicht möglich mir zu folgen, nicht bei dieser Finsternis und dem unsteten Grund. Und schließlich rannte ich, als gäbe es kein Morgen, und das, obwohl die Sonne mir auf den Fersen war.

Schnell hatte ich ihn vergessen. Nur mein lauter werdendes Atmen begleitete mich. Treu und treibend, mein Verlangen nach Stille, mein Jäger. Gedanken hatte ich keine mehr, die waren irgendwo oben geblieben, zu schwer, als dass ich sie hätte mitnehmen können. Nur ein undeutliches Gefühl von Hoffnung war es, das mir Kraft schenkte. Ein eigenartiges Grinsen durchzog mein vor Anstrengung verzerrtes Gesicht.

Ein dämmriges Licht ergriff das Tal, das vor mir lag. Im Osten versteckten sich die Berge etwas weiter hinten, und so ergossen sich die ersten Küsse der Sonne über die wenig bewohnte Steinebene.

Der Abstieg ging um einiges schneller von statten als der mühsame Aufstieg. Obwohl es nicht lange her sein konnte, dass ich hier gewesen war, schien die Gegend doch stark verändert, als ich am Fuß des Berges ankam.

Ein ferner, aber steter Lärm durchzog die zurückweichende Nacht.

Nun, da ich von der Dämmerung doch eingeholt worden war, ließ ich mich auslaufen und schritt in gemächlicherem Tempo weiter. Der Fluchtversuch war beendet, ob gelungen oder nicht, das würde sich herausstellen. Nun aber sollte die Reise beginnen. Einmal um die Welt, das konnte man nicht, wenn man ständig lief.

Die schweren Motorgeräusche der fast unsichtbaren Busse drangen dumpf über die Ebene zu mir heran.

Wie schleichende Schatten kamen sie mir vor, ohne dass ich ihnen viel Aufmerksamkeit schenkte. Auch das Kloster – wenn man auf Konrads Wissen vertrauen konnte – schien belebter. Im dämmrigen Morgenlicht wirkten die erleuchteten Fenster wie funkelnde Augen, ohne dass ich etwas erkennen konnte.

Nachdem ich meinen Blick vollends abgewandt hatte und meine Reise fortsetzte, war es mir als trüge der Wind Stimmen zu mir heran. Nur einzelne Fetzen waren es, verzerrt und leise, einzelne Worte waren unmöglich herauszuhören, nicht einmal zu erahnen. Ich fragte mich gar, ob sie nicht meiner Einbildung entstammten, dass ich einfach diese Stimmen im fernen Lärm vernehmen wollte.

Ob nun nur Einbildung oder nicht, schenkte ich den Stimmen doch nicht meine Aufmerksamkeit. Am Rande meiner Sinneseindrücke ließ ich sie unbeachtet umherschwirren. Genauso den morgendlichen Wind, der über meinen leicht erhitzten Körper strich und mich rasch auskühlte, da ich aufgehört hatte zu laufen. Immer Richtung Westen hielt ich meinen Blick und meine Füße schritten auf den dunkelsten Fleck am Himmel zu.

Fast war es mir als könnte ich dort noch einige Sterne erspähen, doch sie waren genauso verblasst wie die flüchtige Erinnerung an die vergangene Nacht. Ich wusste sie waren da und doch konnte ich sie nicht wirklich finden, und festhalten noch viel weniger.

40 000 km, obwohl ich es war, der es damals – es kam mir vor, wie aus einem anderen Leben – ausgesprochen hatte, war es nun Konrads Stimme, die dies in meinem Kopf ertönen ließ. Als wäre es meine Aufgabe, einzig seinem Befehl, dem ich gehorchte. Meine Miene verhärtete sich, während ich den lästigen Gedanken zu verdrängen versuchte. Ich wollte nicht im Kreis laufen, erst recht keinen so großen. Es war keine Weltumrundung, es war – meine Erwartung fand keine Worte.

40 000 km! Ich lachte über das Gespenst in meinem Kopf. Meine Reise würde mich viel weiter bringen – und vor allem nicht zurück. Die Reise ging nur nach vorn – immer Richtung Westen nun.

Der Berg in meinem Rücken musste wohl schrumpfen, denn jene vor mir wuchsen an, denn immer wenn mein Gedanken versunkender Blick in dieser felsigen Welt auftauchte, erschienen sie mir plötzlich größer. Mächtig leuchteten die Gipfel im Morgenlicht, das mich in der Senke noch nicht richtig berühren konnte.

Glühende Reflexionen an den Fenstern der Busse verrieten mir in der Ferne eine Straße, die sich eng an den Fuß eines Berges schmiegte, doch ich hielt mich von dieser fern. Der holprige und steinige Weg unter meinen Füßen war mir deutlich angenehmer. Meinen Augen blieben scharfe Konturen erspart und ich konnte meinen Blick ungestört wandern lassen, ohne dass er sich irgendwo verfing und mir die noch schwache Illusion von Freiheit nehmen würde. Zu nah noch waren die Geräusche, der Lärm der suchenden Touristen, diesen Fischen in ihren luftverpesteten Konservendosen.

Deshalb vermied ich es dorthin zu blicken, so funkelnd die Fenster auch durch die Dämmerung leuchteten. Die Straße würde mich nirgends hinbringen können, jedenfalls nicht dorthin, wo ich hin wollte.

Leicht war es aber nicht, die Straße zu missachten. Der Lärm verfolgte mich. Dumpf drang er zu mir heran, stetig aber, und nebst der Stille, die ich hören wollte, war es unüberhörbar laut.

Obwohl meine Schritte gleichmäßig waren, fühlte ich mich gehetzt. Die Ruhe wollte sich nicht einstellen. Nicht in mir, und erst recht nicht in der Welt.

Es war um sich zu ärgern, doch das wollte ich nicht. So schickte ich meine Gedanken den Berg hinauf, den ich eben erst so eilig hinuntergestürmt war. Hin zu Sabrina und Konrad, die sich sicher über mein Fehlen wunderten. Vielleicht waren sie auf dem Weg talwärts.

Den staubigen Motorenlärm, der sich wie eine schwere Decke auf mich legen wollte, verdrängte ich mit der Vorstellung Konrad mich verfolgen zu sehen. Nicht durch seine Macht, die mich bisher immer festgehalten hatte, sondern in seiner eigenen Person – seine ganze Masse, wie eine Lawine den Hang hinunter brechend. So sehr dieses Bild meine Flucht bedrohte, so sehr machte es mir klar, dass ich vorerst vor ihm sicher war. Niemals würde er mir diese Schwäche zeigen – nein, er müsste einen anderen Weg finden und für diesen Moment war ich sicher.

Etwas aber bereitete mir noch Sorgen. Für wen würde sich Sabrina entscheiden? Würde sie es zulassen, dass ich mich ihrem forschenden Griff entzogen hatte? Ich hoffte sie besäße doch mehr Geduld, als ich ihr zutraute. Wenn ich es mir recht überlegte, würde Konrad in diesem Moment sicher packendere Bilder liefern, als ein einsamer Wanderer in einem steinigen Gebirge.

Obwohl meine Beine unbeirrt ihren Weg fortsetzten und die Berge um mich herum größer und kleiner wurden, blieben meine Gedanken bei meinen beiden Gefährten hängen, die irgendwo hinter mir blieben. Schaffte ich es dann doch, meinen Geist zu mir zu rufen, so hörte ich einen fernen Lärm. Nicht so dumpf und tief wie noch zuvor und dennoch juckte es mir unangenehm im Ohr.

Als würde es mich heimlich verfolgen, blieb es stets so fern, dass ich es nicht sehen konnte und doch so nah, dass ich es hörte.

Nachdem ich mich zweimal rätselnd umgeblickt hatte, blieb ich meinem Kurs treu und versuchte es zu verdrängen. Aber mit der Stille, die ich suchte und erhofft hatte, war mir das nicht möglich. Nur Konrads imposante Erscheinung war mächtig genug den surrenden Lärm zu übertönen. Mehr als ein Schmunzeln schlich sich mir so um den Mund, während die Sonne ihrem unsichtbarem Pfad in die Höhe folgte.

Schnell heizte sich das Gestein unter meinen Füßen auf und mehr als einmal blickte ich genau so überrascht wie erfreut auf meine neuen Sandalen, die mich so fremd unter dem weißen Gewand bei jedem Schritt anstrahlten.

Das gelegentliche Streicheln des weichen Stoffes an meinen nackten Beinen blieb trotz der steigenden Sonne angenehm kühl, ganz so, als würde die Hitze ihn nicht berühren.

Wie übereilt ich die Flucht angetreten und mich von ihr hatte ergreifen lassen, bekam ich zu spüren, als meine ausgetrocknete Kehle plötzlich nach Erfrischung lechzte. Als hätte ich einen ganzen Berg dieses sandigen Staubes gegessen, so kratzte es mir den Hals hinunter. Nichts davon hatte ich bemerkt. Erst als selbst das Atmen mir schwerfiel und mir die trockener werdende Luft im Hals stecken blieb, war mein Geist bereit meinen Körper wahrzunehmen. Alles hatte ich verdrängt, und trotz der vielen Tausend Schritte, ungezählt und ohne eine Spur im harten Gestein hinterlassen zu haben, war es, als wäre ich stehen geblieben. Dicht bei mir Konrad und Sabrina, in meinen Gedanken. Und nun da ich erschrocken stehen blieb, verblassten sie zu Staub im Wind.

Wasser, ein Gedanke, fern, aber rasch heran eilend. Unbeholfen drehte ich mich im Kreis, als müsste ich irgendetwas finden. Doch da war nichts. Nur Berg, Staub und Stein.

Als letztes Überbleibsel von meiner alten Ausrüstung fand ich den Rucksack auf meinem Rücken. Den hatte ich genauso vergessen wie meinen Körper, den ich ohne mein Bewusstsein durch die Gegend taumeln gelassen hatte. Geradlinig, immer Richtung Westen, unbeirrt, unbemerkt, unbeachtet von meinen eigenen Gedanken, die es vorgezogen hatten bei meinen Gefährten zu weilen. Nicht los zu lassen, von der Welt, die beide mir so lärmend zeigen wollten. Der Sog war zu stark und das, vor dem ich flüchten wollte, holte mich ein wie ein Schwarm Fische.

Den Rucksack hielt ich in Händen, bohrte in ihn meine Blicke, als erinnerte er mich an mein Vorhaben, und doch war er mir fremd, genau wie die Gedanken, jene von damals – was auch immer das war. Jetzt steckte ich in diesem angenehmen Gewand und lachte über mich selbst, diese Erinnerungen, diesen Rucksack und darüber wo ich jetzt war.

Verwirrt, aber irgendwie glücklich, schaute ich zurück – gen Osten, doch die Sonne blendete mich. Das Gestein in dunkel gelblichen Tönen verschmolz unter der Sonne zu einem undurchdringlichen Schleier. Der Versuch mich zu erinnern, wie ich hierher gekommen war, brachte mich lediglich zum Schmunzeln und war ohne jeden Erfolg gekrönt. Nur Fetzen, wie aus einem Traum, bildeten meine letzten Schritte, verstreut und zusammenhanglos.

Dann öffnete ich endlich mein Gepäck. Wie ein Fremder führte ich meine Hände hinein und es dauerte eine Weile, bis ich fand, wonach ich suchte. Eine mir unbekannte Feldflasche zog ich hervor, und als ich vorsichtig dran roch, stellte ich erfreut fest, dass sie Wasser beinhaltete. Mit geschlossenen Augen nahm ich einen kräftigen Schluck.

Herrlich, wie flüssig Wasser ist, stellte ich fest. Angenehm kühl war es geblieben.

Dann ließ ich die Flasche sinken und starrte träumend in die Ferne. Gedankenlos und leicht. Vergessen alles, woran man hätte denken können. Eine Welt voll Luft zum Atmen. Eine Oase in der Zeit. Einfach nur ruhen und die Stille genießen. Sie war so greifbar wie das Gestein unter mir und erfüllte mich wie die Luft meine Lungen.

Doch nur ein Augenblick, nur ein Atemzug, und der Moment war vorbei. Die Zeit hatte mich wieder und dann war er wieder da – dieser menschliche Lärm. Das sägende Geräusch eines Motors, viel zu schnell drehend und zu hell, dafür, dass es ein Bus sein konnte, doch noch konnte ich das Gefährt nicht erblicken. Irgendwo unter der mich einholenden Sonne versteckt, wartete der Lärm auf meine Schwäche, doch die Freude wollte ich ihm nicht machen.

Rasch packte ich alles Hervorgekramte ein, ohne darauf zu achten, was mir Harshad alles mitgegeben hatte, und schulterte den Rucksack. Schnaufend fuhr ich mir mit dem Handrücken über die feuchte Stirn, nahm den weißen Film auf der Haut unberührt zur Kenntnis und setzte meinen Weg fort. Das unsichtbare Gefährt im Rücken, den Westen stets vor mir und die Sonne bei ihrem aussichtsreichen Versuch mich zu überholen, über mir.

Obwohl das Wasser mich hätte erfrischen sollen, und meiner Kehle wahrlich wohl getan hatte, war mein Körper unendlich schwerer. Als wäre auf einmal eine Last an mich gebunden. Jedes Gefühl von Trance war weg, die Beine so schwer, als hätte ich mit dem Wasser Blei in mich gegossen.

Jedes Gefühl, von sich treiben lassen, dieses unbeirrte, unbeschwerte Voranschreiten war weg. Mir war als erinnerte ich mich plötzlich an meinen Körper, eine längst vergessene Hülle, getrieben in die Wüste und gehetzt von dem Lärm der Menschen.

Auf einmal war ich mir nicht mehr so sicher, hatte Angst. Was für ein Irrsinn! Was für eine Hitze! Überall nur Stein und Berg. Vor allem Staub, klebend an der Haut, sandig auf den Lippen.

Mein Körper nur noch ein einziger verhärteter Muskel und ein klappriges Gestell. Jeder Schritt kostete mich viel Kraft. Von einem Moment zum anderen war es bloß ein stetes Fallen. Meter um Meter, kämpfend, und ich wusste nicht mehr wieso.

Nur die Sonne spürte ich auf meinem Rücken, als trüge ich sie selbst.

Dem einzigen schrumpfenden Schatten folgend, den ich erkennen konnte – dem meinem – erklomm ich abermals einen Gipfel. Nicht ganz bis nach oben, nur so weit, wie die eingeschlagene Richtung es von mir verlangte. Längst nicht so hoch und steil war er, wie jener, von dem aus ich geflohen war, aber dennoch zog er meinen Kopf unwiderstehlich meinen Füßen entgegen.

Wie beim Fahrradfahren, zwang ich meinen Blick an den herannahenden Horizont. Ich erfreute mich daran, dass nicht nur ich, sondern auch die Distanz in der sengenden Hitze dahin schmolz. Langsam nur, aber die Wüste aus Stein war geduldig, so wie der Horizont in seinem blauen Kleid.

Als die Klumpen, die sich meine Beine schimpften, aufgeben wollten, flatterte das blaue Tuch des Horizonts wie ein Schleier vor meinen Augen. Ich wagte nicht die Welt dahinter zu betreten und hielt inne.

Minuten konnten vergangen sein, oder bloß ein paar Atemzüge, während ich so da stand und den dünnen Faden beobachtete, wo sich Himmel und Erde berührten. Wie ein Trunkener starrte ich darauf und wollte doch nicht glauben, was ich sah. Den Gipfel beinahe erreicht, fühlte ich mich leer. Ausgepumpt, ausgelaugt, mein Körper eine Hülle, getrieben von Gedanken, die mir alle fremd waren.

Endlich erhielten meine Füße einen Befehl und schon stolperte ich los. Unter mir fiel die Erde weg und stürzte sich einer weiten Ebene entgegen, die auf mich wartete. Sie strahlte, hell erleuchtet von der drückenden Sonne. Schlieren durchzogen die Luft und ließen das Bild vor meinen Augen flimmern.

Hinter einer für meine müden Augen endlos wirkenden Fläche, schien sich eine fremde Welt zu verstecken. Wie in Dunst gehüllt, wusste ich dennoch, dass es kein Nebel war. Eigentlich war die warme Luft klar, und doch schien sie mir alles verbergen zu wollen.

Um einiges leichter waren die Schritte talwärts, doch büßte ihre Regelmäßigkeit einiges ein. Mich zusammenreißend fuhr ich mir mit der Hand übers Gesicht und wieder fand ich dort einen weißen schmierigen Film auf meiner Haut. Es war all das Gift, das meine Reise nun aus mir sog, redete ich mir ein, und stolperte mit einem beinahe wahnsinnigen Grinsen weiter. Mein Körper schrie nach einer Pause, aber ich feuerte ihn nur an. Die Sonne war jetzt genau über mir, ich wollte nicht riskieren auch noch von Konrad eingeholt zu werden. Ich musste jetzt wegkommen, oder ich würde es nie. Diese Erkenntnis, oder vielmehr diese Angst, trieb meinen zerfließenden Körper weiter.

Dieser würde sich später erholen können, beruhigte ich mich selbst und brachte mein eigenes Stöhnen zum Verstummen.

Unter meinen Füßen zerbröckelte das Gestein, und selbst der ganze Berg wandelte sich immer mehr zu einer sandigen Fläche, die sich in die Tiefe ergoss. Dankbar für das Gefälle, schwamm ich mit.

Aber auch so zehrte meine Reise weiter an meinen schwindenden Kräften. Immer schwerer fiel es mir, mich aufrecht zu halten. Mit dem Gipfel im Rücken, war es mir nicht mehr möglich stehen zu bleiben. Meine Schritte entwickelten eine Eigendynamik, und so wurde mir abermals die Kontrolle über meine Flucht entrissen. Wie ein kleines Kind wurde ich von einer Macht hin und her geschubst, die ich nicht begreifen konnte. Wie ein Fluch war es, was mich weiter trieb, meinem Schatten folgend, den die Sonne zu einem winzigen Fleck geschmolzen hatte.

Mein Blick überstrich die vor mir liegende Ebene und verfing sich am Horizont, dreißig oder mehr Kilometer von mir weg, dort wo ich einen Fluss zu erkennen glaubte. Es war mehr eine Ahnung, als dass ich meinen Augen irgendetwas glauben könnte. Nur ein schwadiger Dunst, der nicht dem flimmerndem Schauspiel über der Ebene gleichen wollte, drängte mir den Gedanken auf. Die Vorstellung davon blieb aber leer, der Fluss leblos, war es nur ein Wort in meinem Kopf, haltlos, wie so vieles andere auch.

Es war mir, als habe ich mich irgendwo auf der Flucht selbst überholt und mein Bewusstsein, oder vielmehr die Fähigkeit Entscheidungen zu treffen, lag hinter mir, weit weg und unerreichbar.

Eine Weile später – es erschien mir genauso sinnlos, wie auch unmöglich es in Zeit auszudrücken – erreichte ich die Sole. Mein Oberkörper, noch ganz an das leichte Gefühl des sich fallen Lassens gewöhnt, wollte nicht damit aufhören und so brachen meine erschöpften Beine unter der vermehrten Last zusammen.

Obwohl es mir wie in Zeitlupe vorkam, konnte ich nichts dagegen tun. Erst sank ich auf die Knie, bevor mein Körper nach vorne kippte und dumpf auf dem sandigen Untergrund aufschlug.

Die Wüste – ich hatte sie erreicht. Leidenschaftlich drang mir der Sand zwischen die Lippen, während sie mich küsste. Wie zur Umarmung hatte ich die Arme weit auseinandergerissen und ließ mich sinken, so tief, dass mich nur noch Dunkelheit umhüllte. Alles verschwand mit mir, die ganze Welt ertrank, jedes Geräusch, jedes Ziel, jedes Streben, selbst die Erschöpfung glitt von mir, so rückstandslos, als hätte ich meinen Körper ausgezogen. Dieses schuppige ausgediente Kleid, geliehen von einer Gesellschaft, die ich immer weniger verstehen konnte.

Das Brennen des heißen Sandes im Gesicht rief mich noch einmal zurück und ein kräftiges Stöhnen war meine ganze Gegenwehr. Zu schwach und müde war ich. Reglos blieb ich liegen, blind, mit geschlossenen Lidern, wartete ich auf das Ende, auf den lang ersehnten Schlaf nach einem viel zu langen Tag.

Und als ich weiter versank, konnte ich noch kurz dieses ferne Brummen hören. Ich hatte verloren, bald würde es mich einholen, aber auch das war mir egal.

– 14 – Die ersten Schritte

Finsternis. Nur ein Röcheln war zu hören, das trockene Ausatmen eines alten Mannes. Dazwischen füllte nichts die vollkommene Leere.

Wo war ich? Während ich auf das regelmäßig wiederkehrende Geräusch wartete, erinnerte ich mich allmählich an meinen seltsam leblosen Körper. Auf dem Rücken liegend, wagte ich keinen Blick in die mir fremde Welt. Es war zwar warm, aber dennoch ungemein kühler, als es meiner Erinnerung nach sein dürfte. Auch spürte ich keine Sonne auf meiner angespannten, leicht glühenden Haut. Meine Lippen trocken, stand mein Mund offen, als mir abermals ein trockener Laut aus der Kehle entfuhr. Erschrocken stellte ich fest, dass ich der alte Mann sein musste – schließlich war ich allein, half mir ein Gedanke auf die Sprünge, nur um mich sogleich wieder zu verlassen. Mein Körper war zu schwach um solche zu beherbergen.

Ungezählte Zeit verstrich, in der ich einfach nur da lag. In der Ferne unterhielten sich zwei Stimmen, gedämpft nahm ich sie wahr, ohne aber etwas zu verstehen, oder zu erkennen, wer es war. Wie Statisten in einem Traum, verschwommen und so greifbar wie Nebel.

Endlich wagte ich es, meine Augen zu öffnen. Es fiel mir schwer, meine Lider sanken herab und hüllten mich von Neuem in Finsternis.

Zwischen den nur kurzen Lidschlägen erkannte ich einen braunen Stoff über mir. Schlaff hing er dort und schmiegte sich nah an meiner linken Seite herunter. Als wollte ich dem Traum nicht glauben, ließ ich meine Hand auf der Matratze dorthin rutschen und dann über den fließenden Stoff gleiten. Es war wahr – ich war in einem Zelt. Überrascht, aber erleichtert, versuchte ich meinen Kopf in die andere Richtung zu drehen, doch es wollte mir nicht ganz gelingen. Meine Haut verspannte sich und das schwache Glühen nahm zu. Aber es war nicht der Schmerz, der mich jeder Bewegung unfähig machte – es fehlte mir schlichtweg die Kraft.

Ein nahes Rascheln verriet mir, dass ich aber nicht alleine war.

«Mein Herr. Sir, ihr seid wach!», ertönte eine freudige Stimme und sogleich erschien eine sonderbar gekleidete Gestalt neben mir.

«Harshad», stöhnte ich und erschrak, als ich merkte, dass der Rest meiner Begrüßung mir im Hals stecken blieb.

Der Inder legte besorgt seine Hand auf meine Schulter.

«Wasser», krächzte die Stimme eines alten Mannes aus meiner Kehle.

Ein hin und her gerissenes Glucksen entfuhr dem Inder, weil er nicht von mir weichen wollte. Er setzte an, etwas zu sagen, doch es kamen ihm keine Worte.

Meine trockenen Lippen zitterten genauso wortlos, und endlich besiegte er seine Erleichterung, mich wieder wach zu sehen, um aus meinem Sichtfeld zu entschwinden.

Die Geräusche, die ich vernahm, waren tröstlich wirklich und jedes einzelne schien in mir widerzuhallen. Das Klirren von Glas, die huschenden Schritte des Inders, der sich hörbar zu beeilen versuchte und dessen, für mich unsichtbaren Bewegungen, etwas unsicher wirkten. Für mich im Bett liegend, schwer wie aus Blei gegossen, musste ich ton- und bewegungslos über Harshads Unruhe lachen. Vergnüglich verfolgte ich sein Treiben, wunderte mich, wie ungewöhnlich deutlich ich alles wahrnahm und vergaß für einen Augenblick sogar was er zu tun beabsichtigte.

Doch als er sich näherte, versuchte ich mit stöhnenden, gepressten Atemzügen mich aufzurichten. Meine Muskeln aber waren steif, ausgetrocknet und ohne Kraft. Aufgeregt sprang Harshad den letzten Meter heran und verschüttete, in seinem Eifer mir zu helfen, gleich den ersten Schluck auf meine Brust. Ein Schreck zwang mir einen trockenen Husten auf, so unerwartet kam die Kühle durch den Stoff auf meinen aufgeheizten Körper.

Stammelnd versuchte sich Harshad zu entschuldigen, doch ich hörte nicht hin, sah nur, wie das Glas umher schaukelte. So nah und doch unerreichbar. Mit halb geschlossenen Augen, aber fixiertem Blick, streckte ich mühsam einen Arm nach oben.

Als der Inder meine hilflose Bewegung registrierte, fand er endlich seine Fassung wieder und richtete vorsichtig, aber gekonnt, mit seiner freien Hand mich soweit auf, dass ich trinken konnte.

Obwohl ich mir das Wasser am liebsten gleich ganz rein geschüttet hätte, musste ich mich zu kleinen Zügen zwingen, da mir der Atem viel zu schnell ausging.

Der Inder wagte es nicht das Glas ganz los zu lassen, hielt sogar vorsichtshalber meinen Kopf gleich mit an und musterte mich skeptisch.

Unter anderen Umständen hätte ich wohl laut losgeprustet, aber nun machte es mir beinahe Angst. Sah ich wirklich so schlimm aus?

«Wie geht es, Sir?» Seine Stimme klang einigermaßen normal, seine Augen aber behielten dieses suchende Zucken, während er mich besorgt betrachtete.

«Gut», log ich mit dünner Stimme, wohl wissend, dass er mir nicht glauben würde, aber mehr brachte ich nicht hervor.

Zu meiner Erleichterung verstand der Inder meinen Wunsch und ließ mich schweigend sinken. Vorerst beruhigt, wollte er mir ein wenig Ruhe gönnen. Auch nahm er seine dienerhafte Haltung an, die er für einen Augenblick verloren hatte. Als er aber sich zurückziehen wollte, griff ich rasch nach seiner Hand. Ich war nicht weniger überrascht als er, von meiner schnellen Bewegung.

Vielleicht war es, weil er zu verblüfft war, um anders zu reagieren, denn entgegen seinem ansonsten distanzierenden Benehmen, kam er meiner Aufforderung nach und setzte sich auf den Rand der Matratze. Sichtlich unwohl ließ er sich nieder. Zu anmaßend kam es ihm vor – ihm, dem Diener. Doch für mich war er das nicht, und ich wollte jetzt nicht alleine sein.

Eine schmerzhafte Haltung ließ den Inder nicht los, während er sitzen blieb. Den direkten Wunsch, den ich mit all meiner verfügbaren Kraft aus mir gebracht hatte, wollte er mir nicht verwehren, und dennoch quälte es ihn, die Distanz zwischen Meister und Diener zu brechen. Eine Distanz, die ich niemals gut heißen können würde, eine, die ich nicht wollte. Aber sie war da, und so spürte ich, dass ich ihn gehen lassen müsste. Er war noch nicht bereit – noch lange nicht, und was ich von ihm forderte, ging weit über jene Grenzen hinaus, die er sich selbst gesetzt und wohl noch nie gebrochen hatte.

«Was ist passiert?», wollte ich wissen. Mehr als die Antwort, waren es die Worte, die ich hören wollte. Einfach den Klang einer Stimme vernehmen – merkwürdig, wie banal Wünsche werden können, wenn man auf der Flucht vor der Welt und bereit ist, alles hinter sich zu lassen.

«Nun», begann der Inder, als erzähle er gleich eine sehr lange Geschichte, dankbar dafür, dass er eine Aufgabe hatte, derer er sich gewissenhaft annehmen konnte.

Er war ein guter Erzähler, stellte ich erfreut fest. Trotz seiner nicht zu verbergenden mangelnden Wortkenntnis, hauchte er der Geschichte Leben ein. Fasziniert lauschte ich ihm, während er den leidenschaftlich vorgetragenen Bericht oben am Berg begann, gleich nachdem ich verschwunden war und Konrad und Sabrina sich meines Verschwindens bewusst geworden waren.

Detailgetreu beschrieb der Inder mir die Szenen, die ich mir unterwegs ausgemalt hatte. Selbst, dass Konrad zunächst wütend geworden war, getobt, und ihm – seinem Diener – Vorwürfe gemacht hatte.

«Aber kein schlechtes Gewissen haben, Sir. Harshad hat nun zwei Meister. Er hat alles richtig gemacht», deutete er meine schuldbewusste Miene richtig und entledigte mich meiner Befürchtungen, ich hätte zu viel verlangt und ihm große Schwierigkeiten bereitet. Nur wie er auf die Idee gekommen war, ich wäre nun sein Meister, blieb mir schleierhaft.

Zu meiner Überraschung brachte der pflichtbewusste Inder es gar fertig, über Konrads Wutausbruch zu lachen.

Doch vielleicht lag es daran, dass er das Ende der Geschichte bereits kannte. Es schien als habe Sabrina volle Arbeit geleistet und den Millionär rasch beruhigt und das Drehbuch wieder nach ihrem Willen geschrieben.

Nachdem der Inder ausführlich geschildert hatte, wohin Sabrina den zusammengeschrumpften Trupp überall hin gejagt hatte, wechselte er zu dem Teil, der mir eigentlich bekannt hätte sein müssen – war es aber nicht.

«Sam war es, der uns gerufen hatte.» Harshad unterbrach sich selbst und betrachtete mich eine Weile besorgt, bevor er weiter fuhr. Mich etwas unbehaglich fühlend, schloss ich meine Augen, um so seinem Blick auszuweichen.

«Er meinte du wärst immer langsamer geworden und schließlich einfach zusammengebrochen.» Wieder machte er eine Pause.

«Natürlich hatte es etwas gedauert, bis er dich eingeholt hatte, denn er war da mit seinem Motorrad noch ganz oben.»

Harshad Stimme begann für mich immer leiser zu werden.

«Er sagte, als er dich erreicht hätte, wärst du sehr seltsam gewesen und hättest wirres unverständliches Zeug geredet, ohne auf irgendetwas zu reagieren.»

Seine Rede setzte er damit fort zu schildern, wie sie alle eingetroffen waren. Doch meine Müdigkeit forderte einen unaufschiebbaren Tribut und dank der geschlossenen Lider, war der Übergang für mich genau so unauffällig, wie für den Inder, der weiter sprach. Während mein Geist sich von Neuem auf eine seiner unergründlichen Reisen begab, entfernten sich die Worte des Mannes, den ich so gern meinen Freund nennen würde.

Etwas Kühles berührte meine Stirn. Ein einzelner Tropfen ran meine Schläfe hinab. Sanft tupfte jemand ein Tuch über mein Gesicht. Angenehm dieser Traum. Wieder schien es, als habe ich meinen Körper vergessen, denn ich spürte nur diese eine Berührung, immer und immer wieder. Geduldig wirkte es, und zärtlich, vor allem aber erfrischend.

Nachdem ich es eine Weile genoss, entschloss ich mich, die Augen zu öffnen.

Sabrina war es, die auf der Matratze saß, dicht an meinem Körper und leicht über mich gebeugt.

Als sie mein Lebenszeichen bemerkte, entblößte sich das Weiß ihrer Zähne zu einem Lächeln.

«Eigentlich hatte ich vorgehabt, mit dir zu schimpfen. Eine Predigt hatte ich mir ausgedacht, bei der selbst ich bleich geworden wäre.» Ihr Tonfall war weich und angenehm und wollte nicht zu dem passen, was sie eben sagte.

«Und dann liegst du einfach nur ohnmächtig da. Das war nicht fair.» Ihr Gesichtsausdruck wirkte auf sonderbare Weise liebevoll vergnügt.

«Verzeih», gab ich zurück, nachdem ich einmal kräftig geschluckt hatte. Etwas erleichtert war ich, dass meine Stimme halbwegs vernehmlich ertönte.

Sabrina lachte leise, aber äußerst erheitert auf. «Du meine Güte, jetzt entschuldigt er sich auch noch», sprach sie wie zu sich selbst. «Das Fieber muss dir ganz schön zugesetzt haben.» Sie legte das Tuch zur Seite und fuhr mir mit der Hand über die Stirn, ließ sie dann zärtlich über die Wange gleiten, um sie dann an meinem Hals liegen zu lassen. Vom Wasser war diese noch kühl, und die Berührung linderte einen dumpfen Schmerz auf meiner Haut.

«Fieber?», fragte ich überrascht.

«Und was für einen», gab Sabrina fast feierlich zurück und verstand nicht, wie ich das nicht wissen konnte.

Ich versuchte meine Umgebung ein wenig zu erkunden. Draußen das Licht war am Schwinden.

«Aber es ist ja erst Abend, so schlimm ...», versuche ich mich selbst zu beruhigen. Aber meine Stimme war wieder schwach geworden und meine Aussprache, wegen des rasch trocken werdenden Mundes, langsam.

«Und ob es Abend ist, aber einen Tag hast du ganz verschlafen, und heute Morgen warst du nur für einen Augenblick wach.» Ihr Ton war etwas strenger geworden, als wollte sie mir sagen, dass ich ihr nichts vormachen durfte. Ihre Besorgnis aber versuchte sie hinter einem freundlichen Strahlen zu verbergen. Aber ich fühlte es, die Hand an meinem Hals hatte ihre eigene Stimme.

«Wie fühlst du dich denn?» Sie beugte sich näher zu mir herab.

«Müde», antwortete ich, bevor meine Lippen zusammenklebten. «Und durstig.»

Sie griff neben das Bett und reichte mir ein Glas Wasser, wobei sie mir beim Trinken behilflich war. Mein Körper war zu schwer, um von mir allein getragen zu werden und ihr Griff war behutsam und doch fest. Ich fühlte mich sicher, geborgen, und trank, bis das Glas leer war.

«Konrad, wo ist er.» Die Gedanken in meinem Kopf waren ungeordnet und kamen nur bruchstückhaft zurück.

Sabrina wandte ihren Blick von mir ab und starrte eine Weile an die Zeltwand. «Er wartet draußen.» Ein Schmunzeln umspielte ihre Lippen. «Er hat sich noch nicht hereingewagt», sagte sie, offensichtlich zufrieden, dass auch ein Mann wie Konrad sich fürchten konnte.

«Ich hab euch wohl einen ganz schönen Schrecken eingejagt», versuchte ich mein aufwachendes Gewissen mit einer Entschuldigung zu beruhigen.

«Das war nicht lustig!» Ihre Miene würde schlagartig streng. «Du hättest ernsthaft zu Schaden kommen können.» Sie fuhr mir abermals prüfend über die Stirn. «Selbst die Ärzte waren von deinem Zustand nicht begeistert.»

«Ärzte?» Mir dämmerte jetzt erst, was wirklich vorgefallen war. Nicht einfach Erschöpfung, die man mit ein wenig Schlaf wieder vergessen konnte, wie ich mir einreden wollte. «Aber warum bin ich ...» Noch immer brauchten die Worte lange, bis sie den Weg aus meinem Mund fanden, und so vollendete Sabrina.

«Wieso du nicht in einem Krankenhaus bist?» Sie strich mir zärtlich über die Wange. «Es musste einen Grund für dein Benehmen geben, und sicher wolltest du nicht in einem Krankenhaus aufwachen, nicht wahr?» Ihr Blick war so gefühlvoll, dass ich vorsichtshalber die Augen schloss.

«Danke.» Sie hatte recht, und ich war ihr wirklich dankbar, aber es machte mir auch ein wenig Angst. «Und Konrad?» Er würde so was doch sicher nicht verstehen.

«Einfach war es nicht gewesen. Konrad hat getobt – du kannst es dir sicher vorstellen – und es fiel mir schwer, ihn zu überzeugen. Du hättest ihn erleben müssen.» Wieder klang Sabrina recht vergnügt und als würde sie ihren Sieg immer noch feiern.

«Noch am selben Abend waren drei namhafte Ärzte hier gewesen, und erst als der Letzte bestätigt hatte, dass man nicht viel für dich tun konnte, außer dir viel Ruhe und Schlaf zu gönnen, hatte sein Protest endlich nachgelassen.»

Sabrina verfiel eine Weile in nachdenkliches Schweigen. Manchmal trafen sich unsere Blicke, doch meistens starrte ich einfach nur zur Seite auf die Zeltwand. Haltlos meine Gedanken, versuchte ich mich zu erinnern. So viel war geschehen und nun lag ich hier, gefesselt von der Schwere eines vom Fieber ausgebrannten Leibes. Sabrina neben mir, wusste ich nicht, wer sie war. Nur dass ich mich über ihre Gesellschaft freute, das wusste ich. Ihr Schweigen, der geheimnisvolle Schleier einer Fremden, ihre zärtliche Berührung an meinem Hals, die spürbare Geborgenheit, derer ich nun bedurfte.

Das Bewusstsein über meinen Körper beschränkte sich fast ausschließlich auf diese eine Berührung. Angenehm kühl blieb ihre Haut, während sie über die meine streichelte. Nur allmählich wurde mir klar, dass mein Gesicht immer noch glühte.

Da ich dem Kribbeln im Gesicht nicht traute, versuchte ich es mit der Hand zu berühren, Sabrina jedoch hielt diese mit sanfter Gewalt fest, noch ehe ich sie halb erhoben hatte.

«Nicht, es wird nur schlimmer.» Ihr Tonfall war fürsorglich, wie zu einem kleinen Kind.

«Mein Gesicht!» Viele Worte brachte ich nicht hervor. Nicht einmal im Kopf konnten sich meine Gedanken zu klaren Fragen formen. Es war mir einfach alles fremd und ein einziges Rätsel.

«Deine Haut hat eine leichte Verbrennung erlitten. Der Sand hat sich eingebrannt. Hast Glück gehabt, dass es nicht zu einer Entzündung gekommen ist.» Sie fuhr von Neuem mit dem Tuch in eine Wasserschüssel und tupfte mir vorsichtig übers Gesicht. «Du darfst nur nicht daran kratzen.»

Kraftlos ließ ich meinen Arm sinken.

«Du musst Geduld haben.»

Geduld? Das sagte die Richtige. Aber ich wusste doch, dass sie recht hatte. Ich hatte meinen Körper einfach ignoriert und jetzt bekam ich die Strafe dafür. Es sollte vor allem eine Reise für meinen Geist werden – allein durch die Wüste. Aber nun wurde mir schmerzhaft bewusst, dass man auf eine solche Reise seinen Körper mitnehmen musste.

Plötzlich ertönte ein lang anhaltendes Knurren aus meiner Magengegend. Sabrina, die dicht neben mir saß, konnte es unmöglich entgangen sein und so lächelte ich sie etwas verlegen an, während eine ihrer Brauen nach oben wanderte und sich ihre Lippen zu einem strengen Spitzmund verzogen.

«Ich glaub ich könnte etwas zu essen vertragen», sagte ich, als ihre Miene mir Angst zu machen begann.

«Kein Wunder. Du hast seit zwei Tagen nichts gegessen.» Ihre Stimme klang zunächst als wollte sie mit mir schimpfen, doch dann wurde sie sanfter. «Wie konnte ich das nur vergessen.» Sie haderte mit sich selbst. «Was möchtest du denn?», fügte sie rasch hinzu und wirkte plötzlich wieder unruhig.

«Etwas Leichtes», sagte ich, ohne eine wirkliche Ahnung zu haben. «Und kühl.»

«Obst?»

Etwas Unverständliches murmelnd gab ich meine Zustimmung.

«Harry!» Nachdem sie den Diener gerufen hatte, wandte sie sich zu mir herunter. «Glaubst du, du kannst aufstehen? Oder möchtest du im Bett essen?»

«Ich versuche aufzustehen.»

«Gut!» Sie klang erleichtert.

Der Inder war geräuschlos eingetreten und stand bewegungslos bei dem noch leicht schwingenden Zeltvorhang, der die Öffnung verbarg.

«Harry kannst du ihm eine Obstschale zubereiten?», fragte Sabrina mit kühler gewordener Stimme.

Der Inder verneigte sich kurz und wollte sich wortlos empfehlen.

«Nein warte!» Sabrina war wieder am Planen. «Wir wollen gemeinsam speisen.» Sie lächelte mir kurz aufmunternd zu und stand auf. Ihr Rücken ragte gerade und gespannt in die Höhe. «Ich will den Tisch decken. Hilf du ihm aufzustehen!»

«Sabrina?», erhob ich meine schwache Stimme.

«Ja?» Sie wirkte etwas in Eile.

«Danke.»

Sie hielt kurz inne und blickte mir direkt in die Augen.

«Einem Kranken die Stirn zu kühlen ist doch selbstverständlich, dafür brauchst du dich nicht bedanken.» Ein dünnes Lachen entwich ihrer Kehle. «Und außerdem, was hätte ich tun sollen, nun da die Reise unterbrochen ist.»

Noch ehe sie das Zelt verlassen hatte, erschien sie mir wie in weiter Ferne.

«Glaub ihr kein Wort», sprach Harshad endlich, als Sabrina außer Hörweite war. «Sie hatte die ganze Nacht an deinem Bett gewacht. «Und jedes Sandkorn hat sie dir einzeln aus der Haut gezogen.»

Vielleicht sprach der Inder so lobend, da er sich selbst in Sabrina versehen hatte, auf jeden Fall aber wusste ich immer mehr, wie wenig ich von ihr wusste. Sie war mir nah und fern gleichermaßen.

«Sie ist eine große Frau.» Es mochte sein, dass der Inder das falsche Wort gewählt hatte, aber er hatte dennoch recht mit dem, was er meinte.

Geduldig half mir Harshad auf die Beine. Nachdem er mich aus einem mir unbekannten, dünnen Gewand geschält hatte, machte er Anstalten meinen klebrig, verschwitzen Leib zu säubern. Zu meiner Erleichterung aber, entließ er mich auf mein Bitten in eine einfache, aber funktionale Dusche, die zwischen dem Zelt und einem Vorhang notdürftig errichtet worden war.

Das Wasser, von der Sonne etwas aufgeheizt, entsprach genau dem kühlenden Bedürfnis meines Körpers, ohne mich aber frösteln zu lassen.

Allmählich wachten meine restlichen Sinne auf und ließen mich meine neue Umgebung interessiert entdecken. Mächtige Holzpfähle waren in den weichen Untergrund gerammt und trugen das in Falten hängende Tuch, sodass es einem wie ein einziges, fließendes Ganzes vorkam.

Immer noch wirkte Harshad um einiges aufgedrehter als üblich, als ich zurückkehrte. Unablässig bot er mir unaufgefordert seine Hilfe an, ohne sich bedeutend von meinen Einwänden abhalten zu lassen.

Das Ankleiden ging deshalb schneller vonstatten, als es mir bewusst wurde. Von der Geschwindigkeit ein wenig überrannt, ließ ich mir ein wenig Zeit ein weiteres Gewand, das ich noch nie gesehen hatte, zu begutachten.

«Sabrina hatte mehr ausgesucht, als sie in Kairo tragen konnte. Das hier wurde heute Morgen nachgeliefert», klärte mich der Inder mit freudiger Miene und seiner altbekannten Leidenschaft auf. «Genau wie der Rest.» Er machte eine knappe Verbeugung und präsentierte eine große Holzkiste auf der anderen Seite des Zeltes.

Große Augen und einen offen stehenden Mund waren kaum zu vermeiden, bei den Ausmaßen. Unter Anwendung von ein wenig Gewalt hätte wohl mein ganzer Kleiderreichtum, den ich überhaupt besaß, dort hineingepasst. Mit Sicherheit aber mehr als das, was man auf eine Reise mitnehmen würde.

Harshad schien sich an meinem Anblick zu erfreuen, denn er konnte ein hörbares Lachen nicht ganz unterdrücken – auch wenn es sein Ehrgefühl als Diener verletzte.

«Hmm...Harshad?», kam mir auf einmal ein unangenehmer Gedanke.

«Meister?» Nur sein stets heiterer Gesichtsausdruck blieb von seinem Lachen übrig.

«Könnte ich einen Spiegel haben?» Eine unschöne Vorstellung hatte mich eben ergriffen und ich hoffte sie rasch beseitigen zu können.

Verlegen begann sich der Inder zu räuspern. Deutlich war ihm sein Unbehagen anzumerken.

«Es tut mir leid, es ist mir nicht möglich.» Seine Antwort blieb ihm fast im Hals stecken. Nicht, dass er meinen Zorn fürchtete, aber seine eigene selbst aufopfernde dienerhafte Einstellung strafte ihn mit einem ungesund ausgeprägten schlechten Gewissen. «Sabrina hat dafür gesorgt, dass alle Spiegel im Lager verschwunden sind.» Diesen Umstand zog er keineswegs zu seiner Entschuldigung heran. Vielmehr sollte es mir die Ausweglosigkeit seiner Bemühungen zeigen. Es kostete mich viel Mühe mir meine Enttäuschung nicht anmerken zu lassen, aber sein gequältes Gesicht verbot es mir. Ich versuchte leichtfertig abzuwinken, aber es gelang mir nicht. Die Sorgen, die ich beseitigen wollte, waren nur noch dunkler geworden. Sah ich so fürchterlich aus? So schlimm, dass selbst die Vorstellung, die ich mir von meiner verbrannten Haut machte, besser war, als die Wirklichkeit, vor der mich Sabrina schützen wollte?

Es tut mir leid. Bei vielen Menschen hatte ich diesen Satz zur Genüge gehört, aber bei keinem klang er annähernd so überzeugend, wie bei diesem dunkelhäutigen Mann, für den nein lediglich ein unnützes Wort darstellte.

«Sabrina meint es sicher nur gut.» Es war mehr um mich selbst zu beruhigen als sonst etwas. «Ist es denn so schlimm?» Verdrängen konnte ich den Gedanken aber nicht und ich wollte nun doch Gewissheit haben.

«Es..es ...» Wieder kämpfte Harshad mit sich selbst. «Schlimm hat es ausgesehen, aber es scheint gut zu verheilen. Du musst etwas Geduld haben. Und du darfst auf keinen Fall kratzen, es würden sonst Narben bleiben.»

«Danke.» Vielleicht war es wirklich besser, wenn ich es nicht sah.

Der Inder legte etwas überrascht seinen Kopf schräg.

«Dafür, dass du mir die Wahrheit gesagt hast.» Ich versuchte mich an einem beruhigenden Lächeln, doch meine Haut spannte sich und so gab ich es auf und begnügte mich mit einem dünnen Schmunzeln.

«Dann möchtest du keinen Spiegel mehr? Meister?» Deutlich war ihm anzumerken, dass er keinen Auftrag offen stehen haben wollte.

«Nein Harshad, einen solchen brauche ich nicht länger.» Es fiel mir nun leichter dies zu sagen, da ich wusste, dass er es ohnehin nicht ändern könnte und so schaffte ich es wenigstens, sein Gewissen zu erleichtern.

«So komm. Der Tisch ist gedeckt und Konrad wartet.»

Draußen blendete mich das Abendlicht, bevor ich unter ein weit aufgespanntes Leinen trat. Konrad saß mit dem Rücken zu dem Zelt, aus dem ich gekommen war und so erblickte ich seine massigen Schultern, lange bevor er meine Gegenwart bemerkte. Sabrina – ihm gegenüber – stand auf und schritt auf mich zu. Obschon ich ihrem prüfenden Blick standhielt, nahm sie meinem Arm und führte mich hin zu Konrad und dem feierlich gedeckten Tisch.

Inzwischen war der Dicke aufgestanden und stand etwas unsicher neben seinem Stuhl. Seine wurstigen Finger spielten ungeschickt mit der hängenden Tischdecke und er versuchte sich selbst zu beruhigen. So beschäftigt war er, dass ihm keine Worte einfallen wollten.

«Junge», sagte er endlich, als ich vor ihm stand. «Wie geht es dir?», wollte er die Frage nicht stellen, und die Antwort nicht hören, und doch tat er es. Deutlich war zu erkennen, warum er mich nicht besucht hatte – er wollte meine Schwäche nicht sehen, wollte nicht sehen, was er angerichtet hatte. Wollte sich nicht eingestehen müssen, dass es Grenzen gab.

«Ist schon wieder in Ordnung», riss ich mich zusammen und unterstützte ihn mit seiner Selbstlüge.

«Red keinen Stuss!» Rasch kam er um den Atem, so sehr regte er sich auf. Seine Stimme bebte, ohne laut zu werden. «Nichts ist in Ordnung!»

Er starrte mich an, als wäre ich ein Geist. «Wie ... was hast du ...»

«Konrad!» Sabrinas Stimme war streng und duldete keine Widerrede. «Nicht jetzt. Der Junge braucht Ruhe.»

Konrad fuhr sich aufgeregt über das Kinn. Seine innere Unruhe war kaum zu übersehen. «Bin nur froh, dass wir ihn wieder haben», gab er Sabrina zurück. «Hast uns einen ganz schönen Schrecken eingejagt. Tu das nie wieder. Verstehst du!» Es klang nicht wie eine Drohung, eher wie ein Hilferuf.

«Es tut mir leid. Ich hab nicht nachgedacht», gab ich beschämt zurück. Nur an mich hatte ich gedacht und die beiden völlig vergessen. Dass sie sich Sorgen machen könnten, hatte ich einfach verdrängt.

«Komm und setz dich. Siehst aus als würdest du jeden Augenblick umfallen.» Konrad wandte seinen Blick von mir ab und setzte sich gleich hin. Seine Bewegungen wirkten unbeholfen.

Er hatte aber recht. Unsicher fühlte ich mich auf den Beinen und Sabrinas Arm wagte ich nicht loszulassen.

Eine Unzahl an Früchten zierte in allen Farben den Tisch. Sabrina rückte ihren Stuhl dicht an den meinen.

Viel Gespräch kam nicht auf. Lediglich Harshads Laune wirkte ungetrübt, und er völlig in seinem Element. Schälte und schnitt, ohne sich zu uns an den Tisch zu setzen und füllte unsere Teller in unnachahmlicher Geschwindigkeit. Während Konrad seine Konzentration scheinbar uneingeschränkt auf seine Auswahl an Früchten begrenzte und seinen Blick nicht einmal nach oben richtete, ließ Sabrina den ihren nicht von mir. Obwohl sie nichts sagte, machte sie sich große Sorgen um mein schwaches Erscheinen.

Auch wenn sie vorgab, etwas zu essen, so war sie dennoch größtenteils damit beschäftigt, mir einen Happen bis zum Mund zu führen.

Dem Dicken entging dies nicht. Von Mal zu Mal wurde er unruhiger auf seinem Stuhl. Sich zusammenreißend rutschte er hin und her.

«Kann ich helfen?», kam Harshad neben mich, als seine Arbeit sich dem Ende neigte.

«Schluss jetzt!» Konrad wurde laut. Schwer atmend starrte er uns an, auch wenn er den Blick nie auf mir ruhen ließ. «Er ist doch nicht krank. Der Junge kann selbst essen.» Gleich senkte er seinen Kopf und tupfte, leicht zitternd vor hilfloser Wut, den Saft von seinem Teller.

«Natürlich», gab ich mit möglichst kräftiger Stimmer zurück.

Sabrina wollte sich nicht beirren lassen und griff erneut auf meinen Teller.

Auch wenn eine Sorgenfalte auf ihrer ebenmäßigen Stirn auftauchte, ließ sie sich von Konrads Ausbruch nicht beeindrucken. Als ich sie aber flehend ansah, ließ sie das Mangostückchen in ihrem Mund verschwinden. Wortlos bedankte ich mich und bekam ein gutmütiges Lächeln zurück. Um des Dicken willen riss ich mich zusammen und versuchte mir meine Schwäche nicht anmerken zu lassen. Natürlich konnte es mir nicht gelingen, doch da der Millionär mich nicht anzusehen wagte, gelang es ihm wenigstens es sich einzureden.

«Die Luft ist recht trocken, er sollte wieder rein gehen», meinte Sabrina schließlich, als sie dem Schauspiel nicht länger zusehen konnte.

«Stimmt. Er muss seine Haut schonen», gab der Dicke ihr Recht und klang beherrschter. Dankbar wirkte er, dass ich ins Zelt sollte. Sogleich bedankte ich mich bei Harshad und verabschiedete mich von Konrad. Brummend gab er Antwort.

Als ich, mich an Sabrina klammernd, an ihm vorbei ging, blickte er nicht auf und jagte mit seiner Gabel unbeholfen einem dünnen Stück seiner Wassermelone hinterher.

Kaum eine Minute war vergangen, nachdem ich auf dem Bett lag, als der Inder hereintrat. In seiner Hand eine Platte, reichlich beladen mit mundgerecht geschnittenem Obst.

«Mein Herr scheint noch nicht genügend gespeist.» Seine Worte klangen genau abgewägt und wollten nicht ganz zu seiner üblichen Art passen. Langsam sprach er es aus und blickte besorgt auf mich herab.

Sabrina sprang auf, nahm die üppige Portion strahlend entgegen und nahm sich gar Zeit Harshad zu loben.

«Jetzt wirst du in Ruhe essen können», sagte sie halb lachend halb ernst, als sie sich neben mich setzte.

«Was war mit Konrad? Ist er wütend?» Etwas überfordert war ich von seinem Benehmen.

«Mach dir nichts draus, der ist so, seit du hier liegst.» Sie fuhr mir mitfühlend durchs Haar, während sie sprach. «Hat wirklich Angst um dich, kann es aber nicht zeigen. Deshalb sind, glaube ich, all die Zelte hier. Am liebsten hätte er wohl eine ganze Stadt gebaut. Immer war er am Organisieren, nur um eine Ausrede zu haben, nicht zu dir zu können. Nicht einmal sprechen durften wir von dir.»

Von Neuem begann Sabrina mich zu füttern. «Hat einfach getan als müsstest du dich bloß ausruhen.» Zärtlich fuhr sie mir über die Lippen, wenn ein Tropfen nicht den richtigen Weg finden wollte.

«Ärzte hat er aber weiter hergeschickt – nur um sicher zu sein, hat er dann gesagt.» Sabrina regte sich über Konrad auf, ohne aber ihren beherrschten Tonfall aufzugeben. Deutlich aber war herauszuhören, dass sie sein Benehmen nicht gut hieß.

Als würden wir uns seit Ewigkeiten kennen, saß sie neben mir und fütterte mich als wäre es das Normalste der Welt. Fast kamen mir die Tränen, und doch war ich glücklich. Enttäuscht hätte ich sein können, dass meine Reise abermals zum Stehen gekommen war, aber ich war es nicht. Es war nicht dieses erbarmungslose Zurückzerren in eine Welt, die ich nicht verstand, es war – anders. Nicht nur mein Körper ruhte, auch mein Geist nahm sich eine Pause. Mein Körper genoss die Früchte und meine Seele die Süße ihrer Stimme.

«Du hast mir noch nicht gesagt, warum du die Reise so schnell angenommen hast?» Ihre Stimme war lieblich und leicht.

Es war so weit. Da lag ich und schmolz. Ohne Angst und ohne eine gierige Hitze zu verspüren.

Gedankenversunken drehte ich meinen Kopf in Richtung Zeltwand. Mehrmals öffnete ich den Mund, doch mehr als kräftiges Einatmen geschah nicht. Ich wollte etwas sagen, doch die Worte fehlten, sie waren einfach belanglos und vermochten nicht auszudrücken, was in mir vorging. Und wie sollte ich es ihr erklären, wie könnte sie es verstehen? Dann sah ich sie an, direkt ins Gesicht. Von einem Auge zum anderen wechselte mein Blick, als suchte ich nach einem Weg mich ihr verständlich zu machen. Ich wollte schmelzen, baden in meinen eigenen Gefühlen, jetzt und hier, im Bett, gleich neben ihr.

Plötzlich legten sich zwei Finger auf meine schroffen Lippen. Kühl und zärtlich blieben sie liegen. «Du musst es nicht sagen. Ruh dich einfach aus.» Ihre Stimme war ein Flüstern an meinem Ohr. Die Augen hatte ich geschlossen und spürte ihren Atem auf meiner Haut.

Lange verweilten wir so. Schweigend, ihre Finger auf meinem Mund.

«Es tut mir leid», sagte ich schließlich und wusste selbst nicht, für was ich das meinte. Schlagartig richtete sie sich auf und ich öffnete erschrocken meine Augen.

«Muss es nicht. Ja, ich war dir böse, aber die Bilder sind wirklich gut geworden.» Sie grinste mich frech an und lachte auf. Es klang fast zwanghaft und ihr Gesicht war nichts weiter als eine bepinselte Maske.

Lange lag ich einfach nur da, die Augen weit geöffnet und stierte an die Decke. Ich wollte einschlafen, doch meine Gedanken ließen mich nicht los. Irgendwo in mir schmerzte eine Wunde, tief und unheilbar. Nicht mit der Medizin der Menschen, und mit ihren Lügen erst recht nicht.

– 15 – Der Spaziergang

Als ich aufwachte, war es Harshad, der meinen Schlaf gestört hatte. Jede Berührung fürchtend mit der er mich aufwecken könnte, bestrich er mein Gesicht mit einer zähflüssigen Paste.

Als ich die Augen dann öffnete, erschrak er und wollte aufspringen. Doch es war zu spät.

«Verzeiht Herr. Ich war zu grob.» Die Worte überschlugen sich.

Leicht belustigt von dem Schauspiel, merkte ich, dass das Lachen mich viel weniger schmerzte.

«Verzeihen Harshad?» Meine Miene zeigte mein Unverständnis. «Nein, das kann ich nicht.» Eine kurze Pause sollte meinen Worten Nachdruck verleihen. «Ich will dir danken», fügte ich mit ernster Stimme hinzu und griff nach seinem Arm, bevor er doch noch aufstehen konnte. «Es tut gut, mach bitte weiter.»

Gewissenhaft fuhr er mit seiner Arbeit fort und versuchte meine wunde Haut so wenig wie möglich zu reizen. Doch entgegen seiner Befürchtung schmerzte es keineswegs, sondern war nur als angenehmes Kitzeln zu spüren.

«Es soll kühlen und deiner Haut helfen sich zu erneuern», versuchte er sein Handeln zu entschuldigen.

«Du machst das gut. Fast, als würdest du das immer tun», lobte ich ihn und versuchte mit meiner heiteren Gelassenheit seine Sorgenfalten zu vertreiben.

«In der Tat, Herr, ich hatte reichlich Zeit zum Üben.» Er blieb jedoch weiterhin ernst und besorgt, abgesehen von seinem unbrechbaren Grinsen im Gesicht. «Fünf Mal täglich diese Salbe, hat der Arzt gesagt. Und wenn Sabrina dann mal nicht hier war, hab ich es gemacht und gehofft, dass sie aufwachen.» Er schluckte. «Aber diesmal war es unnötig. Verzeih.»

«Es gibt nur etwas, was ich dir gleich nicht mehr verzeihe!»

Der Inder sah mich genauso erschrocken wie überrascht an. Ohne den Ton angehoben zu haben, trafen meine Worte ins Schwarze.

«Wenn du nicht aufhörst, dich ständig zu entschuldigen.» Erneut fing ich an zu lachen.

Abermals traf mich sein reumütiger Blick und schmerzte mich weit mehr als meine wunde Haut.

«Verz...natürlich Herr.» Er schluckte kurz und musste dann selbst leise lachen. Gleich fühlte ich mich leichter und wollte auch nicht länger liegen bleiben. Fast am meisten war es nämlich mein Rücken, der mich nun schmerzte. Viel zu lange hatte ich im Bett gelegen.

«Harshad?», begann ich vorsichtig, da ich seinen Protest befürchtete.

«Meister?»

«Würdest du mir einen Gefallen tun?»

«Jeden», antwortete er hell strahlend, noch bevor ich recht ausgesprochen hatte. Etwas beschämt ihm dieses Versprechen so leicht abgerungen zu haben, senkte ich meine Stimme.

«Würdest du mit mir einen kleinen Spaziergang nach draußen unternehmen?»

In seinem Gesicht kämpfen seine Gefühle. «Aber Herr, ihr seid noch schwach.»

Ich sagte nichts und sah ihm ins Gesicht. Mit einem flehenden Lächeln erinnerte ich ihn an sein Versprechen.

«Wie ihr wünscht.» Er biss sich auf die Unterlippe. «Aber gut finde ich es nicht.» Er klang wirklich besorgt, seine Lippen bebten, als wollte er noch etwas sagen.

«Wenn ich mich schwach fühle, werden wir zurückkommen. Versprochen», beruhigte ich sein Gewissen.

«Ich fürchte, ich werde dich sowieso nicht umstimmen können», gab er seinen Protest auf.

Mein entschlossener Blick war Antwort genug.

Es war bereits dunkel, als wir aus dem Zelt traten. Draußen war niemand mehr, der uns hätte begegnen können.

Als ich in den Himmel starrte und nach dem Datum fragte, beruhigte mich der Inder, vergnüglich lachend, dass es immer noch der gleiche Tag sei.

In den meisten Zelten brannte noch Licht und einige Stimmen waren zu hören, während irgendwo im Hintergrund ein Generator vor sich her summte.

Seltsam war es, so Seite an Seite mit Harshad durch die Nacht zu schleichen. Auch wenn ich versuchte alleine zu gehen, so wagte er es nicht mich gänzlich los zulassen. Nicht zu vergleichen war es damit, neben Sabrina zu schreiten. Nicht nur, dass er ein Mann war, so war auch seine Sorge um mich deutlich zu spüren und ließ mich in einer ungewollten Spannung verharren.

Die einzige Freude, die ich hatte, war die Vorstellung von Sabrina, wie sie mit mir schimpfen würde, wenn sie mich nun sehen könnte.

Aber ich brauchte diesen kurzen Ausflug. Zudem tat die sanfte nächtliche Brise meiner Haut gut – wie ich Harshad erklärte, wenn er mich zum Umdrehen bewegen wollte. Zumal die Paste auf meinem Gesicht sorgte im Wind für eine angenehme Kühle. Gut, dass ich mich nicht sehen konnte, dachte ich und musste für mich lachen. «Sehe ich nicht zu furchtbar aus?»

Sogleich wurde Harshad ernst. «Es ist zu dunkel, Herr. Genau kann ich es nicht sagen.»

Dabei beließ ich es dann, da sein Unbehagen zu schwer auf mir lastete, und ich wusste zu genau, dass er für die Ausrede der Dunkelheit äußerst dankbar war. Die Antwort war, dass meine Haut bei weitem nicht ansehnlich war, und eine solche würde mir der Inder niemals geben wollen.

Da der dunkelhaarige Mann mich nicht weit vom Lager entfernen ließ, schritten wir in gemächlichem Tempo um das beträchtliche Lager. Zehn Zelte zählte ich, und dabei war nicht eines, in dem man nicht aufrecht umher schreiten konnte.

Obwohl kein Stöhnen von mir zu hören war, zwang der sehnige, aber dennoch erstaunlich kräftige Inder mich zu Verschnaufpausen. Den Blick ließ ich dann einfach in der Finsternis versinken, ohne mir den Nachthimmel ein einziges Mal anzusehen. Es war einfach nicht die richtige Zeit und erst recht nicht die richtige Gesellschaft dafür. Nicht, dass ich etwas gegen Harshad einzuwenden hatte, aber seine Sorgen um mich, ließen jeden Sinn für dergleichen verschwinden.

«Er soll also weiter, sagt er?» Es war Konrads Stimme, die aus einem der Zelte drang. Seit längerer Zeit standen Harshad und ich dort, ohne, dass es uns aufgefallen war, wessen Zelt es war. Selbst jetzt war der Inder zu sehr damit beschäftigt auf mich achtzugeben, als dass er die Stimme seines Meisters bemerkte.

«Ja, so will er es.» Sabrina klang wenig begeistert.

«Aber das ist doch Wahnsinn!» Konrad war aufgebracht, hielt sich aber aus irgendeinem Grund im Zaum.

«Natürlich ist es das.» Sabrina war etwas am Planen. Fast war es mir, als könnte ich ihren Schatten im Kreis rumlaufen sehen.

«Versuchen können wir es ja.» Auch Konrad wirkte nachdenklich.

«Verkaufen würde es sich schon gut», meinte wieder Sabrina.

«Abbrechen kann man es zur Not ja auch.»

«Auf jeden Fall. Die Bilder werden großartig!» Es schien als würden beide ihr eigenes Gespräch führen, und dass es aufeinander passte,verdankte es dem Zufall. «Morgen schon?»

«Der Knabe ist zäh!» Konrad war in Aufbruchstimmung, und ich nicht mehr krank, nur weil er es sagte.

«Schließlich war er es, der laufen wollte!» Sabrina besiegte ihre eigene Zweifel.

«Tapferer Bursche. Er weiß, wie man kämpfen muss!» Konrad klatschte in die Hände.

«Aber wie bringen wir es ihm bei?» Letzte Gewissensbisse machten sich bei Sabrina breit.

«Wetten, der würde jetzt schon laufen, wenn wir es ihm erlauben würden.» Konrad lachte vergnüglich.

Etwas unwohl fühlte ich mich, die beiden zu belauschen, doch ich schaffte es nicht, mich loszureißen.

Der Inder jedoch, der nichts von dem herangetragenen Gespräch mitbekommen hatte, zog mich weiter und erklärte unseren Ausflug für beendet. «Bitte, Herr. Euren Wunsch hab ich erfüllt, aber wenn ihr jetzt nicht mitkommt, werde ich großen Ärger mit Sabrina bekommen. Ihr wart ohnehin länger auf den Beinen, als ich es verantworten kann.»

Ohne ihn mein Bedauern spüren zu lassen, trabte ich neben ihm her und ließ mich dann ins Bett sinken. Zufrieden mit meinem Ausflug und dem Gesprächsfetzen, ruhte ich mich aus. Einschlafen tat ich lange nicht, zu viele Bilder malten sich vor mir im Dunkeln an der nicht länger sichtbaren Zeltdecke. Ausgeschlafen hatte ich ohnehin genug, nur mein Körper musste jetzt noch seine Kraft wieder finden. Morgen würde ich sie brauchen.

Ein Flüstern an meinem Ohr, wachte ich auf. Dunkel war es, doch Sabrinas

Duft lag mir in der Nase. Berauscht davon wie zart und doch fordernd sie klang, löste ich mich aus meiner Decke und richtete mich leicht auf, sodass sie zurückweichen musste.

Von meiner Bewegung überrascht fiel sie recht plump aufs Bett und blieb dort sitzen.

«Wie fühlst du dich?» Die Journalistenfrage rang mir ein Schmunzeln ab, auch wenn sie es nicht sehen konnte.

«Gut. Jedenfalls besser», gab ich die Antwort, die sie hören wollte. Ihr Gesicht war nur ein Schatten vor dem dunklen Vorhang der Nacht und verbarg ihre Miene. Sie schwieg. Fast war es mir, als kaute sie nachdenklich auf ihrer Lippe. Rätsel über Rätsel, wer war sie bloß? Aus der Frau konnte man nicht schlau werden. Obwohl die Nacht wieder kurz gewesen war, war mein Verstand diesmal klar. Zwei Tage Schlaf hatten ihre Vorteile. Und da war noch der Spaziergang, den ich nicht vergessen würde. Diesen Vorteil wollte ich nicht ungenutzt lassen und auch ihr einiges zum Nachdenken geben.

«Das letzte Mal sind wir geflogen. Was wird es diesmal sein?» Als Selbstverständlichkeit sprach ich es aus und unterdrückte mit Mühe ein Lachen.

«Es ...» Sie schluckte kräftig. Der Faden war weg, gestohlen von einem Knaben, der nur spielen wollte. «Glaubst du denn, dass du reisen kannst?» Sie klang überrascht und doch erleichtert, dass ich es angesprochen hatte.

«Im Bett werde ich es nicht rausfinden.»

«Sehr gut.» Energisch sprang sie auf und zappelte dann überdreht umher. «Es ist nur so, dass wir wirklich erst fliegen müssen. Es war geplant, dass du westlich des Nils losgehst. Ohne Unterbrechung dann.» Sie redete schnell, übereilt, vor allem aber voller Ungeduld und einer inneren Nervosität, wie ich sie bei ihr noch nicht kannte.

Diesmal war es meine Aufregung, die mich von dem Flug nicht viel mitbekommen ließ. Wie ein Hintergrundgeschehen nahm ich es wahr. Konrad und Sabrina beanspruchten meine Aufmerksamkeit. Der Dicke sichtlich bemüht seinen Eindruck vom Abend zuvor verblassen zu lassen, zeigte sich unbeirrbar und in voller Größe, wie es sich für einen Manager gehörte. Harshad wurde Opfer dieses Machtspiels und bekam selbst die Gelegenheit sich zu beweisen. Immer schneller rannte der Inder hin und her und scheute nicht einmal den Versuch sich selbst zu überholen. Selbst im Hubschrauber mangelte es dem arbeitssüchtigen Diener nicht an Beschäftigung.

Mir war nicht ganz klar warum, aber auf jeden Fall schienen Konrad, genauso wie Sabrina nicht länger an meinem Vorhaben rütteln zu wollen. Ich sollte durch die Wüste laufen. Beide wollten es jedoch nicht aufgeben, sich gegenseitig zu beeindrucken und mit neuen Einfällen zu überschütten.

Irgendetwas hatten die Beiden aber noch abgesprochen, nachdem Harshad mich vom Zelt weg gezogen hatte. Es könnte nur Zufall sein, aber dafür war es zu auffällig – sie stellten keine Fragen. Nachdem ich in ihren nächtlichen Plan, von dem ich eigentlich nichts wissen durfte, eingewilligt hatte, war ich als gesund erklärt worden. Kein: Und wie geht es? Freundlich blieben beide, aber sie wahrten eine Distanz, die mir bei beiden fremd war. Nur Harshad behielt mich im Auge und war nur wenig von der Vorstellung angetan, mich in die Wüste zu entlassen. Was ihm an Arbeit angetragen wurde, erledigte er wie stets gewissenhaft und auch verließ kein Wort des Widerspruchs seine Lippen, und dennoch merkte ich, dass er sich wenig behaglich dabei fühlte.

Gerührt war ich bei seinem Anblick. Wer immer behaupten würde dieser Mann sei ein Diener, der würde lügen. Er benahm sich so, war auch entsprechend gekleidet, aber er war ein Freund. Einfach nur ein ehrlicher Freund, der durch seine kompromisslosen Dienste diese Freundschaft zum Ausdruck bringen wollte. Er verlangte keinen Lohn, nicht einmal ein Danke erwartete er. Seine Freude war es zu geben, an sich dachte er nicht. Vielleicht nannte er mich auch deshalb Meister, weil er mich ausgesucht hatte. Genau so, wie er vielleicht Konrad einst ausgewählt hatte.

Konrad mein Name, von der Texacon AG. Mir schwebte wieder vor, wie sich der Dicke vorgestellt hatte. Ein bedeutender und gewichtiger Mann war er. Und dann auch noch Sabrina neben mir, eine zielstrebige Journalistin. Aber wer mich am meisten beeindruckte, war derjenige, der von allen, und von sich selbst als Diener bezeichnet wurde. Niemals drängte er sich in den Vordergrund, prahlte nicht, redete eigentlich nie viel, und doch trug er eine Freude in sich, die ansteckend war. Nur etwas übereilig war er dann doch. Als würde er die selbsttäuschenden Lebenslügen seines Meisters glauben, bewunderte er diesen, und diente ihm mit einer Freude, die einem Angst machen konnte.

Ein lang gezogener Teppich aus gleichmäßigem Funkeln verriet den mächtigen Fluss unter uns. Gelegentlich sprach der Pilot einige Worte, sagte uns, was wir erkennen könnten, wenn wir aus dem Fenster blicken würden. Doch sehen konnte man nicht wirklich was. Nur einige Lichterketten entlang des Ufers, der Rest entsprang der Einbildung, weil man es sehen wollte.

Wieder war über die Kopfhörer Konrads kräftiges Atmen zu hören, ansonsten schwieg er aber. Nachdenklich sah er aus dem Fenster und schenkte mir keinen seiner Blicke. Auch Sabrina neben mir, wirkte etwas reservierter als üblich und dass ich einst an ihrer Schulter gelehnt hatte, war nur noch ein unwirklicher Traum. Sie war Journalistin, wie hatte ich das bloß vergessen können. Sie wollte eine Show und am Ende all meine Geheimnisse. Ich musste vorsichtiger werden. Musste mir ihre Kälte vor Augen halten, wenn sie mich zu schmelzen begann.

Wieder war der Landeplatz vorbereitet, dort wo uns der lärmende Vogel absetzten sollte. Anstelle von Fackeln lagen einige Leuchtröhren herum, die die

Nacht in Streifen beißendes Weiß zerrissen. Eine grünliche Leuchtgranate lotste den Piloten sicher auf den weichen Grund.

Sand flog auf und verdunkelte die Lichtstreifen. Ein kleines, einfaches Zelt flatterte beängstigend, während die Rotoren langsam ausdrehten.

Alles ging schneller als beim letzten Mal, fast als wäre es selbstverständlich. Diesmal jedoch reichte mir Harshad meinen Rucksack und tat keine Anstalten ihn mir wieder wegnehmen zu wollen.

«So, dann ist es so weit», dröhnte Konrads Stimme.

Schwere Blicke ruhten auf mir und es wurde mir unangenehm in meiner Haut. Sie zerrten mich nicht länger durch die Gegend. Nun sollte ich zeigen, dass ich konnte, was ich so gewaltsam verlangt hatte. Das Kind hat nach Freiheit geschrien und man ließ es nun von der Hand. Fast war mir, als warteten sie nur darauf, dass ich hinfiel und sie mich wieder an die Hand nehmen könnten. Und doch sorgten sie sich um mich und das lastete fast am meisten auf mir. Ihre prüfenden Blicke, die sie vergeblich zu verbergen versuchten, um mir zu zeigen, wie wenig es ihnen ausmachte.

Ich wusste nicht, ob ich weinen oder lachen sollte.

Seit längerem zum ersten Mal, sah ich Sam wieder. Er war es dem ich meine Flucht verdanken konnte. Seine Unterstützung hatte mir den Weg vom Gipfel bereitet und mir Sabrinas und Konrads Verbündete für den Komplott hinzu gewonnen. Minutiös hatte er alles geplant gehabt und nun stand er einfach nur da. Fast teilnahmslos wirkte er angesichts unseres Wiedersehens.

Neben dem eben gelüfteten Zelt stützte er sein Motorrad aus Angst die Turbulenzen könnten seine Maschine zum Umstürzen verleiten. Doch der menschgemachte Wind ließ nach und so fand er Zeit, uns knapp zu begrüßen. Sabrina mit einem Handschlag, die übrigen mir einem Nicken.

Etwas verlegen, versuchte ich mich zu bedanken. Ich wusste nicht, wie viel Ärger ihm seine Mithilfe am Verrat eingebracht hatte. Sam jedoch lachte nur und winkte ab.

«Bleib nur nächstes Mal rechtzeitig stehen. Wird eine lange Reise, und da sollte man nicht ständig auf dem Gesicht liegen.» Er klang völlig unbeschwert, gar belustigt. Nur die Bilder zählten. Abenteurer war er durch und durch. Seine Erziehungsmethode war völlig gewaltlos, gar wortlos fast. Aus Fehlern lernt man, damit schien seine Pflicht für ihn getan.

Bevor ich andeutungsweise antworten konnte, hatte er sich umgedreht und beschäftigte sich mit seiner Ausrüstung. Alle wussten sie genau, was sie wollten, nur ich war mir nicht mehr ganz so sicher. Zu schnell ging alles, und viel zu leicht nach all dem Widerstand.

«Sam wird in Sichtweite bleiben, und wenn du Hilfe brauchst, musst du einfach den Arm heben.» Mit diesen Worten schmierte mir Sabrina ein letztes Mal die kühlende Paste ins Gesicht, reichte mir ein Tuch, das ich mir später vor das Gesicht binden sollte, und drückte mich sanft, aber entschlossen von sich weg.

Es brauchte eine Weile, bis ich begriff, dass ich bereits am Laufen war.

Verwundert blieb ich stehen und drehte mich um. Meine Gefährten waren zu Schatten geworden, noch recht groß in der Gestalt, von den Gesichtern aber war nichts zu erkennen. Schwaches Grau umspielte ihre Konturen. Sie standen einfach nur da und bewegten sich nicht.

«Bis heute Abend Junge. Das ist dein Abenteuer, und jetzt lauf!» Lachend schallte die Stimme durch die schwindende Nacht. Der dickste der Schatten winkte mir zu und drehte sich um.

Ich tat es ihm gleich und hielt von Neuem auf den schwärzesten Teil des Himmels zu. Es war mein Wunsch gewesen, die ganze Zeit über, erinnerte ich mich, und konnte es doch nicht verstehen. Von Sabrina angeschubst, tat ich Schritt um Schritt. Getrieben von ihrer Stimme, ging ich weiter. Für sie, für mich? Genau wusste ich es nicht. Um mich der Entscheidung zu entziehen, schritt ich einfach weiter. Immer weiter, in eine Welt, die ich nicht kannte, von der ich nur gehört und nach der ich mich gesehnt hatte.

Die Paste im Gesicht angenehm kühl, spürte ich selbst den schwächsten Windstoß mich berühren. Wieder fühlte es sich unwirklich an. Nicht wie die Tage zuvor, weil ich glaubte zu träumen, sondern weil ich wusste, dass es ein Traum von mir war. Fast all meine Gedanken hatten um diesen einen Moment gedreht. Danach gesehnt hatte ich mich, wie noch nie zuvor nach irgendetwas. Es war einfach nur ein Traum, geträumt und nun erlebt. Die Stille, diese friedliche Ruhe, sie war da. Plötzlich, einfach so. Ohne Widerstand, ohne dass ich kämpfen musste. Es war einfach so, wie es sein sollte – still und menschenleer. Nur fühlen konnte ich es nicht. Stille, Leere, wie sollte man nach etwas greifen, was überhaupt nicht existierte? Und so ließ ich mich treiben, nicht kapitulierend, vom Fieber geschwächt, sondern losgelöst. Meine Gefährten trug ich wie einen unsichtbaren Schatten mit mir, massenlos, und ohne dass sie mich einholen konnten. Schritt um Schritt trat ich tiefer in die Wüste, diesem Ort, wo ich wieder ich sein zu können glaubte. Ohne Worte, ohne Lügen und ohne von einem unbedeutenden Glanz geblendet zu werden. Meiner Seele sollte sich die Stille der Wüste öffnen.

Endgültig hatte meine Reise nun begonnen und so spürte ich, wie ich langsam geduldiger wurde. Zu sehr hatte ich mich von Sabrina anstecken lassen und um meinen Traum gekämpft. Schatzsucher war ich, Abenteurer, wie Konrad mich nannte, und suchte das, was diesen ziellosen, aber gerichteten Fischen verborgen blieb. Jeden Druck verlor ich, und nachdem Sabrinas Schubser bloße Erinnerung war, gab es keine Kraft mehr, die mich zu lenken versuchte. Die Sonne, die so träge den Horizont überstieg, beachtete ich kaum. Das Schauspiel, wie sich das Grau des Himmels zu Blau wandelte, war mir selten einen Blick wert. Manchmal ertappte ich mich selbst dabei, wie ich leise lachte.

Hörbar und doch ungehört. Die vergangenen Tage begann ich jetzt erst wirklich wahrzunehmen. In einzelnen Stücken serviert, schwammen sie vor mir her. Moment um Moment labte ich mich an den Bildern, ordnete meine Bibliothek, die ich stets mit mir trug.

Manchmal schwelgte ich vor mich hin, blätterte leichtfertig hindurch und musste dann für mich lachen. So reich waren diese Momente, zu voll, als dass man ihren Wert gleich hätte erkennen können. Nicht zu messen in materiellen Werten selbstverständlich, sondern in jenen, die die eilenden Fische niemals erkennen könnten. Denn genau wie Stille, waren diese Schätze nicht greifbar, man konnte sie nicht zeigen, nicht weitergeben, aber sie waren da, verborgen hinter dem blendenden Glanz der Welt. Und so schälte ich sie heraus, inmitten der Wüste, dem Ort, von dem ich geträumt hatte und in dem ich nun träumen konnte, ohne die Augen schließen zu müssen. Freiheit, das war das Einzige, was ich wirklich fühlte.

Lange jedoch wollte das Tor in diese zerbrechliche Welt nicht offen bleiben. Die Sonne war noch nicht hoch gestiegen, angenehm kühl war es noch und das ungestörte Voranschreiten war meinem Körper eine Wohltat. Der Sand aber war es, der mir lästig wurde. Er rieselte in die Sandalen. Obwohl ich meine Schritte zunehmend sorgsamer ausführte, drang Sand in die offenen Schuhe. In der felsigen Gegend noch ein Segen, wollte ich sie bald verwünschen. Zumal einzelne Körner, die sich auf der Sohle festsetzten, mich aus meinen Gedanken rissen. Mehr als der Schmerz war es der Verlust dieser inneren Ruhe, der mich verärgerte. Dabei wollte ich mich nicht ärgern, ich versuchte mich über dieses Reiben hinweg zu setzen und meinen Körper abermals zu ignorieren. Doch die Unterbrechungen waren zu unregelmäßig, als dass es mir gelingen wollte.

Mein Abenteurergeist suchte verzweifelt nach einer Lösung. So nah am Ziel konnte ich nicht, durfte ich nicht an solch Banalem scheitern.

Schließlich blieb ich kopfschüttelnd stehen. Die Hände in die Seiten gestemmt, lachte ich über mich. Die Wüste, nur Luft und Sand, und nun war es dieser, der mich störte. Zynisch dachte ich daran, wie leicht ein studiertes Kind doch an der Praxis scheitern konnte. Meine Selbstironie stachelte mich an. Keiner war da, der über mich richtete, und doch wollte ich es mir selbst beweisen. Zum wiederholten Male zog ich die Sandalen aus und befreite sie vom eingetretenen Sand, wohl wissend, dass es ein ungleicher Kampf war – der Sand war überall.

Ich wollte eben den Ersten anziehen, als ein schelmisches Grinsen mein Gesicht durchzog. Eine Weile betrachtete ich meinen Gegner in der Hand und musste an Sabrina denken – du bist verrückt – recht hatte sie, und ich durfte sie nicht enttäuschen. Äußerst zufrieden mit meinem Einfall, schnürte ich die Sandfänger an meinen Rucksack und schritt weiter. Barfuß durch die Wüste. Kaum ein Gedanke hatte mich vergnüglicher stimmen können.

Der reinste Genuss war der Sieg über den Störenfried. Dort wo mich der Schmerz aufgeschreckt hatte, war nur noch angenehmes Kitzeln zu spüren. Weich waren die Schritte. Sandwehen gab es nicht mehr, ich schwamm einfach hindurch. Der Sand floss zwischen den Zehen umher. Wie ein kleines Kind hatte ich Sabrinas Stimme im Ohr, wie sie sich über mein Benehmen ärgerte. Und ich war glücklich.

Ich zählte die Schritte nicht, blickte nicht zurück, um die Distanz abzuschätzen, die ich hinter mir ließ. Sie interessierte mich nicht. Unermüdlich schritt ich weiter, den erst entstehenden, dann schrumpfenden Schatten vor mir, beachtete ich nicht. Nur ab und zu betrachtete ich den blauen Horizont und korrigierte meine Richtung. Große Gedanken machte ich mir aber nicht über meinen Weg. Ein genaues Ziel hatte ich ja auch nicht – Richtung Westen hieß es jetzt. Und der Westen war groß, zu bedeutend seine Ausdehnung, als dass man ihn verfehlen könnte. Auch die Wüste an sich versuchte mich in keinster Weise zu lenken. Ungehindert stieg ich über die vom Wind ständig neu geformten Wehen hinweg. Kilometer um Kilometer legte sich die Wüste meiner Erkundungsfreude zu Füßen. Eingeladen war ich, mich frei zu bewegen, wie ein willkommener Gast. Keiner der mich im Auge behielt, niemand, der mich zu wertmaßen versuchte. Mich, den Fisch in der Wüste. Gewogen und für zu leicht empfunden. Ich lachte laut. Endlich hatte ich genügend Luft zum Atmen. Hatte ich mich manchmal über Menschen geärgert, so konnte ich es nun nicht mehr. Ihre mitleidigen Blicke, wenn ich nicht erreichte, wonach sie strebten, nicht wurde, was sie mir wünschten, all das brachte mich nur noch zum Schmunzeln. Eines wusste ich nun, ich war glücklich. Nicht unbedingt mit dem, was ich hatte, sondern mit dem, was ich war. Und ich lernte mich jetzt kennen. Den Fisch, wie er schwamm, wenn er nicht vom Schwarm erdrückt wurde. In den paar Stunden lachte ich mehr als die ganzen Wochen zuvor. Deshalb auch erinnerte ich mich ständig an die Paste in meinem Gesicht, die allmählich zu einer geleeartigen Maske zusammen trocknete. Immer weiter schweiften meine Gedanken ab.

Für den Augenblick wollte ich nur das leichte Gefühl genießen, das mich nach und nach ergriff. Es war so, wie ich es erträumt hatte. Belanglos, leicht und genau wie ein Traum, völlig substanzlos. Wie ein entspannendes Bad nach einem anstrengenden Tag harter Arbeit, nur dass es Sand war, der mir zwischen den Füßen hindurch rieselte. Und endlos war sie, diese Badewanne, die die Krankheit der Menschen von mir abspulen sollte. Ich spürte, wie mein Körper wieder mir gehörte, das Kitzeln an meinen Füßen verriet es mir.

Auch wenn ich ab und an Sams Motorrad hören konnte, vermochte dieses Geräusch mich nicht länger zu stören. Das Gefühl gejagt zu werden war verschwunden und so verspürte ich keinen Drang mich selbst voranzutreiben. Schrittweite und Tempo pendelten sich von selbst ein und als erstes Zeichen von Müdigkeit, ließen sich meine Füße tiefer und ungeschickter im Sand versinken. Sogleich nahm ich mir die Zeit für eine ausgedehnte Pause. Wieder auf meinen Körper achtend, nahm ich den Inhalt meines Rucksacks sorgfältig in Augenschein. Verwundert stellte ich fest, wie viel dort hineinpasste, und etwas beschämt war ich, als ich merkte, wie sinnlos ich Harshads Arbeit durcheinanderbrachte. Es war so eingepackt gewesen, wie ich es über den Tag hinweg in Anspruch nehmen würde. Sein System erkannte ich aber erst, als der gesamte Inhalt um mich herum in der Wüste verstreut lag. Keine große Mahlzeit hatte er mir eingepackt – wohl, damit alles frisch blieb, denn auf diesem Detail hatte er sein Augenmerk. Selbst das belegte Brötchen war er mit einem Kühlelement versehen. Daran, dass es aber noch knusprig und trocken war, erkannte ich seine Spitzfindigkeit, dass er es nicht sehr kalt eingepackt hatte, damit das Brötchen zwar frisch, aber ansehnlich blieb. Wie schnell man sich doch hinter diesem Inder versehen könnte. Ich erinnerte mich an Konrads Aussage über seinen fleißigen Diener, dass es ein Nein für diesen nicht gab. So sehr der Dicke dazu neigte zu übertreiben, in diesem Punkt glaubte ich ihm aufs Wort.

Beim Einpacken fiel mir erst auf, dass er gar Uhrzeiten auf den Verpackungen versehen hatte und je später diese anzeigten, umso dicker wurde die Isolation. Verrückt war er, dieser Diener, dachte ich schmunzelnd und freute mich umso mehr ihn kennengelernt zu haben. Eigentlich waren wir es alle. Jeder auf seine Art. Harshad kannte keine Grenzen, Sabrina keine Kompromisse und Konrad schließlich duldete keine Grenze, überrannte sie nicht achtend. Und dann ich, der wie ein Kind losrannte und alles daran setzte die seinen zu überschreiten. Ein Wahnsinn, wie ähnlich wir vier uns waren, wenn man nur tief genug schürfte. Und das tat ich nun, barfuß durch die Wüste laufend, auf der Suche nach dem Reichtum, den man nicht erben und nicht verlieren konnte.

Je weiter ich lief um so weniger merkte ich, dass ich in der Wüste war. Die Kulisse verschwand, mit ihr die Welt mit ihren drei räumlichen Dimensionen. Übrig blieben einzig die Zeit und der Sand, rieselnd durch meine Zehen, wie durch eine riesige Sanduhr, deren Zeitspanne nicht minder dauerte als die Ewigkeit.

Doch die Zeit begann von Stunde zu Stunde schneller zu schmelzen. Zumindest wurde der Sand fließender und heißer, während die Sonne es abermals geschafft hatte mich einzuholen. Jeder Schritt wurde zu einem Einsteigen in eine Badewanne und das Wasser wurde ständig wärmer. Kaum Mittag und ich begann bereits zu hüpfen, weil ich mir die Füße verbrannte, doch diese erschöpfende Nothilfe war nur von kurzem Nutzen.

Nachdem mein Feuertanz zu einem sinnlosen auf der gleichen Stelle umherspringen wurde, zog ich widerwillig meine Sandalen an. Die schmerzlichen Erinnerungen der Morgenstunden wurden wieder lebendig, und meine Reise unruhiger. Die sengende Hitze von oben brannte sich durch meine zweite, zähe Haut ins Gesicht.

Nachdem das erste Wehwehchen begonnen hatte, ging es rasend schnell, und als wäre es eine von langer Hand geplante Verschwörung, kam alles miteinander. Der Rucksack scheuerte auf dem nass geschwitzten Rücken. Die Idee mit dem Gesichtstuch war zwar gut, jedoch musste ich es ständig zurechtrücken oder es blieb mir schlicht im Gesicht kleben. Allem in allem war ich einzig mit meiner Ausrüstung beschäftigt und konnte keinen klaren Gedanken mehr fassen.

Überall juckte es, ständig war ich am Trinken. Und die kurzen Pausen, die ich mir gönnte, musste ich im Stehen verbringen, weil ich mich beim Hinsetzen gleich verbrannte. Da meine eigene Dummheit mich bereits um einige Erfahrungen bereichert hatte, überprüfte ich meinen Gesundheitszustand und war selbst überrascht, dass ich noch keinen Schwindel bemerken musste. Nur eine verständliche Erschöpfung machte sich breit.

Leichte Kost hatte mir der Inder mit auf den Weg gegeben und während ich das saftige Obst aus der Verpackung befreite und mich an dem kühlen, süßen Nass labte, ließ ich die Kühlelemente in die verborgenen Innentaschen meines Gewandes verschwinden und kicherte vergnüglich, wenn sie beim Gehen meine Haut berührten. Seltsam, wie schnell man glücklich sein konnte, wenn bereits der nächste Schritt einem zum Horizont wurde und man alles, was dahinter verborgen war, vergaß.

Wie ich den Nachmittag verbrachte, und vor allem, ihn überstand, war mir ein Rätsel. Die Kühlelemente waren rasch aufgebraucht und so musste das kühle Nass aus meinen Feldflaschen seinen Dienst tun. Meine Haut, ohnehin krustig vom Salz, wurde zunehmend klebriger, denn der Inder hatte nicht gewollt, dass ich mich in der Wüste mit Wasser begnügen sollte. Und nun fehlte es mir, das einfachste – Wasser.

Aber auch die Säfte gingen mir viel zu schnell aus. Der Inder hatte es jedoch gut gemeint, denn selbst als der letzte Tropfen aus der Flasche in meine dürstende Kehle fiel, war dieser noch angenehm kühl. Doch um einen hohen Preis, fast die Hälfte meines Rucksacks war gefüllt mit Verpackungen und verbrauchten Kühlelementen, und diese Karboxymethylcellulose war nur vermindert genießbar. Und so stand ich da in der Wüste, als Luxus verwöhnter Knabe, mit einem Haufen voll Müll. Ein weiteres Mal hielten die Millionen des Dicken mich auf. Sie waren eine Last, die ich erst noch ablegen musste. Ein Fluch, ganz so wie dieses Astekengold, von dem man nicht satt wurde. Krank machten sie einen, diese Lügen der Menschen, verfluchen könnte man sie, und ich ärgerte mich stumm. Kilometer um Kilometer keine Menschen, und doch waren sie es, die mich auf meinem Weg nicht weiterkommen ließen.

Kopfschüttelnd ging ich weiter, wohl wissend, dass ich nicht weit kommen konnte. Nicht einmal der Sand in meinen Schuhen störte mich mehr. Die Enttäuschung war stärker. Jeden Meter, den ich nun noch ging, war einzig, um diese zu vergessen. Wenigsten mit mir im Reinen wollte ich diesen Marsch beenden, ohne Wut, ohne über irgendetwas klagen zu wollen. 40 000 km, das sollte wohl reichen. Viele hatte ich noch nicht hinter mir, und doch hatte sich viel geändert, zog ich meinen ersten Schlussstrich und konnte auch wieder schmunzeln. Dann hob ich meinen Arm und ging weiter.

Stehen bleiben wollte ich nicht, und umdrehen kam nicht in Frage.

Nüchtern waren meine Gedanken. Beruhigend aber das Wissen, dass die Reise Morgen weiter gehen würde und dass ich es war, der diesmal selbst entschieden hatte, die Reise zu unterbrechen.

Wenn auch in Grenzen, so hatte ich doch die Kontrolle wieder. Das war ein gutes Gefühl, genau wie die Erschöpfung meines Körpers, denn ich hatte einen großen Schritt getan und diese Gewissheit überwog jede Verspannung.

Gemächlich setzte ich meinen Weg fort. Nichts geschah, was meine Aufmerksamkeit erregte. Im Abstand von einigen Minuten erhob ich den Arm, doch das Zeichen schien unbemerkt zu bleiben. Noch sorgte ich mich nicht. Diesmal war ich nicht gewaltsam gegen meine eigenen Grenzen angerannt und so musste ich nicht fürchten, jeden Augenblick umzukippen.

Dennoch ließ ich den Arm immer länger oben. Auf was genau ich wartete, wusste ich nicht. Aber irgendetwas musste schließlich geschehen, denn die sengende Hitze würde meine aufgebrauchten Flüssigkeitsreserven nicht füllen.

Dann endlich, als ich an meinem Verstand zu zweifeln begann, wurde das Brummen im Hintergrund deutlicher und ich wusste, dass Sam bald da sein würde. Recht erleichtert blieb ich stehen und sah dem roten Motorrad zu, wie es über den heißen Sand hinweg rutschte. Ich glaubte eine zweite Person hinter Sam zu erkennen, doch als er näher kam, erkannte ich eine seiner Geschütze neben seinem Kopf auf der Schulter befestigt mich anstarren.

«Na Kleiner, hast du dazu gelernt.» Sam war äußert gut gelaunt und sein Gesicht strahlte unter dem hochgeklappten Visier hervor.

Kichernd strahlte ich ihm entgegen, während er sein Gefährt zum Stehen brachte und einiges an Staub aufwirbelte.

«Verflucht!» Er starrte mich an.

Voller Unverständnis für seine Begrüßung, schüttelte ich den Kopf.

«Geht es dir auch gut Kleiner?» Ein seltsames Stottern lag in seiner angerauten Stimme. «Du bist weiter gegangen. Ich dachte ...» Sein Blick machte mir Angst. Ich versuchte zu lächeln, doch unter meinem Gesichtstuch konnte er es unmöglich erkennen.

«Es ist eigentlich alles in Ordnung.» Ich wusste, er würde mir nicht glauben, aber es stimmte diesmal. «Mir sind die Getränke ausgegangen», erklärte ich ihm meine Situation. Er schien erleichtert. Etwas eilig griff er hinter sich und reichte mir eine noch volle Flasche. «Hier nimm.»

Aufmerksam sah er mir dabei zu, wie ich trank. Ich wollte sie ihm zurückgeben, doch er winkte in Gedanken ab. Er kratzte sich am Nacken und stierte auf den hellen Sand.

«Glaubst du, du kannst noch ein wenig gehen?» Er sah mich kurz an. «Etwas mehr als zwei Kilometer nur?»

«Ja», antwortete ich. «Ja sicher.» Ich verstand nicht, was ihm so zusetzte.

«Danke.» Er wurde immer merkwürdiger.

Ich wollte eben die Frage stellen, als er auch schon antwortete.

«Ich glaube es ist besser, wenn du aufrecht ins Lager kommst, als auf dem Motorrad. Sie würde mich umbringen.» Ich verstand gar nichts mehr.

«So wie du aussiehst.»

«Ich fühle mich gut.»

Er nickte. «Es ist auch wirklich nicht mehr weit.»

Er klopfte mir auf die Schulter, bereute es aber gleich und stammelte etwas Unverständliches in seinen Helm. «Übernimm dich nicht.» Es klang flehend. «Brauchst nur die Hand heben und ich komme sofort!»

Seiner Miene war anzumerken, dass er großen Wert darauf setzte, seine Ernsthaftigkeit zum Ausdruck zu bringen. Seine Sorge um mich glich mehr einer Angst. Sein Mund stotterte lautlos, ihm fehlten die Worte. Am liebsten hätte er mich wohl getragen – zumindest ließ sein Blick dergleichen vermuten – aber um den Folgen zu entgehen, die er so sehr fürchtete, musste ich alleine gehen.

Und obwohl ich es nicht verstehen konnte, bedankte ich mich für die Flasche und ging weiter.

– 16 – Harshads Gewissen

Vor mir konnte und wollte ich nichts erkennen. Warum sollte ich weiter gehen? Warum konnten wir nicht hier auf Konrad warten? Und was war mit meinem Aussehen, das ihn so erschreckt hatte?

Es dauerte lange, bis ich wieder dieses surrende Motorengeräusch vernehmen konnte, und merkte, wie es mich im weiten Bogen überholte.

Zu sehr mit Gedanken beschäftigt, merkte ich erst sehr spät wie sich braune Flecken am Horizont erhoben und allmählich zu Zelten heran wuchsen.

Zwei Personen kamen eilends auf mich zu. Sabrina mit ihrem flatternden Schal und Max, der schwitzend eine Kamera herantrug.

Etliche Hundert Meter vor dem Lager fingen sie mich ab.

«Wie geht es dir?», empfing mich Sabrina. Max hatte sich schwer beladen im Hintergrund postiert und raubte dem Moment jeden Anflug von Wärme – die Hitze aber blieb. «Gut», wollten meine Lippen ansetzen, doch dann erinnerte ich mich an Sams Blick. «Müde.»

Sabrina kam näher. «Fürchterlich siehst du aus.»

«Danke.» Ich musste lachen. Und da spürte ich, wie sich meine Haut spannte. Schatten flogen der Journalistin durchs Gesicht. Schatten, die ich nicht verstehen konnte, zumal ihr künstliches Lachen mich blenden wollte. Die Luft wurde plötzlich dünn. Keiner sprach.

«Das müssen wir frisch machen.» Sie wollte an meinem Gesichtstuch ziehen, ließ es aber gleich los, als sie merkte, dass es festgeklebt war. Ein Zucken von begeistertem Ekel war in ihrem Gesicht. Auch Max untersuchte mein Gesicht mit reichlich Leidenschaft und gestattete den Zuschauern eine Ferndiagnose.

Immer noch nicht konnte ich ihr Benehmen verstehen. So viel schlimmer, als noch am Morgen, konnte ich doch nicht aussehen. Schließlich spürte ich keinen Schmerz, nur ein ständiges Kribbeln von heilender Haut.

Etwas grob führte mich Sabrina in Richtung Lager, konnte es aber nicht sein lassen mich ständig zu begutachten. Ich tat als fiele es mir nicht auf und schritt neben ihr her und versuchte dabei einen möglichst kräftigen Eindruck zu erwecken.

«Da ist ja unser Kleiner», empfing mich Konrad im Schatten sitzend. Seine Zigarre qualmte friedlich dahin, bevor er sie zum Mund führte.

Sabrina bugsierte mich nach vorne, als wollte sie mich präsentieren. «Es war zu früh», meinte sie verärgert, ohne aber laut zu werden.

«Er steht doch noch», beruhigte sich Konrad selbst. Sabrina drückte mich weiter.

Der Dicke verschluckte sich an seiner Zigarre. Besorgt sprang Harshad heran und klopfte seinem Meister auf den Rücken, während dieser sich hustend zuckend nach vorne legte.

«Ich wusste er würde seine Grenzen nicht kennen. Er ist noch grün hinter den Ohren.» Noch hielt sich Sabrina zurück mit ihrer Predigt. Ich hielt mich da raus und auch Konrad entgegnete nichts, stöhnte nur ein wenig, als er aufstand.

«Unsinn, er steht doch noch.» Der Dicke bestand auf diesem Umstand. «Schrecklich ist es aber doch», wurde er dann doch nachdenklich. «Warum hast du denn nicht eher abgebrochen?» Die Rolle des Mitleidigen war ihm nicht auf den Leib geschnitten. Unsicher wirkte er in seinen Gebärden.

«An sich ging es noch. Erst am Nachmittag war ich müde geworden.» Konrad sah mich komisch an. «Mir fehlt nichts, nur die Hitze bin ich nicht gewöhnt. Und meine Kraft ist vielleicht noch nicht wieder ganz da.» Konrads Ausdruck wurde noch seltsamer und er blickte neben mich zu Sabrina und musste dann lachen.

«So so, am Nachmittag also!» Seine Brust spannte sich wegen seines herzhaften Lachens und er griff sich an die Seite, um sich zu stützen.

«Grün bist du wirklich noch, mein Knabe.» Sein Lachen wurde leiser. «Aber Witz hast du, das muss ich dir lassen.»

Ich hatte nicht die geringste Ahnung, von was er eben redete.

«Es ist noch nicht mal Mittag.» Ich blickte nach oben und stellte verblüfft fest, wie hoch die Sonne noch stand.

«Aber dann bin ich ja falsch gelaufen», stellte ich beschämt fest.

«Das kann man wohl sagen.» Sabrina wirkte entspannter. «Sam hat uns von deinem Kurs berichtet und deshalb hatten wir beschlossen, dich hier abzufangen.»

«Wasch ihm das mal ab.» Konrad fuchtelte mit seinem Arm. Er hatte mich erneut eine Weile nicht angesehen. «Es scheint ihm ja soweit gut zu gehen.»

«Es war toll», wollte ich sie an meiner Begeisterung teilhaben lassen.

«Ja ja. Erzählen kannst du es uns später. Ruh dich erst mal aus. Dann haben wir alle mehr davon.» Er wollte mich aus seinem Blickfeld haben und so zog mich Sabrina gleich weg in eines der Zelte.

Groß war es immer noch, doch ein Teil der Einrichtung war zurückgeblieben. Wortlos war uns Harshad gefolgt und trug alles heran was Sabrina verlangte, noch ehe die etwas sagen musste. Sie starrte mich mit zusammengezogenen Brauen an und wusste nicht recht, wo sie anfangen sollte.

Da mich das Tuch am meisten störte, wollte ich es mir abziehen, doch sie schlug mir entschlossen auf die Hand um meinen Versuch zu unterbinden.

«Spinnst du? Das darf man nicht einfach abreißen.» Sie begann mit ihren zierlichen Fingern daran herumzuspielen. Ihrer Neugier als Journalistin entsprechend, genoss sie das Gefühl von Ekel. Zaghaft befeuchtete sie das Tuch mit Wasser, doch es wollte sich nicht lösen.

«Tut nicht weh.» Ich versuchte sie zu ermutigen es doch abzuziehen. Stück um Stück zog sie es ab und biss sich dabei auf die Lippe. Doch alles was ich spürte, war ein angenehmes Kribbeln und eine erfrischende Kühle, als meine Haut wieder Luft bekam.

Als sie fertig war, hielt Sabrina eine Maske in ihrer Hand. Deutlich war der Abdruck eines Gesichtes darin zu erkennen. Mehrere Millimeter dick war die fest gewordene Gelatine, die an dem Tuch hing.

Fasziniert starrte sie darauf und zeigte mir dann ihre Trophäe.

Scheußlich sah es aus. Viel war von dem Tuch nicht zu sehen. Voll geklebt mit Sand und dazwischen die ausgediente Paste, wie Eiter hervor quälend.

Erleichtert lachte sie über ihren Irrtum. «Hast du aber Glück gehabt,» Prüfend fuhr sie mir übers Gesicht. Ein Zittern ergriff mich. So sanft und gleichzeitig intensiv hatte ich noch keine Berührung gespürt.

«Scheint keine Narben zu geben.» Ihr Gesicht war nicht zu deuten. Sie griff in ihre Hosentasche und zog einen kleinen Schminkspiegel hervor. Mein Gesicht war von einem ebenmäßigen rötlichen Ton überzogen und an mehreren Stellen hatte sich die Haut in weißlichen Blasen von meinem Gesicht gelöst.

Man hätte es als hässlich bezeichnen können, doch es lag etwas Anziehendes an diesem eigenartigen Anblick. Selbst Sabrina konnte ihren Blick nicht lösen. Sie streichelte mir über die junge Haut und lächelte dann, wenn ich leicht zitterte. Jede Berührung berauschte meinen Körper. Ich genoss es, wie sie mit meiner Verletzlichkeit spielte und mir doch nicht wehtat. Ich vertraute ihr, schloss meine Augen und vergaß, wer sie wirklich war.

Harshad hatte mir in Zwischenzeit ein Bad eingelassen. Mitten im Zelt stand die Wanne, und als ich mich hineinließ, schwappte sie über.

Randvoll mit erfrischendem Nass. Einfach nur liegen blieb ich und genoss, wie sich der Staub von mir löste, genau wie der Rest der klebrigen Säfte. Mein Gewand, teilweise steif geworden, lag achtlos daneben und ich wollte nie wieder aus diesem Wasser steigen.

Ab und an wanderte mein Blick durch das Zelt. Weite leere Räume taten sich auf und zwischen mir und der Zeltwand lagen mehr als drei Meter Wüstensand. Inmitten all dem, lag ich, badend im kühlen Nass. Mehr als einmal musste ich für mich lachen. Alles fühlte sich so echt an, und doch konnte ich es nicht glauben. Mir war nur zu deutlich bewusst was passierte und doch wusste ich nicht, wie ich in das alles geraten war. Jeder einzelne Moment war losgelöst von Vergangenheit und Zukunft. Mein Leben an der Uni, meine Freude, alles war weit weg, fast unwirklich, nun da ich mich hier wiederfand. Es fehlte mir der Faden, diese beiden Leben miteinander zu verbinden. Fast war mir, als sei bereits die Badewanne zu meinem Horizont geworden. Alles Jenseits war mir fremd. Das menschenleere Zelt, meine Gefährten, die ich jedes Mal neu kennenlernen musste, das Leben, das ich so leicht hinter mir gelassen hatte, und die Welt, aus der ich so verzweifelt hatte fliehen wollen.

Wieder schlüpfte ich in ein neues Gewand. Sabrina hatte es mir raus gelegt, noch bevor sie sich zurückgezogen hatte. Wie ein Fremder stand ich da und sah an mir herab. Wieder war ich barfuß und genoss das Kribbeln, das mir nun noch intensiver vorkam, und stellte mich schließlich den Fragen, die mich draußen erwarten würden. Denn so viel hatte mir Sabrina versprochen: Sie würden sich auf meinen Bericht freuen. Und letztlich sollten die Zuschauer alles miterleben können.

Konrad hatte sich wieder zu beschäftigen gewusst und so manches organisiert. Der Inder war in regem Treiben, als ich mich zu ihnen gesellte. Diesmal wagte es der Dicke, mich länger zu betrachten. «Ist das neu?», fragte er schließlich unverbindlich und forderte mich auf mich zu setzen.

«Ja. Haut und Gewand sind neu», erlaubte ich mir einen Scherz.

Sabrina schüttelte belustigt den Kopf. «Kindskopf!» Konrad schluckte, aber dann lachte auch er.

Sam hatte sich diesmal an unseren Tisch dazu gesellt. Als hätte er sich niemals im Hintergrund aufgehalten, saß er wie selbstverständlich da und schenkte uns nicht weiter Beachtung. Während ich leichte Kost zu mir nahm, bereitete dieser wohl die Happen für die Zuschauer vor. Eine wilde Meute war das, eine, die reichlich Bilder brauchte, schriller, lauter, bunter, denn sie war unersättlich.

Deshalb hatte Sam nur Augen für seinen Laptop. Seltsamerweise schien er sich für meinen Rucksack zu interessieren, den er sich wohl selbst besorgt hatte.

Konrad und Sabrina unterdessen, saßen mir gegenüber und unterstützten sich redlich mir Fragen zu stellen.

Viele davon waren diese Journalistenfragen, die man eigentlich nicht beantworten konnte. Wie hätte ich beschreiben sollen, was in mir vorgegangen war? Was ich gedacht hatte? Was ich daran so schön fand? Lächerlich die Fragen, war es doch gerade das, dass es unbeschreiblich war, was es ausmachte. Und warum sollte ich es ausgerechnet denen an den Kopf werfen, die es am allerwenigsten verstanden?

«Die Zeit», antwortete ich knapp, und erntete Blicke als hätte ich überhaupt nicht geantwortet.

So wie Eltern den Sinn nicht verstanden, warum Kinder im Sand Burgen bauen, so war es ihnen unbegreiflich, wie jemand nach sich selbst und einem Gleichgewicht suchte. Es war nicht, dass man nachher etwas in Händen hielt, das man vorzeigen konnte. Genau dieses Vergängliche war das, was blieb. Nicht greifbar und gerade deshalb konnte man es niemals verlieren oder geraubt bekommen.

Wie sollte man jemandem sagen, dass man aus dem Rennen aussteigen wollte, wenn derjenige nicht einmal bemerkte, dass er lief, gleichwohl aber außer Atem war?

Aber etwas musste ich sagen, das war mir klar. Die beiden warteten, und wussten selbst nicht worauf.

Und so begann ich zu berichten, so detailgetreu es nur möglich war. Erzählte, wie der Sand mir in die Schuhe floss. Schilderte meinen barfüßigen Marsch durch die Wüste, versuchte den Durst, die Hitze und alles Mögliche zu beschreiben.

Sie wirkten zufrieden. So oberflächlich meine Erzählung, und so fern es der Wahrheit war, sie hatten was die Menschen verlangten – Vollständigkeit.

«Versteh nicht was man daran so gut finden will», erklärte mir Konrad. «Aber du scheinst dich nicht gelangweilt zu haben.»

Allein dieser letzte Satz zeigte mir, dass er nichts verstanden hatte.

Nur Harshad war keineswegs zufrieden. Unruhig eilte er ständig umher, ohne außer Hörweite zu gehen.

Als Konrad ihn aber schließlich für sein unmögliches Benehmen rügte, entschloss sich Harshad kurzer Hand uns doch zu verlassen und verzichtete, nicht ganz ohne Erleichterung, auf den Rest meiner Erzählung.

Doch viel wusste ich ohnehin nicht mehr zu erzählen. Selbst ihre belanglosen Fragen fanden bald ein Ende, während Konrad unablässig seinen Kopf schüttelte und lachend kundtat, dass er nicht verstehen könne, was ich dabei nur finden würde. Solche Hitze sollte man nicht ohne Klimaanlage bezwingen. Wieso gab es schließlich diese Errungenschaften der Menschen?

«Und diese wird er brauchen», schaltete sich Sam in unser Gespräch mit ein. Freudig strahlte er uns entgegen, als er unsere fragenden Blicke auf sich gerichtet sah.

«Viel überraschen wird es wohl kaum», begann er und genoss unsere Ahnungslosigkeit. «Allein durch die Wüste, ohne jegliche Erfahrung. Dass man da sich verläuft, ist selbstverständlich.» Es klang keineswegs nach einem Vorwurf, eher zu amüsieren schien er sich.

Er drehte uns den Laptop zu, sodass wir alle auf den Bildschirm blicken konnten. «Eine Weile hat er sich nicht schlecht geschlagen», erklärte uns Sam, was wir dort zu sehen bekamen. Und zu sehen war eine Landkarte. Eingezeichnet eine blaue Linie, die sich zunächst westlich hielt, dann aber immer mehr nach Süden abdriftete.

«Nach jeder Unterbrechung hast du den Kurs weiter abgeknickt.» Er sprach direkt zu mir und deutete auf die Stellen, die er meinte. Jeweils ein dunkler Punkt deutete meine Raststätten an. Die Knicke waren auffällig und von Mal zu Mal heftiger.

«Ich wollte wohl glauben, dass es später sei, als es tatsächlich war», gab ich meine Erklärung dafür ab.

«Hattest du denn keine Uhr dabei?» Sam war immer mehr belustigt über mein laienhaftes Benehmen.

«Nein», gab ich ein wenig kleinlaut zurück.

Konrad lachte amüsiert von meiner Darbietung. Sabrina schüttelte ebenfalls lachend den Kopf. Was mochten sie wohl denken, von mir, dem Greenhorn?

«Morgen bekommst du einfach ein GPS-Gerät mit», meinte Sam gleichgültig. «Dann kommst du sicher an.»

Ich schluckte, mir war die Vorstellung zuwider.

«Können wir es nicht einfach mal mit einer Uhr versuchen? Es ist doch kein Rennen.» Nicht dass ich etwas gegen Technik einzuwenden hatte, aber auf dieser Reise wollte ich ohne sie auskommen. Ich war schließlich kein Tourist.

Sam grinste frech und hielt seine Bemerkung zurück – vorerst, wie sein Strahlen deutlich zeigte.

Mit ungeahnter Freude spielte der Kameramann an seinem Laptop herum. Kein Geheimnis das zu übersehen er bereit war.

Vor unseren Augen begann er meine Reise zu analysieren. Immer mehr Zahlen spuckte uns der Bildschirm in bunten Farben entgegen. Meine 6 km/h Reisegeschwindigkeit am Start schmolzen rasch zu bescheidenen 3 km/h zusammen, die Pause unbeachtet. Dennoch hatte ich es auf 28 km an diesem Tag geschafft. Ein wenig stolz war ich, bedachte man, dass ich mittags bereits hier war. Sam jedoch ließ diesen Triumph sich in Luft auflösen, als er den Weg auf den durch den Startpunkt gelegenen Breitengrad projizierte. Schlichte 16 km hatte mich mein Bemühen Richtung Westen gebracht, der Rest war nur noch Schall und Rauch, höchstens als unnötige Erschöpfung von mir zu spüren. Sam amüsierte sich prächtig und konnte nicht oft genug wiederholen, dass ich über einen deutlichen Mangel an Orientierungssinn verfügte. Deshalb auch hätte ich diese 12 km in den Sand gesetzt, wie er treffend feststellte.

Wieder wollte er mir sein GPS-Gerät andrehen, doch Sabrina unterstützte meine Abwehr. Eigensinnig, dieses Spiel und seine Regeln. Einmal trat man als Rivalen gegeneinander an und im nächsten Augenblick war man Verbündete. Eigentlich lächerlich unser Benehmen und hätte es doch nicht vergnüglicher sein können.

Jedenfalls war Sabrinas Hilfe äußerst eigennützig, das war mir klar. Sie wollte einfach mehr Spannung in ihre Sendung bringen. Hauptsache, die Sesselwärmer hatten genug Dramatik. Mein Scheitern sollte sie unterhalten. Trotzdem war ich ihr dankbar. Schließlich waren das die Regeln, jeder spielte auf seine Art, und dieses Mal hatten wir das gleiche im Sinn, wenn auch aus einer völlig unterschiedlichen Perspektive. Sie wollte Herausforderungen und ich Freiheit. Würden wir uns jemals verstehen können? Sie und ich, einige Meter voneinander, und doch um Welten getrennt.

Sie kämpfte, damit die Menschen die Lügen bekamen, vor denen ich floh. So unangenehm dieser Gedanke mir zunächst war, so hatte es doch seinen Reiz. Das war unser Spiel. Sie mit dem Messer in der Hand, mir meine Geheimnisse zu stehlen, und ich das lachende Kind und spielte das Spiel meines Lebens. Lebendiger und wirklicher als alles zuvor.

So belanglos die Unterhaltung war, so unscheinbar ging der Nachmittag vorbei. Die Fragen wiederholten sich und doch wollten die beiden nicht ganz schweigen. Dennoch fanden meine Antworten immer weniger Beachtung.

Konrad wurde ungeduldig und seine Gedanken mochten bereits die Reise fortsetzen. Meine Erzählungen konnten ihn unmöglich ergreifen. Das Abenteuer, das es für mich jedoch war, berührte ihn nicht. Selbst vorm Fernseher hätte er wohl mehr empfunden, als nun hier in der Wüste sitzend.

Auch wenn er mir nicht zuhörte, so entschloss er doch nach einer Weile, dass er sich in der Pflicht sah, uns zu beeindrucken. Von Neuem fanden Geschichten den Weg aus seinem Mund und verliefen sich auf der Suche nach unseren Ohren. Wohl noch keine hatte er wiederholt, und doch waren sie uns alle vertraut.

Der Lärm seiner Worte störte uns nur wenig, denn wir wussten, er würde sich nicht unterbrechen lassen und so konnten wir ungestört unseren eigenen Gedanken nachhängen. Sabrina beachtete mich kaum, nur gelegentliche Blicke schreckten mich kurz auf, bevor ich beruhigt feststellte, wie flüchtig sie waren.

Es war die Ruhe vor dem Sturm. Dem Sturm, nach dem wir uns alle so sehr sehnten. Der Erfrischung in unserem Leben. Sabrina als Antrieb in ihren ehrgeizigen Segeln, mir als Rückenwind für meine Flucht. Und für Konrad – nun, das wusste ich nicht. Vielleicht würde es ihm reichen überhaupt etwas zu fühlen. Als Beweis, dass er noch lebte, nicht nur eine Statur in Lebensgröße war, die die Lügen der Menschen verkörperte. Auch wenn dieser es beachtlich anders nennen würde.

Auf jeden Fall war der Nachmittag alles andere als langweilig. Mein Körper schöpfte die nötige Kraft, während Konrad, ohne es zu wissen, immerfort mir erklärte, warum ich mich auf der Flucht befand. Sein Reden war Sucht und Therapie zugleich. Ständig prahlte er und beeindruckte außer sich selbst niemanden. Dabei war ich mir nicht einmal sicher, ob er es bei sich selbst schaffte. Denn wenn dies der Fall wäre, warum sollte er denn auf der Suche sein? Und das war er, auch wenn er es mit keinem Wort sagte. Es stand in seinem Gesicht. Jeder Buchstabe zu groß, um übersehen werden zu können.

Endlich hatten Sabrinas Überlegungen zu einem Entschluss geführt, denn ein flüchtiges, aber vielsagendes Leuchten erhellte ihre Miene. Fast schien es mir, als wäre sie darüber verwundert, Konrad immer noch redend vorzufinden. Doch wobei konnte man sich bei dieser geheimnisvollen Frau sicher sein? Jeder Spur von Verwirrung blieb sie erhaben und kommentierte des Dicken Redeschwall mit einem belustigten Kopfschütteln, ohne dass dieser es bemerkte.

«Morgen wird ein langer Tag», meinte sie unvermittelt und scherte sich wenig darum, dass sie Konrad mitten im Satz unterbrach.

Auch diesen störte es nicht weiter und so tauchte Konrad aus seinen Gedanken auf. Sicher war ich mir nicht ganz, aber die Vermutung war recht stark in mir, dass er, sollte er nun weiter reden, nicht wissen würde, wovon er eben gesprochen hatte. Jedenfalls betrachtete er Sabrina mit einem Ausdruck im Gesicht, als wüsste er nicht recht, was eben vorgefallen sei.

«Sicher, sicher. Er muss sich hinlegen», fand er dann doch den Faden und fuchtelte etwas unbeholfen mit seiner dicken Pranke – wieder ohne mich anzusehen. Obwohl anwesend, tat er, als sei mein Anblick nichts weiter als eine unliebsame Erinnerung, die man einfach verscheuchen konnte. Ich wusste um mein Aussehen und nahm es ihm nicht übel. Es war seine Welt, die bröckelte. Die mit dem unendlichen Glanz. Mein Gesicht verlor seine Maske und er wollte nicht sehen, dass es da noch etwas drunter gab. Die Blasen im Gesicht nichts weiter als die Lügen, die irgendwann doch platzen mussten.

Fast bedauerte ich ihn. Seine Angst davor die Augen zu öffnen, sie ließ mich mich schämen. So unverfroren trat ich ihm entgegen, ich der Knabe, der endlich seine Schuppen verlor. Nicht länger Fisch sein wollte und deshalb meine Gefährten mit riss.

Mit dieser Schuld beladen stand ich auf. Bereit sie noch weiter zu tragen.

«Jetzt sehen wir zu, dass deine Haut verheilt.» Sabrina war von einem ungesunden Tatendrang befallen und erlaubte es sich gar eine gewisse Vorfreude erkennen zu lassen. Sie hatte noch einiges vor. Man musste sie nicht wirklich kennen, um das zu bemerken.

Auch dass sie mich dafür noch brauchte, war kein großes Geheimnis. So viel Aufmerksamkeit schenkte sie nicht einem Knaben. Und so wie sie mich vor sich herschob, war ich keineswegs mehr in ihren Augen. Deutlich spürte ich es. Die Ungeduld, der Kreisel drehte sich wieder. Mir wurde fast trunken bei ihren hektischen Bewegungen. Diesmal machte es mir nicht einmal Angst. Ich genoss es einfach. Sie befreite mich mit ihrem Tun von jeglichem Denken. Staunend über ihre Selbstsicherheit, ließ ich sie gewähren.

Rasch waren wir im Zelt. «Wie fühlst du dich?»

«Besser», antwortete ich. Nötig war es nicht. Schließlich war sie Journalistin. Ohne weiter zu fragen, begann sie sich selbst zu überzeugen. Die Beulen im Gesicht verformten sich unter dem prüfenden Druck ihrer Finger. Angetan von dem seltenen Phänomen auf meiner Haut, nutzte sie die Gelegenheit zu Forschungszwecken und vergaß mich beinahe gänzlich. Fasziniert drückte sie herum und erklärte mir – als handele es sich um eine Nebensächlichkeit – meine Haut würde gut verheilen.

Mir war es gleichgültig. Auch was sie sagte. Ihr Gesicht fand ich in diesem Augenblick ohnehin interessanter. Wie bei einem Kind stand darin die Freude. So unnahbar sie auch war, so gleichgültig sie mich behandelte, sah ich sie doch als Menschen vor mir. Die aufgetragene Farbe verbarg ihr Gesicht, doch ihre Regungen konnte diese nicht ganz übertünchen. Es war nur ein Spiel, das wurde mir in diesem Moment auf eine gefährliche Weise klar. Sie würde mich aussaugen, meine Geheimnisse stehlen, und mich dann zurück lassen, leer gepumpt.

Ein Zucken durchfuhr meinen Körper. Sie hielt es für eine Reaktion auf ihre letzte grobe Berührung und ließ von meinem Gesicht ab.

Sie blickte sich um. Als wollte sie sichergehen, dass niemand sie beobachtet hatte, und lächelte mir dann zu, als erinnere sie sich eben an meine Gegenwart.

«Du scheinst mir recht zäh zu sein.» Es war mehr eine Feststellung, als dass ich darauf hätte antworten müssen.

Ihr Blick tastete mich ab. Das Gewand, das mich bedeckte, fühlte sich an, als würde es sich auflösen. Ohne zu zögern, griff sie mir an die Schenkel und versicherte sich, dass sich diese nicht verhärtet hatten. Sie wusste genau, was sie wollte. Einen Gesunden für ihre Show. Dass ich es war, nichts weiter als ein bloßer Zufall, den man leichtfertig hinnahm. Sie war gnadenlos. Sie war eiskalt und doch wollte sie mich auftauen. Welch Widerspruch, doch diese Frau vereinte beides kompromisslos.

Ihre Entdeckungsreise ging weiter. Hinab zu meinen Füßen, die entblößt unter dem Gewand hervor lugten. Ihre Hand kitzelte. Einzig die Berührung reichte, mich zum Zucken zu bringen. Ein Kichern konnte ich nicht unterdrücken.

Wieder ein Grinsen, als wüsste sie um meine Wehrlosigkeit.

Mit unbändiger Freude wollte sie auch diesem Geheimnis auf den Grund gehen und massierte meine abgeschundene Haut.

Das unvermeidliche Zucken unterband sie, indem sie ihren Oberkörper auf meinen Beinen abstützte. Sehen konnte ich nicht mehr, was sie tat. Aber ich spürte es. Intensiv. Fast trieb es mir die Tränen in die Augen, während ich versuchte mein lautes Lachen zu unterdrücken. Ich wusste ich war nicht verletzt, aber dennoch war das Kitzeln hart an der Schmerzgrenze. Einzig ihre weiche Handfläche an meinem Fuß reichte dazu aus.

Sie lachte vergnügt auf. «Du hast zarte Füße bekommen.» Ein faszinierter Blick traf mich, als wollte sie mich an ihren Entdeckungen teilhaben lassen.

Abermals musste ich wegen ihrer prüfenden Berührung auflachen.

«Hast gar keine Hornhaut mehr.» Wieder kitzelte es. «Weich wie ein Babyhintern.» Ich wusste nur zu gut, wie viel Freude ihr dieser Vergleich machen musste. «Alles weg gerieben.» Sie grinste mich frech an. «Für diese Füße würden dich viele Frauen beneiden.» Ihre Komplimente kannten wieder einmal keine Grenzen.

Was Zeit war, schien ich vergessen zu haben. Der Nachmittag verflog so unmerklich wie der Wind draußen vor dem Zelt. Abermals war das Bett zu meinem besten Freund geworden und begleitete mich übergangslos in einen dösigen Halbschlaf, den mein Körper von Mal zu Mal kräftiger verließ. Die Hitze von der ich wusste, dass sie außerhalb des Zeltes herrschte, ließ mich das Bett hüten. Träge lag ich da und genoss förmlich die Schwere meines erschöpften Leibes, die mich in die kühle Matratze sinken ließ. Warum es kühl blieb, war mir ein Rätsel, doch ich hatte aufgehört, solche Kleinigkeiten zu hinterfragen. Harshad war sicherlich eine Begründung für dieses Phänomen.

Als mein Bewusstsein den Gedanken an den Inder streifte, fragte ich mich, wo dieser überhaupt steckte. Seit Stunden musste ich ihn nicht mehr gesehen haben. Kurzerhand entschloss ich mich aufzustehen. Die Sonne zeichnete bereits den Abend an die Leinwand des Zeltes.

Konrad saß draußen. Weit nach hinten gelehnt, streckte Arme und Beine von sich und stierte auf das über ihm gespannte Tuch.

Räuspernd kündete ich mein Kommen an.

Vielleicht hatte er mich nicht gehört, jedenfalls rührte er sich nicht. Stumm starrte er weiter nach oben. Vorsichtig näherte ich mich und tat als würde ich in der Ferne etwas beobachten. Doch er regte sich nicht, kein Zucken in seiner wie versteinerten Miene. Die Falten auf der Stirn, wie für die Ewigkeit eingraviert.

Etwas unwohl in meiner Haut, setzte ich mich und hielt den Blick weiter in der Ferne. Ich konnte nicht zurück, auch wenn ich bereute das Zelt verlassen zu haben. Ich wollte ihn nicht in dieser Pose sehen. Zumindest nicht, wenn er es bemerkte. Er sollte seine Größe wahren können. Der Manager, der er war, den er spielte. Als würde ich ihn nackt sehen, kam ich mir vor. Beschämt in sein Reich eingedrungen zu sein, schluckte ich den Kloß runter.

«Ah, da bist du ja.» Seine Stimme fest wie eh und je, schlug er die Faust freudig auf den Tisch.

Den Schweiß hatte er sich hastig von der Stirn abgewischt. Die dicken Perlen fehlten, als ich ihn ansah. Breitarmig hatte er sich auf den Tisch gelehnt und sah mich abmessend an.

«Diese Hitze geht ganz schön an einen.» Mein Blick verlief sich abermals in der Wüste. Wie beiläufig sprach ich und wusste genau, dass er mich musterte.

Doch dann lachte er. Sein bedeutungsloses kehliges Lachen. «Du sprichst ein wahres Wort gelassen aus.» Seine Bedenken waren weg. Auch sein Blick wurde leichter. «Versteh immer noch nicht, wie ein Knirps wie du auf solche Ideen kommt.» Er erheiterte sich an meinem rücksichtslosen, unwissenden Abenteuergeist.

«War es denn meine Idee?», fragte ich feixend. Die angetrocknete Paste im Gesicht spannte sich.

Konrad lachte. «Ganz unschuldig bin ich wohl nicht.» Er folgte meinem Beispiel und stierte zwischen den Sätzen hinaus in die Wüste.

War es Verlegenheit? Auch wenn ich Konrad nicht zutraute, ein solches Wort zu kennen. Oder wegen der Hitze? Erschöpfung, das musste es sein! Jedenfalls bestand unser Gespräch hauptsächlich aus grundlosem, einsamen Gekicher. Keine Geschichten. Nichts, was einen Konrad ausmachte. Selbst sein Lachen wirkte leiser. Wie aus weiter Ferne. Von dort vielleicht, wo seine Gedanken schweiften.

Warum beeindruckte er mich nicht? Wenigsten versuchen hätte er es können. Doch er tat es nicht. Nur beobachten tat er mich, von Zeit zu Zeit, wenn er sich sicher war, dass mein Blick in der Ferne gefangen war.

«Was machst du, wenn das hier vorbei ist?» Seine Frage kam völlig unvermittelt.

Mit offenem Mund starrte ich ihn an, hilflos, tonlos stotternd, ohne mich vor irgendetwas zu fürchten. Floh abwechselnd in die Wüste, nur um dann in Gedanken zu versinken, und sah ihn dann wieder direkt an. Seine Frage blieb lange unbeantwortet. Und er wartete. Er wartete!

Sabrina hätte ich einfach eine Antwort an den Kopf geworfen. Doch nun konnte ich es nicht. Es fehlten mir nicht die Worte. Es fehlte mir die Antwort. Nicht einmal die passenden Gedanken tummelten sich in meinem Kopf.

«Ich weiß es nicht.» Die Feststellung kam gleichzeitig in Mund und Kopf an. Ich sah ihn an, als schulde ich ihm eine Antwort. «Ich weiß es wirklich nicht.» Nur ein Hauch entwich meinen Lippen, so flüchtig wie die Gedanken selbst.

Wer war er, dass er solche Fragen stellte? Meine Gedanken waren aufgewühlt und so wandte ich mich der Wüste zu. Etliche Herzschläge später folgte er meinem Beispiel, und schwieg.

«Sie ist schon die ganze Zeit am Telefonieren.»

Rätselnd sah ich ihn an, er aber beachtete es kaum.

Wie beiläufig setzte er sein Gespräch fort. «Dort hinten.»

Ich folgte seinem Blick. Und tatsächlich, da bewegte sich jemand. Fern vom Lager, in der Wüste. Mir war die Gestalt noch nicht aufgefallen, obschon ich eine ganze Weile direkt auf sie gestarrt haben musste. Aber sie war nur schwer zu erkennen in der flimmernden Luft. Auch jetzt wäre es mir allein durch das Aussehen nicht aufgefallen, dass es Sabrina war, die dort umherirrte. Aber ihre Bewegungen verrieten sie.

«Ihr Boss macht sich gern wichtig.» Ihm schmeckte das gar nicht. «Als ob er ein schlechtes Geschäft machen würde.» Seine Miene verfinsterte sich. «Dieser Geier!»

Konrad hatte mich vergessen. Auch ich betrachtete nun die Journalistin, wie sie mit ihrer Hand am Ohr umherlief.

Nur unwesentlich brachten sie ihre Schritte uns näher. Ihr freier Arm durchpflügte unaufhörlich die Luft. Jede einzelne Bewegung schwankend zwischen Leidenschaft und Wahn.

«Der soll sich bloß in acht nehmen.» Sein Körper brauchte seine ganze Kraft um sich unter Kontrolle zu halten.

Dann wieder Schweigen.

Eine Weile geschah nichts. Wenigstens nichts, was man mit Worten erzählen könnte. Konrad saß einfach nur da. Zum ersten Mal, seit ich ihm begegnet war, hätte ich vergessen können, dass er neben mir war. Kein Lärm, keine Geschichten. Nichts was an einen Konrad erinnerte. In ihm mochte es toben, aber er war, was ein Konrad nie war – ruhig.

«Ah. Harry!» Seine gewaltige Stimme riss mich aus meinen Gedanken. «Wo hast du die ganze Zeit gesteckt?» Es schien fast als wollte Konrad aufspringen – wäre es nicht so elendig heiß gewesen.

«Verzeihung.» Harshad verfiel in sein übliches Verneigen. Gleich mehrmals begutachtete dieser den Sand, bevor er näher kam. «Meine Schuld musste ich gut machen. Große Schuld ich träge an Meister.» Ich ließ beschämt mein Haupt sinken. Konrad lachte mit hohler Stimme auf. «Er scheint dich zu mögen, Meister Greenhorn.»

Ich versuchte mich an einem feixenden Lächeln, als könnte es mich in Luft auflösen.

«Hier scheint es ja lustig zu sein. Hab ich was verpasst?» Wie ein Geist war Sabrina hinter Konrad aufgetaucht. Der Dicke versuchte sich umzudrehen, schaffte es aber nicht, sie zu erblicken. Leichtfertig klopfte sie ihm auf die Schulter und setzte sich ohne ein weiteres Wort neben ihn.

«Verzeihung.» Wieder lud der Inder eine Schuld völlig grundlos auf sich. «Ich mir erlaubt, meinen Fehler gut zu machen. So viel wie mir möglich ist. Auch wenn es nur wenig ist.»

«Na dann mal los», meinte Sabrina und ließ mit ihrem ungeduldigen, unpassenden Benehmen mir die Röte ins Gesicht steigen. Als ob ich Harshad einen Vorwurf gemacht hätte. Seine Schuldgefühle waren mir genauso unverständlich wie unangenehm. Er hatte es schließlich gut gemeint. Alles, aber auch wirklich alles, an das er hätte denken können, hatte er ohne Aufforderung und mit völliger Hingabe gemacht. Sollte das der Dank sein? Dass wir seine Entschuldigung für angebracht hielten? Mir blieb die Luft im Hals stecken. Daran, dass auch noch Wörter ihren Weg hinausfinden sollten, war nicht zu denken.

«Sir. Meister.» Harshad konnte sich nicht entscheiden. Ein untrügliches Zeichen dafür, wie viel es ihm bedeutete. «Ich war so frei deine Sandalen zu entwenden.» So wie er es aussprach, klang es wie ein Schwerverbrechen. «Ich hoffe die Änderungen werden die Reise angenehmer machen und dich für das Leiden entschädigen, das du wegen mir hattest.» Ich verspürte plötzlich den Drang, ihn zu schlagen. Wie konnte er solchen Unfug denken.

Sabrina war auf ihrem Stuhl nach vorne gerutscht und verfolgte das Schauspiel mit großen, aufsaugenden Augen. Wegen Harshads Gewissen trug sie nicht die geringste Sorge. Einzig ein weiteres Geheimnis galt es zu lüften. Eine kleine Sensation zu berichten. Wie es in Harshad aussah, spielte keine Rolle. Dafür gab es keine Kamera und deshalb hatte sie wohl dafür kein Auge. Gefühle waren nur ein Nährboden für Ereignisse. Mir wurde kalt. Ich war in der Wüste und fror. Es zerriss mich innerlich, eine blinde Wut, die ich nicht kannte. Das Gefühl weg zu wollen wurde stärker. Ich fühlte mich hilflos.

Auch Harshad erweckte diesen Eindruck. Ihm schienen die Worte ausgegangen zu sein. Er fand den Faden nicht, wie er es mir zeigen wollte.

«Es ist nur eine Kleinigkeit.» Wie und wo er sie versteckt hatte, war mir ein Rätsel. Auf einmal hielt er sie in der Hand und reichte mir etwas zögerlich meine Sandalen. Fast hätte ich sie nicht erkannt, so sehr hatten sie sich verändert. Eigentlich waren es genau genommen keine Sandalen mehr, auch wenn man sie nicht wirklich als Schuhe bezeichnen konnte. Hauchdünnen Stoff hatte er zwischen die Riemen eingearbeitet. Jeweils doppelt, innen und von außen, damit kein Sand hineindringen konnte. Obwohl ich nie etwas Vergleichbares gesehen hatte, sah dieses Werk aus, als müsste es so sein.

Fein säuberlich hatte er gearbeitet und nicht die geringste Spur verriet, dass nachgearbeitet worden war. Selbst dort, wo später meine Beine raus stehen sollten, schützte mich angenähter Stoff vor dem lästigen Eindringling. Ein enges Gummiband sorgte dafür, dass es dicht blieb.

Harshad verneigte sich fleißig, während ich große Augen machte.

«Nur eine Kleinigkeit. Ich hoffe sie gefällt.» Etwas beklommen wartete er auf meine Reaktion. Sabrina nahm mir diesen Part selbstredend ab. «Das hast du wirklich gut gemacht. Toll. Das mit dem Wasser verzeihen wir dir glatt!» Sie lachte fröhlich vor sich hin.

«Das sieht ihm ähnlich», grölte Konrad. «Wundert mich fast, dass er dir keine Klimaanlage eingebaut hat.» Seine Stimme erfüllte die Wüste.

«Verzeiht, dass mein Geschick so bescheiden ist, es hätte besser sein können.»

Sabrinas Worte hatten ihn in seiner Schuld bestätigt.

Das war zu viel. Energisch sprang ich auf. Die angedachten Schläge noch im Hinterkopf. Abmessend baute ich mich vor ihm auf. Sein Gesicht verzog sich zu einer einzigen Scheibe Verwunderung. Hinter mir entwich Konrad die Luft aus den Lungen. Doch ich beachtete es nicht. Nichts würde mich aufhalten. Mächtig holte ich aus. Obwohl der Inder schwankend nach hinten zu stürzen drohte, konnte er meinen Armen nicht mehr entweichen. Bevor er recht wusste, wie ihm geschah, hielt ich ihn mit einer kräftigen Umarmung fest. Etwas unsicher stand der hagere Mann auf den Beinen. Erst als ihm sämtliche Luft entwich, merkte ich, dass meine Umarmung zu innig war. Aber das war unwichtig. Er musste merken, spüren, dass ich mich freute. Jedes Wort wäre verloren gewesen, er hätte es mit einer weiteren Floskel seiner Höflichkeit abgetan. So aber konnte er nicht ausweichen.

Dann ließ ich ihn endlich los. Er sah mich an, als würde er mich zum ersten Mal sehen. «Danke», sagte ich schließlich, da er mir mit seinem Benehmen etwas Angst machte.

Nach und nach zeichnete sich ein Lächeln auf seinen rauen Lippen ab. «Dann verzeihst du mir?»

Ich hielt mich zurück und schwieg eine Weile. Meine Worte mussten Gewicht haben.

«Es gibt nur eines, das ich dir nicht verzeihen werde. Und du weißt, was es ist.» Es wirkte.

«Verze...», brach er noch rechtzeitig ab und begnügte sich mit einer angedeuteten Verneigung.

Zufrieden drehte ich mich um und setzte mich hin, als wäre nie etwas passiert. Ein Umstand, den Sabrina natürlich nicht hinnehmen konnte. Nicht nur sie, selbst Konrad starrte mich an. «Was ist es?», war es schließlich die erste Frage, die in Sabrina Gestalt angenommen hatte. Sie wollte Antworten. Schließlich hatte sie eine Meinung von mir. Und nach dieser benahm ich mich nicht so. Ihre Zuschauer verlangten Vollständigkeit. «Was ist es?», wiederholte sie und richtete sich diesmal direkt an den Inder, der schweigend stehen geblieben war.

«Es ...» Er sah mich an. Ich erlaubte mir ein flüchtiges Grinsen, bevor ich unmerklich nickte. «Es ist ein Geheimnis», vollendete er und strahlte über das ganze Gesicht.

Sabrina war zu sehr geschockt, um etwas sagen zu können. Zu viele Fragen mussten ihre Gedanken lähmen. Den Blick ließ sie zwischen Harshad und mir hin und her irren. Es war so einfach, und doch verstand sie die Welt nicht mehr. Und sie nannte mich einen Knaben! Ihr Anblick war einfach köstlich. Ich wusste ich war glücklich. Harshad hatte mir ein großes Geschenk gemacht. Das größte, das es nur geben konnte – ein Geheimnis. Eines, das nur wir teilten. Nicht wie Meister und Diener, sondern wie Freunde.

«Harry bring uns doch mal was zu essen. So was macht einen ja ganz hungrig.» Konrads Lachen klang aufgesetzt. Aber der Dicke wollte die Angelegenheit vom Tisch haben. Nebenrollen lagen ihm nicht. Anders als Sabrina war er gerne bereit so zu tun, als sei nichts passiert. Wieder floh er vor meinem Anblick und diesmal reichten meine rote Haut und die unzähligen Blasen, von denen wohl einige bereits aufgerissen waren, nicht allein als Erklärung. Er hatte Angst, dass es eine Welt jenseits von Macht und Geld gab.

So sorgte er für erfrischend sinnfreie Gespräche bis Harshad den Tisch vor uns gefüllt hatte. Als wollte er uns eine ihm angenehme Heiterkeit aufdrängen, zog er ein unverfängliches Thema nach dem anderen aus seinen weiten Ärmeln. Sabrina wollte er nicht den geringsten Anlass oder auch überhaupt nur eine Gelegenheit geben Fragen zu stellen. So beließ es die Journalistin dabei, mich scharf im Auge zu behalten. Es gab bei mir einen Schatz zu bergen, darüber war sie sich sicher. Sie wusste nur nicht, wie sie ihn bergen konnte, wie mich auftauen. Das Spiel wurde leidenschaftlich, ich musste mich in acht nehmen, und gleichsam genoss ich es. Ihre hingebungsvolle Suche nach Sensationen, die sie aus mir heraus schlachten wollte. Dann verkaufen, fast verschenken, an jene Sesselbewacher, die es nicht einmal schätzen würden. Für verrückt würden sie mich halten, so wie Sabrina es am ersten Tag getan hatte. Diesen Wahn wollte sie immer noch ergründen. Bei ihrer Suche allerdings, war sie nicht minder wahnsinnig, wie ein Knabe, der durch die Wüste laufen wollte.

– 17 – Richtung Westen

Der Morgen war noch früh, als eine Hand meinem Hals berührte. Sabrina hatte es sich nicht nehmen lassen mich zu wecken. Einen Wecker hatte sie mir schlichtweg verwehrt. Vielleicht wollte sie wenigstens so ein paar Bilder erhaschen. Doch es war vergebens. Trotz leichter Müdigkeit wurde die Szene rasch gekürzt, als ich die Kamera erblickte und von dem künstlichen Licht, mit dem Sam mein Zelt erhellte, angestrahlt wurde. Ich stand auf und ließ mir von

Sabrina in mein Gewand helfen – jede Gegenwehr wäre verschwendet gewesen, deshalb ließ ich diese ganz sein. Ich war nur ein Knabe, dachte ich und spielte die Rolle, in der mich die gewissenhafte Journalistin sehen wollte. Es war belustigend, wie leicht sie es glaubte, und es hatte auch seine Vorzüge. Nichts musste ich tun. Nicht denken, nicht planen, nicht einmal mit den Großen mitreden. Ich konnte sein, wie ich sein wollte, und im Gegenzug halfen sie mir, von ihnen weg zu laufen. Einfach herrlich dieser Gedanke. Besonders morgens um vier.

Draußen war es diesmal heller. Sie hatten es fertiggebracht, beinahe das ganze Lager mit ihrem Kunstlicht zu entweihen. Diese Medienvertreter zeigten vor nichts Respekt. Nur um einen Klecks dreckiger Aufbruchstimmung einzufangen, löschten sie die schwarze Tinte der Nacht, mit der die wahren Abenteuer geschrieben wurden. Anfänger waren das doch alle. Mir tat es fast Leid, dass ich sie nicht auf meine Reise mitnehmen konnte. Aber dorthin wo ich hinging, würden sie mir nicht folgen können. Nicht mit hundert Hubschraubern, nicht mit dem Motorrad, selbst zu Fuß und Hand in Hand neben mir, hätten sie sich verirrt.

Zu allem Überfluss musste sich Sam darüber lustig machen, dass ich mich erneut verlaufen würde. Dabei gab es für mich kein Ziel, nur einen Weg. Ich lachte innerlich über seine Vorstellung. Doch auf seine Art hatte er recht. Mir fehlte ein Kompass. Eine Uhr sollte es richten. So wie Sabrina es für mich ausgehandelt hatte. Schließlich wollte sie Abenteuer in ihre Sendung haben. Die Möglichkeit des Verlaufens musste gegeben sein. Wo blieb sonst der Kick, den sie den Sesselhockern zusenden könnte. Einfach hinreißend, ihr verständnisloses Bemühen.

Artig spielte ich die Rolle, die mir am meisten Freiheit bot, und blieb stumm. Wie ein Kind, das noch der Fürsprache bedurfte.

Konrad bot mir gleich die Seine an. Ich dachte nicht einmal daran, die Uhr entgegen zu nehmen, als das Jahreseinkommen eines Gutverdieners sein Handgelenk verließ.

Mein Lachen wurde hörbar. Der Goldklumpen konnte unmöglich auf meinen Arm passen. Selbst an meinem Bein wäre dieser wohl noch gerutscht. Allein die Vorstellung ein solches Gewicht zu tragen, war mir zuwider. Einfach sinnlos. Eine Last. Eine Fessel. Nicht noch eine, die mich in dieser Welt festhalten wollte.

Für die Kamera führte ich dies auch hingebungsvoll vor. Sam sog es auf, Großbildaufnahme. Sabrina kommentierte es mit ihrem hellen Lachen. 1–0 für sie. Dabei hatte sie nicht einmal gespielt. Konrad musste die Niederlage einstecken und tat dies wortlos. Seine Macht war zu plump.

Die Journalistin war völlig in ihrem Element. Selbstsicher drückte sie Sam zur Seite und gestaltete die Szene nach ihrem Geschmack. Mit nur einem Griff löste sie ihre zierliche Armbanduhr und nahm meinem Arm an sich. Feixend blickte sie mich an, während ihre zierlichen Finger mir die Uhr anlegten. Ich erwiderte ihr Strahlen mit völliger Faszination für ihr Auftreten.

Als ihr Triumph gegenüber Konrad ausgekostet war, sie der Kamera reichlich Bilder geliefert hatte, behielt sie mich fest im Blick.

Die Uhr saß perfekt. Das Gewicht war kaum zu spüren und das Metall der Unterseite war angenehm warm. Genauso das lederne Armband, vorgewärmt von der Frau, die mich zum Schmelzen bringen wollte. Ein Genuss, wie dieser Tag begann. Sie wartete immer noch. Alle warteten sie auf meine Reaktion. Konrad auf meine Ablehnung, Sabrina auf meine Empörung. Doch sie wartet-en vergebens. Ja, es war eine Frauenuhr. Und? Ich ging in die Wüste, wen scherte das.

«Danke», erklärte ich meine unsichtbare Reaktion für beendet.

Einfach klasse, diese Schnittführung, fand ich. Sabrina fiel aus ihrer Rolle, sie kannte dieses Drehbuch nicht. Sie öffnete wiederholt den Mund. Aber es kam nichts.

Um mich vor der Hitze der Wüste zu schützen, sollte ich in die Nacht schreiten und doch blieb das Licht an mir kleben, wie ein schmutziger Fleck.

Auch Sam ließ mich nicht allein und lief neben mir her, während Max sich mit der Beleuchtung abmühte und der Dunkelheit ein ernst zu nehmender Gegner war.

Sabrina huschte am Lagerrand umher. Sie wirkte unruhig, und es war sicher nicht der Abschied, der ihr so zusetzte. Es war die Arbeit ihres Teams, die Suche nach Bildern. Nachts in der Wüste, von einem Knaben, der alles war, nur kein Schauspieler.

Am liebsten wäre ich los gerannt. Mit der schweren Kamera auf der Schulter hätte mir Sam nicht zu folgen vermocht, doch ich musste ihm Zeit lassen. Zeit genug, um festzustellen, dass ich ihm nur ein Bild lieferte, sich Sekunde um Sekunde wiederholend. Meine Reise passte nicht in eine Kamera, es fehlten die nötigen Dimensionen. Ich konnte nicht verstehen, was er sich erhoffte. Doch er spulte sein Programm ab. Professionell genug war er, sich nicht über einen Befehl hinweg zu setzen.

So entfernten wir uns vom Lager, er klebend wie eine Klette immer einige Schritte um mich herum. Einzig die Perspektive konnte er wechseln. Auf den Schnitt war ich gespannt. Wie ein Heldenepos würden sie es darstellen. Und die Wahrheit, nun, die würde vielleicht nur ich kennen. Sie waren mein Fluch, meine Begleiter. Sie hatten von nichts eine Ahnung und wollten, dass ich ihnen die Lügen vorspielte, für die sie lebten. Die Wahrheit würden sie nicht dulden, sie nicht einmal sehen können. Ihnen blieb nur die Langeweile, die ich nach ihrer Meinung empfinden müsste. Eine leere Wüste, eine dunkle Nacht – auch wenn sie mir diese für den Moment verwehrten.

Und das Schrecklichste daran, es stimmte. Zumindest jetzt, da ich verfolgt wurde. Er war leer, der Moment, ein wertloses Artefakt, das man am liebsten gleich vergessen würde. Es wurde zur Last, jeder Schritt vergebens. Jeder Augenblick nur ein Warten darauf, endlich weiter zu kommen. Ich fühlte mich wie ein Gefangener, schlimmer noch, wie ein Flüchtling, den man laufen ließ, ohne ihn entkommen zu lassen.

Das Lichtspiel vom Lager her verblasste schnell und war bald von der Nacht niedergerungen und es blieb nur die grelle Leuchte an der Kamera, die mich anstrahlte und mich so aus der Nacht heraus schälte. Operation ohne Narkose. Ich hätte schreien können.

«Kannst du nicht mal was tun?» Sam fragte beinahe resignierend. Ihm gingen die Winkel aus, mit denen er das stets gleiche Bild verzerren konnte. Seinem Tonfall war zu entnehmen, dass er selbst nicht wusste, worauf er wartete.

«40 000km soll ich gehen. Ist das nichts?» Obwohl ich mehr als nur ein wenig verärgert war, klang ich deutlich belustigt. Unsere Vorstellungen drifteten so weit auseinander, dass die Distanz physisch messbar sein musste. Sein Unvermögen zu erkennen, was für mich offensichtlich war und sein unermüdliches Kämpfen um Sensationen, ließ mich ihn als ein Kind wahrnehmen. Dass sie es waren, die mich Knabe nannten, machte es nur noch lustiger. Ich konnte ihnen nicht böse sein. Und doch wollte ich endlich weiter reisen. Mitnehmen konnte ich sie nicht, sie waren eine Last, Sam mit seiner Kamera regelrecht ein Fluch.

«Du weißt, was ich meine!» Sam blieb stehen und ich tat es ihm gleich. Er schwieg und senkte den saugenden Kasten. «Das ist nun mal eine Sendung verdammt.» Er sah an mir vorbei in den Sand. «Was kann ich dafür, dass die Zuschauer etwas anderes wollen.» Sein Blick traf den meinen. War er doch nicht so? Das erste Mal empfand ich Mitleid, ein Verlangen ihm zu helfen.

«Es tut mir leid.» Ich kam mir vor wie der Inder. Es fiel mir nichts anderes ein und doch konnte ich nicht anders, als mich zu entschuldigen.

Sam schnaufte und es klang wie eine Mischung aus Enttäuschung und gequältem Vergnügen.

«Gib mir nur eine Szene. Nur eine einzige.» Ich nickte nachdenklich zustimmend. «Nur nicht einfach geradeaus.» Wieder stierte er in den Sand.

Ein Schmunzeln stahl sich mir ins Gesicht. So seltsam dieser Moment war, so sonderbar war auch meine Fantasie. «So so, nicht geradeaus.»

Sam blickte verdutzt auf und zog verständnislos seine Brauen zusammen. Zu gern hätte ich seine Gedanken gewusst.

«Vertrau mir», sagte ich auf einmal völlig losgelöst. Ich wusste, meine Reise würde weiter gehen. Ganz sicher war ich mir, etwas was Sam in diesem Moment nicht war. Er sah mich an, als wäre ich plötzlich vom Wahn befallen. «Bleib hier stehen und stell die Kamera hin.»

Er wollte widersprechen, doch ich schüttelte den Kopf und lächelte vielsagend. Wohl seine Neugier ließ ihn gehorchen und so nahm er ein Stativ vom Rücken und postierte die Kamera vor sich. Immer noch war er nicht im Mindesten davon überzeugt, was er da tun sollte. Es war die Hoffnung auf eine Szene, die sein Handeln ermöglichte.

«Weitwinkel-Ansicht und beweg die Kamera nicht. Nur scharf stellen.» Es bereitete mir größte Freude, ihn so ahnungslos zu lassen.

«Was hast du vor?» Eigentlich hatte ich gedacht er könnte wütend werden, doch das war er nicht.

«Eine Szene!» Wortlos verlangte er eine Erklärung, doch ich zuckte mit den Schultern und marschierte los. Fünfzig Schritte zählte ich ab, dann schwenkte ich plötzlich nach links. Wieder ging ich geradeaus, zählte meine Schritte ab und schwenkte dann nach Nordwesten. Dieses Spiel wiederholte ich. Wieder und wieder. Jedes Mal ließ ich die Zickzackbewegung weiter ausschweifen, damit ich die Wüste und vor allem das Bild für die Kamera ausfüllte.

Dem Westen näherte ich mich nur langsam. Viel zu bedeutend war der Umweg meiner Irrreise durch die Wüste. Doch das war unwichtig. Endlich kam ich weiter. Sam blieb zurück und mit diesem sinnfreien Geschenk für seine Kamera ließ er mich frei.

Allmählich war es heller geworden, und als der Morgen vollends angebrochen schien, wagte ich es endlich stehen zu bleiben und drehte mich um. Selbst mit zusammengekniffenen Augen konnte ich ihn nicht ausmachen.

Meiner Beine fühlten sich schwer und müde war ich. Erschöpft von all dem Fliehen. Abermals hatte die Nacht mich aus ihrer Decke geschmissen wie einen verschmähten Geliebten.

Der im Morgenlicht kühle Sand bot mir reichlich Platz zum Sitzen und so streckte ich meine Beine vor mir aus. Den Blick ließ ich durch den Himmel gleiten. Nicht eine Wolke war zu sehen. Kein Gedanke zu hören. Ich wusste ich konnte meine eigene Reise fortsetzten, und doch fühlte ich nichts. Keine Genugtuung, keine Freude, nicht einmal Erleichterung. Es war wie einer dieser kleinen Siege, die noch vor dem triumphalen Ende bedeutungslos wurden. Ich wusste ich könnte nicht mit ihnen teilen, was ich für mich gewinnen wollte und doch wollte ich es nun. Um es zu finden, war es unabdingbar, dass ich sie los wurde und doch schmerzte es mich, dass sie nicht dabei waren. Aber warum mussten sie auch einen solchen Lärm machen? War die nackte, stille, nüchterne Wahrheit denn so unerträglich? Ich verstand nichts mehr. Nicht einmal mich selbst.

Als wollten sich meine Hände selbst beschäftigen, zupften sie am Rucksack herum, bis ich endlich am Essen war. Es gab Meloneneis. Morgens um halb acht in der Wüste. Harshad brauchte keine Worte um mich zum Lachen zu bringen. Kühlelemente waren ihm verboten, doch er fand neue Wege. Ich sah ihn direkt vor mir. Sein dienerhaftes Grinsen voller hingebungsvoller Freude. Vor meinen Augen wehte sein unpassender Umhang im von meiner Fantasie eingebildeten Wind. Beschämt und gleichsam berührt, senkte ich meinen Blick.

Als ich meine neuen, alten Schuhe bemerkte, musste ich abermals lachen, bevor ich mich wieder meinem Vorhaben widmete.

Die Wüste war groß. Den Weg, auf dem ich noch gestern gegangen war, konnte ich nicht mehr finden. Zwar spielte ich leidenschaftlich mit der zierlichen Uhr herum, um den Stand der Sonne zu deuten, doch außer dem Westen, fand ich nichts. Unendlich die Fläche aus rieselndem Sand und doch blieb die Bibliothek geschlossen. Nur die Abbilder meiner Gefährten tauchten auf, schwatzten und lachten und gingen dann weiter.

Irgendwann, es war noch nicht mal Mittag, da vernahm ich das monotone Brummen eines Motorrads. Doch diesmal jagte es mich nicht, es verfolgte mich nicht einmal. In weiten Kreisen umfuhr es mich und blieb oft verschwunden, ohne dass ich es hören konnte.

Obwohl die Wüste Kilometer für Kilometer unter mir zerfloss, hatte ich nicht das Gefühl weiter zu kommen. Das Bild blieb unverändert. Blauer Himmel über gelbem Sand. Nur eine gleichmütige innere Ruhe stellte sich ein. Tiefe Ruhe und die Gesellschaft meiner Gefährten, ohne dass sie mich durch ihr Gehabe bedrängen konnten. Endlose Freiheit. Es musste eine tiefe Stimme sein, die mich vorantrieb, denn selbst mein Bewusstsein schien nichts von ihr zu wissen. Ich ging einfach nur weiter. Stets bemüht, den Westen einen Schritt vor mir zu haben.

Außer der Hitze, die sich von Neuem aufstaute, fühlte ich nichts. Kein Verlangen irgendwo weg oder anderswo anzukommen. Ich wusste, ich befand mich auf der Suche nach meinem persönlichen Gral, doch war es mir nicht möglich, mich ihm zu nähern. Stehen bleiben konnte ich nicht, und einzig dieses Wissen reichte mir, um weiter zu gehen. Es war keine Suche. Es war keine Reise. Nur diesen Tag mit seiner Etappe wollte ich hinter mich bringen. Diesmal ohne am Ende meiner Kräfte zusammenzubrechen, ohne mich zu verlaufen und in den Augen der anderen zu scheitern. In meinen Augen aber hatte ich es bereits. Vielleicht war der misslungene Start am Morgen daran schuld. Wie sollte man auch so reisen? Ihnen fehlte jeglicher Sinn für solch Abenteuer. Sie waren zu sehr geblendet und störten mich auf der empfindlichen Reise, die ich beschreiten wollte.

So einfach hatte ich es mir vorgestellt. Doch es war es nicht. Nicht nur die Welt war mir im Weg, sondern auch ich. Zu viele Lasten trug ich mit mir. Einige davon zu schön, als dass ich sie einfach zurücklassen wollte. So sehr sie mich störten, mit ihrem Gerede, ihren Machtspielchen – sie waren mir ans Herz gewachsen. Keine Freundschaft, wie sie mich mit anderen verband, es war etwas anderes. Bedeutsamer schien es, vertrauter, obwohl wir uns doch fremd waren. So fremd, wie ich mir selbst schien. Immer noch nicht hatte ich mich an mein Gewand gewöhnt und mit jedem Schritt schien es, als würde ich mich von Neuem daran erinnern.

Vielleicht gehörte das dazu. Zu diesem sich selbst finden. Dass man sich erst mal vergessen musste. Es klang verrückt, selbst unausgesprochen in meinen Gedanken. So war das wohl, wenn man zu viel Zeit mit sich selbst verbrachte. Zumindest hatte ich das Empfinden endlich richtig zufrieden zu sein. Nicht gehetzt, nicht mich versteckend, oder verstellend. Ich war ich, so wie ich es gewollt hatte – wer auch immer das war, dieses Ich. Verrückt, ja, so hatte Sabrina das genannt.

Zufrieden hielt ich die Uhr im Auge und versuchte Kurs zu halten. Obwohl es gegen drei Uhr tendierte, vermochten meine Beine mich noch gut zu tragen. Nur meine Haut unter der schützenden Paste im Gesicht hatte den ganzen Tag nicht zu jucken aufgehört. Es kostete mich fast meine ganze Willenskraft, nicht dran zu kratzen. Vielleicht suchten sich meine Gedanken deshalb so viel Ablenkung, damit meine Haut endlich heilen konnte. Trotzdem ließ das andauernde Kribbeln mich beinahe an meinem Verstand zweifeln.

Die Trinkflasche hielt ich die ganze Zeit in Händen, nur damit diese nicht auf andere Ideen kamen. Zu verführerisch war die Vorstellung kurz zu kratzen, auch wenn ich wusste, dass es nur schlimmer würde. Ich suchte förmlich nach Ablenkung. Doch nun war ich allein in der Wüste vor dem fernen Horizont, der stets die gleiche Entfernung zu mir wahrte.

Der Klang eines Motors drang durch die flimmernde Luft zu mir heran. Diesmal kam es direkt auf mich zu und so blieb ich stehen. Die Hitze machte mir nun doch arg zu schaffen. Trotz reichlich Trinkens, begann ich auszutrocknen. Obwohl das Salz unter meiner Kleidung rieb, verhinderte die Hitze, dass mich mein Schweiß lange kühlte.

Ohne mich zu wundern, erkannte ich Sam, etwas verschwommen wegen der verzerrenden Luft. Leicht rutschend brachte er sein Motorrad vor mir zum Stehen.

«Du überraschst mich. Hätte nicht gedacht, dass du so lange aushältst.» Ein schwaches Grinsen trug er zu Gesicht, als er seinen Helm absetzte. Seine Haare klebten ihm klitschnass auf der Stirn und ein roter Faden zeigte noch die Form der Polsterung.

Ohne sich für sein Benehmen zu genieren, tastete er mich sorgsam mit seinen Augen ab. Er ließ sich reichlich Zeit bei seiner Begutachtung und störte sich wenig daran, dass ich ihm dabei zusah.

Dann nickte er, ohne mir sein Ergebnis mitzuteilen.

«Das Lager ist aufgeschlagen.» Er zeigte an den Horizont. «Du musst deinen Kurs leicht ändern. Du würdest so dran vorbei laufen.» Er sprach als trage er mir einen trockenen Bericht vor. Ich sah ihn rätselnd an. Doch Sand wirbelte auf und er fuhr vor mir her. Ohne sich umzudrehen, verschwand er, und mit ihm der Motorenlärm.

Es war merkwürdig. Nicht einmal, dass es die ersten Worte waren, die ich seit Stunden gehört hatte, sondern dieses Benehmen. Freude und Nüchternheit wechselten bei ihnen schneller, als bei mir die Worte eines Satzes. Schlag auf Schlag, ohne dass man sie verstehen konnte. Emotionen unbeständiger als der Wind, der in der Wüste zu selten wehte. Jetzt wusste ich wieder, wovor ich geflohen war. Dieser rastlose Wechsel von allem. Ich wollte Beständigkeit. Wissen, wohin ich gehörte. Um zu bleiben, nicht um kurz haltzumachen. Nicht Besucher sein in einer Welt, die einzig für den Schein lebte. Leben war für mich mehr. Aufregend, ja. Spannend und unvorhersehbar, aber beständig. Mit Werten, die mehr sollten, als vergleichen. Und Zeit, viel Zeit, nicht um sie zu füllen, sondern sie zu fühlen.

Doch nun hinkte ich wieder hinterher. Müde von dem vielen Gehen, schmunzelte ich über diese späte Erkenntnis. Vielleicht würde ich Morgen weiter kommen. Vielleicht würde ich sie ein Stück weit mit nehmen können.

Wie ich mir den Empfang vorzustellen hatte, wusste ich genau, und ich wurde nicht enttäuscht. Sabrina stand diesmal einen halben Kilometer vor dem Lager. Sam gleich dahinter, schwerst bewaffnet. Die Journalistin hielt ihre Hände in die Seite gestemmt und gab keine Regung von sich. Ohne mich von ihrem Gehabe beeindrucken zu lassen, schritt ich gleichmäßig auf sie zu.

Doch mit ihrem Blick stimmte etwas nicht. Sie war zu ruhig, zu gefasst, ganz so als versuchte sie, sich zu beherrschen. Kein mich schmelzendes Lächeln. Keine wortgewandte Floskel.

Ihr Erscheinen hielt sie für eine Pflicht. Sie musste mich empfangen, kein anderer. Schon gar nicht dieser Konrad, ihr Gegenspieler, der ihr nicht bis hierhin zu folgen vermochte. Diese kleinen Siege ließ sie sich nicht entgehen. Und doch war es kein Triumph in ihrem Gesicht. Es war etwas anderes, tief unter ihrem Make-up natürlich. Doch deuten konnte ich es nicht, ich kannte es nicht.

Als wäre sie in die gleichen Gedanken verstrickt wie ich, näherten wir uns wortkarg dem Lager. Verfilmt als wäre es die alles entscheidende Ankunft. Die Trompeten konnte ich förmlich hören. Sam gab alles und versuchte dem Moment zu stehlen, was diesem nicht innewohnte. Hingebungsvoll und doch lächerlich sah es aus. Die Kamera tanzte. Sie flog förmlich.

Konrad erwartete uns im Schatten sitzend. Hinter ihm surrte ein Ventilator. Ein Bild für die Götter, dachte ich und musste lachen. Dem sollte ich Bericht ablegen, diesem schwitzenden König auf dem klimatisierten Thron. Sinnloses Marschieren würde er es nennen, mich fragen, ob ich mich langweilte und mir nicht glauben, dass es dort mehr gab als nur Sand.

So blieb ich vor ihm stehen. Geduldig ließ ich mich von seinen geblendeten, zusammengekniffenen Augen mustern und sah dabei Harshad zu, wie dieser umhereilte. Es war ein sonderbar unvertrautes Gefühl zu stehen. Meinem Geist schien es völlig zu entgehen und meine Beine wollten weiter schreiten. Unablässig zog es in den Muskeln und es kostete mich richtig Mühe, dem Gefühl nicht nachzugeben.

Mein Mund war zugeklebt. Konrad klopfte mit seinen Fingern auf dem Tisch herum. Ungeduldig. Unkontrolliert. Monoton klang das Geräusch, leblos. Wie eine ablaufende Uhr. Sekunde um Sekunde. Und ich blieb einfach stehen.

Nicht aber Sabrina hinter mir. Auch sie hatte mich beobachtet. Den Dicken wohl auch. «Bad und dann hinlegen.» Ihre Stimme war nicht streng, nur befehlend. Ich musste lächeln. Es bereitete ihr große Freude, so zu reden. Konrad nickte stumm und wandte seinen Blick in die Wüste, immer noch mit den Fingern klopfend.

Zwei Jahre sollte meine Reise währen, und doch schien die Zeit mein ärgster Feind zu sein. Zumindest Sabrina sah dies so und schälte mich aus meiner Sand behangenen Kleidung. Alles mit der lieblichen Begleitung der Kamera. Erst als mir nur noch ein letzter Rest an Unterwäsche blieb und sie es fertiggebracht hatte, mich wie hilflos vor der Badewanne stehen zu lassen, empfahl sich die zappelige Journalistin mit einem unverständlichen Wortschwall.

Eine Weile blieb ich so stehen. Fasziniert starrte ich die noch leicht schwingende Zeltwand an. Sie war … mir fehlten die Gedanken. Und Worte hätten ohnehin keinen Sinn gehabt.

Diesmal hatte sie mir nichts heraus gelegt und bevor ich mir antat eine Entscheidung zu treffen, entschied ich, mich einfach so hinzulegen. Irgendwie freute ich mich bereits auf ihren Protest, stellte mir vor, wie sie mich tadeln würde. Ihre schmalen Lippen, wenn sie mich Knabe schimpfte.

Nur in die Unterhose gekleidet, legte ich mich auf die kühlen Decken. Wie Blei lagen meine Beine da und fühlten sich an, als müssten sie im Bett versinken. Mein ganzer Körper war schwer. Viel zu erschöpft war ich, um einschlafen zu können. Die vermeintlichen Traumfetzen waren bloß Erinnerungen. Bilder von meiner kurzen und doch anfanglosen Reise. Ordnungslos und verzerrt durchstoben diese mein Bewusstsein. Einer Einbildung meiner Fantasie nicht unähnlich. Alles Illusion, passte es doch so wenig in mein Leben. Wie suchend starrte ich die Zeltdecke an. Mein Leben. Uni. Alles so weit weg. Eine andere Welt. Oder vielleicht ein Traum? Genau wusste ich es nicht. Wollte und konnte es nicht, denn mir fehlte die Kraft. Nur glücklich war ich. Unerklärlich, unbeschreiblich, und wissen tat ich auch das nicht, aber ich fühlte es. Ohne Worte, ohne Gedanken. Nur einfach liegen. Schwer wie Blei, aber friedvoll ruhend.

«Was soll das?!»

Ich stöhnte und brummte unwillig. Doch die Stimme war weg.

Schweigen. Mein Körper regte sich nicht. Zu schwer war er, nicht einmal meine Augen öffnete ich.

«Das kann doch nicht sein!» Die schreiende Stimme klang dumpf bis zu mir durch. Ich war doch eingenickt. Vorsichtig brummte ich weiter. Ich verstand das nicht, doch keiner reagierte.

«Jetzt sag noch, ich sei schuld.» Sabrina schrie nicht minder laut, doch auch sie klang weit weg. «Du wolltest doch unbedingt die Show.»

Schweigen.

«Das ist deine Chance!» Wie ein Vorwurf klang es.

«Ja sicher. Erst große Sprüche und dann … ach ... verdammt!» Die Frauenstimme schwankte, als liefe Sabrina hin und her.

Ein Schlag krachte auf Holz. Mein tiefes Brummen blieb unbeachtet.

«Jetzt also auch Max?» Konrad versuchte sich zu beherrschen.

Stille.

«Dann können wir es doch gleich lassen.» Wieder ein harter Schlag.

«Fall du mir nicht auch in den Rücken. Das fehlt mir noch.»

«Und der Knabe geht!» Konrad klang verbissen, so gar nicht nach Manager.

«Wenn der nur mal verstehen würde!» Sabrina wusste nicht, auf wen sie wütend sein sollte. Aber sie war es, und tobte. So hatte ich sie noch nicht gehört. Dann wurde es still.

Ich versuchte weg zu hören, konzentrierte mich auf das Ziehen in den Beinen. Hätte ich doch nur länger geschlafen. Mir war es unangenehm, ganz so als hätte ich sie belauscht.

Falls der Streit noch anhielt, so waren sie doch leiser geworden.

Stunden, oder vielleicht auch nur Minuten später, raschelte der Vorhang des Zeltes. Der wohligen Schwere meines erschöpften Leibes ergeben, rührte ich mich nicht.

Zielsicher näherten sich mir Schritte, ohne dass sich der Eindringling erkennbar geben wollte. Fast geräuschlos ließ sich die Person neben mir auf der weichen Matratze nieder. Ein müdes Brummen ließ ich vernehmen und erlaubte mir weiter zu dösen.

Sabrina störte es wohl nicht, denn sie schwieg. Dennoch spürte ich gleich ihre zierlichen, aber kräftigen Hände meine Beine abtasten. Bis auf ein kurzes Zucken ließ ich alles geschehen. Mit geschlossenen Augen war jede Berührung ein Abenteuer. Fast fühlte ich mich wie ein Zuschauer, denn mein Körper wollte mir nicht gehorchen und so empfand ich diesen, als wäre er nicht länger der meine.

Immer kräftiger und entschlossener wurden Sabrinas Griffe. Sie knetete die hart gewordenen Muskeln. Die Massage war äußerst ungestüm und zeugte von wenig Erfahrung. Und doch konnte ich dabei entspannen und selbst die Journalistin regte sich nach und nach ab. Einen Muskelkater konnte ich bald nicht mehr spüren. Schmerz ersetzte Schmerz und doch war ihr genauso leidenschaftliches wie laienhaftes Bemühen nicht unangenehm.

«Sam sagt es seien heute knapp über 40 km gewesen.» Mein ganzer Körper schaukelte lebhaft, während sie sich austobte. «Wird noch eine lange Reise.» Sie sprach zu meinen Füßen, oder zumindest wirkte es so.

Brummend gab mein Kehlkopf seine Zustimmung kund. Zu mehr war ich nicht im Stande. Ich spürte, dass ich doch länger geschlafen hatte, als ich mir hatte eingestehen wollen. Noch war ich nicht ganz zu mir gekommen. Es war eine Welt ohne bleibenden Eindruck, irgendwo zwischen Traum und Wirklichkeit. Lediglich Sabrinas Hände erinnerten mich unermüdlich daran, dass die Stimme, die ich hörte, mit mir in Verbindung zu bringen war. Unwichtige Dinge erzählte mir die Frau und begnügte sich mit meinen wortlosen Antworten und Zusprüchen. Sie war nicht ganz sie selbst. Als wäre ich nur eine Ausrede – wieder einmal. Ausrede oder Spielzeug, auf jeden Fall war ihre Massage recht fahrlässig.

Ihr Gerede an sich klang monoton und desinteressiert, dafür aber setzte sie die Akzente mit ihren Händen und deutlich spürte ich, wenn sie etwas ärgerte. Und sie schien sich viel zu ärgern, auch wenn sie völlig ruhig sprach.

Es war wieder die Lüge, die sie aufrecht hielt. Sie redete und redete und wollte krampfhaft ihre Welt am Leben halten. Voller Illusion versuchte sie meine Waden zu lockern und wusste nicht, dass sie es war, die unvergleichlich verspannt war.

Von einer tiefen, unaufdringlichen Neugier getrieben, öffnete ich die Augen. Leicht verwundert stellte ich fest, dass sich ihre glänzenden Lippen immer noch unentwegt bewegten. Längst hatte ich aufgehört, ihr zuzuhören.

Als mein unbewusstes Brummen jedoch aufhörte, verebbte ihr Monolog. Ein letztes Mal strichen ihre Hände meine Beine entlang und dann erst erwiderte sie meinen Blick.

Unnatürlich still wurde es. Drückend fast war es. Und obwohl Sabrina die ganze Zeit nichts anders getan hatte, als zu reden, war das Schweigen nun unangenehm. Es war – und das machte mir Angst – als würde die Lüge fehlen. Die unausgesprochenen Worte lagen schwer in der Luft. Fast greifbar erfüllte es unser Zelt. Es gab nichts, womit wir sie verstecken konnten. Kein aufgesetztes Lachen, kein gespielter Freudenschrei. Nichts. Nur Stille und dieser Moment voller Wahrheit. Ein Wort hätte gereicht und ich hätte geweint. Oder gelacht. Sie in den Arm genommen, oder einfach nur weg gerannt. Ich war nackt und sie mir so nah wie noch nie ein Mensch zuvor. Sie hielt es in der Hand, das Messer, vor dem ich so viel Angst gehabt hatte. War es nur ein Spiel? Es durfte nicht sein. Jeder Stich wäre tödlich.

Ein hauchfeiner Spalt tat sich zwischen ihren Lippen auf. Fasziniert sah ich ihr zu. Ihr Atmen war ganz langsam geworden. Tief in Gedanken kaute sie auf ihren Lippen. Ihre Brust hob und senkte sich, als würde sie sich von irgendetwas ausruhen. Das erste Mal sah sie zerbrechlich aus. Die ebenmäßigen Linien, die ich erkannt zu haben glaubte, wurden zu Mustern, während der

Kreisel langsamer wurde. Ich hatte das Gefühl als würde ich sie zum ersten Mal sehen.

Dann, ganz langsam, nahm sie tief Luft und öffnete den Mund.

«Essen ist fertig.»

Wir beide fielen aus allen Wolken, denn die Stimme, die gesprochen hatte, gehörte nicht ihr.

Harshad stand, strahlend lächelnd wie immer, in der Zeltöffnung. Er sah uns einen Augenblick unverwandt an, dann kam er eilends auf uns zu.

«Meister! Ich habe vergessen eure Kleider. Verzeihung.»

Seine Stimme überschlug sich, so verstört war er. «Schwerer Fehler, Sir. Verzeiht.»

Von Harshads hektischen Bewegungen überrumpelt, sprang Sabrina auf und mein unbekleideter Körper schaukelte lebhaft auf der mit zahllosen Decken belegten Matratze.

«Nicht, dass sich noch einer wegen dem Anblick erschreckt.» Sabrina ließ rasch ihren Blick an mir hinunter wandern, lächelte frech, und ließ den Inder und mich alleine zurück.

Dieser war es nun, der für sämtliche Handlungen verantwortlich war. Ich war dazu unfähig. Nur ein Zuschauer war ich, wie vom Donner gelähmt.

Selbst als Harshad mich anzog, tat ich teilnahmslos und stierte auf die Zeltwand, durch die Sabrina so schnell verschwunden war.

Konrad beschäftigte sich mit seiner Mahlzeit, während ich von Harshad umher gescheucht, mich an den mehr als reichlich gedeckten Tisch hinzu gesellte. Sabrina zumindest hatte gewartet und schenkte mir ein kurzes, unverbindliches Lächeln, während ich Platz nahm. Der Dicke ließ mir keine Beachtung zukommen. Schließlich gab es nichts Besonderes. Es gab keine Probleme. Ich war nicht krank oder schwach. Alles war, wie es sein sollte. Zumindest wollte er es so halten. Dass es nicht so war, war nicht zu übersehen. Allein sein unnatürliches Gehabe ließ jeden Zweifel an seiner Täuschungsabsicht verfliegen – er war kein Schauspieler.

Ich wagte es kaum zu sprechen. Allein meine Anwesenheit begann an, mir Unbehagen zu bereiten. Die Journalistin blieb ebenfalls stumm, auch wenn sie ständig den Blick auf Konrad gerichtet hielt. Als wollte sie ihm etwas an den Kopf werfen und nur darauf wartete, dass sich ihr dafür eine Gelegenheit bot. Ich geriet dabei in Vergessenheit, ein Umstand für den ich bei der herrschenden Stimmung äußerst dankbar war.

Harshad mit seiner unbeschwerten und leidenschaftlichen Art, drohte mehrmals das Fass zum Überlaufen zu bringen. Doch aus einem mir unerklärlichen Grund, schien es sich Konrad in den Kopf gesetzt zu haben, sein Schweigen für diesen Abend aufrecht zu halten. Dass es ihm nicht leicht fiel, konnte man seinem lauter werdenden Atmen anmerken.

Viel Hunger hatte ich nicht und ich ertappte mich selbst dabei, wie ich mich allein in die Wüste wünschte. Konrad gefiel mir nicht, sein Benehmen verletzte mich. Obwohl sein Unmut nicht gegen mich gerichtet war, fühlte ich mich schuldig. Wieso hatte ich nicht nur ein paar Minuten länger geschlafen? Wieso hatte ich den Streit mit anhören müssen? Ohne dieses Geheimnis wäre mir deutlich wohler, auch wenn ich dieses Verhalten anders sicher nicht verstanden hätte, gefiel mir auf einmal die Vorstellung die Wahrheit nicht zu kennen. So viele Lügen hatten sie mir vorgezeigt, mich mit ihnen gefangen nehmen wollen und nun, da ich die Wahrheit kannte, wollte ich sie überschallen. Innerlich musste ich lachen – es war ein trauriges Lachen. Voller Enttäuschung. Wie desillusioniert, sah ich Sabrina dabei zu, wie sie ihre angestaute Wut loswerden wollte. Und ich konnte das Schweigen nicht ertragen. Ich, der sich genau das gewünscht hatte, diese Ruhe, ertrug es nun nicht, dieses menschliche Schweigen. Meine Reise stand unter keinem guten Stern, und sie war voller Irrwege. Kaum hatte ich geglaubt das Richtige gefunden zu haben, entpuppte es sich als Täuschung. Immer mehr fühlte ich mich wie ein Knabe. Machtlos.

Am folgenden Morgen hatte sich der Dicke nicht einmal aus seinem Bett bemüht. Auch Sabrina wirkte kurz angebunden und entließ mich sogleich in die Wüste. Sam stand schläfrig neben seiner aufgestellten Kamera und stellte keinen Gedanken darauf, irgendwelche Perspektiven zu verzerren.

Nur auf Harshad konnte ich mich verlassen. Er war der gleiche und sorgte dafür, dass mir nicht alles wie ein Traum vorkam.

Da er sich am Vorabend zurückgezogen hatte, nachdem er von Konrad einige Male barsch angefahren worden war, hatte er nach einer Beschäftigung gesucht – und gefunden. Voller Freude präsentierte er mir seine neue Errungenschaft. Es war ein verwinkeltes Gestell, das ich unter dem Rucksack tragen sollte und das bis über meinen Kopf ragen und mit seinem großflächigen Tuch mir Schatten spenden sollte. Zu meinem Bedauern erlag er seinem Übereifer und seiner ehrlichen Freude helfen zu können, und fragte Sabrina für ihre Beurteilung. Diese lachte über meinen wohl mehr als komischen Anblick und winkte ab. «Kindskopf», lachte sie und verwies den Inder in meinen Rang. Eine Ehre, die er mit reichlich tiefer Verneigung vergütete.

Er wartete noch, bis sie außer Hörweite war, und grinste mich an. «Wenigstens hat sie gelacht. Allein das war es wert.» Völlig verdutzt sah ich ihn an und mit einem Augenzwinkern, drehte er sich um und verschwand.

So blieb mir nichts anderes übrig, als meinem endlos wirkenden Weg wieder ein kleines Stück abzunehmen.

Noch war es tiefe Nacht. Alles dunkel und still. Doch bevor ich mich recht versah, stand die Sonne weit oben und von dem Lager hinter mir blieb nur noch ein verwehender Streifen Richtung Osten, den meine Füße im rasch heiß werdenden Sand hinter lassen hatten. Mehr Eindruck, als eben diese Spuren, wollte die Reise nicht zu hinterlassen. Es schien als wollten meine Gedanken die ganze Wüste für sich beanspruchen, und doch von ihr nicht eine Erinnerung wahren. Schritt um Schritt tat ich und es war als reichte allein diese Tatsache, um mich zu befriedigen. Ich lief weg. Einmal um die Welt.

– 18 – Ruhelose Rast

Abgesehen von dem schwachen Wind, der viel zu selten meine salzig nasse Haut berührte, war nichts zu hören. Nicht einmal Sams Motorrad war zu vernehmen – den ganzen Tag nicht.

Sie hatten mich allein gelassen. Losgelassen. Nein, schlimmer, sie vergaßen mich. Und das nur, weil ich ihnen nicht gab – und nicht geben konnte – was sie verlangten. Ich war für sie zu langweilig.

Eigentlich sollte mich das glücklich machen. Schließlich hatte ich nichts anderes gewollt. Von der Welt in die Wüste gejagt und von ihr vergessen zu werden. Keiner, der mich in ein Kostüm zwängte, keine Zuschauer, die ein Theaterstück von mir verlangten. Keine Richter, die besser wussten, nach welchen Werten ich streben sollte.

Es war perfekt. Makellos die Stille. Dennoch fand ich nicht, wonach ich suchte – oder zu suchen beabsichtigt hatte. Es war fast, als hätte ich mich selbst vergessen.

Deshalb wohl fand es wenig Beachtung von mir, als mein von der Sonne gezeigter Weg sich mit einer ordnungslosen Anhäufung von Zelten vermischte.

Ein Empfangskomitee war diesmal ausgeblieben und Sabrinas Begrüßung war so energielos, als teilte sie meine Erschöpfung in vollem Umfang. Konrad saß vor einem großen Ventilator im Schatten, während sein Gesicht von einer seltenen Art von gelangweilten und stummen Ärgernisses zeugte. Mehr als ein paar ruckartige Handbewegungen schenkte er mir nicht. Und selbst diese galten seinem Diener, der mir mein Bad einlassen sollte. Natürlich war dies sinnlos gewesen, denn Harshad hatte bereits alles vorbereitet. Dennoch ließ er es sich nicht nehmen, mich am Arm zu führen und mit dezenten, dafür aber zahlreichen Verneigungen mich ins Zelt zu komplimentieren.

Selbst für sein hektisches Gemüt wirkte der Inder aufgedreht und ungewohnt unsicher in seinen Bewegungen. Reden tat er erst, als wir im Zelt waren, und selbst dort flüsterte er, als gelte es einen Kranken zu schonen.

Obwohl sich der Sand gelöst hatte, fühlte ich mich unwohl in meiner Haut und ich wusste von zumindest einem, dem es genau so ging.

Der Inder hatte sich diesmal nicht zurückgezogen. Fast befremdlich war die Tatsache, dass er keine Fragen stellte. Nicht, ob ich was wünschte. Ob alles in

Ordnung wäre. Nichts dergleichen. Er entschuldigte sich nicht einmal für seine Anwesenheit, oder wegen ähnlich sinnlosen Dingen, für die er sonst so leidenschaftlich um Verzeihung bat. Dabei war er für sein Verständnis störend auffällig. Er brachte es nicht fertig ruhig stehen zu bleiben, noch beendete er seine Arbeit wirklich.

«Haben sie wieder gestritten?» Ich bereute die Frage in dem Moment, als ich sie ausgesprochen hatte. Die Antwort kannte ich, und doch wollte ich es nicht wissen – und hören noch viel weniger. Dass es aber dem Inder schwer zu schaffen machte, war nicht zu übersehen.

Der kleine Mann blieb, mit dem Rücken zu mir gewandt, in der Bewegung verharrend stehen, ganz so, als hätte jemand die Zeit angehalten.

Auf seine leeren Hände starrte er, als könnten diese ihm eine Arbeit befehlen – er wartete förmlich darauf.

Aber nichts geschah, seine Hände schwiegen weiter.

«Es war ganz schön heiß heute, wie?» Ich merkte selbst, wie hilflos meine Bemerkung bei dem Versuch klang, die erste Frage zu verscheuchen. Meine Stimme war zum Zerreißen dünn, genau wie das fadenscheinige Lachen.

«Angeschwiegen haben sie sich!» Er war dabei Wasser aus einer flachen Schüssel vorsichtig, und unter Aufbringung seiner vollen Konzentration in einen Krug zu schütten – die Schüssel hatte er keine zwei Minuten zuvor mit eben jenem Krug befüllt.

«Nur ihre Handys haben sie angebrüllt.»

Er hörte gar nicht mehr damit auf, meine erste Frage zu beantworten.

«Ich durfte kein Wort sagen ...»

Als er weiter erzählen wollte, sprang ich aus der Badewanne und entriss mich selbst der wohltuenden Erfrischung. Mir fiel nichts anderes ein, womit ich ihn hätte unterbrechen können. Es verfehlte nicht seine Wirkung. Er sah sich in der Pflicht, mir zu helfen.

Obwohl keiner mehr sprach, blieben die Fragen – genau wie die Antworten – in der Luft hängen und machten diese schwer.

Daran änderte sich nichts, als wir alle zusammen zu Abend aßen. Mehr als nur ein wenig war ich erleichtert, als ich die erste Gelegenheit fand und nutzte, um mich zurückzuziehen.

Ich sei müde, sagte ich, und dabei war es diese schwere Stimmung, die mir am meisten zusetzte.

Meine Flucht stieß auf keinerlei Widerstand. Konrad nickte stumm und versuchte sich an einem Lächeln, das aber genau so gut als Zeichen der Qual hätte gedeutet werden können.

«Schlaf gut», hörte ich noch Sabrinas Stimme im Wind, als ich mich meinem Zelt näherte.

So von den Eltern belogen, zog ich – der Knabe – ins Bett, wohl wissend, dass ich tun musste, als würde ich die Lüge glauben. Und wie gern hätte ich sie geglaubt, denn alles, was ich gewonnen hatte, drohte zu Staub zu zerfallen.

Mein Körper lag schwer auf den weichen Decken und versank in einer tiefen Mulde. Mein Atmen ging schwerfällig und unregelmäßig. Ich verkrampfte fast zu einem Brett, bei dem Versuch einzuschlafen. Natürlich gelang es mir nicht annähernd. Meine Gedanken irrten im Kreis und fanden stets mich als einzig Schuldigen.

Sie hatten mir doch nur alles zeigen wollen. Die ganze Welt. Sie hätten sich die Freude sogar streitig gemacht. Doch ich hatte unbedingt müssen meinen Kopf durchsetzen. Nein sagen. Und nun schwiegen sie sich an. Waren wütend, enttäuscht, traurig. Anstatt einen Machtkampf zu führen, fügten sie sich gegenseitig Schmerzen zu. Wahllos stachen sie mit ihrer grausamen Wortlosigkeit zu.

Ich verstand den Inder nur zu gut. Allein die halbe Stunde am Tisch war mir länger vorgekommen, als die Stunden, die ich zuvor durch die Wüste gelaufen war.

Nach einer Weile war Harshad wortlos in mein Zelt getreten und beschäftigte sich selbst mit mehr als fadenscheinigen Aufgaben. Obwohl er schwieg, spürte ich deutlich, dass ihm meine stille Gegenwart um einiges lieber war. Auch ich war erleichtert, nicht alleine zu sein und so schenkte ich ihm von Zeit zu Zeit ein resignierendes Lächeln, wenn sich unsere flüchtenden Blicke trafen. Er antwortete dann stets mit einem Verneigen seines chronisch grinsenden Hauptes.

Irgendwie war es lustig, wenn man sich das so vorstellte – auch wenn es mir Leid tat, dass er sich so quälte. Jetzt waren wir in der Wüste, und was taten wir? Wir rotteten uns zusammen, wie Schafe zu einer Herde. Konrad und Sabrina hätten wir meilenweit aus den Füßen kommen können. Der Inder aber hatte sich mein Zelt ausgesucht – um zu schweigen. Auch tat er nicht wirklich was. Er wollte einfach nur Gesellschaft, aus Angst vor zu viel Platz, zu viel Freiheit. War er deshalb so gerne Diener? Ich sah ihn mir an. Nun, da er keine Befehle befolgte, oder seiner Lieblingsbeschäftigung nachging, nämlich den Befehlen einen Schritt voraus zu sein, wirkte er wie eine leere Hülle. Leblos und doch leidend.

Bis in die Nacht hinein geschah nichts, bis ein Eindringling mein Zelt betrat und meinen leichten Schlaf störte. Der Sand ließ es verräterisch klingen. Die Stimme der Nacht verriet mir, dass es Konrad war, den ich erwarten durfte, als sich der Vorhang hinter ihm zufiel und das Sternenlicht verbarg.

Der Dicke hatte kein Licht gemacht. Nicht einmal eine Taschenlampe hatte er dabei. Wohl deshalb stand er etwas unbeholfen und leicht orientierungslos beim Eingang. Es war nicht wirklich so, dass ich ihn hätte sehen können. Eher war es ein Erahnen, das mir das spärliche Licht der Nacht gewährte. Mir mehr als Konrad, da sein Schatten von der schimmernden Zeltwand hervor stach.

Etliche Sekunden stand der Dicke einfach nur da und starrte in den Raum.

Wegen des beschämenden Gefühles ihn zu beobachten, oder vielleicht um sicher zu sein, dass es nicht doch ein Geist war, flüsterte ich seinen Namen. Der Schatten schüttelte sich, als wäre er eben erwacht.

«Grundgütiger, kannst du einen erschrecken.» Der Dicke wagte ein erleichtertes Lachen.

«Du bist wach?», wollte er vom Thema ablenken. Ihm war sichtlich unwohl. Was er nicht wusste, ich konnte sehen, dass sich seine Silhouette am Arm kratzte und er sein Gewicht von einem Bein aufs andere verlagerte.

«Dumme Frage. Natürlich bist du es.» Ein mir unvertrautes, verlegenes Lachen erfüllte das große Zelt.

«Ist wohl Zeit zum Aufstehen», meinte ich, da mir sein Benehmen unheimlicher war, als es ein Geist hätte sein können. Es war falsch. Durfte nicht sein. Er war Konrad – ein Manager!!!

«Ja. Ja, du musst weg», hauchte er, als ginge es um Hochverrat.

Ich musste schlucken. Er machte mir Angst und ich konnte nur mit Schweigen und Bewegungslosigkeit antworten.

«Sie darf nichts davon mitbekommen. Du musst weg sein, bevor ...» Er war meiner Stimme gefolgt und schälte mich aus der Decke. «Du musst weg sein!», wiederholte er wie von Sinnen.

«Wieso?» Ich hoffte auf eine vernünftige Erklärung, glaubte aber nicht wirklich daran, dass dies im Entferntesten etwas mit Vernunft zu tun haben könnte.

«Sam ist bereits abgereist.»

Also deshalb hatte ich ihn gestern gar nicht mehr gesehen. Es erklärte einiges, aber noch lange nicht alles.

Da meine Regungslosigkeit ihn spürbar nervös machte, redete er einfach weiter. Er versuchte alles, um mich auf die Beine zu bekommen.

«Sabrinas Boss hat es gecancelt. Alles. Einfach so. Sabrina wollte es dir heute sagen. Und dann wär alles vorbei.» Im Dunkeln suchte er nach meiner Kleidung. Er stand auf verlorenem Posten. Immer hektischer wurden seine Bewegungen und er verzweifelte an seiner Hilfslosigkeit.

«Deshalb musst du weg. Dann kann sie nichts sagen.»

Er wiederholte seinen Plan in ausgesprochenen Gedanken.

«Dann hab ich noch einen Tag Zeit. Ich werd das regeln. Mach dir keine Sorgen.»

Aber ich machte mir Sorgen – um ihn. Er war nicht er selbst. Ein Flüchtling war er.

Ohne eigenen Plan stand ich auf und ließ mich umher schubsen.

«Meister, Meister», flüsterte eine aufgeregte Stimme durch das Zelttuch. «Luft ist rein, Sir.»

«Helf mir mal», zischte Konrad zurück, während er sich unbeholfen durch den Raum tastete, um alles zu suchen. Eigentlich hätte ich helfen können, doch ich stand nutzlos herum. Ich verstand seine Worte, aber es machte alles keinen Sinn. Und dieser unsicher wirkende Konrad konnte unmöglich etwas mit Wirklichkeit zu tun haben.

Der Inder stieß völlig überdreht hinzu und vollbrachte in Windeseile, wozu sein Meister nicht fähig gewesen war.

Dann schubste mich der Dicke hinaus in die Nacht und entfernte sich mit mir und Harshad rasch vom Lager.

«Hier dein Rucksack.» Des Inders Stimme überschlug sich bei dem Versuch ruhig zu bleiben.

«Warte!» Konrad schlug sich gegen die Stirn. «Das hätte ich fast vergessen. Nimm die kleine schwarze Kiste raus. Sonst findet die dich.»

Harshad war so überdreht, dass er bei dem Versuch das Gerät zu bergen, fast alles andere mit hinaus schmiss.

«Das darf nicht passieren! Dann ist alles aus.» Der Dicke sprach zu sich selbst. «Alles aus.» Da ihm zulange dauerte, was der Inder auf dem Sand kniend veranstaltete, hatte er begonnen hin und her zu schreiten, weil er nicht hinsehen konnte. Er hätte wohl am liebsten geschrien, aber selbst hier, hundert Meter vom Lager entfernt, wagte er kaum mehr als zu flüstern.

«Du musst los. Wenn sie wach wird, dürfen keine Spuren von dir zu finden sein.» Konrad eilte umher. Er hatte keine Zeit mich dabei anzusehen.

Als er feststellte, dass ich wie angewurzelt stehen blieb, klopfte er mir auf die Schulter und ahmte Sabrina nach, wie sie mich manchmal in den Arm genommen hatte. Es fühlte sich sonderbar an.

Dann, als wäre ihm plötzlich bewusst geworden, was er tat, schupste er mich erneut. «Lauf! Lauf und bleib erst stehen, wenn es nicht mehr anders geht. Lauf!»

Ich wollte etwas entgegnen, konnte meinen Mund aber nicht bewegen. So drehte ich mich um und schritt davon.

Hinter mir konnte ich ihre Nervosität deutlich spüren. Ihre Blicke blieben mir länger treu, als ich annehmen konnte, dass sie mich überhaupt sehen würden – mitten in der Nacht.

Als meine Beine ihre vertraut gewordene Arbeit aufgenommen hatten, merkte ich, wie leicht es mir fiel. Nicht das Körperliche meinte ich damit, denn wie an jedem Morgen zuvor, brauchten meine Beine einige Kilometer, bevor sie lockerer wurden. Aber das fehlte mir diesmal alles. Es geriet weit in den Hintergrund, weil es für mich weitaus mehr Bedeutung hatte, sie alle hinter mir zu lassen. Sie mit ihrem sinnlosen, von mir provozierten Streit. Ich war wieder um Meilen zurückgeworfen. Selbst 1000 km würden nicht annähernd ausreichen, um die Distanz zu beschreiben. Hatte ich mich einige Tage der Illusion hingegeben, ich sei auf meiner persönlichen Suche ein paar Schritte vorangekommen, so befand ich mich nun wieder auf der Flucht. Nicht vor mir, nicht vor der Welt, sondern vor dem, was ich gefunden hatte – meinen Freunden. Und Freunde waren sie, denn sonst hätte der Schmerz nicht so tief gereicht. Das Schlimmste von allem war, dass ich mich auf der Flucht glücklich fühlte, erfüllt, und ich mich nach nichts anderem sehnte. Nur laufen, einmal um die Welt. Die Probleme würden zurückbleiben. Vor allem, solange ich sie nicht sah, existierten sie nicht. Sie waren nur Schall und Rauch, nur ein Gedanke, den ich zu verdrängen versuchte.

Es musste sehr früh in der Nacht gewesen sein, als mich Konrad geweckt hatte, denn die Sonne zierte sich lange, bevor sie sich ihr tägliches Rennen mit mir lieferte. Erst als sie mir freundlich lächelnd auf die Schulter klopfte und sich dransetzte mich einzuholen, gönnte ich mir die erste richtige Pause. Ich war gerannt als wäre der Teufel persönlich hinter mir her gewesen. Das war mir klar, und doch beruhigte es mich ungemein, so als hätte die von mir zurückgelegte Distanz irgendetwas bewirkt.

Der Nachmittag wurde dafür umso länger und härter, denn ich musste die Rechnung dafür bezahlen. Trotz wachsender Erfahrung und wider besseres Wissen handelte ich wie ein Bilderbuchgreenhorn. Kräfteeinteilung war mir ein Fremdwort. Vernunft, ein Begriff, den man allenfalls mit Schwarzer Magie in Verbindung setzen konnte. Nur Grenzen gab es, die erkannte ich, doch eifrig wie ein kleines Kind rannte ich geradewegs auf sie zu, bis ich sie erreichte und dann erschöpft und ausgelaugt an ihnen kleben blieb.

Deshalb war die Rechnung in der alles schmelzenden Sonne so ungemein hoch. Während die Sonne siegesgewiss nach Westen driftete, senkte sich mein Oberkörper stetig herab, ganz so als versuchte ich einen Primaten zu kopieren. Mein persönliches Theaterstück in der Wüste. Und ich war der einzige Zuschauer. Fast konnte ich mich über mich lachen hören. Beschämt und belustigt von meiner unbegrenzten Unfähigkeit.

Fortan drehten sich meine ganzen Gedanken nur um den jeweils nächsten Schritt – und es kamen viele. Es war heiß. Die Hölle gar verlor jeden Schrecken für mich, denn dort konnte es unmöglich so unmenschlich sein. Wenn ich an meiner Kleidung herabsah, wunderte ich mich, dass diese noch nicht zu brennen begonnen hatte. Das Salz rieb meine Haut auf, und obwohl diese klitschnass war, fand ich keine Kühlung. Jegliche Andeutung eines Windes fehlte. Die Wüste hatte ihre einzige Stimme verloren. Es schien mir als habe sie mich vergessen, mich, ihren bisher geduldeten Gast.

Gegen drei bekam ich die knapp zwei Stunden, die ich eher losgeschickt worden war, deutlich zu spüren. Ich war diesmal richtig fertig und freute mich aufs Lager – selbst auf die Gefahr die Beiden streitend, oder gar schweigend vorzufinden. Mit steigender Erschöpfung verlor das Geistige an Bedeutung. In der Hitze nahm es ohnehin die Züge eines Traumes an. Alles wirkte plötzlich so weit weg, und so flüchtig. Ich konnte mir nicht einmal erklären, warum ich eigentlich so überaus bereitwillig geflohen war. Ich freute mich nur noch, sie wieder zu sehen.

Deshalb löste ich meinen Blick nicht mehr vom fernen Horizont. Jeden Augenblick mussten sich dort die Zelte erheben. Ich wusste es genau und die Erwartung löste mächtige Gefühle in mir aus. Mächtiger als ich sie bisher von mir kannte. Sehnsucht in ihrer reinsten Form. Manchmal bildete ich mir ein, eine Person in der Ferne sehen zu können. Erhebungen entlockten mir lautes, frohes Lachen, bevor sie sich als bloße Sandverwehungen zu erkennen gaben.

Meine Reise setzte sich so Kilometer um Kilometer fort. Es wurde nach drei, dann vier, und der große Zeiger überstrich unaufhaltsam das Zahlenblatt, ohne dass sich das Bild am Horizont bedeutsam änderte. Alles blieb eine vergängliche Form aus Sand, gemahlen von der Zeit selbst und verstreut von dem unsichtbaren Wind, der mich doch nicht kühlen wollte.

Nicht einmal eine Pause wagte ich mehr, alles um nicht meine Wiederkehr hinauszuzögern. Denn schließlich waren sie nicht mehr fern. Gleich hinter dem Horizont mussten sie sein. Und so lief ich das Rennen, das ich gegen die Sonne längst verloren hatte, gegen den Horizont weiter. Er war mir ein würdiger Gegner.

Zeit gewann eine völlig neue Bedeutung für mich. Es waren nicht mehr Stunden, in die ich den Tag einteilte. Es waren nur noch Augenblicke. Einzelne Momente, bei denen ich nichts mehr als jenen davor und jenen dahinter in Gedanken mit mir trug. Vergangenheit und Zukunft zerschmolzen in der Hitze zu einem winzigen Fenster, aus dem mein ganzes Sein hinaus lugte. Das ganze Gerede von der Zeit mit ihrem geregelten Ablauf wurde bei mir Lügen gestraft. Obwohl zwischen jedem Schritt immer mehr Zeit verging, zeigte mir ein Blick nach Osten, dass sich meine Spuren immer näher aneinander schmiegten. Teilweise flossen sie zu einem Streifen ineinander über. Die Füße zu heben erschien mir als sinnlose Kraftverschwendung und so watete ich mehr durch den brennenden Sand, als dass es noch als gehen zu bezeichnen war.

Gerade wollte ich eine dieser ungezählten Sandwehen erklimmen, als mir die Zeit schmerzlich bewusst wurde. Es war doch mehr als nur der nächste Schritt. Sie hatten mich vergessen. Die ganze Welt hatte es. Zurück gelassen, weil ich nicht so war, wie sie es wünschten. Ich war nicht laut genug.

Mit dieser so schweren Erkenntnis sank ich zu Boden. Erschöpft und ausgelaugt. Ein weiterer Schritt machte keinen Sinn mehr. Es war nicht mehr bloß der Eine, der fehlte, damit ich die Zelte erblickte. Es würde kein Lager kommen.

Eine Art von tiefem, rastlosem Schlaf ergriff mich und trug mich davon, in Welten, die sich meinem Verstand völlig entzogen.

Wieder aufwachend, wagte ich nicht gleich die Augen zu öffnen. Genüsslich stellte ich mir vor, in einem weichen Bett zu liegen. Dicht neben mir Sabrina, wie sie sich um mich sorgte.

Doch das ungemein vertraute Gefühl von Sand unter mir ließ mir diesen Traum recht schnell verblassen.

Immer noch lag ich in der Wüste, genau so, wie ich hingefallen war und weit und breit war keine Menschenseele. Sie hatten mich wirklich vergessen.

Eine Weile noch blieb ich so liegen, trank gierig die letzten Schlucke. Es war deutlich nach sieben. Viel zu lange war ich auf den Beinen und mein Proviant war nicht für so lange gedacht gewesen. Ich stellte mir Harshad vor, wie er sich Vorwürfe machen würde – diesmal würde er gar nicht damit aufhören. Aber dennoch war es nicht sein Fehler. Die beiden Großen trugen ihren Machtkampf aus und ich blieb dabei auf der Strecke.

Einzig der Sandwehe verdankte ich, dass ich nicht völlig verbrannt war. Diesmal konnte ich mir den Sand, der sich an meinem nass geschwitztem Gesicht festgeklebt hatte, einfach wegwischen. Die Spuren, die die Anstrengung bei mir hinter lassen hatte, konnte ich jedoch nicht so leicht los werden. Meine Beine waren hart geworden und die ersten Schritte waren schmerzhaft.

Als ich es fertigbrachte fest auf beiden Beinen zu stehen, drehte ich mich einmal im Kreis. Jegliche Spur war verschwunden. So stand ich da, ohne Vergangenheit und Zukunft. Ich wusste nicht recht wohin. Klar, Richtung Westen. Immer weiter. Sabrinas zierliche Armbanduhr, die ich immer noch nicht abgelegt, oder gar eingetauscht hatte, verriet mir die Himmelsrichtung. Aber was sollte ich da? Im Westen? Diesem undefinierbaren Punkt im Unendlichen. Was sollte ich dort finden? Würden sie da sein? Sabrina und Konrad? Sie hätten längst da sein müssen. Auf mich warten. Doch sie hatten mich vergessen.

Irgendetwas von dieser anfänglichen Wut oder Verzweiflung war es, die mir die nötige Kraft verlieh. Mit dem, was mein schwächer werdende Körper zu leisten vermochte, hatte es nur mehr wenig zu tun. Von einem kontrollierten Gehen war es weit entfernt. Ich stolperte dem Westen entgegen, der sich mit jedem Schritt um mindestens das Dreifache entfernte.

Die Sonne lachte mich an und wurde gar rot vor lauter Belustigung über den genau so unermüdlichen, wie aussichtslosen Versuch sie doch wieder einzuholen. Es war eine zeitlose Tortur. Jeder Atemzug ein stöhnender Ausdruck meines Willens, der sich an die Illusion klammerte, doch weiter zu kommen.

Auf einmal tat sich auf der Sonne ein Riss auf. Dort wo die glühende Kugel den Horizont berührte, klaffte ein dunkler Spalt auf. Winzig klein, und doch reichte er, mich an meinem flüchtenden und resignierenden Verstand zweifeln zu lassen. Es war so weit, ich war bis ans Ende der Welt gelaufen und doch hatte ich nichts gefunden. Ich war leer und bald würde ich über die Scheibe hinweg stürzen. Ich dachte an meine Uni und musste lachen. So viel hatten sie uns von der Welt gesagt und doch war alles falsch. Was wussten sie schon vom Leben, von der Welt mit ihren beschränkenden Werten. Dieser Scheibe, von der man so leicht runter fiel, wenn man nach mehr suchte. Mehr verlangte, als nur Regeln.

Der Spalt wurde größer. Feuerrot leuchtete die Kugel. Mein Gesicht brannte und ich merkte, wie Schweiß meinen ganzen Körper benässte.

Der Schatten in der Sonne wurde länger und schärfer. Jedem vernünftigen Gedanken unfähig, schritt ich geradewegs darauf zu. Ein wirkliches Bewusstsein erlaubte mir meine Müdigkeit nicht länger. Es war vielmehr eine sich fügende Gehorsamkeit, die mich weiter gehen ließ. Darauf gefasst jeden Augenblick in eine bodenlose Leere zu stürzen, hatte ich keine Angst. Naive Gebandheit ließ mich den Schatten wie ein unerklärliches Phänomen wahrnehmen und mit keinem Gedanken versuchte ich infrage zu stellen, was ich zu sehen bekam.

Doch dann wandelte sich der Riss zur Kontur einer Gestalt, einer weiblichen Gestalt, bis dass schlussendlich Sabrina aus dem Feuerball hervor trat. Meine Hitze bedingte völlige Verstandlosigkeit war dafür verantwortlich, dass mich die Änderung völlig gleichgültig ließ. Dann hatte ich das Ende der Welt doch noch nicht erreicht. Keiner der auf der Suche nach dem Heiligen Gral war, würde sich von solchen Feststellungen überraschen lassen. Enttäuschungen gehörten dazu. Gewiss war nur, dass ich eines finden musste – den Gral oder das Ende der Welt. Und wer einmal um die Welt ging, musste eines davon finden, ein zurück gab es nicht.

Ob es wegen meiner Gleichgültigkeit war, wusste ich nicht, jedenfalls blieb Sabrina unvermittelt stehen und hielt ihre Arme in die Seiten gestemmt. Ohne ihr Benehmen zu verstehen, ging ich weiter auf sie zu. Ihr Gesicht blieb mir ein Rätsel und ich war zu müde, um auch nur eine Zeile zu lesen.

Dann doch verwundert, blickte ich an ihr vorbei und konnte hinter ihr kein Lager ausmachen. Was machte sie nur mitten in der Wüste? Gerade wollte ich sie begrüßen, als ich einen Knall vernahm. Es ging so rasend schnell, dass der Schmerz verzögert bei mir ankam. Pfeffernd durchströmte schlagartig noch mehr Hitze meine linke Wange, während Sabrina ihre Hand von der Selben löste. Ohne ein weiteres Wort zu verlieren, drehte sie sich um und drohte erneut in der Sonne zu verschwinden.

Völlig neben mir und mit einem Körper, der nur von meinem Willen getragen wurde, schleppte ich mich hinter her. Mein Körper schrie danach sich fallen zu lassen, doch die pochende Wange war überzeugender. Obwohl ich Sabrina am liebsten in die Arme gesunken wäre, ließ eine innere Stimme es nicht zu, dass ich nun Schwäche zeigte.

Der Weg aber war lang. Mehrmals sank ich in die Knie, ohne aber dass es von der Journalistin bemerkt wurde. Bis zu dem weit entfernten Lager bekam ich nur noch ihren schmalen Rücken zu Gesicht und selbst dieser wurde immer kleiner.

Als sie die Zelte endlich erreichte, war ich um einen halben Kilometer abgehängt.

So war ihr reichlich Zeit geblieben, um für Unruhe im Lager zu sorgen. Harshad kam mir nun ebenfalls entgegen gerannt und stützte mich sogleich am Arm. Trotzdem war ich keineswegs standfest, als ich ankam.

Konrad stand einfach nur da. Wie eine aus Blei gegossene Statue war er jeder Regung unfähig. Er sah mich an, und blickte genauso durch mich hindurch. Er war völlig überfordert. Sabrina, die in ihrer Wut in ein Zelt gerannt war, tauchte wieder auf. Sich neben den Dicken stellend, blickte sie diesen finster an. Ganz so, als erwarte sie von ihm eine angebrachte Explosion. Zumindest aber eine Standpauke, die ihres gleichen suchte. Hätte er mir eine Trachtprügel verpasst, sie hätte lediglich zustimmend genickt, so viel war mir klar.

Aber nichts davon geschah. Konrad blieb unbeweglich. Nur seinem Gesichtsausdruck war abzusehen, dass er sich davon wünschte.

«Und?», begann er völlig zusammenhanglos. Er kratzte sich am Ellbogen und spürte deutlich Sabrinas brennenden Blick auf sich lasten. «Wie geht es dir?» Sein Anblick musste sicherlich zum Lachen gewesen sein, doch mir war es eher nach Heulen.

«Gut.» Die Luft brannte. Meine Lüge glaubte keiner. Die Wahrheit hätte ich aber auch nicht sagen können. Einzig die Lüge war es, die mich noch aufrecht hielt. Mit dieser Fassade wäre ich ineinander gefallen.

Sabrinas Körper begann unkontrolliert zu zittern und ihre Hände erweckten den Eindruck, jemanden erwürgen zu wollen.

«Verflucht noch mal!», tobte sie. «Er hätte dabei drauf gehen können.» Sie kochte und Harshad neben mir drohte mit mir zusammen um zu fallen. Sie versuchte Konrads Pflicht oder zumindest Schuldbewusstsein wach zu schrien. Doch verglich. Er blieb unbeweglich.

«Ich bin weggerannt.» Mit unsicherer Stimme versuchte ich sie von ihm abzulenken. «Alleine.» Sabrina sah mich finster an und ließ sich die Geschichte von dem Millionär bestätigen. Dieser nickte fleißig und versuchte eine Miene aufzusetzen als würde ihm diese abgeänderte und verfälschte Version der Wahrheit vertraut sein. Allerdings war es ihm unmöglich mich tadelnd anzusehen, so wie Sabrinas es in ihrer Entrüstung verlangte. Köpfe mussten rollen. Beinahe hätte es Tote gegeben und so etwas verlangte Konsequenzen. So waren diese Journalisten. Und Sabrina war nicht bereit zu schweigen. Doch durch Konrads unsicheres Benehmen war sie zu irritiert, als dass sie ihre Wut bündeln konnte. Sie zweifelte, weil sie nicht wusste, wer wen in Schutz nahm. Etwas das ich ihr hoch anrechnete, denn üblich war das nicht – für einen Journalisten. Die waren für Präventivköpfen. War es dann der Falsche, könnte man den Richtigen immer noch köpfen. Aber vielleicht war es etwas Anderes, das Sabrina in ihrem drohenden Wutausbruch zurückhielt.

Es war unser Spiel. Unser allein. Und es war ihr Chef, der es beenden wollte – nicht sie. Mein Widerstand und jener von dem Dicken, der gerade zu ihr Rivale war, entsprach ganz ihren Wunsch. Wir hielten die Flamme am züngeln, die ihre Karriere entfachen sollte. Wir, die nicht taten, was sie wollte. Wir, die nicht aufgaben, weil wir einen Traum hatten. Weil wir anders waren. Dieses Spiel hatte seine eigenen Regeln. Gab einer auf, würden wir alle verlieren.

Ob sie das dachte, konnte ich unmöglich sagen. Aber hinter der dick aufgetragenen Farbe im Gesicht regte es sich. Ihre Lippen formten ungeschliffene Worte, während ihre Stimme mehr zu einem Brummen wurde.

«Wie kamst du bloß auf solch eine dumme Idee», fragte mich Konrad, ohne sich meinem Blick aussetzen zu können. Ihn plagte eine unbestimmte Art von schlechtem Gewissen. Er wusste, dass ich ihm aus der Patsche helfen wollte und indem er mitspielte, kam er sich vor wie ein Verräter. «Das war doch reinster Irrsinn!»

Sabrinas Blick wurde neugieriger. Sie blickte sich um, doch es stand nirgends ein Kameramann. Wir waren alleine. Allesamt abgeschnitten von der Welt. Diesen Sensationen, diesen Lügen. Für diese waren allein wir nun verantwortlich. Und ich trug daran mehr Schuld als mir lieb war. Ich war der Lügner. Ich selbst war zu der Illusion geworden, vor der ich flüchten wollte.

«Ihr hattet euch gestritten.» Meine Antwort kam bruchstückhaft, da ich mir noch selbst nicht recht über die Zusammenhänge im Klaren war.

Obwohl mich Konrad teilweise eingeweiht hatte, wirkte er genau so überrascht wie Sabrina. Die Beiden Meister der Illusion hatten tatsächlich geglaubt, einen solchen Streit verbergen zu können. Hatten sie nicht extra jedes Wort in meiner Gegenwart gemieden? War es möglich, dass ihre Maske nicht perfekt saß?

In meiner Antwort lag mehr als ich es selbst vermutet hätte. Sie wurden trotz gefährlich geladener Anspannung nachdenklich. Eine Weile standen wir vier schweigend zusammen. Isoliert von allem und keiner mischte sich in die Gedanken des jeweils anderen. Dazu waren die eigenen viel zu mächtig und bei weitem zu zahlreich.

«Ich wollte nicht, dass es vorbei ist», gab ich schließlich flüsternd und doch entschieden kund. Dass es kindisch klang, war mir egal, es war nun mal meine Meinung.

«Das will wohl keiner von uns», schloss sich Konrad meiner Meinung an und vergaß dabei, dass er immer noch den Entrüsteten spielen sollte. Doch Sabrina nickte stumm und zog sich zurück.

Das erste Mal mit gesenktem Haupt und mit der Hand nachdenklich über die krause Stirn reibend.

Konrad blickte ihr nach, blieb aber selbst und erweckte nicht den Eindruck, als wollte er mich alleine zurücklassen.

«Gib mir einen Tag», sagte er abermals nach einer Weile. Von was er sprach, verriet er nicht. Als er endlich gehen wollte, drehte er sich nochmals um. «Danke.» Er verschwand nicht minder in Gedanken wie Sabrina.

Den restlichen Abend verbrachte ich im Zelt. Fast eine Stunde ließ ich meiner Haut, sich in der Badewanne aufzulösen und dennoch fühlte sich mein Körper so schwer, dass selbst diesen sinken zu lassen zu einer Anstrengung wurde. Mein Atmen war flach und doch war mir, als würde ich nicht genug Luft bekommen.

Der Inder war der Einzige, den ich zu Gesicht bekam. Schweigend huschte er umher und sein Schuldbewusstsein, das man ihm unmöglich hätte ausreden können, war so gewaltig, dass er sich nicht einmal zu entschuldigen wagte. Er behandelte mich wie eine Vase, die beim bloßen Ansehen bereits zerfallen würde. Von draußen bekam ich nichts zu hören, und während die Zeit vor sich hin plätscherte, drang die Stille unaufhörlich auf mich ein. Vielleicht war es wirklich so, dass Blumen mehr sagten als tausend Worte, aber wenn es etwas gab, das noch mehr sagte, dann war es Schweigen. Es ist von unvergleichlicher Reinheit, und man kann ihm nicht widersprechen, nicht davon laufen, es mit nichts übertönen. Es ist da und in jeder stillen Minute schreit es einen an. Es ist wie ein Chor aus den Stimmen eines jeden Gewissens. Gnadenlos ehrlich. An einem nagend, bis man nackt vor sich selbst steht.

Das Schweigen, das von draußen zu mir vordrang, klang geschäftig und verzweifelt hilflos. Sie strauchelten verloren, weil sie nicht länger wussten, ob sie gegeneinander oder für sich selbst kämpfen sollten. Sie wollten ihre Macht genau so wahren, wie sie ihr Ziel erreichen mussten. Doch in ihrem Eifer hatten sie sich verrannt. Sabrina hatte sich kreisend in höchste Rage versetzt, dann ein Knall und es war nur noch Leere. Ihre Wut reichte nicht als Erklärung und erst recht nicht zur Lösung. Die Ohrfeige, die sie mir erteilt hatte, musste in ihr etwas ausgelöst haben. Sie war verändert. Schweigsam wurde sie, während sich ihre Hektik nach innen gekehrt hatte. In ihr Zelt war sie gestürzt und lief davon. Sie, die Journalistin, flüchtete. Und was tat der Millionär? Er versteckte sich.

Warum war Wahrheit nur so grausam. Keine makellose Fassade, keine funkelnden Lichter, keine Lobhymnden der Begeisterung. Wo war nun bloß die Kamera? Doch sie hätte es ohnehin nicht einfangen können, diese Wüste voller Schweigen. Wohl aber hätte eine Kamera gereicht und das Gebilde der Lügen wäre wieder errichtet gewesen. Sie hätten funktioniert, so wie die Regeln der Menschen es vorschrieben. Konrad wäre schlagartig wieder der Millionär mit seinem aufgeblähten Machtgelüste gewesen, während Sabrina dem Glanz der Macht nach geeilt wäre, um diesen noch greller in die Wohnzimmer der

Strahlensüchtigen zu senden. Welch sinnloses Jagen das doch war. Und wie durchschaubar im Gegensatz zu den ungeschriebenen Regeln unser ganz eigenen Spieles.

Obwohl ich mich danach sehnte, fand ich den notwendigen Schlaf lange nicht. Das unwohle, träge Gefühl meines ausgelaugten Körpers hielt mich im Bett, aber egal wie ich mich legte, es wurde nicht bequemer. Von meinem eigenen Gewicht wurde ich erdrückt. Zu weit war ich gegangen, zu weit jenseits meiner körperlichen Grenzen hatte ich mich bewegt, als dass ich mich hätte erholen können. Das Schlimmste daran war nicht einmal, dass ich, einmal liegend, jeder Bewegung unfähig war, sondern, dass mir so unbarmherzig viel Zeit zum Nachdenken blieb. Trotz der Anwesenheit des Inders, war ich mit meinen Gedanken allein. Diesen quälenden Fragen, vor denen ich nicht länger weglaufen konnte. Was würden sie tun? Und vor allem: Was wollte ich? Machte es überhaupt noch einen Sinn durch die Wüste zu stürzen und im Sand einen längst verstaubten Gral zu suchen? Ich wusste es nicht. Schlimmer noch, ich suchte vergebens nach einem Bezug zu meinem alten Leben. Zumindest in dieser Hinsicht hatte ich recht gehabt – es würde kein Zurück geben. Nur wohin ging es nach vorne? Stur nach Westen erschien selbst mir nun orientierungslos.

Nachdem die Nacht die Zeltdecke längst hatte schwarz werden lassen, beschloss ich, es den Beiden zu überlassen. Dieses Flüchten müsste für mich endlich ein Ende haben. Ich wollte reisen, weiter kommen und mich nicht länger an den zum Verlieren verdammten Rennen gegen die aufsteigende Morgensonne messen. Es gab mehr, als meinen eigenen Schatten.

Was genau mich weckte, war mir nicht klar, und so blieb ich einige Momente zur Decke starrend liegen und dachte darüber nach. Ein dumpfer Schmerz durchströmte meine Beine, als wollten die Muskel sich alle gleichzeitig zusammenziehen.

Kalter Schweiß klebte mir auf der Stirn, während der Rest meines ausgelaugten Körpers zu brennen schien. Erschöpft war ich und doch auf einen Schlag hellwach.

Draußen herrschte Unruhe und erst nach und nach hörte ich Stimmen aus dem herangetragenen Lärm heraus. Ein Sturm tobte außerhalb meines Zeltes, ohne dass ein einziger Windhauch wehte. Ein kalter, unangenehmer Sturm, der mein Schicksal mit sich trug. Unentschlossen klang er noch und es war wohl mehr eine unliebsame Vorahnung, die mich frieren ließ. Wie eine Schreckensbotschaft, die unausweichlich heraneilte und schließlich über einen schnellte.

Wie ein kleines Kind krallte ich mich in meine Decke, als könnte ich damit die Nacht anhalten. Ich fürchtete mich nicht vor dem Tag, der mit den ersten Sonnenstrahlen bereits anzubrechen drohte. Nicht vor dem Tag selbst hatte ich Angst, sondern davor, dass es der letzte sein könnte.

Zu sehr hatte ich mich in der Wüste verloren, um in die lärmende Welt noch zurückzufinden. Und um dort anzukommen, wohin ich anzugelangen gedachte, war ich nicht weit genug gegangen. Ich hing in der Schwebe und der Sturm dort draußen würde mich aus dem Gleichgewicht reißen. So oder so.

Dann endlich, nachdem meine Herzschläge dem Sturm draußen einen auflebenden Rhythmus verliehen hatten, öffnete eine aufgebrachte Wehe die Zeltwand und breitete sich nach innen aus, während sie immer mehr ihrer unruhigen Kraft verlor. Sabrina war hereingetreten und hatte sich auslaufen lassen, bevor sie gänzlich stehen blieb und tief einatmete.

Im dämmrigen Licht konnte sie unmöglich erkennen, dass ich bereits wach war und daran wollte ich nichts ändern. Ich wusste nicht ganz warum, aber irgendwie spürte ich, dass sie diesen Moment nur für sich brauchte. Deutlich konnten meine an das Dunkel gewöhnten Augen ihre Silhouette erkennen und doch sah ich nicht die Journalistin. Sie war ein regloser Schatten ihrer Selbst, diesem glänzend, blendenden Schein.

Als sie schließlich herantrat, schloss ich die Augen, damit kein reflektierendes Licht verriet, dass ich ihr Geheimnis kannte. Das Bild, welches sie unter ihrer Maske trug. Es war so zerbrechlich hinter diesem undurchdringlichen Gefängnis, in das sie sich zwängte.

Erschöpft von dem Kampf, den sie eben hinter sich hatte, waren ihre Bewegungen übereifernder und ausschweifender, als diese es sonst waren. Zügig schritt sie heran und ich konnte einen Luftzug über mein verschwitztes Gesicht ziehen spüren. Dennoch war es mir kalt. Trotz der Hitze während des Tages waren die Nächte in der Wüste alles andere als warm. Den Schweiß verdankte ich einzig meinem ungewöhnlich unruhigen Schlaf. An die zusammenhanglosen Traumfetzen konnte ich mich kaum erinnern. Sie erschienen mir genau so gehetzt wie Sabrina, die neben mir zum Halten gekommen war. Ihren Atem konnte ich hören, wie er sich allmählich beruhigte. Hitzig musste die Schlacht gewesen sein, zwischen jenen, die sich so gern kühl und beherrscht geben wollten.

Obwohl ich die Augen geschlossen hielt und mich bemühte meinen eigenen Atem flach zu halten, nahm ich alles um mich herum mit unglaublicher Schärfe wahr.

Die Journalistin, die so gern tat, als habe sie bereits die ganze Welt gesehen, ließ unentschlossen einen Arm über mir ausgestreckt. Viele Herzschläge lang spürte ich ihre Hand über mir schweben.

Als sie diese endlich sinken ließ, war ihre Berührung ein sanftes Streicheln über meine Schläfe.

Obwohl man unmöglich davon hätte wach werden können, öffnete ich die Augen. Sabrina hatte sich tief über mich gebeugt und ich konnte spüren, wie ihre Hand zitterte.

Ein geheimnisvolles Funkeln bewohnte ihre Augen, während ihr Blick mein verschlafenes Gesicht betastete. Ihre Lippen tanzten im grauen Licht der Morgendämmerung. Ein langsamer, verzauberter Tanz voller Leidenschaft und Zweifel. Es war so zerbrechlich, dieser Moment, zwischen den beiden Liebenden der Zeit, der Nacht und dem Tag.

Sie zweifelte selbst an der Wirklichkeit, denn immer noch streichelte ein Finger über meine Haut, bis er sich hinunter zum Hals verirrte.

«Es ist wohl Zeit», hauchte ich nach einer Weile in die sich bildende Stille. Obwohl es kaum an ein Flüstern herankam, erschrak ich selbst, als die Worte ertönten.

Sabrina antwortete mit einem Lächeln. Dann stand sie auf und entfernte sich bis zur Zeltöffnung.

«Es ist Zeit», sagte sie und verschwand.

Seltsam diese Frau. Unbegreiflich, und ich wusste nie, wann alles nur ein Spiel war. Wer war sie wirklich? Sie trug Maske um Maske und jede einzelne saß wie angegossen.

Draußen erwartete mich die Sonne am östlichen Horizont zu unserem täglichen Rennen. Ihr schenkte ich nur ein müdes Lächeln. Völlig erschöpft und ausgelaugt war ich, und sie wirkte noch so frisch wie am ersten Tag. Mir war nur zu deutlich bewusst, dass sie auch an diesem Tag Sieger bleiben würde.

Zudem war das Lager diesmal belebter. Alle waren sie da. Sogar Sam war zurück gekehrt und bedrohte mich aus sicherer Entfernung.

Sabrina und der Dicke standen wie an einer Startlinie mit verschränkten Armen einige Meter in die Wüste vorgedrungen. Harshad von dem Sturm noch ganz aufgeregt, stob unruhig umher und wirbelte für einen einzelnen bemerkenswert viel Staub auf, während er an Arbeitslosigkeit litt.

Das Machtspiel des Millionärs und der Journalistin nicht beachtend, schritt ich auf sie zu und tat als wäre nichts ungewöhnlich an diesem Morgen. Dabei war nichts, wie es sein sollte. Ich fühlte mich wie bei einem – von mir so gehassten – Abschied. Und genau so sahen mich die beiden Wächter meiner Reise auch an. Sie schickten mich in die Wüste. Weil ich nicht so war, wie ich sein sollte. Nicht genug Bilder lieferte. Deshalb war ich zu einer untragbaren Last geworden.

«Das wird schon Junge», meinte Konrad und klopfte mir beherzt auf die Schulter. Was er meinte, war mir ein Rätsel. Aber es verlieh dem Ganzen noch mehr den Eindruck eines Abschieds.

Als ich Sabrina ansah, zuckte sie lediglich mit den Schultern. Sie wollte nicht vor meinen Augen erneut in einen Streit verfallen. Ein Wort zwischen den Beiden hätte dazu gereicht. So verspannt wirkten sie, und alles nur, um eine Maske vor mir tragen zu können.

«Bis heute Abend dann vielleicht», sagte sie und ich fühlte mich von ihnen weg gestoßen.

Leicht neben mir, machte ich mich auf den Weg. Quer durch die Wüste und ich wusste nicht wohin. Ankommen würde ich an einem anderen Ort voller Sand. Weit weg von aller Zivilisation, fernab von allem, vor dem ich flüchten wollte. Und doch war es nirgends. Ein Ort ohne jegliche Bedeutung, ohne Gral, ohne, dass ich würde dort bleiben können. Nur eine kurze Rast, bevor ich weiter musste. Genau das war mein Ziel. Hin geschubst von dem Dicken, weil er selbst nicht weiter wusste.

Eigentlich wollte ich mich umdrehen, doch ich wagte es nicht. Kurz bevor mein Kopf meine Schulter erreichte, hielt ich kurz inne. Blieb verkrampft stehen, als hätte ich Angst zu einer Statur aus Salz zu werden. Doch was ich am meisten fürchtete, war nicht sie zu sehen, sondern feststellen zu müssen, dass sie nicht mehr dort standen. Unsere Verbindung war äußerst zerbrechlich, denn in dem Spiel waren wir genauso gut Gegner, wie aufeinander angewiesen. Ohne in irgendeiner Weise auf mein Schicksal Einfluss nehmen zu können, musste ich quer durch die Wüste laufen. Konrad und Sabrina, in ihrem Machtkampf verstrickt, mussten dafür sorgen, dass es weiter ging. Schließlich war es der Produzent, der der Reise ein Ende setzen wollte – und konnte. Seine Entscheidung war es, die bestimmte, ob ich nach meinem Gral suchen könnte. Die Entscheidung desjenigen, den ich durch mein spektakulärloses Benehmen enttäuscht hatte. Der Gedanke lag mir unverdaulich im Magen. Mir wurde die Welt voller Wahrheit verwehrt, weil ich nicht laut genug log.

Und auf genau jenen, der mir beim Lügen helfen sollte und alles noch mehr verzehrte, ging ich nun zu.

Sam hatte sich am weitesten bis in die Wüste hinein vorgewagt und empfing mich mit seinem schwarzen Kasten auf einem Stativ, während er mich mit unverhohlener Belustigung beäugte. Dass er dem Ganzen mit nur wenig Ernst entgegen trat, stand ihm auf der Stirn geschrieben. Er war nicht mehr so verspannt und versuchte nicht das Unmögliche aus der für ihn leeren Wüste herauszusaugen. Es war ein Job, und bald würde er den nächsten machen.

«Na, steht die Sonne heute anders, dass du wieder da bist?», fragte ich, da mir nicht der Sinn danach stand, schweigend an ihm vorbei zu gehen. Darauf zu warten, dass er etwas sagte, war mir zu gewagt. Er machte keinen gesprächigen Eindruck. Vielleicht sogar ein wenig verschlafen sah er aus. Ein ungewohntes Bild, das der Abenteurer von sich gab.

«Nein», lachte er. «Du trägst heute einen Bart!» Seinem Ton war unmöglich zu entnehmen, ob er es ernst meinte, oder nur spaßte. Sein Lachen aber klang vergnügt, während er sich selbst für seinen Scharfsinn bewunderte.

Das Gespräch – sofern es die Bezeichnung verdiente – verfehlte die positive Wirkung, die ich mir versprochen hatte. Er sah mich unverwandt an, während ich irritiert und kopfschüttelnd an ihm vorbei ging. Keine Wärme hatte diese Wüste mehr.

Was ich suchte, wurde mir immer unklarer. Ein Haufen Gedanken, zusammen gesponnen zu einer ungreifbaren Vorstellung eines in der Hitze gebrüteten Traumes. Mehr war es nicht mehr. Meine Reise ein vorwärts stolpern, während meine Gefährten, oder was auch immer sie waren, mich allein ließen.

– 19 – Hin und her

An diesem Morgen stieg die Sonne noch schneller empor als an den Tagen davor. Lange dauerte es nicht und die Hitze brannte auf mich hernieder. Der Sand unter mir schien zu entflammen und jeder Schritt schmerzte mir bis in den Bauch hinein. Mein Körper war diese Art der Beanspruchung nicht gewohnt und rebellierte wo er nur konnte.

Meine Empfindungen waren zu orientierungslosen Schreien der Qual verstümmelt und nichts glich dem, was ich mir erwartet hatte. Keine ordnenden Pausen der Meditation. Meiner so geliebten Bibliothek stattete ich keine Besuche mehr ab. Nicht einmal ihren Eingang konnte ich in all dem in mir herrschenden Chaos ausmachen. Ich war mir selbst ferner als je zuvor.

Mehr als einmal stellte sich mir die Frage, was ich eigentlich hier machte. Aber eine Antwort fand ich nicht. Genauso wenig konnte ich mir vorstellen, irgendwo anders zu sein. So viel hatte ich mir von der Einsamkeit versprochen. So viel Erleichterung, nicht mehr gemessen zu werden, von einer sich selbst überholenden Gesellschaft, die nicht verstehen wollte, dass man nach anderen Werten strebte. Die Zeit war es, die ich genießen wollte, einfach nur die Zeit. Und nicht versuchen, sie mir selbst zu stehlen und es dann vor meinem Gewissen durch fadenscheinige Ausreden zu entschuldigen.

Doch ich musste feststellen, dass die Welt groß war, sehr groß, und man konnte sie nicht hinter sich lassen. Überall wo man hinging, nahm man sich mit, und damit die Welt und die Menschen, die man in sich aufgenommen hatte. Und das alles zog ich nun quer durch die Wüste. Allem voran meinen schwächelnden Körper. Erbarmungslos war die Hitze, und fast mehr noch die Erkenntnis, dass mein Streben mich nirgends hinführte. Los gerannt war ich, wie ein kleines Kind, das nach etwas suchte, aber noch nicht wusste, wo es dies finden konnte.

Du bist verrückt, kam mir Sabrinas Meinung in den Sinn. Sie hatte recht. Knabe, nannte mich der Dicke. Warum brannte nur die Sonne so ungnädig? Beleuchtete alles, ohne mir noch einen Schatten zu gönnen. Wahrheit! Wahrheit! Warum konnte ich nicht einfach die Augen schließen? Weg laufen?

Einmal um die Welt! Das sollte reichen. Und weiter stolperte ich durch den glühenden Sand.

Zwischen jedem Schritt glaubte ich ein Stöhnen zu vernehmen, doch wirklich interessieren tat es mich nicht. Dass ich meinem Körper zu viel abverlangte, war mir nur zu deutlich bewusst, doch eine andere Wahl erkannte ich nicht. Nun musste ich weiter gehen. Diesen Tag noch, ausharrend die endlose Wüste durchqueren. Nur Sand und zu Staub gewordene Träume. Jegliche Vorstellung meiner verspottend, drückte mich die Hitze hinunter, während die brütende Glut des Sandes mich ermatten ließ. Wie hatte ich nur so naiv sein können, zu glauben, dass ich allein sein musste, es überhaupt konnte? Bei jedem Schritt begleitete mich ein Anderer. Nicht als Einbildung, sondern als Gedanken, der sich mit diesem oder jenem beschäftigte. Während ich meine Freunde los werden wollte, wurden sie zum Fluch und gaben erst Ruhe, wenn ich bereit war, sie wahrzunehmen. Selbst in meinen Gedanken kämpften Sabrina und der Dicke um meine Aufmerksamkeit. Alles wollten sie regeln, kommentieren. Und irgendwie wollte ich sie in den Arm nehmen und so verhindern, dass sie weiter rannten. Übereilend und ohne in irgendetwas einen anderen Sinn zu sehen, als es hinter sich zu lassen und weiter zu gehen.

Der Schweiß lief nur so an mir herab, während ich mich unablässig über alles Mögliche ärgerte. Vor allem aber über mein eigenes Scheitern, dass ich es nicht geschafft hatte, meinen inneren Frieden zu finden – obwohl ich doch ganz allein war. Nichts außer Sand und Hitze, die mich stören konnten und doch waren die Reize, denen ich mich selbst aussetzte, zu stark, als dass ich mit ihnen fertig werden konnte. Auch wenn ich es mir nicht eingestehen wollte, so war die Unordnung in mir nur noch größer geworden. Die Literatur, die ich mir mit in die Wüste, die Einsamkeit genommen hatte, überforderte mich. Mächtig waren sie, die ungezählten Bände.

Und plötzlich war es nicht mehr die Stille, die ich vermisste, nicht die Leere, nach der ich mich sehnte. Auch wenn ich mir nicht vorstellen konnte in mein altes Leben zurückzukehren, glaubte ich etwas gefunden zu haben. Es war nicht so, dass ich die Bücher ordnen, sie studieren musste. Auch glaubte ich zu erahnen, dass der Reichtum nicht darin lag, sie mir anzusammeln. Sondern ich musste sie lesen. Zulassen sie in mir aufzunehmen. Eben in dem Moment, in dem ich atmete. Gleich, und nicht es auf einen stillen Moment verschieben, nur damit ich dann feststellen musste, dass der Augenblick bereits vorbei war. Ja, ich freute mich über die Bände, die mir meine Gefährten geschenkt hatten. Über jeden einzelnen und ich sehnte mich danach, wieder eintauchen zu können. Nicht an einem zu Staub zerfallenen Ort ohne jede Bedeutung, an dem ich nicht befürchten musste, gemustert zu werden und damit zu meinem strengsten Kritiker wurde. Mein Gewissen mich in die Mangel nahm und beschimpfte ein Feigling zu sein. Einfach nur weg zu laufen, aus der unbegründeten Überzeugung eine andere Welt am Ende der Scheibe zu finden. Welten ändern sich nicht, nur Menschen. Was war ich doch ein Narr gewesen. Ein Knabe, wie es keinen zuvor gegeben hatte.

Doch auf einmal erinnerte ich mich an noch ein Gesicht. Es war jenes von Sam, diesem Winkelverzerrer. Wie er einfach sich in die Wüste hinein gewagt und jegliches Interesse an seiner Arbeit verloren hatte. Nüchterner Beobachter war er geworden, ohne sich oder jemand anderem etwas vorlügen zu wollen. Eigentlich hätte ich ihn bewundern sollen, doch meine Reaktion war Unverständnis gewesen. Reines Unvermögen zu verstehen, was er gesagt, oder gar gemeint haben könnte. Hatte ich nicht einfach kopfschüttelnd ignoriert, was er mir so gleichgültig entgegnet hatte? Was war es noch gleich gewesen? Ich versuchte mich zu erinnern, doch die Hitze des Tages ließ die Gedanken in meinem Kopf unkenntlich flimmern.

Irgendwas von einem Bart hatte er gesagt. Belustigt malte ich mir aus, wie er mit einem solchen aussehen würde. Selbst in meiner lebhaften Vorstellung mochte es nicht zusammenpassen. Unmöglich, dass ich ihn so gesehen haben sollte. Er war für mich unveränderlich. Einfach nur Sam, der Kameramann, stets bemüht die Bilder zu Sensationen zu zerreißen.

Erstaunt blieb ich stehen. Mir fiel ein, er hatte keineswegs bemüht gewirkt, eher gelangweilt. Aber sich deswegen gleich einen Bart wachsen zu lassen? Das schien mir doch reichlich übertrieben.

Wie waren doch gleich seine Worte gewesen? 'Du trägst heute einen Bart.' Du – das machte keinen Sinn. Ich trug nie Bart. Einsam in der Wüste lachte ich laut auf. Diese Medienvertreter! Immer noch vergnügt, lief ich weiter. Merklich beruhigt, ihn mir doch nicht mit Bart vorstellen zu müssen.

Die Distanz schmolz nur so dahin. Meinen qualmenden Füßen war es inzwischen gleichgültig, ob ich ging oder stehen blieb. Sie brannten deshalb nicht minder. In Gedanken war ich weiter. An diesem einen Punkt im Westen, wo meine Gefährten auf mich warten und mir mein Schicksal mitteilen würden. Alles andere hatte für mich an Bedeutung verloren. Blind lief ich einfach weiter und nahm von nichts mehr Notiz. Die Hitze war mir ein genauso treuer Begleiter geworden, wie der Sand selbst. Abgestumpft war ich der Leere und Ruhe gegenüber. Hatte ich doch merken müssen, dass man nicht alles hinter sich lassen konnte.

Abermals blieb ich abrupt stehen. Hier in der Wüste konnte man Gedanken genauso wenig abschütteln, wie seinen eigenen Schatten. Es kam mir beinahe kindisch vor, aber Sams Bemerkung wollte mich nicht mehr loslassen. Stunden war es her, dass ich ihn das letzte Mal gehört hatte und doch spukte seine Stimme weiter.

Zaghaft fuhr ich mit meiner Hand zum Gesicht. Und tatsächlich, da war etwas Fremdes. Da war ein Bart gewachsen und mir war es völlig entgangen. So beschäftigt war ich gewesen, dass mir das gänzlich entgangen war. War ich so vernarrt gewesen? Ich wusste nicht, ob ich lachen oder Angst haben sollte. Ich hatte mich selbst vergessen. Hauptsache weg. Dabei war es immer noch Konrads überzeugte Meinung, dass es in der Wüste langweilig sein musste. Das war der beste Beweis, dass es nicht so war. Ich war mir selbst zu viel. Keine Zeit hatte ich, um mich mit mir selbst zu beschäftigen. Jetzt verstand ich, warum ich auf meiner eigenen Reise gescheitert war. Den Gral wollte ich suchen. Irgendwo verborgen in meiner Bibliothek hatte ich ihn vermutet und die Einsamkeit sollte der Schlüssel sein, mit dem ich sie öffnen sollte. Doch übereilend, wie ein kleines Kind, war ich dran vorbei gelaufen, hatte mich mit tausend anderen Dingen beschäftigt, nur nicht damit anzukommen. Ich hatte mich dem Gral nicht einen Schritt genähert, weil mein ganzes Streben darauf gerichtet war, mich von der Welt – und von mir – zu entfernen.

Sabrina sah ich vor mir, diesen überdrehten Kreisel. War ich eigentlich anders? Diente mein Benehmen nicht genau so der Täuschung? Nicht um die anderen zu belügen, sondern mich selbst. Hatte ich überhaupt den Mut, mich dem zu stellen, was mich erwarten würde, sollte ich den Gral in der Einsamkeit finden? Hatte ich nicht einfach nur Angst, dass am Ende alles nur noch eine Lüge war und das Leben einzig darin bestand zu suchen? Oder vielleicht darin, die Welt so zu sehen, wie man sie haben wollte? War die Fantasie oder Beschränktheit eines Einzelnen nicht das Werkzeug, um glücklich zu sein? Und keiner würde einem jemals sagen können, mit welchem Bild man erfüllt und zufrieden war. War die Macht des Geldes nicht ein solches Bild, und Konrads innerer Kampf diente nur dem künstlerischen Schaffen, seine Welt ihm erträglich zu machen? Sabrinas Eilen, nur der Versuch ihre Welt aufrecht zu halten, da sie befürchten musste, sie könnte sonst in sich zusammenfallen? Und meine verzweifelte Suche, nur aus dem Fehler geboren, dass meine Fantasie zu viele Widersprüche hatte einfließen lassen?

Es war an der Zeit, dass sich etwas änderte. Es musste einen Weg geben, den ich nicht nur durch Fliehen erreichen konnte. Einen, der mich endlich weiter bringen würde und nicht nur weg.

Belustigt und doch mit ernsthafter Anstrengung, versuchte ich mir vorzustellen, wie ich mit Bart aussehen mochte. Ich, der Knabe. Es machte mir Angst, dass ich mir so fremd war. Selbst eine an sich blinde Kamera war imstande dies zu bemerken, doch mir, dem Bibliothekar in der Wüste, war mein eigenes Spiegelbild ein Geheimnis. Nicht nur der Bart war es. Selbst um einen kurzen Blick auf meine Seele zu erlangen, hätte ich wohl mein Herz verschenkt. Erschreckend deutlich wurde mir auf einmal klar, dass jemand mit mir reiste, der mächtig genug war, mir einen solchen Blick zu gewähren. Doch es war gefährlich, denn diese Person sezierte liebend gern mit Messern und betrachtete das Ganze zudem als ein nicht ernst zu nehmendes Spiel. Aber noch fehlte ihr der Mut, die Augen wirklich zu öffnen. Sollte ich sie dazu verleiten? Würde sie erkennen was sie tat, wenn sie zum letzten Stich ausholte? Würde sie innehalten und mein Herz als Geschenk annehmen oder es einfach nur ausschlachten? Mir wurde schlecht. Eises Kälte durchfuhr mich, und die böse Vorahnung auf der Schlachtbank zu liegen. Angestarrt von übersättigten Anbetern rechteckiger Weltanschauung.

Mein Blick richtete sich der unbarmherzig strahlenden Sonne entgegen. Blinzelnd verfluchte ich den lodernden Feuerball. Er versenkte meinen Verstand. Ich spürte förmlich, wie er zu Konzentrat wurde und kaum mehr war, als dieser Staub, der die Wüste erfüllte.

Ich wurde verrückt. Sabrina hatte recht gehabt. Und doch war es anders. Meine Gedanken spannen. Sie malten alles in Bildern. Solche, wie man sie in Büchern sehen könnte. Bunt und vieldeutig. Doch mit dem Leben hatten sie immer weniger zu tun. Dem Leben, dachte ich, verwundert, dass ich nicht mein Leben sagte. Selbst allein als Gedanke, klang es befremdlich.

Erschreckt, wie weit ich weggelaufen war, blieb ich stehen. Drehte mich mit einem schweren Gefühl im Magen langsam um. Meine Befürchtung wurde zur Gewissheit. Hinter mir war nur noch Sand. Eine ganze Welt voller Sand. Darin geschrieben eine wellige, manchmal ausreißende Linie meiner Fußspuren. Sie kamen aus dem blauen Horizont, der mich seit Tagen verfolgte. Und dem ich nachjagte. Er war überall. Auf der einen Seite wollte ich ihn erreichen, auf der anderen fürchtete ich, dass er mich einholte.

Wild begann ich mich um meine eigene Achse zu drehen. Überall Himmel und Sand. Der Horizont bildete einen perfekten Kreis um die nur leicht wellige Ebene. In der Mitte war ich. Gefangen von meinem eigenen Vorhaben. Da fiel es mir wie Schuppen von den Augen. Ich konnte nicht weiter kommen. Nicht solange ich mich in das Zentrum dieser Leere setzen wollte. Die Weltanschauung hielt mich gefangen. Der Wunsch nach Einsamkeit isolierte mich von allem. Selbst lief ich vor mir weg, und mit mir trug ich diese sandige Scheibe. Mehr war die Welt nicht mehr. Nur eine Scheibe, einzig den Horizont als Grenze. Ob es auf der anderen Seite etwas gab oder nicht, spielte keine Rolle. Nicht solange ich an dieser Scheibe festhielt. Ich musste mich lösen. Von der Angst, vor dem was hinter mir lag und genauso dem Drang, das zu erreichen, was ich nicht kennen konnte. Ich musste lernen zu leben, und nicht zu erwarten, zu warten, und dann doch nur wegzulaufen.

Vielleicht hatte ich recht, vielleicht war die Welt wirklich zu oberflächlich. Möglich, dass sie zu laut und zu schrill war. Möglich, dass sie alle einer Lüge nach jagten und diese durch ihr eigenes Leben wahr werden ließen. Aber dann war ich von allen der Schlimmste, denn ich suchte die Welt in einem Staubkorn. Versuchte meinen Durst nach Leben mit Einsamkeit zu stillen. Die Lügen zu beseitigen, in dem ich weg lief. Was war ich doch ein Greenhorn. Ein Knabe. Jetzt gar einer mit Bart. Ich musste laut lachen und spürte, wie Tränen meine Wangen hinunter rannen. Ich fühlte etwas in meiner Brust. Schmerz war es. Und ich war glücklich. Während ich niedersank, bohrten sich meine Knie in den brennenden Sand. Jede Träne, die den im Gesicht festgeklebten Sand aufweichte, war wie eine Befreiung.

Wie eine Sonnenuhr verharrte ich. Die Sonne stand so hoch, dass der Zeiger zu einem kleinen Fleck verkümmerte. Nach zwölf war es bereits, denn der Schatten zog an mir vorbei und versuchte sich hinter mir zu verstecken. Der Zenit war überschritten und so stürzte sich die Sonne siegesgewiss dem Westen entgegen. Aber mir machte es längst nichts mehr aus. Meine Flucht hatte ein Ende. Nie mehr wollte ich weglaufen. Der Schatten und die Zeit schlängelten sich um mich, aber ich würde nicht mehr hinterher laufen, und dabei riskieren ständig im Kreis zu drehen. Wild wie ein Kreisel und immer kurz davor zu stürzen.

Mit einem Schwur auf den Lippen stand ich auf. Nichts zu suchen, gelobte ich. Keine verirrenden Gedanken gestattete ich mir. Es sollte einfach eine Wanderung sein. Konrad war mein Ziel, Sabrina meine Richtung. Das Leben sollte mein Gral sein, und nicht der überall an mir klebende Sand. Wie ich es anstellen musste, war mir nicht klar. Aber ich würde nicht darüber nachdenken. Nicht um den Preis, mich zu verlaufen.

Mit müden, aber leichter gewordenen Schritten, begab ich mich wieder auf meinen Weg. Das verkrampfte Gefühl fiel wie eine vertrocknete Haut von mir ab. Es war seltsam, obwohl mein Körper nichts anderes tat als die Tage zuvor, so hatte ich das erste Mal den Eindruck zu wandern. Den Weg als mein Ziel. Es klang vielleicht banal, aber wenn man den Schatten seiner selbst als Gesellschaft duldete, war es einfacher, als versuchte man, sich diesem zu entledigen, denn diese Schatten hatten die unangenehme Angewohnheit schnell zu sein.

Nicht zu denken war etwas, das naturgemäß genauso wenig funktionierte, wie sich zu entschließen mit dem Atmen aufzuhören.

Was meinen Kopf aber nun erfüllte, war von erfrischender Belanglosigkeit. Mein Blick wanderte selbstständig umher und erfreute sich an der Hügellandschaft, die der heisse Wind in scheinbar unerschöpflicher Fantasie fortwährend neu gestaltete.

Ich stellte fest, dass meine Hand fortwährend den neu entdeckten Bart betastete. Es war seltsam, dass mir seine Existenz solange verborgen geblieben war. Ich versuchte, mich mit diesem vorzustellen. Doch alles, was vor meinem geistigen Auge auftauchte, war irgendeine fremde Person mit Gesichtsbehaarung. Mir war völlig schleierhaft wieso, aber stets ähnelte sie einem Abenteurer, der ohne jedwede Bedenken seinem Pfad folgte. Mit mir hatten diese Bilder herzlich wenig zu tun. Je öfter das Bild mich erfüllte, umso mehr kam ich mir wie ein Knabe vor. Lachend erinnerte ich mich an Konrads Bemerkung. Greenhorn, hatte er mich genannt. Und es passte. Genauso fühlte ich mich. Ich erinnerte mich an Karl May. Seine Bücher hatte ich regelrecht verschlungen, und nun wurde mir auch klar, an wen mich dieser bärtige Mann erinnerte.

Hatten die Helden des Schriftstellers nicht ohne Uhr, ohne nichts, immer ihren Weg gefunden? Selbst mit verbundenen Augen geradlinig durch die Prärie wandern können? In belustigter Vorahnung, was mich erwarten würde, drehte ich mich um und erblickte eine ausladende Schlangenlinie durch die Wüste gezogen, die als Zeugnis meines Orientierungsvermögens jeglicher Geradlinigkeit spottete.

Ohne Sabrinas Uhr wäre ich wohlmöglich spiralförmig gelaufen. Aber auch so hatte ich nicht oft genug meine Richtung kontrolliert und driftete regelmäßig ab. Meist nach Norden hin, als vermutete ich dort kühlere Luft. Fast war es mir, als würde ich Old Firehand lachen hören und ich konnte nicht anders, als mit zu lachen. Beinahe lustig, dass jegliche Wendung, jedes Scheitern, in den Spuren, die ich hinterlassen hatte, ihre Symbolik fand. Immer mehr dieser Figuren stiegen aus den Erinnerungen an die Bücher empor und begleiteten mich. An Ratschlägen ließ keiner es mangeln. Besonders Sam Hawkens war ein heiterer Geselle und krönte meine Fehler mit seinem so typischen hihihi.

Der Wüste, oder vielmehr die sengende Hitze, war zu eigen alles Erdachte lebensechter erscheinen zu lassen, als mir die Helden jemals im Buch vorgekommen waren. Zudem hatten diese die lästige Angewohnheit mich ständig belehren zu wollen. Wenn ich mich recht entsann, so hatte ich ohnehin all mein Wissen aus eben jenen Erzählungen. Verrückt, wenn man bedachte, dass er die große weite Welt nie selbst erlebt hatte. Ich konnte mir nicht vorstellen, wie das funktionieren sollte. Irgendwie abwegig, der Gedanke, ein Buch über etwas zu schreiben, das man selbst nie gesehen hatte.

Aber wenigstens war ich bislang auf keiner dieser Fata Morganas hineingefallen. Ich musste lachen.

Als hätte mein Körper sich mit der Sinnlosigkeit der Revolte gegen die Strapazen abgefunden, verzichtete dieser darauf, mich mit weiteren Schwächeanfällen zu belästigen. Stattdessen verwehrte er mir jedes Gefühl über meinen Leib, da ich alle Warnsignale nicht bloss ignoriert, sondern deren Existenz mir gar verleugnet hatte.

Das vereinfachte das Vorankommen ungemein, und ich versprach im Stillen, in Zukunft mehr Rücksicht auf diesen zu nehmen.

Wirklich glauben tat ich es nicht, aber ich fand den Gedanken versöhnlich.

So zerfloss der Nachmittag, meine tot geglaubten Erinnerungen kamen zurück und zeigten Bilder aus meinem vorherigen Leben. Spannend und doch seltsam vertraut war, zu entdecken, dass man doch mehr war, als das, was man sich hatte eingestehen wollen. Dass man doch nicht so leer war, wie man befürchtet hatte.

Auch konnte ich den Blick durch die Wüste schweifen lassen, und es genießen. Die Stille, die bizarre Schönheit. Die regellosen Formen und satten Farben. Konrad hatte es leer genannt, doch ich begann zu glauben, dass die

Wüste nichts anderes war, als ein riesiger Spiegel. Fata Morgana hin oder her, wenn einen nichts weiter umgibt als Stille, so wird der Ort, an dem man sich befindet zu einem Spiegel der Seele. Vielleicht schrien die Menschen deshalb so laut. Denn was zeigten Spiegel anderes, als die Wahrheit? Wenn das kein Grund war, um Angst zu haben, was dann?

In Gedanken stellte ich Konrad in die Wüste. Ohne Sessel, ohne Klimaanlage. Und vor allem ohne Harshad, oder wie Konrad ihn nannte: Harry. Obwohl in der Fantasie doch scheinbar alles möglich sein sollte, brachte meine Vorstellungskraft es nicht fertig Konrad ruhig stehen zu lassen.

Immer zu war er am Laufen. Nicht einmal, dass er davon rannte. Nur war es ständig ein aufgeregtes Hin und Her eilen. Ganz so, wie bei einem wilden Tier in einem Käfig. Aber es gab keine Gitterstangen. Lediglich eine unsichtbare Wand, vor der er umkehrte.

Das Bild nicht ertragend, befahl ich meinen Gedanken Konrad festzuhalten. Doch möglich war es nicht. Seine Masse pflügte sich wie eine Lawine über den Boden seines Gefängnisses und verweigerte den Blick in den Spiegel.

Mich mit der Verstand raubenden Hitze anfreundend, ließ ich das Bild zerschmelzen, bis kein Farbklecks dieses aussichtslosen Kampfes mehr zu erahnen war. Wie friedvoll es doch war, einfach wegzusehen.

Kaum war Konrad verschwunden, da leistete mir Sabrina Gesellschaft. Sie jedoch kam nicht allein. Sam, mit seiner Kamera beladen, folgte ihr auf jedem Schritt. Wobei, ob es wirklich Sam war, konnte ich nicht sagen. Die Luft flimmerte und ließ das Gesicht des Mannes wie einen Schimmer erscheinen. Ein schwarzer Fleck, der mich irritierte.

Ich konnte eine Stimme schreien hören. «Sabrina!», rief diese. «Sabrina!» Erst als ich spürte, wie sich meine Lippen schlossen, wurde mir klar, dass ich es gewesen war.

Die Gerufene aber lächelte mir nur zu. Aus der Ferne. Meine Vorstellung versuchte das Trugbild des Kameramannes zu verscheuchen. Ausweglos. Ganz so, als versuchte man, Wind mit einem Knüppel aufzuhalten.

Anders als Konrad, brachte sie es fertig, stehen zu bleiben. Augenscheinlich ruhig, mit einem unverbindlichen Lächeln im Gesicht.

Erneut schrie ich sie an. Doch sie ignorierte mich mit freundlich strahlendem Gesicht. Egal was ich tat, ungeachtet dessen, was ich sagte, sie blieb nur eine Erscheinung in der Wüste. Unzertrennlich der schwarze Staubsauger hinter ihr. Warum nur vermochte meine Fantasie die Journalistin nicht anders zu zeigen? Ich wusste, alles war nur Illusion. Nur warum konnte ich diese nicht beeinflussen? Spiegel der Seele, kam mir ein Gedanke und machte mir Angst.

Bevor ich wahnsinnig wurde, löste ich lieber den Blick aus der Ferne und starrte auf meine Füße.

Wieder ließ ich die Erscheinung verblassen. Mich von allen gespiegelten Ängsten lösend, schritt ich weiter über den brennenden Sand. Entfernt spürte ich das Jucken von getrocknetem Salz auf meiner Haut. Mal vergingen Stunden, wie ein einziger Wimpernschlag, mal legten sich Ewigkeiten zwischen zwei Herzschläge.

Illusion, Trugbild, Selbstlüge, Wunschdenken, alles verzerrte die Momente so launenhaft, dass mir jedes Gefühl für Zeit oder Distanz so flimmernd vorkam, wie die sengende Hitze selbst.

Meine Flucht hatte sich zu einem Spaziergang in brütender Hitze verlangsamt. Es waren nicht mehr die Kilometer, die von Bedeutung waren. Nicht die 40.000, die ich im Kreis zu laufen beabsichtigt hatte. Das Ziel hatte sich geändert. Noch war es zu flüchtig, als dass es sich einer Messgröße unterwerfen konnte. Was immer es auch war, Konrad würde mir es sagen.

Heute Abend, wenn wie durch Zufall ein Lager vor mir auftauchen würde. Egal wie schnell oder langsam ich vorankam, die Zelte würden genau dann errichtet werden, wenn Konrad es für den richtigen Augenblick erachtete. Dann nämlich, wenn er das Problem gelöst hatte.

Fast siegesgewiss schritt ich diesem Moment völlig sorglos entgegen. Schließlich war es kein geringerer als der Millionär, der für mich kämpfte. Eine Niederlage widerstrebte jeder Logik. Und Sabrina, nun, die wollte ihre Show, egal um welchen Preis, und Konrad würde ihn zahlen. Ein empfindliches Gleichgewicht zwischen Bündnis und diplomatischer Feindschaft. Dazwischen noch ein energiegeladener Inder, der jeden zufriedenzustellen gedachte und für den Scheitern ein abstruses Hirngespinst war, dem er keine Beachtung zu schenken vermochte. Es konnte einfach nichts schief gehen.

Ein dunkler Fleck unterbrach die ebenmäßig geschwungene Linie des Horizonts. Stark flimmernd war die Luft in der Ferne und ich machte mich auf die nächste Fata Morgana bereit. Doch nichts geschah. Der Fleck blieb unerkennbar klein und verschmolz mit seiner Umgebung.

Dem Phänomen nicht weiter Beachtung schenkend, schritt ich weiter. Die Wüste hatte so viele Geheimnisse, auf dieses eine kam es nicht mehr an.

Einige Hundert Schritte später inspizierte ich den Horizont von Neuem. Die Erscheinung hatte sich entschlossen zu bleiben. Doch das Sehen war nicht mehr als eine Ahnung und je länger ich darauf starrte, um so blasser erschien es mir. Der Sand blendete so sehr, dass sich das gelbe Licht in die Netzhaut brannte. Also senkte ich den Blick und stahl der Wüste einen weiteren Kilometer. Vorsichtshalber untersuchte ich den blass blauen Teil des Himmels, ob sich weitere Flächen in ihn bohrten. Doch nichts, das auf ein Zelt hindeutete, entkam der schwimmenden Luftschicht, die wie eine Flüssigkeit Himmel und Erde zu verbinden schien. Vielleicht war es bloß ein großer Stein, der mir den Streich spielte. Mit einem Blick auf Sabrinas zierliche Armbanduhr stellte ich fest, dass es ohnehin noch zu früh war.

Der Stein aber legte sich mit schwerfälliger Masse meinem umherwandernden Blick in den Weg. Immer größer wurde der Schattenfleck vor dem flimmernden Himmelsblau.

Obwohl ich es zu ignorieren gedachte, spukte das Geheimnis in den verlassenen Gängen meiner Hirnwindungen und zerrte meine Gedanken mit unwiderstehlicher Kraft zurück.

Die aufgeheizte Luft verschmolz alle Konturen. Der Fleck teilte sich, nur um Augenblicke später zusammenzufinden. Es ergab keinen Sinn. Nicht in einer Wüste voller Sand. Auch wenn es ein riesiger Stein hätte sein können, so verbot sich dieser Gedanke, angesichts der Lebendigkeit dieser Erscheinung, die weder einem Schatten noch einem festen Körper ähnelte.

Zwei Gestalten materialisierten sich aus einem größeren Schatten heraus. Die über ihnen drückende Sonne stahl ihnen ihre Farben und die Luft verwischte sämtliche Formen zu tanzenden Klumpen, während der kleinere Punkt den größeren unentwegt umkreiste.

Wieder einen halben Kilometer später, hatte sich eine Person niedergekniet, und die andere war einige Schritte später abrupt stehen geblieben. Ein mehr als merkwürdiges Gemälde, das sich inmitten einer verlassenen Wüste an den Horizont haftete.

Die stehende Person kam mir vertraut vor. Die massige Gestalt stets zwischen den Grenzen von Illusion und realer Erscheinung schwimmend, erinnerte mich an etwas. Eine Fata Morgana war es mit Sicherheit nicht. Aber genauso wenig war es eine Erinnerung, deren es ähnelte. Der Mann bewegte sich nicht. Stand einfach nur da und starrte in die Wüste hinein. Nicht einmal von mir nahm er Notiz.

Es war Konrad. Dick, und in der Weite der Wüste verschwindend klein.

Ein viertel Kilometer trennte uns noch und doch ließ seine sich verfestigende Kontur mich nicht daran zweifeln, dass er es war. Glauben tat ich es dennoch nicht.

Ein stehender Konrad, wie ein Monument des Unmöglichen, inmitten einer verlassenen Wüste. Ein Irrsinn, dass die Wüste preisgab, wozu meine Fantasie nicht im Mindesten gereicht hatte. Und doch war dieser Anblick erschreckend nüchtern.

Obwohl ich mir kräftig die Augen rieb, wollte die Erscheinung nicht verblassen. Sie war real, standfest und massig, eigentlich genau wie Konrad. Nur seine vollständige Bewegungslosigkeit war fehl am Platz. Es wirkte wie eine schlecht retouchierte Fotografie, bei der man noch die Arbeit des Fälschers erkannte.

Selbst in Hörreichweite angelangt, entschied Konrad sich dazu sein Schweigen aufrecht zu erhalten. Harshad erkannte ich hinter ihm im Sand hockend. Dieser hob mit seinen Händen ein riesiges, verschlungenes Grabensystem zwischen baufälligen Türmen aus.

«Konrad?», hörte ich meine Stimme sagen. Es klang als erhoffte ich keine Antwort, um mich damit zu beruhigen, dass doch alles bloss Einbildung war.

Konrad nickte jedoch, blickte aber wie durch mich hindurch.

Unnötig zu sagen, dass es mir unheimlich war.

Dann drehte sich der Dicke um und deutete in Richtung des Inders. «Der brauchte eine Beschäftigung.» Der Millionär lachte. «Er soll mir eine Burg bauen.» Er verkrampfte seinen Nacken, um sich mir nicht erneut zuwenden zu müssen. «Ohne Wasser wird ihm das schwerfallen.» Ein fadenscheiniges Lachen erklang. «Aufgeben wir er dennoch nicht.» Trotz der Belustigung, war die ehrliche Bewunderung unüberhörbar.

In der Tat lag nichts, was mit Resignation in Verbindung zu setzen wäre in des Dieners Gebären.

«Wieso sind Sie hier? Warum ...?» Die Frage blieb in meiner verklebten Kehle stecken.

Konrad schluckte, als habe ich ihn an etwas Unangenehmes erinnert. «Ist ein schöner Tag zum Wandern, nicht wahr?» Seine Stimme klang nicht halbwegs so entspannt, wie er es beabsichtigt hatte. Ihm selbst war es nicht entgangen, und so scharte er mit einem Fuß im Sand.

Verflucht! Was sollte das? Das war nicht Konrad, das war ... verrückt.

Im Hintergrund mühte sich Harshad ab, dem staubtrockenen Sand eine Form zu verleihen.

Völlig überfordert blieb ich vor Konrad stehen. Ich spielte mit dem Gedanken die Hand auszustrecken und dann festzustellen, dass es einzig Luft war, durch die ich griff.

«Siehst gut aus», log Konrad und blickte an mir vorbei in die leere Wüste.

«Sind Sie also jetzt auch unter die Wanderer gegangen?» Das erste Mal kam ich mir dabei komisch vor, ihn zu siezen. Sein Auftritt hatte, ohne, dass ich es gleich merkte, meine Selbstsicherheit aufleben lassen. Den einzigen Zweifel, den ich noch in mir trug, galt meinem Verstand ansich.

Seine Antwort begann mit einem kichernden, gedehnten Lachen, das nur langsam ausklang. Es war lediglich dem Bedürfnis entsprungen, die Zeit zu füllen.

Darauf folgte ein kurzes Schweigen. Dann spannte er seinen Rücken, was man daran merkte, dass sich sein Bauch nach oben zog und noch weiter hervor schwappte.

«Das würde noch fehlen!» Er schaffte es mich anzusehen. «Als ob ich laufen würde.»

Einleuchtend, diese Feststellung. Aber was machte er hier? Kein Lager, kein Hubschrauber. Nur er und der Inder, der im Sand spielte.

Der Dicke war wieder der Manager. Sein Gesicht zeigte es deutlich. «Es ist vorbei.» Der Satz verlangte ihm viel ab, aber er sprach ihn mit emotionsloser Rationalität aus. Als ob er niemals mit diesem Projekt in Verbindung gestanden hätte, schloss er die Akte und entließ seine Angestellten.

Der Bogen war überspannt und so stand ich vor den Trümmern eines Traumes, dem ich selbst davon gelaufen war. So viel Platz gab es hier, so viele Möglichkeiten, diese Meldung schonender zu verkünden. Er aber hatte sich dazu entschlossen, mich vor die Wand laufen zu lassen. Völlig betäubt, verweigerten Geist und Körper, zum ersten Mal einstimmig, jegliche Reaktion.

Diesen Mangel an Opposition war der Dicke nicht gewohnt. Ihm fehlte der Wind in seinen Segeln. Ausreden, Vorwürfe, Anklagen, alles Mögliche sah ich in seinen Zügen lauern, die nur darauf warteten eine Gegenwehr im Keim zu ersticken. Ich aber gab diesen keine Gelegenheit seinem Inneren zu entfliehen. Er konnte sich nicht abregen, weil ich mich nicht aufregte. Zumindest konnte er es nicht sehen. Es war vielmehr Panik, die sich in mir breitmachte. Gepaart mit einer tief gehenden Enttäuschung.

«Sie haben es nicht geschafft.» Es war nur ein Hauchen. Eigentlich nur eine Feststellung, die ich für mich selbst aussprach. Aber sie traf den Dicken mit unerwarteter Härte.

«Junge», begann er, merkte aber dann, dass die passenden Worte fehlten.

Mich an einem gebrechlichen Lächeln versuchend, zuckte ich mit den Schultern.

«Es war einfach nicht möglich.» Ein zartes Stottern war seiner Stimme zu entnehmen. Auf einmal nahm er das Scheitern persönlich.

Wieder zuckte ich mit den Schultern. «Macht nichts. Hätte nicht sein sollen.» Er glaubte es so wenig, wie ich es tat.

«Der Produzent hat sich nicht kaufen lassen. Jeden Preis hätte ich gezahlt.» Trotzig zeigte er mir seine Macht. Sagte mir, dass er die Welt zu kaufen bereit – und fähig – war.

Aber das alleine reichte nicht. Nicht ansatzweise. Es gab mehr. Viel mehr. Ich erinnerte mich an den Markt in Kairo. An die Lektion, die der Dicke und der Händler mich gelehrt hatten. Und ich wusste genau, was ich wollte. Alles, was fehlte, war das Handeln, denn der Käufer würde den Preis zahlen.

«Und ein Konrad braucht einen Produzenten?» Es war hart, aber wer mit Millionen um sich schmiss, musste eine Ohrfeige einstecken können.

«Natürlich nicht!» Er wurde zornig. Nicht darauf, dass ich es ausgesprochen hatte, sondern, dass ich überhaupt auf den Gedanken hatte kommen können. Das war ein Fehler, den er sich selbst zur Last legte.

Danach bemüht die Fassung zu wahren, schaffte er es erneut nicht, meinen Blick zu erwidern und stierte in die Wüste. Der Manager war am Planen. Es galt dem Heldenepos, das er um seine Person errichtet hatte, den Glanz zu erhalten. Das war eine Lebensaufgabe. Die Konstruktion hinter seiner Fassade musste halten. Der Kampf eines Giganten, und doch musste er sich bewusst sein, dass er sich vor einem Knaben beweisen wollte. Das erste Mal durfte er sein Gegenüber nicht einfach wegfegen, nicht in den Boden stampfen. Denn all das, hätte nur eines beweisen können – Angst.

«Aber warum sollte ich ein Kamerateam auf die Beine stellen, nur damit du dein Abenteuer hast?» Konrad hatte nicht das Geringste verstanden. Ein Kamerateam, dass ich nicht lachte. Wozu sollte ich das brauchen? Um eine leere Wüste zu filmen? Peinlich berührt von der Vorstellung des Dicken, musste ich mich hüten laut los zulachen.

«Glauben Sie, ich hätte die Reise wegen der Show gemacht?» Wie wenig er doch von mir verstand. Er als mein Gefährte, mein Schaffner, der mich durch die Wüste hatte jagen wollen, und doch nicht hatte loslassen können.

Konrad sah mich wie entgeistert an. «Wenn ich es mir recht überlege ...» Er dachte sichtlich angestrengt nach. «Ich hab mich eh gefragt, was du an dieser leeren Wüste gefressen hast.» Seine Gedanken führten ihn in ganz neue Gebiete. Erkenntnissen, von denen er so weit entfernt war, wie ich einer Reise zum Mond. «Aber die Kamera kann es auch nicht sein.» Er versuchte leidenschaftlich mir die Angelegenheit zu erklären. Schließlich war er der Millionär, ich nur der Knabe. Er musste mich belehren. «Bist dem Rummel eher ausgewichen.» Der Groschen war gefallen. Schwerstgeburt. Immer noch erweckte er den Eindruck meines Lehrmeisters.

Er brachte es das erste Mal fertig, mir unentwegt in die Augen zu schauen. «Ich versteh aber nicht warum?» Die Frage war keineswegs an mich gerichtet. Die Wüste blieb ihm die Antwort schuldig. «Warum hast du zugestimmt?» Er sah mich mit schräger Kopfneigung an. Er kam dem Problem auf die Spur. Er hatte die Unbekannte gefunden, die seine Vorstellungen von den meinen unterschied. Nur wusste er noch nicht, wie er diese benennen sollte.

«Warum wollten Sie jemanden um die Welt schicken?» Obwohl ich kaum mehr als flüsterte, legte sich meine Frage schwer auf Konrads Brust.

«Ich ...», begann er, völlig davon überzeugt, die Antwort zu kennen. Aber dem war nicht so. Sein Blick durchpflügte von Neuem die Wüste.

«Harry?», rief er ohne Vorwarnung. Der Inder sprang sogleich auf und eilte heran.

«Meister haben gerufen!» Er begrüßte mich stumm, mit einer tiefen Verbeugung und ließ seine Freude mich zu sehen, deutlich in seinen Bewegungen erkennen. So leidenschaftlich er seinem sinnfreien Befehl, eine Burg zu errichten nachgegangen war, hatte er mich bislang nicht bemerkt gehabt.

«Harry?», wiederholte der Dicke. «Warum hab ich das getan?»

Der Inder war gewohnt sofort zu antworten, doch ihm blieb der Zusammenhang verborgen und so schaukelte er aufgeregt von einem Bein auf das andere.

«Sie meinen?» Ihm war es unangenehm, nicht verstanden zu haben. Er war kurz davor, sich zu entschuldigen.

«Diese Reise. Warum habe ich diese Aufgabe gestellt?» Konrad klang gleichermaßen interessiert, wie zuversichtlich. Er wusste, dass der Inder ihn nie enttäuschen würde.

«Oh», gab der Diener erfreut von sich. «Ihr seid wahrlich großzügig, Meister. Ihr wolltet jemand glücklich machen und eine Million schenken.» Der Inder grinste breit, sichtlich von seiner Einschätzung angetan.

Dem Dicken waren aber nicht alle Zweifel beseitigt. «Aber hätte ich sie dann nicht einfach schenken können?» Seine Stirn legte sich in Falten.

Der dunkelhäutige Inder verstärkte sein Grinsen. «Aber nein, Meister. Man muss es sich verdienen. Sonst kann man sich nicht freuen.» Das machte Sinn. Zumindest der Dicke war zufrieden. Ja, so musste es gewesen sein. Deutlich beruhigt war er, sein Handeln erklären zu können.

«Stimmt genau», sagte er begeistert. Er klopfte sich in die Hände und lobte wortlos strahlend seine Größe.

«So Harry, dann lass den Hubschrauber mal kommen», wies der Dicke den Inder an und hatte bereits alles vergessen, was er verstanden zu haben glaubte. Es war vorbei. Der Schlussstrich war gezogen. Geschäft beendet. Jetzt Abreise und die Ruine blieb zurück.

Für den Millionär war das Alltag.

Jetzt erkannte ich den Schatten im Hintergrund. Dort stand der Hubschrauber, von dem der Dicke gesprochen hatte.

«Aber das Stückchen können wir doch gehen», meinte ich. Wirklich nachgedacht hatte ich nicht. Es war nur so, dass ich etwas sagen wollte, und mehr fiel mir nicht ein.

«Nicht doch, nicht doch», lachte der Dicke, als habe ich einen Scherz gemacht. «Wir sind doch nicht verrückt!» Das Fluggerät war kaum mehr als einen Kilometer von uns entfernt. Für jemanden, der die Welt sein zu Hause nannte, war das eine schwache Vorstellung.

«Scheinst dich wohl zu langweilen, hier in der Wüste.» Er lachte sein beherrschendes Lachen und verzerrte die Wahrheit.

Keine Minute später begannen die Rotoren sich zu drehen. Eine Frage beschäftigte mich noch: Warum waren sie nicht beim Hubschrauber geblieben? Ich wagte es nicht, sie zu stellen. Der Dicke wäre mir – und sich selbst – die Antwort schuldig geblieben.

«Ach übrigens, ich hab noch was für dich.» Der Dicke reichte mir wie beiläufig einen Zettel und sah dem in der Ferne startenden Hubschrauber zu.

So also sollte enden, was noch nicht begonnen hatte. Frustrierend war es. Dass der Dicke auch ausgerechnet bei mir scheitern musste. Das war doch sein Spiel.

Ohne die geringste Vorstellung was sein Präsent beinhaltete, begann ich es zu entfalten. Es war ein, aus einem Heft achtlos ausgerissenes Stück Papier. Ein wenig zerknittert war es und sandige Fingerabdrücke ließen es älter erscheinen, als es war.

In blauer Tinte war ein kurzer Brief zu lesen. Die Buchstaben leicht schief geraten, war der Text wohl in Eile verfasst und ungeduldig zu Ende gebracht worden.

Hallo.

Gratuliere. Du hast es geschafft. Glaub aber nicht, du könntest immer weglaufen, selbst jetzt, da keiner sich mehr für deine Geschichte interessiert. Ich hoffe du wirst irgendwann begreifen, was wichtig ist im Leben.

Bis dahin. Sabrina.

Meine Hand zitterte und mit ihr das letzte Fragment einer Begegnung. Ich fühlte einen tiefen Schmerz meine Brust zerreißen. Sabrina hatte das Messer fallen gelassen. Und dieses fand von selbst den Weg.

Eine Träne rollte die Wange hinunter und sog das Salz von meiner Haut. Am Kinn bereits war sie getrocknet. Mehr kam nicht hervor, aber das schwere, untröstliche Gefühl von Verrat und Enttäuschung blieb mir erhalten.

– 20 – Abreise

Sand wirbelte in den blauen Himmel empor und hüllte uns in eine dichte, kratzende Wolke aus unruhig tanzenden Körnern. Harshad und ich krümmten uns, und obwohl der Sand durch jeden noch so kleinen Spalt drang, versuchten wir unsere Gesichter best möglichst zu schützen.

Nicht aber Konrad. Er stand aufrecht und sah dem Feind ins Auge. Wie eine imposante Statue ließ er sich von keiner Gewalt beugen. Er trotzte dem peitschenden Sturm des nur wenige Meter vor uns landenden Hubschraubers.

Doch selbst, als die Kufen im Sand zu versinken drohten, blieb die Seitentür geschlossen und so mussten wir warten, bis sich die eben errichtete, flüchtige Sandwand niederlegte.

Allmählich lösten wir uns aus dem dichten Mantel, der sich über alles gezogen hatte. Der Inder stand neben mir und sah mich mit leicht offenem Mund an. Sand klebte auf seinen Lippen.

«Es waren großen Ehre für mich», begann er sich zu verabschieden. Es war sicher die falsche Zeit dafür. Und sein Benehmen nur wenig nachvollziehbar. Aber es musste aus ihm heraus. Vielleicht war es seine Art, mich meine Enttäuschung vergessen zu lassen. Sein Bemühen jedenfalls war rührend.

«Harshad, wenn ich nur eine Erinnerung behalten könnte, sie würde dich beinhalten.» Sicher, es war ein Kompliment, trotzdem aber nichts als die Wahrheit. Er hatte mich beeindruckt, mich tief berührt. Er war ein Freund geworden. Einer jener Freunde, mit denen man nicht reden musste. Sie waren einfach nur da. Und bloß weil sich Wege trennen, heißt dies nicht, dass Freundschaften endeten. Selbst wenn wir uns niemals wieder sehen würden. Bei meinem letzten Atemzug, das wusste ich, würde ich ihn noch Freund nennen.

«Grundgütiger», lachte Konrad. «Du nennst ihn immer noch so. Sag doch einfach Harry.»

«Entschuldigung. Ich kann mir nur schlecht Namen merken.» Das stimmte, auch wenn es nicht der Grund war, warum ich den Inder Harshad nannte.

«Aber Harry ist kürzer!» Konrad ließ sich vergnügt über meinen Unverstand aus. Er schüttelte den Kopf, als habe er soeben ein kleines Kind belehrt und wäre von der kindlichen Vorstellung des Kleinen belustigt.

«Ich kann mir keine zwei Namen merken. Den kurzen und den richtigen.»

«Dann vergess doch einfach den ...» Richtigen! Das hatte er sagen wollen, brachte es aber im letzten Augenblick nicht fertig. Erschreckt starrte er nach vorne. Der Hubschrauber öffnete sich. In einem unvergleichlichen Sprung hechtete Konrad hinein. Solch Beweglichkeit hätte ich dem Dicken niemals zugetraut gehabt. Selbst der Inder leistete mir mit offen stehendem Mund Gesellschaft.

Abermals verdunkelte sich die Welt hinter einem Schleier aus Sand. Die Rotoren bekamen Schwung und die Kufen tauchten aus der Wüste hervor. Konrad und ich hatten auf einer Seite Platz gefunden, während der Inder uns gegenübersaß. Einzig der Lärm des abhebenden Hubschraubers leistete ein monotones Geräusch.

Ohne Bezug zu dem, was gerade passierte, starrte ich zum staubigen Fenster raus und konnte meinen Blick nicht von der Wüste lösen.

Der Flug war mir bedeutungslos. Gleichgültig nahm ich hin, was ich zuvor mir nicht einmal hätte vorstellen können. Die letzten Tage spielten sich vor meinem geistigen Auge ab. Nur Fetzen, wie die Überbleibsel eines Traumes, wenn man morgens erwacht. Zusammenhänge verschmolzen zu flüchtigen Szenen. Alles trieb ordnungslos umher.

«Natürlich brauch ich den nicht!» In hohem Tempo überflogen wir die Wüste. Konrad war in irgendein heimlich geführtes Gespräch vertieft. «Wieso auch?» Das Flüstern wurde durch die Kopfhörer in den Helmen hörbar. Genauso, wie ein gequältes Lachen, seinen kräftiger gewordenen Atem übertönte.

Ich hielt mich da raus. Das ging mich nichts an. Auch der Inder schien mit irgendeiner Sinnlosigkeit sich beschäftigt zu haben. Zumindest blieben Konrads ausgesprochene Gedanken unkommentiert. Nicht einmal der Dicke schenkte den Worten keine Beachtung.

«Das kommt überhaupt nicht in Frage!» Konrads Stimme war lauter geworden. Ich spürte eine Hand mich wachrütteln. «Hörst du? Das geht nicht!» Er war aufgebracht. Seine Augen liefen panisch umher.

«Was?» Ich wagte kaum die Frage. Konrad machte mir Angst.

«Dass wir aufhören!» Ungeduld war zu hören. Als würfe er mir vor, seine Gedanken nicht zu kennen. Es war doch offensichtlich. Er wusste es schließlich auch. Ich merkte, wie der Hubschrauber immer kleiner wurde. Konrad blähte sich auf. Er spielte den Boss.

«Hat sie eigentlich nichts gesagt?» Meine Frage hatte ein anderes Gespräch zur Grundlage.

«Wer?», fragte der Dicke verblüfft und schüttelte irritiert den Kopf.

«Sabrina!»

«Nein.» Die Antwort kam prompt. «Also, nein.» Er hatte noch einmal darüber nachgedacht und festgestellt, dass das Thema gewechselt worden war. Abermals schüttelte er sein Haupt.

«Du wirst weiterreisen. Wenn nicht, will ich nicht mehr Hartmann heißen.» Die Verhandlungen waren beendet. Ich konnte spüren, wie er aufstehen und den Konferenzraum verlassen wollte – nur das ging nicht. Er war gefangen.

Was aber seinen Beschluss betraf, so war mir der Spaß daran vergangen, fortwährend durch die Gegend zu stolpern und von den eigenen Gedanken gejagt zu werden. Ich wollte reisen. Die Zeit als solche genießen.

Dies hatte naturgemäß wenig mit dem gemein, was ein Konrad als Reisen begreifen würde. Für ihn musste es laut und grell sein. Dort, wo sich die Massen tummelten, musste er dem Ganzen noch den Gipfel aufsetzen und Freiheiten genießen, von denen andere nur träumen konnten.

«Wüste hast du, glaub ich, jetzt genug», gab sich der Dicke analytisch und spielte auf Zeit, da er keine Vorstellung hatte, wie es weiter gehen sollte.

«Ich schlage vor ...» So wie er es aussprach klang es nur wenig nach Vorschlag. Er rieb sich am Kinn. «Ja, genau», verriet er, dass es ein Gedankenblitz war. «Dass du alles siehst. Berge, Wälder, Seenlandschaft, Steppe», setzte er seinen angebrochenen Satz fort. «Ja, das ist super», kommentierte er, was er für einen Vorschlag hielt.

Diese Puzzle-Landschaftsreise, wie ein Katalog zusammen gestückelt, widersprach nun wirklich dem, was mir vorschwebte. Als ob man mir vorschrieb, wann ich was genießen sollte. Wie stellte er sich das eigentlich vor? Landung mit Hubschrauber: So, da hast du 30 Kilometer Wald. Lauf durch, und genieße! Schwachsinn! Auf so was konnte auch nur der Dicke kommen.

«So sieht man aber nicht die Welt», gab ich meine Zweifel kund.

«Stimmt genau», wich er dem drohenden Widerstand aus und gierte nach dem nächsten Geistesblitz.

«Jetzt hab ich es», gab er sich, als wäre die Entscheidung getroffen. «Paris, London, New York.» Seine Augen leuchteten auf. «Ich zeig dir die Welt.» Seine Machtgelüste brauchten Beweise. «Jedes Weltwunder sollst du sehen. Jeden Ort besuchen, von dem Menschen nur träumen können.» Ich wusste wer träumte – er. Allerdings wagte ich es nicht erneut seinen Einfall anzuzweifeln.

«Aber das haben Sie doch alles bereits gesehen», gab ich mich nachdenklich.

Seine Reaktion war vorhersehbar. «Natürlich», blähte er sich auf. «Die ganze Welt!»

Stille. Unbeeindruckt wandte ich mich dem Fenster zu.

Seine Brust blieb angeschwollen, und da er keine Gelegenheit fand, mit viel Gerede seine Größe zu bewundern, drohte er zu platzen. Auch er starrte aus dem Fenster.

«Was würdest du denn gern sehen?», fragte er unvermittelt.

«Nichts Bestimmtes», meinte ich nachdenklich.

Selbst Harshad hielt inne und wartete gebannt.

Eine undefinierbare Spannung lag in der Luft. Hervor gerufen von dem Tonfall des Dicken. Es hatte beinahe etwas Flehendes. Er suchte einen Ausweg.

«Nur reisen möchte ich.» Es war ein Flüstern. «Die Reise genießen und nicht danach trachten, irgendwohin zu müssen.» Nur den Helmen war zu verdanken, dass sie mich hören konnten. Es klang nach Verschwörung.

«So wie sie es früher taten», spann ich meinen Traum weiter. «Nur auf uns gestellt.» Das Wort war gefallen – uns.

Ich hatte während meiner ganzen Rede mich nicht dem Innenraum des Hubschraubers zugewandt. Eine massige Hand legte sich auf meine Schulter und wünschte dies zu ändern.

Als ich mich umdrehte, trafen sich unsere Blicke, und das erste Mal, hielt er ihn fest.

«Wir?» Seine Stimme trug dem Umstand Geltung, dass es sich hierbei um eine Verschwörung handeln musste.

«War nur so ein Gedanke», gab ich mich verlegen. Aber der Funke war über gesprungen.

«Ausgezeichnet», lachte der Dicke auf, und da ich den Gedanken aufgegeben zu haben schien, gab er sich als dessen Eigentümer aus, und plante.

Er setzte gleich seinen Helm ab und begann wie tollwütig zu telefonieren. Seine Stimme ging im Motorenlärm unter. Das, was noch zu hören gewesen wäre, wurde von meinem Helm geschluckt. So wand ich mich abermals dem Fenster zu und genoss die Vorstellung endlich reisen zu können.

«An welches Land hast du eigentlich gedacht?» Er sprach es aus, als wäre es eine Nebensache – und damit hatte er auch recht.

«Mongolei?», gab ich zurück.

«Ausgezeichnet», kommentierte er. «Mit dem Jeep durch die Steppe!»

«Was wäre mit einer Karawane?», gab ich dem Ganzen den Klang, als handele es sich um einen Vorschlag.

«Natürlich!» Seine Begeisterung entlud sich in einem neuerlichen Telefonieranfall.

Der Schweiß trocknete vollends auf meiner Haut und hinterließ eine feste Kruste aus Salz und Sand. Es juckte ungemein und ließ mich jede Bewegung vermeiden. Mangels Lager musste mein tägliches Bad warten. Vielleicht konnte ich mich deshalb nicht mit dem Beschäftigen, was der Dicke am Planen war.

Wie er es fertigbrachte, war mir ein Rätsel, jedenfalls dauerte es für meine Zeitbegriffe nicht lange und wir befanden uns in einem selbst für Konrads Ansprüche ansehnlichem Hotel.

Koffer stapelten sich im Eingangsbereich zu Türmen auf, hinter denen der Inder zu verschwinden drohte.

Von Konrad bekam ich nur wenig zu sehen. Dafür hörte ich ihn aber umso mehr. Ständig lief er von einem geräumigen Zimmer ins nächste, als könnte er durch sein Laufen den Telefonierer am anderen Ende der Verbindung damit zu mehr Eile bewegen.

Nachdem ich mein befreiendes Bad ausführlich genossen hatte, beschränkte ich mein Handeln darauf, mich gemütlich in einem Sessel einzurichten.

Der Inder war von den neuerlichen Wendungen so aufgedreht, dass er nach Möglichkeit alles gleichzeitig erledigen wollte.

Obwohl Konrad unseren Aufbruch für den späten Abend angekündigt hatte, und wir somit keine Nacht im Hotel verbringen würden, ließ Harshad es sich nicht nehmen die Koffer auszupacken.

Dabei legte er eine Geschwindigkeit an den Tag, die einen schwindlig werden ließ. Als ich ihn darauf hinwies, dass wir wohl kaum so viel Gepäck mitschleppen sollten und das Meiste ohnehin nicht gebraucht werden könnte, belehrte er mich zunächst eines Besseren, stellte dann aber erfreut fest, dass Aussortieren ebenfalls eine Tätigkeit darstellte, deren man nachgehen konnte.

Zwar nahm er jedes Teil prüfend in die Hand, von Auslesen konnte dennoch nicht die Rede sein, da der Inder kaum bereit war, etwas zurückzulassen. Nachdem er dann noch auf die Idee kam, seine Sammlung um einige technische Gerätschaften zu ergänzen, war ein zusätzlicher Koffer von Nöten.

Wie sehr man die Zeit vergaß, wenn man dem leidenschaftlich hantierenden Inder bei seiner zwanghaften Tätigkeit zusah, merkte ich, als sich Konrad plötzlich im Wohnzimmer aufbaute.

Draußen war es längst dunkel und von der Erschöpfung meines sich schwer anfühlenden Körpers leicht dösig, stand ich auf. Meine Müdigkeit hätte bei Weitem gereicht, um einzuschlafen, doch musste ich mir eingestehen, dass ich weit aufgeregter war, als mein Äußeres vermuten ließ.

Ein freudiges Kribbeln herrschte seit dem Flug in meinem Magen und durchströmte mich mit Aufbruchstimmung. Nichts war mehr zu spüren von meiner Trägheit, gegen die Sabrina so unermüdlich angekämpft hatte. Warum hatte ich sie bloß vertrieben? Ihr Vorwurf halte in mir wider.

Konrad hatte kaum ausgesprochen, da hielt ich auf die Tür zu und hievte zwei Koffer. Der Inder hätte wohl jedem ein solches Eingreifen in sein Arbeitsfeld übel genommen, nicht aber mir. Eher belustigt nahm er sie mir wieder ab und setzte sie auf einen im Flur bereitstehenden Gepäckwagen und belud diesen ohne sich beachtlich an den Gesetzen der Schwerkraft zu stören.

Manchmal, wenn man ein Buch liest, kommt es vor, dass der Schriftsteller zwecks Vollständigkeit Szenen wiederholt. Als Leser stolpert man über solche Abschnitte, eigentlich nur gespannt auf das, was dem folgte. Und so stürzt man die Textzeilen hinunter, wohl wissend, dass man das Geschilderte bereits kennt.

Genauso kam mir dieser Aufbruch vor: Limousine – Flughafen – Landung auf irgendeinem bedeutungslosen Flughafen in der Mongolei.

Meine Wahrnehmung begann erst wieder, als wir uns in einem kleinen, abenteuerlichen Flugzeug befanden. Dieses hatte seine besten Tage hinter sich und schien für sich entschieden zu haben, ein launenhaftes Dasein zu feiern. Wohl auch deshalb redete der unrasierte Pilot seiner Maschine bei jeder der zahlreichen Turbulenzen liebevoll zu. Konrad, von dem ich erwachtet hatte, solch Benehmen sich zu verbieten, wirkte eher belustigt. Von Angst war nichts zu sehen. Der Inder freute sich über die hörbare Begeisterung seines Meisters, kämpfte aber selbst mit reichlich Unbehagen. Vielleicht lag es weniger an der Maschine, als vielmehr an dem ungepflegten Eindruck, den die Person erweckte, in dessen Hände wir unser Leben gelegt hatten.

Wohl auch deshalb strickte der Inder fleißig an einer Wolldecke. So blieb ihm der Anblick erspart.

«Für die kalten Nächte», sagte er und war froh, abgelenkt zu sein. Konrad lachte einfach nur. Eine ungesund starke Erregung hatte ihn ergriffen. Natürlich hätte er einen anderen Piloten finden können. Auch daran ein neues Flugzeug zu kaufen, hätte er sich nicht wirklich gestört. Stattdessen aber hatte er den Erstbesten engagiert, der bereit war sofort los zu fliegen und uns irgendwo in der Steppe abzusetzen – ganz ohne Landebahn natürlich. Ihm gefiel das Risiko. Er meinte, das würde sich so gehören, wenn man traditionell reiste – er hatte dennoch auf keinen seiner Koffer verzichtet und auch auf seine Krawattensammlung bestanden.

Der Dicke war vielleicht nicht konsequent, dafür aber in jeglicher Weise extrem.

«So jetzt haltet euch fest», lachte der Pilot vergnügt und schaukelte sein Fluggerät in die Tiefe.

Eine bräunliche Fläche stürzte uns entgegen.

Der Dicke jaulte vor Vergnügen, während ich mich krampfhaft festhielt. Der Inder indes konnte mit Stricken nicht aufhören, brachte es aber kaum noch fertig einzufädeln.

Mit geschlossenen Augen beschränkte sich meine Wahrnehmung auf das unrhythmische Klappern der Maschine. Es ging fiel steiler runter, als ich es bisher vom Fliegen kannte. Die Atemluft hatte ihren Geruch gewechselt. Es stank nach Öl. Verbranntem Öl. Erschreckt riss ich die Augen auf.

Und tatsächlich, dort, wo ich einen Motor hinter dem Propeller hätte erwarten dürfen, zeichnete eine schwarze Wolke einen Streifen an den Himmel.

Das Flugzeug, oder besser, das Metallstück, das aus unerklärlichen Gründen flog, kam in Schieflage. Doch mit liebevollen Streicheleinheiten und einigen derben Flüchen, die ich zum Glück nicht verstehen konnte, bekam der Pilot die Maschine unter Kontrolle.

Kurz darauf berührten die Räder festen Grund. Die Sitze mit abgenutzter und zerschlissener Polsterung federten die Schläge nicht im Geringsten. Es war eine Prozedur der Folter, die nur Wahnsinnige als Abenteuer begreifen konnten. Einer davon war Konrad.

Er ließ es sich nicht nehmen, dem Piloten für seine saubere Landung zu gratulieren. Dieser freute sich über das Kompliment und war mit seiner Leistung sichtlich zufrieden.

Als wir ausstiegen, schwankten Harshad und ich und mussten uns erst daran gewöhnen einen nicht bebenden Untergrund unter den Füßen genießen zu dürfen.

Konrad stand massig und fest neben uns und begutachtete fasziniert die sich verflüchtigende Rauchwolke.

«Das kommt schon Mal vor», meinte der Pilot mit fachmännisch prüfendem Blick. Er griff sich einen Lappen, öffnete eine Klappe am Motor und hielt sein Kopf in die Öffnung, ohne sich am beißendem Qualm zu stören.

«Ah, da hab ich´s schon», lobte sich der Pilot begeistert und zog einen völlig spröden, mehrfach aufgerissenen Gummischlauch, aus dem noch Reste von Öl tropften, hervor.

Wie man sich darüber freuen konnte, blieb mir ein Rätsel.

Selbstbewusst schritt er zum Cockpit und brachte eine Trinkflasche zum Vorschein.

Er hatte die Ruhe weg. Konrad war von dem Auftreten angetan und lachte vergnügt über den gelungenen Beginn unseres Abenteuers.

Harshad wollte nichts mehr mit der Angelegenheit zu tun haben und hatte sich selbst beschäftigt, ohne sich daran erinnern lassen zu wollen, dass es anders hätte ausgehen können.

Darin stimmte ich ihm uneingeschränkt zu, aber meine Empfindungen bewegten sich unschlüssig zwischen Schock und Bewunderung, und so konnte ich meinen Blick nicht von dem Geschehen lösen.

Der Mann, der sich als Pilot ausgeben hatte – keine Uniform hätte ihn verraten können – ließ es ruhig angehen. Der Motor war ihm wohl doch noch zu heiß. Wen sollte das wundern? Er hatte schließlich gebrannt. Aber deswegen war der Pilot nicht in Sorge. Vielmehr betrachtete er das Innenleben seiner Maschine, wie andere eine Geliebte. Da er schon mal dabei war, überprüfte er mit geduldigen Blicken den Rest der ölverschmierten Bauteile und wischte hier und da, um überhaupt etwas erkennen zu können, bevor er dann, trotz Lappen, sich die Hand verbrannte und diese ruckartig rauszog.

Wenn man sein ungepflegtes Dasein betrachtete, würde man ihm niemals solch zärtliche Besorgnis zutrauen. Und was das Vertrauen als solches anging, so schien er nicht im Mindesten besorgt, dass uns dieser Anblick uns jenes in seine Maschine verlieren lassen könnte. Das war wirklich normal – zumindest für ihn. Ich wusste, dass es das niemals für mich werden könnte und ich war mehr als beruhigt, dass wir den Flug hinter uns hatten. Ich liebäugelte nicht im Geringsten mit dem Gedanken, dies zu wiederholen.

Als seine Hände durch mehrfaches Verbrennen abgehärtetwaren, öffnete er seine Feldflasche und zog einen Trinkschlauch heraus. Diesen Schnitt er vom Deckel los und ließ ihn im Motorraum verschwinden.

Unbeschreiblich war das Grinsen des Piloten, als er darauf die Klappe schloss und sich das Öl an seinen Händen an seiner Hose abwischte.

«So das hätten wir», lachte er Konrad an. «Wenn ich euch abholen soll – einfach melden.» Sein Selbstvertrauen hatte nichts eingebüsst.

«Wir werden die Mongolei ganz durchqueren», meinte Konrad mit angeschwollener Brust, wirkte aber enttäuscht das Angebot des Einheimischen ausschlagen zu müssen.

Mir diente es uneingeschränkt zur Beruhigung, zu wissen, dass das Flugzeug wohl zu meiner Vergangenheit, aber mit Sicherheit nicht zu meiner Zukunft gehörte.

Der Pilot ließ es sich nicht nehmen uns einen Teil des Öls mit freudigem Händeschütteln als Abschiedsgeschenk da zu lassen und stieg in den Haufen Metall, das er Flugzeug nannte.

Uns zuwinkend, drehte er seine Maschine und beschleunigte diese auf dem holprigen Untergrund, bis die Luft die Tragflächen in die Höhe zog. Der Geruch von Öl drang noch in die Nase, als das Flugzeug als Punkt im Himmel verschwand.

Den Blick auf eben jenen Punkt gerichtet, war es weniger der Abschied, als vielmehr die Ahnung, dass sobald ich mich umdrehte, alles anders sein würde, die mich verharren ließ.

Eine andere Reise, eine andere Welt.

Somit richtete sich das Lebewohl nicht an den Piloten, an den ich mich nur unbedeutend gebunden fühlte – es galt einem Teil von mir.

Konrad klatschte hinter mir freudig in die Hände. Mich umdrehend erblickte ich ein Zelt, mit einladender Öffnung, seine Besucher erwartend.

«Harry», rief der Dicke seinen Diener heraus.

Dieser verneigte sich übergebührend und wartete geduldig auf seines Meisters Wunsch. Dass er eben in Windeseile ein Zelt aufgerichtet hatte, ließ ihn gleichgültig. Auch Konrad wirkte nicht im Mindesten überrascht. Vielmehr hielt er dies für selbstverständlich und verlor deswegen kein Wort.

«Es ist an der Zeit unseren Freunden eine Nachricht zukommen zu lassen», meinte Konrad und rieb sich vergnüglich die Hände. Er war wieder einmal mit sich völlig zufrieden.

Ohne eine weitere Erklärung zu verlieren, verschwand er im Zelt.

Der Inder war keiner, der viele Fragen stellte, stattdessen nahm er einen der Koffer, die er noch nicht verstaut hatte, legte ihn flach auf den Boden und öffnete ihn.

Haufenweise seltsames Zeug begrüßte die Welt mit teils grellen Farben. Metallene Stangen und Rohre lagen aneinander gebunden quer durch den Koffer und verliehen dem ganzen Chaos eine gewisse Ordnung, oder zumindest Regelmäßigkeit.

Beinahe kindliche Freude erhellte Harshads Gesicht. Staunend stand ich daneben. Ein solches Innenleben hatte ich einem dieser Koffer niemals zugetraut. Der Inder begann den Inhalt vor sich auszubreiten.

Als ihm auffiel, dass ich dem Vorgang gebannt folgte, wank er mich näher heran.

«Wenn du willst, kannst gern helfen.»

Wortlos unterwies er meine Handgriffe und hatte größte Freude an jedem Fortschritt, den wir zu verzeichnen hatten. Ein Dreibein baute sich vor uns auf. Mittig darin, eines der Rohre befestigt.

Was genau wir beabsichtigten, war mir ein Rätsel.

Der Inder nahm feierlich einen der bunten Zylinder heraus. Chinesische Schrift glaubte ich zu erkennen. Funken waren darauf gemalt. Es erinnerte mich stark an Silvester. Aber Neujahr feierte man nicht am Ende des Sommers und erst recht nicht am späten Nachmittag.

Meiner Unwissenheit Geltung tragend, ließ ich meine Zweifel unausgesprochen. Harshad jedenfalls wusste genau, was er beabsichtige und ließ sich nicht beirren. Er öffnete einen Deckel. Und tatsächlich, da lugte etwas hervor, was unverkennbar eine Zündschnur sein musste.

Während er Streichholz aus den Tiefen des Koffers hervor zauberte, erklärte er mir, er hätte elektrische Zünder angeboten bekommen, aber die würden nun mal nicht so viel Spaß machen.

Und tatsächlich, den hatte er. Zum ersten Mal hatte ich das Gefühl, dass er etwas nicht der Arbeit wegen tat.

«So», meinte er feierlich, als die Rakete startbereit aus dem Rohr hervorlugte. Fast war mir, als würde mich ein Kind aus den dunklen Augen des Inders anstrahlen.

Erneut hatte ich das ungewöhnliche Gefühl, der Diener wäre von uns allen der Freieste.

Er hantierte ein wenig mit dem Zündholz rum, lächelte mich dann aber mit seinem ureigenen Grinsen an und drückte mir die Schachtel in die Hand.

«Du darfst machen.» Seine Begeisterung ließ ihn überdreht wirken, seine Stimme aber blieb ruhig.

Da ich seine Freude gesehen hatte, wollte ich erst protestieren, dann wurde mir aber klar, dass er dies als Beleidigung auffassen würde. Da Kopf und Zunge nur wenig Zeit geblieben war, sich auf eine Entscheidung festzulegen, war meine Antwort nur wenig verständlich.

Die Bewegungen meiner Hände unterstützten den Verdacht, dass ich mich bedankt hatte.

Während der Inder dabei zusah, wie das Zündholz sich entzündete und sich die Flamme dem Docht näherte, wuchs seine Freude gar noch. Ich vergaß fast mich zurückzuziehen, so viel Bewunderung rang mir Harshad ab. Egal wie viel er hergab, wie viel er auch teilte, sein Schatz wurde nicht kleiner. Ich musste lachen. Harshad stimmte mit ein, auch wenn aus anderem Grunde. Er war der reichste Mensch, der mir jemals begegnet war, stellte ich fest.

Funkenstobend fraß die Flamme sich die Schnur hoch und verschwand kurze Zeit im Zylinder. Dann ein Zischen und die Rakete hob pfeifend in die Luft.

Harshad und ich, auf den Fersen hockend, fielen gleichzeitig nach hinten. Erneut mussten wir lachen. Wir stellten fest, dass wir die Rakete so besser sahen, und blieben liegen.

Ein dünner Rauchfaden zog sich in den hellen Himmel und versteckte das Geschoss.

Ohne Vorwarnung befreite sich das eingeschlossene Schwarzpulver und komprimierte die Lust zu einem lauten Knall. Eine Funkenflut entlud sich, war aber nicht lange im Tageslicht zu erkennen. Übrig blieb eine gräulich-blasse Wolke, die sich schnell im Wind zerteilte.

Mich wundernd, was das alles sollte, stand Harshad auf und erklärte seine Arbeit für noch nicht beendet.

Nach kurzem Umsortieren in seinem Arsenal, brachte der Inder eine klumpige Pistole zum Vorschein.

Aus Filmen kannte ich diese. Der Knall war um einiges erträglicher als noch zuvor. Von einer weißen Wolke getragen, hob sich ein rot leuchtender Ball in den Himmel.

«Damit sie wissen, dass sie kucken müssen», meinte Harshad und glaubte damit alle Rätsel zu lösen.

Doch es tauchten nur weitere Fragen auf. Stellen tat ich sie jedoch nicht und blickte stattdessen in den Himmel.

Die strahlende Kugel hielt sich lange in der Luft, bevor sie sich in einem langen Bogen absenkte und schließlich erlosch.

Nochmals lachte der Inder, als hätten wir eben irgendeinen Streich gespielt. Freundschaftlich legte er mir kurz eine Hand auf die Schulter und deutete an, ins Zelt zu gehen.

Drinnen saß bereits der Dicke und hatte es sich gemütlich eingerichtet. Obwohl er keinen mächtigen Sessel hier hatte, wirkte er, als würde er doch auf eben einem solchen thronen.

Wortlos forderte er mich auf, ihm gegenüber Platz zu nehmen. Harshad stellte rasch einen klappbaren Stuhl hin, den er übergebühr mit Kissen ausstaffierte. Ich setzte mich und machte mich auf eine von Konrads langen Geschichten bereit. Währenddessen begutachtete ich das Zelt – es war eine neue Errungenschaft des Dicken, oder vielmehr des Inders, der jede Entscheidung selbst zu fällen schien. Jedenfalls war es bedeutend kleiner als alle anderen zuvor, auch wenn es über beachtliche Ausmaße verfügte. Auch die Einrichtung hatte empfindlich eingebüßt, wollte aber nicht recht verraten, dass wir mitten in der Mongolei auf uns selbst gestellt sein sollten. Mein Ohr juckte plötzlich und ich musste es kratzen. Konrad hatte noch immer nicht zu reden begonnen. Verblüfft sah ich ihn an. Unsere Blicke trafen sich für den Bruchteil einer Sekunde, dann sah er seinem Diener hinterher, der sich draußen zu beschäftigen gedachte.

«Jetzt müssen wir wohl warten», meinte der Dicke überflüssigerweise und glotzte durch die leere Zeltöffnung.

Dieses Warten nagte an ihm. Seine Finger klopften ungeduldig auf die hölzerne, für seine Arme viel zu dünne Armlehne. Er zwang sich zu Geduld. Er wartete. Gierig, oder vielmehr ahnend, wie dringend es war.

Ich erinnerte mich an das Spiel. An den Luftballon, der er war. Und ich sah ihn platzen. Wo war nur der Nothahn. Hatte ich mir nicht zur Aufgabe gemacht, ihn davor zu bewahren? Doch ich fand keine Worte. Keine, mit denen ich bis zu ihm hätte durchdringen können. Alles, woran ich denken konnte, kam mir auf einmal völlig oberflächlich und belanglos vor. Hatte ich draußen etwas gehört? Rasch sah auch ich zur Zeltöffnung raus, konnte aber nichts sehen. Dennoch verharrte ich in dieser Pose, dankbar für den Vorwand, wegen dem ich weggesehen hatte.

Kurze Zeit später trat Harshad ein und wunderte sich grinsend über unsere Blicke, die ihn willkommen hießen.

«Ob sie das Signal gesehen haben?», wollte Konrad wissen. Wer sie waren, blieb mir immer noch ein Rätsel.

«Schwer zu sagen. Sind wohl möglich noch viele Kilometer weg.» Der Inder machte ein nachdenkliches Gesicht. Sorgen waren aber nirgends zu erahnen. «Wiederholen alle Stunde. Dann sie kommen.»

Konrad nickte erleichtert und klopfte zur Abwechslung mit der Faust auf die Lehne.

«War nicht einfach an die zu kommen», lachte Konrad in meine Richtung.

Meine rätselnde Miene stellte für mich die Frage.

«Nomaden», meinte der Dicke erklärend. «Eine Karawane vielmehr», korrigierte er sich.

«Wir wissen nicht, wo sie sind, und sie nicht, wo sie uns finden sollen.» Sein Lachen klang müde, fast aufgebraucht. Als hätte er es zu oft benutzt. Wirklich lustig fand er nicht, was er sagte. Das Lachen war füllend, nicht raumfüllend, nur die Zeit befreite es von der drohenden Stille. Dabei sah er auf den staubigen Boden neben seine Füßen.

Ich stellte keine Fragen.

«Einer aus der Stadt – oder wie man das nennen will – hat versprochen, uns eine Karawane zu besorgen.» Sein Spott bezüglich der kleinen Städte in diesem Land war nicht ernst gemeint. Das war seine Art. Er konnte einfach nicht anders. Und selbst dies tat er lustlos.

«Werden dem Signal folgen, sobald sie es sehen.» Konrad bestand darauf, mir alles zu erzählen. Warum er nicht eine seine Geschichten bemühte, konnte ich nicht begreifen.

«Und die Journalistin wollte nicht mit?», unterbrach ich seinen Bericht. Ihren Namen mochte ich nicht aussprechen.

Verwundert etwas von mir zu hören, sah er auf. Sein Blick hatte etwas Suchendes. Oder vielmehr hatte ich das Gefühl, als würde er etwas Fremdes in meinem Gesicht feststellen. Der Bart konnte es nicht mehr sein, von dem Ansatz hatte ich mich im Hotel befreit – ohne Spiegel.

«Du hast sie wohl gern gehabt?» Wirklich eine Frage war es nicht.

«Nein», entgegnete ich dennoch. Viel zu übereilt. «Es … ist nur ...» Mir fiel kein Einwand ein. Warum hatte ich auch fragen müssen?

«So so.» Seinem Lachen wohnte diesmal etwas freundlich Belustigtes inne. «Nein, sie sagte sie hätte Wichtigeres zu tun. Und ...» Er brach ab und rief seinen Diener herbei.

«Sie wünschen?», verneigte sich der Inder.

«Ach schon gut», wank der Dicke ab.

«Und?» Ein Kribbeln in der Magengegend wuchs bei mir an.

«Junge.» Er kratzte sich an der Wange. «Willst du nicht was essen?» Er klang verlegen.

Harshad ließ sich nicht lange bitten. Vielleicht war es besser, wenn ich es nicht wusste. Leichter fühlte ich mich aber deshalb nicht.

– 21 – Die Findung

Die Nacht legte ihren dunklen Mantel über das Zelt.

Konrad blieb beinahe bewegungslos in seinem Sessel sitzen und begnügte sich damit, mit seinen klopfenden Fingern die Sekunden zu zählen. Ein nicht deutbares Grinsen in seinem Gesicht, machte gar dem des Inders Konkurrenz.

Jede halbe Stunde verschwand der Diener und kam kurze Zeit später, nachdem ein lauter Knall und zweifaches Zischen ertönt waren, wieder ins Zelt.

In Gedanken durchlebte ich die vergangenen Tage. Wieder und wieder, was das Ganze aber nicht glaubhafter machte. Auch Konrad schien einen Film vor seinem geistigen Auge ablaufen zu haben. Wahrscheinlich handelte es nicht von den wenigen Tagen, sondern umfasste wohlmöglich ein ganzes Leben, so sehr beschäftigt wirkte er nämlich. Oder suchte er bloß? Ich konnte es nicht sagen, ihn verstehen erst recht nicht.

So einfach war es gewesen, von ihm Figuren anzufertigen. Ein Blick hatte gereicht und seine Persönlichkeit war in Gedanken verewigt. Ein kurzer Moment und die Figur wurde seinem Charakter gerecht. Wohl hatte er viele dieser Figuren in Anspruch genommen, doch keine war eine Herausforderung. Keine im Einzelnen es wert aufgehoben zu werden. Sein Körper war eine einzige Theaterbühne, für jede Szene einen passenden Schausteller bereit.

Diesmal aber war alles anders. Untrüglich war es Konrad, der da saß. Wer er aber war, das wusste ich nicht.

«Haben sie so eine Reise eigentlich schon gemacht?» Fast sehnte ich mich nach der einlullenden Wirkung einer seiner belanglosen, ausschweifenden Erzählungen.

Er schüttelte den Kopf. Eine Angewohnheit, die er sich neuerdings angeeignet zu haben schien. Er blickte sich um und merkte, dass ich ihn angeredet hatte.

«Nein», antwortete er gedehnt. «Nein.» Wiederholte er und wunderte sich selbst über diesen Umstand. «Ich ...» Er beendete den Satz nicht und suchte weiter nach einer Erklärung. Seine Brauen zogen sich zusammen. «Allein macht das keinen Sinn», meinte er schließlich und dachte darüber nach, ob er das selbst glauben sollte.

Welch Unsinn er doch redete. Der Inder war im treuer als ein Schatten es sein könnte. Er war niemals allein. Darauf wagte ich ihn aber nicht hinzuweisen. Ich fürchtete er würde den Namenlosen – einen falschen Namen zu haben, ist so gut wie keinen zu haben – in Abrede stellen.

Doch da die vergangenen Tage mir wie ein Hologramm ständig präsent waren, fiel mir noch jemand ein.

«Was ist mit Satis? Würde sie dich nicht begleiten?» Wirklich nachgedacht hatte ich nicht, was spontane Einfälle auch so an sich hatten, wenn man sie gleich aussprach.

Konrad sah mich finster an. Dann ging sein Blick durch mich hindurch, als ob ich gar nicht mehr da wäre und seine Miene hellte sich auf.

«Junge, wie du dir das nur vorstellst. Sie hat ein Lokal.» Sein dünnes Lachen verlangte, das Thema zu wechseln.

Mich störte nicht, dass der Dicke mich nicht ernst nahm. Ich nahm es nicht mehr wahr, aber dass er nichts ernst nahm, das verstimmte mich dann doch.

«Ich glaub wir legen uns aufs Ohr.» Er stand unbeholfen auf und ließ seinen Blick in der finsteren Zeltöffnung versinken. «Wird eine lange Reise.» Seine Stimme ein Flüstern, galten seine Worte nicht wirklich mir.

Auch wenn Harshad nicht regelmäßig aufgestanden wäre und einen ungeheuren Lärm mit seiner neuesten Leidenschaft verursacht hätte, bezweifelte ich, dass ich eingeschlafen wäre.

Fortwährend konnte ich den schwerfälligen Atem des Dicken hören. Er schlief genauso wenig wie ich. Die Nacht hatte hier draußen viele Stimmen, aber es waren andere Geister, die uns nicht schlafen ließen. Geister der Vergangenheit.

Erst lange nach Mitternacht, der Inder hatte inzwischen seine Kommunikationsbemühungen für die Nacht eingestellt, entglitt ich übergangslos in den Schlaf. Meine Gedanken reisten mit und projizierten die Erinnerungen in verzerrende Traumwelten. Es war unglaublich wie viele Wendungen, wie viele andere Möglichkeiten eine einzige Szene in sich barg. Unzählige Male zeichneten sich Bilder ab und wollten mir zeigen, wie anders es hätte sein können. Doch das Schlimmste an diesen Träumen war, dass man nicht wusste, dass sie nicht real waren. Nur Fantasie. Einbildung. Aber für den Moment reagierte man genauso verzweifelt, als geschähe es wirklich. Im Traum machte es keinen Unterschied, ob man sich tausend Mal der gleichen Entscheidung stellte. Jedes Mal war, wie das einzige Mal, das wirklich zählte.

Gerade eben lief ich einen Berg hinunter. Höllisches Tempo, und meine Beine drohten einzuknicken. Sam rief mir etwas hinterher. Mein Atmen, ein einziges Hecheln. Mein Hals kratzte und ich drohte zu ersticken. Die Luft fehlte. Die Steine unter meinen Füßen waren bedrohlich schroff, spitz und drohten mich aufzuschlitzen, sobald ich das Gleichgewicht verlieren würde.

Hufgetrampel ertönte. Es verfolgte mich und wurde lauter. Als wären es hundert Reiter, schwoll es an. Mein ganzer Körper bebte. Den warmen Atem der Pferde konnte ich beinahe in meinem Rücken spüren. Ich glühte und wollte schneller laufen.

Plötzlich spürte ich ein Rütteln. Jemand schlug mit der flachen Hand gegen meinen Rücken.

«Sie sind da.» Finsternis umgab mich. Eine Stimme rief meinen Namen. Erschreckt drehte ich mich um und merkte, wie ich auf dem Rücken lag. Orientierungslos rieb ich mir die Augen. Harshad stand über mir.

Immer noch Hufgetrampel. Jetzt ganz nahe.

«Wach auf. Sie sind da!» Freudige Aufregung war zu hören.

Konrad ließ im Hintergrund ein befreiendes Stöhnen ertönen. Wie der Dicke es fertiggebracht hatte, blieb mir ein Rätsel, aber als ich stand, war er bereits angezogen und dabei das Zelt zu verlassen.

Mit noch offenen Schuhen stürzte ich hinterher. Draußen war es nicht minder dunkel. Verwirrt, da ich nicht wusste, wo der Traum aufgehört hatte – oder ob er überhaupt zu Ende war – staunte ich über die uns umkreisenden Reiter. Staub wirbelte auf und es war unmöglich zu erkennen, wie viele Hufe die Erde aufwühlten. Der Kreis gab nicht viele Lücken frei. In drei, teils vier sich kreuzenden Bahnen umrundeten fremdartige Gestalten auf mächtigen Pferden unser nun winzig erscheinendes Lager. Männer riefen. Wiehern erfüllte die kühle Luft. Dazwischen Konrads begeisterte Ausrufe.

Mehrmals wäre er um ein Haar umgeritten worden, doch davon ließ sich der Dicke nicht abhalten in die Menge zu prächen.

Ein Pferd bäumte sich, doch der erfahrene Reiter blieb im Sattel, riss die Zügel an sich, umrundete den Millionär und brachte das Pferd zum Halten.

«Mutiger Freund», lachte der Mongole herab und betrachtete den Dicken mit heiterer Miene. «Willkommen in unserem Land.» Der Ton war selbstbewusst, aber freundlich. Er trug seinen gefütterten Mantel offen stehend. Sein langes schwarzes Haar war wild zerzaust.

Konrad erwiderte den Gruß und stellte uns mit einem kurzen Armwink vor. Offenbar hatte er gleich den Anführer der Gruppe erwischt, denn die übrigen hielten sich zurück und nickten bloß, als dieser sie zum Absatteln aufforderte.

Der Dicke erklärte sich verwundert, dass die Reiter bereits da wären.

«Sind seit Stunden durchgeritten», meinte der Mongole und klopfte dem Dicken auf die Schulter. Die beiden waren sich sympathisch. Was dem Einheimischen an Umfang fehlte, machte seine Kleidung wett.

Zwei Giganten standen sich gegenüber.

«Ihr wart wohl eingeschlafen», lachte der Reiter. «Haben eure Raketen vermisst.»

Harshad eilte auf sie zu und wollte sich entschuldigen. Konrad legte seinem Diener eine Hand auf die Schulter und antwortete an seiner statt.

«Hatten gedacht ihr würdet ebenfalls Lager beziehen», meinte der Dicke.

Dem Mongolen stieg sichtbar Stolz ins Gesicht. Das Kompliment uns überrascht zu haben, war ihm wertvoller, als es eine Entschuldigung hätte sein können.

«Ihr könnt es wohl kaum erwarten, so wir ihr rausgesprungen seit.» Er wusste nicht, wie recht er hatte. Konrad entgegnete darauf nichts, stattdessen fiel er mit in das Lachen des Mongolen ein.

«Im Morgengrauen reiten wir los.»

Konrad wurde stumm. Das würde noch ewig dauern.

«Meine Männer brauchen ein wenig Schlaf.»

Der Dicke konnte nichts erwidern. Also scheuchte er uns ins Zelt und setzte sich in seinen Sessel. Ich würde auch nicht mehr einschlafen können, das wusste ich, und verzichtete darauf es vorzutäuschen.

Eine Reise mit Konrad, immer noch wusste ich nicht recht, wie ich mir das vorstellen musste. Noch vor wenigen Tagen hätte sich jeder Gedanke daran von selbst verboten. Aber jetzt? Wen sah ich, wenn ich den Mann im Sessel ansah? Er wartete und wusste nicht worauf. Er saß da und verfluchte nicht weiter zu kommen. Still und reglos, aber doch verzweifelt. Bloß keine Schwäche zeigen, das war alles, was seine Maske noch hielt. Ansonsten glaubte ich zu sehen, wäre er genauso weggerannt, wie ich es war. Das kleine Kind. Der Millionär.

Und dann war da noch der Diener. Er würde niemals weg laufen, aber folgen würde er dennoch überall hin. Er würde eine Burg aus Staub bauen, ein Schloss aus Luft. Und wenn er jemals etwas aufgeben würde, dann sich. Verflucht, was waren wir verrückt. Sabrina hatte recht gehabt. Kein Wunder, dass sie davon gelaufen war. Dabei würde sie so gut zu uns passen. Ich vermisste sie.

Hatte Konrad zunächst nur ab und an die Zeltöffnung in Augenschein genommen, so erntete diese, sobald das erste diffuse Licht der Sonne den Himmel ergrauen ließ, seine ungeteilte Aufmerksamkeit. Er stierte in das Loch, als müsste dort unweigerlich etwas auftauchen. Er saß im Sessel, seine Arme auf den Lehnen, mit verkrampften Händen, als wollte er jeden Augenblick aufspringen.

Wieder war es seine eigene Vorstellung seiner Macht, die ihn zwang sich ansatzweise zu beherrschen. Immer noch wollte er beeindrucken, auch wenn er keine Geschichten mehr erzählte. Die Fassade war über Jahre mühsam errichtet worden und blieb auch jetzt noch stehen.

Doch die Nacht verriet nicht das Geheimnis, auf das der Dicke wartete. Wohl besaß sie unzählige Stimmen, aber keine davon erlöste Konrad von der Pein seines Thrones. Er blieb Gefangener seiner Macht.

Selbst als die Dunkelheit erste Farben freigab, dauerte es eine Weile, bis der Mongole in der Zeltöffnung auftauchte. Eine imposante Gestalt, umrissen von den morgendlich zarten Sonnenstrahlen, baute er sich auf, holte tief Luft und verkündete, dass wir bald aufbrechen würden.

Der Dicke hatte sich weit mehr in Geduld geübt, als man es von ihm hätte verlangen dürfen und sprang sogleich auf. Der Inder und er prallten gegeneinander und standen sich im Weg.

Konrad fuchtelte mit seinen Pranken durch die einströmende Morgenluft. Er wünschte zu verreisen, sagte er. Sein Lachen klang übereilt und ungeduldig. Mit seinen Gesten versuchte er Ordnung zu schaffen, doch er stiftete nur Chaos. Er als Manager sah sich in der Pflicht seinen Diener zu unterweisen und wurde von diesem schlichtweg übersehen. Der Inder hatte weit größere Sorgen. Bis eben jetzt war seine Aufgabe das Zelt wohnlich zu halten und gleich im nächsten Moment, galt es alles abzubauen und in die Koffer zu stauen. Abreise auf Knopfdruck. So zumindest sah er sich in der Pflicht. Allein vom Zusehen drohte mir schwindlig zu werden. Dennoch ging es dem Dicken nicht schnell genug. Mir dämmerte, dass er den mongolischen Reiter zu imponieren versuchte. Ständig schielte er zu ihnen hinüber und musste feststellen, dass sich deren Mobilisierung weit rascher vollzog.

Natürlich wäre ein Vergleich mehr als ungerecht gewesen. Der Inder leistete unmenschliches und schaffte es entgegen aller Erwartung unsere neu gewonnene Gesellschaft kaum mehr als eine halbe Stunde warten zu lassen.

Als diene es einer unbekannten Form der Unterhaltungskultur, versammelten sich die bereits aufgesattelten Reiter im Halbkreis um des Inders Kriegsterritorium und bestaunten den stetig anwachsenden Berg an Koffern.

Unterdessen huschte der Dicke zwischen den Pferden hindurch. Die Reiter schien er dabei weites gehend zu ignorieren und begutachtete, ohne sich dabei stören zu lassen, die Reittiere.

Schweigend verfolgten ihn einige Blicke, zunächst voller Verwunderung, machte sich immer mehr Missfallen darin Platz. Es war ihnen gewiss eine Ehre, dass man ihrer Tiere so sehr aufwartete, aber der Dicke überschritt unsichtbare Grenzen.

Wortlose Unruhe kam auf. Die Pferde spürten es als Erste und begannen zu wiehern und trampelten das wenige Gras unter ihren Füßen platt.

Der breitschultrige Mann, der bisher das Wort geführt hatte, rief zwei seiner Gefolgschaft zu sich heran, dann wandte er sich an Konrad.

«Ihr scheint große Freude an Pferden zu haben, Stadtbewohner.» Der Mongole konnte sich ein Lachen nicht verkneifen. Einige der näher stehenden Reiter beteiligten sich am erheiternden Gelächter.

Konrad nahm es sportlich, stimmte lachend zu, ließ sich aber nicht beirren. «Euer Besitz schmückt sich prächtiger Tiere», tat Konrad, als wäre er vom Fach. Dem Einheimischen wurde es langsam zu bunt. Er schätzte das unverhohlene Interesse des Dicken nur wenig. Bewunderung war in Ordnung – und seines Erachtens auch wahrlich angebracht – aber dieses dreiste Mustern, war zu viel des Guten.

«Wie ist euer Name, Pferdefreund», reckte sich der Mann in seinem Sattel, um freie Sicht auf Konrad zu erlangen.

«Herr Hartmann, Konrad Hartmann», meinte der Dicke knapp und schlug einem Pferd gegen die muskulöse Pranke, sodass es sich aufbäumte und einen ungeübten Reiter mit Sicherheit aus dem Sattel geworfen hätte.

«Eure Pferde haben wir mitgebracht», begann der Mongole mit kräftiger Stimme, als wollte er vermeiden, dass der Dicke ihm weiter seine Aufmerksamkeit vorenthielt. «Prächtige Tiere», sagte er und deutete auf die Pferde, die soeben den Halbkreis verließen und von ihren Halten am Zügel geführt wurden.

Der Dicke ging in der Reiterschar verloren und tauchte wenig später vorne auf.

Endlich fand Konrad seine Manieren zurück und bedankte sich, reichlich verziert mit Komplimenten für die Aufmerksamkeit unserer künftigen Begleiter.

«Der Stolz eines Mannes zeigt sich durch seine Gastfreundschaft», meinte der Einheimische.

Auch wenn ich nicht viel von Pferden verstand, so merkte man diesen Tieren doch ihre Stärke an. Ihre Größe allein beeindruckte mich. Ihr glänzendes Fell, ihre geschmeidige und doch muskulöse Statur musste sich vor keinem der anderen Pferde verstecken.

Man gewährte uns die gleiche Ehre, wie sie einem Mongolen gebührte. Dem Blick des Einheimischen wohnte etwas würdevoll Erhabenes inne, als er es sich nicht nehmen ließ, Konrad die Zügel eigenhändig zu überreichen.

Der Dicke war äußerst zufrieden und klopfte dem Mann anerkennend auf die Schulter. Dieser zuckte verwundert, ließ dann aber ein Strahlen sein wettergegerbtes Gesicht erhellen, als er die Freude erkannte, die Konrad mit ihm teilen wollte.

«Bist in Ordnung, Stadtbewohner», lachte der Mongole. «Khenbish ist mein Name», sagte er und umschloss Konrads Unterarm mit seiner Hand zur Begrüßung.

Drei der Pferde hatten Sattel, wie die der anderen Reiter. Die zwei hinteren Tiere jedoch waren für Gepäck gedacht, und als sich der Inder daran machte, diese zu beladen, kamen ihm gleich mehrere Männer zur Hilfe.

«Welche der Koffer wollt ihr mitnehmen?», fragte Khenbish, als Harshad sich dran machte den entstandenen Berg abzubauen.

«Alle natürlich», lachte Konrad, als habe man ihn auf den Arm nehmen wollen und er wäre zu gerissen gewesen, um darauf reinzufallen.

Der Mongole seinerseits lachte mit, da er die Antwort für einen Scherz hielt.

Der Inder indes packte unbekümmert weiter. Es war auch nicht seine Art, sich durch irgendetwas stören zu lassen. Doch die beiden Pferde waren schnell überladen und als der Inder keine Anstalten machte mit bepacken aufzuhören, wurde Khenbish misstrauisch.

«Ihr wollt doch nicht die ganzen Koffer mitnehmen?» Sein Lachen klang abgehakt und machte seinen Unglauben überdeutlich. Er kannte Konrad noch nicht.

«Doch!» Konrad lachte immer noch. Herzlichst vergnügt über die Vorstellung des Mongolen, er würde etwas zurücklassen.

«Selbst zehn Pferde würden das Gepäck nicht schaffen», meinte Khenbish und glaubte damit den Millionär ausreichend belehrt zu haben. Seine Miene jedenfalls verlor den Schrecken, der kurze Zeit darin geschrieben stand, da er die Angelegenheit für geklärt hielt.

«Gut, fünfzehn sollten aber reichen», meinte der Dicke und gönnte sich zur Abwechslung eine Zigarre. Er war die Ruhe selbst und wusste sich in der Verhandlung als Sieger.

«Ja», antwortete Khenbish und betrachtete den verbleibenden Kofferhaufen und brachte seine ganze Erfahrung mit ins Spiel. «Aber so viel Pferde haben Sie nicht», sprach er weiter als diskutiere man über Hypothesen.

Der Dicke lachte. Der Mongole verstand nicht, wieso Konrad immer noch so vergnügt war.

Da Khenbish die einfache Lösung nicht zu begreifen schien und dem Dicken kein entsprechendes Angebot machte, ging Konrad auf den Mongolen zu.

«Also wenn man ihrer Erfahrung trauen kann – und ich sehe keinen Grund, es nicht zu tun», begann Konrad selbstbewusst «so fehlen uns noch dreizehn Pferde.»

Der Mongole schüttelte den Kopf, als begreife er nicht, wie man sich nur so an Hypothesen festhalten konnte. Die Pferde fehlten nun mal, also würde man sich von den meisten Koffern trennen müssen.

«Wie viel kosten die?», fragte Konrad seelenruhig und ließ Khenbish dabei aus allen Wolken fallen.

«Wir haben keine Pferde zu verkaufen», meinte der Mann frustriert angesichts dieser Begriffsstutzigkeit. Der Dicke ließ sich davon nur wenig beeindrucken.

«Hier sehe ich viele Pferde», entgegnete Konrad bester Laune und zeigte auf die im Halbkreis aufgestellten Reiter. An die sechzig Mann mussten es sein.

Khenbish lachte so laut auf, dass es mir durch Mark und Bein ging. Er hatte den Scherz endlich verstanden – glaubte er. Selbst einige der Reiter bekundeten ihren Gefallen an dem ungewöhnlichen Humor des Stadtbewohners.

Auch Konrad schloss sich dem Gelächter an und fand seinerseits Gefallen am dem Geschäftssinn der Einheimischen.

«Freund, euer Humor erwärmt die Herzen meines Stammes.» Der kräftige Mongole war sichtlich angetan. «Aber ihr müsst euch nun doch entscheiden, welche Koffer ihr mitnehmen wollt.»

«Oh, das hab ich bereits», meinte Konrad unbeschwert lachend. «Alle Koffer und ein Dutzend eurer Pferde, mein großzügiger Freund.»

Khenbish wurde ungeduldig. Dass der Stadtbewohner aber auch so schwerfällig war, dachte er und versuchte sich versöhnlich dem Fremden gegenüber.

«Und wie soll das gehen?», fragte er und glaubte dem Millionär damit zur Einsicht zu verhelfen.

«Diese Karawane braucht keine hundert Mann», meinte Konrad und überflog mit seinem Blick die ihn umgebenden Reiter. Er übertrieb haltlos, so viele waren es nicht. Aber was sollte man von einem Millionär erwarten, die konnten nicht klein sehen. «So viele Reiter steigen ab, bis alle Koffer aufgeladen sind.»

«Das geht nicht!», protestierte Khenbish und schüttelte energisch sein Haupt. Seine ohnehin zause Frisur wurde noch wilder. «Kein Mongole gibt sein Pferd her.» Der Mongole war erzürnt von Konrads Vorstellung und gleichzeitig verwirrt, dass es doch kein Scherz war.

Für Konrad jedoch hing die Käuflichkeit nicht von dem Gegenstand selbst ab, sondern von dem Preis, den man zu zahlen bereit war.

«Es soll auch nicht euer Schaden sein», meinte Konrad und bemühte einen verständnisvollen Tonfall.

«Das geht nicht», wiederholte der Mongole wie von Sinnen.

Konrad glaubte unumstößlich an die Universalgültigkeit seiner Gesetze und brachte eine überfüllte Börse zum Vorschein. Geduldig grapschte er hinein und zog willkürlich einen Haufen Scheine hervor. Mit der Währung dieses Landes kannte ich mich nicht aus, aber ganz gleich, um welche Scheine es sich handelte, der Wert musste enorm sein. Nicht nur Khenbish machte große Augen.

Aber dennoch blieb er seiner Linie treu und lehnte kopfschüttelnd ab. «Das kommt nicht in Frage», sagte es eisern.

Konrad nahm es sportlich und erhöhte wortlos sein Angebot.

«Die letzten Winter waren hart», meinte das Clanoberhaupt. «Wir können uns nicht von unseren Pferden trennen.»

Konrad ließ sich nicht lange bitten und griff großzügig in die Scheine, als handele es sich dabei um Hafer.

Der Mongole lehnte weiterhin ab, wenngleich er sich der Sache nicht mehr ganz sicher war.

«Und am Ende der Reise bekommt ihr alle Pferde zurück», meinte Konrad mit einem gewinnenden Lächeln.

«Kein Mongole wird sein Pferd verkaufen», meinte Khenbish, während ein beängstigendes Lächeln in seinem Gesicht anwuchs. «Aber wenn es ist, um einem Freund einen Gefallen zu tun, so werden wir es in dessen Obhut geben», meinte er abschließend und nahm Konrads Geld entgegen, bevor dieser es sich anders überlegen konnte.

Der Ehre war genüge getan. Keiner hatte sein Gesicht verloren und die Verhandlung war mit obligatorischen Komplimenten besiegelt worden.

Konrad wirkte mal wieder mit sich äußerst zufrieden. Er sah mich mit großen Augen an, zwinkerte mir zu und versicherte sich, dass ich ihm artig zugesehen hatte, als wäre es eine wichtige Lektion für mich gewesen.

Und die war es auch. Nicht weil Konrads Handlungssinn etwas Besonderes gewesen wäre. Nur, dass er es schaffte, sich selbst zu resümieren. Ich erinnerte mich an die Figuren, die ich mir von ihm angefertigt hatte. Und die des

Managers stellte er nun da, ohne Abstriche und ohne, dass der Figur eine Winzigkeit fehlte.

Der Konrad zuvor im Sessel war schier unbeschreiblich gewesen. Der Dicke aber, den er mir nun so stolz präsentierte, war ausreichend mit den Begriff Manager beschrieben. Vielleicht könnte man noch erwähnen, dass er Millionär war. Aber dies hätte die Bedeutung der Beschreibung nicht im Mindesten bereichert.

Obwohl er voller Tatendrang steckte, wirkte alles leblos. Es war alles bloß eine Show, mächtig inszeniert und doch nur das Gerüst, das einzig die Aufgabe erfüllte, eine bröckelnde Fassade aufrecht zu halten.

Als der Inder mit kräftiger Unterstützung endlich fertig war, hatten – mit einigem Widerwillen – achtzehn Mongolen sich von ihren geliebten Reittieren trennen müssen und standen unbehaglich etwas abseits unserer schrumpfenden Truppe, als schämten sie sich ihrer sattellosen Präsens.

Lediglich ein kleiner schwarzer Kasten blieb zurück und als einer der Mongolen ihn aufhob und dem Inder reichte, legte dieser ihn wieder auf die Erde.

«Nehmt ihr den nicht mit?» Khenbish wunderte sich, da es ihm sonderbar vorkam, dass der Diener sich doch von etwas zu trennen bereit war. Achtzehn Pferde, da kam es nicht auf einen Gegenstand an, der in einer seiner großen Manteltaschen hätte verschwinden können.

«Es hat alles seine Richtigkeit!» Harshad beendete das Gespräch mit einem breiten Grinsen.

Der Mongole zuckte mit den Schultern, eigenartige Leute, dachte er. Aber wie sollte er auch von sich verlangen können, diese fremdartigen Touristen verstehen zu können.

Unterdessen mussten die Reiter die schwerfällige Prozedur eines Stadtbewohners – wie Khenbish Konrad so gerne nannte – beim Versuch aufzusatteln mit ansehen. Nur die Hartgesottesten unter ihnen konnten darüber noch schmunzeln.

Der Inder stellte eine kleine Leiter bereit, während einer der Mongolen das Pferd am Zügel halten musste und Konrad versuchte, seine massigen Füße in die Steigbügel zu bekommen.

Beim ersten funktionierte es auch recht gut, nur leider fehlte ihm der nötige Schwung, um es über den Sattel zu schaffen. Gut, dass Sabrina nicht hier war. Sie hätte den Vorfall nicht unkommentiert lassen können. Die Pein, welche die bissige Kamera ausgelöst hätte, wollte ich mir nicht einmal vorstellen. Vielleicht hätte Konrad gar resigniert. So aber kämpfte er weiter und quälte sich schließlich auf den Rücken des Pferdes, das eine solche Behandlung nicht im Entferntesten gewohnt war.

Es war fast mitleiderregend, wie die Pferdlosen sich zusammenrotteten. Sie waren in ihrer Ehre gekränkt – trotz des Geldes. Doch der Zusammenhalt dieser Nomaden war stark und ihre Männer zurückzulassen, kam nicht in Frage. So entschlossen sie sich, die beeindruckende Karawane zu teilen. Der Abschied war kurz und wortkarg, während sechsunddreizig Reiter auf achtzehn Pferden sich zurück zu ihrem Clan aufmachten. Den Anblick würde ich wohl nie vergessen.

Der Rest brach auf zu Konrads angekündigtem Abenteuer. Mit dem, was ich gemeint hatte, war es nicht wirklich zu vereinen. Zu sehr haftete der Geruch von Planung daran. Konrad nahm es als Herausforderung für seine Krawatten gewürgte Figur.

– 22 – Konrads Theater

Hufschläge hallten über die Steppe hinweg. Die Mongolen schienen es eilig zu haben und unsere Pferden gehorchten weniger unserem Willen, als dem ihrer waren Meister. Ob ich die Zügel spannte, sie einfach locker ließ oder mich an ihnen festhielt, da ich fürchtete abgeworfen zu werden, es änderte sich nichts. Das Pferd galoppierte unbekümmert an seinem angestammten Platz. Wie eskortiert blieben wir drei Reisenden in der Mitte der dahin eilenden Reiterschar.

Der Dicke war damit ausreichend beschäftigt seine Masse im Sattel zu halten und für andere Reize nur wenig empfänglich. Wohl galt es die Haltung zu wahren, die einem Millionär geziemte, der von sich selbst behauptete, die Welt gesehen zu haben. Doch seine Reisen waren nichts weiter, als eine halsbrecherische Achterbahnfahrt, die man einzig aus dem Grund über sich ergehen lässt, um sich später dieses Erlebnisses rühmen zu können. Wenn man ihn ansah – und dabei versuchte ich dies weitestgehend zu vermeiden – so wirkte er, wie jemand, der die Augen schloss und betete es möge enden. Und dennoch stachelte er die Reiter zu mehr Tempo an. Verlangte nach Abenteuer und umspannte noch fester seine Zügel.

Seit den frühen Morgenstunden hatte er tapfer jede Rast ausgeschlagen, die Khenbish uns anbot. Dabei war bereits beim ersten gut gemeinten Vorschlag des Mongolen Konrads fest zusammengebissenen Zähnen anzumerken gewesen, dass ihn der Rücken schmerzte. Bei jedem Schlag schaukelte er nach vorne und zurück und das todesmutige Tempo der Steppenbewohner spielte mit seinem Knochengerüst, wie ein Herbststurm mit einem Grashalm. Doch je mehr Rücksicht die Reiter zeigen wollten, um so lauter schrie Konrad und pries an, wie sehr er es genoss. Jeder Laie hätte ihm angesehen, dass er für das Reiten nicht geschaffen war, doch wollte er es nicht wahrhaben. Natürlich hatte es den Mongolen allesamt Freude bereitet, einen Stadtbewohner in seine Schranken zu verweisen, zumal sich der Dicke so groß aufgespielt hatte und machtbesessen mit seinen Geldscheinen umher gewunken hatte. Aber dennoch, sie hätten Nachsicht walten lassen.

Unglücklicherweise waren dem Millionär einige seiner Geschichten eingefallen, mit denen er das Reitervolk zu beeindrucken gedachte. Er hatte einige Male dazu angesetzt, wenn ihn jemand damit beleidigte, eine Rast zu erwähnen, doch der ihm um das Gesicht streichende Wind zerriss die Erzählung in Fetzen und raubte ihm den Atem, sodass seine Heldengeschichten weitestgehend ungehört blieben. Jedes Mal wenn er von Neuem ansetze, blieb mir das Herz stehen, zu sehr hatte ich Angst einer könnte glauben, was der Dicke von sich gab und ihn herausfordern – und damit unweigerlich den Inder und mich. Dass Harshad sich beklagen könnte, war kaum zu erwarten und auch ich blieb stumm, aber ich wusste, dass ich bereits zum wiederholten Male meine Grenzen auslotete. Doch ich war es gewesen, der diesen Wunsch geäußert hatte. Nun durfte ich mich nicht beklagen, nicht solange Konrad so vehement darauf schwor, sich vorzüglich zu amüsieren.

Selbst als die nötige Kraft ihm zu schwinden drohte, sich gegen die Pause zu behaupten, wehrte er sich jeglicher Einsicht. Statt kleinlauter zu werden, begann er die Ehre der Mongolen anzugreifen. Bei dem Tempo bestünde die einzige Gefahr darin, einzuschlafen, spottete er lachend und unterdrückte das einsetzende Stöhnen. Infolgedessen mussten wir alle eine Tempoverschärfung ertragen – und es sollte nicht die letzte sein. Mit jeder Stunde schaffte er sich mehr Feinde, ohne dass ihm die finsteren Blicke aufzufallen schienen.

Da ich keine Ehre zu verlieren hatte, gab ich mir keinerlei Mühe meine Erschöpfung zu verbergen. Und nicht zuletzt wegen den schmerzhaften Reizen im Bereich meines Sitzfleisches, erzürnten mich Konrads Bemerkungen nicht minder, wie die Mongolen selbst. Vor allem, da sie gelogen waren und es nicht einen gab, der sie glaubte.

Mit Ausnahme vielleicht des Inders. Doch Harshad zeigte ohnehin wenig Teilnahme am Geschehen. Er war wohl der Einzige von uns, der nicht reiste. Er folgte einfach nur seinem Meister, so wie er es immer tat, ohne sich damit zu beschäftigen, wohin es ging.

Khenbish preschte an den Kopf der Reiterschar und hob die rechte Faust. «Wir machen Halt. Wir wollen essen und die Pferde brauchen Rast», sprach er mit kräftiger Stimme und sein Ton duldete keine Widerrede. Die Blicke nicht weniger Mongolen verfinsterten sich und so mancher Fluch drang unverständlich durch die Bärte der Reiter. Ich wusste nur zu gut, dass wenn ich nicht gewesen wäre, hätte diese Pause niemals stattgefunden. Keiner der Mongolen wäre stehen geblieben bevor der Dicke nicht um Gnade gewinselt hätte oder tot aus dem Sattel gefallen wäre. Er hatte ihre Ehre beleidigt und sollte seine Strafe dafür bekommen. Deshalb wurde Khenbishs Befehl mit nur wenig Begeisterung befolgt. Khenbish hatte mich im Auge behalten und bemerkt, was nicht zu übersehen war. Und schließlich waren sie die Gastgeber. Auch wenn

Konrad sie für ihren Dienst bezahlte, so blieb es doch ihr Land und ich, der mich nicht aufspielte, sollte nicht für Konrads Fehltritte bestraft werden.

Als meine Beine die Last meines Körpers trägen mussten und im ersten Moment einzuknicken drohten, fühlte ich mich wie ein Gefangener, dem eine kurze Verschnaufpause gewährt wurde.

Nicht Wenige zeigten ihre frisch erblühte Feindseligkeit und vermieden es, uns überhaupt ihrer Blicke zu würdigen. Konrad natürlich war unfähig, dies ansatzweise zu bemerken.

«Harry, meinen Sessel bitte», sagte er schlicht und nahm sogleich Platz. Der Inder wollte auch mir einen solchen anbieten, doch ich lehnte ab. Konrad verstand den Sinn des Abenteuers darin, zu beherrschen. Ich meinerseits gedachte mich anzupassen und setze mich auf die staubige Erde, so wie es die Mongolen taten. Mir war es eigentlich peinlich, wie Konrad Sessel sich den Dimensionen eines Thrones annahm und verloren in der Steppe stand, wie ein Museumsstück, als Zeichen eines längst untergegangenen Königreiches. Nur dass Konrad von dem Abhandenkommen der Monarchie noch nichts zu registrieren schien. Stattdessen saß er da und scheuchte Harshad umher.

Wie es sich für unwürdige Gefangene ziemte, waren wir vom Kern des Lagers ausgeschlossen. Die stolzen Reiter hatten sich zu kleineren Gruppen zusammengesetzt und ihre Tiere, wie zur Abgrenzung zwischen uns grasen lassen. Keiner sprach mit uns ein Wort, während Konrad sich in seinem Königreich von den Strapazen seines königlichen Ausrittes erholte.

Dass sich unsere Begleitung von uns distanzierte, blieb Konrad völlig verborgen, vielleicht auch deshalb, weil er dieses Benehmen von Angestellten zu erwarten dürften glaubte. Mehr waren sie für ihn nicht. Dieses Abenteuer war nur unwesentlich anders, wie die anderen Geschäftsreisen, die er als Manager unternahm. Die Mongolen in ihrer traditionellen Uniform, nichts anderes als die Stewards bei seinen Flügen. Sein rücksichtsloses aufgeblähtes Erscheinen nichts weiter als sein manisch gewordener, unbewusster Drang sich selbst zu beweisen und alle ihn umgebenden – ob sie ihn kannten oder nicht – zu beeindrucken. Er war der Chef in seinem Sessel. König seiner Illusionen, die er von allen anderen am meisten glaubte.

Abenteuer hatte für mich viel mit Vertrauen zu tun. Damit, sich auf andere verlassen zu können, weil diese einem selbst vertrauten. Es ist nicht eine Empfindung, oder Erfahrung, die sich durch die Leistung eines anderen ermöglicht, sondern eine, die man mit diesem teilt.

Doch Konrad ging diese beidseitige Bindung nicht ein – zumindest nicht, dass er es wusste – stattdessen stellte er sie ein, seine Lakaien, glaubte mit Geld Gehörigkeit zu schaffen, damit seine engagierten Darsteller sich so verhielten, dass sich seine Vorstellungen bewahrheiteten.

Damit waren aber unweigerlich alle in sein Vorhaben eingeweiht, und am Ende des Tages, gab es wohl bloß einen, der seine Inszenierung glaubte – er selbst.

Deshalb thronte er auch nun in seinem Sessel und genoss mit leerem Blick seine Größe. Als ich zu ihm aufsah, tat er mir leid. Aber ich wusste, dass wir eines gemeinsam hatten. Nämlich das, was er fühlte, einen wund geriebenen Hintern und einen schmerzenden Rücken. Der Unterschied aber war, dass es bei ihm sich allein darauf beschränkte. Immer noch suchte er. So wie damals hinter der getönten Scheibe seiner Limousine. Statt endloser Weite, erblickte seine starre Pupille eine unsichtbare Wand des Nichts, vor der er flüchtete.

Hätte ich ihm in eben diesem Augenblick mit der Faust ins Gesicht geschlagen, er wäre aufgewacht, hätte auf seine goldene Uhr geblickt und gewusst, dass er weiter müsste. Natürlich tat ich es nicht und wirklich glauben konnte ich es auch nicht. Aber genau diesen Eindruck erweckte er in mir. Ein platzender Luftballon, der die Richtung des Windes wählte, weil er selbst nicht wusste wohin.

So vehement sich der Dicke zuvor gegen die Unterbrechung unseres Abenteuers gewährt hatte – eine Pause bedeutete Stillstand und nach Konrads Definition deshalb kein Abenteuer – so blieb er nun, da er saß völlig tatenlos, was einen erneuten Aufbruch anbelangte.

Deshalb war es Khenbish, der zu uns kommen musste, um die Treibjagd wieder aufzunehmen. Er war der Einzige, der noch mit uns – oder vielmehr Konrad – zu sprechen bereit war. In seinem Stolz war er nicht minder verletzt als die anderen, aber er sah auch, was er unserer Reise zu verdanken hatte. Da er die meiste Zeit direkt neben uns geritten war, wusste er, was hinter Konrads Getue steckte. Ihm hatte nicht verborgen bleiben können, wie sich der Dicke aufblähte und wie viel Angst er davor hatte, dass einer seine offensichtlichen Schwächen bemerken würde.

Obwohl der Mongole und ich kaum Worte gewechselt hatten, kündeten unsere kurzen Blicke von einem tieferen Verständnis. Ganz so, als hätten wir aus dem gleichen Buch gelesen, sprachen wir eine eigenständige Sprache, mit Ausdrücken von bedeutsamen Erkenntnissen, die nur wir kennen konnten. In gewisser Weise stimmte es sogar, denn Konrads Gesicht war wieder ein vielseitiger, leicht deutbarer Roman geworden. Eigentlich wusste ich nicht einmal, ob der Mongole wirklich lesen konnte, aber man sah, dass das Leben ihn viel gelehrt hatte. So ungestüm und wild er aussehen mochte, war er doch ein gebildeter Mann, dessen Bibliothek viele Hallen füllte. Erstaunlich, wie leicht es war, mich zu beeindrucken und wie erschreckend, dass es dem Millionär nicht gelingen wollte.

Nach der Pause war Konrad schweigsamer geworden. Er erzürnte die Mongolen nicht länger und so konnte deren Druss in einem rasanten Ritt endlich verhallen.

Gegen Abend hin wäre das Tempo gar erträglich gewesen, hätten wir drei nicht so viele wunde Stellen zu beklagen gehabt.

Wohl auch deshalb sträubte sich der Dicke mit keiner noch so kleinen Regung, als der Trupp entschloss, ein Nachtlager aufzuschlagen. Im Gegenzug verzichteten die Mongolen zu erwähnten, dass es unseret wegen war.

Nicht dass wir nun Freunde gewesen wären, nur, dass Konrad den Kampf fürs Erste aufgegeben hatte. So viele Körner hatte er in dieser Schlacht verloren, dass der Gegner auf die übliche weiße Fahne verzichtete. Konrads

Konrads Blick in die Unendlichkeit gerichtet, verriet seine Erschöpfung. Die Fassade war ihm zu schwer geworden und doch vermochte er sie nicht abzulegen. Wie eine zweite Haut war sie mit ihm verwachsen. Jede Lüge, wie eine Narbe als Bindungsglied.

Das Lager der Mongolen war schnell errichtet. Über Jahre eingeübte Handgriffe, und aus einem kleinen Haufen aus Tuch und dünnen Holzstangen erhoben sich behagliche Zelte mit eigenständigem Charakter.

Harshads Bauwerk dagegen spielte sich als Ungetüm auf und drohte alle umstehenden zu erdrücken.

Unsere Position im Lager hatte sich verändert, nicht weil irgendein Ereignis vorgefallen wäre, das einen solchen Wandel hätte erklären können. Es war völlig wortlos dazu gekommen. Bis zuletzt schien keine und war auch keine Absicht dahinter.

Die gebotene Ehre gebührte in keinster Weise dem Dicken. Keiner der neugierigen Blicke galt dem Millionär, der das Ehrgefühl der Mongolen so grund- und haltlos angegriffen hatte. Konrad fand weiterhin so viel Beachtung, wie der Pförtner eines Nationalmuseums, das seine enormen Besucherströme einer revolutionären Neuentdeckung verdankte.

Der aber, der die Aufmerksamkeit für sich gewann, baute eine Stadt aus seinen Koffern heraus. Erschreckend dabei war nicht allein, dass er dies tat, sondern dass jeder wusste, dass dieser eine sich selbst vor dem kleinsten Kind verbeugt hätte. So sehr sich Konrad aufgespielt hatte, so bescheiden und unauffällig war Harshad. Seine Größe maß sich nicht in dem Umfang seines Leibes, nicht in seinem Erscheinen und nicht in seinem Gerede, sondern in dem, was er tat. Natürlich sagte keiner ein Wort und wohl wäre es keinem aufgefallen, wäre da nicht dieser perfekte Kreis gewesen, der sich um dieses eine Zelt gebildet hätte. Ein Bild, würdig für die Bibliothek des Lebens, vielsagend wie ein ganzer Roman und doch nur ein Augenblick im ungerühmten Leben dieses Dieners.

Das Schweigen allerdings währte an. Sie duldeten uns. Bis sie uns aber unter ihresgleichen aufnehmen würden können, würde es noch dauern. Dafür verlangte es mehr als Staunen.

Während der Inder sich häuslich einrichtete, verließen immer mehr der Einheimischen das Lager. Sie ritten davon und hinterließen einen aufsteigenden Streifen Staub in alle Himmelsrichtungen. Wohin sie gingen oder was sie vorhatten, verrieten sie mit keiner Geste.

Nur ihre verlassenen Lager kündeten von ihrer Rückkehr. Entgegen meiner Erwartung, blieb der Millionär gelassen und übte sich in keinerlei Proteste gegen dieses selbstständige Handeln. Nicht einmal hielt er es für angebracht, davon überhaupt Notiz zu nehmen. Unbekümmert saß er draußen vor dem Zelt in seinem Kissen gepolsterten Stuhl und trug die Miene eines Patriarchen, der sich in Kenntnis jeglicher Geschehnisse wusste. Wohl der Mühe des Aufstehens nicht fähig, war jegliche Frage seiner nicht würdig. Und dass er über etwas sich hätte Sorgen machen müssen, nun, das passte wirklich nicht zu seinem Bild.

Als sich abendliche Kühle in der Steppe breitzumachen drohte, stellte Harshad einen Heizbrenner raus und schloss diesen an eine kleine Gasflasche. Einen zerlegbaren Grill belud er mit Kohlestückchen, die er aus einer Art Kartoffelsack herausnahm. Dass darauf aber Bratwürste landen würden, war kaum zu erwarten.

Allmählich tauchten unsere Gefährten auf. Einige mit zusammengebundenem Gehölz hinter sich auf dem Sattel, andere mit frisch gelegtem Wild. Ihre Ankunft war unauffällig, und während sie langsam eintröpfelten, fanden wir weiterhin keine Beachtung. Ihrem alltäglichen Rhythmus folgend, kamen sie nach Hause und wir waren unsichtbare Geste. Als lebten wir in zwei Welten, brauchte keiner zu befürchten, dem anderen über die Füße zu fallen. Auf der einen Seite, bei den kleinen Feuerstellen, nahmen sie ihr Kleinwild aus und unterhielten sich in ihrer Mundart, während Harshad seine weltoffene Kochkunst – in völliger Unkenntnis der mongolischen – in einer reisefähigen Einbauküche demonstrierte. Dabei fühlte ich mich, wie ein Prinz in dem so berüchtigten goldenen Käfig.

Die Dunkelheit brach zusehends hernieder und das Leuchten der Lagerfeuer spielte mit den Zelten. Nur unseres distanzierte sich von dieser romantischen Liebelei, indem es sich hinter einem Vorhang aus elektrischem Licht versteckte und jegliche Berührung der Schatten mit kalter Schulter von sich abwies.

Dann aber geschah etwas, auf das ich nicht gefasst war. Die unsichtbare Grenze wurde überschritten, ganz so, als hätte sie niemals existiert. Dabei war sie beinahe greifbar gewesen. Konrad war es nicht und auch keiner der Mongolen schielte herüber. Der Inder war es, der sich in Unkenntnis jeglicher Grenzen frei bewegte. Noch bevor er uns etwas auftischte, tänzelte er durch das gesamte Lager und stellte einem jeden einen gefüllten Teiler hin und schenkte jedem Wein aus. Keiner der Mongolen sprach mehr ein Wort. Einzig Harshads Schritte waren zu hören, als hätte jeder, wie auf einen Befehl hin, zu atmen aufgehört. Es war unheimlich. Das Reitervolk wusste nicht, wie ihm geschah. Vielleicht lag es an der Selbstverständlichkeit, mit der der Inder sich bewegte.

Selbst als Harshad fertig ausgeteilt hatte und er uns beköstigte, rührte sich nicht ein Einziger. Erst als Khenbish aufstand und einen eigenartigen Tost auf den Diener aussprach, brach das Eis und die Nomaden versuchten sich zaghaft an des Inders kulinarischen Küche. Danach waren sie kaum noch zu halten – wieder zu erkennen erst recht nicht. Zwar redeten sie nicht mit uns, aber sie wurden lebhafter, ganz so, als hätte der Wein ihre Zunge gelöst. Dabei mochte einiges der Wirkung dem Selbstgebrannten geschuldet sein, den sie mit sich führten. Konrad wirkte derweil teilnahmslos und mit dem Geschehen so wenig vereinbar, wie sein Thron mit dieser Steppe. Und wieder war es nicht ihm, dem die erstaunten Blicke galten. Denn nicht er hatte die Grenze zu seinem Reich überschritten – er hätte es wohl auch nicht gekonnt. Wäre er aufgestanden und zwischen den Lagerfeuern umher geschritten, so hätte sich die Grenzen mit ihm bewegt. Uneingeschränkt war der Dicke der Mächtigste, diesseits und jenseits der Grenze, aber nur der Inder war frei genug, sich auf beiden Seiten zu bewegen.

Auch während des Essens wirkte Konrad abwesend. Er aß ganz langsam und nahm von keinem wirklich Notiz. Er war dabei zu warten und haderte mit sich selbst, dass die Kraft ihm fehlte, um die beeindruckende Lawine zu sein, als die er so gerne auftrat. Aber die Steppe war flach und das Vorankommen für ihn mühsam.

«Welch abenteuerliche Feuerstellen ihr doch mit euch schleppt», meinte Khenbish und überschritt nun ebenfalls die unsichtbare Grenze. Er war sichtlich angeheitert und hielt sich mit seiner Belustigung keineswegs zurück.

Konrad zuckte kurz auf, zeigte dann aber ein helles Strahlen. Er hatte sich wohl entschlossen, dieses Gespräch fortzuführen. «In der Tat», entgegnete Konrad. «Eine einfache und gleichsam praktische Erfindung.»

Der Mongole verschluckte sich und musste husten. Damit hatte er nicht gerechnet. Konrad seinerseits genoss den triumphalen Augenblick, da seinem Gegenüber die Worte fehlten.

Khenbish fand die Besinnung wieder und versuchte dem Dicken seinen Spott begreiflich zu machen. Er erklärte – als spräche er mit einem Kind – dass es nur eine Frage der Zeit sei, bis das Gas ausginge.

Konrad seinerseits erfreute sich an dem Bemühen des Mongolen ihn belehren zu wollen und dankte es ihm mit herzhaftem Gelächter.

«Dann besorgt Harry eine neue Flasche», versuchte Konrad ihn zu beruhigen.

«Wir sind hier in der Steppe.» Khenbish mühte sich, dem Stadtmenschen gegenüber nachsichtig zu bleiben. «Da findet man nicht solche Gasflaschen. In zwei Tagen werden die hier leer sein. Und dann?» Dem Clanoberhaupt war der Spaß vergangen sich über den uneinsichtigen Millionär lustig zu machen und wollte sich damit begnügen, ihm die Fakten verständlich zu machen.

«Harry?», meinte darauf der Dicke.

«Meister wünschen?» Harshad hatte das Gespräch bisher nicht beachtet.

«Für wie lange reicht das Gas?» Um solche Angelegenheiten kümmerte der Dicke sich üblicherweise nicht. Dementsprechend befremdlich ertönte die Frage zwischen seinen Lippen.

«Fünf Tage», entgegnete Harshad, ohne darüber nachdenken zu müssen und klang dabei so überzeugt, als lese er die Uhrzeit ab.

Khenbish schüttelte energisch den Kopf und wunderte sich über so viel Unfähigkeit einfachste Sachverhalte zu begreifen.

«Selbst ein geübter Reiter würde eineinhalb Tage bis zur nächstgelegenen Stadt brauchen.» Dass der Dicke so weltfremd war, bereitete dem Mongolen reichlich Unbehagen.

«Na dann schicken wir lieber sofort einen fort», meinte Konrad grinsend. «Dann soll er gleich zwei Flaschen mitbringen.»

Darauf konnte der Mongole nichts mehr entgegnen. Der Mund blieb ihm offen stehen und ich fürchtete um seinen Seelenfrieden. Es traf ihn hart, diese Ignoranz.

Konrad zupfte ein Paar Geldscheine hervor und entließ den Reiter mit dem besten Dank für den gelungenen Auftakt unseres Abenteuers.

Was sollte man dazu noch sagen?

Der darauf folgende Tag verlief nur wenig anders. Konrad wehrte sich mit aller Mühe, sich nicht von seinen Vorstellungen trennen zu müssen. Er bekräftigte seine Macht und versprach mir, dass uns das Abenteuer bald ergreifen würde.

Natürlich stellte sich das Abenteuer nicht ein. Wie stets fand Konrad aber eine Erklärung und befand mit seiner Erfahrung, es bedürfe noch einiger Planung und schickte über den Tag verteilt nicht weniger als acht Reiter zurück, mit immer abwegigeren Aufträgen.

Die Mongolen hatten es aufgegeben sich in Protest zu üben und hatten gelernt, welcher Gesichtsausdruck, welchen Geldbetrag einbrachte.

Konrads Abenteuer zerrte unsere Karawane auf, und obwohl des Dicken Geldreserven unerschöpflich schienen, würden wir bald ganz alleine sein. War das der Preis dafür, reich zu sein?

Konrads innerer Unruhe zum Trotz, behauptete sich Khenbish bereits am späten Nachmittag, unser Nachtlager aufzuschlagen. Abermals schwärmten die

Mongolen aus, als die ersten Zelte errichtet waren. Diesmal war der Dicke jedoch vorbereitet und zwängte dem Unternehmen seinen Stempel auf. Als die Ersten bereits wortlos weg waren, erhob der Millionär seine Stimme und bat, ohne sich an einen bestimmten Reiter zu wenden, uns allen einen Hasen mit zu erlegen. Daran, dass er keine Antwort erhielt, störte er sich herzlich wenig und daran, dass es hier vielleicht nicht einmal Hasen geben könnte, erst recht nicht.

Derweil beschäftigte sich der Inder mit den nötigen Vorbereitungen und stellte den Spieß auf, um später das Tier über dem Feuer drehen zu können. Das nötige Holz besorgte er sich bei den Einheimischen, die sich von Konrads Scheinen entschädigen ließen.

Allem in allem war es eine unbeschwerte Unverbindlichkeit, sodass ich mir vorkam wie während eines Besuches in einem Supermarkt. Mit der Steppe, oder gar einem Abenteuer hatte es rein gar nichts zu tun.

Khenbish höchstpersönlich trat zu uns heran und legte frisch gelegtes Wild auf Harshads Arbeitsplatte und schenkte diesem ein sonderbar vieldeutiges Grinsen, als er dessen Einrichtung mit einem Blick überflogen hatte. Auf dem Rückweg griff der Dicke abermals in seine Gesäßtasche und bezahlte den Mongolen für seine Dienste. Khenbish betrachtete die Geldscheine nicht, blieb nicht stehen, steckte sie ein und verschwand wortlos.

Hilflose Wut stieg in mir empor. Ich schaffte es nicht aufzustehen und diesen Wahnsinn zu beenden. Schreien hätte ich können und doch fürchtete ich, Konrad zu verletzen. So sehr er von seiner eigenen Macht geblendet war, hatte ich Angst, ihn in eine leere Finsternis zu stürzen. Die Schwächen, die er bisher zu verbergen versuchte, waren nichts zu denen, die er sich dann würde eingestehen müssen.

Es dauerte nicht lange und das Essen war angerichtet und Harshad beschritt abermals seine unbekümmerte Runde durch das Lager, bevor er uns einige Scheiben vom Braten abschnitt. Nebst Wein ließ er bei jeder Feuerstelle zudem einige seiner eben zubereiteten Soßen stehen, damit die Reiter ihre Braten verfeinern sollten. Deren Blicke sprachen von Ratlosigkeit, was diesen Inder betraf. Nachdem die Ersten – nach zaghaftem Riechen – den Verwendungszweck der cremigen Flüssigkeit erahnten und ihr Fleisch darin ertränkten, erhoben sie diesmal gemeinsam ihr Gläser und übersetzen einen ihrer Trinksprüche in die uns verständliche Sprache. Auch wenn die Übersetzung befremdlich klang, bedankte sich der Inder mit einer tiefen Verneigung und verbreiterte – sofern es möglich war – sein Grinsen.

Immer noch war es nur Khenbish, der sich durchgängig unserer Gegenwart bewusst war. Auch er übertrat die Grenze und nahm sich unaufgefordert neben mir Platz. Diesmal war es Konrad, der den Überraschten mimte. Seine in der Ferne schweifenden Gedanken wurden abrupt unterbrochen und er verstand nicht, was der Mongole mit seinem Besuch beabsichtigte. Mit zusammengezogenen Brauen überlegte er, ob eine Zahlung versäumt worden war. Doch dem war nicht so und so schüttelte er verwundert seinen Kopf. Wohl war es der Anziehung seiner Persönlichkeit geschuldet, dachte er und duldete den Fremden gönnerhaft in unserer Nähe.

«Eine seltsame Reise ihr zu unternehmen scheint», meinte der Mongole mit leiser Stimme. Da ich als Einziger mit ihm auf gleicher Höhe saß, waren seine Worte an mich gerichtet. Er zeigte sich unserer Geschichte aufgeschlossen und interessierte sich für die Gegebenheiten, die uns hierher verschlagen hatten.

Konrad blickte ab und an mit gutmütigem Lächeln auf uns hernieder, ließ sich selbst aber nicht auf das Gespräch mit ein. Aber nicht nur ich sprach. Auch der Mongole, der sich als aufmerksamer Zuhörer erwies, erzählte mir von dem Leben in der Steppe. Keine prunkvollen Geschichten waren es, aber seine Augen strahlten und seine Worte drangen mir unter die Haut und riefen ein gespanntes Kribbeln wach. Jedenfalls verging die Zeit wie im Flug. Khenbish teilte mit mir seinen Reichtum, den ich zuvor nur hatte vermuten können. Mal war er ernst, mal konnten wir über Kleinigkeiten lachen. Selbst dass wir nicht unsere eigene Sprache sprechen konnten, störte uns nicht im Geringsten. Selbst Missverständnisse sorgten lediglich zur Erheiterung. Unser Gespräch war frei von Vorurteilen und Zwängen. Ich war nicht mehr einfach bloß ein Reisender. Das erste Mal ruhte ich mich nicht nur aus, sondern war irgendwo angekommen. Später würde ich zwar weiter gehen. Aber ich würde mich jederzeit umdrehen können und wissen, dass es diesen Ort gibt. Zum ersten Mal würde ich eine Spur hinterlassen, und diese würde nicht vom Wind verweht werden können. Genauso aber hinterließ der Mongole bei mir einen bleibenden Eindruck. Seine Stimme, sein Lachen, sein Humor, all das würde mir in Erinnerung bleiben. Und während seine Geschichte sich mir in Herz und Seele verewigte, fand ich erneut den Eingang zu meiner Bibliothek, verschüttet unter Meter hohem Sand.

Doch dann sah sich Konrad plötzlich in der Pflicht, sein Interesse zu bekunden. Einem Vater gleich, wenn sein Kind einen Spielgefährten zu sich eingeladen hatte.

In seinem Sessel beugte er sich leicht nach vorne und sah zu uns auf die Erde.

«Wie war dein Name schon gleich?», unterbrach er den Mongolen inmitten einer Schilderung, wie man ein wildes Pferd zähmte.

«K-H-E-N-B-I-S-H», antwortete dieser gedehnt und betonte es, als spräche er mit einem geistig zurück gebliebenen.

Konrad gluckste. Ganz so als belustige ihn, wie rasch der, für ihn Wilde, gekränkt war, ohne dass sein Gewissen sich deswegen aber etwas anlastete.

«Schon gut Ken», versuchte er den Hünen zu beruhigen.

Doch dieser knirschte mit den Zähnen. Kurze Pause und dann wiederholte er seinen Namen. Leise, aber betont, bestand er darauf richtig angesprochen zu werden.

Er war nicht Konrads Diener – würde es nie werden – und seinen Namen ließ er sich erst recht nicht nehmen.

«Khen-bish», tat Konrad nachdenklich und machte eine angestrengte Miene, als habe man ihm aufgetan, einen ganzen Roman vorzulesen.

Konrad zog die Stirn kraus. Geister spukten in seinem Kopf. Khenbish und ich sahen dem Schauspiel gleichermaßen gebannt zu. Der Dicke schüttelte den Kopf und wollte sich nicht länger von seinen Gedanken belästigen lassen.

Unser Gespräch war unterbrochen und für den Augenblick verspürte keiner die Lust, es fortzuführen. Noch wie betäubt versuchten wir zu begreifen, was wir zu sehen bekamen. Doch der Dicke behielt das Geheimnis für sich.

Selbst seine frisch gewachsenen Stirnfalten verloren nichts von ihrer Tiefe.

Dann plötzlich wandte er sich uns zu.

«Hat das was zu bedeuten?» Er sprach in Rätseln. Er schaffte es nicht einmal, uns seine Aufmerksamkeit zu widmen.

«Was bitte?», musste der Mongole passen und war verwundert, wieder angesprochen zu werden.

«Dein Name! Heißt das was?» Konrad wirkte abwesend. Er suchte nach irgendwas.

«Klar», entgegnete Khenbish prompt und merklich erfreut und stolz.

Konrad schreckte auf und blickte sonderbar erleichtert auf den Mongolen herab.

«Und was?» Seine Frage war drängend, flehend. Er musste es wissen. Als bräuchte er eine Bestätigung für eine seiner so zahlreichen Vorstellungen.

«Niemand», sagte dieser.

Konrad schluckte. Er richtete sich in seinem Sessel auf und blickte an uns vorbei.

«Niemand, heißt es in eurer Sprache.» Stolz schwang in der Erklärung des Hünen mit.

«Niemand?» Konrads Stimme überschlug sich.

«Niemand?», wiederholte der Dicke und konnte sich plötzlich vor Lachen nicht mehr halten. Gar ein drittes Mal wollte er es los werden, vermochte es aber nicht mehr aussprechen und schlug sich stattdessen beherzt auf die Knie.

Nicht nur der Mongole sah ihn finster an. Mir lief es eiskalt den Rücken runter. Nichts hätte schlimmer sein können als diese Reaktion. Eigentlich hätten wir sie vorher sehen müssen. Verstehen konnte ich sie dennoch nicht. Wie aufgebläht konnte dieser Luftballon nur sein? Er müsste platzen – lange konnte es nicht mehr dauern. Er bekam vor sich selbst Angst. Wieder stierte er an uns vorbei.

Er wollte uns ganz vergessen. Und mit uns, das was er sagte, das was er hatte sagen müssen, um er zu sein.

Khenbish ballte seine Faust, doch er versuchte, sich zu beherrschen. Es fiel ihm schwer. Er konnte sich nicht entscheiden. Sollte er den Dicken hassen oder verachten. Konrads Lachen hallte noch nach. Keiner der uns Umgebenden hatte von alle dem etwas mitbekommen. Nur das Lachen hatten sie gehört. Und genau jenes hielt uns drei nun in einer fremden Welt gefangen. Ohne Zeit, ohne Geräusche, bis auf jenes Nachklingen eines Lachens, das lange verstummt war.

«Ein ungewöhnlicher Name», flüsterte ich und legte Khenbish eine Hand auf die Schulter, als könnte ich den Hünen dadurch aufhalten aufzuspringen und Konrad an die Gurgel zu gehen.

Seltsamerweise löste sich seine Faust. Er senkte seinen Blick, da Konrad dessen nicht länger würdig war. Und dann, mit ganz langsamer Bewegung, sah er mich an.

Meine Hand auf seiner Schulter ließ er ruhen und schenkte mir ein sonderbar beruhigendes Lächeln.

«Ungewöhnlich in euren Kreisen», meinte der Mongole wohl wollend und passte seine Tonlage meinem Flüstern an. «Aber er hat große Bedeutung.»

Der Dicke, so dem Gespräch verbannt, versuchte er trotzdem die Worte zu fassen. Immer noch sah er an uns vorbei, aber er verwehrte sich das Atmen. Sein Körper verspannte sich, ohne, dass er es wagte, sich nach vorne zu lehnen.

Khenbish konnte es unmöglich sehen, denn er hatte dem Dicken beinahe vollständig seinen Rücken zugewandt.

Aber ich sah es. Ich fühlte die Anstrengung, die Qual. Und Khenbish sagte zudem quälend lange nichts.

«Mein Name ist Niemand», sprach der Mongole von Neuem – Konrad gab keinen Laut von sich. «Das gilt dem Tod», fuhr Khenbish fort.

«Dem Tod?», hauchte ich verblüfft. Konrad zitterte leicht.

«Dem Tod», wiederholte der Hüne andächtig. «Er soll mich nicht finden.»

Der Mongole erklärte mir den Brauch seines Volkes. Er erzählte mir, dass seine Eltern ihre beiden Erstgeborenen kurz nach der Geburt verloren hätten. Damit er verschont bleiben sollte, gaben sie ihm diesen Namen. Wenn der Tod nun durch das Lager streifte, so würde er hören, dass Niemand dort wohnte, und weiter gehen. Oft genug wählten Eltern Beschimpfungen als Namen – aus gleichem Grund. Starb der erste Sohn, und wurde ein weiterer geboren, so bekam dieser ein Mädchennamen. Alles um den Tod zu täuschen.

«Namen haben immer Bedeutung», schloss er. «In ihnen ruht die Liebe der Eltern. Hüte ihn, er ist dein größter Schatz!»

Khenbish stand auf und ging, ohne ein weiteres Wort zu verlieren.

Konrad atmete nun kräftiger und hatte sich an die Brust gegriffen. Sein Blick haftete am Rücken des davon schreitenden Nomaden. Er merkte nicht einmal, dass ich ihn ansah. Lange hielt ich es aber nicht aus und spielte mit der staubigen Erde unter mir.

– 23 – Ausverkauf

Am darauf folgenden Morgen war Konrad muffig. Nicht, dass er irgendjemanden angeschrien hätte. Oder gar die Mongolen mit Beleidigungen verärgerte. Das erste Mal, seit ich ihn kennengelernt hatte, machte er keine Anstalten überhaupt etwas zu sagen.

Als Khenbish unseren Aufbruch ankündigte, bestieg Konrad sein bereitstehendes Pferd und verzichtete auf jeglichen Sonderwunsch. Nicht einmal die Sporen gab er seinem Tier zu spüren, sondern wartete, bis dieses sich mit der ganzen Truppe in Trab setzte.

Schmerzen waren in sein Gesicht geschrieben. Er verrenkte den Rücken, um vergeblich die Verspannungen zu lösen. Aber der inzwischen dritte Tag im Sattel hatte ihm zu sehr zugesetzt, als dass dies etwas hätte helfen können. Wenn ich bedachte, wie steif ich mich inzwischen fühlte, mochte ich mir nicht ausmalen, wie es um ihn stand. Hatte er doch so lauthals nach mehr geschrien, obschon er es doch hätte besser wissen müssen. Um seine Lüge aufrecht zu halten seinem Körper eine für ihn völlig ungeeignete und ungewohnte Haltung aufgezwungen.

Auch wenn er nunmehr bei jedem Ruck ein leises Stöhnen nicht mehr unterdrücke, glaubte ich, dass das Reiten nicht seine schlimmste Pein war. In ihm war etwas anders. Er suchte nach etwas, das konnte man genau sehen. Gedanken quälten ihn. Sein Blick verfing sich am Hals seines Pferdes, und selbst als die Sonne den Horizont hinter uns nicht länger berührte, hatte er noch kein einziges Mal aufgeschaut.

Einige unserer Begleiter fanden an dem Anblick, den der Dicke bot, reichlich Gefallen und bekundeten dies mit gelegentlichem Gekicher und vielsagendem Grinsen. Doch der Dicke leistete keinerlei Protest. Kein Prahlen, keine Drohungen. Er schwieg und war so sehr mit etwas Anderem beschäftigt, dass er das Gespött nicht registrierte.

Ich konnte nicht einmal sagen, dass ich Mitleid für den Dicken empfand. Er hatte es wahrlich verdient. Aber dennoch tat es mir weh, ihn so zu sehen. Er war ... ein Anderer. Keiner seiner Figuren. Neben mir schwebte er wie ein Geist und war gleichsam unendlich weit weg.

Als Konrad sich jeglicher Gegenwehr enthielt, erbarmte sich Khenbish und sprach ein Machtwort. Daraufhin verstummte die Meute kurz, bevor sie sich mit eigenen Gesprächen beschäftigte und den Dicken nicht länger beachtete.

Als wir anhielten, um über Mittag zu rasten, wirkte Konrad schlichtweg verwundert. Obwohl der morgendliche Ritt heute um einiges kürzer ausgefallen war – der Mangel an Protesten des Dicken hatte dies überhaupt erst ermöglicht – qualmte mir beinahe der Hintern und ich wusste nicht, wie ich die Tortur am Mittag ertragen würde können. Dass es Konrad anders ging, bezweifelte ich stark. Und obwohl der Dicke mehr von seinem Gaul stürzte, als dass man es als

Absteigen bezeichnen durfte, machte er keine Anstalten etwas zu sagen. Mit völliger Gleichgültigkeit, was unsere Truppe betraf, nahm er in seinem Sessel platz und war für nichts mehr zugänglich. Müde sah er aus und schwerfällig thronte er, wie ein König, der sein Reich völlig vergessen hatte. Sinnend stierte er Löcher in die Luft.

Die hypnotisch ausgeführte Routine wollte wieder einsetzen. Bildung von dies- und jenseits und ein Harshad, der als Einziger über die Grenzen schritt. Doch der Rhythmus wurde unterbrochen, als sich ein einzelner herannahender Reiter bemerkbar machte.

Von seinen Freunden wurde der Ankömmling herzhaft begrüßt. Selbst Konrad schreckte aus seinen Gedanken. Eine Weile starrte er diesen unverwandt an und wunderte sich über dessen Erscheinen. Dann schien er sich an etwas zu erinnern und schüttelte energisch den Kopf und verscheuchte damit endgültig seine Gedanken. Er stand auf und schritt selbstbewusst auf den Mongolen zu. Dieser war auch nun der Einzige, der nicht über das Benehmen des Dicken verwundert war. Es war Konrad, den er zu sehen bekam. Den Plumpen, den er kannte.

«Gute Arbeit», lobte Konrad den Laufburschen für seine Dienste. «Hatten nicht so früh mit dir gerechnet», meinte er und grinste breit. «Da soll einer sagen, dass man in der Steppe kein Gas findet», lachte er und war wieder einmal mit sich selbst zufrieden.

Ohne weiter auf das Befinden des Reiters einzugehen, steckte er ihm kommentarlos ein beschämenden Bündel Trinkgeld zu und wollte sich umdrehen. Doch dann verharrte inmitten der Bewegung, hob den Zeigefinger und klopfte sich damit gegen die Stirn, als erwarte er jeden Moment einen rettenden Gedanken.

Sein Gesicht hellte sich auf und er wandte sich wieder an den Reiter, der eben dabei war seine Ladung loszubinden. Konrad machte keine Umschweife und beauftragte den erschöpften Mann mit neuen Wünschen. Er möge doch so gütig sein, schmeichelte der Dicke überflüssigerweise.

Mir platzte der Kragen. Was bildete dieser Kerl sich ein?

«Was soll das? Er ist doch gerade erst angekommen. Kann er sich nicht mal ausruhen?» Meine Sätze überschlugen sich und meine Stimme war zeitweise äußert unverständlich. Zudem ging mir rasch die Luft aus und ich konnte meinem Ärger keine Worte mehr verleihen. Selbst ich hatte diese Wut nicht kommen sehen und war von allen am wenigsten darauf vorbereitet. Es war gar nicht meine Art. Aber Konrads Benehmen brachte mich in Rage, zumal es nicht dem Wesen entsprach, das man zeitweise hinter der Fassade sehen zu können glaubte.

Harshad wurde schlagartig hibbelig und huschte aufgeregt umher, wissend, dass er nichts unternehmen konnte.

Konrad jedoch blieb seelenruhig und besaß gar die Frechheit mich freudig anzustrahlen.

«Wohl gesprochen», meinte er und nahm mir jeglichen Wind aus den Segeln. Er neigte seinen Kopf schief und betrachtete mich eine Weile, verwundert und doch erfreut, als habe er mir solchen Eigenwillen nicht zugetraut «Hey du», sagte er dann und zeigte mit einem wurstigen Finger auf den erstbesten Mongolen. «Dann reitest du.» Damit war für ihn die Diskussion beendet und er lächelte mir nochmals zu, als wollte er mich für mein – natürlich nicht erst zu nehmendes – Aufbegehren loben. Hinter ihm glaubte ich zu sehen, wie der Mongole mit den Augen rollte. Dieser sagte jedoch nichts, nahm lediglich sein Pferd bei den Zügeln und war wohl heimlich froh einen Grund zu haben, um weg zu können. Jedenfalls schienen ein paar seines Clans eben dies zu denken, denn sie sahen ihrem Freund wehmütig hinterher und wünschten sich weg.

Als sei nichts vorgefallen nahm Konrad in seinem Sessel platz und konnte sich eines zufriedenen Grinsens nicht mehr erwehren. In mir brodelte es derweil. All der faule Glanz gärte in mir und brachte meinen Körper zum Zittern. Ich war wütend auf Konrad. Wütend, dass er zu schwach war, sein Versprechen zu halten. Er verriet alles wofür wir hierher gekommen waren. Seine Machtbesessenheit würde uns überall hinbringen, doch ein Abenteuer würden wir nie erleben. Wir würden überleben, so wie er es immer tat. Spüren würden wir auf dieser Reise aber nie etwas anderes, als den Schmerz, den uns die ungewohnten Sattel bereiteten. Folter war es, den Anblick des Dicken ertragen zu müssen. Jeder Quadratzentimeter seiner Haut war eine fleischgewordene Lüge. Es reichte jetzt. Das Maß, das ich zu ertragen fähig war, war erreicht. Einmal war ich dumm genug gewesen, blind durch die Wüste zu laufen. Noch einmal würde mir das nicht passieren.

Kurz entschlossen, da meine Wut mir jegliches Denken entsagte, ging ich auf den majestätisch sitzenden Konrad zu. Dieser war mit sich selbst zu sehr beschäftigt, als dass er mein Nahen bemerken konnte.

«Konrad?» Ohne Vorwarnung verlangte ich seine Aufmerksamkeit.

Erheitert sah er zu mir auf und seine Augen glänzten voller Bewunderung für sich selbst.

«Junge, was begehrst du?», fragte er großzügig und traf den Nagel genau auf den Kopf.

«Darf ich mir einen Wunsch erfüllen?» Ich versuchte mich abzusichern. Diesen Konrad kannte ich nicht. Jeden Augenblick war er jemand anderes, als würden ihm seine eigenen Persönlichkeiten davonlaufen.

«Natürlich, mein Junge.» Er schaute mich rätselnd an, denn auch ich wurde ihm von Moment zu Moment sonderbarer. «Wie viel wird es kosten?» Er blätterte in seiner Brieftasche. Das schürte meine Wut nur noch mehr.

«Schwer zu sagen», spielte ich mich ahnungslos. In gewisserweise stimmte das auch. «Am besten Sie geben mir kurz die Börse», ließ ich meinen Plan reifen, wohl wissend, dass er nunmehr zu erschöpft war, um abermals aufzustehen.

«Du wirst mich doch nicht ruinieren», scherzte er und warf mir das Leder entgegen. Nur mit Mühe konnte ich es auffangen und verhindern, dass die Scheine herausflogen. Für ihn war alles immer nur ein Spiel.

Ich bedankte mich artig und ließ ihn alleine zurück.

Erschreckt von meinem Benehmen taumelte ich in Richtung der Mongolen.

Jeder Schritt war wie eine unendlich lange Reise. Fort von dem Dicken, über die Grenze, bis hin zu den Mongolen. Mein Körper gehorchte nicht länger mir. Was er tat, tat er, ohne dass ich daran hätte etwas ändern können. Wie ein Verräter fühlte ich mich. Und doch wusste ich, dass ich das Richtige tat. Das erste Mal überhaupt wusste ich es ganz genau. Gewissen hin oder her, diesen Weg musste ich gehen. Das war meine Aufgabe.

Khenbish stand, wie der Zufall es wollte, ganz in der Nähe, dorthin, wo mich meine Schritte führen würden. Wie einen Klumpen Blei hielt ich Konrads Börse vor mich. Khenbish erkannte diese, stemmte seine Arme in die Seiten und blickte mich finster an. Die dunkle Gesichtsbehaarung, die dunklen Augen, selbst seine braun gegerbte Haut, alles an ihm wirkte auf einmal bedrohlich. Wie versteinert drohte sein Blick mich zu töten. Noch nie in meinem ganzen Leben stand ich einem Gesicht gegenüber, das so unverhüllt mir seine Gedanken verriet. Ich fühlte mich dem Mongolen nah, vielleicht fühlte ich es deshalb so intensiv. So ungefiltert es nur zwischen Freunden sein konnte – und doch war es unverkennbar Wut, mit der er mir aufwartete.

Kaum einen Schritt entfernt, blieb ich vor ihm stehen und erwiderte seinen eisernen Blick. Er sagte kein Wort. Sein Atem ging beherrscht gleichmäßig, seine Brust aber war angespannt und hätte er losgebrüllt, ich wäre wohl augenblicklich umgestürzt, so viel Kraft lag in seiner stolzen Haltung.

Obwohl seine Meinung über mein Kommen bereits gefestigt war und er mir dies unmöglich verzeihen würde können, schwieg er, und wartete, dass ich es selbst aussprach, wofür er mich ein Leben lang verachten wollte. Die Freundschaft gab er nicht auf, aber wir standen am Scheideweg und er war bereit meine Entscheidung zu akzeptieren. Sollte ich aussprechen, was unmissverständlich bekundet war, durch das, was ich in Händen hielt, würde sich das Tor in seine Welt für immer schließen. Er würde zu dem werden, was sein Name verkündete – niemand. Er würde mich begrüßen, wie er den Tod begrüßte, und erwarten, dass ich weiter ziehe.

Trotz seiner finsteren Miene fühlte ich mich ihm nahe. Ich wusste, was ich an ihm hatte. Er war von allen der Ehrlichste und aufrichtig bis in die dunkelste Windung seines Seins. Er tobte nicht, er schrie nicht und vor allem, er täuschte nicht.

Ich glaubte ein schwaches Funkeln von Freude zu erkennen, da ich seinen Blick erwiderte und trotz seiner Entrüstung mit offenem Gesicht auf ihn zuging.

«Khenbish, mit einer großen Bitte trete ich an dich», sprach ich mit fester Stimme.

Der Hüne wählte seine Worte mit bedacht und ließ sich Zeit.

«Einer Bitte?», fragte er schließlich und seinem Ton war zu entnehmen, dass er glaubte, ich hätte eher Auftrag sagen müssen.

«Ich trage eine große Last mit mir. Einen Fluch. Ich bitte dich, trage ihn so weit weg, wie es nur irgend möglich ist.»

«Eine Bitte!» Er war merklich erleichtert. Seine Gesichtszüge entspannten sich, konnten sich aber noch nicht zu einem neuen Ausdruck entscheiden, nur seine Augen funkelten lebhaft.

«Natürlich», lachte er auf und spottete über seinen eigenen Irrtum. «Aber warum beleidigst du mich mit diesem Anblick.» Ein Kopfnicken deutete auf meine Hände. Immer noch war er verstimmt und wollte doch so gern glauben, dass ich an unserer Freundschaft festhielt.

«Das ist der Fluch!» Ich hob die Geldbörse in seine Richtung.

Verwundert tat er einen Schritt nach hinten. «Ein wahrlich mächtiger Fluch.» Er starrte mich mit offenem Mund an.

«Drum nimm so viele Reiter, wie du brauchst.» Ich machte ihm deutlich, dass es mir ernst war.

Langsam verstand er meinen Wunsch und setzte ein verschwörerisches Lächeln auf.

«Wohl möglich, dass ich alle brauche, um diese Last zu tragen», ging er darauf ein und prüfte vorsichtig, ob er meine Bitte richtig gedeutet hatte. Seine Stimme klang dabei, als könnte er immer noch nicht recht glauben, was er dort zu hören bekam. Deshalb wartete er gebannt, was ich darauf entgegnen würde.

«Dann soll es so sein!» Ein freches Grinsen stieg mir ins Gesicht.

Eine Träne drang sich dem Hünen ins Auge. Ohne Vorwarnung stürzte er sich nach vorne, schlang seine Arme um mich und klopfte mir beherzt auf den Rücken.

«Es freut mich, dass ich mich doch nicht in dir getäuscht habe», sprach er leidenschaftlich, als er die Umarmung endlich löste.

Ich war zu tief gerührt um etwas entgegnen zu können und senkte beschämt mein Haupt.

Khenbish setzte an zu fragen, was denn Konrad davon hielt, dann aber wurde ihm klar, dass dieser unmöglich etwas davon wissen konnte, und lachte sich vergnüglich in den Bart. «Aber wie werden ihr mit so vielen Gepäcktieren fertig», meinte er nachdenklich und beteiligte sich leidenschaftlich an meiner Verschwörung.

«Gar nicht», entgegnete ich unbekümmert. «Am besten ihr nehmt sie auch mit.»

Der Mongole schüttelte energisch seinen Kopf. Der Wind musste seine Ohren getäuscht haben.

«Lasst uns an Gepäck hier, was drei», ich wand mich kurz in Richtung des Dicken. «Was vier von euch auf eine lange Reise mit sich führen würden.»

«Du bist verrückt», entgegnete er lachend. Aber das wusste ich bereits. Unweigerlich musste ich an Sabrina denken, und spürte, wie sehr ich sie vermisste.

«Aber das gefällt mir», endete der sympathische Hüne. «Sei unbesorgt, es wird geschehen, wie du es dein Wunsch ist.» Der Mongole steckte plötzlich voller Tatendrang und dachte so fieberhaft darüber nach, wie er alles anstellen sollte, dass er gar vergaß, das Geld an sich zu nehmen. Deshalb erleichterte ich die Börse um ihren Inhalt und drückte den Bündel in seine beiden Hände.

Als ich mich umdrehte, sah ich, dass Konrad doch aufgestanden war. Weit war er aber nicht gegangen und stand mit dem Rücken zu mir neben dem Gasbrenner, der überflüssigerweise die milde Luft aufheizen sollte. Er hielt die Hand spielend der Flamme entgegen. Mehr als einmal verbrannte er sich und zog seine Hand zurück, nur um sie Augenblicke später wieder dem brennenden Gas zu nähern.

Vorsichtig ging ich auf ihn zu. Ganz nah war ich ihm, doch er hörte mich nicht. Der trocken staubige Steppenboden dämpfte meine Schritte. Neben ihm blieb ich stehen und sah sein Gedanken gequälte Gesicht. Wie am Morgen wirkte er teilnahmslos. Wie ein kleines Kind wirkte er bei dem Versuch, das Feuer zu fangen.

Beschämt ihn beobachtet zu haben, wollte ich mich fortschleichen. Doch grundlos schreckte er auf und stierte mich verwundert an. Er ging einige Schritte zur Seite und flüchtete sich in seinen Sessel.

«Und alles klar, Junge?» Er massierte sich der Reihe nach die Finger. Etwas unruhig saß er in seinem Sessel und blickte unbehaglich zu mir empor. Wie lange ich ihm zugesehen hatte, konnte er unmöglich wissen.

«Ja. Ja sicher», antwortete ich und stellte fest, dass auch ich geistig abwesend war.

«Gut», sagte er und betrachtete seine massigen Hände. «Gut.»

Als ich ihm seine Geldbörse reichte, musste ich schlucken. Meine Tat machte mir doch mehr aus, als ich geglaubt hätte. Die Verschwörung war mir einfacher gefallen, solange ich noch bei dem Mongolen gewesen war. Nun aber sah ich den Dicken vor mir und mir wurde unangenehm, was ich ihm angetan hatte. Schließlich vertraute er mir.

Mein Unbehagen ließ meine Hand erzittern, als ich Konrad seine nun erheblich schlankere Brieftasche reichte. Er sah sie kurz an und schien sich darüber zu wundern, dass ich diese besaß, bevor er sich erinnerte, sie mir gegeben zu haben. Er zuckte mit den Schultern, als sei es ihm gleichgültig und ließ ein leises Lachen ertönten, das ihn wohl selbst beruhigen sollte.

Als er danach griff, fühlte sich der Lederpacken merklich anders an – er war um beinahe die Hälfte zusammengeschrumpft. Trotzdem schenkte er dem Ganzen nicht seine volle Aufmerksamkeit.

«Danke», sagte er tonlos. Seine Gedanken fristeten noch in der Ferne, als er die Börse öffnete, einen kurzen Blick riskierte und sie dann in seiner Jackentasche verschwinden ließ. Zumindest wollte er das. Denn plötzlich legte sich seine Stirn in Falten und er brachte das Leder wieder zum Vorschein. Bedächtig öffnete er es erneut und ließ seinen Blick diesmal länger auf die gähnende Leere seiner Börse gerichtet.

Langsam entspannten sich seine Gesichtsmuskeln und die Falten verschwanden.

«So, so», sagte er bloß und ein seltsames Grinsen huschte in meine Richtung, während das Symbol seiner Macht endgültig in der Tiefe seiner Jacke verschwand.

Ich stand da, wie vom Donner getroffen und Konrad hatte nichts Besseres zu tun, als erneut an mir vorbei in die Ferne zu starren und da zu sitzen, als habe er mit der ganzen Angelegenheit nicht das Geringste zu tun.

Unentschlossen setzte ich mich neben seinen Thron auf den staubigen Boden, so wie stets in den vergangenen Tagen. Doch noch nie war er mir so weit weg vorgekommen. Jede rasche Bewegung vermeidend, drehte ich mich langsam zur Seite und konnte erkennen, wie Khenbish Harshad zu sich gerufen hatte und mit diesem energisch redete. Der Inder seinerseits blieb ruhig und unterbrach den Mongolen nur ab und an. Doch wie sie beisammenstanden, ließ vermuten, dass sie doch im Grobem einer Meinung waren. Die Verschwörung nahm ihren Lauf. Derweil weilte ich neben Konrad und scharrte mit den Fingern in der lockeren Erde. Und Konrad? Er saß da und schwieg sich aus. Nur sein fixierter Blick suchte in der Ferne. Müde sah er aus. Abgekämpft. Ahnen aber mochte er mehr, als sein unberührtes Benehmen vermuten ließ. Denn er mochte vieles sein, aber keinesfalls dumm.

Wenig später tauchte Harshad neben uns auf und verkündete, dass man sich zum Aufbruch bereite, und begann unser Zelt abzubauen. Konrad blieb einfach sitzen und wandte seinen Blick stets dorthin, wo sich gerade keiner befand. Er flüchtete vor der Erkenntnis, die ihn doch irgendwann würde einholen müssen. Wieder klopften seine Finger auf der Lehne und zählten die Sekunden.

«Es ist soweit», trat Harshad neben uns und bat um den Sessel, damit er diesen auf dem Rücken eines Pferdes befestigen konnte.

«Und weiter geht´s», antwortete Konrad erleichtert etwas tun zu können, gab seinen Thron frei und schüttelte seinen Kopf, um die bösen Geister zu vertreiben, die in letzter Zeit seine Gedanken für sich beanspruchten. Der

Dicke ließ seinen Blick über das aufbruchsbereite Lager schweifen. Er atmete tief ein und schritt auf sein wartendes Pferd zu. Inzwischen klappte es besser. Lediglich des Inders Hilfe war noch von Nöten, damit Konrad aufsatteln konnte. Dass die Leiter ausgedient hatte, wirkte sich auf Konrads Stimmung aus und er wirkte nicht mehr so gereizt.

«Gebt gut acht auf die Pferde», machte Khenbish auf sich aufmerksam, während sein Pferd neben mich und Konrad trat. «Erschreckt sie nicht. Sie würden nicht zu euch zurückkehren.» Der Mongole klang wirklich besorgt um seine Tiere und trennte sich mit reichlich Unbehagen.

«Du willst uns verlassen», entgegnete Konrad überrascht.

«Einen Wunsch hab ich zu erfüllen, wenn es genehm ist.» Dass Khenbish den Dicken nicht leiden konnte war reichlich untertrieben.

«Ach natürlich», lachte Konrad und machte sich darüber lustig, dass er das bereits verdrängt hatte. «Na dann, wenn die Pflicht ruft», verabschiedete er sich.

Khenbish ignorierte das Gehabe des Dicken.

«Es war mir eine Freude dich kennengelernt zu haben», meinte er an mich gewandt.

«Deine Begegnung hat mir viele wertvolle Erinnerungen geschenkt», verneigte ich mich leicht. Noch fühlte ich mich nicht ganz sicher auf dem Rücken eines Pferdes.

«Sollte ich einmal von dir erzählen, so werde ich deinen Namen mit Stolz auf meinen Lippen tragen.» Mit diesen Worten zog der Hüne sanft an den Zügeln und drehte sein Pferd in die andere Richtung.

Konrad hatte keine Zeit für so was und gab seinem Pferd die Sporen. Ich tat es ihm gleich. Nicht aber ohne mich nochmals umzudrehen und das schwarze Haar des Mongolen zu sehen, das immer kräftiger zu wehen begann.

Doch das konnte Konrad nicht mehr sehen. Genauso wenig sah er, wie die übrigen Mongolen sich Khenbish anschlossen und uns alleine weiter ziehen ließen.

Harshad jedoch hatte auf einmal etwas dagegen, dass sie uns alle verließen, und ritt hinterher. Mir pochte das Herz bis zum Halse. Trotz der harten Hufschläge blieb der Aufbruch dennoch verborgen. Was war nur in den Inder gefahren? Sein Gesicht war verzerrt gewesen. Ganz so, als habe ihn ein Gedanke erschrocken. Wollte er den Plan auffliegen lassen? Erinnerte er sich daran, wer sein wahrer Meister war und sah seine Pflicht verletzt? Schweiß stieg mir auf die Stirn. Dabei fürchtete ich nicht einmal die Rüge des Dicken. Es war alles zu glatt gelaufen. Zu einfach, als dass es wahr sein konnte. Der Fluch war mächtiger, als ich es hätte ahnen können. Aber dass es ausgerechnet Harshad sein sollte, der diesen zurückbringen sollte? Das schmerzte mich.

Minuten später – Ewigkeiten hätten nicht länger dauern können – hörte ich erneut Huftritte unter unseren eigenen heraus. Konrad ritt immer noch ahnungslos weiter, doch damit würde jetzt wohl Schluss sein. Der Inder würde beichten und alles wäre vergebens gewesen. Konrad würde mir nie wieder trauen und diese abstruse Anhäufung merkwürdiger Konsequenzen einer zufälligen Begegnung, die für sich genommen merkwürdig genug gewesen war, würde enden. Ich schluckte kräftig um stellte mich auf eine lautstarke Schimpftirade ein.

Harshad jedoch blieb im Hintergrund. Verwundert drehte ich mich um. Er war mit nichts zurückgekommen, außer einem breiten Grinsen im Gesicht. Sein Strahlen war so kräftig, als wollte er sein Glück mit der ganzen Welt teilen. Daran, dem Dicken etwas zu sagen, schien er keinen Gedanken zu verschwenden. Er hatte seine eigenen Geheimnisse.

«Sie kommen. Sie kommen bestimmt», flüsterte er und zwinkerte mir übertrieben zu.

Was das nun betraf, so überstieg es meinen Horizont um Längen.

Eine Weile geschah nichts. Doch dann ergriff die Stille der Steppe Konrads Gemüt. Ein Dutzend weniger Reiter ließen dieser friedvollen Ruhe mehr Platz, sich auszudehnen. Auf Konrad übte dies eine brutale Kraft aus, sodass er sich doch auf einmal mit der Gegenwart beschäftigte und sich schwerfällig im Sattel umzudrehen versuchte. Reiter konnte er aber nirgends ausmachen, nur fünf herrenlose Pferde, die uns wie zufällig folgten. Harshad, der sich nicht zu uns an die Spitze des Zuges hatte vordrängen wollen, flankierte die Karawane einseitig und blieb somit dem Blick des Dicken verborgen.

«Wa ...?» Konrads Verrenkungen verschnürten seine Luftröhre und er verlor die Stimme. Erschrocken zog er an den Zügeln und wollte sein Pferd zum Stehen bringen. Dieses jedoch fühlte sich zu Anderem verleitet, vollzog eine neunzig-Grad-Kurve und trabte unbekümmert weiter. Erst nach einigen Metern, schaffte der Dicke es seinem Reittier den Willen seines Herrn verständlich zu machen.

Konrads Gesichtsausdruck machte deutlich, dass er nicht wusste, wie ihm geschah. Wären wir nun in einem Büro gewesen, er hätte getobt. Aber hier waren wir nicht auf seinem Terrain. Und schließlich war er auch allein. Das Spiel hatte seine eigenen Gesetze, denn der Inder war sein Diener und ich, der Knabe, den er beeindrucken zu müssen glaubte. Da musste er Haltung bewahren, konnte nicht um Hilfe rufen und nicht sagen, dass das nicht so ginge. Die Illusion, die ihn hüllte, ihn kleidete, verlor immer mehr an Stoff und er musste sich vor jeder übereilten Bewegung hüten, um nicht nackt zu erscheinen.

Man hatte ihm übel mitgespielt. Er sah kurz zu mir herüber und verengte die Augen zu Schlitzen. Doch es nützte nichts. Dass ich seinen Blick gar noch erwiderte, brachte ihn noch mehr in die Verlegenheit mich anschreien zu müssen. Nochmals schaute er sich um, doch die Mongolen blieben verschwunden. Kaum mehr als eine Staubwolke am Horizont ließ erahnen, wie weit sie weg waren. Keiner würde die mehr einholen, keiner könnte sie zurückholen. Alles Geld dieser Welt würde dies nicht vermögen.

Deshalb versuchte er auch es nicht, biss sich auf die Lippe und gab seinem Tier erneut die Sporen zu fühlen.

Nur geradeaus ritt er und ließ die Meter, die uns trennten, bestehen.

– 24 – Abenddämmerung

Immer noch trennten Konrad und mich die Meter seines Irrtums, seines fehlgeschlagenen Versuches, stehen zu bleiben.

Harshad beschloss weiterhin unauffällig – wie es sich für einen Diener geziemte – im Hintergrund zu verweilen und ritt in der Mitte, ohne sich für eine der beiden schweigenden Seiten zu entscheiden.

Die Gepäcktiere ließen sich von diesem Auseinandertreiben der Spitze nicht beirren und folgten unbehelligt dem Schweif meines Pferdes, das als einziges dem bisherigen Weg treu geblieben war.

Es war beängstigend, wie lange Konrad es schaffte, nichts zu sagen. Nicht einmal meine zur Seite gerichteten Blicke erwiderte er. Der Unterschied gegenüber dem morgendlichen Ritt war aber, dass er sie bemerkte. Ein Flackern in seinen Augen verriet es.

Als Strafe dieses Schweigens, blieb mir reichlich Zeit, mich mit anderen Erscheinungen zu beschäftigen. Nämlich die des Inders, der scheinbar als mein Komplize handelte, selbst aber eigene Geheimnisse vor mir hütete. Sein Grinsen war unverkennbar vielsagend, dennoch blieb mir völlig schleierhaft, was diesen Harshad so unverschämt strahlen ließ. Warum war er zurück geritten? Und dann auch noch unverrichteter Dinge zurück gekehrt? Dass nämlich die Mongolen wieder zu uns stoßen würden, war ausgeschlossen. Dennoch hatte der Inder genau das gesagt – sie kommen.

Ihn zu fragen machte nicht viel Sinn. Wahrscheinlich würde er mich einfach nur angrinsen. Denn was seine Verschwiegenheit anbelangte, hielt er es genauso, wie mit seiner unbrechbaren Loyalität. Auch wenn er von Letzterem seine eigene Vorstellung zu haben schien.

Gerade spielte ich mit dem Gedanken doch eine Frage zu riskieren, als Konrad sein Schweigen brach.

«Ach, wie tut mir der Hintern weh», fluchte er lachend in die Steppe. Nicht, dass er mich dabei ansah, oder gar vorgab mit mir gesprochen zu haben, so driftete sein Pferd dennoch nach links und schloss schrittweise die klaffende Lücke.

Ich war mehr als verwundert und verlor meine Sprache. Weder dieses Geständnis noch diese grazile Reitkunst hätte ich dem Dicken zugetraut.

Ein seltsam ungewohntes Gefühl war es, neben Konrad herzureiten. Es war wie ein erstes Mal. So als hätte ich es noch nie getan. Wenigsten nie wirklich. Ein unsicheres Lachen schwang mit, während er näher kam. Er schaute sich um. Dann nickte er zu jemandem, der nicht da war, als hätte er bloß auf dessen Zustimmung gewartet.

Sein Lachen wurde lauter. Als würde es sich selbst befreien, entlud es sich aus seiner Kehle. «Tut dir dein Hintern nicht auch weh?» Es war eine unvermittelte und merkwürdige Frage. Zumal es die erste war, die er mir überhaupt stellte. Und noch etwas war anders, er wartete auf eine Antwort. Sein Ton war nicht der eines Managers, der eine Erklärung verlangte. Er forderte nicht, sondern bat, mich ihm mitzuteilen. So eigenartig die Frage an sich war, stellte sie mehr dar, als jemals zwischen uns gewesen war. Es war einfach, belanglos und mit einem Lachen ausgesprochen. Dennoch bedeutsamer als es eine stundenlange Predigt, ein ganzer Roman seiner Abenteuer hätte sein können. Seine Stimme kannte ich beinahe nicht wieder und ich zögerte. Als hätte er hinter einer, seiner Fassade hervorgerufen, so klang es und es hallte nach.

«Ja», lachte ich verlegen. «Doch.» Und ängstlich, denn innerlich bereitete ich mich auf den Schmerz vor, den er mir mit einer seiner nichtssagenden, überheblichen Floskeln bereiten würde. Ich wartete förmlich darauf, dass er mir den flüchtigen Hauch von Nähe mit aller Gewalt wegreißen würde und ich stürzten müsste, als hätte er mit einem Handgriff Pferd samt Sattel unter mir weggestohlen. Doch es blieb aus. Er entgegnete nichts. Machte sich nicht über mich lustig. Nannte mich nicht selbstgefällig Knabe. Nichts tat er, was mich an den Konrad erinnern musste, den ich kennengelernt hatte. Ein leises vergnügliches Summen ertönte von seinen Lippen. Kindliche Freude schien er diesem gemeinsamen Empfinden abzuringen.

«Eigentlich schmerzt er seit dem ersten Tag», wagte ich mich vor und bereute gleich so leichtsinnig gewesen zu sein.

Konrads Summen verstummte. Sein Blick wanderte zu mir herüber. Ich musste blinzeln, konnte ihn nicht erwidern.

«Verflucht», lachte er laut auf. «Und da preschen wir beide wie die Verrückten durch die Steppe?» Das Wort verrückt, schien sich in all seinen Abwandlungen, wie ein roter Faden durch unsere Reise zu ziehen.

Mit einem Stoß entleerte ich meine Lungen, da ich vor Schreck die Luft angehalten hatte.

«Wir machen Halt», behauptete sich Konrad gegen seinen unsichtbaren Feind. Es war ein harter und ungleicher Kampf, den er auszufechten hatte. Aber er stellte sich diesem über die Jahre angewachsenem Gegner.

Es war ein Anfang. Wir hatten Schmerzen und hielten deshalb inne. Das war ein riesiger Fortschritt. Und diesen verdankte ich dem Dicken. Weil er es geschafft hatte, über einen mächtigen Schatten zu springen. Auch wenn Konrad leicht fahrig wirkte und seine Gedanken noch nicht bereit waren, sich gänzlich mit der Gegenwart zu befassen, so war ich doch stolz auf ihn. Irgendwie beruhigte es mich zu wissen, dass er auch ein Mensch war.

Konrads Sessel hatte Harshad jedoch irgendwie zu verstecken gewusst, denn kaum hatten wir festen Boden unter den Füßen, tauchte dieser vereinsamte Thron abermals in der Steppe auf.

Ich blickte den Inder überrascht an. Alles was er tat, war mit den Schultern zu zucken und mich anzugrinsen. Aber was sollte ich sagen? Das war unser aller Spiel, und dass die Regeln nicht feststanden, war von Beginn an meine Überzeugung gewesen. Und der Inder verstand sein Handwerk. An sich wusste er als Einziger stets, was er wollte – und tat es. Er lief nicht davon, tobte nicht und verfiel nicht in Gedanken, die ihn nicht wieder loslassen wollten.

Es war erst kurz nach Mittag, vom Tag noch viele Stunden übrig und doch schien der Millionär nicht zu beabsichtigen diese zu füllen. Er nahm platz auf seinem Sessel und begann wieder ins Leere zu stieren. Manchmal hörte ich ihn lachen und wusste nicht worüber. Er brachte es gar fertig mich anzusehen und mit einer hochgezogenen Braue bestätigend zu nicken, ohne ein Wort zu sagen.

So saß ich auf dem staubigen Boden und musste ertragen, wie Konrad sich geißelte. Er folterte sich mit seiner Geduld und war sich selbst ein übermächtiger Gegner. Sein Thron in der Steppe hob ihn über alles, und sorgte dafür, dass nichts ihn berühren konnte. Er hielt daran fest und blieb König seiner Illusionen, auch wenn er nun vorgab und sich selbst vorlog, seinen Untertanen einen Besuch abzustatten. Mir fehlte die Luft zum Atmen und ich wagte nicht ein Wort zu sprechen.

Harshad, der um den größten Teil seiner Arbeit beraubt war, kümmerte sich einfühlsam um die Pferde und entzog sich somit unserer Gesellschaft. Stillschweigend übernahm er die Rolle der Mongolen und isolierte den Dicken in einer menschenleeren Steppe.

Auch ich schaffte es nicht, ihn zu erreichen. Jeder Versuch scheiterte bereits in meinem Kopf, sodass ich es nicht einmal probierte. Immer wenn ich zu ihm aufsah, fühlte ich mich an seinem Schwermut schuldig und der mitleiderregende Anblick verschnürte mir die Kehle.

Unvermittelt stand ich auf und erschrak selbst, als ich auf den Dicken herab sah. Es war ein Gefühl gewesen, das mich hochgetrieben hatte, nicht ein Gedanke. Und so wusste ich nicht, was ich tun sollte, blickte mich um, fand aber nichts, was als Rechtfertigung für mein übereiltes Handeln dienen konnte.

«Ich», begann ich verlegen. Konrad blickte zu mir auf. «Ich ...», stotterte ich weiter und blickte an den fernen Horizont. «Ich geh mal Holz sammeln», brachte ich schließlich doch noch einen Satz hervor. So taten es die Helden in den Romanen, die ich fortwährend verschlungen hatte. Etwas Besseres war mir nicht eingefallen. «Holz brauch man immer», verteidigte ich mich, ohne dass Konrad etwas gesagt hatte.

«Gut», antwortete er und nickte träge. «Sicher, doch ...», fiel es ihm schwer, sinngebende Worte zu finden. «Ehm, das ist ...» Sein Blick wanderte ebenfalls zum Horizont «nützlich», endete er und ich war mir nicht sicher, ob er überhaupt noch wusste, wovon wir gesprochen hatten.

Mir war es selbst nicht mehr wirklich bewusst und so stolperte ich einfach mal los. Erst nach einer Weile, als ich über einen verdorrten Ast stolperte, erinnerte ich mich und hob diesen, wie zu meiner Verteidigung auf. Lange blieb es der einzige in meiner Hand. Denn entgegen den Schilderungen in Romanen, waren baumlose Gegenden nicht mit brennbarem Geäst übersät.

Darüber nachdenkend wunderte ich mich gar, wo dieser eine hergekommen war, als ich nördlich einen kurzen, grünen Streifen ausmachte. Von dem Gedanken angetan, nachher mit einem stolzen Haufen Gehölz zurückzukehren und meinem Vorwand Glaubwürdigkeit zu verleihen, hielt ich auf den anwachsenden Farbklecks zu.

Es waren nur wenige niedrige und knorrige Bäume und dorniges Gestrüpp, das mich erwartete. Ein kleiner Tümpel verbarg sich dahinter und schenkte der Steppe ein wenig Farbe.

Mir war klar, dass dieser von der Trockenheit vergessene Teich nicht in meine Vorstellung einer Steppe gehörte. Mit dieser Befremdlichkeit in mir blieb ich eine Weile unentschlossen stehen und versuchte es mir zu erklären.

Ein schmaler Rinnsal ergoss sich von Norden her und verlor sich in dem flachen See, wo das Wasser genau so schnell zu versickern schien, denn nirgends war ein Abfluss auszumachen.

Erst als ich mich bückte und meine Hand durch das kühle Nass gleiten ließ, wachte ich auf. Warum nur schleppte ich immer noch so viele Erwartungen und Vorurteile mit mir herum? Wie vernarrt konnte man nur sein, in diese Mensch gemachten Bilder einer mir fremden Welt? Warum nur kostete das von den Medien erlangte Wissen, mir den Glauben an die Wahrhaftigkeit meiner Eindrücke? War es doch in der Wüste mein Fehler gewesen, dort die Einsamkeit zu suchen, da man dies von dem seelenlosen Meer aus Sand schließlich erwarten durfte.

Als wären meine Augen eine Kamera, mein Verstand die Mattscheibe und meine ganze Handlung bestünde darin, das Bild in mir mit jenem der Medien zu vergleichen und festzustellen, dass diese nicht übereinstimmten. Verflucht, was ist dieses Reisen schwierig, man muss sich von so viel lösen.

Konrad hatte sich aus seinem Sessel erhoben und stand wenige Schritte neben seinem Thron. Die Hände in die Seite gestemmt, dehnte er seinen massigen Rücken. Sein Blick – ohne, dass ich diesen sehen konnte – war wieder am Suchen, doch seine starre Haltung gedachte dies zu verleugnen.

Weit mehr als eine Stunde musste wohl vergangen sein, seit ich das unbelebte Lager verlassen hatte.

Der Dicke vernahm meine Schritte und drehte sich für sein Gewicht überraschend schnell um.

«Da bist du ja», lachte er mich erleichtert an. Er verrenkte sich und versuchte den Inder zwischen den Pferden auszumachen. Er öffnete den Mund, als wollte er diesen rufen. Doch er schaffte es nicht. Der Name blieb ihm im Hals stecken. Er schluckte und setzte von Neuem an. «Er ist da», rief er in Richtung seines Dieners. «Hörst du?»

Harshad tauchte neben einem der Pferde auf und hielt einen Sattel in der Hand, den er eben vom anhaftenden Staub befreite. «Ja Meister, ich sehen», gab dieser freudig zurück. Auch wenn sich seine Gesichtszüge merklich aufhellten, so schien er sich dennoch keine großen Sorgen wegen meines Ausbleibens gemacht zu haben. Vielleicht, weil ich für ihn nicht bloß der kleine Knabe war, den es zu behüten galt.

Konrad bewahrte sich hingegen weiterhin den Zustand, aufgeregt zu sein und wusste nicht wohin mit seiner umfangreichen Gestalt. Ihm fehlte mich zu beeindrucken und glaubte das im Hubschrauber beschlossene Unterfangen gescheitert. Zumindest waren die Fäden seiner Macht gerissen. Er bewegte sich auf einer Bühne, die sich nicht von ihm allein kontrollieren ließ. Um davon abzulenken, nahm er auf seinem Sessel Platz und wartete, bis ich mich neben ihn setzte. Mit seiner rechten Pranke rieb er sich das Kinn. Sein Blick wanderte den fernen Horizont entlang. Er wollte ansetzen, eine seiner zahllosen Geschichten zu erzählen. Es war unverkennbar. Doch es wollte ihm keine einfallen, die es wert war, verkündet zu werden.

Nach einer Weile beschloss ich etwas zu sagen, denn dieser Anblick war nicht zu ertragen. Natürlich kannte ich keine Erzählung, die einen Konrad hätte beeindrucken können. Aber das war auch nicht meine Absicht.

Zaghaft, etwas schüchtern, setzte ich an. Ich berichtete ihm von meinem kleinen Ausflug in die Steppe. Erzählte ihm von meiner Entdeckung, dem kleinen See und den alten windverdrehten Bäumen.

«Hattest du nicht wollen Holz holen?», fragte mich Konrad auf einmal und ich wunderte mich, dass er zugehört hatte. Er sah zu mir hinunter und lachte amüsiert.

Ich konnte nicht anders und fiel mit ein. Er hatte recht. Aber es war mir auch gleichgültig, dass ich es völlig vergessen hatte. Sein Lachen war keineswegs anklagend. Fast befreit stand auf.

«Lass uns dorthin reiten», sagte er voller Tatendrang. «Muss bestimmt schön dort sein, so wie du es beschreibst.»

Man hätte nicht behaupten können, dass ich viel erzählt hätte, was eine solche Vermutung rechtfertigen könnte. Aber warum waren wir überhaupt in der Mongolei – sicherlich nicht um stur Richtung Westen zu reiten. Der See bot ein Ziel, und es war das beste Ziel, das wir bisher überhaupt hatten. Überrascht von seiner Reaktion und angetan von diesem Entschluss nickte ich. Auch wenn tief in mir eine Stimme mir sagte, dass er nur Ablenkung suchte und die Rast nicht länger ertrug – ich hörte ihr nicht zu. Der Gedanke, Konrad könnte Gefallen finden, an etwas, mit dem er später nicht prahlen würde können, war mir einfach zu kostbar.

«Har...», Konrad bracht ab. «Wir brechen auf.» Er lachte mit beängstigender Begeisterung.

Harshad ließ ein Grinsen und eine angedeutete Verneigung seine Antwort aussprechen. Wenig später ritten wir dorthin, wo ich den See vermutete. Sicher war ich mir bei Weitem nicht. Auf meinem Hinweg hatte ich meinen Füßen jegliche Entscheidung überlassen und selbst zurück war mein Pfad nur wenig gradlinig verlaufen.

«Du scheinst dir deinen Orientierungssinn bewahrt zu haben», scherzte Konrad, nachdem ich mehrmals unsere Richtung geändert hatte. «Ob wir nicht vielleicht ein GPS-Gerät haben?»

«Nein, haben wir nicht», gab uns Harshad unvermittelt zu verstehen. Er ritt hinter uns und hatte bisher geschwiegen. «Nichts dergleichen», setzte er etwas leiser, aber entschieden nach. Als wir uns erstaunt umblickten, schenkte er uns bloß ein freches Grinsen und erweckte nicht den Eindruck, dem etwas hinzufügen zu wollen.

Konrad zuckte kurz mit den Schultern. Scheinbar benahm sich der Inder selbst für seine Verhältnisse sonderbar.

Besonders eines fiel mir auf, als wir uns an dem kleinen Wasser niederließen. Desto mehr ich mich umsah, umso mehr wurde mir bewusst, wie sehr meine Schilderung von der Realität fern geblieben war. Kaum die Hälfte der Bäume war mehr übrig geblieben von der Beschreibung und selbst von jenen übrigen, handelte es sich um hochgeschossenes Gestrüpp. Ich fühlte mich sehr an Konrads Geschichten erinnert. Wie ausgesprochen leicht es doch war zu erzählen.

Dennoch wirkte der Dicke sichtlich zufrieden. Beinahe als wüsste er eine schwierige Aufgabe erledigt, dehnte er sich und deutete an, den Erfolg nun zu genießen. Seinen Thron richtete der Inder vor dem äußert überschaubaren See auf. Es sah einfach nur lächerlich aus und dennoch fand ich irgendwie Gefallen an dem Anblick. Nicht bloß, dass Konrad wieder einmal mit sich selbst zufrieden war, so gab er doch auch zumindest einmal vor, die Landschaft zu genießen. Mit dem Anflug eines begeisterten Grinsens, erweckte er den Eindruck, als habe er selbst veranlasst, diesen See hier installieren zu lassen.

Nachdem unsere vierbeinigen Gefährten sich am Wasser gütlich getan hatten, war es vom aufgewirbelten Schlamm ganz trübe geworden und ich hätte schwören können, dass sich der Spiegel des Sees um mehrere Zentimeter gesengt hatte.

Neben Konrad sitzend, blieb für mich nur wenig Platz, da die Pferde auf uns zudrängten, um sich an dem frischen Gras, das nur stellenweise spross, laben zu können. Deshalb stand ich auf und räumte das Feld. Konrad schienen sie nicht weiter zu behelligen und hielten stets einen Kopf breit Entfernung zu seinem Thron.

Da mein vorgeschobenes Vorhaben noch nicht erfüllt war, machte ich mich auf die Suche nach Holz. Zwischen den vereinzelt stehenden Bäumen schlenderte ich umher. Entgegen den Darstellungen in Filmen und Büchern, die ich kannte, fand sich passendes Brennmaterial nicht auf Schritt und Tritt. Ein paar abgestorbene Äste krallten sich noch in die verwinkelten Zweige. Allein diese von dort oben herunter zu bekommen glich einem Abenteuer und bot mir reichlich Beschäftigung, um wenig später mit überschaubarem Erfolg zurückzukehren.

Dort saß der Dicke und stierte auf die spiegelglatte Oberfläche des Sees. Sein Thron, obwohl der gleiche Sessel, schien mir immer größere Ausmaße anzunehmen. Wie ein imposantes Bauwerk drückte es sich in meine Wahrnehmung, und der Gefangene darauf rückte mir immer mehr in die Illusion des Befremdlichen. Ich erkannte immer weniger einen Mann in dieser kolossalen, plumpen Präsenz. Er wurde zu einem Status. Einem Konrad, der sich aus diesem Begriff von selbst beschrieb. Allein ihn anzusehen gab mir das Gefühl ein Tourist zu sein.

Als stünde ich vor einem Palast, während mir ein Fremdenführer erklärte, dort hause das Oberhaupt einer königlichen Familie. Gezückte Fotoapparate und gesellschaftliches Zugehörigkeitsgefühl nötigten mich, so etwas wie Ehrfurcht zu empfinden. Der allgemeinen Bildung wäre es geschuldet, seine Vorfahren zu kennen. Seine Geschichte gehört es sich, wie ein Seekranker aus sich zu speien. Am liebsten hätte ich eine Axt genommen und diesen Sessel in tausend Stücke geschlagen.

Mein Blick flüchtete auf den beschatteten See. Da störte ein winziger Kreis die ebene Oberfläche. Ein dicker Faden entstieg dem Wasser. Verwundert verfolgte ich dieses Rätsel und erblickte einen entzweigten Ast in Konrads massigen Pranken. Leidenschaftslos aber fixiert stierte der Dicke dorthin, wo die Angelschnur im See verschwand. Es war das erste Mal, dass ich den Millionär etwas tun sah – auch wenn er sich nicht im Geringsten bewegte.

Der Dicke bemerkte mich nicht, und so setzte ich mich neben ihn auf die Erde. Er wirkte zu sehr beschäftigt, als dass ein Gespräch möglich gewesen wäre. Die Schnur bewegte sich nicht ansatzweise, dennoch half ich ihm dabei sie im Auge zu behalten und vergaß für eine ganze Weile, was wir hier machten.

Da dem Bedürfnis, die Zeit mit etwas zu füllen, Rechnung getragen worden war, vermied Konrad es, diese Beschäftigung aufzugeben. Obwohl nicht ein einziger Fisch anbiss, schien ihn dies nichts anzugehen. Er fragte nichts, sagte nichts. Der Dicke schien jegliche Zeichen von Ungeduld sich selbst zu verbieten und dennoch drohte eine nicht deutbare Anspannung mit jedem Atemzug über uns herzufallen. Wir waren beide Gefangene unserer Illusion, wir wollten es glauben und wagten nicht unsere Blicke von der im See versinkenden Schnur zu lösen.

Der angebrochene Nachmittag verflüchtigte sich mit der sinkenden Sonne in unserem Rücken. Harshad übte sich darin, die kleinen Zelte der Mongolen zu errichten. Nur wenige Schritte neben uns rätselte er leise und dennoch leidenschaftlich, wie die dünnen Holzstangen ein tragendes Gerüst bilden sollten.

Da ich selbst nicht über eine solch merkwürdige und ungeeignete Angel verfügte und somit dem See nicht mit meiner ungeteilten Aufmerksamkeit aufwarten konnte, gesellte ich mich zu dem handlungsschwangeren Inder.

Gemeinsam erkundeten wir die Geheimnisse mongolischer Lagerkunst und brauchten nicht einmal ein Wort zu sprechen. Es war nicht, dass die Atmosphäre bedrückend gewesen wäre und doch hätte ich mich auf jedem Friedhof eher verleitet gefühlt zu sprechen. Diese Ruhe war so zerbrechlich und ich wusste nicht, was danach kam. Ob Orkan oder Leere, ich fürchtete beides. Die hauchdünne Haut des Luftballons war gedehnt und ohne Konrad ansehen zu können, duckte ich mich und wartete förmlich auf den Knall. Ihn nicht zu hören, machte es nicht leichter. Es verdrängte es nur auf später. Ich wollte es nicht und doch schien es unausweichlich. Keinen Ton wagte ich. Ich konnte nicht mehr zu Konrad durchdringen. Zu viel hatte ich mir zugetraut. Ein Knabe war ich. Die letzte Chance vertan, das Ventil zu öffnen.

Drei kleine Zelte erhoben sich gleich neben dem See und erweckten den Eindruck, in diese Landschaft zu gehören. In vieltönigem Braun wirkten sie als seien sie der Erde selbst entwachsen und so alt, wie die umherstehenden Bäume mit ihren knorrigen und windverdrehten Stämmen. Alles harmonierte, floss förmlich ineinander über – alles, bis auf das Selbstporträt, das Konrad von sich malte. Dieser allem enthobene Thron und die brüchige Geduld, die er sich selbst vorspielte.

Als Harshad schließlich das Essen brachte, gab der Dicke seine erfolglose Tätigkeit auf. Ihn störte nicht einmal, dass nicht ein einziger Fisch angebissen hatte. Vielmehr glitt sein Blick in den dunkler werdenden Himmel und Erleichterung machte sich in seinem Gesicht breit. Es bedurfte keiner Aufgabe mehr. Kein Gedanke daran, heute noch ein Abenteuer erleben zu müssen. Die Nacht würde bald über uns hereinbrechen und ein Ausritt wäre nicht mehr möglich. Nun durften wir hier sein, und ein Ziel war nicht länger notwendig. So viel stand in Konrads Gesicht, in diesem einen Ausdruck, seiner eigentlich unbegreiflichen Sorgen. Er hatte noch nicht gelernt zu reisen. Nicht gelernt irgendwo anzukommen. Wusste nicht um die Bedeutung irgendwo zu sein. Für ihn gab es nur den Horizont hinter dem nächsten Berg, zählte bloß der Weg, der vor einem lag. Doch was, wenn es keinen Ort gab, den man noch nicht gesehen hatte? Was, wenn man so war, wie er?

Harshad, der Herausforderungen genau so wenig scheute, wie die Arbeit selbst, hatte sich zur Aufgabe gemacht, all den verlorenen Luxus einzig durch sein Bemühen wettzumachen. Seine ganze Ausrüstung hatte er aufgeben müssen und doch war er nicht bereit, uns das spüren zu lassen. Unbekümmert tat er weiter wie gehabt und ignorierte gänzlich, dass sich doch so viel geändert hatte.

Der gleichmäßigen Wärme des Gasbrenners unter der Zeltplane, musste nun das Lagerfeuer unter freiem Himmel nachkommen. Natürlich vermochte ein solches dies nicht zu erreichen. Deshalb verbreiterte der Inder zunächst die Brennfläche, doch die Hitze blieb ungleichmäßig und so kam ihm die Idee, noch weitere Feuerstellen um uns herum zu entzünden.

Das Holz unserer mongolischen Begleiter fiel immer schneller den hungrigen Flammen zum Opfer.

Die aufgehenden Sterne am Nachthimmel ertranken sich im Licht der Feuer. Einzig ein Kranz aus brennendem Holz konnten meine überreizten Augen in der Dämmerung ausmachen. Der Rest war ein Meer aus Schwarz. Als würde die Welt nach wenigen Metern aufhören, riss uns der Wunsch, an Altem festzuhalten, aus der Welt. Ich fühlte mich einsam. Der Drang weg zu laufen wurde stärker.

Als Konrad wenig später ankündigte, früh schlafen zu gehen, schloss ich mich ihm an. Es war nicht auszuhalten. Wir fanden nichts worüber zu reden sich lohnen würde. Es gab nichts, was uns noch verbannt, bis auf die abwegige Idee, die Welt zu umrunden – eben jene Welt, von der Konrad nichts weiter sah, als blendendes Licht. Deshalb hatte er auch bereits alles gesehen, denn alles war gleich. Nur beeindruckender Glanz, der mit der Zeit verblassen musste. Ich erinnerte mich an seinen leeren Blick in der Limousine. Damals hatte er gesucht, gehofft, dass er etwas erleben, etwas fühlen würde. Aber das tat er nicht. Ich spürte es. Und er versuchte alles, um dies nicht wahrhaben zu müssen – Morgen würde alles anders werden. Er wollte es glauben. Er musste es, denn es war alles, was ihm noch blieb. Jeden Tag würde er von Neuem aufwachen und hoffen, dass er es fand. Jenen Sinn, jenen Wert, bei dessen Anblick er noch staunen könnte. Er, der übersättigte Fisch, der alle Ziele der Menschen erreicht, alle Werte erfüllt hatte. Er war leer und gefangen von dem Glanz seiner eigenen Erscheinung, diesem brennenden Feuer, das alles und jeden von ihm fernhielt. Nur noch Harshad und ich waren übrig geblieben, hatten uns nicht in die Flucht schlagen lassen. Doch ich wusste, der Inder würde nie dieses Gefängnis durchbrechen. Er glaubte an Konrad, dachte, dass dieses Feuer ihn wärmte. Dass es ihn aber ausbrannte, sah ich nur zu deutlich und es schmerzte mich, als würden die Flammen mich selbst umschlingen.

– 25 – Lagerfeuer

Der Boden war hart. Die dünne Decke hielt ausreichend warm, doch konnte sie eine Matratze bei Weitem nicht ersetzen. Auch Konrad bekam dies zu spüren. Sein Stöhnen mischte sich als stetes Geräusch unter jene der Nacht. Das Knistern der Feuer war noch lange zu hören. Zumindest für jene, die nicht schliefen – und zu denen gehörten Konrad und ich. Die Nacht war lang. Die Feuer malten flackernde Schatten an die Zeltwände. Doch es waren die Gedanken, die mir den Schlaf verwehrten. Ob ich auf dem Rücken lag und die tief hängende Decke anstierte oder meine Augen geschlossen hielt, es änderte nichts. Bilder projizierten sich aus rastlosen Gedanken. Was ich am Tag mit bloßem Wegschauen zu ignorieren vermochte, nahm mich in der Nacht umso leichter gefangen. Erst spät nach Mitternacht verwischte Müdigkeit diese Bilder und malte ihre eigenen verworrenen Szenen.

Die Anstrengungen der bisherigen Reise und die erholsamen Stunden des Schlafes standen in keinem angemessenem Verhältnis. Umso erschreckter fuhr ich zusammen, als ein Schrei mich aus dem Schlaf riss. Dumpf und erstickt drang dieser bis zu mir durch. Dann ein kräftiges Platschen. Wasser spritzte hoch. Es klang als würde Konrad mit jemandem ringen. Ich fühlte Wasser an meinen Füßen. Die ganzen Beine waren nass. Orientierungslos sprang ich auf. Ich stieß mit dem Kopf gegen etwas Weiches. Es schlang sich um mich. Ich versuchte es loszuwerden und trat nach vorne. Erneut ein Platschen. Diesmal spürte ich das Wasser über meinen Kopf steigen. Ich ertrank. Stoff umhüllte mich und ich konnte mich kaum bewegen. Eiskalt war es. Panik durchströmte meinen Körper. Jede einzelne Faser war gespannt und versuchte mich zu befreien. Doch der Boden unter mir war glitschig und ich verlor ständig das Gleichgewicht. Der vollgesogene Stoff zog mich unter Wasser. Rauschen war zu hören. Dazwischen Geschreie.

Mein Herz raste, meine Lungen brannten und alles was ich schluckte war Wasser. Etwas zog an mir. Kräftige Hände umschlangen meinen Körper. Endlich tauchte ich aus dem Wasser auf. Das nasse Zelt sog sich auf meiner Haut fest. Mein Gesicht war völlig verhüllt. Panisch begann ich zu hecheln.

Harshad Stimme redete auf mich ein, sagte ich solle mich beruhigen. Doch dazu war ich nicht fähig. Konrad fluchte in einiger Entfernung. Obwohl meine Augen weit aufgerissen waren, sah ich nichts als reinstes Schwarz.

Dann endlich zerrte jemand an dem durchnässten Tuch und befreite mein Gesicht. Schimmer von Grau tauchten auf. Erschöpft und nach Luft ringend, ließ ich mich kraftlos sinken. Wieder saß ich im Wasser, doch das war mir gleichgültig. Zwischen meinen Hustenanfällen musste ich lachen. Wie froh ich doch war, wieder zu atmen.

Der Morgenwind ließ mich frieren, doch auch das war mir egal. Am ganzen Leib zitterte ich. Wasser spritzende Schritte näherten sich.

«Junge!», dröhnte Konrads Stimme völlig außer Atem.

«Junge!», stammelte der Dicke und watete zu mir heran. Er sank auf die Knie. Im See breiteten sich Wellen aus. «Junge!» Er griff mit seiner massigen Pranke hinter meinen Rücken und zog mich ein Stück aus dem Wasser.

«Junge!» Er war völlig außer sich. Seine zweite Hand fand den Weg auf meinen Rücken und er zerrte mich in eine kräftige Umarmung. Kostbare Luft wurde aus meinen Lungen gepresst, so sehr drückte er mich an sich.

Konrad machte sich große Sorgen. Die Schuld, die er sich gab, stand wie eine Anklage in seinem Gesicht. Dabei war nichts passiert. Außer, dass ich bis auf die Haut nass war und nach Luft rang, ging es mir gut. Und an dem Umstand mangelnder Luft, hatte er schuld, denn seine klammernde Umarmung schnürte mir die Brust zu. Seine Sorgen letztlich stellten die größte Gefahr dar. Seine Angst, nicht alles kontrollieren zu können, ließ ihn mich festhalten.

Ich wusste nicht, was überhaupt vorgefallen war. Ich konnte mich nur noch an diesen Schrei entsinnen. Daraufhin war ich aufgesprungen und in den See gestürzt. Deshalb machte sich Konrad wohl die Vorwürfe. Hätte er nicht wie wild geschrien, wäre all dies nicht passiert und wir säßen noch alle auf dem Trockenen. Doch stimmte das? Ich versuchte mich zu erinnern. Wieder wusste ich nicht, was ich vielleicht nur geträumt hatte. Warum hatte der Dicke eigentlich losgebrüllt?

In der Dunkelheit konnte ich nichts ausmachen, was einen Schrei rechtfertigen würde. Doch Konrad war schließlich anders. Er brauchte nicht viel, um zu toben.

«Was ist los? Warum ...?» Ich versuchte die Situation zu verstehen.

«Was los ist? Was los ...» Konrad war außer sich. Er musste eine Pause machen, um zu Atem zu kommen.

«Fast ersoffen wärst du!» Konrad riss seine Arme hoch. Wieder dieses Bild von Hilfslosigkeit.

«Ja, schon.» Daran mochte ich nicht erinnert werden.

Da war schließlich immer noch dieser rätselhafte Schrei. Irritiert sah ich zu Konrad auf. Seine Hände hielt er nach oben, als müsse er mich vor dem herabstürzenden Himmel beschützen.

Das Wasser saugte unerbittlich die Wärme aus unseren Körpern. Kaum ließ das Zittern nach, das der Schreck hinterlassen hatte, begannen meine Zähne vor Kälte zu klappern.

Nun, da Konrad die Umarmung gelöst hatte, kam ich mir völlig verloren vor. Wann wachte man schon mitten in einem See auf? Das Unwirklich hatte mich wieder. Im dämmrigen Licht der aufgehenden Sonne erblickte ich Konrad. Auch er war völlig durchnässt. Seine Kleider klebten zerknittert an seinem massigen Leib. Seine Haare wild zerzaust und wassertriefend. Seine Lippen bebend von dem ertränkenden Gefühl von Hilfslosigkeit.

«Mir ist kalt.» Wieder floh ich vor seinem Anblick und gab ihm eine Aufgabe.

Unfähig zu sagen, was wirklich passiert war, schritt er in Richtung Ufer davon. Unablässig drehte er sich zu mir um. Er fürchtete ich würde ihm nicht folgen, ihn allein lassen. Ihn im Stich lassen. Trotz der noch vorherrschenden Finsternis lag so viel in seinem Gebären.

Auf seinem Rücken haftete sein abgerissenes Zelt. Das Gestänge war verloren gegangen und so war es einzig die Hülle, die er mit sich zog.

Wie Schiffsbrüchige entstiegen wir dem See. Verloren und ziellos. Harshad eilte zwischen uns hin und her. Umkreiste uns, alles in dem krankhaften Tatendrang uns die nicht katalogfähige Erfahrung abzunehmen.

Es war schief gelaufen. Die Planung zunichte. Nie mehr würde es perfekt sein. Der Reise würde von nun an dieser Makel anhaften.

Wohl deshalb eilte Harshad unentschlossen umher. Er wusste nicht was tun, da nichts mehr dies ungeschehen machen konnte.

Kaum auf dem Trockenem angelangt, ließ ich mich auf die Erde fallen. Erst einmal Kraft schöpfen. Ich versuchte mein Atmen zu beruhigen. Immer noch glaubten meine Lungen die Luft im Mangelzustand. Eingedrungenes Wasser ließ mich husten. Ich versuchte zu mir zu finden. Noch hatte ich keine Kontrolle über mein Handeln. Alles wirkte verzerrt und verlangsamt. Träge nahm ich nur einen kleinen Kreis um mich wahr. Meine Gedanken ordnend rief ich Erinnerungen in mir wach. Versuchte meiner Umgebung Vertrautes abzugewinnen.

Mit meinem Gesicht nah an der Erde, konnte ich Hufspuren unter mir ausmachen. Puzzlestücke fügten sich zu Bildern. Zahlreiche Lagerfeuer zeichneten sich vor meinem geistigen Auge. Verwirrt blickte ich mich um. Nirgends konnte ich die Überreste finden. Keine Brandflecken – nichts. Als hätten sie niemals existiert. Pferde? Deutlich sah ich ihre Abdrücke. Doch keines war zu sehen. Ich erweiterte den Radius meiner Wahrnehmung. War es zu dunkel. Nein, der Himmel war grau. Aber weit und breit keine Pferde. Nein, das konnte nicht sein. Erschreckt rieb ich mir die Augen.

Da fand ich es. Die Zelte! Eins lag auf mir. Eines fand ich auf Konrads Rücken. Endlich! Verloren geglaubte Bruchstücke kehrten zurück.

Die Nässe, als ich aufgewacht war. Fröstelnd schüttelte ich mich und versuchte das festgesaugte Zelt von mir zu zerren. Der Stoff hatte sich um meine Beine geschlungen. Festgewickelt lag ich darin gefangen und wusste nicht, wo ich zu ziehen anfangen sollte.

Harshad in seiner Not, kam auf mich zu und unterstützte mein verzweifeltes Bemühen. Das kalte Wasser hatte meine Muskel unbeweglich werden lassen.

Konrad saß keine zwei Meter entfernt ebenfalls auf der Erde. Er schien das Zelt noch nicht bemerkt zu haben. Stattdessen machte er sich an seinem Pyjama zu schaffen. Er wollte sich der Hose entledigen, entschied sich dann doch anders und stand ungeschickt auf. Mit einem Fuß stand er auf der Plane und verlor das Gleichgewicht. Von seiner eigenen Kraft umgerissen, torkelte er umher. Dann erkannte er endlich seinen scheinbar unsichtbaren Gegner, griff eine Ecke des Stoffes und zerrte daran mit reichlich stummen Verwünschungen. Dabei riss die Plane in zwei Stücke. Aus Verwünschungen wurden lautlose Flüche. Er schlug blind um sich, sein einziger Gegner – er selbst. Und er war mächtig. Mächtiger als die ganze Welt um ihn herum. Allein war er. Nicht einmal Harshad war zugegen.

Ich hielt inne. Ich sah ihm dabei zu, wie er kämpfte. Der Inder machte sich an mir zu schaffen und sah von dem wirklichen Geschehen weg.

Wieder hielt der Dicke ein abgerissenes Stück seines Gefängnisses in Händen. Frustriert schmiss er es auf den Boden.

«Arrgh!» Ein Ausruf des Scheiterns.

Ich versuchte aufzustehen. Der Inder hielt mich fest. Er zog am Oberteil meines Schlafgewandes. Er sagte, ich sei ganz nass. Was ein Unsinn! Ich wollte zu Konrad. Harshad verstand das nicht. Dann verdunkelte sich die Welt. Ein kalter Wind strich über meinen entblößten Bauch.

Er war weg. Konrads mächtiger Umriss vor dem heller werdenden Himmelsgrau einfach verschwunden. Zitternd stand ich auf. Der frische Morgenwind kühlte meinen nassen Leib aus. Harshads Hände schlängelten sich um mich herum, in seinem Bemühen, mir zu helfen. Ich würde krank werden, meinte er. Krank werden? Was ein Unsinn! Endlich fanden meine Augen, was ich nicht sehen wollte. Konrad hatte sich auf die Erde sinken lassen. Überreste seines Zeltes, wie ein Haufen Elend neben ihm. Der Inder wollte mich einhüllen. Ich wehrte mich. Stolperte nach vorne. Hin zu Konrad.

Kurz blieb ich neben ihm stehen. Der Dicke sah auf und begann zu lachen. Zunächst verhalten, wurde es lebhafter. Mit entblößtem Oberkörper stand ich da. Meine Hose tropfend, holte mich der Inder ein und legte eine Decke um mich.

Von Sinnen nahm ich neben Konrad auf der Erde Platz. Mich wundernd, was in ihm vorging, dachte er nicht daran, mit seinem Lachen aufzuhören. Es hatte etwas Ansteckendes an sich. Verlegen stimmte ich mit ein.

«Ach», meinte er und schüttelte den Kopf. Sagen tat er aber nichts. Sein Lachen verhalte allmählich. Nur ein Strahlen beinahe kindlichen Vergnügens blieb ihm erhalten.

In die wenigen verbleibenden, trockenen Stoffe gehüllt, saßen wir beide so auf der Erde. Wartend auf den anbrechenden Tag und die damit erscheinende wärmende Sonne. Harshad indes lief auf Hochtouren und mühte sich ab, die Spuren des Sturmes zu beseitigen.

Nicht einmal mehr trockene Kleidung besaßen Konrad und ich. Da der Inder diese sorgsam in unseren Zelten verstaut hatte, in der Sorge, sie würden uns ansonsten am Morgen beim Anziehen zu kühl sein, war unser dezimiertes Gepäck mitsamt den Zelten im See versunken. Konrads Angel wurde umgebaut und funktionierte als völlig überlastete Wäscheleine.

Mit dem restlichen Gehölz entzündete Harshad ein Lagerfeuer, an dem der Dicke und ich sitzen blieben, während der überdrehte Inder begann, Konrads zerrissene Zeltplane mit dickem Faden zusammenzunähen.

Die Sonne stieg empor und wir starrten in die Flammen vor uns. Konrad genauso wie ich. Wir schwiegen. Nur der Wind war zu hören und das Rascheln, das der Inder mit seinen fieberhaften Anstrengungen verursachte. Es war vergebens. All seine Schuldvorwürfe, sein Bemühen die Illusion des Perfekten aufrecht zu halten. Alles. Die Welt war eine andere. Regeln waren gebrochen wurden. Masken gefallen. Angst und Machtlosigkeit hatten um sich gegriffen. Nur der Inder kämpfte noch an der unsichtbaren Front. Er, der Diener, war nun der letzte Sklave.

Konrad hatte resigniert. Stierte nur mehr in die Flammen. Sabrina, geflüchtet. Alle waren sie weg. Einsamkeit. Angst vor jedem Wort. Vor dem Moment, an dem man aufblicken musste und sehen würde, was übrig war. Angst, weiter zu müssen und nicht zu wissen wohin. Richtung Westen, dachte ich und musste innerlich lachen. Was war das noch einfach gewesen. Einfach im Kreis laufen, einmal um die Welt. Ein Katzensprung.

Die Schatten näherten sich dem nördlichen Teil der Oase. Verzweifelt lief der Inder mit der Wäscheleine der Sonne hinterher, um diese stets von Neuem anzubinden. Unsere Mägen begannen zu knurren. Frühstück hatten wir ausgelassen. Vergessen. Für den verzweifelten Diener galt es, die sichtbaren Schäden zu beseitigen.

Erst als er uns zufriedenstellend trockene Kleidung präsentieren konnte, ließ sein Herumeilen allmählich nach. Aber immer noch blickte er suchend umher und war sichtlich der Überzeugung überall und in allem einen Makel zu erkennen, den es noch zu beseitigen galt.

Das erste Mal, seit ich ihn kennengelernt hatte, sah ich ihn zittern. Unsicher in dem, was er tat, war er stets mit seinen Gedanken bereits bei dem Nächsten. Eigentlich wäre es lächerlich gewesen, doch sein Blick machte es zu etwas Angst Einflößendem.

Wieder lachte Konrad auf. Sein schwerer Magen hüpfte auf seinem Schoss, als er mir kräftig auf den Rücken klopfte und mich dabei mit funkelten Augen anstrahlte.

«Wurde auch langsam Zeit», meinte er feixend und erfreute sich an meinen rätselnden Blicken. «Dass wir ein Abenteuer erleben!» Sein Lachen verebbte, seine Augen aber wurden noch größer. Sein Mund verbreiterte sich zu einem Grinsen noch nie gesehener Ausmaße. Mit der Selbstzufriedenheit, die ihn sonst zu erfüllen pflegte, hatte dies nichts mehr zu tun.

Wäre es nicht Konrad, dem es zu Gesichte stand, hätte man es als Wahnsinn bezeichnen mögen, doch auch so blieb der Gedanke nicht ganz fern.

Dass ich ihn nicht verstand, erheiterte ihn nur noch mehr. Dabei zweifelte ich gar, dass er selbst es verstehen konnte. Seiner Freude aber tat dies nicht den geringsten Abbruch.

«Es muss eine Quelle sein», gab Konrad seine Gedanken kund und funkelte mich an. «Der See war angeschwollen.» Seine Zunge wurde von einer mir unbekannten Leidenschaft beseelt und er begann mir zu erklären, dass Wasser in sein Zelt eingedrungen war. Als er erschreckt aufgewacht war, lag er bis zum Bauch im See. Aufgesprungen sei er und bevor er zu sich kam, hätte er im See gestanden und gerade noch erkennen können, wie sich mein Zelt wie von Geisterhand erhob und ihm folgte. Er machte keine Abstriche. Beschrieb seine Wut. Dass er, der Dicke, gebrüllt hatte. Dass er Angst gehabt hatte. Seine Hilfslosigkeit, als er merkte, dass ich unter Wasser war. Noch nie hatte ich eine solche Geschichte aus seinem Munde gehört. Noch nie hatte ich so an seinen Lippen gehangen und mitgefiebert, als in eben diesem Moment. Es war berauschend, ihn lachen zu hören. Über mich. Und über sich. Erfrischend, wie wenig er übertrieb, sich an Kleinigkeiten erfreute und sich deren nicht schämte. Nicht nach Anerkennung suchte, nicht zu beeindrucken gedachte. Einfach nur sich mitteilen, mich, einen anderen, an seinem Leben wollte teilhaben lassen.

«Setz dich doch zu uns, Har ...» Der Inder hatte nun doch unserem Hunger Bedeutung zugemessen und reichte uns Teller hin. «Har ...» Die Worte seines Meisters schien er aber zu überhören. Er war mit sich nicht im Reinen. Glaubte sich der Welt annehmen zu müssen, da diese nicht länger so war, wie sie zu erscheinen hatte. Die Maßstäbe der Vergangenheit konnten nicht hergestellt werden. Der Inder drehte sich um und war dabei mit starrem Blick sich zu entfernen.

«Harshad?»

Der Gerufene blieb stehen. Senkte sein Haupt und verharrte reglos.

Mein Herz begann zu rasen. Hitze stieg mir in den Kopf. Immer kräftiger pochte es in meiner Brust. Jeder Atemzug wäre zu hören gewesen. Das Feuer knisterte aufbegehrend.

Verunsichert wandte sich der Inder um. Er blickte zu mir. Meine Lippen aber bewegten sich nicht. Ich hatte nicht gesprochen. Seine Brauen zogen sich zusammen und sein Kopf drehte sich in Richtung Konrad.

«Was?» Seine Frage klang ungläubig und er wagte nur ein Flüstern.

«Setz dich doch zu uns», wiederholte Konrad und war sichtlich erleichtert darüber, dass der Inder sich wieder regte.

Doch dieser hatte seine Verwirrung noch nicht überwunden. «Was haben gesagt?» Seine Stimme, immer noch bloß ein Hauchen, als könnte die geringste Erschütterung den Bann brechen.

Konrad zögerte. Ein verunsichertes Lachen schlich sich seine Kehle hoch.

Doch er schluckte. «Harshad?» Er klang unsicher. «Harshad!», wiederholte er nun entschlossener und deutete auf den Platz neben uns. Er ließ den Inder nicht mehr aus den Augen. Immer noch blieb der dunkelhäutige Mann wie angewurzelt stehen und blickte verwundert zu Konrad hinab.

Die Mundwinkel des Dicken begannen zu zucken. Er versuchte ermutigend zu lächeln. Doch er wurde mit jedem Augenblick unsicherer. Was, wenn der Inder sich nun abwandte? Wenn er sein Angebot ausschlug? Ihn auslachte? Ein einziges, gellendes Lachen, es würde tiefer dringen als jeder Dolch. Konrad wurde sich dessen allmählich bewusst. Ich erkannte die gleiche Angst in seinen Augen, die auch ich empfunden hatte. Damals bei Sabrina. Er wagte kaum, zu atmen. Spannung lag in der Luft.

Dann endlich nickte der Inder. Blickte zu mir und deutete eine Verneigung an. Für seine Verhältnisse kaum mehr als ein Senken des Hauptes. Aber es war keine Huldigung. Eher ein Danken. Erleichterung, da eine unbekannte, über Jahre angesammelte Last von seinen Schultern glitt.

Konrad blickte direkt in das Gesicht des Mannes, der ihm doch vertraut sein müsste, aber dem war nicht so. Er sah ihn zum ersten Mal und versuchte dessen Mimik zu deuten. Immer heftiger zuckten die Mundwinkel des Dicken. Er hatte sich heraus gewagt aus der Welt, die er selbst errichtet hatte und nun war er schutzlos. Jedem Gefühl, jeder Ablehnung ausgeliefert. Dieses Empfinden war ihm vollständig neu. Genauso, wie das Fühlen an sich.

Zögernd trat der Inder zu uns heran. Blieb stehen und blickte unsicher hinüber zum See. Dort stand immer noch Konrads Sessel. Nun mit den Beinen im Wasser – verlassen. Einsam stand er da und erinnerte an die Welt, aus der wir gekommen waren. Harshad lächelte, schüttelte seinen Kopf und setzte sich. Auch Konrad lächelte und das Zucken verschwand aus seinem Gesicht.

Gemeinsam stierten wir abermals in die Flammen des allmählich ausbrennenden Lagerfeuers. Holz hatten wir keines mehr. Nur wenig von unserer Ausrüstung war noch trocken. Eines der Zelte zerrissen.

Konrad wollte etwas sagen. Doch die Worte schienen ihm alle zu plump. Er freute sich, doch wie sollte er das ausdrücken. Er hatte es verlernt und die schillernden Worte seiner Geschichten waren bedeutungslos.

Harshad war es, der es als Erster schaffte, das Schweigen zu durchbrechen. Sein Gespräch aber fand rege Teilnahme. Denn was er erzählte, war unsere Geschichte – unser kleines Abenteuer, wie Konrad es nun zu nennen pflegte.

Als die Erzählung Satis in sich aufnahm, wurde Konrad schweigsam. Er kaute auf seiner Unterlippe und seine Gedanken entzogen sich unserem Gespräch. Als er meinen rätselnden Blick auf sich spürte, versuchte er sich mit Sabrina zu verteidigen. Doch zu seiner Verwunderung leugnete ich nicht, dass ich mich zu ihr hingezogen fühlte.

Auch wenn ich wusste, dass Konrad und Satis weit mehr noch verband, als das was zwischen Sabrina und mir war, erwartete ich nicht, dass er es mir anvertraute. Ein Lächeln aber verriet mir, dass er es nun selbst wagte, sich mit dem Gedanken anzufreunden, jemanden gern zu haben.

Auch Khenbish fand in unser Gespräch. Konrad war es, der nach ihm fragte. Wollte dessen Geschichte hören. Die Bedeutung seines Namens. Wie ich um den Gefallen gebeten hätte, uns zu verlassen. Ich wagte kaum alles zu erzählen. Doch der Dicke amüsiere sich darüber, wie ihm das alles hatte entgehen können und so erwähnte ich immer mehr Kleinigkeiten, die ihm bisher entgangen waren. Der Nachmittag schritt allmählich voran und an das Feuer zwischen uns erinnerte bloß noch ein kleiner Haufen Asche.

Auch wiederholte Konrad seine Frage von damals in der Wüste. Warum ich diese Reise angenommen hatte. Antworten konnte ich immer noch nicht. Doch ich dachte darüber nach und schüttelte den Kopf. Ich wusste es nicht. Nicht so, dass ich es benennen konnte. Da war so viel gewesen, warum ich hatte weg wollen.

Doch man konnte nicht vor der Welt fliehen, man brauchte es nicht. Ich hatte nach dem Falschen gesucht. Stille und Einsamkeit konnten einem bloß die Augen öffnen, aber einem nichts geben, was man nicht besaß.

Ich erkannte, dass die Schwierigkeit nicht darin bestand, die Welt zu umrunden, sondern darin, jene zu erreichen, die neben einem sind.

Harshad konnte ich ohne Zweifel Freund nennen und was Konrad betraf, so hatten wir die Ängste aufgegeben, die uns trennten. Mussten keine Illusionen aufrecht halten, um uns selbst zu schützen.

Das war der Gral, nachdem ich gesucht hatte. Bloß einen Platz zu finden, und vielleicht eine Liebe, – und was war Freundschaft Anderes – in der man sein durfte, wie man ist. Ohne Fragen, ohne diesen störenden Lärm der Lüge.

«Sie kommen», meinte Harshad plötzlich und schenkte uns sein breites Grinsen. Sein Geheimnis! Beinahe hatte ich es vergessen gehabt.

Der Inder genoss unsere Blicke, unsere ungeteilte Aufmerksamkeit.

«Sie meinte sie würde vielleicht kommen.» Er sah uns abwechselnd an.

«Wer?» Konrad wurde ungeduldig. Daran, nicht alles im Voraus zu wissen, war er nicht gewohnt.

«Sie sagte, der Knabe hätte noch was von ihr.» Harshad nickte in meine Richtung und strahlte mir entgegen. «Sie müsse sich das holen kommen.» Der Inder lachte vergnügt.

Konrad verstand nicht und sah mich fragend an.

Als versteckte ich einen großen Schatz, brachte ich meinen linken Arm unter der Decke hervor. Eine zierliche Armbanduhr war zu erkennen. Träumend streichelte ich über das lederne Band. Sie kommen. Sabrina kommen. Ich spürte ein Kribbeln in der Magengegend.

«Aber das ...» Konrad versuchte es sich zu erklären. Sein bisheriges Leben protestierte gegen diese Logik. «Aber für eine Uhr reist man doch nicht in die Mongolei!» Er schüttelte seinen Kopf und musste schließlich doch lachen.

«Ich wüsste keinen besseren Grund», scherzte ich und freute mich innig.

«Aber ... aber ...» Es setzte ihm zu, dass es bloß ein Vorwand sein sollte. Er hatte selbst zu oft Ausreden gelebt, um nun die Existenz einer solchen wahr haben zu wollen. «Aber wie findet sie uns?», meinte er schließlich und ging das Problem pragmatisch an.

Der Inder erlaubte sich sein Grinsen zu verbreitern.

«Die schwarze Schartel!» Es fiel mir wie Schuppen von den Augen. Solange hatte der Inder es gewusst und heimlich seine Fäden gezogen.

Konrad schluckte. Es war unheimlich, wie viel ihm entgangen war.

«Wann kommt sie?» Er wagte nicht weiter zu hinterfragen und freute sich stattdessen auf das Wiedersehen.

Harshad kicherte verschwörerisch. «Behauptet hatte sie, sie käme eher nicht.» Er zuckte mit den Schultern. «Glauben tue ich es nicht und habe Zeichen hinterlegt.»

Konrads Mundwinkel erschlafften.

«Sie kommen!» Harshad war sich seiner Sache sicher.

Aus dem Nachmittag wurde Abend, und als die Sonne zärtlich den Horizont streichelte und rot erglühte, wusste ich, dass ich niemals mehr vor ihr fliehen würde. Die Reise aber würde wohl erst beginnen.